喬梓詩文集

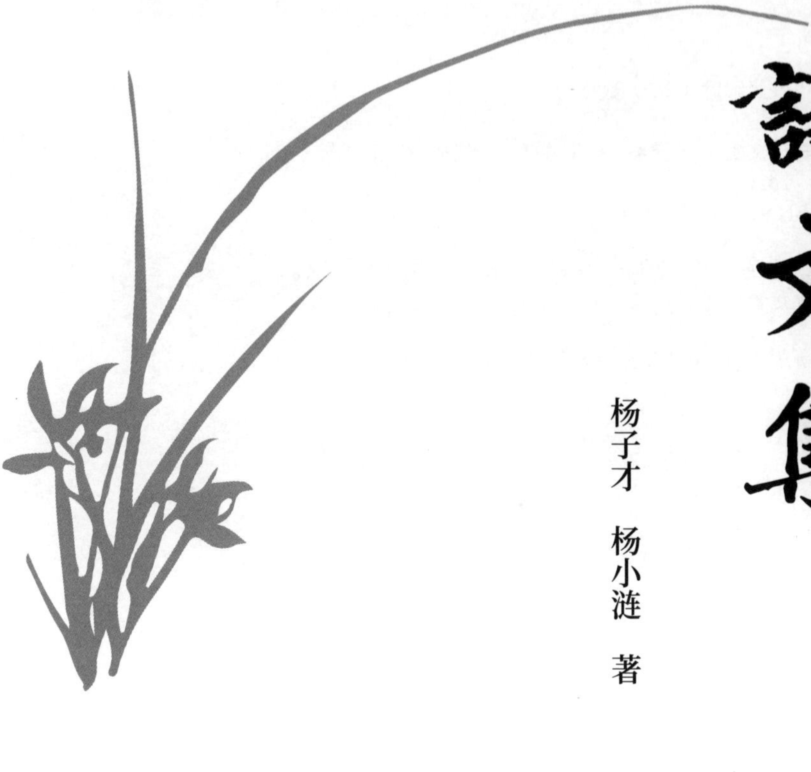

杨子才　杨小涟　著

广西师范大学出版社
GUANGXI NORMAL UNIVERSITY PRESS
·桂林·

出版统筹：肖爱景
责任编辑：雷锋莉
责任校对：高东辉
责任技编：伍智辉
封面设计：徐俊霞
王霁雯［广大迅风艺术］

图书在版编目（CIP）数据

乔梓诗文集 / 杨子才，杨小涟著. --桂林：广西师范大学出版社，2022.10
ISBN 978-7-5598-5448-3

Ⅰ. ①乔… Ⅱ. ①杨… ②杨… Ⅲ. ①中国文学－当代文学－作品综合集 Ⅳ. ①I217.1

中国版本图书馆 CIP 数据核字（2022）第 176985 号

广西师范大学出版社出版发行
（广西桂林市五里店路 9 号　邮政编码：541004
网址：http://www.bbtpress.com）
出版人：黄轩庄
全国新华书店经销
广西广大印务有限责任公司印刷
（桂林市临桂区秧塘工业园西城大道北侧广西师范大学出版社集团有限公司创意产业园内　邮政编码：541199）
开本：787 mm × 1 092 mm　1/16
印张：33　　字数：439 千字
2022 年 10 月第 1 版　　2022 年 10 月第 1 次印刷
定价：128.00 元

杨子才，男，1930年12月生，云南宜良县人。1946年6月参加中国人民解放军，曾参加过东北解放战争中的诸多战役战斗、平津战役和南下作战，荣立两次大功。当兵打仗守海防13年后，阴差阳错，被拉来“摇笔杆”。63岁离休前，曾任解放军报社记者、记者组长、副主编、主编、副总编辑、总编辑，中华全国新闻工作者协会书记处书记、副主席，第八届全国人大代表。编著有《萤窗杂文》一至九集、《杨子才杂文选》、《萤窗琐记》、《萤窗咏史诗》、《古今五百家词钞》、《历代咏史诗钞》、《历代怀古哀时词曲钞》、《民国六百家诗钞》、《民国五百家词钞》、《古今七律观止》、《万首清人绝句》、《八大家诗醇》、《历代哲理诗钞》、《苏辛暨古今百家词笺释》、《古今百家散曲钞》等23部作品，共800余万字。

杨小涟，男，1960年6月出生于广州市，1977年1月从北京市入伍，1981年毕业于桂林陆军学院。中国旅游报社记者、编辑、副主编、主编，北京市杂文学会会员，广西师范大学荣誉教授、硕士研究生导师。1996年合作出版《清代民窑彩瓷500图》，受聘为北京市中国书画收藏家协会古陶瓷鉴定委员会委员。

代序：杨子才先生对古今旧体诗词曲的整理与研究

——兼论古籍整理人才的培养

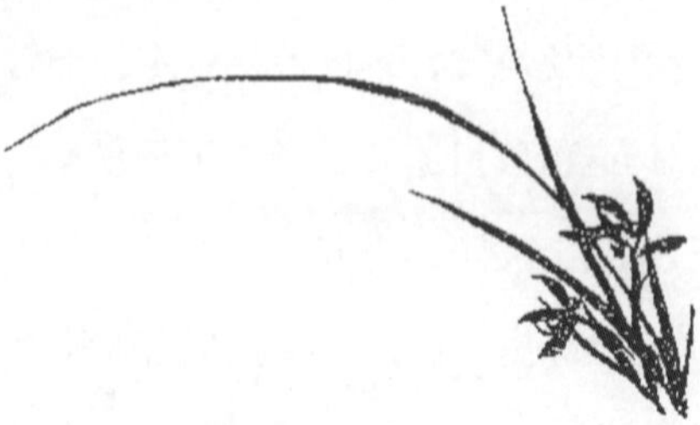

张家璠

杨子才先生是我国著名新闻工作者，曾任中华全国新闻工作者协会书记处书记、副主席和解放军报社总编辑，发表过大量新闻作品；同时，他又是我国著名的杂文家，曾任北京杂文学会副会长，其作品笔锋犀利，说理深刻，文采灿然，独具风格，有《杨子才杂文选》、《萤窗琐记》和《萤窗杂文》一至九集问世。作为一名1946年投身革命，曾参与了东北解放战争全过程，参加过平津战役及南下作战，长期守卫祖国海防，在战争年代荣立过两次大功的中国人民解放军老战士，他虽然在入伍前只读过八年书，但无论在硝烟弥漫的战争年代还是和平时期，均能数十年如一日刻苦学习，从而使自己保持对传统文化的热爱，对中国古典诗词曲及现当代旧体诗词曲（以下简称古今诗词曲）更是情有独钟。他不仅阅读和创作了大量诗词曲作品，著有《萤窗咏史诗》和《散曲学步》，而且在63岁离休后，不顾身患糖尿病、视力锐减的障碍，仍克服万难，对我国古今诗词曲进行了广泛的收集、整理与研究；并择其优者，选注成十多部选集，公开出版，为我国古今诗词作品的整理、保存、研究和传播，作出了重要贡献，深受学界同人和读者的赞誉，其整理研究的精神、原则与方法，值得我们认真研究和学习。

我国古典诗词曲和现当代作者所写的优秀的旧体诗词曲，是我们中华民族珍贵的文化瑰宝，不仅数量众多，而且具有重大文学价值和史料价值。为了保存和弘扬这份珍贵遗产，杨先生经多年努力，先后出版了《古今五百家词钞》（解放军文艺出版社 2006 年 3 月出版）、《民国五百家词钞》（线装书局 2008 年 1 月出版）、《历代咏史诗钞》（解放军出版社 2009 年 1 月出版）、《民国六百家诗钞》（长征出版社 2009 年 10 月出版）、《历代怀古哀时词曲钞》（人民武警出版社 2010 年 4 月出版）、《萤窗九集·附当代词三百首笺释》（长征出版社 2010 年 9 月出版）、《古今七律观止》（中国文史出版社 2011 年 3 月出版）、《万首清人绝句》（昆仑出版社 2011 年 7 月出版）、《八大家诗醇》（中国文史出版社 2012 年 11 月出版）、《历代哲理诗钞》（长征出版社 2012 年 12 月出版）、《苏辛暨古今百家词笺释》（中国书籍出版社 2014 年 1 月出版）和《古今百家散曲钞》（中国书籍出版社 2014 年 1 月出版）等十多部诗词曲选集，总计约 450 万字。作者于耄耋之年，“三更灯火五更鸡”，夜以继日，从数以千万计的古今诗词曲作品中仔细研读，精心遴选笺注，出版了这十多部古今诗词曲选集，其识见之广、意志之坚、用功之勤、立身之诚，不能不使人深感钦佩。

综观杨先生已出版的十多部古今诗词曲选集，新风扑面，从内容到形式都别具一格，与众不同。其整理工作中体现的精神与方法，可供学习者甚多，而以下三点，尤其值得称道。

其一，独出心裁，识见高远。“歌诗平庸即死刑”，“奇绝新鲜方寸间”（章文龙《读〈散宜生诗〉志感》之七、九）。诗词创作，最讲有否新意。整理古今旧体诗词曲，将其选编成册，以飨读者，传之后世，也应根据时代的要求和读者的需要，自辟蹊径，力求创新，敢于做前人没有做过的事。杨先生对古今诗词曲的整理研究工作，所秉持的正是这种态度。

其二，搜罗宏富，遴选审慎。出版诗词曲选集，应在广泛收集相关作品的基础上，加以精心筛选，剔其糟粕，存其精华，纵横比较，合理安排，方能使选本在思想性、艺术性、代表性方面位居上乘，受到读者欢迎。在这方面，杨先生可说是不辞劳苦，尽心竭力。综观他出版的各种选本，其收集之广，选注之精，绝非匆匆数年所能完成，而是他数十年辛勤采集和研读的结晶。

其三，校对严谨，笺注精当。时下许多古籍整理项目，或因时间紧迫，或因工程浩大，往往要集数人、数十人乃至数百人之力，共同完成。虽然人多力量大，但因水平参差不齐，工作态度互有差异，甚至意见不一，计划不周，以致不少公开出版的成果，存在诸多问题，特别是校对不精，更受读者诟病。相比之下，杨先生尽管年老体弱，靠一己之力进行工作，但在选录、标点、校对方面，总是精益求精，任何细小问题，也不肯轻易放过。

诗词曲选本一般都会有注释，借以介绍作者简历、解释生字难词和对作品进行点评。因此，如何作注，是从事编注工作不可回避的问题，在这方面，杨先生的做法，值得我们借鉴。例如杨先生编注的《历代哲理诗钞》，因为是“以具有一定历史、文学知识的读者为主要服务对象，因而对所收诗作，除少量生僻者作简要注释外，其余均不作注释。这样，可以大大压缩篇幅，降低出版成本，使购买者少些破费”。这段引文，见于该书的“编辑说明”，从中可以看出杨先生处理注释问题，是从实际出发，既考虑读者的实际需求，又考虑其经济承受能力，而不受成规的束缚。由于现在计算机应用已相当普及，各类工具书也相当齐备，一般的问题，读者可以查阅工具书或电脑自行解决，编注者只需在难点上加以注释和酌情点评即可。这样，选本既能收入更多的佳作供读者阅读，又不致让读者增加较大的经济负担。

杨先生编注的众多诗词曲选本出版后，深受社会各界的欢迎和好评。2010年8月8日，时任中央军委委员、总政治部主任的李继耐上将曾热情洋溢地写信给他，对他从事古今诗词曲整理工作所取得的成就表示高度赞赏和敬意。杨先生所从事的古今诗词曲整理工作，既为古今诗词曲的保存和研究、社会主义文化的发展和繁荣作出了重要贡献，也为我国的古籍整理工作，提供了许多宝贵的经验，而他在工作中所表现的高尚品德，更给高校古籍人才的培养以诸多启迪。如就品德而言，笔者认为以下三方面的教育是必须切实抓紧做好的。

第一，社会责任感的培养。“为天地立心，为生民立命，为往圣继绝学，为万世开太平。”宋代思想家张载的这句话，道出了古今仁人志士的心声，也表达了他们所具有的高尚的社会责任感。杨先生在离休以后，本来可以安享晚年，之所以他要奋力从事古今诗词曲的整理，原因之一，就在于他怀有强烈的“为往圣继绝学”的社会责任感。在《古今七律观止·前言》中，他说：“我之所以在耄耋之年还劳心焦思，完成此书，理由有四”，其中之一，就是“为存亡继绝尽微薄之力”。

第二，开拓创新精神的培养。改革开放以来，我国古籍整理事业取得了长足的进步，成果丰硕，但这只是万里长征所迈出的第一步，往后要走的路还很长，“任重而道远”。要把我国丰富的古籍妥善地加以整理和保存，将其中蕴藏着的前人的智慧结晶充分发掘出来，使之能更好地为我国社会主义建设服务，需要有一大批具有开拓创新精神的人才，以新的观点、新的方法、新的技术手段去从事此项工作，因此，加强开拓创新精神的培养势在必行。综观古今，大凡在事业上有重大成就者，莫不是能勇于开拓、大胆创新的。

第三，不畏困难、坚韧不拔品质的培育。从事古籍整理，既要有雄心壮志，又要能淡泊名利，安贫乐道；既要有德有才，又要有学有识；既要大胆，敢于决断，又要谨慎，不耻下问；既要广咨博采，又要细心考证，而要做到这些不仅要付出时间与精力，还要能经受困难与挫折的考验。如今，不少生长在和平年代学习文献学专业的青年学生，虽然富有理想，希望将来能有所作为；虽然学习了不少书本知识，视野也比较开阔，但因缺乏实践锻炼、每每遇到困难，就畏葸不前，碰到挫折，就垂头丧气。很难想象，一个惧怕困难、意志脆弱的人，能在古籍整理工作中做出突出成绩。因此，培养古籍整理人才，对其品质意志的培养锻炼，一刻也不能放松。

继承和弘扬中华优秀文化，人人有责，不仅专业工作者应恪尽职守，社会各界也应通力合作。笔者深信，随着我国社会主义文化建设事业的发展，中华优秀文化必将在全世界绽放出更加灿烂夺目的光彩。

（载于《内蒙古商报》2014年11月13日）

（张家璠，广西师范大学教授，中国历史文献研究会副会长。）

前言

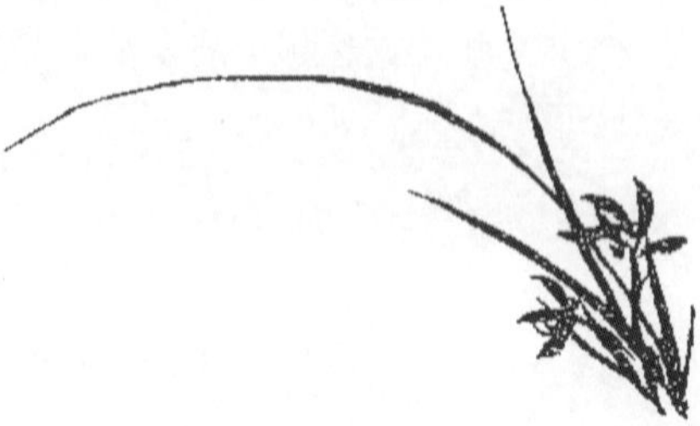

我一生喜爱读书，一是攻史，二是攻诗，如痴如迷。由于这两个癖好，因而在诗词曲方面，给世人留下了编著书十三种：《古今五百家词钞》、《历代咏史诗钞》、《历代怀古哀时词曲钞》、《民国六百家诗钞》、《民国五百家词钞》、《古今七律观止》、《历代哲理诗钞》、《八大家诗醇》、《苏辛暨古今百家词笺释》、《古今百家散曲钞》、《万首清人绝句》（全4册）、《清三百家词笺释》、《当代百家词》；自著书两种：《萤窗咏史诗》《散曲学步甲乙丙稿》。

我年已九十二，行将就木，又决定把自著书增加一种，并与儿子杨小涟的文章、诗词一起出版，名曰《乔梓诗文集》，“乔梓”乃父子的雅称，《尚书》中记载：“商子曰：‘南山之阳有木焉，名乔。’二三子往观之，见乔实高高然而上，反以告商子。商子曰：‘乔者，父道也。’南山之阴有木焉，名梓。二三子复往观焉，见梓实晋晋然而俯。反以告商子，商子曰：‘梓者，子道也。’”我总览全书，顿生曹操手持鸡肋之感：“食之无肉，弃之有味。”之所以觉得“无肉”，是因为平生之作，并无超越前人的惊天地泣鬼神之篇。而觉得“有味”，是因为书中评介前贤今人的篇章，无一不涉及诗歌创作的理论与方法；四言咏史诗，则吟咏评说了先秦至南北朝的主要历史人物，反映了历史的兴替，成败的故事，志士仁人的悲歌慷慨，椎心泣血；而零星诗词的汇存，不少篇章又都留下了时代的影子。诗歌是历史的镜子。因此，在我们这个有古老文明的“诗国”，这本书的问世，其重要性实实在在，看上去不可或缺。

行文至此，我想起了清末易顺鼎的诗句：

低首过名山，诗坛几王霸。
古今失路人，跸力殉骚雅。
陈编已山积，衮衮后来者。
彼苍穷志士，毫末不相假。
一寸仰屋心，笺天墨难写。

——《连日与次香谈杂述》

从古到今的笔耕者的艰辛，这首诗已经说尽。但我要说，正因为不断有人“跸力殉骚雅”，义无反顾地付出艰辛，中华民族的优秀传统文化才代代相传，永不止息。

正是由于传承的需要，我想，趁我还活着，及早将这本书单独出版，是非做成不可的。

犬子大半生办报，其记录的父子对话，是在我住医院的时候他来陪护时交谈的内容，其余文章记家事及爱好，他喜爱古典诗词也有几十年时间，其诗词虽老辣沉稳不足，却不乏清新豪迈之气。“桐花万里丹山路，雏凤清于老凤声。”（李商隐句）后浪高过前浪，令人可喜。

杨子才

2022 年 5 月 10 日

目录

杨子才前贤今人作品评介

杨子才四言咏史诗

杨子才零星诗词曲汇存

杨子才与杨小涟的谈话

杨小涟文章

杨小涟诗词赋

·杨子才前贤今人作品评介·

毛泽东诗论初探

军中老诗人萧永义经长期研究，几历寒暑，在撰写了《毛泽东诗词对联辑注》《毛泽东诗词史话》之后，又撰写了《毛泽东诗词断想杂咏》。著名诗人、中国毛泽东诗词研究会原会长贺敬之题写书名，中华诗词学会原会长孙轶青作了代序。该书面世后，颇受诗界欢迎。书中探幽索微，上下纵横对比，对毛泽东诗词继往开来的光辉成就作了精当评说，并逐诗配以照片或毛泽东手迹，使图文相得益彰。而更为引人入胜之处，是作者不仅有不少独到见解，而且效仿前贤雅意，以诗评诗，共写了80余首功力深厚的旧体诗词，用以歌咏或评说毛诗，形象鲜明，比兴得体，语句隽永，耐人咀嚼，与抽象说理大异其趣，又相互补充。这方面，是海内外众多毛诗研究者很少尝试的。

“一石夔门千尺浪”“敢教古典换新天”。这是作者书中品评毛泽东诗词的诗句，指出毛泽东诗词对当代中国及后世诗歌都将产生他人无可比拟的深远影响。作者认为这种影响，不仅源于毛泽东诗词本身，而且源于毛泽东的深邃的诗论。为此，在书尾专门附有一篇题为《毛泽东诗论与创作实践之统一》的论文，曾被《中华诗词》等刊物转载。目前诗界深入研究毛泽东诗论的，还不是太多。作者注意及此，有其重要的现实意义。读罢《毛泽东诗词断想杂咏》一书，笔者愿就这个问题有所补充。

一

毛泽东写的是旧体诗词。对旧体诗，“五四”以来争论不休，一派说它是“谬种”，主张打倒；一派说它是瑰宝，千秋永在。毛泽东属于后者。此书引述了毛泽东1965年夏的一次谈话。当时有人问：“主席为什么说怕谬种流传，贻误青年？”毛泽东回答说：“那是针对当时的青少年说的。旧体诗词有许多讲究，音韵、格律，很不易学，又容易束缚人们的思想，不如新诗那样‘自由’。但另一方面，旧体诗词源远流长，不仅像我们这样的老年人喜欢，而且像你们这样的中年人也喜欢。我冒叫一声，旧体诗词要发展，要改造，一万年也打不倒。因为这种东西最能反映中华民族和中国人民的特性和风尚，可以兴观群怨嘛！哀而不伤，温柔敦厚嘛！”

此论石破天惊，将与中国的诗歌一样归于不朽！

“旧体诗词源流长，凝聚民族好风尚。兴观群怨敦厚魂，哀而不伤歌沧海。”“旧体诗词成就高，老中青妇都喜好。继承传统重出新，再过万年打不倒。”

这是我有感于毛泽东的诗论所写的两首七古。读者由此可知，我是赞同毛泽东所论的。

我赞同毛泽东的论点，若充分论证，得写万言长文。这里，我只简略提及在我看来是无可辩驳的三点理由。其一，中国的古典诗词，是中华民族文化和智慧的结晶。“万古骚人呕肺肝，乾坤清气得来难。”中国历来有“诗国”之称，世界上没有第二个国家，诗歌曾如此普及；世界上也没有第二个国家，在古代创造了如此博大精深、数量惊人、美轮美奂的诗、词、曲。其二，古典诗词成就无与伦比。稍有历史知识的人都知道，古人留下的文学作品，历来以诗、词、曲为最(特别是元代以前)，小说等文学成就，不能与之并列。“辞赋文章能者稀，难中难者莫过诗。”其三，旧体诗词是由民歌发展而来的，它深深植根于民族的土壤，与我们民族的生存发展、悲欢喜乐息息相关。它的存在和发展，不是以某些人的意志为转移的。

二

说到旧体诗词要发展，多数人当无异议。但如何发展，它将走向何方，未免见仁见智。如有人认为，古人已为我们创造了完美的形式，诗的格律分明，词则有各种现成词谱，今人只须依样画葫芦，按律作诗填词即可。在某些诗家眼里，“万般皆下品，惟有格律高”，诗歌只有与五七言格律丝丝入扣，才能叫诗，否则便被视为“柴烟粪火”，不屑一顾。窃认为，少数人对此雅好甚笃，那是个人的自由；但若以此为中国诗歌发展的不二法门，则失之偏颇。因为语言是发展的，诗歌随语言的发展而发展，乃是客观规律。违背这个规律，必无出路。元人适应民族融洽、语言发展的大趋势，创造了新的诗歌形式——散曲，取得了辉煌成就，造成了历史上诗、词、曲三峰并峙的局面。而到了明代，“前后七子”(李梦阳、王世贞等)力倡复古，主张“文必秦汉，诗必盛唐”，加上朝廷开科取士也崇尚古文，以致复古之风猖獗，使元人开创的“千年难遇言文合一之机会，遂中道夭折矣!”(胡适语)。此种流弊，还导致在明清两朝的500多年间，诗人一直做“套中人”，诗歌日益式微，没有了唐宋的辉煌，没有值得称道的重大发展。

“前后七子倡复古，诗到有明入歧途。佶屈聱牙多陈腐，油尽灯枯虫蛀书。”历史已然证明，在今天仍一味遵古复古，主张严守五七言格局，不许越雷池一步，只能把中国诗歌引向绝路。

三

中国的旧体诗词，要发展必须改造，惟改造才能发展。但如何改造才能迈上发展的坦途？谨陈愚见三点，以供探讨。

第一，突破五七格局。现有的五七言诗歌格局，是在古代语言以单音词为主的基础上产生的，那时按既定格律作诗填词，言文合一，容易流传，群众喜爱。今天，我们的语言变成以双音词为主，再按旧格律作诗填词，必然言文背离，远离群众，难以流传。由此，中国诗歌要发展，突破五七言格局就是势所必然的了。如何突破并创造新格律，毛泽东也未能解决，须要人们坚定志向，在实践中逐步探索。如果你是一个喜爱京剧的人，便可以从京剧的大量唱词中得到启发：它们适应当今语言以双音词为主的要求，已将五言、七言一句的歌唱句式，改变为十言、十一言或长短交错的句式，唱者朗朗上口，听者声声入耳。“旧体诗词要改造，莫以古奥为高超。下里巴人歌楚调，俚语入律方妖娆。”我以为，既力求突破五七格局，又不简单加以排斥，而是双轨并存，和平竞赛，共谋发展，并创新局，乃是旧体诗词改造的必由之路。

第二，借鉴元人散曲。元人散曲，是旧体诗词谋发展、谋改造的参照物。先举二例：

东边路西边路南边路，五里铺七里铺十里铺。行一步盼一步懒一步，霎时间天也暮日也暮云也暮。斜阳满地铺，回首生烟雾。兀的不山无数水无数情无数！（无名氏《塞鸿秋·春怨》）。

铺眉苫眼早三公，裸袖揎拳享万钟，胡言乱语成时用。大纲来都是烘，说英雄谁是英雄。五眼鸡岐山鸣凤，两头蛇南阳卧龙，三脚猫渭水非熊！（张鸣善《水仙子·讥时》）。

这样的散曲，在元人作品中比比皆是。它们通俗生动，光彩夺目，为大众所喜爱。近代大学者王国维说：“（元曲）写情则沁人心脾，写景则在人耳目，述事则如出其口。”这正是我们今天必须做到的。有鉴于此，我写了一首七古：“元人散曲几辉煌，远比唐宋路宽广。世贵射雕贱斯文，儒丐同流歌跌宕。”我想，只要借鉴于元人散曲，多读多想，像元代散曲作家那样从民间（元代“九儒十丐”，文人被抛入社会底层）汲取营养，中国诗歌必能振兴。

第三，向民歌学习。民歌是中国诗歌的源头。《诗经》就是搜集整理民歌而成的。今天中国的诗歌要改造，同样离不开向民歌学习，这是毛泽东早就倡导过的。“诗路漫漫眼迷茫，文人墨客费思量。民间学唱歌千首，崎岖蜀道变康庄。”我对此深信不疑。

（载于《解放军报》2003年2月28日）

吐得霓虹续楚辞
——老战士彭明道《昨非诗稿》读后

彭君明道，性耽吟咏。近日遍搜历年诗词付梓，名曰《昨非诗稿》，送我品评，读后乃以读彭诗杂记四则应之。

一

中国的骚人墨客，均爱登高怀古。此习相沿成风，千年不绝。探其根由，皆因嗜书如命，感慨塞于胸臆，游踪所至，不宣不快。此类作品，乃是旧体诗词中最耐咀嚼者。而今报刊上偶有此类“怀古”之作，大多失之浅薄，效颦而已，真能诗者，寥若晨星。可喜的是明道的怀古之作，读来却如三伏天饮酸梅汤，令人为之一爽。请看：

念奴娇·游秦始皇兵马俑怀古

百丈荒丘，两千年，漫道祖龙踪迹。南望骊山多锦绣，蓝田玉雕金碧。五霸图空，七雄界渺，腐儒嗜吟癖。纵横六合，竟惹无端忧嫉。　想驰道初成，书行一统，泰山方勒石。却铸兵车排俑阵，尽耗庶黎膏血。气势恢宏，艺工精绝，倾倒天边客。二世兴亡，功过万代评说。

此词以唯物史观评说秦始皇，大笔如椽，鞭龙驱虎，气吞河岳。在当代同一题材的诗词作品中，确有他人未及之处。欧阳修云：“若意新语工，道前人所未道者，斯为善也。”（《六一诗话》）写秦始皇、写兵马俑者，不知凡几。这一首，大概可算得“意新语工，道前人所未道者”吧。

二

祖国的名山大川，人人心向往之。古今文人骚客，吟咏之作车载斗量。

惟其如此，致使今人常有“眼前有景道不得，崔颢题诗在上头”之叹。然而，“江山代有才人出”，时至今日，总有“手持五彩笔，绘就好河山”之士，不断留下赞颂壮丽山河的佳作。我读《昨非诗稿》中的“行脚之什”，就觉得作者是一个敢于挑战古人，并有所斩获的诗人。他这方面的诗作不少，林林总总，蔚为大观。试举一词为证：

满江红·由渝乘江轮过三峡

轻舟踏浪，过夔门，一天风月。紫箫幽，白帝城高，石崩岩裂。吟得高唐神女赋，最堪怜，雨云时节。望巫山雾霭有还无，涛声咽。　　惊回首，峡门绝；抬望眼，层崖叠。叹世事纷纭，欲圆还缺。难得偷闲如水镜，凭谁似，卧龙诸葛？蹉跎事，谈笑问南津，江流阔。

清人孙容克说：“从古江山闲不得，半归名士半英雄。”所谓“半归名士”者，就在于这些人能够“心同野鹤与尘远，诗似冰壶见底清”（唐韦应物语）。盖诗人行迹万里，遍览山川，意在摆脱嚣尘，怡情养性。此际对月高歌，临江把笔，最贵情景交融，物我两忘，神游八极，归于恬淡。细玩此词，自可领略此中佳处。

三

明道退休赋闲之后，曾赴俄、美、加等国游历。诗人“不羡千金买歌舞，一篇珠玉是生涯”（苏轼语），所到之处，多有诗作纪行。不少人此类诗作不是流于那种走马观花式的满足，便有一种自矜之气充斥字里行间。明道的域外诗词，却一再流露出一种冷峻的思索，一篇篇都清新可喜。令我吟玩再三的，是下面这阕妙词：

望海潮·登纽约自由女神像至皇冠处远眺

浪涌裙裾，霞飞襟带，飘飘世纪风云。火炬烛天，皇冠映日，女神海宇传名。忆殖民统治，看北美大地，处处荒林。自由何物？土著无语呻吟。

隆隆血火枪声。争独立建国，民主为人。代有英贤，统筹南北，黑白毋分共一心。科学重先行。愿东方风静，西海波宁。彩虹玉帛，寰球携手庆升平。

用《望海潮》这样的长调，吟咏纽约自由女神，此前不知是否有人尝试过？至少，我活到望八之年，还是第一次读到这样的新词。清代袁枚云：“诗有干无华，是枯木也；有肉无骨，是夏虫也；有人无我，是傀儡也；有声无韵，是瓦缶也；有直无曲，是漏卮也；有格无趣，是土牛也。”(《随园诗话》卷七）明道此词的佳处，除了有干有华，有肉有骨，有人有我，有声有韵，有直有曲，有格有趣之外，还在于他作为一个献身革命的老战士，能以广阔的襟怀，不偏不倚，中肯而准确地评说西方文明的标志物。这不能不令人叹服他对于词中长调的驾驭能力和思想感情的深邃练达。“愿东方风静，西海波宁”的结句，表达了寰球百姓的共同心声。

四

“辞赋文章能者稀，难中难者莫过诗”(唐杜荀鹤语）。即使是李、杜传世之作，也非篇篇精妙。同样，明道的诗词，也非全都是“通体漂亮”的。其中少数篇章，存在着率真有余，语欠含蓄的缺憾。事实上，这对于任何一个诗人，都是难以避免的。

明道历经劫难，却始终乐观豁达。据说他年前曾请一位篆刻家制了一枚闲章，文曰“华发少年”。可见他并不服老。观其人，诵其诗，我也引发起几近枯竭的诗情，凑成几句：

美女宫门必遭嫉，英才入世逢魅魑。扬雄命断千秋恨，屈子沉江万古悲。
彭郎百劫腰不折，一鹤冲霄冰雪姿。天风海雨湔肝胆，吐得霓虹续楚辞。

谨将此诗赠与明道，愿他身笔两健，续写佳篇。

（载于《解放军报》2005年8月29日）

白居易欠人一命

笔者以著名历史人物为题材，在写一部咏史诗。其中一首七言古诗，是悲悼中唐女诗人关盼盼的，原文如下：

白傅名高四海师，漫向寡姬赠一诗。但谓丈夫身既殁，应赴地府莫相违。
盼盼读罢泪如雨，肠回九转答哀辞：“自守空楼敛恨眉，形同春后牡丹枝。
舍人不会人深意，讶道泉台不去随。”旬日玉颜摒水米，泣血鲛绡命归西。
三从已是酷毒礼，更以从死作条规。一吟七绝杀弱女，千秋万古有遗悲。

关盼盼的生平，相关史料说她原为徐州歌妓，妙善歌舞，雅多风态。白居易看过表演，写诗赞她“醉娇胜不得，风袅牡丹花”。官封尚书的封疆大吏张建封喜爱盼盼，纳以为妾，建燕子楼让她居住。张建封死后“盼盼念旧爱而不嫁，居是楼十余年”。

关盼盼的诗写得很好，《全唐诗》有存诗四首（一首是回答白居易“讽其死”的七绝，即笔者诗中有引号者）。这些诗都是张建封死后所作，其《燕子楼三首》为：

楼上残灯伴晓霜，独眠人起合欢床。相思一夜情多少？地角天涯未是长。
北邙松柏锁愁烟，燕子楼中思悄然。自埋剑履歌尘散，红袖香消一十年。
适看鸿雁岳阳回，又睹玄禽逼社来。瑶瑟玉箫无意绪，任从蛛网任从灰。

这些诗，可看出她对张建封一往情深，怀念不已。经人传抄，白居易看了这三首诗，自称“爱其新作”，赞叹“辞甚婉丽”，于是欣然命笔，作和诗三首：

满窗明月满帘霜，被冷灯残拂卧床。燕子楼中寒月夜，秋来只为一人长。

钿晕罗衫色似烟，几回欲著即潸然。自从不舞霓裳曲，叠在空箱十一年。

今春有客洛阳回，曾到尚书墓上来。见说白杨堪作柱，争教红粉不成灰？！

从诗中不难看出，白居易对关盼盼深切同情，所以才一唱三叹。

白居易与关盼盼诗歌唱和，却导致女诗人命赴黄泉。关盼盼之死，正如《全唐诗》的编注者所说，乃是因为“白居易以诗讽其死”。白居易虽然是一位伟大的诗人，但他生在那个时代，就脱不了“三从四德”等旧思想的束缚。他的封建宗法思想很重。正是这种思想，促使他以诗讽谕关盼盼“从死”。他居然给关盼盼赠送了这样一首七言绝句：

黄金不惜买蛾眉，拣得如花四五枝。歌舞教成心力尽，一朝身去不相随。

显然，“不相随”三字，你可以理解为感叹，也可以理解为责备。而关盼盼也是一个封建宗法思想严重的人。她接到白居易的诗，“乃反复读之，泣曰：‘自公（指张建封）薨背，妾非不能死，恐百载之后，人以我公重色，有从死之妾，是玷我公清范也，所以偷生尔！’”（见《唐诗纪事》卷七十八）于是，这位早已想过“从死”的女诗人，便给白舍人写了本文开头提及的那首示意绝命的答诗，毅然“旬日不食而卒”。临死，她口中吟道：“儿童不识冲天物，漫把青泥污雪毫。”显然，她是含恨而死的。清初诗人方文写了《燕子楼》一诗说：“楼居十二年，风节自青史。无端白舍人，一诗迫之死。”

封建宗法思想，让白居易不经意就铸成大错，导致人生悲剧，欠人一命。

（载于《中国旅游报》2003年6月9日）

谈格律诗的“六要六戒”

去年，为纪念建党九十周年，总政老干部学院专门出版了纪念诗词选集。拜读此集，深受教育和激励，觉得成绩确实不小。这里面收入的多为格律诗，总的来说，创作上水平大为提高。如果说某些诗作还有所不足的话，那也是对格律诗创作的个别要素还把握不好。我认为，写好格律诗至少得有“六要六戒”。

一、要情志高尚，戒无病呻吟

诗言志，志贵高远；诗抒情，情贵笃深。无高远之志，只能无病呻吟；无深笃之情，只剩风花雪月。这样的东西，到头来一文不值。

举两个例子：

壮观东南二百州，景于多处最多愁。
江流千古英雄泪，山掩诸公富贵羞。
北府如今惟有酒，中原在望莫登楼。
西风战舰今何在？且办年年使客舟。

——宋·刘过《登多景楼》

时难年荒世业空，弟兄羁旅各西东。
田园寥落干戈后，骨肉流离道路中。
吊影分为千里雁，辞根散作九秋蓬。
共看明月应垂泪，一夜乡心五处同。

——白居易《望月书怀》

这两首，前一首志存高远，后一首骨肉情深，都堪称典范。

情志高尚，前提是品学兼优；而无病呻吟，原因多是学识浅陋。清代刘庆绸《说诗》云："经淫史癖读书身，千古词人尽学人。但使胸中无万卷，少陵下笔不能神。"他说得绝对了些，但说写诗须有学识，则是对的。

二、要营造意境，戒诗味寡薄

写诗不能下笔直白。只是直说，只讲逻辑思维，就违反了诗词之道。一定要精心营造意境。这又分意境豁然与意境迷蒙两种。请看：

风急天高猿啸哀，渚清沙白鸟飞回。无边落木萧萧下，不尽长江滚滚来。万里悲秋常作客，百年多病独登台。艰难苦恨繁双鬓，潦倒新停浊酒杯。（杜甫《登高》）

锦瑟无端五十弦，一弦一柱思华年。庄生晓梦迷蝴蝶，望帝春心托杜鹃。沧海月明珠有泪，蓝田日暖玉生烟。此情可待成追忆，只是当时已惘然。（李商隐《锦瑟》）

这两首堪称意境豁然与意境迷蒙的典范。两首都是大美之作。后一首有咏瑟、悼亡、自伤诸说，人们猜了千余年无定论，一直众说纷纭。前一首人称"古今七律第一"，意境多达14层，"如海底珊瑚，瘦劲难移，沉深莫测，而精光万丈，力量万钧。通章法、句法、字法，前无昔人，后无来学"。（明胡应麟语）

意境营造是创作成败的关键，万万不可粗心。否则意思虽好，却无诗味。请看：

过兼不及总非中，离却平常不是庸。庸字莫将容易看，只斯为道用无穷。

这是南宋朱熹题为《中庸》的七绝。道理全对，却诗味差，欠美感。

三、要锤炼语言，戒草率粗疏

大家都知道，贾岛因为用“僧推月下门”还是“僧敲月下门”，边走边比比划划，像神经病一样，闯了韩愈的大驾。他说“二句三年得，一吟双泪流”，道出了甘苦，也指明了成功的秘诀——锤炼语言。

我举一个例子。骊山华清池，千百人写过，你很难出新意。但元人商挺因为善于锤炼语言，却后来居上。他写的《骊山怀古》是：“女色迷人祸更长，千年烽火化温汤。无情一片骊山月，照罢周家又到唐。”锤炼语言的过程，其实就是不断深化思想、意境的过程。商挺明白此理，把周幽王、唐玄宗相联系，写成了这首绝唱。

金代诗人段克己，用一首诗把锤炼语言的重要及方法讲得再明白不过。他在《勉冯弟》的七律中说：“少年事业莫蹉跎，听我樽前一曲歌。铸剑必须经百炼，为文故自要三多。凡胎须得丹砂换，壮志休辞铁砚磨。平地为山由一篑，词源他日看银河。”诗中第四句“三多”，就是欧阳修说的“须看多、做多、商量多”。

四、要善于对仗，戒拉郎作配

格律诗，特别是七律，讲究对称美。不学对仗，就过不了关。

先举四例：

锦江春色来天地，玉垒浮云变古今。（杜甫）

五更鼓角声悲壮，三峡星河影动摇。（杜甫）

一身去国六千里，万死投荒十二年。（柳宗元）

斑竹一枝千滴泪，红霞万朵百重衣。（毛泽东）

一首诗有了好对，就通篇生色，不然就没有亮点。我们常常不注意对仗，甚至按胡适的主张，故意不作。其实，对仗由中国语言的独特性所决定，对称美是中国人的审美观念，你既然写格律诗，就得在对仗上用力。虽然达不到杜甫“窗含西岭千秋雪，门泊东吴万里船”那般高妙，但用了力总会好些。我为湖南籍老友前驱诗集《十月花》作序，几经思索，得了一个对仗：“花红十月惊五岳，一笔龙蛇动九嶷”，就使全诗有了生气。

五、要融入哲理，戒空洞说教

为说明问题，先讲两个故事。一个是袁克文劝阻他老子袁世凯称帝的两首七律。两诗主旨贯穿老子“自见者不明，自是者不彰，自伐者无功，自矜者不长”的哲理，说“山泉绕屋知深浅”，“嚣嚣恩怨未分明”，“剧怜高处多风雨，莫到琼楼最上层”，劝袁世凯切莫称帝。但袁世凯是个“自见”“自是”“自伐”“自矜”的人，不听劝阻，软禁作者，结果美梦破灭，丢了老命。

再一个故事是曾国藩的。曾国藩战胜太平军，一些人劝他做皇帝，取清室而代之。但他是道家思想很重的人，一生以“戒盈勿满”为信条。他给弟弟曾国荃写了一首七绝：“左列钟铭右谤书，人间随处有乘除。低头一拜屠羊说，万事浮云过太虚。”他不但不做皇帝，还“以淮代湘”，急流勇退。他效法的屠羊说，曾随楚昭王逃亡，却按道家“功成身退”的思想，拒不受爵，依旧卖羊肉。

将哲理入诗，以宋代为盛。但写得好很难。然而，诗中有了哲理，才更耐读，更有含金量。请看下述例句：

生当作人杰，死亦为鬼雄。（宋·李清照）

人生自古谁无死，留取丹心照汗青。（宋·文天祥）

匈奴犹未灭，安用以家为？（唐·徐铉）

沉舟侧畔千帆过，病树前头万木春。（唐·刘禹锡）

公道世间唯白发，贵人头上不曾饶。（唐·杜牧）

浮名浮利过于酒，醉得人心死不醒。（唐·杜光庭）

还想再说的是，不要怕难。得大胆尝试，多读、多思、多写、多改。攻克难点，就有望成为“诗中圣手”。

六、要学会用典，戒炫耀高深

用典与对仗，是中国诗歌独特艺术之所在。前者由中国语言的独特性所决定，后者由中国历史的无比丰厚所决定。有的辞典，载典故16000多条，一条一个历史故事。反对用典，就等于笔下抛开了中国历史。但要少用僻典，让人读懂。典用得好，一语顶千言，如“不可沽名学霸王”，使内涵大增，又短又好。用典还有一大好处，是可以把不便直说的事委婉道出，像上面曾国藩“低头一拜屠羊说，万事浮云过太虚”，一桩惊天大案，全藏在一典之内，只可意会，不可言传。反对用典，脱离遗产，脱离国情，不足为训。用典好的例子多得很。只举三例：

垂竿已羡磻溪老，体道犹思塞上翁。（唐·高适）

商女不知亡国恨，隔江犹唱后庭花。（唐·杜牧）

自是君恩薄如纸，不须一向恨丹青。（唐·白居易）

会用典，关键是读史用史，多学多练，没别的窍门。但是，美物不可多用。好比吃红烧肉，也不能八碗八碟全是它。总以荤素相间为宜。像下面这个例子，就应避免：

比干挥手谢微箕，只问豺狼不问狸。未许朱三作天子，尚留南八是男儿。李家惯作降王表，刘字空书太尉旗。逃禄已无偕隐母，介山遗恨满昭祁。（清·易顺鼎《和答程六颂万》）

像这样句句用典，古今少见。学问虽大，但有炫耀之嫌，不足师法。

（载于《解放军报》2012年3月20日）

一篇读罢头飞雪

贺新郎·读史

人猿相揖别。只几个石头磨过，小儿时节。铜铁炉中翻火焰，为问何时猜得，不过几千寒热。人世难逢开口笑，上疆场彼此弯弓月。流遍了，郊原血。　　一篇读罢头飞雪，但记得斑斑点点，几行陈迹。五帝三皇神圣事，骗了无涯过客。有多少风流人物？盗跖庄蹻流誉后，更陈王奋起挥黄钺。歌未竟，东方白。

毛泽东这首作于1964年春的词，1978年发表后曾轰动一时。有人说，此词气压万代，是毛氏晚年词中的“压卷之作”。不少论者，曾称它为读史词中的“千古一篇”。当时，党的十一届三中全会尚未召开，阶级斗争观念盛行，因而诗词界对此词好评如潮，赞誉之声高入云霄。一时间，阐释、评论、唱和诗文纷纷见诸报端。在我见过的此类作品中，以赵朴初先生的《贺新郎》一阕《读毛主席〈贺新郎·读史〉词书感》写得最耐读，词如下：

挥洒横天笔，气泱泱，笼今罩古，有谁堪匹？五十万年石头记，翻到开张第一，抖净了破铜烂铁。留得人间恩与怨，几千年多少英雄血。长不灭，光和热。　　词人心事凭谁说？甚来由，重提蹻跖，东方既白。省识称王称霸梦，还有贪夫恶客，果出现压城黑云。十载回思惊预见，真“一篇读罢头飞雪”。遗弓在，为呜咽。

岁月如流，转眼间，这两首词作已发表二十六年。平心而论，就词说词，两人都诚为大手笔，诗词成就都达到了极高水平。毛泽东的诗词，更登上了当代诗词创作的高峰，无人能及。他的这首《贺新郎·读史》，在我看来，亦具有三个方面的突出优点。第一，气魄宏大。毛泽东有着开拓万古之心胸，上承苏轼、辛弃疾豪放一派词风（他自称“偏于豪放，不废婉约”），以熔铸古今的笔墨，把几十万年的社会发展史，写入百余字的词作中，气魄之大，前无古人。读遍唐宋以来前人词作，没有像他这样评说历史的。第二，极具艺术魅力。写作时，毛泽东的形象思想活跃之极，词情极为浓郁炽热。他一生填词30余首，对比之下，其形象思维与情感之浓郁，当以此阕为最。第三，以鲜明的唯物史观，概括了一部人类社会发展史。这一点，前人论述已多，不再赘言。同样，赵朴初先生的那首，单就艺术欣赏而论，亦可称为杰作。

毛泽东在他的词作中，用“更陈王奋起挥黄钺。歌未竟，东方白”等铿锵之言，歌颂了中国历史上第一个农民起义的领袖陈胜。陈胜确实值得颂扬。司马迁写《史记》，就专门写了《陈涉世家》，肯定了他的历史功绩。2003年，笔者出版了吟咏近700个著名历史人物的《萤窗咏史诗》，也写了七言古风《陈胜》一首，文如下：

鸿鹄之志鹦难量，佣耕田垄抒衷肠：帝王将相宁有种？他日富贵勿相忘。
相与戍卒七百许，长路漫漫遣渔阳；天雨路断行期误，按律当斩如屠羊。
是逆是顺皆无命，死里求生拚一场。鱼腹丹书假神助，揭竿而起大泽乡。
登高一呼天下应，中有项羽并刘邦。不取关中履巢穴，却于陈地忙称王。
“夥涉为王”心骄侈，故人离散六月亡。推翻暴秦功第一，英魂毅魄傲穹苍。

（载于《解放军报》2004年4月9日）

心与百姓通　诗为平民作

——毛泽东评点白居易诗浅析

欲济苍生雾茫茫，浊世忠鲠只堪伤。岁岁攻书使眼枯，年年为吏老江乡。
调头不问鸡虫事，萧条白发且飞觞。一诗才成令纸贵，万户传抄遍洛阳。
山川风物怜屈宋，流金泻玉几万行。身后留得七十卷，可与日月争辉光。
《长恨歌》兮童子吟，《琵琶行》兮胡儿唱。

这是笔者在《萤窗咏史诗》中评说白居易的七言古风，肯定了他在诗歌史上的地位。

笔者研读史料，从《毛泽东评点古今人物》一书中得知，身为一代革命伟人的毛泽东，也喜爱白居易的诗。1939年5月30日，他在延安庆贺模范青年大会上讲话，就引用了白居易的诗：

赠君一法决狐疑，不用钻龟与祝蓍。试玉要烧三日满，辨材须待七年期。
周公恐惧流言日，王莽谦恭未篡时。向使当初身便死，一生真伪复谁知？

他以此诗的后两句立意，说明革命者“永久奋斗”的重要；如果中途而废，“没有永久奋斗的精神”，像汪精卫、张国焘之流，“盖棺论定”之日，就只能前功尽弃。

毛泽东不仅引用，而且还评点白居易的诗。从《毛泽东评点诗词曲精选》(影印本)一书可见，在阅读《琵琶行》一诗时，他连画了三个密圈，并在书眉上写道：“江州司马，青衫泪湿，同在天涯。作者与琵琶演奏者有平等心情。白诗高处在此，不在他处。其然岂其然乎？”批语为毛笔行草，神采飞扬。

对《琵琶行》一诗，前人评语众多，单是《唐诗汇评》一书，就有由宋至清的19种载籍的评说，认为它“情文兼茂”“曲折婉转”“意到笔随”“声能引泣”“恻恻动人”“余波荡漾”等。诸多评说，虽有助于人们领略白诗的妙处，但似乎尚未说到根本。而毛泽东的评点，则如石破天惊，以“平等心情”一语，道出了白诗人民性的内涵。“白诗高处在此，不在他处”，掷地有声，指明了中国诗歌优良传统所在，是一声春雷。

在唐代，琵琶女是卑贱者。她“低眉信手续续弹，说尽心中无限事”，用乐曲倾诉悲伤，使满座哀感。而“座中泣下谁最多？江州司马青衫湿”。听一曲而泪湿衣衫，正是白居易心向细民，具有“平等心情”的体现。综观白居易前期的讽喻诗，可以说都是怀着对劳动者的“平等心情”而创作的。他的心与百姓相通，说“丈夫贵兼济，岂独善一身。安得万里裘，盖裹周四垠”。下大雪了，他说：“八年十二月，五日雪纷纷……回观村闾间，十室八九贫。”天旱炎热，他说：“嗷嗷万族中，唯农最辛苦”，“是岁江南旱，衢州人食人”。为此，他厌恶官吏的挥霍浪费，说“朱门车马客，红烛歌舞楼”，“岂知阌乡狱，中有冻死囚”。他指斥赋重民苦，说“有一田舍翁，偶来买花处……一丛深色花，十户中人赋。”他深刻揭示了封建社会的病根：“典桑卖地纳官租，明年衣食将何如？剥我身上帛，夺我口中粟。虐人害物即豺狼，何必钩爪锯牙食人肉？”总之，白居易的前期诗歌，反映了作者心系苍生、为民请命的博大胸怀。毛泽东的评点，乃是千秋定论。

白居易之所以能写出深受毛泽东称道的诗篇，有客观与主观两个方面的原因。客观上说，他生长于战乱年代。少年时，为避兵乱，他远离故土，寄居越中。“国家不幸诗家幸”，战乱使他和百姓一样饱尝人间辛酸，有了关心底层人民的“平等心情”，也获得了创作源泉。他的“时难年荒世业空，弟兄羁旅各西东。田园寥落干戈后，骨肉流离道路中。吊影分为千里雁，辞根散作九秋蓬。共看明月应垂泪，一夜乡心五处同”一诗，就是这种经历的生动写照。从主观上，他选择了正确的创作道路，在早期到民间采风，体察民情，并在实践中形成了为后世肯定的创作理论。他主张“文章合为时而著，歌诗合为事而作”。其讽喻诗的写作，更是以“救济人病”为宗旨，以“惟歌生民病”为主题。正是这个理论的指导，使他创作了许多光辉诗章。然而，由于他直言不讳，指斥时弊，因而“为权近所恶”，在政治上屡遭打击贬谪。晚年他闲居洛阳，写了大量闲适诗，自号“醉吟先生”，不再有当年的锐气，这是儒者“穷则独善其身”所使然，后人不可苛责于前贤。

（载于《解放军报》2007年4月8日）

李白诗浅析

笔底银河落九天，何曾憔悴饭山前？世间东抹西涂手，枉著书生待鲁连。

元好问这首诗，提到了唐代大诗人李白《望庐山瀑布》诗中的名句。这首诗只有四句："日照香炉生紫烟，遥看瀑布挂前川。飞流直下三千尺，疑是银河落九天。"诗写得很美，很有气势。元好问在诗中对李白充满赞赏之意。本文打算以此为引子，对李白诗歌创作上的某些特点，做一个粗浅的分析，来看看这位大诗人，是怎样把人们写作中不易处理好的一些问题处理好的。

学习前人与超越前人

历来弄笔的人，都碰到一个如何学习前人，继承前人遗产的问题。有人处理得好，能够既师承又有所创新，青出于蓝；有人处理得不好，一入师门，终身不能越其藩篱，终于是继承尚且不能，创新更无从谈起，成为先哲的不成器弟子；有人则是先贤的真功夫并未学到，脚跟未曾站稳，便大言不惭，自称另辟蹊径，结果走入末流，成为不肖弟子。无疑，李白是属于第一种情况的。他虽然"十五观奇书，作赋凌相如"，傲视当世，但仍旧有他所景仰、所仿效、所学习的先哲。

作为继往开来的诗人，李白赞赏和学习的前代诗人不少。他在诗歌中以激赏的口吻，称道过屈原、宋玉，说"哀怨起骚人"，"屈平词赋悬日月"。夜宿巫山之下，他又发出了"高丘怀宋玉，访古一沾裳"的咏叹。对汉代的司马相如、扬雄、枚乘等，也肯定他们在文学史上的地位，并说"扬马激颓波"，歌颂他们继屈原、宋玉之后兴起，对后世发生了重大影响。对曹操、曹丕、曹植及建安七子，他更是欣赏，说是"自从建安来，绮丽不足珍"，给予了极高的评价。对南朝诗人谢灵运、谢朓，他也是称赞，看到了二谢在山水诗方面的开创作用，说“谢公(灵运)池塘上，春草飒已生”;“解道澄江静如练，令人长忆谢玄晖”(谢朓字玄晖)。李白的许多山水诗，是学习二谢的。清代王士禛研究李白的作品，就指出李白“一生低首谢宣城”(谢朓曾任宣城太守，故称)。对陶渊明，他不仅极力赞赏其诗歌的美好，更景仰陶的为人，说“华发长折腰，将贻陶公诮”。对同时代的诗人杜甫、孟浩然等，他与之交情深厚，互相唱和，在诗歌创作上互相学习借鉴。在寄杜甫的诗中他说：“思君若汶水，浩荡寄南征。”在给孟浩然的赠诗中说：“吾爱孟夫子，风流天下闻，……高山安可仰，徒此揖清芬。”这些都可以说明，李白在成就上前无古人，对前人又是下过大功夫学习的。从多如繁星的古代作家中，他逐一分辨，找出了他认为值得师法的前辈。“不是一番寒彻骨，哪得梅花扑鼻香”。不是“学富五车”，认真研究过前人作品，他是找不出真正值得推崇与学习榜样的。

要学习前人，这谁都知道。但学前人着重学什么？学生是不是永远居于前辈的下风？能不能和敢不敢超越前人(尽管在当时看来他们已站在泰山顶上)？敢于超越的话，用什么办法才能达到目标？这些，是古往今来的“莘莘学子”往往解决得不好的。李白在这些问题上，都有自己独到的见解和实践。他不满足于学到前代高人的一鳞半爪，而是立志超越前人。他在诗中说：“我志在删述，垂辉映千春。希圣如有立，绝笔于获麟。”他发出宏愿，要像孔子删定《诗经》那样编定一代文献，使之千载流传，并且在诗文创作方面，也将效法孔子锲而不舍的精神，有生之年，努力作出贡献，做到“有立”，除非死亡不停止写作。李白并没有说空话，一生写了大量诗文。今传世的《李太白全集》，有诗、赋、文一千一百多篇(首)，而这只是他的作品的一小部分。他的族叔李阳冰在李白死后将其遗作编为《草堂集》，写了一篇序文说：“自中原有事，公避地八年，当时著述，十丧其九”。由此我们可以想见，李白诗歌著作之宏富，是堪与“六十年间万首诗”的宋代陆游相媲美的，只是留存下来的远不如陆游的多。综观李白存世的近千首诗歌，可以看出，李白学习前人，是站着学，而不是跪着学；是取其精华，而不是精芜兼收；是得其神髓，而不是生吞活剥。他决不只是踩着别人的脚步走，不屑于依样画葫芦。对只知模仿他人的学习态度，他曾写诗加以辛辣讽嘲：“丑女来效颦，还家惊四邻。寿陵失故步，笑杀邯郸人。”可以说，这种态度，是他取得成就的关键性因素。因此，李白同时代的魏颢在《李翰林集》序文中说：“伏羲造书契，后文章滥觞者六经，六经糟粕《离骚》，《离骚》糠秕建安七子，七子至白，中有兰芳，情理宛约，词句妍丽。白与古人争长，三字九言，鬼出神入，瞠若乎后耳。”李白学习古人，从诗歌必须有充实的内容，刚健雄浑的风骨，到具有完满的表现手法，他都是既继承又开拓发展的。他继承古诗风雅的优秀传统，反对浮靡诗风，发出了“大雅久不作，吾衰竟谁陈”的叹息，并以自己的实践力变诗风，继陈子昂之后为唐代诗歌的兴盛作出了重大贡献。李阳冰说：“至今朝诗体，尚有梁陈宫掖之风，至公大变，扫地并尽。”这个评价应该说是公允的。他学习古人的宽广胸怀，曾立志兼济天下，“万里写入胸怀间”，使自己的许多诗歌意境宏阔。他学习古人的“浩然之气”，使自己气盖万夫，笔力千钧，“兴酣落笔摇五岳，诗成笑傲凌沧洲”。他学习古人为祖国的壮丽河山写照，遍历名山大川，写了《蜀道难》《峨眉山月歌》《庐山谣寄卢侍御虚舟》《梦游天姥吟留别》等诗篇，笔底飞彩虹，毫端生烟云，成就远远超过前人，做到了像杜甫称赞的那样“诗卷长留天地间”。他学习古人把诗歌写得动人的本领，同样超过前人，做到了“笔落惊风雨，诗成泣鬼神”（也是杜甫称赞他的话）。

正因为学习古人而又立志超过前人，所以李白获得了巨大的成就。唐人裴敬就说：“其文高，其气雄，世稀其本。”宋祁在《新唐书·文艺列传》中，更引证唐人的记述，说唐文宗李昂曾下诏书，称许李白的诗歌与将军裴旻的剑舞、张旭的草书，并为唐代的三绝。苏轼也说：“李太白、杜子美，以英玮绝世之姿，凌跨百代，古今诗人尽废。”到了李白死后六百多年，明代王叔承说他“笑傲万古空无人”。大名鼎鼎的方孝孺则写了一篇《李太白赞》，其中说道：“矫矫李公，雄盖一世。麟游龙骧，不可控制。秕糠万物，瓮盎乾坤。狂呼怒叱，日月为奔……手搏长鲸，鞭之如羊。至于扶桑，飞腾帝乡。惟昔战国，其豪庄周，公生虽后，其文可侔。”说是“三绝”之一，“跨凌百代”，只有庄周可比，这可能反映了宋祁、苏轼、方孝孺等人对李白的偏爱，但可以看出，李白的成就之高，是叫后人折服的。

单一题材与广为开拓

众多的作家，虽有才情，但由于创作题材单一，因而成就终究有限。与此相反，历史上伟大的作家，不仅才情过人，而且创作题材宽广，从多方面反映了他那个时代，因而成就卓著。李白无疑是属于后一种的。

从李白留下来的作品看，他创作的题材是宽广的。他既写个人的志向、抱负、游历和怀才不遇的愤懑，也写国家的动乱，人民的悲苦；既把笔触伸向社会现实，也描绘祖国壮丽的山川；既探索历史的过去，褒贬古人，也面对当世，评说同时代的一些人物；既写了上层人物，也写了市井小民……在他笔下，呈现的是广阔的社会和大自然的图景。

李白能做到这一步，是由多方面的因素组成的。

历来题材单一的作家，究其原因，往往解决不好处世与自处的关系。他们生长在旧时代，境遇不同，有的春风得意，仕途顺利，有的穷愁潦倒，困顿一生。不善于自处的人，胸襟狭窄，识见不广，目光容易专注于自己的鼻子尖，看不到三山五岳，亿万生民，因而常常是以个人的悲喜为悲喜。自己青云直上，则笔下多半产生颂歌，对封建帝王歌功颂德。自己遇到挫折，笔下便多是怨诗与哀歌，诉说个人的怨苦不可休止。无论是前者还是后者，都没有把眼光投向整个社会，或自我陶醉而淡忘了人民，或悲悲切切而忧己多于忧民，聪明才智在狭小的范围内被扼杀。在很大的程度上，李白是有别于这种情况的。他虽然也曾以接近皇帝、权贵为荣，对荣华富贵表示过羡慕与留恋，说过“生不愿封万户侯，但愿一识韩荆州”的话，想依托权门的推荐而一展抱负，还写过“长安宫阙九天上，此地曾经为近臣”这样的诗歌，但他一生并不得意，除在长安做了不到两年“翰林供奉”这种点缀升平的闲官之外，其余几十年都浪迹天涯，有许多时日生计贫困，并曾因永王李璘起兵的事受牵连，身陷牢狱，流放夜郎。在长期的逆境中，他一方面写了许多抒发个人悲愤的诗篇，如“抽刀断水水更流，举杯消愁愁更愁。人生在世不称意，明朝散发弄扁舟”（《宣州谢朓楼饯别校书叔云》）；“以额触关阍者怒，白日不照我精诚”（《梁父吟》）；“吟诗作赋北窗里，万言不值一杯水”（《答王十二寒夜独酌有怀》）；等等。也写了许多沉缅杯酒，昏饮逃世，仰慕仙道，消极地感叹人生的诗篇，给后世以消极影响。这是他作品中的糟粕。但另一方面，他又没有只把意念局限于个人的处境。他胸怀旷达，不忘自己的抱负和理想，不忘生民的痛苦。他写了不少与消沉相对立的乐观向上、希求大有作为的诗作。如：“齐有倜傥生，鲁连特高妙。明月出海底，一朝开光曜。却秦振英声，后世仰末照。意轻千金赠，顾向平原笑。吾亦淡荡人，拂衣可同调。”（《古风》五十九首之一）“君不见朝歌屠叟辞棘津，八十西来钓渭滨。宁羞白发照清水，逢时吐气思经纶，广张三千六百钓，风期暗与文王亲。大贤虎变愚不测，当年颇似寻常人。”（《梁父吟》）他不仅向往着有朝一日能像鲁仲连、姜子牙这样为国家建功立业，而且还在安史之乱发生以后，赠诗给率兵出征的将领，说“独坐清天下，专征出海隅……风高初选将，月满欲平胡。杀气横千里，军起动九区。白猿惭剑术，黄石借兵符。戎虏行当剪，鲸鲵立可诛。自怜非剧孟，何以佐良图。”（《中丞宋公以吴兵赴河南军次寻阳脱余之囚参谋幕府因赠之》）这首诗鲜明地表达了他的报国之志。在这之前，他就写了不少充满爱国激情的诗篇说：“试借君王玉马鞭，指挥戎虏坐琼筵。南风一扫胡尘静，西入长安到日边。”表达了要扫平叛乱，恢复故都的壮志。即使因永王李璘起兵的事受牵连而流放夜郎，他的爱国之心也没有泯灭。在《赠张相镐》一诗里他写道："石勒窥神州，刘聪劫天子。抚剑夜吟啸，雄心日千里。誓欲斩鲸鲵，澄清洛阳水。"在为流放夜郎而作的长诗中，他仍然说："桀犬尚吠尧，匈奴笑千秋。中夜四五叹，常为大国忧。"这有力地说明，他没有戚戚于个人的不幸遭遇，而能以天下之心为心，忧国忧民。这是李白善于自处的力证。他关心民瘼，写了一些反映人民痛苦的诗歌。杨国忠派兵远征南诏，丧师20万，他写了《书怀赠南陵常赞府》、《古风》第三十四等诗加以揭露，后一首说："渡泸及五月，将赴云南征。怯卒非战士，炎方难远行。长号别严亲，日月惨光晶。泣尽继以血，心摧两无声。困兽当猛虎，穷鱼饵奔鲸。千去不一回，投躯岂全生？如何舞干戚，一使有苗平。"看到船工炎夏挽船的辛劳，他写了《丁都护歌》："云阳上征去，两岸饶商贾。吴牛喘月时，拖船一何苦！水浊不可饮，壶浆半成土。一唱都护歌，心摧泪如雨。万人凿盘石，无由达江浒。君看石芒砀，掩泪悲千古。"看到农民的艰辛，他写了《宿五松山下荀媪家》："我宿五松下，寂寥无所欢。田家秋作苦，邻女夜舂寒。跪进雕胡饭，月光明素盘。令人惭漂母，三谢不能餐。"这类诗说明，他虽然一生飘流南北，怀才不遇，但却不像李贺、孟郊那样，过多地去吟咏个人的哀怨与穷愁，而是能够自处，视野颇宽，写出题材广泛的诗篇。这不能不说是李白胸襟过人之处。

题材单一的作家，除了不善于自处，个人忧戚缠于胸际、视野偏狭之外，还有一个原因是生活圈子窄小。他们踏入社会之后，或局限于官场、宫廷，或只与少数骚人墨客为友。广大底层人民他们并未怎么接触，无所体察，广大地域他们并未涉足，名山大川的风光无从领略。这样，他们写作时必然局限于某个不大的范围，题材必然单一，因为他们对其余世界并不熟悉。因此，尽管他们的某些篇章也堪称上乘之作，但终归造成不了广博宏大的气象，他们本人才智虽高，但不能成为时代的骄子。

李白足迹遍南北，一生如浮萍浪梗，到处漂移，从求仕宦的角度说他是倒运的，从诗人的角度说他则是幸运的。他游历了天下无数壮观的景色，写下了许多气象万千的山水诗篇，使后世诗人瞠目结舌，望而却步。《蜀道难》是人所共知的，我们且看《梦游天姥吟留别》："海客谈瀛洲，烟涛微茫信难求。越人语天姥，云霓明灭或可睹。天姥连天向天横，势拔五岳掩赤城。天台四万八千丈，对此欲倒东南倾。我欲因之梦吴越，一夜飞渡镜湖月。湖月照我影，送我到剡溪。谢公宿处今尚在，渌水荡漾清猿啼。脚着谢公屐，身登青云梯。半壁见海日，空中闻天鸡。千岩万转路不定，迷花倚石忽已暝。熊咆龙吟殷岩泉，栗深林兮惊层巅。云青青兮欲雨，水澹澹兮生烟。列缺霹雳，丘峦崩摧。洞天石扇，訇然中开。青冥浩荡不见底，日月照耀金银台。霓为衣兮风为马，云之君兮纷纷而来下。虎鼓瑟兮鸾回车，仙之人兮列如麻。忽魂悸以魄动，恍惊起而长嗟。惟觉时之枕席，失向来之烟霞。世间行乐亦如此，古来万事东流水。别君去兮何时还，且放白鹿青崖间，须行即骑访名山。安能摧眉折腰事权贵，使我不得开心颜！"像这类山水诗，李白写了许多，他的创作题材因此得以扩展，也使他的作品更加瑰丽雄奇，流传广远。

李白长期"混游渔商"，接触各种人士，熟悉他们的生活、情感、语言，增广见闻，使他的写作题材大为拓展，在诸多方面都给后人留下了脍炙人口的名篇。有描写战争的，如《战城南》："去年战，桑乾源；今年战，葱河道。洗兵条支海上波，放马天山雪中草。万里长征战，三军尽衰老。匈奴以杀戮为耕作，古来唯见白骨黄沙田。秦家筑城避胡处，汉家还有烽火燃；烽火燃不息，征战无已时。野战格斗死，败马嘶鸣向天悲。乌鸢啄人肠，衔飞上挂枯树枝。士卒涂草莽，将军空尔为。乃知兵者是凶器，圣人不得已而用之。"有描写边塞生活的，如《关山月》："明月出天山，苍茫云海间。长风几万里，吹度玉门关。汉下白登道，胡窥青海湾，由来征战地，不见有人还。戍客望边邑，思归多苦颜。高楼当此夜，叹息未应闲。"有描写民间侠客的，如《侠客行》:“赵客缦胡缨，吴钩霜雪明。银鞍照白马，飒沓如流星。十步杀一人，千里不留行。事了拂衣去，深藏身与名。闲过信陵饮，脱剑膝前横。将炙啖朱亥，持觞劝侯嬴。三杯吐然诺，五岳倒为轻。眼花耳热后，意气素霓生。救赵挥金槌，邯郸先震惊。千秋二壮士，烜赫大梁城。纵死侠骨香，不惭世上英。谁能书阁下，白首太玄经。”有凭吊古迹缅怀先贤的，如《经下邳圯桥怀张子房》:“子房未虎啸，破产不为家。沧海得壮士，椎秦博浪沙。报韩虽不成，天地皆振动。潜匿游下邳，岂曰非智勇。我来圯桥上，怀古钦英风。唯见碧流水，曾无黄石公。叹息此人去，萧条徐泗空。”有描写冶炼工人夜间治炉场面的，如《秋浦歌》:“炉火照天地，红星乱紫烟。赧郎明月夜，歌曲动寒川。”有记述与僧、道交往的，如《听蜀僧睿弹琴》:“蜀僧抱绿绮，西下峨眉峰。为我一挥手，如听万壑松。客心洗流水，遗响入霜钟。不觉碧山暮，秋云暗几重。”这些门类广泛的诗作，说明李白生活领域之宽，兴趣之广。这使他手中的彩笔，上下古今，天地人神，士农工商，三教九流，无所不写。这是他的成就超越常人的又一重大因素。

真实与夸张

李白是一位浪漫主义的大诗人，他诗歌中夸张手法的运用，高妙入神，使他的许多作品状物写人鲜明生动，令人过目难忘。

没有夸张就没有语言的艺术；而离开真实的夸张，也就是夸张艺术的死亡。怎样才能既不违背真实，而又用夸张的手法使真实的形象和景物长留书卷，传播人间，远非所有的文学家都解决得了的。而在这方面，李白堪称典范。

翻阅李白的诗篇，我们几乎随处可见，在运用夸张这种艺术手段时，他比一般人有更丰富的想象力，他那思想的翅膀比别人飞翔得更高更远，也更为大胆。比如下面的诗句：“客自长安来，还归长安去。狂风吹我心，西挂咸阳树。此情不可道，此别何时遇？”(《金乡送韦八之西京》) 狂风再大，吹不走送行人的心，更不能从金乡（山东属县）把它吹到咸阳，挂上树梢。但正由于李白想象力的丰富，敢于大胆夸张，就把他与韦八的深厚友情写得非同寻常。还有“君不见高堂明镜悲白发，朝如青丝暮成雪”（《将进酒》）。“燕山雪花大如席，片片吹落轩辕台”（《北风行》）。“一日三风吹倒山，白浪高于瓦官阁”（《横江词》六首之一）。朝暮之间青丝变白发，以及风吹山倒，白浪比据说在当年是240尺的瓦官阁还高，实际上不可能。但这样的夸张，就使他所要表达的人生衰老之快，山风之猛，江浪之高，给人留下了难以磨灭的印象。

说李白善于运用夸张的艺术手段，还因为他能以真实为基础，不使夸张变为虚幻或荒诞，因而人们看了他的夸饰之词，获得的是真实感更为强烈，而不是相反。他的《望庐山瀑布》诗，说“飞流直下三千尺，疑是银河落九天”。以三千尺形容瀑布之高，以一个“疑”字，把夸张引伸一层，说就像银河从九天降落一般，这样，瀑布高大而气势非凡这个真实的事物，给人的印象便永生难忘了。古往今来写庐山瀑布的骚人墨客不知有多少，别人的描述终不能胜过李白，不能不说是与他的夸张运用得好有关。在《蜀道难》一诗中，他说：“蜀道之难，难于上青天！……上有六龙回日之高标，下有冲破逆折之回川。黄鹤之飞尚不得过，猿猱欲度愁攀援。”把山峰的险峻说成是鸟飞不过，猿猱难攀，还说“一夫当关，万夫莫开”，显然是夸张之词。但这个夸张没有离开蜀道艰险这个真实。经过李白的艺术夸张，千百年来，蜀道难这个真实在人们心目中就更有生命、更为坚牢了。没有他这个夸张，亿万没有走过蜀道的人，对它的艰险就无从了解与感受，因而蜀道艰险这个真实在他们心目中便是空白。在这里，夸张显出了它神奇的力量。

李白诗歌中夸张运用之妙，还由于他把真实与夸饰糅合得好，做到了虚实融为一体，看上去十分妥帖、自然。比如“白发三千丈，缘愁似个长，不知明镜里，何处得秋霜。”（《秋浦歌》十七首之一）“桃花潭水深千尺，不及汪伦送我情。”（《赠汪伦》）“南风吹归心，飞堕酒楼前。”（《寄东鲁二稚子》）用

“三千丈”夸饰白发，与头白的原因忧愁结合，就使忧愁之深显得更为可信。用桃花潭水有三千尺的夸张语句，同样把友情的深厚形容得无以复加，显示出这种感情十分真挚。人们读了，只会觉得李白异常珍惜汪伦的友情，绝不会感到他是油嘴滑舌，信口雌黄。他思念长期分离的幼子，归心似箭，情感强烈，用夸张之词说南风把他的心吹落到楼前，不仅使文字生动，更显出了他思念之深，归心之切。在这些诗句中，“白”与“愁”，“深”与“情”，“归心”与“飞堕”，这些字词的运用，都说明了他在真实与夸张的糅合上，功力很深，巧妙自然。

沉雄与飘逸

历代论诗的人，大都用“飘逸”来概括李白的诗风。杜甫说：“白也诗无敌，飘然思不群。”(《春日怀李白》) 在这首诗里，杜甫还说李白与鲍照一样“俊逸”，其飘然俊逸有如渭北春天的花树，江东日暮的飞云。宋代的欧阳修则说:“李白落笔生云烟，千奇万险不可攀。”(《太白戏圣俞》) 这就在飘逸之外，还指出李白诗歌的雄奇。唐宋八大家之一的曾巩在《代人祭李白文》中，说了这样一段话：“子之文章，杰立人上。地辟天开，云蒸雨降，播产万物，玮丽瑰奇，大巧自然，人力何施？又如长河，浩浩奔放，万里一泻，末势犹壮。大骋厥辞，至于如此。意气飘然，发扬俦伟，飞黄駃騠，轶群绝类。”这段话是否溢美当作别论，但指出李白的诗文奇伟、奔放、雄壮，则是准确妥当的。

历代诗人，诗风俊逸的非止一人，雄放的也不止一人，然而像李白这样沉雄和飘逸两者兼有，并达到了那样的艺术高度的，却属凤毛麟角。那么，李白是怎样做到了这一步的呢？

分析李白的一些诗歌，我们可以看出，这位大诗人极善于把迅疾变化、活动不定的自然景物，乃至并不存在的神物铸入诗句，造成一种奔腾飘逸的气氛。光的急射，电的闪耀，风的吹拂，云的游移，烟的飘浮，水的奔流，黄鹤的飞翔碧霄，大鹏的展翅万里，神话中拉着周穆王漫游八极的骏马，他都能调动起来，为他造成飘逸的气氛服务。如："俱怀逸兴壮思飞，欲上青天揽明月。"(《宣州谢朓楼饯别校书叔云》)"清风吹歌入空去，歌曲自绕行云飞。"(《忆旧游寄谯郡元参军》)"秦山楚山皆白云，白云处处常随君。君入楚山里，云亦随君渡湘水。湘水上，女萝衣，白云堪卧君早归。"(《白云歌送刘十六还山》)"仙人有待乘黄鹤，海客无心随白鸥。"(《江上吟》)"大鹏一日同风起，扶摇直上九万里。假令风歇时下来，犹能簸却沧溟水。"(《上李邕》)"杨花落尽子规啼，闻道龙标过五溪。我寄愁心与明月，随风直到夜郎西。"(《闻王昌龄左迁龙标遥有此寄》)从这些例句可以看出，李白运用众多活动变化的事物，确实使他的诗歌产生了飘逸感。前人在李杜合集的一篇序文中，就引证宋代诗人杨万里的评论说：李白的诗歌，"如列子御风"。另一位诗人则说李白"笔锋缥缈生云烟，墨骑纵横飞霹雳。有如怀素作草书，崩腾历乱龙蛇掳。更如公孙舞剑器，浑脱浏漓雷电避。"这与杨万里的评价是吻合的。

李白作诗，还擅长在时间、空间上作大跨度的横越跳跃，同时又用意念作为红线加以贯串，从而造成飘逸感。唐代诗人皮日休就看出了李白这种忽而天上，忽而地下，横越宇宙洪荒的笔下功夫，因而说他是"口吐天上文，迹作人间客"。(《李翰林》，七爱诗七首之一)《唐诗纪事》中有一则评论则说："李太白辞，天与俱高，青且无际，鹍触巨海，澜涛怒翻。"他的这个创作方法，从下面这些诗作可见一斑："朝辞白帝彩云间，千里江陵一日还。两岸猿声啼不住，轻舟已过万重山。"(《早发白帝城》)"西岳峥嵘何壮哉！黄河如丝天际来。""巨灵咆哮擘两山，洪波喷流射东海。"(《西岳云台歌送丹邱子》)"但见宵从海上来，宁知晓向云间没。……今人不见古时月，今月曾经照古人。"(《把酒问月》)"只愁歌舞散，化作彩云飞。"(《宫中行乐词》八首之一)"白日何短短，百年苦易满。苍穹浩茫茫，万劫太极长。麻姑垂两鬓，一半已成霜。天公见玉女，大笑亿千场。吾欲揽六龙，回车挂扶桑。"(《短歌行》)这些诗，时间、空间的跨度都很大，山岳湖海，人间天上，今日古时，神仙世界，都已经没有阻隔，任其纵横驰骋，随意念之所至。真是“言出天地外，思出鬼神表。读之则神驰八极，测之则心怀四溟”。(唐皮日休语)

李白还惯于以他奔放的才华，跳动的思绪，出人意表的想象力，使行文若断若续，使看上去并不相干的事物连结起来，从而在诗歌中造成飘逸的意境。前人曾说：“李白诗如黄帝张乐于洞庭之野，无首无尾，不主故常。”(《黄山谷文集》)另一位古代评论家则说，李白的一些诗篇，“断如复断，乱如复乱，而词义反复屈折，行乎其间，实未尝断而乱也，使人一唱三叹而有遗音。”(见《李太白集注》三十四卷)李白这样的诗篇不少，如《远别离》：“远别离，古有皇英之二女，乃在洞庭之南，潇湘之浦。海水直下万里深，谁人不言此离苦？日惨惨兮云冥冥，猩猩啼烟兮鬼啸雨，我纵言之将何补？皇穹窃恐不照余之忠诚，雷凭凭兮欲吼怒，尧舜当之亦禅禹，君失臣兮龙为鱼，权归臣兮鼠变虎。或云尧幽囚，舜野死。九疑联绵皆相似，重瞳孤坟竟何是？帝子泣兮绿云间，随风波兮去无还。恸哭兮远望，见苍梧之深山。苍梧山崩湘水绝，竹上之泪乃可灭。”这首诗的思绪跳动，似断非断，似乱非乱，中间穿插了有关尧被舜所幽囚，舜死于苍梧之野的传说故事，以及诗人关于君权旁落，龙为鱼、鼠为虎的议论，但作为哀悼尧之二女娥皇、女英沉于湘水的主题思想，却一贯到底。这条主线与若断若续的文章，就造成了一种既深沉又流动的意境。再如“海神来过恶风回，浪打天门石壁开。浙江八月何如此？涛似连山喷雪来”。(《横江词》六首之四)在这里，李白凭着他的想象之力，让浪涛打开了天门石山，把浪涛描绘成座座雪山奔腾而来，胜过钱塘江的八月怒潮。一些本来不甚关连的事物，到了李白笔下，也变得浑然一体。如“花间一壶酒，独酌无相亲。举杯邀明月，对影成三人”(《月下独酌》)、“小时不识月，呼作白玉盘。又疑瑶台镜，飞在青云端”(《古朗月行》)。天上的明月与人间的玉盘、镜子，仅仅形似，在这里却连结成为美妙的诗歌，造成了飘逸的意境。

上面，我们分析李白沉雄飘逸的诗风的一般情形。这里再引唐代诗僧齐己的一首诗作为本段的结语：“竭云涛，刳巨鳌，搜括造化空牢牢。冥心入海海神怖，骊龙不敢为珠主。人间物象不供取，饱饮游神向悬圃。锵金铿玉千余篇，脍吞炙嚼人口传。须知一二丈夫气，不是绮罗儿女言。”（《读李白集》）

色彩斑斓与不伤于浓艳

古代一些诗人，传世作品虽然朴质敦厚，但却“略输文彩”；有些人作品色彩斑斓，但却有似盛装的贵妇人，过于艳丽，有伤高雅。在既不乏斑斓之文彩，又不伤于浓艳的诗坛巨人队伍中，李白是名列前茅的。尽管《西清诗话》有一则评论，说李白诗“逸态凌云，映照千载，然时作齐梁间人体段，略不近浑厚”，但更多的论诗者，则认为李白是继陈子昂之后，扫除齐梁余风的功臣。明代宋濂在《答章秀才论诗书》中说：“李太白宗风骚及建安七子，其格极高，其变化若神龙之不可羁。”清代王士禛在选评唐代的五言诗时也说：“夺魏晋之风骨，变梁陈之俳优，陈伯玉（子昂）之力最大，曲江公（张九龄）继之，太白又继之，《感遇》《古风》诸篇，可追嗣宗（阮籍《咏怀》、景阳（张协）《杂诗》。”应该说，宋濂，王士禛是正确的，因为李白诗风的主导方面与他们的评价是相符的。

李白能够做到色彩斑斓而又不伤于浓艳，从他的许多作品去分析，我认为是因为他在三个方面把握得好。

第一，七色和谐。红黄橙绿青蓝紫，离开大自然赋予的这七种颜色，诗歌是作不成的，即使勉强为之，作出来也黯淡无光。问题的关键，是把诸多颜色设置配当得协调和谐。绘画大师是这方面的能手，诗坛奇杰也是这方面的能手。李白是能使七色和谐的巨匠。试看《侍从宜春苑奉诏赋龙池柳色初青听新莺百啭歌》：“东风已绿瀛洲草，紫殿红楼觉春好。池南柳色半青青，萦烟袅娜拂绮城。垂丝百尺挂雕楹，上有好鸟相和鸣，间关早得春风情。春风卷入碧云去，千门万户皆春声。是时君王在镐京，五云垂辉耀紫清。仗出金宫随日转，天回玉辇绕花行。始向蓬莱看鹤舞，还过茝若听新莺。新莺飞绕上林苑，愿入萧韶杂凤笙。”这首诗的品格我们不去评论，可是就色彩来说，绿草，紫殿，红楼，碧云，白鹤，翠色的莺，青色的柳，金色的宫阙，五彩缤纷的仪仗，争奇斗艳的春花，应有尽有。但诗人调色并不浓艳，每种颜色只用一字点出，而在色调配置上则很巧妙，安排得十分协调，呈现出一幅和谐美丽的春日图景。正因为李白有这样的本领，所以元代诗人方回写诗称赞说：“人言太白豪，其诗富以丽。乐府信皆尔，一扫梁隋腐。余篇细读之，要自有朴处。”（《杂书》）杜甫则说他“文彩承殊渥，流传必绝伦”。

第二，俏丽适度。世界上的事物往往是相通的。比如妇人化妆，七分人才，三分打扮，便相得益彰；如果三分人才七分打扮，则欲益反损。作诗运用词藻也是这样。无彩不成诗，过丽反成累。最紧要的是要用得适度。这个“度”，在乎艳与不艳之间，俊丽而高雅，多彩而不俗。李白的许多俊丽的诗作，这个“度”是掌握得恰到好处的。如《黄鹤楼送孟浩然之广陵》：“故人西辞黄鹤楼，烟花三月下扬州。孤帆远影碧空尽，唯见长江天际流。”这首诗的色彩是清丽明快的，白帆，碧空，春天繁华的景物，天际奔来的长江，诗人只是照实写来，并未厚加涂饰，因而显得优美动人而又自然。再如《古风》五十九首之一：“碧荷生幽泉，朝日艳且鲜。秋花冒绿水，密叶罗青烟。秀色空绝世，馨香谁为传？坐看飞霜满，凋此红芳年。结根未得所，愿托华池边。”这首诗写荷花，碧、绿、青、白、红五色都用了，色调比前一首要浓，但配置和谐，加上有“幽”“空”“凋”等字眼减煞了色彩，因而较重的着色与悲凉的文意相一致。对李白这种俏丽适度的本领，《诗薮》的作者明人胡应麟评论说：“垂拱四子（指王勃、杨炯、卢照邻、骆宾王）词极藻艳，然未脱梁陈也；张李沈宋（指沈佺期、宋之问等人）稍汰浮华，渐趋平实，唐体肇矣，然而未畅也；高岑王李（指岑参、高适诸人）音节鲜明，情致委折，浓纤修短，得衷合度，畅矣，然而未大也；太白、少陵大而化矣，能事毕矣。”胡应麟把李白、杜甫并列为唐代最善于做到“浓纤修短，得衷合度”的诗人，是公允的。

第三，浓淡相间。自然界色彩艳丽，但从来是浓淡相间的。大千世界辉煌夺目，也常常是斑斓与古朴混而为一。高明的诗家取法于自然，把两者相结合得很好。李白无疑是做到了这一点。如《西施》：“西施越溪女，出自苎萝山。秀色掩今古，荷花羞玉颜。浣纱弄碧水，自与清波闲。皓齿信难开，沉吟碧云间。勾践征绝艳，扬蛾入吴关。提携馆娃宫，杳缈讵可攀。一破夫差国，千秋竟不还。”这首写绝代佳人的诗，西施的美色与自然景色相映照，画面很美，但浓淡相间，恰到好处。再如：“庐山秀出南斗旁，屏风九叠云锦张，影落明湖青黛光。金阙前开二峰长，银河倒挂三石梁。香炉瀑布遥相望，回崖沓嶂凌苍苍。翠影红霞映朝日，鸟飞不到吴天长。登高壮观天地间，大江茫茫去不还。黄云万里动风色，白波九道流雪山。”（《庐山谣寄卢侍御虚舟》）诗中写庐山景色奇丽壮观，但由于“云锦”“青黛”“银河”“苍苍”“红霞”“翠影”“黄云”“白波”这些有色彩的词句交替出现，浓淡相间，因而画面给人的感觉是美而不艳。在斑斓与古朴结合方面，我们也可举例来说明：“宝塔凌苍苍，登攀览四荒。顶高元气合，标出海云长。万象分空界，三天接画梁。水摇金刹影，日动火珠光。鸟拂琼帘度，霞连绣栱张。目随征路断，心逐去帆扬。露浩梧楸白，霜催橘柚黄。玉毫如可见，于此照迷方。”（《秋日登扬州西灵塔》）这首诗描写了画梁金刹、珠光日霞，琼帘绣栱，可谓色彩斑斓。但这些辉煌夺目的色彩的描述，又与苍茫的天际，荒凉的四野，凋落的梧桐，远去的征帆等古朴莽然的景色融为一体，生动地为大自然写照。正因为李白长于此道，所以后代有人说他的诗有如“大泽深山，雪霜冰霰，晨霞夕霏……花葩玉洁，青天白云，秋江晓月”，是自有诗人以来所未见的。

句句精湛与不事雕琢

李白曾用“清水出芙蓉，天然去雕饰”来评价陶渊明的诗，历来论诗者认为，用这两句话来评价李白自己的诗也很合适。王安石就说：“诗人各有所得。‘清水出芙蓉，天然去雕饰’，此李白所得也。”(《渔隐丛话》)不事雕饰，是李白作诗所遵循的常法。在一首《古风》中，他申说：“一曲斐然子，雕虫丧天真。”在他看来，只有不事雕琢，才能保持诗歌天然与淳真的风韵。

不事雕琢而写出好诗很不容易。因为要使诗歌不致过于浅近，具有很大的语言容量和厚重的风格，精美工丽的辞彩，人们少不了锻字炼句。而这方面做得太过，又往往使诗歌艰深呆滞，辞藻与典故堆砌，有伤于自然淳真的风韵。把语句精湛与不露雕琢痕迹这对矛盾统一起来，需要天才，更需要功力。历代许多大诗人在这方面付出过毕生精力，取得了很大成就。而李白，是他们中的佼佼者。

李白是一位语言巨匠，他命笔写诗，不要陈词滥调，力求用自己的语言写出新意。可以说，这是他取得成功的一个重大原因。宋代张表臣在《珊瑚钩诗话》中说：“李唐群英，唯韩文公（愈）之文，李太白之诗，务去陈言，多出新意。”这个评价，说到了问题的关节处。李白很喜欢用出自胸臆的清新语言写诗。如“众鸟高飞尽，孤云去独闲。相看两不厌，只有敬亭山。”(《敬亭独坐》)“天门中断楚江开，碧水东流向北回。两岸青山相对出，孤帆一片日边来。”(《望天门山》)“妾发初覆额，折花门前剧。郎骑竹马来，绕床弄青梅。同居长干里，两小无嫌猜。十四为君妇，羞颜未尝开。低头向暗壁，千唤不一回。十五始展眉，愿同尘与灰。常存抱柱信，岂上望夫台。十六君远行，瞿塘滟滪堆。五月不可触，猿声天上哀。门前迟行迹，一一生绿苔。苔深不能扫，落叶秋风早。八月胡蝶黄，双飞西园草。感此伤妾心，坐愁红颜老。早晚下三巴，预将书报家。相迎不道远，直至长风沙。”(《长干行》)这些诗，语言清新，没有套话，特别是后一首，近似口语，明白晓畅，但却情深意挚，生动感人。就连一些前人写过多次，易落旧窠的题目，李白也能花样翻新，汰去陈言，写出新意。如《妾薄命》:“汉帝宠阿娇，贮之黄金屋。咳唾落九天，随风生珠玉。宠极爱还歇，妒深情却疏。长门一步地，不肯暂回车。雨落不上天，水覆难再收。君情与妾意，各自东西流。昔日芙蓉花，今成断根草。以色事他人，能得几时好。”这首诗除了一些交代史实的句子外，诗人能用流畅易懂，具有哲理而寓意颇深的语言，把这个老题目写得胜过他人。

李白作诗，情真意切。在他笔下，感情的奔流若长江大河，一泻千里，而且显得真挚而深沉。一切与他感情相关连的事物，他都能把它们驱赶前来，织成锦绣，为他抒发感情效力，看上去浑然一体；一切与之无关的事物，他概不多取。因此，我们看他的诗，哪怕是长篇，也觉得思绪一贯到底，文随意进，意到词达，字句如串串珠玑，精美而难见雕琢痕迹。如“日本晁卿辞帝都，征帆一片绕蓬壶。明月不归沉碧海，白云愁色满苍梧。”(《哭晁卿衡》)“蜀国曾闻子规鸟，宣城还见杜鹃花。一叫一回肠一断，三春三月忆三巴。”(《宣城见杜鹃花》)“青山横北郭，白水绕东城。此地一为别，孤蓬万里征。浮云游子意，落日故人情。挥手自兹去，萧萧班马鸣。”(《送友人》)在这些诗里，每个字、词，每个景物，如第一首的征帆、明月、碧海、白云，第二首的子规鸟、杜鹃花，第三首的青山、白水、孤蓬、浮云、落日等，以及鸟的啼叫，马的悲鸣，都是为他表达感情服务的。与此无关的事物，被他一概排除了。而且字字句句又是那样自然流畅，好像信手拈来，全不费力。其实，达到了这种境地，正说明作者语言功力出神入化，非比寻常。如果说，上面三首都是短篇，又都是思友、思乡之作，结构不算复杂，容易驾驭，那我们就来举一首篇幅稍长，涉及人物和事件相当复杂的诗篇来看一下：“大道如青天，我独不得出。羞逐长安社中儿，赤鸡白雉赌梨栗。弹剑作歌奏苦声，曳裾王门不称情。淮阴市井笑韩信，汉朝公卿忌贾生。君不见昔时燕家重郭隗，拥篲折节无嫌猜。剧辛乐毅感恩分，输肝剖胆效英才。昭王白骨萦蔓草，谁人更扫黄金台。行路难，归去来。”（《行路难》三首之二）这首诗举了战国冯谖弹剑作歌，韩信受胯下之辱，贾谊受人排挤，以及燕昭王设黄金台招纳贤士，尊敬和任用郭隗、剧辛、乐毅等人的事例，目的都是表达李白自己怀才不遇的思想，感情强烈，贯串通篇。用的都是旧事，但语言的表达与他人不同，别开生面，成为名篇。

李白的诗歌之所以句句精湛而又不事雕琢，还因为他有一个独到的功夫，就是善于把典故、史事和古代经籍上的名言加以融化，变成自己的语言，因而写出来既流畅易懂，又使诗歌很有深度。古代诗人几乎无一人不用典故，不摄取史实，不引用前人的名言，但真正像李白这样用起来如同出自胸臆的，并不是很多。这是李白的一个了不起的长处。我们先看他是怎样把典故融入诗句，活脱脱地使用的：“悲来乎，悲来乎！凤鸟不至河无图，微子去之箕子奴。汉帝不忆李将军，楚王放却屈大夫。悲来乎，悲来乎！秦家李斯早追悔，虚名拨向身之外。范子何曾爱五湖，功成名遂身自退。剑是一夫用，书能知姓名。惠施不肯千万乘，卜式未必穷一经。还须黑头取方伯，莫谩白首为儒生。”（《悲歌行》）这首诗的情绪消极，但就行文来说，他从凤鸟、河图到微子，箕子、范蠡、屈原、李斯、项羽、李广、惠施、卜式，连用了十一个典故，这些典故都融入诗句，十分顺畅，朗朗上口，一点不显得晦涩生僻。我们再看看他是怎样融史实于诗歌的：“秦王扫六合，虎视何雄哉！挥剑决浮云，诸侯尽西来。明断自天启，大略驾群才。收兵铸金人，函谷正东开。铭功会稽岭，驰望琅邪台。刑徒七十万，起土骊山隈。尚采不死药，茫然使心哀。连弩射海鱼，长鲸正崔嵬。额鼻象五岳，扬波喷云雷。鬐鬣蔽青天，何由睹蓬莱。徐市载秦女，楼船几时回？但见三泉下，金棺葬寒灰。”（《古风》五十九首之三）这首诗，把秦始皇的功过作了评论，就像是一篇传记的浓缩。秦始皇一生的主要史事几乎都说到了，写得很有气势，一气呵成，不像有些咏史诗那样呆滞笨重，文词艰深。下面再看他是怎样把经籍上的前人名篇名句融入诗词的：“北溟有巨鱼，身长数千里。仰喷三山雪，横吞百川水。凭陵随海运，燀赫因风起。吾观摩天飞，九万方未已。”（《古风》五十九首之三十三）这首诗把庄子的名篇《逍遥游》囊括进来，语言几乎完全变成了李白自己的，比庄子原文通俗多了，毫无生吞活剥的痕迹。这种善于融化典故、史事、名篇名句的本领，正是李白使诗歌既精湛而又不见雕琢痕迹的一大“诀窍”。这种诀窍，只有苦学饱学，做到融会贯通，才能获得。

前代一些诗人的作品之所以常常露出雕琢的痕迹，诗句中用语生硬，词藻典故用而不活，文意呆滞，一个重要原因是他们死守旧规，限死在五七言诗的固定格式里，不敢越雷池一步。这样，大量的词句只好硬塞进去，把诗歌的活气扼杀殆尽，只剩下一股僵尸味。李白则不是这样。他遵守总的规律，但又勇于创新，敢于突破一切框框的限制，一切以诗文活脱流畅，文字清新为目的。有人说他是“诗中龙也，矫矫焉不受约束”，而朱熹则说他是“从容于法度之中”。比如他的“弃我去者，昨日之日不可留；乱我心者，今日之日多烦忧。”（《宣州谢朓楼饯别校书叔云》）“君不能狸膏金距学斗鸡，坐令鼻息吹虹霓。君不能学哥舒，横行青海夜带刀，西屠石堡取紫袍。”（《答王十二寒夜独酌有怀》）“君不见晋朝羊公一片石，龟头剥落生莓苔，泪亦不能为之堕，心亦不能为之哀。清风朗月不用一钱买，玉山自倒非人推。”（《襄阳曲》）这些诗，严格说都突破了五七言诗的格律，但又是合法度的。正因为他没有把自己限死，因而他的诗歌舒卷自如，很少有在诗句中生塞典故的现象，语言流畅能歌，看上去不事雕琢，而又精美自然。有人把他这种方法比之为李广用兵，看上去部伍不整，其实符合战争规律，无往而不胜。

石破天惊逗秋雨

——谈李贺诗歌的写作技巧

李贺（公元790年—816年），字长吉，河南昌谷（今宜阳）人。中唐著名诗人。他虽然只活了二十七岁，但他的诗歌，千百年来一直放射着异彩，在我国文学史上占有重要地位。这是与他惊人的写作技巧分不开的。其特色如下：

构思精巧。李贺不屑蹈袭前人，常常以十分奇特的构思，来命题行文。《梦天》《神弦》《秦王饮酒》《残丝曲》《开愁歌》《铜驼悲》《昆仑使者》等，单是诗歌题目，即可看出命意不凡，别开生面。在内容上，为了表达自己在日益腐朽没落，“珠玉买歌笑，糟糠养贤才”的封建制度下的愤懑心情，他很善于巧妙地构思，借物抒怀。《马诗》就是一例。在这个诗题下他连写二十三首，从神话中周天子的马，说到汉初大宛国来的汗血马，再说到伯乐所识的千里马，项羽的乌骓，吕布的赤兔马，唐太宗的拳毛䯄，每首所写的都不相同，浮想联翩，构思精巧，而且都是为了抒发他怀才不遇的感情。如：“赤兔无人用，当须吕布骑。吾闻果下马，羁策任蛮儿。”“催榜渡乌江，神骓泣向风。君王今解剑，何处逐英雄？”他借助这种精巧的构思，每首寥寥数语，就把悲愤的情怀表达无遗。李贺还善于让自己的想象力在历史的长河中驰骋，以古喻今，写出他的远大抱负与无情现实之间的矛盾。如《致酒行》：“零落栖迟一杯酒，主人奉觞客长寿。主父西游困不归，家人折断门前柳。吾闻马周昔作新丰客，天荒地老无人识。空将笺上两行书，直犯龙颜请恩泽。我有迷魂招不得，雄鸡一声天下白。少年心事当拏云，谁念幽寒坐呜呃。”诗中借用西汉主父偃和唐初马周到长安求官的典故，抒发作者本人抱负不得施展的苦闷心情，名句迭出，成为绝唱。李贺还善于用并非现实的幻想，编织成表达主题的种种景象。《金铜仙人辞汉歌》就是这方面的代表作：“茂陵刘郎秋风客，夜闻马嘶晓无迹。画栏桂树悬秋香，三十六宫土花碧。魏官牵车指千里，东关酸风射眸子。空将汉月出宫门，忆君清泪如铅水。衰兰送客咸阳道，天若有情天亦老！携盘独出月荒凉，渭城已远波声小。”你看，作者借助幻想，让无情之物有情，铜人流泪如水，悲哀无极，从而表达自己作为李唐子孙的“去宗国之思”，唱出了“天若有情天亦老”的千古名句，把感伤之情写得婉转深沉。

意境新奇。李贺善于用五彩神笔，写出新奇的意境，写斑竹，他的笔下是“蛮娘吟弄满寒空，九山静绿泪花红”，把人带到了幽远清新的境界；写音乐，他用的是“昆山玉碎凤凰叫，芙蓉泣露香兰笑”“老鱼跳波瘦蛟舞”“吴质不眠倚桂树”这样的句子，把人带到一重又一重神奇微妙的境界；写梦游天际，他用“黄尘清水三山下，更变千年如走马。遥望齐州九点烟，一泓海水杯中泻”这样的诗句，把你引进了宏阔变幻的境界；写战争，他描绘的是“黑云压城城欲摧”“霜重鼓寒声不起”的战场气氛和“报君黄金台上意，提携玉龙为君死”的壮士形象，使你宛如身临刀光剑影的战地。作者善于捕捉事物的本质特征，把握典型环境的典型情景，然后用极简练的笔触，极其明丽的色彩，象征、比喻和夸张的手法，一一把它勾画出来，从而使诗作具有新奇的意境。

形象鲜明。李贺写诗，极擅长于用笔墨去调动人的视觉、听觉、嗅觉、味觉、触觉乃至幻觉，使你的眼、耳、鼻、舌、身这些感觉器官以及大脑的思维器官，都去感受他所描写的事物，获得强烈印象。正因为手段非凡，因而他笔下的形象异常鲜明。比如，“石榴花发满溪津，溪女洗花染白云”“绿鬓年少金钗客，缥粉壶中沉琥珀”，是调动人的视觉为他建立艺术形象服务的句子；“向前敲瘦骨，犹自带铜声”“角声满天秋色里”“秋坟鬼唱鲍家诗”，是调动人的听觉为他建立艺术形象服务的句子;“今朝香气苦”“腊月草根甜”“晴寒饮花露”“颁甲滑腥涎”，是诱发人的嗅觉、味觉为他建立艺术形象服务的句子;“旗湿金铃重”“棘径卧干蓬”“珊瑚涩难枕”，是借助人的触觉为他建立艺术服务的句子;而“端州石工巧如神，踏天磨刀割紫云”“女娲炼石补天处，石破天惊逗秋雨”，则是启迪人的幻觉，让你天马行空去想象，从而达到特定的艺术境界。李贺这方面的技巧很高，常常是多种手段同时运用，以达到他的目的。如“幽愁秋气上春枫，凉夜波间吟古龙”，“花袍白马不归来，浓蛾叠柳香唇醉”这些句子，“青枫”“花袍”“白马”让你目接五色，“秋气”“凉夜”让你触觉去感受，“香唇”让你的嗅觉感知，“吟古龙”让你听而闻声，“波间”“浓蛾”“叠柳”让你的想象力去驰骋，“愁”“醉”让你靠直接经验去体味。这样多种手段一齐应用，就不愁描绘不出鲜明的艺术形象。

比喻生动。在古代诗人中，李贺是长于运用比喻的大师，其作品中生动的比喻随处可见。他用比喻是多种多样的:“一心愁谢如枯兰”“衣如飞鹑马如狗”，是明喻;“琴心与妾肠，此夜断还续”“自从孤馆深锁窗，桂花几度圆还缺”，是隐喻;“白天碎碎堕琼芳”“蛇子蛇孙鳞蜿蜿”，是借喻(前者喻飞雪，后者喻松树皮)。李贺使用上述各种比喻，十分巧妙。比如“一双瞳人剪秋水”，以秋水比喻明亮的眼睛，以“剪”的动作比喻眨眼，不仅贴切精当，而且神态生动。“霜花草上大如钱，挥刀不入迷蒙天”，这样的比喻，使人如见严冬的冰霜，感到寒气逼人。“秦王骑虎游八极，剑光照空天自碧”，不仅把秦始皇比喻得声威赫赫，气势无敌，而且字面富丽华美，光彩夺人。

李贺在写作上自然也有他的缺点，如用词用字过分追求奇诡险怪，有的晦涩荒诞。但不难看出，他作为我国历史上如彗星过天一般闪现光华而又短命的诗人，在写作上值得我们借鉴之处是不少的。

梦笔深藏五色毫

——李商隐诗歌表现技巧初析

李商隐（约公元813年—858年），字义山，号玉谿生，晚唐著名诗人。传世的《李义山诗集》，有诗约六百首。他的诗歌绚丽夺目，光华四射，在百花争艳的唐代诗歌园地中堪称独具色彩的奇葩，历来被人珍视。清代一位论诗的人，甚至说李商隐的七绝“百代无其匹”。虽然是溢美之词，但可以看出人们对李商隐是推崇备至的。李商隐为什么会获得如此成就？我们可以从他的表现方法中得到一些什么启迪？对此，本文从四个方面作一些粗浅的分析。

发自肺腑，感情真挚。感情是诗歌创作的灵魂，一般诗人都不乏感情。李商隐之所以成就过人，在于他用生花妙笔，把感情写得纯真、执着和缠绵。先说第一点——纯真。如他的《杨本胜说于长安见小男阿衮》：“闻君来日下，见我最娇儿。渐大啼应数，长贫学恐迟。寄人龙种瘦，失母凤雏痴。语罢休边角，青灯两鬓丝。”思念远别无母的幼子，感情是那样真实，语句是那样亲切动人。再说第二点——执着。这方面的代表作是《无题》一诗：“相见时难别亦难，东风无力百花残。春蚕到死丝方尽，蜡炬成灰泪始干。晓镜但愁云鬓改，夜吟应觉月光寒。蓬山此去无多路，青鸟殷勤为探看。”这首诗，千年以来一直广为流传，成为表现爱情的绝唱，是和李商隐把至死不渝的真挚感情写得如此动人分不开的。还有第三点——缠绵。这方面的例子是《无题》：“来是空言去绝踪，月斜楼上五更钟。梦为远别啼难唤，书被催成墨未浓。蜡照半笼金翡翠，麝熏微度绣芙蓉。刘郎已恨蓬山远，更隔蓬山一万重。”结尾这两句，用了神话故事，使爱情描写更加缠绵悱恻，荡气回肠。

在这里要提到，后代一些诗人学李商隐，没有纯真执着的感情，专以艳丽纤巧为能事，得其皮毛，失其神髓，结果学凤成鸡，是应引为鉴戒的。

想象丰富，意境深沉。李商隐提笔作诗时，可以跨越时间、空间的界限，人间和神鬼的阻隔，幻想和现实的差异，去思索、去糅合，使诗歌有深沉的意境。分析起来，他的这个特色大致是由四种因素构成的。一是善用史实，使意境高古，发人深思。如《梦泽》:“梦泽悲风动白茅，楚王葬尽满城娇。未知歌舞能多少，虚减宫厨为细腰。”《隋宫》:“乘兴南游不戒严，九重谁省谏书函？春风举国裁宫锦，半作障泥半作帆。”这两首诗用楚灵王好色误国和隋炀帝淫逸亡国的史实，加以形象的描写，造成一种苍凉悲愤的气氛，无须引申，深意自见，讽谏的功用也就有了。二是借助神话传说，使意境浩渺幽深，耐人寻味。如《瑶池》:“瑶池阿母绮窗开，黄竹歌声动地哀。八骏日行三万里，穆王何事不重来?”以及“沧海月明珠有泪，蓝田日暖玉生烟”的诗句，都用神话传说，把人带到一种神奇的境界。但诗的主旨明白，前者讽人不要学仙，后者讲爱情的坚贞。三是纳入寓言故事，使意境新颖，富有哲理。如《安定城楼》:“迢递高城百尺楼，绿杨枝外尽汀洲。贾生年少虚垂涕，王粲春来更远游。永忆江湖悲白发，欲回天地入扁舟。不知腐鼠成滋味，猜意鹓雏竟未休。”末尾两句用《庄子·秋水篇》中的寓言故事，把封建禄位比作腐鼠，自比高洁的鹓雏，说自己志向远大，却被醉心追逐名利之辈所猜忌。再加上前六句写景抒情，互为表里，就强烈地表达了作者怀才不遇的心迹。四是摄取自然景物，点染勾勒，造成富于象征性的环境和气氛，以映衬特定的思想情绪。如《东下三旬苦于风土马上戏作》:“路绕函关东复东，身骑征马逐惊蓬。天池辽阔谁相待？日日虚乘九万风。”《初食笋呈座中》:“嫩箨香苞初出林，於陵论价重如金。皇都陆海应无数，忍剪凌云一寸心！”前者通过征马、惊蓬、大风的描写，勾画了旅途的艰辛，映衬了诗人的离怀愁绪；后者借助于竹高可以凌云这个生活常识，把叹息人才被糟踏的寓意表现得婉转深沉。

幽隐曲折，含蓄委婉。李商隐因政治上失意，心情抑郁。专权的宦官又残暴凶狠，使人不敢直言。因此，他的许多诗篇，在表达思想感情时就往往幽隐曲折，含蓄委婉。这种风格表现在写国事时，多半是只说前人，不说今人，只讲事实，不作评论。如《北齐》：“巧笑知堪敌万机，倾城最在著戎衣。晋阳已陷休回顾，更请君王猎一围。”《贾生》：“宣室求贤访逐臣，贾生才调更无伦。可怜半夜虚前席，不问苍生问鬼神。”前一首讲了北齐后主昏庸好色败国亡家的事，后一首讲了汉文帝不用贾谊的事，不再多说一句。主旨是讽谏，却委婉含蓄。

务去陈言，词语精工。李商隐在诗歌创作中，注意锤炼语言，取得了很好的成绩。翻检他的诗集，即可发现，他于诗对仗工整。如“江海三年客，乾坤百战场”。（《夜饮》）有的则清新自然。如“秋阴不散霜飞晚，留得枯荷听雨声”（《宿骆氏亭寄怀崔雍崔衮》）。有的则艳丽华美。如“庄生晓梦迷蝴蝶，望帝春心托杜鹃”。（《锦瑟》）有的则凝炼隽永。如“夕阳无限好，只是近黄昏”。（《乐游原》）所以如此，除了他在写作时，有“一字非工未肯休”的精神外，还在于他平时注意向古人学习，向民间学习。据史籍记载，他算得上是最早把民间习语辑录成册的诗人。他曾写成《杂纂》一书，其中汇集了唐代民间习语41大类共294条。显然，这是他诗歌语言获得成功的重要原因。

在学习李商隐的写作技巧的时候，不要忘记鲁迅的话：“玉谿生清词丽句，何敢比肩，而用典太多，则为我所不满。”由于用典太多，他的一些诗晦涩难懂，伤感情绪也太重，这是我们所不取的。

天风海雨动地来

——试谈苏轼的词作技巧

曾经有人说过这样的话：世界上什么东西最美？有三样最美：飞奔的骏马，顺风的满帆，婆娑起舞的女郎。为什么这个人认为这三者是人世间最美的东西？不同的人可能有不同的理解，但在我看来，因为它们都表现了力量、流动、和谐。任何美的事物，离开力量、流动和和谐，都难说是完美的。

读苏轼的词，我常常产生上面这些联想。苏词所以给予人美的感受，就在于它奔放有力，流动飘逸，和谐明快。

苏轼，字子瞻，号东坡居士，四川眉山人，“唐宋八大家”之一，诗词，文章、书法都很有成就，还善绘画，是个多才多艺的大作家。他的词，传世的《东坡乐府》，有词三百多首。历来评论苏词的人，都认为他不喜欢写男女之间的缠绵之情，不眷恋那些春愁秋恨的陈词滥调，一扫晚唐、五代柔靡纤弱的气息，其词风豪迈奔放，意境清新高远，是豪放词的开创者。这些评论无疑都是正确的。但是苏轼的词，在写作技巧方面，有哪些能给我们以启迪，可供我们借鉴？关于这一点，苏轼在《答谢民师书》中，曾形象地说自己写作的经验是“大略如行云流水，初无定质，但常行于所当行，常止于不可不止”。这话初看似乎故弄玄虚，但细一琢磨便可知晓，它与我们上面讲的奔放有力、流动飘逸、和谐明快是一致的。因为行云流水，流动飘逸自不待说，奔放有力、和谐明快也是其特征。下面，分析苏词的某些篇章加以论证。

一

作品奔放有力，是由作者的思想、气质、笔力构成的。苏轼虽然政治上有些偏于保守，但仍然希望建功立业以报效国家。他一生坎坷，屡遭贬谪，但为人气度宏阔，读书破万卷，行迹遍南北，性格乐观刚毅。他有一首《定风波》，说的是贬谪途中遇雨的事，上半阕是这样写的：“莫听穿林打叶声，何妨吟啸且徐行。竹杖芒鞋轻胜马。谁怕？一蓑烟雨任平生。”不避风雨，不畏艰难，吟啸徐行，说明作者乐观坚毅，不把挫折放在心上。正是这种态度，使他在被万里贬谪海南岛的艰苦旅途中，还唱出了“九死南荒吾不恨，兹游奇绝冠平生”的高昂曲调。他这种豪迈坚毅的气质，转化为诗词，就力盖万夫。《王维吴道子画》这首诗，是苏轼评论他人画风的：“道子实雄放，浩如海波翻，当其下手风雨快，笔所未到气已吞。”其实，苏轼词作的风格正是如此。他的《阳关曲·军中》，就很为雄放：“受降城下紫髯郎，戏马台南旧战场。恨君不取契丹首，金甲牙旗归故乡。”他的《江城子·密州出猎》，就更是雄放的代表作了：

老夫聊发少年狂。左牵黄，右擎苍。锦帽貂裘，千骑卷平岗。为报倾城随太守，亲射虎，看孙郎。　　酒酣胸胆尚开张。鬓微霜，又何妨。持节云中，何日遣冯唐？会挽雕弓如满月，西北望，射天狼。

作者通过出猎的描写，抒发报效国家的志向，自比“亲射虎”的孙权，说虽然已经到了“鬓微霜”的年龄，但胆气极豪，正可为国立功。他还借用了汉文帝遣冯唐起用云中太守魏尚的典故，寄托自己期待被用于西北边庭，以便为国出力的志愿。这首词意境开阔，气吞山河，正如陆游评论苏词时所说“如天风海雨逼人”，艺术感染力很强。

苏词奔放有力，除了思想、气度之外，还与作者善于运用修辞手段密不可分。你看在“有如兔走鹰隼落，骏马下注千丈坡，断弦离柱箭脱手，飞电过隙珠翻荷”（《百步洪二首》）的诗句中，用了狡兔疾走、鹰隼骤落、骏马飞奔、弓箭离弦、飞电过隙、雨珠翻荷等比喻，勾勒出鲜明而奔放有力的图画。在苏轼笔下一切标志着力量和气势的自然物，甚至雄壮威武的历史事件和气概超卓的古人，都可用来为写出奔放有力的作品服务。请看《念奴娇·赤壁怀古》：

大江东去，浪淘尽，千古风流人物。故垒西边，人道是、三国周郎赤壁。乱石穿空，惊涛拍岸，卷起千堆雪。江山如画，一时多少豪杰！　　遥想公瑾当年，小乔初嫁了，雄姿英发。羽扇纶巾，谈笑间、樯橹灰飞烟灭。故国神游，多情应笑我，早生华发。人间如梦，一尊还酹江月。

在这里，滚滚东去的长江，拍岸的惊涛，穿空的乱石，萧萧的故垒，当年赤壁的鏖战，雄姿英发的周瑜，灰飞烟灭的樯橹，都被苏轼一齐调动起来，熔裁锻铸，造成雄壮奇阔的意境，鲸吞江海的气势。《文心雕龙》的作者刘勰曾说：写文章应该“寂然凝虑，思接千载，悄焉动容，视通万里”。“登山则情满于山，观海则意溢于海。我才之多少，将与风云而并驱矣”。这些话若用来赞美苏轼，是当之无愧的。

二

苏轼在《前赤壁赋》中，曾经写下了这样一些句子：“寄蜉蝣于天地，渺沧海之一粟。哀吾生之须臾，羡长江之无穷。挟飞仙以遨游，抱明月而长终。知不可乎骤得，托遗响于悲风。”这些话就其叹息生命之短促，有游仙出世之念而言，你可不赞同他，但全首却话出了我们要分析的苏词的第二个特色——流动飘逸。

苏词之所以流动飘逸，首先是靠作者“神驰八极”，想象力丰富。苏轼一生阅历很广，平时很会观察，善于“求物之妙”，把握其特征，使客观事物“了然于心”。到了写作时，又善于联想，写此一事物，连类而及众多的事物，使行文得心应手，用之不竭。如他的《念奴娇·中秋》：

凭高眺远，见长空，万里云无留迹。桂魄飞来，光射处，冷浸一天秋碧。

玉宇琼楼，乘鸾来去，人在清凉国。江山如画，望中烟树历历。　　我醉拍手狂歌，举杯邀月，对影成三客。起舞徘徊风露下，今夕不知何夕！便欲乘风，翻然归去，何用骑鹏翼。水晶宫里，一声吹断横笛。

作者写中秋，联想天上的玉宇琼楼、月宫的桂树，还幻想乘鸾飞去，从太空下看人世间江山如画、烟树历历的景象。由于作者学识丰富，又连着用了有关的几个典故：李白“举杯邀明月，对影成三人”的名句，庄子《逍遥游》中的大鹏之翼的寓言，唐玄宗游月宫的传说和后唐庄宗月夜吹笛的故事。这真是任凭作者的想象力展翅飞翔，纵贯古今，把众多的事物连在一起，一气呵成。使他这首词流动飘逸，胜人一筹。这也给我们一个启示，所谓想象力，并不是无所依凭的胡思乱想，而是要靠学问和生活经历的深厚积累。

苏词的流动飘逸，还靠作者的写作技巧高超，善于把看上去不相干的事物巧妙地联系起来，构成整体，浑然天成，不落痕迹。正如他自己所说：“意之所到，则笔力曲折无不尽意”（何薳《春绪纪闻》引苏轼语），如“万斛泉源，不择地而出”。（《文说》）试看他的《水调歌头·丙辰中秋》：

明月几时有？把酒问青天。不知天上宫阙，今夕是何年。我欲乘风归去，又恐琼楼玉宇，高处不胜寒。起舞弄清影，何似在人间！　　转朱阁、低绮户，照无眠。不应有恨，何事长向别时圆？人有悲欢离合，月有阴晴圆缺，此事古难全。但愿人长久，千里共婵娟。

在这里，人间天上任去来，古时今夕无间隔，时间、空间不仅没有造成障碍，反而成了他达到流动飘逸的有利条件。悲欢、离合、阴晴、圆缺、寒暑这些本来相反的事物，也任凭支配，被融为一体，从而使全词如高山流水，奔腾跳跃，姿态横生，而又文理自然。

还要指出，遣词用句做到像绘画中的飞禽走兽那样，尽量给人以动的感觉，是苏词流动飘逸的一个重要因素。上面这首词，“把酒”“乘风”“起舞”“问青天”等动词，增加了全词的流动感。再如本段开头提到的《前赤壁赋》中的八句话，天地间的“蜉蝣”，波涛滚涌的沧海，须臾即逝的人生，奔腾无尽的长江，遨游太空的“飞仙”，运行不息的天际明月，呼啸而过的“悲风”，都给人以流动的强烈感觉。由此可以看出，苏轼为了使文章“动起来”，是何等精心地选择句子，技巧又是怎样炉火纯青！

三

“横看成岭侧成峰”，“浓妆淡抹总相宜”，苏轼这两句诗，用来形容他的词作和谐明快的风格，是颇为贴切的。

众多的自然物，本身就是和谐明丽的。作者有了传神之笔，就能恰到好处地勾画出它们的本来面目。苏轼是这方面的高手。他擅长用白描的手法，把自然景物写得和谐明快。他在徐州的时候，曾写过一组《浣溪沙》的夏日风景画，其中描绘的事物有“轻沙走马路无尘”的乡村路径，有“簌簌衣巾落枣花”的路边果树，有“旋抹红妆看使君”的乡村妇女，有“谁家煮茧一村香”的扑鼻佳味，有“村南村北响缫车”的生产景象，有“老幼扶携收麦社”的热闹场面，有“道逢醉叟卧黄昏”的闲适镜头。整个画面十分和谐，看了使人感到宁静怡悦。

和风细雨是一种和谐，电闪雷鸣是另一种和谐。在苏轼笔下，写气势很大的词，他也能在豪迈宏阔中取得后一种和谐。如他的一首《沁园春》：

孤馆灯青，野店鸡号，旅枕梦残。渐月华收练，晨霜耿耿，云山摛锦，朝露漙漙。世路无穷，劳生有限，似此区区长鲜欢。微吟罢，凭征鞍无语，往事千端。　当时共客长安，似二陆初来俱少年。有笔头千字，胸中万卷，致君尧舜，此事何难？用舍由时，行藏在我，袖手何妨闲处看。身长健，但优游卒岁，且斗尊前。

此词下阕豪语惊人。口气很大，抒发抱负不得施展的心情，但它与上阕的孤馆野店、鸡号梦残、晨霜朝露、世路征鞍的描写，又互相呼应，形成豪迈苍凉的和谐整体。再如《水龙吟·次韵章质夫杨花词》：

似花还似飞花，也无人惜从教坠。抛家傍路，思量却是，无情有思。萦损柔肠，困酣娇眼，欲开还闭。梦随风万里，寻郎去处，又还被莺呼起。

不恨此花飞尽，恨西园、落红难缀。晓来雨过，遗踪何在？一池萍碎。春色三分，二分尘土，一分流水。细看来，不是杨花，点点是离人泪。

这本是一首应酬之作，颇有伤感幽怨之气，但作者却在幽怨缠绵这个格调上，以精巧的构思，奇妙的想象，入微的刻画，用落花飞絮时节的景象把人的主观情怀，写得如此委婉细腻，美丽和谐，成为古今绝唱。

幽隐曲折抒壮怀

——辛弃疾的词作技巧初探

辛弃疾（公元1140年—1207年），字幼安，号稼轩，济南人。二十一岁时曾聚众二千余人参加抗金起义军，后南下归宋。他是南宋最杰出的爱国主义词人，其《稼轩词》有词六百多首。辛弃疾一生主张抗金，收复失地，与南宋朝廷的偏安妥协发生尖锐矛盾，政治上屡遭打击。受打击、被毁谤的孤危地位，决定了他常常采用幽隐曲折的手法，托物抒怀，表达壮怀激烈的爱国热忱。研究这一类辛词的此种表现手法，对于我们提高写作技巧，是会有所助益的。

托自然景物，写兴亡之思。托物抒怀，是古代诗词的传统手法之一。辛弃疾在不能直抒胸臆的情况下，自然少不了运用这种手法。他托自然景物写兴亡之思，比之写卿卿我我或穷愁潦倒的个人情怀，格调的高低不可同日而语。他这类作品，大体可分为三类。第一种是主观感情强烈而鲜明的。如《菩萨蛮》："郁孤台下清江水，中间多少行人泪。西北望长安，可怜无数山。青山遮不住，毕竟东流去。江晚正愁余，山深闻鹧鸪。"词中感慨万端地用江水中饱含着行人的眼泪，来描写金兵南侵给人民造成的苦难，用青山障目，望不见北方的山河，来叹息失地未曾收复，把抑郁苦闷的心情抒发无余。这一类，抒怀是主体，不重写景。第二种也抒发主观情怀，但涉及国事则较为委婉。如《满江红·江行和杨济翁韵》一词，在写景之后，他只说"笑尘劳、三十九年非，长为客""旌旗未卷头先白"。用"长为客"和"头先白"的矛盾心情，曲折地反映国事堪忧的主旨。再如《清平乐·独宿博山王氏庵》："绕床饥鼠，蝙蝠翻灯舞。屋上松风吹急雨，破纸窗间自语。　平生塞北江南，归来华发苍颜。布被秋宵梦觉，眼前万里江山。"前段渲染寂寞荒凉气氛，后段回忆自己的生平：塞北江南的足迹，华发苍颜的暮年，透出悲凉之气。但结尾为之一振，展示祖国的万里江山，点出他人虽暮年，仍然充满爱国热忱。第三种，写主观感情十分隐讳。如《满江红·暮春》一词，主要是写暮春风吹花落的景象，有所寄托而又不明言，只在“一番风雨，一番狼藉”句中，流露出愁怀，在“怕流莺乳燕，得知消息”句中，流露出担心朝中小人忌害中伤的心情。在《太常引》一词中，就写得更隐讳：“一轮秋影转金波，飞镜又重磨。把酒问姮娥：被白发、欺人奈何！　　乘风好去，长空万里，直下看山河。斫去桂婆娑，人道是、清光更多。”有人把最后一句中的“桂婆娑”解释为投降派，有它的道理。按此说，辛弃疾在这里抒发兴亡之思，是既深沉又含蓄的。

托儿女之情，写君臣之事。这也是古诗词中常见的手法，但辛弃疾使用此法，成就超过前人。如他的《摸鱼儿》：“更能消、几番风雨，匆匆春又归去。惜春长怕花开早，何况落红无数。春且住。见说道、天涯芳草无归路。怨春不语。算只有殷勤，画檐蛛网，尽日惹飞絮。　　长门事，准拟佳期又误。娥眉曾有人妒。千金纵买相如赋，脉脉此情谁诉？君莫舞。君不见、玉环飞燕皆尘土。闲愁最苦。休去倚危栏，斜阳正在，烟柳断肠处。”全词从暮春景色写起，抒发情怀，继而以“娥眉曾有人妒。千金纵买相如赋，脉脉此情谁诉”，说到深处。表面上似乎是说汉武帝的陈皇后失宠的故事，其实要说的是他因主张抗金，为当朝者所不容；国家前途暗淡，使他十分忧伤愁苦。另外，在《贺新郎·别茂嘉十二弟》一词中，他又写到王昭君远嫁的事：“马上琵琶关塞黑，更长门，翠辇辞金阙。”这同样不是写儿女之情，而是借汉朝用昭君与匈奴和亲之事，来讽刺南宋朝廷不思征战，只求妥协偏安。

托酬答之事，写报国之志。辛词中有许多应酬之作，其中一些是单纯送别、祝寿、唱和的，意义不大，甚至是文字游戏。而另外一些，则是借酬答来抒发作者立志收复失地，报效国家的壮志豪情。这大致也可分为四种类别。第一种是自述性的。如《破阵子·为陈同父赋壮语以寄》：“醉里挑灯看剑，梦回吹角连营。八百里分麾下炙，五十弦翻塞外声。沙场秋点兵。　马作的卢飞快，弓如霹雳弦惊。了却君王天下事，赢得生前身后名。可怜白发生！”这是在酬答友人时回忆往昔征战沙场的情景，叹息“天下事”未曾了却，壮志未酬，自己已经头白。第二种是对别人寄托希望。如《水龙吟·为韩南涧尚书寿》：“渡江天马南来，几人真是经纶手？长安父老，新亭风景，可怜依旧。夷甫诸人，神州沉陆，几曾回首！算平戎万里，功名本是、真儒事，公知否？况有文章山斗，对桐阴、满庭清昼。当年堕地，而今试看，风云奔走。绿野风烟，平泉草木，东山歌酒。待他年，整顿乾坤事了，为先生寿。”这是在寿词中希望对方把收复中原，整顿乾坤的大业完成，了却自己的心愿。第三种是与友人共勉。如再答陈同父的《贺新郎》下阕：“事无两样人心别。问渠侬：神州毕竟，几番离合？汗血盐车无人顾，千里空收骏骨。正目断、关河路绝。我最怜君中宵舞，道男儿、到死心如铁。看试手，补天裂。”这是与陈同父互勉：收复中原的决心要像铁一样坚硬，不完成“补天”大业绝不罢休。第四种是同病相怜，感伤国事。如《贺新郎》：“绿树听鹈鴂，更那堪、鹧鸪声住，杜鹃声切！啼到春归无寻处，苦恨芳菲都歇。算未抵人间离别，马上琵琶关塞黑，更长门，翠辇辞金阙。看燕燕，送归妾。　将军百战身名裂，向河梁、回头万里，故人长绝。易水萧萧西风冷，满座衣冠似雪。正壮士悲歌未彻。啼鸟还知如许恨，料不啼清泪长啼血。谁共我，醉明月！”这是诗人送别族弟辛茂嘉被贬谪远行的词。分手时触景伤情，忧己忧国，便把诉说离怀升华为倾吐国事日非、壮志未酬的悲愤，使词的意境苍凉宏阔。

托古人得失，写邦国之忧。辛弃疾文武双全，博览群书，对历代有伟烈丰功的贤哲至为景仰，对害国害民之辈切齿痛恨。因此，他常在词作中“发思古之幽情”，述说古人得失，借此抒发他匡救国家的宏愿，鞭挞屈辱苟安的丑类。这类作品，揣摩其文意，又大致可分为四种。一是在怀古时率直地讲出他反对偏安妥协的政治主张。如《满江红》：“倦客新丰，貂裘敝，征尘满目。弹短铗、青蛇三尺，浩歌谁续？不念英雄江左老，用之可以尊中国。叹诗书万卷致君人，翻沉陆。”其中“不念英雄江左老，用之可以尊中国”的句子，就明白无误地表达了反对老死江南，不思北伐的主旨。二是叹息古时英雄的业绩不见于今日，劝人振作，有所建树。如《木兰花慢》：“汉中开汉业，问此地、是耶非？想剑指三秦，君王得意，一战东归。追亡事，今不见，但山川满目泪沾衣。落日胡尘未断，西风塞马空肥。　　一编书是帝王师。小试去征西。更草草离筵，匆匆去路，愁满旌旗。君思我、回首处，正江涵秋影雁初飞。安得车轮四角，不堪带减腰围。”此词开头讲刘邦开基的事业，接下去却说今日是满目山川，胡尘未断。作者没有停留于吊古伤今，结尾处又借用张良辅佐刘邦的典故，勉励友人有所建树，使主题深化。三是借用恰当的史实，嘲讽不能继承祖宗基业的败家子。如《永遇乐》：“千古江山，英雄无觅，孙仲谋处。舞榭歌台，风流总被，雨打风吹去。斜阳草树，寻常巷陌，人道寄奴曾住。想当年、金戈铁马，气吞万里如虎。　　元嘉草草，封狼居胥，赢得仓皇北顾。四十三年，望中犹记，烽火扬州路。可堪回首，佛狸祠下，一片神鸦社鼓。凭谁问：廉颇老矣，尚能饭否？”词中赞美了继承父兄基业开创江东的孙权，赞美了气吞万里，举兵北伐，驰骋中原的宋武帝刘裕。接着笔锋一转，说到刘裕的儿子刘义隆不能继承先人的功业，草草出兵，军事上惨败，使国势一蹶不振。显然，这里暗含着对南宋朝廷的讽刺。文尾还说自己像廉颇一样，年虽老，气犹雄，尚能征战，只可惜无人起用。四是怀古时以歌当哭，沉痛地表达一腔悲愤。如《水龙吟》：“楚天千里清秋，水随天去秋无际。遥岑远目，献愁供恨，玉簪螺髻。落日楼头，断鸿声里，江南游子。把吴钩看了，栏杆拍遍，无人会、登临意。　　休说鲈鱼堪脍，尽西风，季鹰归未？求田问舍，怕应羞见，刘郎才气。可惜流年，忧愁风雨，树犹如此！倩何人，唤取红巾翠袖，揾英雄泪。”词中讲刘备、桓温当年以国事为忧的典故，是说自己也有那样的胸怀，但报国无门，又怎能不使英雄痛哭。全词从登楼赏景到缅怀古人，再到伤时感事，泪洒衣巾，把感情写得极为深沉。

养气塞天地　吐出成虹霓

——陆游诗词写作理论初析

南宋大诗人陆游一生创作丰富，自称“六十年间万首诗”。他在《次韵和杨伯子见赠》一诗中说：“谁能养气塞天地，吐出自足成虹霓。”这是他一生努力实践得出的一条重要结论。

所谓“养气”，用我们今天的要求来说，就是一个人要有理想、信念、志向、品格和节操，作为“立言”的人，首先要把思想感情搞对头，把立足点搞对头，站在时代的高度、国家和人民利益的全局观察问题，以国家民族的振兴为己任，以人民的喜怒为喜怒。这样，写出东西来便会大气磅礴，成为时代的洪钟巨响。而陆游的诗歌，正是他那个时代的洪钟巨响和战斗号角。陆游作品中的“堂堂正气”，大体上是由三个方面的因素构成的：

国土沦丧，志在恢复。陆游生活的年代，金国南侵，国都汴京（今开封）失守，宋徽宗、钦宗被掠北去，祖国山河破碎，人们饱受战祸之苦。

陆游自然也难免这种苦难。“我生学步逢丧乱，家在中原厌奔窜。淮边夜闻贼马嘶，跳去不待鸡号旦。”（《三山杜门作歌》）正是这种亲身遭遇，使他从青年时期起就立志报国，以恢复失地为己任。可是，南宋朝廷却甘心忍受奇耻大辱，屈膝事敌，只求偏安，不思抗战。在这种尖锐矛盾之下，陆游爱国之心更为炽热，发为诗歌，“英伟刚烈之气”就溢于言表，格调苍凉悲壮。比如，揭露金朝贵族地主阶级荼毒北方人民，他写的是：“赵魏胡尘千丈黄，遗民膏血饱豺狼。”（《题海首座侠客像》）讲北方父老渴望收复失地，他写的是：“三万里河东入海，五千仞岳上摩天。遗民泪尽胡尘里，南望王师又一年。”（《秋夜将晓，出篱门迎凉有感》）抒发自己的报国情怀，他写的是：“平生万里心，执戈王前驱。”（《夜读兵书》）“常恐埋山丘，不得委锋镝！”（《书悲》）

“三更抚枕忽大叫，梦中夺得松亭关。”(《楼上醉书》)述说报国的心愿被阻扼，壮志未酬，他写的是：“当年万里觅封侯，匹马戍梁州。关河梦断何处？尘暗旧貂裘。胡未灭，鬓先秋，泪空流。此身谁料，心在天山，身老沧州！”(《诉衷情》)讲晚年闲居，壮志未已，他写的是：“僵卧孤村不自哀，尚思为国戍轮台。夜阑卧听风吹雨，铁马冰河入梦来。”(《十一月四日风雨大作》)在临死前，他还念念不忘恢复北方疆土，写下了“死去元知万事空，但悲不见九州同。王师北定中原日，家祭无忘告乃翁”的绝笔诗(《示儿》)。这些诗句，深沉执着，气壮山河，感天地而泣鬼神，是陆游爱国之心的自然流露。

憎恨邪恶，一身正气。陆游“寄意恢复”，难免和投降派发生冲突。1166年，投降派以“鼓唱是非”的罪名，曾免除他的官职。尽管一再受挫，但他矢志不渝，主张抗金的志向始终不改。在《桃源忆故人》一词中，他写道：“中原当日山川震，关辅回头煨烬。泪尽两河征镇，日望中兴运。　秋风霜满青青鬓，老却新丰英俊。云外华山千仞，依旧无人问！”对只知保自己的官位利禄，不惜误国误民的投降派，他极端憎恨，用“追感往事”的手法，愤怒地斥责说：“公卿有党排宗泽，帷幄无人用岳飞。”“诸公可叹善谋身，误国当时岂一秦！”诗人还把这种鞭挞直接指向南宋朝廷，对他们妥协投降的丑恶面目作了深刻揭露：“和戎诏下十五年，将军不战空临边。朱门沉沉按歌舞，厩马肥死弓断弦！”(《关山月》)并且悲愤地说：“生逢和亲最可伤，岁辇金絮输胡羌”，“和戎自古非长策”，“报国欲死无战场”。此外，陆游由于切望恢复北国疆土，便要求整顿吏治，使民生安定。对鱼肉百姓的贪官酷吏，他像对投降派一样地憎恶，把他们对农民的掠夺比之为“横江网”，指斥道：“有司或苛取，兼并亦豪夺，正如横江网，一举孰能脱！”(《书叹》)他以百姓之心为心，在诗中咒骂封建官吏的劣迹：“数年斯民厄凶荒，转徙沟壑殣相望。县吏亭长如饿狼，妇女怖死儿童僵。”(《秋获歌》)像这样斥官吏为豺狼，大胆为民请命的诗歌，在当时是极少见的。

关怀百姓，息息相通。热爱祖国，憎恨邪恶，关怀人民，在陆游身上是紧密联系，三位一体的。“忧国复忧民”是他诗歌创作中最大的主题。他经常接近下层贫民，尤其是一生的后二十年，回到山阴故乡，过着“筋力幸可勉，扶衰业耕桑。身杂老农间，何能避风霜”(《晚秋农家》之五)的生活，家境不富裕，夜晚为了省灯油书也不看，有时“食且不继”，饥肠雷鸣。相与交往的，是老农、织女、牧童等普通群众。于是，他对农民的思想感情有了更深的了解。《稽山农》一诗，反映了他思想感情的这种变化：“粗缯大布以御冬，黄粱黑黍身自春，园畦剪韭胜肉美，社瓮拨醅如粥醲……利名画断莫挂口，子孙世作稽山农。”他自称“贫困气犹全”，骨头更硬了，足不踏权门。这时期他的许多诗歌，都是写农民的喜怒哀乐的。久旱得雨，他和农民一样发自内心地喜悦：“不雨珠，不雨玉，六月得雨真雨粟。”(《喜雨歌》)“嘉谷如焚稗草青，沉忧耿耿欲忘生。钧天九奏箫韶乐，未抵虚檐泻雨声。”(《秋旱方甚，七月二十八夜忽雨，喜而有作》)在他看来，大旱之后的雨声，比什么音乐都好听。对农民的忧愁和悲苦，他写得更多：“君不见野老八十无完衣，岁晚北风吹破屋。”(《长安道》)“去秋宿麦不入土，今年米贵如黄金。老妪哭子那可听？僵死不复黔衾裔！”(《首春连阳》)他通过记录一位老农的谈话，把他们遭受地主阶级剥削，缴纳租税之后，“归来糠粞常不餍，终岁辛勤亦何得”的悲愤心情，写得十分深刻。陆游还放笔直书，写下农民对豪富和官府的控诉：“三军老不战，比屋困征赋。”(《悲秋》)“富豪役千奴，贫老无寸帛。”(《岁暮感怀》)“门前谁剥啄？县吏征租声。一身入县庭，日夜穷笞搒。人孰不惮死？自计无由生。”(《农家叹》)正是由于思想感情上和人民息息相通，才使陆游在晚年“穷且益坚，不坠青云之志”，到了83岁的高龄，还在《自勉》诗中说：“养气要使完，处身要使端。勿谓在屋漏，人见汝肺肝。节义实大闲，忠孝后代看。汝虽老将至，更勉未死间。”而正是这种终身保有的凛然正气，使他写出了人民的心声，成了伟大的爱国主义诗人，被称为“亘古男儿一放翁”，其作品光华四射，其精神为人景仰。

赋到沧桑句便工

——略谈元好问的诗歌创作

元好问(公元1190年—1257年),字裕之,号遗山,金代著名文学家。传世的《元遗山诗集》,有诗一千三百多首;另今人唐圭璋教授编的《全金元词》,收入他的词一百零三首。历代对他的艺术成就评价甚高。清代沈德潜称他的诗“峰峦高插,涛澜动地”,是“又东坡后一能手”。赵翼则用“国家不幸诗家幸,赋到沧桑句便工”来概括他的遭遇和创作。本文拟用他本人的论点,分析他写作上成功的某些原因。

元好问在《论诗三首》中说:“诗腹搜苦白头生,故纸尘昏枉乞灵。不信骊珠不难得,试看金翅擘沧溟。”无疑,这首诗反对坐在屋里搜索枯肠,向故纸堆乞灵,主张走出去,像大鹏金翅鸟横越沧海那样,搏击风浪,去获得“骊珠”。这个观点是进步的,也可以说是作者的经验之谈。元好问热爱祖国河山,走了许多地方,曾写过许多描绘壮丽山河的诗篇。如他的《水调歌头·赋三门津》:“黄河九天上,人鬼瞰重关。长风怒卷高浪,飞洒日光寒。峻似吕梁千仞,壮似钱塘八月,直下洗尘寰。万象入横溃,依旧一峰闲。　仰危巢,双鹄过,杳难攀。人间此险何用,万古秘神奸。不用燃犀下照,未必佽飞强射,有力障狂澜。唤取骑鲸客,挝鼓过银山。”这首词写得很有气势,很有激情。显然,离开到现地亲自观察、感受,是写不出来的。这就告诉我们,要有“纵横健笔”,就必须亲自去直接了解,体察物状。元好问正是这样去描绘祖国河山的。走沁州铜鞮险道,他写的是“山迳一何恶,一涧复一岭。昂头一握天,放脚百丈井”,极力描述其艰险;看黄华山飞瀑,他写的是“雷公怒击散飞雹,日脚倒射垂长虹,骊珠百斛供一泻,海藏翻倒愁龙公”。把大好美景展现在你眼前；泛舟大明湖，他写的是“长白山前绣江水，展放荷花三十里。看山水底山更佳，一堆苍烟收不起”。把湖山景色点染无遗；登泰山，他写的是“鸡鸣登日观，四望无氛霾。六龙出扶桑，翻动青霜堆。”画出了泰山最有特色的一景——观海上日出。这些诗歌，都说明了只有亲身去观察了解事物，才能正确地反映客观事物。而“闭门造车”是写不出有特点、有个性的诗篇的。所以，元好问在《诗论三十首》中说：“传语闭门陈正字，可怜无补费精神。”诗人在这里指出，像北宋诗人陈师道（他当过秘书省正字的官职，人称陈正字）那样“拥被卧而思之，呻吟如病者，或累日而后成”的写作方法，是无补于事的。

元好问不仅反对“闭门觅句”，而且主张作者了解事物时，要身到、眼到、心到。他在《诗论三十首》中说：“眼处心生句自神，暗中摸索总非真。”这也就是说，不能满足于走马观花，一般地了解生活，而要在实践中处处留心，仔细观察，得其真髓。他是实践了自己的这个主张的。他写过许多反映战争的诗，大部分是他集中的佳作。如他的《楚汉战处》：“虎掷龙拏不两存，当年曾此赌乾坤。一时豪杰皆行阵，万古河山自壁门。原野犹应厌膏血，风云长遣动心魂。成名竖子知谁谓？拟唤狂生与细论。”这诗虽是写他从古籍中了解到的战例，却写得有血有肉。之所以如此，是因为他身处金朝灭亡之际，亲身参与了战争，曾有过“七年鞍马”的生涯。他细心观察了送战士出征的场面，把握了这种典型环境的典型情节，因而才写得出“古来丈夫泪，不洒别离间”，“捉却贺兰山下贼，金鞍绣帽好还乡”这样的劝勉之词。他曾在围城之中，几乎饿死，历尽一切人间艰辛，因而才写得出“郁郁围城渡两年，愁肠饥火日相煎”，“生涯若被旁人问，但说经年鼠不来”，和“白骨又多兵死鬼，青山元有地行仙”这样感受真切的诗句。他目睹了战争的惨烈，刻骨铭心，因而才写得出“惨淡龙蛇日斗争，干戈直欲尽生灵。高原水出山河改，战地风来草木腥”，“野蔓有情萦战骨，残阳何意照空城”这样悲凉沉郁的诗句。他亲身经历了有家归不得，亲人各一方的分离之苦，因而才写得出“憔悴南冠一楚囚，归心江汉日东流”，“西风白发三千丈，故国青山一万重”这样深切思念的诗句。他亲身经历了金朝灭亡的悲剧，“家亡国破此身留”，因而才写得出“洛阳城阙变灰烟”，“沧海横流万国鱼”，“历历兴亡败局棋，登临疑梦复疑非”这样悲痛欲绝的诗句。上述这些足以说明，看得真才能写得出，观察细才能写得活，感受多才能写得深，这是个规律。但是，有些人并不这样去实行，常常抓到一点皮毛就写。因而元好问在赞扬杜甫的创作态度时不免感叹：“画图临出秦川景，亲到长安有几人!”

元好问在强调亲身了解事物，细心观察的同时，还要求“多思”，认为只有多思才能把作品写得更好。他说：“苦才多思是春风，偏近骚人怅望中。啼尽杜鹃枝上血，海棠明日更应红。”(《俳体雪香亭杂咏》)在这里，诗人明白地告诉人们：单有才智还不够，还得有“苦才”——到生活中艰苦磨炼；在艰苦中成才了，有了生活体验，还要“多思”，多思才能迎来创作的春天。正是杜鹃把血都啼尽了，所以枝上的花儿才更红。诗人自己就是“苦才”，就很善于“多思”。比如他写战争，并没有停留于战事本身的描写，而是“出门览民风，惨惨愁肺腑”，以深切同情人民的感情，去思考战争失败、金朝灭亡给人们带来了什么，从而深刻反映了人民遭受的重重苦难：“白骨纵横乱似麻，几年桑梓变龙沙。只知河朔生灵尽，破屋疏烟却数家。”(《癸已五月三日北渡》)“饥乌坐守草间人，青布犹存旧领巾。六月南风一万里，若为白骨便成尘。”(《续小娘歌》)“伤心此日河平路，千里荆榛不见人。”他还进一步思考，是什么原因造成如此惨祸。他痛心地发现，是国家出了只会阿谀逢迎、祸国害民的坏人。他骂这种人“舐痔归来位望尊”，把他们比作毒蛇猛兽，形容他们残害百姓是“饥蛇不计撑肠裂，老虎争教有齿存”(《感事》)。在《十二月六日》诗中，他更指出豪门甲第搜刮百姓，发国难财是国事败坏的原因：“伥鬼跳梁久，群雄结构牢。天机不可料，世网若为逃？白骨丁男尽，黄金甲第高。阊门隔九虎，休续楚臣骚。”对这种危害国家的奸人，诗人极为痛恨。他在《即事》一诗中写道：“逆竖终当鲙缕分，挥刀今得快三军。燃脐易尽嗟何及，遗臭无穷古未闻。”这些诗篇，是以人民的爱憎为爱憎的。正是由于这个原因，使得元好问在中国文学史上成为一位杰出诗人。

生离死别　悲从中来
——略谈古人几首以歌代哭的词

人为万物之灵。若问灵在哪里，与其他动物区别何在，人们的答案可能见仁见智；但若说情感最为丰富是“灵”之主要内涵之一，怕不会有人反对。诗词是表达感情的工具。生离死别之际，骚人墨客作诗填词，以歌代哭，表达情怀最为感人。在我读过的古人词作中，历久弥新的有三例：

一是清代顾贞观寄给“死生师友”吴兆骞的两首词：

金缕曲

季子平安否？便归来、平生万事，那堪回首！行路悠悠谁慰藉？母老家贫子幼。记不起、从前杯酒。魑魅搏人应见惯，总输他覆雨翻云手。冰与雪，周旋久。　　泪痕莫滴牛衣透。数天涯、依然骨肉，几家能够！比似红颜多命薄，更不如今还有。只绝塞，苦寒难受。廿载包胥承一诺，盼乌头马角终相救。置此札，兄怀袖。

金缕曲

我亦飘零久。十年来、深恩负尽，死生师友。宿昔齐名非忝窃，试看杜陵消瘦，曾不减、夜郎僝僽。薄命长辞知己别，问人生、到此凄凉否？千万恨，为兄剖。　　兄生辛未吾丁丑。共些时、冰霜摧折，早衰蒲柳。词赋从今须少作，留取心魂相守。但愿得、河清人寿。归日急翻行戍稿，把空名、料理传身后。言不尽，观顿首。

顾贞观这两首词，是写给挚友吴兆骞的。吴在科场案中受人诬陷，被流放至冰雪绝塞宁古塔已17年。顾贞观此时在大学士明珠家里当老师，求明珠之子纳兰性德帮助营救吴兆骞，性德未允。后来，看了这两首字字血泪、情深似海的词，性德泪下数行，说:“河梁生别之诗，山阳死友之传，得此而三!”当即担保援救，5年后，吴获赎还乡。这两首以歌代哭的词，数百年来感动过无数人，传为佳话。

二是清中期秦宝鉴祭奠亡妻佩依的两首词：

金缕曲

泉下平安否？别些时、寒烟冷月，定难消受。斯恨绵绵何日补？千尺丝萦断藕。扶不起、玉棺翠袖。宿昔欢娱疑是梦，算南柯、聚散从来骤。真与幻，未参透。　　草堂双榻还依旧。想芳魂、深宵独坐，佩环轻叩。牢记钗钿秋夜誓，忉利重圆还有。只此刻、冰姿莫觏。眉黛而今应蹙损，忆妆成、倩我描新柳。对残烛，欷歔久。

金缕曲

我忆卿知否？送华年、步兵清泪，信陵醇酒。壮采豪情都减了，尽著带围削瘦。算乐事、今生难又。百日柔情凄欲断，算无多、日仅萦回九。但自悼，尚谁咎！　　空名犹厌传身后，更何心、鸾弦再续，凤箫重奏。纵使仙葩容易觅，旧梦那堪回首。春去也、徒呼负负。络纬啼残萤火灭，悄填词、正是销魂候。卿珍重，鉴拜手。

前面顾贞观的两首，写的是挚友长年生离之苦。这里秦宝鉴的两首，写的是夫妻死别之悲。秦生活在后，词作明显受顾的影响。从两首词的副题“焚寄佩依，以词代书”，可推知作者在祭奠亡妻时满面流泪，先朗读而后焚化痛哭的情景。至爱莫如夫妇，“一日夫妻百世恩”。爱妻早死，作者悲痛欲绝，因而祭奠时回忆往昔相互依恋、秋夜盟誓，如今自己“带围削瘦”、万念俱灰的情景。作者的文字功力虽不如顾贞观，但因为夫妻情深，下笔凄婉，所以读来同样感人肺腑。

三是北宋大词人苏轼怀念亡妻王弗的词：

江城子·乙卯正月二十日记梦

十年生死两茫茫。不思量，自难忘。千里孤坟，无处话凄凉。纵使相逢应不识，尘满面，鬓如霜。　　夜来幽梦忽还乡。小轩窗，正梳妆。相顾无言，惟有泪千行。料得年年肠断处，明月夜，短松冈。

苏东坡此词作于宋神宗熙宁八年（1075）。因为“乌台诗案”的文字狱和新旧党争，他被贬谪出京，时南时北；多年之后，他任密州守，依旧是“身为逐臣”的戴罪之人。他梦见了10年前死去的妻子，醒来悲不自胜，提笔写了这首词。这首情感深厚、意境悲凉的词，近千年来感动了一代又一代人，堪称千古绝唱。

（载于《中国旅游报》2005年3月14日）

嫉俗讽世　鞭挞科举

——略谈吴敬梓的数首词

云榜凌波拂曙行。回看烟雾里，别江城。点头沙鸟过遥汀。临断岸，绿遍水香楱。　　八字贯帆轻。连宵春雨过，浪花平。凭舷山影落窗棂。青天外，何处晓霞明？

这是载于《全清词钞》中的清代吴敬梓《小重山》词。吴敬梓（1701—1754）的《儒林外史》，被称为“中国小说之奇葩，讽刺文学之杰作”。但今天的人，知道他作词同样杰出者少。因此，选择几首略作评价。

买陂塘

少年时、青溪九曲，画船曾记游冶。绋缅维处闻箫管，多在柳堤月榭。朝复夜，费蜀锦吴绫，那惜缠头价。臣之壮也，似落魄相如，穷居仲蔚，寂寞守蓬舍。　　江南好，未免闲情沾惹。风光又近春社。茶铛药碓残书卷，移趁半江潮下。无广厦，听快拂花梢，燕子营巢话。香销烛灺。看丁字帘边，团团寒玉，又向板桥挂。

买陂塘

石头城、寒潮来去，壮怀何处淘洗？酒旗飘飏神鸦散，休问猘儿狮子。南北史，有几许兴亡，转眼成虚垒。三山二水。想阅武堂前，临春阁畔，自古占佳丽。　　人间世，只有繁华易委。关情固自难已。偶然买宅秦淮岸，殊觉胜于乡里。饥欲死，也不管于时，似淅矛头米。身将隐矣。召阮籍、嵇康，披襟箕踞，把酒共沉醉。

这两首词为清雍正十一年（1733）同时所作，词前有小序云：“癸丑二月，自全椒移家，寄居秦淮水亭。诸君子高宴，各赋‘看新涨’二截见赠。余既依韵和之，复为诗余二阕，以志感焉。”所谓“志感”，即写他的身世之感。他出身书香门第，原想以科举入仕，但才华横溢却名落孙山，屡试不第。身心深受打击，又愤世嫉俗，他便将家产挥霍殆尽，于33岁时移家南京。第一首词，写他少年的游冶经历。“落魄相如，穷居仲蔚，寂寞守蓬舍”，倾吐了他怀才不遇的心境；而“燕子营巢”“香销烛灺”语，则道出他将在秦淮河边了此一生。

第二首词，与前一首写个人命运的变迁不同，所抒发的是历史的兴亡之感。“有几许兴亡，转眼成虚垒”，写尽了他对历代“繁华易委”的无限喟叹。而“饥欲死……似淅矛头米”，则表达了他甘于贫困，决心追求个性自由的心态。结尾“召阮籍、嵇康”等三句，更揭示了他惟愿退隐自守，尚友古人，放浪形骸之外的人生理想。

寄居秦淮河畔之后，日益贫困的吴敬梓即倾力创作《儒林外史》。在这部旷世绝作的开头和结尾，他写了下面两首词：

蝶恋花

人生南北多歧路，将相神仙，也要凡人做。百代兴亡朝复暮，江风吹倒前朝树。　　功名富贵无凭据，费尽心情，总把流光误。浊酒三杯沉醉去，水流花谢知何处？

沁园春

记得当时，我爱秦淮，偶离故乡。向梅根冶后，几番啸傲；杏花村里，几度徜徉。凤止高梧，虫吟小榭，也共时人较短长。今已矣！把衣冠蝉蜕，濯足沧浪。　　无聊且酌霞觞，唤几个新知醉一场。共百年易过，底须愁闷？千秋大事，也费商量。江左烟霞，淮南耆旧，写入残编总断肠！从今后，伴药炉经卷，自礼空王。

吴敬梓是封建制度的深刻批判者。读过《儒林外史》的人都知道，他对封建礼教和科举制度深恶痛绝。他在《蝶恋花》中说的“功名富贵无凭据，费尽心情，总把流光误”，就是要人们迷途知返，不再醉心科举。而《沁园春》中“把衣冠蝉蜕，濯足沧浪”等语，则召唤人们像元代王冕那样去掉虚伪丑恶，追求个性解放。

吴敬梓给人们留下了杰作，但才活了53岁，他便在贫困中客死扬州。综观其一生，笔者在《萤窗咏史诗》中，曾为他写了七古一首：

书生号泣悲天瞽，寻遍四海无一门。
瘦骨重敲铜琶在，漫数胸中百奇珍。
《儒林外史》五十卷，塞北江南争写传。
从来文士耽翰墨，十有八九坐此贫。
岁暮落拓遭风雨，客死扬州作孤魂。

（载于《中国旅游报》2005年1月31日）

伤心人别有怀抱

——略谈王夫之情眷故国的词作

明末清初的大思想家王夫之（1619—1692），身后著作百余种，天文、历法、数学均有研究，尤精经史、文学、哲学，还有大量诗词存世。他曾参加抗清活动，明亡后隐居著述，又情怀故国，故而其词作是“句句楚骚心”。

蝶恋花·衰柳

为问西风因底怨。百转千回，苦要情丝断。叶叶飘零都不管，回塘早似天涯远。　阵阵寒鸦飞影乱，总趁斜阳，谁肯还留恋。梦里鹅黄拖锦线，春光难借寒蝉唤。

青玉案·忆旧

桃花春水湘江渡，纵一艇，迢迢去。落日赪光（红色）摇远浦，风中飞絮，云边归雁，尽指天涯路。　故人知我年华暮，唱彻灞陵回首句。花落风狂春不住。如今更老，佳期愈杳，谁倩啼鹃诉！

这两首词，都是王夫之怀念故国之作，情感与寄慨极深。前一首“梦里鹅黄拖锦线”，是对明代盛景的追忆，而衰柳则是喻明之亡，全首寄托亡国之恨。后一首“佳期愈杳，谁倩啼鹃诉”，指恢复无望，悲痛难绝。两首词都寓情于景，结构完美，情感深厚，是明清之际爱国词章中不可多得的佳构。

烛影摇红·十月十九日

瑞霭金台，琼枝光射龙楼雪。群仙笑指九阊开，朱凤翔丹穴。云暗雁峰高揭。向海屋重标珠阙。文鹓飞舞，日暖霜轻，小春佳节。　迢递谁知，碧鸡影里催啼鴂。骖鸾不得玉京游，难挽瑶池辙。黄竹歌声悲咽。望翠瓦双鸳翼折。金茎露冷，几处啼乌，桥山夜月。

读邵康节遗事，属纩之际，闻户外人语，惊问所语云何？且曰：“我道复了幽州。”声息如丝，倾俄逝矣。有感而作。

绮罗香

流水平桥，一声杜宇，早怕洛阳春暮。杨柳梧桐，旧梦了无寻处。拚午醉、日转花梢，甚夜阑、风吹芳树。到更残、月落两峰，泠然蝴蝶忘归路。

关心一丝别挂，欲挽银河水，仙槎遥渡。万里闲愁，长怨迷离烟雾。任老眼、月窟寻幽，更无人、花前低诉。君知否、雁字云沉，难写伤心句。

这两首词，前一首是为南明永历帝而作。十月十九日是永历帝生日。永历帝被吴三桂杀害已久，王夫之隐遁中触事生哀。“金茎露冷，几处啼乌，桥山夜月”，无限哀悼。后一首，是他在读了一则邵康节遗事之后写的。北宋学者邵康节为失了幽州死不瞑目，王夫之因抗清复明之志未遂抱恨终生。“君知否，雁字云沉，难写伤心句”，正是这一情怀的表达。这两首词都从咏史的角度，抒发伤心人的爱国情怀。

摸鱼儿·石鼓江山

瞰蒸湘，曲影双清，流下洞庭秋远。危崖突兀玉峰寒，界破苍流一线。谁许见，只鲛宫金绳，夜拥鱼龙怨。画船歌扇。对笑水江花，窥楼晕月，惹尽流霞片。　　行乐地，记取韶光迅转，画阑彩笔题遍。云杳潇湘千顷碧，瞥眼武陵溪畔。君莫羡！君不见、渔阳挝断霓裳宴。沧桑已变。想眉黛娇青，眼波凝绿，不是旧时面。

摸鱼儿·东洲桃浪

剪中流、白蘋芳草，燕尾江分南浦。盈盈待学春花靥，人面年年如故。留春住，笑萍影轻狂，旧梦迷残絮。棠桡无数，尽泛月莲舒，留仙裙在，载取春归去。　　佳丽地，仙院迢迢烟雾。湿香飞上丹户。醮坛珠斗疏灯映，共作一天花雨。君莫诉！君不见、桃根已失江南渡。风狂雨妒。便万点落英，几湾流水，不是避秦路。

这两首词，名为写潇湘美景，其实表达的仍是亡国之痛。“沧桑已变”，“不是旧时面”；“风狂雨妒”，“不是避秦路”，悲痛已极。叶恭绰说：王夫之词的“故国之思，体兼《骚》《辩》……（每首）言皆有物，与并时批风抹露者迥异”。之所以与他人迥异，乃是由于他一如屈原故国情深，伤心人别有怀抱也。

读王夫之诗词，分析其一生，笔者曾为他作古风一首：

遁迹深山逃禄荣，四十年间独守穷。一生著书百余种，成就高于衡山峰。
探究历史三千载，超越两宋诸名公。情怀故国若屈原，楚骚诗词满箧中。

（载于《中国旅游报》2005年1月28日）

惟妙惟肖摹众生

——浅谈曹雪芹的人物词

《红楼梦》这部不朽的文学巨著，古今独步，众体皆备，作者以如椽巨笔，把诗词歌赋都纳入其中，服务于人物描写，因而使所塑造的众多人物个个栩栩如生。限于篇幅，这里只把曹雪芹几首代言性质的人物词略作评介。

唐多令·柳絮（林黛玉）

粉堕白花洲，香残燕子楼。一团团、逐队成毬。漂泊亦如人命薄，空缱绻，说风流。　　草木也知愁，韶华竟白头。叹今生，谁舍谁收？嫁与东风春不管；凭尔去，忍淹留。

细读《红楼梦》的人都知道，曹雪芹笔下的林黛玉，是个“心比天高，命比纸薄”的女子。她幼丧慈亲，寄住于贾府。但她才情最高，品性最洁，心地最傲，结局最惨。寄人篱下，孤独一身，心情悲苦，又使她比谁都自尊、孤傲，也比谁都敏感、脆弱。处此境地，又偏偏与贾宝玉产生了爱情，刻骨相思。爱情最终以悲剧结束，是因为无人作主，有情人难成眷属。曹雪芹以这首《唐多令》为林黛玉代言，是对她悲凉身世与凄惨结局的哀叹与惋惜。柳絮飞堕，“漂泊亦如人命薄”，入木三分地刻画了林黛玉的人生处境。而“叹今生，谁舍谁收？嫁与东风人不管；凭尔去，忍淹留”，就更形象地预示了她爱情悲剧的结局。这首词，当与《葬花诗》合读。这一词一诗，写尽了林黛玉的一生，可称“双绝”。

临江仙·柳絮（薛宝钗）

白玉堂前春解舞，东风卷得均匀。蜂团蝶阵乱纷纷。几曾随逝水，岂必委芳尘。　　万缕千丝终不改，任他随聚随分。韶华休笑本无根，好风频借力，送我上青云。

读过《红楼梦》的人也知道，薛宝钗是一个与林黛玉秉性不同的女子。她虽然失去父亲，却仍有母、兄之爱，人生并不孤苦。她来到贾府，不是因为漂泊无依，而是为了在京城待选“才人赞善”，进入宫闱，光大门楣。曹雪芹用这首同为咏柳絮的《临江仙》，要表达的是与林黛玉的凄苦绝然相反的富贵攀高的人物心态。所以，小说中薛宝钗在看了前几人的词后说道：“终不免过于败丧。我想，柳絮原是一件轻薄无根无绊的东西，然依我的主意，偏要把他说好了，才不落套。”于是，她刻意翻案，赞美柳絮。“白玉堂”、“春解舞”等语，已不是“粉堕”“香残”般凄然，而是一派明媚热烈的景象。特别是下片，“好风频借力，送我上青云”，更流露出她自鸣得意，雄心勃勃的心境。同样咏柳絮，却让我们看到了薛宝钗向往虚荣、名利，想直上青云的人生价值观。一首小词，曹雪芹把薛宝钗的内心世界表达得淋漓尽致。其文心之绝妙，词艺之高超，从两词的对比中可以窥见。

西江月（贾宝玉之一）

无故寻愁觅恨，有时似傻如狂。纵然生得好皮囊，腹内原来草莽。潦倒不通世务，愚顽怕读文章。行为偏僻性乖张，哪管世人诽谤。

西江月（贾宝玉之二）

富贵不知乐业，贫穷难耐凄凉。可怜辜负好韶光，于国于家无望。天下无能第一，古今不肖无双。寄言纨绔与膏粱，莫效此儿形状。

这两首摹写贾宝玉的《西江月》，均见于《红楼梦》第三回。“混世魔王”贾宝玉初次登场，林黛玉觉得：“看其外貌，最是极好，却难知其底细。”接着，书中笔锋一转，说：“后人有《西江月》二词，批宝玉极恰。”的确，此二词写贾宝玉的性格特征“极恰”。他“面若中秋之月，色如春晓之花”，一副好皮囊，却愚顽痴傻，怕读文章，喜怒无常，歌哭无端，狂颠放纵，我行我素，不留心世务。第一首词，把他偏僻乖张的封建制度叛逆者的性格写得活灵活现。后一首“天下无能第一，古今不肖无双”、“于国于家无望”等语，更揭露了贾宝玉与封建道德标准背道而驰的本质特征。这两首词，看似信手拈来，却具有巨大的艺术感染力与无比深刻的思想内涵。

从以上分析可知，这四首词，乃是曹雪芹人物描写的点睛之笔。这类词作（包括相关诗歌），大大增强了《红楼梦》的艺术品位。

《红楼梦》写了不少悲剧人物，而曹雪芹的一生也是悲剧的一生。对此，笔者在《萤窗咏史诗》中，曾以七古一首对他加以评述：

悲剧一生攻典坟，两鬓霜染走埃尘。百里岂能容骥足，九霄终自别鸡群。
遭逢巨变避权贵，闭门著书黄叶村。心头有恨长如水，囊中无钱至老贫。
蓬蒿满地凄风紧，举家食粥冬夜寒。秦淮旧梦人已渺，燕市悲歌几辛酸。
调羹未羡青莲宠，才逾昌谷傲白云。《石头记》成惊四海，亘古未见此奇文。
红楼译本遍欧亚，公之遗泽达远天。可怜竟然穷到死，一抔黄土尸无棺[①]。

（载于《中国旅游报》2004年8月20日）

① 1968年，北京通县张家湾发现曹雪芹墓葬，有墓志，有遗骨，无棺椁。

疏中有密　独出冠时
——略谈清代朱彝尊的词风

解佩令·自题词集

十年磨剑，五陵结客，把平生、涕泪都飘尽。老去填词，一半是、空中传恨。几曾围、燕钗蝉鬓。　不师秦七，不师黄九，倚新声、玉田差近。落拓江湖，且吩咐、歌筵红粉。料封侯、白头无分。

这是清初大词人朱彝尊（1629—1709）的一首总结生平的词作。朱氏为浙江嘉兴人，康熙时曾参与修撰《明史》，授翰林院检讨。词风淳雅清空，“疏中有密，独出冠时”，为浙西词派的创始者，清词“八大家”之一。本文将他的几首词略作评价。

高阳台

桥影流虹，湖光映雪，翠帘不卷春深。一寸横波，断肠人在楼阴。游丝不系羊车住，倩何人传语青禽？最难禁，倚遍雕阑，梦遍罗衾。　重来已是朝云散，怅明珠珮冷，紫玉烟沉。前度桃花，依然开满江浔。钟情怕到相思路，盼长堤草尽红心。动愁吟，碧落黄泉，两处谁寻？

百字令·偶忆

横街南巷，记钿车、小小翠帘徐揭。绿酒分曹人散后，心事低徊潜说。莲子湖头，枇杷花下，绾就同心结。明珠未斛，朔风千里催别。　同是沧落天涯，青青柳色，争忍先攀折。红浪香温围夜玉，堕我杯中明月。暮雨空归，秋河不动，虬箭丁丁咽。十年一梦，鬓丝今已如雪。

这两首词，前一首写的是一个真实的爱情悲剧。江苏吴江人吴元礼过流虹桥，有女子一见钟情，相思成疾，竟至病死。临终，吴过其门才得知情，入而女子苏醒，一哭便成死别。后一首写的是作者回忆自己往昔的离别情事，缠绵悱恻，哀怨不已。用笔深隐曲折，结尾二句，怨愤凄然，无限身世之感。

消息·度雁门关

千里重关，凭谁踏遍，雁衔芦处？乱水滹沱，层霄冰雪，鸟道连句注。画角吹愁，黄沙拂面，犹有行人来去。问长途，斜阳瘦马，又穿入、离亭树。

猿臂将军，鸦儿节度，说尽英雄难据。窃国真王，论功醉尉，世事都如许。有限春衣，无多山店，酹酒徒成虚语。垂阳老，东风不管，雨丝烟絮。

百字令·度居庸关

崇墉积翠，望关门一线，似悬檐溜。瘦马登登愁径滑，何况新霜时候。画鼓无声，朱旗卷尽，惟剩萧萧柳。薄寒渐盛，征袍明日添又。　　谁放十万黄巾，丸泥不闭，直入车厢口？十二园陵风雨暗，响遍哀鸿离兽。旧事惊心，长途望眼，寂寞闲亭堠。当年锁钥，董龙真是鸡狗。

这两首吊古词，前一首写尽了雁门关的历史沧桑，它既雄峻高拔，又萧瑟荒凉。作者用李广、李克用的史实，感叹“英雄难据”“世事都如许”。后一首上片写景，下片前五句说尽李自成“东捣居庸，长驱京邑”的往事，是明亡惨剧的浓缩，暗含着无限哀思。这两首词，充满历史的厚重感，非大手笔不能道。

长亭怨慢·雁

结多少悲秋俦侣，特地年年，北风吹度。紫塞门孤，金河月冷，恨谁诉？回汀枉渚，也只恋江南住。随意落平沙，巧排作参差筝柱。　　别浦。惯惊移莫定，应怯败荷疏雨。一绳云杪，看字字悬针垂露。渐欹斜、无力低飘，正目送碧罗天暮。写不了相思，又蘸凉波飞去。

满江红·塞上咏苇

绝塞凄清，又谁把、秋声留住？斜阳外，寒沙摇漾，乱石无主。瑟瑟乍惊心欲碎，茫茫不管愁如许。伴西窗，灯火坐黄昏，萧萧语。　　催一夜、茅檐雨，搅一片、霜林杵。为伊想遍了、别离情绪。酒渴三更人散后，月明千里鸿飞处。梦沧江，添个钓鱼船，风吹去。

这两首词均为咏物之作。第一首上片写北雁南飞，离恨谁诉；下片写江南漂泊，惊移无所。写群雁微妙入神，无终无止，而情志的寄托亦颇深远，仿佛描述清初北方流民移向江南的悲惨境遇，表达了作者悲天悯人的情怀。第二首《咏塞上芦苇》，“为伊想遍了、别离情绪”，寄托的是思乡之苦。月明千里，孤鸿何处，岂可长此漂泊，因而要“梦沧江，添个钓鱼船”，归老于故乡。这两首词，都深得骚人咏物三昧。

（载于《中国旅游报》2004年5月16日）

词苑凤凰　气压一代
——清初陈维崧词作浅析

陈维崧（1625—1682），字其年，号迦陵，江苏宜兴人，是清代“八大词人”之首，作词1629首，为历代词人之冠。

《白雨斋词话》说：“迦陵词气魄绝大，骨力绝遒……只是一发无馀，不及稼轩之浑厚沉郁。”他被誉为“江左三凤凰”之一，是阳羡词派宗主。今略作评介。

醉落魄·咏鹰

寒山几堵，风低削碎中原路，秋空一碧无今古。醉袒貂裘，略记寻呼处。

男儿身手和谁赌？老来猛气还轩举。人间多少闲狐兔，月黑沙黄。此际偏思汝！

满江红·夷门

坏堞崩沙，人说道，古夷门也。我到日，一番凭吊，泪同铅泻。流水空祠牛弄笛，斜阳废馆风吹瓦。买道旁，浊酒酹先生，班荆话。　摄衣坐，神闲暇。北向刭，魂悲咤。行年七十矣，翁何求者。四十斤椎真可用，三千食客都堪骂。使非公，万骑压邯郸，城几下。

法曲献仙音·咏铁马同云臣赋

赤兔无成，乌骓不逝，屈作小楼檐马。碎珮琮琤，丛铃戛玷，依稀客窗闲话。更鸟雀时相触，霜欺兼雨打。几悲咤。　想多年、战场猛气，矜蹴踏、万马一时都哑。流落到而今，踠霜蹄、寄人篱下。潦倒余生，尽闲身、蛛丝同挂。又西风唤起，仍旧酸嘶中夜。

这三首词，足见迦陵词气魄之宏大，风格之遒劲。第一首“人间多少闲狐兔”，第三首结尾“又西风唤起，仍旧酸嘶中夜”，都说明作者抱负非凡，曾有大志。第二首颂扬战国信陵君救赵中的关键人物夷门监侯嬴，“四十斤椎真可用，三千食客都堪骂”等语，十分奇崛，也倾吐了作者胸中块垒抑塞之气。

本意。癸丑三月十九日，用明杨孟载韵。

夏初临·本意

中酒心情，拆绵时节，瞢腾刚送春归。一亩池塘，绿荫浓触帘衣。柳花搅乱晴晖。更画梁、玉剪交飞。贩茶船重，挑笋人忙，山市成围。　蓦然却想，三十年前，铜驼恨积，金谷人稀。划残竹粉，旧愁写向阑西。惆怅移时。镇无聊、掐损蔷薇。许谁知、细柳新蒲，都付鹃啼。

念奴娇·读屈翁山诗有作

灵均苗裔，羡十年学道，匡庐山下。忽听帘泉飏冷瀑，豪气轶于生马。亟跳三边，横穿九塞，开口谈王霸。军中毬猎，醉从诸将游射。　提罢匕首入秦，不禁忍俊，缥缈思登华。白帝祠边三尺雪，正值玉姜思嫁。笑把岳莲，乱抛博箭，调弄如花者。归而偕隐，白羊瑶岛同跨。

前一首“癸丑三月十九日”，是李自成攻入北京，崇祯皇帝吊死煤山30周年。作者写此词，是悼明之亡，表达遗民之思。后一首所记的屈翁山，即清初抗清志士屈大均。他结交豪杰，奔走天下，考察山川，密谋复明。陈维崧读他的诗，作词颂其为人，可谓同声相应，同气相求。就词而论，此阕绝佳，形象鲜活，气压一代。

摸鱼儿·白生琵琶

是谁家、本师绝艺，檀槽掐得如许？半弯逻逤无情物，惹我伤今吊古。

君何苦？君不见、青衫已是人迟暮。江东烟树。纵不听琵琶，也应难觅，珠泪曾干处。　　凄然也，恰似秋宵掩泣，灯前一对儿女。忽然凉瓦飒然飞，千岁老狐人语。浑无据！君不见、澄心结绮皆尘土。两家后主，为一两三声，也曾听得，撇却家山去。

贺新郎·纤夫词

战舰排江口。正天边、真王拜印，蛟螭蟠钮。征发棹船郎十万，列郡风驰雨骤。叹闾左、骚然鸡狗。里正前团催后保，尽累累、锁系空仓后。捽头去，敢摇手？　　稻花恰趁霜天秀。有丁男、临歧诀绝，草间病妇。此去三江牵百丈，雪浪排樯夜吼。背耐得土牛鞭否？好倚后园枫树下，向丛祠、亟请巫浇酒。神佑我，归田亩。

前一首词，是听一位流落江南的老艺人对一群明朝遗民弹琵琶时所作。词中“两家后主”，指陈后主陈叔宝和南唐后主李煜。曲调凄凉，而作为前朝世家，不忘故国的陈维崧，笔下更为凄厉悲苦。第二首写纤夫生离死别的悲剧，映照出民间深重苦难。它与杜甫的“三吏”“三别”一样，堪称词史。此类词作极为稀少，尤其值得珍视。

（载于《中国旅游报》2004年6月3日）

奇丽飞扬　光彩夺目

——略谈清代龚自珍的词风

龚自珍（1792—1841），字璱人，号定庵，浙江杭州人。道光进士，后任礼部主事，告归不复出仕。与魏源并为近代著名启蒙思想家。

其词能为飞仙剑客之语，奇丽飞扬光彩夺目，是清代“八大词人”之一。有《定庵词》。今略作评介。

浪淘沙·写梦

好梦最难留，吹过仙洲。寻思依样到心头。去也无踪寻也惯，一桁红楼。

中有话绸缪，灯火帘钩。是仙是幻是温柔。独自凄凉还自遣，自制离愁。

减字木兰花

人天无据，被侬留得香魂住。如梦如烟，枝上花开又十年。

十年千里，风痕雨点斓斑里。莫怪怜他，身世依然是落花。

鹊踏枝·过人家废园作

漠漠春芜春不住。藤刺牵衣，碍却行人路。偏是无情偏解舞，濛濛扑面皆飞絮。　　绣院深沉谁是主？一朵孤花，墙角明如许。莫怨无人来折取，花开不合阳春暮。

上述第一首，据前人载籍，所写“皆实事也”。龚自珍青年时就敢于背叛封建礼教，冲破“男女之大防”，追求爱情。虽叫“写梦”，实为自写爱情生活。如梦如幻，缠绵绸缪。第二首有小序，说他17岁时藏了一包花瓣，到27岁时重见，感而作词。往事如梦如烟，人生风风雨雨，心灵几许伤痕，“花谢花飞飞满天，红消香断有谁怜？”惜花，为的是珍藏青春的记忆。第三首借废园一花独放，抒写失意心境，情景交融，寄托深远，“郁怒情深两擅场”，是才情俱胜的佳作。

浪淘沙·书愿

云外起朱楼，缥缈清幽。笛声叫破五湖秋。整我图书三万轴，同上兰舟。镜槛与香篝，雅憺温柔。替侬好好上帘钩。湖水湖风凉不管，看汝梳头。

百字令·投袁大琴南

深情似海，问相逢初度，是何年纪？依约而今还记取，不是前生夙世。放学花前，题诗石上，春水园亭里。逢君一笑，人间无此欢喜。　无奈苍狗看云，红羊劫数，惘惘休提起。客气渐多真气少，汩没心灵何已！千古声名，百年担负，事事违初意。心头阁住，儿时那种情味。

木兰花慢

问人天何事，最飘渺，最销沉？算第一难言，断无人觉，且自幽寻。香兰一枝恁瘦，问香兰、何苦伴清吟？消受工愁滋味，天长地久愔愔。　兰襟。一丸凉月堕，似他心。有梦诉依依，香传袅袅，眉锁深深。故人碧空有约，待归来、天上理天琴。无奈游仙觉后，碧云垂到而今。

这三首词，第一首写的是作者的理想境界，他以范蠡自喻，欲携西施泛舟西湖，以隐逸而终。“古来情语爱迷离”。此词看似潇洒悠然，其实深含酸楚与幽怨。第二首是赠友之作，上片珍惜昔时友情，下片为“事事违初意”而痛心，厚重沉郁，饱含激愤，感染力非凡，而又灵转多姿。第三首是因梦抒怀之作，上片写梦醒后的孤独与失落，愁肠满腹，幽怨天长地久。下片追叙梦中之事，碧空有约，得理天琴，超脱尘俗。全词结构严谨，风神独具。

壬申夏泛舟西湖，述怀有赋，时予别杭州盖十年矣。

湘　月

天风吹我，堕湖山一角，果然清丽。曾是东华生小客，回首苍茫天际。屠狗功名，雕龙文卷，岂是平生意？乡亲苏小，定应笑我非计。　　才见一抹斜阳，半堤香草，顿惹清愁起。罗袜音尘何处觅？渺渺予怀孤寄。怨去吹箫，狂来说剑，两样消魂味。两般春梦，橹声荡入云水。

端阳前一日，伯恬填词题驿壁上，凄瑰曼绝。余亦继声。

南　浦

羌笛落花天，办香鞯、两两愁人归去。连夜梦魂飞，飞不到、天堑东头烟树。空邮古戍，一灯败壁然诗句。不信黄尘消不尽，摘粉搓脂情绪。

登车切莫回头，怕回头还见，高城尺五。城里正端阳，香车过、多少青红儿女。吟情太苦，归来未算年华误。一剑还君君莫问，换了江关词赋。

水调歌头·寄徐二义尊大梁

去日一以驶，来日故应难。故人天末不见，使我思华年。结客五陵英少，脱手黄金一笑，霹雳应弓弦。意气渺非昔，行役亦云艰。　　湖海事，感尘梦，变朱颜。空留一剑知己，夜夜铁花寒。更说风流小宋，凄绝白杨荒草，谁哭墓门田？游侣半生死，想见涕潺湲。

上述三首，第一首是龚自珍20岁之作，倾写了他奋发蹈厉的少年豪气。“怨去吹箫，狂来说剑”，道前人所未道。此词是他的代表作。第二首为旅途中作。他仕途失意南归，“我有平戎三百策”的壮志未展，只叹年华空误，一腔苦涩。末句化用杜甫“庾信平生最萧瑟，暮年诗赋动江关”句意，寄慨殊深。第三首叹去日苦多，来日苦短，壮志未酬，变了朱颜。空留一剑，“夜夜铁花寒”，词意悲壮凄怆。

（载于《中国旅游报》2005年11月4日）

深美闳约　意内言外

——略谈清代张惠言的词作

张惠言（1761—1802），字皋文，号茗柯，江苏武进（今常州）人。清代嘉庆进士，授编修，为乾嘉学派名儒。工词，倡“意内言外”之说，词风渊雅澄澈，沉着醇厚，于词学贡献甚大。有《茗柯词》。今略做评介。

水调歌头·春日赋示杨生子掞（其一）

东风无一事，装出万重花。闲来阅遍花影，惟有月钩斜。我有江南铁笛，要倚一枝香雪，吹彻玉城霞。清影渺难即，飞絮满天涯。　飘然去，吾与汝，泛云槎。东皇一笑相语，芳意在谁家？难道春花开落，更是春风来去，便了却韶华。花外春来路，芳草不曾遮。

水调歌头·春日赋示杨生子掞（其二）

百年复几许，慷慨一何多。子当为我击筑，我为子高歌。招手海边鸥鸟，看我胸中云梦，蒂芥近如何？楚越等闲耳，肝胆有风波。　生平事，天付与，且婆娑。几人尘外相视，一笑醉颜酡。看到浮云过了，又恐堂堂岁月，一掷去如梭。劝子且秉烛，为驻好春过。

水调歌头·春日赋示杨生子掞（其四）

今日非昨日，明日复如何？竭来真悔何事，不读十年书。为问东风吹老，几度枫江兰径，千里转平芜。寂寞斜阳外，渺渺正愁予。　千古意，君知否？只斯须。名山料理身后，也算古人愚。一夜庭前绿遍，三月雨中红透，天地入吾庐。容易众芳歇，莫听子规呼。

上述可称“春的组词”，共五首，今录其三。它是张氏的代表作，既沉郁，又疏快，热肠妙思，若断仍连，均由风骚变出。第一首“花外春来路，芳草不曾遮”，劝人努力追求，迎接春天。第二首“劝子且秉烛，为驻好春过”，教人奋勉，不虚掷大好春光，要知谋事在人。后一首“天地入吾庐”，“莫听子规呼”，表达的是旷达超脱的人生哲理，“开倚声家未有之境”。

木兰花慢·杨花

尽飘零尽了，何人解，当花看？正风避重帘，雨回深幕，云护轻幡。寻他一春伴侣，只断红、相识夕阳间。未忍无声委地，将低重又飞还。　　疏狂情性，算凄凉、耐得到春阑。便月地和梅，花天伴雪，合称清寒。收将十分春恨，做一天、愁影绕云山。看取青青池畔，泪痕点点凝斑。

摸鱼儿·过天香楼忆同崔格卿旧游感而赋此

镇三年、看花一度，人生几回朝暮。欢情容易愁中过，偏是愁人记取。花深处，是往日、分红瞥翠曾游路。旧时鸥鹭。若问我凄凉，酒徒一散，寂寞委黄土。　　百年事、休说重来非故。当时感慨何许！尊前万柄新妆拥，明日乱红无数。天也误，怎不许、清秋一例萎风雨。问花无语。但倚尽危栏，斜阳漠漠，独自下楼去。

前一词借物寓情，寄托遥深。上片“何人解，当花看”等语，写尽不被理解的寂寞悲苦。下片深入一层，“愁影绕云山”，“泪痕点点凝斑”，讲的是“春恨”的结局和解脱。后一词忆天香楼旧游，“天也误，怎不许、清秋一例萎风雨”，是在悼念亡友崔格卿。今日悲君亦自悲，但恨苍天无眼，为寒微文士鸣不平。作此词数年后，张惠言便在42岁时抱恨而终了。

风流子·出关见桃花

海风吹瘦骨，单衣冷、四月出榆关。看地尽塞垣，惊沙北走；山浸溟渤，叠嶂东还。人何在？柳柔摇不定，草短绿应难。一树桃花，向人独笑；颓垣短短，曲水弯弯。　　东风知多少？帝城三月暮，芳思都删。不为寻春较远，辜负春阑。念玉容寂寞，更无人处，经他风雨，能几多番！欲附西来驿使，寄与春看。

水龙吟·夜闻海涛声

梦魂快趁天风，琅然飞上三山顶。何人唤起，鱼龙叫破，一泓杯影。玉府清虚，琼楼寂历，高寒谁省？倩浮槎万里，寻侬归路，波声壮，侵山枕。

便有成连佳趣，理瑶丝，写他清冷。夜长无奈，愁深梦浅，不堪重听。料得明朝，山头应见，雪昏云醒。待扶桑净洗，冲融立马，看风帆稳！

这两首词，第一首将“伤春念远”的题材旧调翻新，别创新意，表达自我的独特感受，哀景写乐，凸显“一树桃花，向人独笑”，从塞垣寄去一枝春色，借花怀人，情怀眷眷。第二首是梦魂畅想，瑶琴幽怨。天风海涛，音声凄断，雅奏高远；而“扶桑净洗”等语，不仅胸襟宏大，而且造语新奇。洪波龙吟，实为绝妙好词。

从上述不难看出，张惠言不愧词坛高手。前人称他是清代常州词派的开山之祖，并非虚誉。

（载于《中国旅游报》2005年10月31日）

悲壮沉郁　托寄幽深

——略论清末王鹏运的词风

王鹏运（1840—1904），字幼遐，号半塘，广西临桂人。历官内阁侍读、监察御史等，后罢官客居扬州。他是清末词坛“四大家”之一。其词“冶众制于一炉，运悲壮于沉郁”。今略作评介。

满江红·朱仙镇谒岳鄂王祠

风帽尘衫，重拜倒、朱仙祠下。尚仿佛、英灵接处，神游如乍。往事低回风雨疾，新愁黯淡江河下。更何堪、雪涕读题诗，残碑打！　黄龙指，金牌亚。旌旆影，沧桑话。对苍烟落日，似闻叱咤。气詟蛟鼍澜欲挽，悲生笳鼓民犹社。抚长松、郁律认南枝，寒涛泻。

念奴娇·登旸台山绝顶望明陵

登临纵目，对川原绣错，如接襟袖。指点十三陵树影，天寿低迷如阜。一霎沧桑，四山风雨，王气销沉久。涛生金粟，老松疑作龙吼。　惟有沙草微茫，白狼终古，滚滚边墙走。野老也知人世换，尚说山灵呵守。平楚苍凉，乱云合沓，欲酹无多酒。出山回望，夕阳犹恋高岫。

八声甘州·送伯愚都护之任乌里雅苏台

是男儿、万里惯长征，临歧漫凄然。只榆关东去，沙虫猿鹤，莽莽烽烟。试问今谁健者？慷慨着先鞭。且袖平戎策，乘传行边。　老去惊心鼙鼓，叹无多忧乐，换了华颠。尽雄虺琐琐，呵壁问苍天。认参差、神京乔木，愿锋车、归及中兴年。休回首，算中宵月，犹照居延。

这三首词，第一首怀古，悲悼岳飞遇害，南宋失却收复国土之机，日趋沦亡。感情沉郁悲愤，表达了对民族英雄的思慕。第二首叹明之亡，全词寄慨抒感，笔墨苍凉。下片“野老”句，揭示人世变幻之无情与可悲。词尾两句，留无尽之意于篇外。第三首名为送行，实为伤今。伯愚为珍妃之兄，因上万言战守策，被光绪倚重，而遭慈禧贬逐。词中叹国势衰败，贤能逐斥，满怀悲忧。

浪淘沙·自题《庚子秋词》后

华发对山青，客梦零星，岁寒濡呴慰劳生。断尽愁肠谁会得？哀雁声声。

心事共疏檠，歌断谁听？墨痕和泪渍清冰。留得悲秋残影在，分付旗亭。

渔歌子

禁花催，清漏歇，愁生辇道秋明灭；冷燕支，沉碧血，春恨景阳羞说。

翠桐飘，青凤折。银床影断宫罗袜。涨回澜，晖映月。午夜幽香争发。

三字令

春去远，雁来迟。恨参差。金屋冷，绿尘飞。玉关遥，羌笛怨，尽情吹。

从别后，数归期，几然疑。红烬暗，玉绳低。枕边书，襟上泪，断肠时。

这三首词都是为庚子事变而作。1900年八国联军侵入北京，慈禧西巡，动身前先将珍妃坠井处死，次年订《辛丑条约》，标志着清王朝行将灭亡。有感于历史巨变，王鹏运与友人相约填词，成《庚子秋词》二卷。

《浪淘沙》词，把作者身处末世的愁苦与绝望和泪倾泻，读来动魄惊心。第二首《渔歌子》，为珍妃被杀而作。当时“四野传烽，九衢喋血……龙楼凤陛，乃有老妇豺心，权珰助虐”，将珍妃坠井。作者托词寓讽，堪称史笔。第三首《三字令》，写慈禧西逃后迟迟不归，而北京居民被八国联军焚烧者十之三四，国宝珍奇，尽被抢掠。词中书写了作者的无尽悲怨。

沁园春·除夕祭词

词汝前来，酹汝一杯，汝敬听之。念百年歌哭，谁知我者？千秋沆瀣，若有人兮。芒角撑肠，清寒入骨，底事穷人独坐诗？空中语，问绮情忏否？几度然疑。　　玉梅冷缀苔枝，似笑我吟魂荡不支。叹春江花月，竞传宫体；楚山云雨，枉托微词。画虎文章，屠龙事业，凄绝商歌入破时。长安陌，听喧阗箫鼓，良夜何其？

沁园春·代词答

词告主人，釂君一觞，吾言滑稽。叹壮夫有志，雕虫岂屑？小言无用，刍狗同嗤。捣麝尘香，赠兰服媚，烟月文章格本低。平生意，便俳优帝畜，臣职奚辞？　　无端惊听还疑，道词亦穷人大类诗。笑声偷花外，何关著作？情移笛里，聊寄相思。谁遣方心，自成沓舌，翻讶《金荃》不入时。今而后，倘相从未已，论少卑之。

这两首词，将词设想为有生命之物，向其倾吐身为词人的苦闷。词能穷人，百年歌哭，芒角撑肠，清寒入骨，空语何益。但又说自己不屑为抒发艳情之作，定要写下皆有寄托之作。第二首欲扬先抑，层层深入，批驳“雕虫小技，壮夫不为”之论，申述词格不可低下，主张以词抒写真情实感，同时感染别人，益世益人。两首都设想奇特，阐发作者的词学主张，深刻形象，别具一格。

（载于《中国旅游报》2005年9月12日）

含味醇厚　藻采芬溢

——略谈清末朱孝臧的词作

朱孝臧（1857—1931），字古微，号彊村，曾改名祖谋。浙江归安（今湖州）人。光绪九年进士，历官侍讲学士等，后归隐。有词集《彊村语业》。他被称为清代“八大词人”之一，叶恭绰则谓其词“集清季词学之大成”。其词作含味醇厚，藻采芬溢。今略作评介。

鹧鸪天·九日过裴村别业

野水斜桥又一时。愁心空诉故鸥知。凄迷南郭垂鞭过，清苦西峰侧帽窥。新雪涕，旧弦诗。愔愔门馆蝶来稀。红萸白菊浑无恙，只是风前有所思。

声声慢·味聃赋叶落词见示，感和

鸣螀颓墄，吹蝶空枝，飘蓬人意相怜。一片离魂，斜阳摇梦成烟。香沟旧题红处，拚禁花、憔悴年年寒信急、又神宫凄奏，分付哀蝉。　终古巢鸾无分，正飞霜金井，抛断缠绵。起舞回风，才知恩怨无端。天阴洞庭波阔，夜沉沉、流恨湘弦。摇落事，向空山，休问杜鹃。

金缕曲·书寄王病三、秦晦鸣

斗柄危楼揭。望中原、盘雕没处，青山一发。连海西风掀尘黯，卷入关榆悴叶。尚遮定、浮云明灭。烽火十三屏前路，照巫闾、知是谁家月？辽鹤语，正呜咽。　微闻殿角春雷发。总难醒、十洲浓梦，桑田坐阅。衔石冤禽寒不起，满眼秋鲸鳞甲。莫道是、昆池初劫。负壑藏舟寻常事，怕苍黄、柱触共工折。天外倚，剑花裂。

这三首词，第一首悼“戊戌六君子”之一刘光第，第二首哀珍妃被害，第三首为1903年日俄战争将在辽东爆发而作，都是忧国之词。刘光第与作者有交往，重过其门“裴村别业”，刘已被杀。国之将亡，先歼英贤。六君子被杀，国人哀伤，作者更悲愤难忍，但表达却语淡而情浓。珍妃被投井，光绪饮泣，朱词哀珍妃，亦伤国事。此阕极具工力，他被尊为一代词宗，观此不难理解。第三首作者为国将不国忧伤，情感沉郁，下片笔力千钧，慷慨悲凉。

鹧鸪天·庚子岁除

似水清尊照鬓华，尊前人易老天涯。酒肠芒角森如戟，吟笔冰霜惨不花。抛枕坐，卷书嗟。莫嫌啼煞后栖鸦。烛花红换人间世，山色青回梦里家。

夜飞鹊·香港秋眺，怀公度

沧波放愁地，游棹轻回。风叶乱点行杯。惊秋客枕，酒醒后，登临倦眼重开。蛮烟荡无霁，飐天香花木，海气楼台。冰夷漫舞，唤痴龙、直视蓬莱。多少红桑如拱，筹笔问何年，真割珠厓？不信秋江睡稳，掣鲸身手，终古徘徊。大旗落日，照千山、劫墨成灰。又西风鹤唳，惊笳夜引，百折涛来。

这两首词，首一首写于1900年末，此时帝国主义军队攻陷北京，慈禧、光绪逃往西安。国运衰败，作者感时伤怀，思绪难平。全词对仗工稳，而又直写胸臆，造语精妙。第二首写于清王朝更加江河日下之际。“真割珠厓”句，隐指《南京条约》割让香港。“大旗落日”以下各句，悲叹列强入侵，山河遭劫。此词千锤百炼，是朱氏的代表作之一。

金缕曲

数点篱头雨。湿年光、如尘似梦，雁声将去。惨结秋阴朦胧月，隐印苔花夕步。更著袂、清寒如许。莫费乡园丛菊泪，伴孤云、老卧沧江暮，持此意，问鸥鹭。　　盈盈一水终无语。尽留连沙昏石冷，旧盟谁主？试俯清漪窥衰鬓，犹带十年尘土。剩对立、鵁鶄媚妩。万事一身惟足懒，又支筇、数尽池东树。鸦阵起，为谁舞？

摸鱼子·马鞍山访龙洲道人墓

占城阴、颓云一角，有人持恨终古。书生满眼神州泪，凄断海东烟雾。坟上土，怕有酒能浇，踏遍桥南路。英游迟汝。向笙鹤遥空，不逢骞广，心事更谁诉？　天难问，身世儒冠误否？凭渠笔力牛弩。铜琶无分《中兴乐》，消受此生栖旅。凭吊处，剩破帽疲驴，怅望千秋去。啼鹃最苦。要无主青山，有灵词客，来听断肠语。

这两首词都是朱孝臧归隐后的晚年之作。第一首写归隐心情，往昔的悲愤变为平淡。不用绮丽之言，不写激越之情，似乎心气平和，却含怅惘牢骚。第二首作于1918年。龙洲道人即南宋爱国词人刘过。刘过志在恢复，却报国无门。朱孝臧访刘过墓，作词凭吊，是“此来悲君亦自悲”耳。“天难问，身世儒冠误否”，“剩破帽疲驴，怅望千秋去”等语，是悼刘，亦是自悼，字字沉痛。人可隐于江湖，爱国之心难藏，因而终又归于悲愤。此词艺术境界极高，是学人之词的极致。

（载于《中国旅游报》2005年10月10日）

卓然一家　格调非凡

——略谈清末郑文焯的词作

郑文焯（1856—1918），字俊臣，号小坡，铁岭人。光绪举人，官至内阁中书。戊戌变法失败后愤而辞官，移居江南。有词作《樵风乐府》存世。

叶恭绰说：其词“沉酣百家，撷芳漱润……格调独高，声采超异”。龙榆生推其为“清季四大词人”之一。今选其词作七首，略作评介。

湘月·山塘秋集，分题得坏塔

夜铃雨断，更斜阳瘦影，谁问今古。独立苍茫，镇占老，一角青山无主。衰草丛生，枯枫倒出，时见归禽度。残峰零劫，仗他半壁支柱。　长见峭倚荒天，凄凉如笔，写愁边风雨。不许登临，怕倦客、题遍伤心秋句。卧影空丘，招魂破寺，剩有孤云驻。梦痕飞上，故王台榭何处？

齐天乐·登虞山兴福寺楼

夕阳呼酒登临地，尊前故人还是。水国无花，山城自绿，望转征蓬千里。行歌倦矣。更一片秋魂，乱云扶起。醉袖飘萧，海风吹下剑花细。　天涯此楼似寄。画栏零落处，都为愁倚。佛鼓荒坛，神鸦废社，今古苍茫烟水。吴丝漫理。正波上鸿飞，数峰清异。坐尽林阴，甚时重梦至？

前一词为文友相聚，分题填韵，限时完成之作，却如同宿构，功力非凡，写得出神入化。着力写坏塔之衰败凄凉，亦是哀叹清王朝的风雨飘摇，气数将尽。后一首览景伤怀，悲凉无奈。“乱云”“秋魂”“荒坛”“废社”“苍茫烟水”等语，寄慨极深，却空灵婉曲。俞樾评云：“其人与词，雅近清真、白石。”观此二阕，可见颇得白石神韵。

月下笛

月满层城，秋声变了，乱山飞雨。哀鸿怨语，自书空、背人去。危栏不为伤高倚，但肠断、衰杨几缕。怪玉梯雾冷，瑶台霜悄，错认仙路。　　延伫，销魂处。早漏泄幽盟，隔帘鹦鹉。残花过影，镜中情事如许。西风一夜惊庭绿，问天上人间见否？漏谯断，又梦闻孤管，暗向谁度。

谒金门（其一）

行不得，黦地衰杨愁折。霜裂马声寒特特，雁飞关月黑。　　目断浮云西北，不忍思君颜色。昨日主人今日客，青山非故国。

谒金门（其三）

归不得，一夜林乌头白。落月关山何处笛。马嘶还向北。　　鱼雁沉沉江国，不忍闻君消息。恨不奋飞生六翼，乱云愁似幂。

上面三词，前一首作于“戊戌八月十三日”，即1898年谭嗣同等六君子被慈禧下令杀害之日。词中“漏泄幽盟，隔帘鹦鹉”，指袁世凯向慈禧告密，出卖维新派。“西风一夜惊庭绿”等语，写政变之后萧条败落。此首堪称史词，将永载青史。后两首写于1900年八国联军入侵北京之时，为思念围城中的词友而作。“雁飞关月黑”“乱云愁似幂”“青山非故国”等语，既写兵荒战危景象，又抒发国破家亡的沉郁悲凉。“恨不奋飞生六翼”，一吐抑郁，欲冲天飞举，意气高扬。这三首词，都写出了郑文焯对国运的悲愤与忧思。

满江红

竹隔桥南，有竹里人家小葺。依约似，浣花门径，数椽幽僻。居近梅家新市隐，补吟桂树东城植。念岁寒，何意老江村，今非昔。　　怀旧隐，三高宅，空遐慕，五噫客。叹百年枯苑，一般陈迹。归燕犹寻斜日垒，闲鸥且占沧波席。待到门、春涨棹歌来，渔榔集。

声声慢

荒苔綦迹，落叶诗声，孤檠听雨江关。寂寞鱼龙、沧波独放鸥闲。西风庾愁催赋，剩空园，栖老霜菅。念游旧，有词坛白雪，幕府青山。　　楚客悲秋何限，只斑斑竹泪，迸付焦弹。铜狄摩挲，曾歌汉月移盘。南云梦华重聚，荐吴尊，休泛袁兰。旷吟望，镇哀时相共岁寒。

上两首词，前一首作于光绪三十一年（1905）。此时郑文焯已因戊戌之变愤而辞官，在苏州建成一室。他比拟杜甫“浣花溪水水西头”的住所，意欲从此隐居。但江村岁寒，国势衰败，他又顿生悲感。下片他思念吴中三位高士——范蠡、张翰、陆龟蒙，以及“五噫客”梁鸿，决意隐于“渔榔”“棹歌”声中，超然尘外。第二首写于光绪三十四年（1908），是酬答友人之作。他身为“楚客”，流落南方，思乡忧国。“悲秋何限”。词中“汉月移盘”，借用李贺“空将汉月出宫门，忆君清泪如铅水”之意，喻清王朝的衰亡。他善弹琴，故以“迸付焦弹”之句，道出他只能将伤时忧国的一腔悲愤，借弹琴以抒发。全词善于用典，浑化无迹，立意高古，极耐咀嚼。

（载于《中国旅游报》2005年8月22日）

一代奇人　其怨如骚

——略谈清末黄人的词风

黄人（1866—1913），字摩西，初名振元，江苏常熟人。学问广博，经、史、诗、文、音律无不研究。曾任东吴大学堂文学总教习，组织三千剑气社（后并入南社），有《摩西词》。作品其怨如骚，空寂如禅，幽眇如鬼，冶荡如素女，被词苑目为奇人。今对其词作略作评介。

凤栖梧·自题词集后

寸心万古情魔宅。积泪如河，积恨如山叠。愿遣美人都化月，山河留影无生灭。　　月坠西头终费觅。后羿长穷，羞受纯狐意。飞上青天无气力，彩毫一掷长虹直。

木兰花慢

问情为何物，深似海，几人沉？算麝到成尘，蚕空遗蜕，生死相寻。英雄拔山盖世，也喑哑叱咤变哀吟。何况痴男怨女，天荒地老愔愔。　　沾襟。有千丝万缕系双心。总慧多福少，别长会短，欢浅愁深。无论人间天上，便一般、煮鹤与焚琴。牛女离长间岁，纯狐寡到如今。

黄人的一生，深于情，长于才，却不遇于时。正是因为这个，使他才活到47岁便发狂疾而死。上面两首词，可看出他是多么的“深于情”。说“寸心万古情魔宅”，说情深似海，“生死相寻”，正是其内心世界的写照，也是对世间痴男怨女的总体描述。黄人情感深挚，曾说“我欲驭风随太乙，半生情海不知边”。他曾爱上程氏女子，后夫家要将此女强行卖入妓院，她便投奔黄人，不久病死。黄人为她写挽联道：“凤凰非竹实不食，梧桐不栖，大好因缘，偏输与月下花前，蠢蜂痴蝶；烛龙以展视为昼，合睫为夜，无多光景，更何况人间天上，别鹄离鸾。”词中提到的“纯狐”，就是后来奔月的嫦娥，他是后羿的妻子；后羿下属浞眩惑于纯狐对后羿之爱，谋杀了后羿。作者用这个故事，以词尾两句，写出了感天地泣鬼神的深情。第二首更是对感情的多侧面刻画，其中多、少、长、短、浅、深各句，工整绵密，说尽古今痴情种子之心态。

金缕曲

双鬓萧萧矣。问千年、古人满眼，疏狂谁似？火色鸢肩空自负，一个布衣而已。算造物、生才多事。云气压头风雨恶，拥琴书、歌哭空山里。泪化作，一江水。　　少年旧梦无心理。再休提、龙标画壁，羊车过市。李志曹蜍生气绝，若辈安能相士？只当作、挥金荡子。哀乐伤人真不值，剩此身、要为苍生死。愁万斛，且收起。

风流子·城西见杨柳

西风添旅感，寻秋去，信步出胥关。看夹道垂杨，悄无生意，丝多仍扰，絮去无还。空移得，章台千万树，毕竟托根难。暗醮飞尘，乱牵衰草，不知摇落，尚赌眉湾。　　凉蝉凄如语，道金销翠减，愁绪难删。从此流莺情薄，系马游阑。只瘦蝶怜伊，奈何频唤。离筵送客，攀折更香。莫把当初眉样，做与人看。

黄人博学多才，早有抱负，想有所作为，却一生困抑，无从施展。上面两首词，说的都是怀才不遇的心境。前一首“问千年、古人满眼，疏狂谁似”等语，表达的是他曾有济当世救苍生的壮志，但到了双鬓萧萧之年，却报效无门，因此他埋怨造物主“生才”全属多事。怨极而悲，他只能“歌哭空山里。泪化作、一江水”。词中“羊车过市”及李志、曹蜍等古人典故，表达的是空怀壮志，当世无人欣赏奇才。第二首见杨柳而悲秋，用自然物自况，抒发自己冷落萧条的人生景况。“空移得，章台千万树，毕竟托根难”，满腔苦涩，自怨自艾，低婉凄绝。前人说黄人词“说不可说之言，达不可达之意，寄无可寄之情，如游丝之袅于长空，不知所住，而亦无所不住”，道出了其作品的妙处。细味这两首词，可知此评不虚。

湘月·读《西湖志》

波眸山黛，是夷光魂化，天然佳丽。桂子荷花频易主，湖水烟波无际。人住图中，金销锅底，成就临安意。平章风月，朝庭大小谁计？　梦中索取江山，杭州作汴，凤阁龙楼起。未饮黄龙来白雁，半壁一孤舟寄。湖上骑驴，山头立马，残局真无味。夕阳回望，依然一碧天水。

旧时代的词人咏西湖，常借南宋偏安一隅，“西湖歌舞几时休？……直把杭州作汴州”。以慨叹古今兴废，鞭挞不思振奋之辈。黄人此词亦是此意。但他终究才高八斗，笔妙入神，把同样题材写得变幻奇丽，兴味隽永，美轮美奂。他名为怀古，实为讽今，深具清末的时代印记。词中“白雁”句，用的是宋末“江南若破，白雁来过”的谣谚。“残局真无味”语，感叹的是清朝的衰败垂亡。黄人此词没有矜才使气，无怪异鬼诡之辞，全以苍凉凝重、厚实沉郁取胜，别具一格。

（载于《中国旅游报》2005年12月19日）

情辞哀感　一代冠冕
——略论清代纳兰性德的词风

纳兰性德（1654—1685），字容若。正黄旗人，大学士明珠长子。康熙进士，官至一等侍卫。精书诗，善骑射，亦工词。其词宗李煜之风，清新俊逸，蕴藉自然，情辞哀感，小令冠词坛，是清代“八大词人”之一。有《纳兰词》。今略作评介。

菩萨蛮

问君何事轻离别，一年能几团圆月？杨柳乍如丝，故园春尽时。　春归归不得，两桨松花隔。旧事逐寒潮，啼鹃恨未消。

浣溪沙·看海棠有感

谁道飘零不可怜？旧游时节好花天。断肠人去自经年。　一片晕红才著雨，几丝柔绿乍和烟。倩魂销尽夕阳前。

长相思

山一程，水一程，身向榆关那畔行，夜深千帐灯。　风一更，雪一更，聒碎乡心梦不成，故园无此声。

采桑子

谁翻乐府凄凉曲，风也萧萧，雨也萧萧，瘦尽灯花又一宵。　不知何事萦怀抱，醒也无聊，醉也无聊，梦也何曾到谢桥。

上面四首词，第一首写于1682年他随康熙出山海关之时，虽官为一等侍卫，伴驾出巡，但他仍是不愿离家。他心中只有妻子，一副多情种子肝肺。

第二首看花感怀，“断肠人去”，九转肠回，叹飘零之可怜，婉丽凄清。

第三首写作时间与第一首同，格高韵远，缠绵婉约，情系故园，身心矛盾，下笔绚丽而归于平淡。

第四首直抒性灵，情感深沉却自然流淌。梁启超说：“容若小词，直追后主。李后主有亡国之痛，容若有时代哀音。”观上述词作，可知此评不虚。

菩萨蛮

朔风吹散三更雪，倩魂犹恋桃花月。梦好莫催醒，由他好处行。　　无端听画角，枕畔红冰薄。塞马一声嘶，残星拂大旗。

蝶恋花

辛苦最怜天上月，一昔如环，昔昔都成玦。若似月轮终皎洁，不辞冰雪为卿热。　　无那尘缘容易绝。燕子依然，软踏帘钩说。唱罢秋坟愁未歇，春丛认取双栖蝶。

蝶恋花

又到绿杨曾折处，不语垂鞭，踏遍清秋路。衰草连天无意绪，雁声远向萧关去。　　不恨天涯行役苦，只恨西风，吹梦成今古。明日客程还几许，沾衣况是新寒雨。

蝶恋花·出塞

今古河山无定据，画角声中，牧马频来去。满目荒凉谁可语？西风吹老丹枫树。　　从前幽怨应无数？铁马金戈，青冢黄昏路。一往情深深几许？深山夕照深秋雨。

上述四首小令，第一首以写出征兵士之妻的梦境为题。朔风、画角、塞马、残星，是军营的实境，也是妻子的梦境。兼虚兼实，若梦若真，手法绝妙。

第二首为容若悼念亡妻之作。“秋坟鬼唱鲍家诗，恨血千年土中碧”，他愿化为蝴蝶，永远双栖。

第三首“以自然之眼观物，以自然之语言情”，哀草、雁声、西风、寒雨，组成凄凉苍茫画面，写离愁别绪入骨。

第四首写于作者29岁时，虽是小令，而“今古河山无定据”等语，却横空出世，上下千年，纵横万里。既沉郁、睿智而又深情。

金缕曲·亡妇忌日有感

此恨何时已？滴空阶、寒更雨歇，葬花天气。三载悠悠魂梦杳，是梦久应醒矣！料也觉、人间无味。不及夜台尘土隔，冷清清、一片埋愁地。钗钿约，竟抛弃！　　重泉若有双鱼寄。好知他、年来苦乐，与谁相倚。我自终宵成转侧，忍听湘弦重理？待结个、他生知己。还怕两人俱薄命，再缘悭、剩月零风里。清泪尽，纸灰起。

金缕曲·赠梁汾

德也狂生耳。偶然间、淄尘京国，乌衣门第。有酒惟浇赵州土，谁会成生此意？不信道、遂成知己。青眼高歌俱未老，向尊前、拭尽英雄泪。君不见，月如水。　　共君此夜须沉醉。且由他、蛾眉谣诼，古今同忌。身世悠悠何足问，冷笑置之而已！寻思起、从头翻悔。一日心期千劫在，后身缘、恐结他生里。然诺重，君须记。

沁园春

试望阴山，黯然销魂，无言徘徊。见青峰几簇，去天才尺，黄沙一片，匝地无埃。碎叶城荒，拂云堆远，雕外寒烟惨不开。踟蹰久，忽砯崖转石，万壑惊雷。　　穷边自足秋怀。又何必平生多恨哉！只凄凉绝塞，蛾眉遗冢，销沉腐草，骏骨空台。北转河流，南横斗柄，略点微霜鬓早衰。君不信，向西风回首，百事堪哀。

这三首词，前一首悼念亡妻，情深似海，今生已矣，愿结来生，却又怕命薄，缺少缘分。哀思百结，千回万转，感人至深。第二首赠好友顾贞观，写知己情笃，一诺千金，终生不渝。两人友谊之深，至今传为佳话。第三首颇见苏、辛词风的影响，气雄大漠，慷慨生哀。全词用典多，有吊古伤怀，才大难用之叹，而又牢愁无限。郁勃豪放，异于其他词作。

（载于《中国旅游报》2006年1月6日）

高古雄浑　哀怨真挚
——略谈清初宋琬词作

宋琬（1614—1674），字玉叔，号荔裳。山东莱阳人，顺治进士，官至四川按察使。仕途坎坷，曾两次被诬入狱。

他是清初文坛大家，为“燕台七子”之一，与施闰章齐名，有“南施北宋”之称。

其词风高古雄浑，哀怨真挚。今略作评介。

鹧鸪天·遣怀

咄咄书空唤奈何，自怜身世转蹉跎。长卿已倦秋风客，坡老休嗔春梦婆。朝梵夹，暮渔蓑。闲中岁月易消磨。谁言白发无根蒂，只为穷愁种得多。

满江红·旅夜闻蟋蟀声作

试问哀蛩，缘底事、终宵呜咽？料得汝、前身多是，臣孤子孽。青琐闼边璎珞草，碧纱窗外玲珑月。况兼他、万户捣衣声，同凄切。　梧叶落，西风冽。莲漏滴，征鸿灭。似杜鹃春怨，年年啼血。千里黄云关塞客，三秋纨扇长门妾。背银釭、和泪共伊愁，床前说。

蝶恋花·旅月怀人

月去疏帘才数尺，乌鹊惊飞，一片伤心白。万里故人关塞隔，南楼谁弄梅花笛？　蟋蟀灯前欺病客，清影徘徊，欲睡何由得？墙角芭蕉风瑟瑟，亏伊遮掩窗儿黑。

这三首词，是作者自伤身世之作，均写于流寓江南期间。崇祯末，他的父亲、堂兄皆以守莱阳抗清殉难。他入仕后，又两次入狱，全家囚系，深受打击。第一首用东晋殷浩“咄咄书空”、北宋苏轼流放海南遇春梦婆等典故，写悲忧心境。“谁言白发无根蒂，只为穷愁种得多”，千古词人无此语，入木三分。第二首把蟋蟀比作孤臣孽子，第三首“一片伤心白”等语，都哀伤凄清，痛彻心怀。

破阵子·关山道中

拔地千盘深黑，插天一线青冥。行旅远从鱼贯入，樵牧深穿虎穴行，高高秋月明。　　半紫半红山树，如歌如哭泉声。六月阴崖残雪在，千骑宵征画角清，丹青似李成。

满江红·燕台怀古

易水东流，与西去、荆卿长别。祖帐处、三千宾客，衣冠如雪。督亢图中雷电作，咸阳殿上襟裾绝。恨夫人、匕首竟何为，同顽铁。　　渐离筑，笙歌咽。博浪铁，车轮折。纵奇功未竟，祖龙褫魄。一死翻令燕国蹙，九原悔与田光诀。叹千年，寒水尚萧萧，虹霓灭。

贺新郎·登燕子矶阁望大江作

绝壁衔飞阁。倚寒空、嶒崚窈窕，是谁雕琢？六代兴亡如逝水，烟冷千寻铁索。梦不到乌衣帘箔。结绮临春歌舞散，大江流、尚绕青山郭。悲自语，檐边铎。　　滔滔东下风涛作。俯层阑、鼋鼍出没，雪山喷薄。况是清秋明月夜，何处楼船吹角？早惊起、南飞乌鹊。估客船从巴蜀下，看帆樯、半向青天落。吾欲醉，骑黄鹤。

上述三词，第一首为传诵一时的名作，是作者赴陇西道兵备途中所作。写山势直插云霄，藤树半紫半红，泉声如歌如哭，用语苍茫浑然。

第二首咏荆轲刺秦，不落前人旧窠，风格奇崛，使人如临其境，词语高古。

第三首写大江东逝，叹六代兴亡，船从巴蜀下，帆向半天落，其势非凡，气韵沉雄而空灵高远。

一剪梅·思家作

飘泊东南剧可怜。朝采菱船。暮打渔船。愁中看遍好山川。莺脰湖边。罨画溪边。　　问余何日赋归田？说道今年，又是明年。故园消息久茫然。春燕来前。秋雁来前。

满江红·看演《邯郸梦》传奇

古陌邯郸，轮蹄路、红尘飞涨。恰半晌、卢生醒矣，龟兹无恙。三岛神仙游戏外，百年卿相蘧庐上。叹人间、难熟是黄粱，谁能饷？　　沧海曲，桃花漾。茅店内，黄鸡唱。阅今来古往，一杯新酿。蒲类海边征伐碣，云阳市上修罗杖。笑吾侪、半本未收场，如斯状。

沁园春·程穆清六十初度，赋此

何以觞君，非狷非狂，石户之农。更高怀磊磊，如求旦鸟，孤踪踽踽，号可怜虫。六十平头，自嘲自寿，炙毂雕龙总未工。斯人也，信诙谐方曼倩，癖似张融。　　寓言十九朦胧。笑蜾蠃螟蛉趣不同。看华胥世界，魂游燕国，南柯太守，腹坦槐宫。铜雀崔巍，金貂富贵，乌有先生亡是公。三杯后，任蛮争角左，虱走裈中。

上面三首词，第一首写思家，是作者长年客居的自白，内心凄苦，不成归计只成悲，思乡日切，却用语清新自然。第二首写看《邯郸梦》，以剧中卢生梦中征天山勒石记功、继又受诬等情节入词，表达富贵无常之主旨，隐含作者身世之痛。第三首以禽虫为喻向人祝寿，语带调侃，“闲坐悲君亦自悲”。而“任蛮争角左，虱走裈中”语，更是以激愤表达哀怨。

（载于《中国旅游报》2006年4月17日）

曾国藩颇能诗词

一

清代后期，因战胜太平军号称所谓“中兴第一功臣”的曾国藩（1811—1872），身后文名满天下。毛泽东青年时曾说：“吾于近人，独服曾文正。”曾国藩下笔凝练老辣，无论奏章、书信、题记，都为世所称道。此外，他于诗、词、对联，亦非等闲之辈。

先说曾国藩的词。他的全集数量繁浩，但词作最少。今人选编的“珍藏版”《曾国藩文集》，只收入《贺新郎》二首，是为同学归乡娶妇而作，虽文笔清新可喜，而内容则不足称道。值得一说的，是清代杜文澜《憩园词话》收载的《浪淘沙》六首。其二、三、四首如下：

西舍拥金钱。侍妾酣眠。东家宦味薄于蝉。各有心情各道路，北马南船。直者委沟边，曲者攀缘。何从何去两茫然。今昔往从詹尹卜，明日新年。

记费买春钱。蚕馆三眠。西风忽忽又鸣蝉。暗里年光偷负去，夜半行船。十载帝城边，命与贫缘。媚人五鬼笑嫣然。公等从今宜去矣，明日新年。

郑监老无钱。雪里安眠。吟声寒似九秋蝉。有个袁安来暖汝，共命同船。自指鬓毛边，返黑无缘。看看朋辈亦皤然。老尽世人天不管，明日新年。

这些词作于1851年（咸丰元年）。那时作者在北京当闲官，因而“宦味薄于蝉”“十载帝城边，命与贫缘”“郑监老无钱”等牢骚语，亦见诸笔端，并发出了“吟声寒似九秋蝉”的叹息。这种真实情感的坦然流露，在他挂帅封侯之后，就难以寻觅了。

二

再说他的诗。曾国藩的诗远比词多，也比词写得好，功力颇深，格律严谨，遣词用字和对仗都很讲究。今举其七律四首：

忆弟二首之一

无端绕室思茫茫，明月当天万瓦霜。可惜良宵空兀坐，遥怜诸弟在何方。
纷纷书帙谁能展，艳艳灯花有底忙？出户独吟聊妄想，孤云断处是家乡。

初入四川境喜晴

万里关山睡梦中，今朝始洗眼朦胧。云头齐拥剑门上，峰势欲随江水东。
楚客初来询物俗，蜀人从古足英雄。卧龙跃马今安在？极目天边意未穷。

失题四首之四

两度归帆溯上流，萧萧落木洞庭秋。送君此去风前酒，忆我当时月夜舟。
弘景旧居勾曲洞，杜陵新卜浣溪头。好栽修竹一千亩，更抵人间万户侯。

感怀述事十六首之八

猿鹤沙虫道并消，谁分粪壤与芳椒？昨来皖水三河变，堪痛阿房一炬焦。
勾践池边醪易醉，田横墓上酒难浇。同袍才俊凋零尽，苟活人间只自嘲。

曾国藩文名随勋业而大振。究其实，在当时诗坛，他称不上一流作者，但亦自有诗人的桂冠。这四首诗，第一首手足情深，思乡情切，有真性情。第二首写蜀中风物，凭吊英雄，以诗言志，可见其学识怀抱。第三、四首当为其中后期之作，揭示了他的某种心境。他一生深研《老子》。功成后以淮代湘，金蝉脱壳，急流勇退，远害全身，于诗中可见端倪。

三

清代对联极盛，曾国藩算得上高手。在笔者看来，他的对联优于诗词。

只举四联：

题金陵湖南会馆

地仍虎踞龙蟠，洗涤江山，重开宾馆；人似澧兰沅芷，招邀贤俊，同话乡关。

题扬州何廉昉太史寓宅

千顷太湖，鸥与陶朱同泛宅；二分明月，鹤随何逊共移家。

题四川桂湖

五千里秦树蜀山，我原过客；一万顷荷花秋水，中有诗人。

挽乳母

一饭尚铭恩，况保抱提携，只少怀胎十月；

千金难报德，论人情物理，也当泣血三年。

这四副对联，第一副大气包举，囊括史实，用语妥帖。第二副极善用典，内涵丰富，联中上品。第三副展示才情，写景如画，极具美感。第四副感情真挚，通俗洞达，古今挽乳母之联，无过此者。

综观曾国藩的一生，笔者在《萤窗咏史诗》中，曾以七言古风一首将其评说：

杀人如麻得封侯，名播四海“曾剃头”。曾有金蝉脱壳计，以淮代湘早惊秋。

御侮倡言办洋务，危难尚知为时谋。积弊如山帝制朽，狂澜既倒水东流。

爵高羁绊九嶷远，头白钟山一命休。著作等身颇耐读，精鉴微识可旁收。

（载于《中国旅游报》2004年8月30日）

寄兴渊微　沉思独往
——略论清末况周颐的词风

况周颐（1859—1926），字夔笙，号蕙风，广西临桂人。他曾官内阁中书，后入张之洞、端方幕府。入民国，在沪上为寓公。论词推“重、拙、大”。为词寄兴渊微，沉思独往，为“清季四家”之一。有《蕙风词》。今略作评介：

苏武慢·寒夜闻角

愁入云遥，寒禁霜重，红烛泪深人倦。情高转抑，思往难回，凄咽不成清变。风际断时，迢递天街，但闻更点。枉教人回首，少年丝竹，玉容歌管。

凭作出、百绪凄凉，凄凉惟有，花冷月闲庭院。珠帘绣幕，可有人听？听也可曾肠断？除却塞鸿，遮莫城乌，替人惊惯。料南枝明日，应减红香一半。

寿楼春

嗟春来何迟。恰芳尘散曲，烟渚流澌。此际飘零词客，倦游何依。悲揽蕙，愁搴蓠。似左徒、行吟江涯。凭锦瑟华年，青山故国，回首梦都迷。

登临地。芳菲时。几红牙按拍，白袷寻诗。底事尊前双泪，者回难持。埋香恨，今谁知？剩短碑，凄凉题辞。更不绾春愁，垂杨过篱三两枝。

水龙吟

声声只在街南，夜深不管人憔悴，凄凉和并，更长漏短，彀人无寐。灯灺花残，香消篆冷，悄然惊起。出帘栊试望，半珪残月，更堪在，烟林外！

愁入阵云天末，费商音无端凄戾。鬓丝搔短，壮怀空付，龙沙万里。莫谩伤心，家山更在，杜鹃声里。有啼乌见我，空阶独立，下青衫泪。

这三首词，都因甲午海战失败而伤时感事。第一首，角声指的就是战败的消息，因忧国而凄咽。第二首“似左徒、行吟江涯”，是说自己一如屈原，为国事而声声哀吟。第三首回环往复，为“天时人事”而泪湿青衫。细味各词，不难体味其一腔爱国悲愤。

烛影摇红·腊月二十夜大雪，归自四印斋作

夜话高斋，碎琼随步归来晚。小窗烧烛对梅花，疏影如相款。赢得尘襟暂澣。甚清寒、天涯未惯。料量青鬓，几许霜华，角声休唤。　　风雪年年，旧吟春事成依黯。素娥深锁冻云低，幽恨凭谁管？不恨琼楼自远。恨华年、无端暗换。怎生消受，明日旗亭，鹔鹴须典。

水龙吟·二月十八日大雪中作

雪中过了花朝，凭谁问讯春来未？斜阳敛尽，层阴惨结，暮笳声里。九十韶光，无端轻付，玉龙游戏。向危阑独立，绨袍冰透，休道是，伤春泪。

闻说东皇瘦损，算春人、也应憔悴。冻云休捲，晚来怕见，欃枪东指。嘶骑还骄，栖鸦难稳，白茫茫地。正酒香羔熟，玉关消息，说将军醉。

唐多令·甲年生日感赋

已误百年期，韶华能几时？揽青铜、谩惜须眉。试看江潭杨柳色，都不忍、更依依。　　东望阵云迷，边城鼓角悲。我生初、弧矢何为？豪竹哀丝聊复尔，尘海阔，几男儿？

上面第一首词，写的是“四印斋”主人王鹏运的师友情谊，以及客居北京、怀念远人的愁绪。结尾说典当鹔鹴裘，自己贫愁交织，幽恨谁管。第二首为日本侵略辽东而发，但用笔跌宕起伏。深忧国事，斥责边将不思驱逐敌寇，如信笔而成。第三首写于34岁生日，由虚度年华的人生感叹，转写“边城鼓角悲”的国运衰微。“尘海阔，几男儿”，悲忧与慷慨报国之情迸发无余。

西子妆

蛾蕊颦深，翠茵蹴浅，暗省韶光迟暮。断无情种不能痴，替消魂、乱红多处。飘零信苦，只逐水沾泥太误。送春归，费粉蛾心眼，低徊香土。娇随步。着意怜花，又怕花欲妒。莫辞身化作微云，傍落英、已歌犹驻。哀筝似诉，最肠断，红楼前度。恋寒枝昨梦，惊残怨宇。

齐天乐·秋雨

沈郎已自拌憔悴，惊心又闻秋雨。做冷欺灯，将愁续梦，越是宵深难住。千丝万缕。更搀入虫声，搅人情绪。一片萧骚，细听不是故园树。　沉沉更漏渐咽，只檐前铁马，幽愁如诉。倘是残春，明朝怕有，无数飞花飞絮。天涯倦旅。记滴向篷窗，更加凄苦。欲谱潇湘，黯愁生玉柱。

摸鱼儿·咏虫

古墙阴、夕阳西下，乱虫萧飒如雨。西风身世前因在，尽意哀吟何苦！谁念汝，向月满花香，底用凄凉语！清商细谱。奈金井空寒，红楼自远，不入玉筝柱。　闲庭院，清绝却无尘土，料量长共秋住。也知玉砌雕栏好，无奈心期先误。愁谩诉，只落叶空阶，未是消魂处。寒催堠鼓。料马邑龙堆，黄沙白草，听汝更酸楚。

这三首词，第一首写女子伤春，归结于怨，虽是传统题材，但苦寂哀诉，凄凉悱恻，宛曲渊微，则别具特色。第二首写秋雨，神形俱化，微妙精工，意境深远，不愧一代词宗手笔。第三首“马邑龙堆”等语，乃因甲午战败而暗伤国事，却借咏虫吟而发。此阕最具况氏词风，堪称绝作。

（载于《中国旅游报》2006年2月13日）

词人之词　风高味醇

——略谈张伯驹的词风

张伯驹(1898—1982)先生为当代重要词人，词集有《丛碧词》《秦游词》《雾中词》《无名词》等。1985年，中华书局曾将其宏富的词作合为《张伯驹词集》出版，可惜流布不广，世人(特别是青年)所知甚少。今略作分析评介。

踏莎行·送寒云宿霭兰室

银烛垂消，金钗欲醉，荒鸡数动还无睡。梦回珠幔漏初沉，夜寒定有人相忆。　　酒后情肠，眼前风味，将离别、更嫌憔悴。玉街归去暗无人，飘摇密雪如花坠。

张伯驹与张学良、袁寒云(袁世凯第二子)、溥侗并称民国“四大公子”，与袁寒云更为相得，二人同一志趣。当初袁世凯图谋称帝，袁寒云有讽劝其父莫做皇帝的诗：“剧怜高处多风雨，莫到琼楼最上层。”张伯驹很赞赏袁寒云这种态度。二人还酷爱京剧，常以名票身份同台演出，袁寒云在《审头刺汤》中饰汤勤，张伯驹在《战宛城》中饰张绣。一次演出散场之后，二人同去饮酒，酒后挥笔填词。上面这首《踏莎行》，就是张伯驹当时的和词。周汝昌在《张伯驹词集》序文中说：“词如其人，信而可征。”张“与世俗不同：无俗容，无俗礼，讷讷如不能言，一切皆出以自然真率。其人重情，以艺术为性命。伉爽而无粗豪气，儒雅而无头巾气。……作词，绝不小巧尖新，浮艳藻绘；绝不逞才使气，叫嚣宣呼；绝不饾饤堆砌，造作矫揉。性情重而气质厚。”细细品味此阕，可知此评并非虚语。

金缕曲·题寒云词后

一刹成尘土。忍回头、红毹白雪，同场歌舞。明月不堪思故国，满眼风花无主。听哀笛、声声凄楚。铜雀春深销霸气，算空馀、入洛陈王赋。忆属酒，对眉妩。　　江山依旧无今古。看当日、君家厮养，尽成龙虎。歌哭王孙寻常事，芳草天涯歧路。漫托意、过船商贾。何逊白头飘零久，问韩陵、片石谁堪语？争禁得，泪如雨。

袁寒云也是个词人。他死得早，张伯驹搜集其遗作，编为专集《洹上词》，但只有油印本。这首《金缕曲》，就是题在《洹上词》后面的悼亡之作。词中“看当日、君家厮养，尽成龙虎”，“歌哭王孙寻常事，芳草天涯歧路”等语，反映了沧桑巨变，以及袁寒云晚景的悲凉。

周汝昌说：“伯驹先生的词，风致高而不俗，气味醇而不薄之外，更得一‘整’字。何谓‘整’？本是人工填作也，而竟似天成……此盖天赋与工力，至厚至深……如以古人为此，则李后主、晏小山、柳三变、秦少游，以及清代之成容若，庶乎近之。”平心而论，由于时代不同，受众不广，张伯驹的词作已不可能产生五位古人那样的深远影响，但作为当代词人，张公实乃大家。

鹧鸪天

以将干支斗指寅，回头应自省吾身：莫辜出处人民义，可负生教父母恩？儒释道，任天真，聪明正直即为神。长希一往升平世，物我同春共万旬。

此词作于1982年2月，大约是张伯驹先生的绝笔。当时，饱经沧桑的张伯驹骤然生病住院。2月25日，恰值他85岁寿辰，他在病床上欣然接受即将出国的张大千之孙张晓鹰为他拍照，并吟就《寄怀大千兄》七律一首，随后又赋成这首《鹧鸪天》。词中用语精深沉厚。“聪明正直”，一任天真，似为老人对自己一生自我总结。而“长希一往升平世，物我同春共万旬”，则表明老人深沉的爱恋祖国之情，在生命的最后时刻，仍然企盼海峡两岸中华儿女早日团聚，共创万世太平的伟业。

（载于《中国旅游报》2005年5月20日）

困厄发愤天地惊
——浅谈杨慎的词曲

滚滚长江东逝水，浪花淘尽英雄。是非成败转头空。青山依旧在，几度夕阳红。　　白发渔樵江渚上，惯看秋月春风。一壶浊酒喜相逢。古今多少事，都付笑谈中。

中国文人自隋唐开始作词至今，先后有词作不下十万首，若以读者最为广大而论，除了毛泽东的词作之外，就是明代杨慎的这首《临江仙》。而且，由于清代毛宗岗父子将此词置于《三国演义》的卷首，因而300年来它又流布极广。前些年，电视连续剧《三国演义》又把它作为主题歌，此剧反复播映，更使这首词的受众达到上十亿人次，成为妇孺老幼耳熟能详的词作。

作者杨慎（1488—1559），字用修，号升庵，四川新都人。他是正德年间的状元，授翰林编修，才智超群绝伦。后因上本触怒了嘉靖皇帝，被流放云南30多年，直到老死。这人生的厄运，想不到却成就了他，使他满腔激愤，刻苦著述，成为大文学家。《明史》本传说，其著作之富（共达百余种），为明代第一。20世纪有法国学者统计，杨慎也是古代全世界著作最为宏富的作家。

作为文学家，杨慎被人称为“明代第一词人”。明代作家许孚远说：“先生学问文章，如岳渎之高广，如星斗之灿烂。”他留下的词曲既多又美，共有十五卷537首（套）。明代王廷表认为，他的词以《六州歌头·吊诸葛》为第一。此词全文如下：

伏龙高卧，三顾起隆中。割宇宙，分星宿；借江东，祝东风。端坐舌战俎公。激公瑾，连子敬，呼翼德，挥白羽，楚江红。乌鹊惊飞，虎踞蚕丛地，炎焰重融。吞吴遗恨在，受诏永安宫，尽悴苍穹，鉴孤忠。　　念行营草，出师表；心匪石，气凌虹。岁去志，年驰意，早成翁。目断咸潼，出五丈，屯千井；旗正正，鼓冬冬。天亡汉将，星陨卯金终。巾帼食槽，司马生魄走，死垒遗弓。遣行人到此，千古气填胸，多少英雄。

此词气势宏大，内涵丰富，用如椽巨笔，概括了诸葛亮辉煌悲壮的一生。历代咏诸葛亮的诗词甚多，此首自是上乘。

流放瘴岭蛮乡三十余年，身为逐臣，杨慎身心悲苦，他在词作中写下了一些充满激愤而又最具情感的词作。请看下面两首：

临江仙·戍云南江陵别内

楚塞巴山横渡口，行人莫上江楼。征骖去棹两悠悠。相看临远水，独自上孤舟。　　却羡多情沙上鸟，双飞双宿河洲。今宵明月为谁留？团团清影好，偏照别离愁。

沁园春·己丑新正

甚矣吾衰，叹天涯岁月，何苦频催。奈霜毛种种，三千盈丈，丹心炯炯，一寸成灰。三径秋荒，五湖天远，儒术于吾何有哉！君知否？盼行云不住，流水难回。　　寂寥谁与徘徊？好事者、惟输麴秀才。恁昏花老眼，底须窥牖；支离病脚，最怯登台。思发花前，人归雁后，百感中来强自裁。狂歌好，只清风和我，明月休猜。

这两首词，前一首是妻子痛别时之作。一对恩爱夫妻，因遭流放而强被拆散，关山万重，各自孤苦伶仃。词尾“双飞双宿”“偏照别离愁”等语，写出了无限哀愁。后一首是叹老之作。作此词时他已流放五年，独处南荒，骨肉远离，内心悲苦。全词形象生动，苍凉悲愤之情溢于言表。

在杨慎数量惊人的著作中，极受后世重视的是具有创新意义的《廿一史弹词》。他裁剪数千年要事，以弹词写成长篇史诗，明清以来广泛流传。本文开头的《临江仙》，就是这部史诗中的一首。他做了前人没做过的事。

司马迁曾说："盖文王拘而演《周易》；孔子厄而作《春秋》；屈原放逐，乃赋《离骚》；左丘失明，厥有《国语》；孙子膑脚，《兵法》修列；不韦迁蜀，世传《吕览》；韩非囚秦，《说难》《孤愤》；《诗》三百篇，大抵圣贤发愤之所以作也。"杨慎流放三十余年，不甘沉沦，发愤著述，因而成为古时世界上著作最为宏富的作家，给我们留下了巨大文化遗产。而他这种人生态度，更能给予后人深刻启示。

（载于《福建日报》2004年4月18日）

坎坷历尽笔如椽

清代蒲松龄（1640—1715），以笔记小说集《聊斋志异》一书名垂千古。

清代周中孚《郑堂读书记》评论说："其事则鬼狐仙怪，其文则庄（周）、列（子）、马（司马迁）、班（固）。"把他与我国历史上成就最辉煌的作家相提并论。清代余集在《聊斋志异序》中说："先生少负异才……平生奇气，无所宣泄，悉寄之于书。"此语说出了蒲松龄写《聊斋志异》的原因，但对其"异才"与"奇气"因何而得，则未作分析。

蒲松龄字留仙，别号柳泉居士，山东淄川（今淄博）人。他自幼颖悟非凡，19岁科考，连得县、府、道三个第一，但此后却久困科场，考到71岁才得了个贡生。愈失败愈发愤拼搏，蒲松龄从幼苦学到老，满腹经纶。他一世坎坷，一腔悲愤，便以谈鬼说狐宣泄积郁。

蒲松龄的才能是多方面的。除《聊斋》外，他一生写了3出戏，13出俚曲（剧本），诗1000余首，词89首，还有多种杂著，共120余万字，数量比《聊斋志异》还多。只因为《聊斋》达到的成就太高，这些著作遂被掩盖，鲜为世人所知。

蒲松龄的戏曲创作，此文限于篇幅，无法征引评述。他的诗歌既多又好，清新刚健，雄浑质朴，很有风骨。他贫寒潦倒，生活于民间，因而诗中时时透出磊落不平之气，对封建制度下官吏虐民每每抨击，为贫苦农民高声呐喊。请看下列三首：

灾民谣

雨不落，秋无禾；无禾犹可，征输奈何？

吏到门，怒且呵。宁鬻子，免风波。

纵不雨，死无他，无诉公堂长官诃！

忧 荒

千古灾并见，天与我何仇？盗贼时方横，流亡尚未休。

驱虫半秋苦，望雨一年愁。衰老无生计，空怀杞国忧！

田家苦

稻粱易餐，征输最难；疮未全医，肉已尽剜。东家儿女卖吴越，邻妇夜夜哭霜月！我方踟蹰怀百忧，租吏登门如怒牛。县牒丹书照红眼，骤哭叫号声呴喽。小男酒浆罗堂上，归谋老妇相对愁。欲卖园中枣，田宅贱于草；欲贷豪家钱，债券无署保。千思万转仍不果，计卖黄犊尚差可。莫管来年耕不耕，免去眼前遭兵火！

这是对封建剥削压榨的血泪控诉。它与杜甫的“三吏”“三别”一样，真率自然；他能脱前人窠臼，善于俗语，讽刺辛辣，吐尽胸中积愤。仅举两首：

大江东去·寄王如水

天孙老矣，颠倒了、天下几多杰士。蕊宫榜放，直教那、抱玉卞和哭死。病鲤暴鳃，飞鸿铩羽，同吊寒江水。见时相对，将从何处说起？ 每每顾影自悲，可怜肮脏骨，销磨如此！糊眼冬烘鬼梦时，憎命文章难恃。数卷残书，半窗寒烛，冷落荒斋里。未能免俗，亦云聊复尔尔。

此词是他于济南乡试再次失败之后所作。词中自比“抱玉哭死”的卞和，骂考官为“糊眼冬烘”，埋没人才。悲愤发自内心，满纸不平气，一腔辛酸泪，是对封建考试制度的控诉。

沁园春·戏作

鬓发已催，头颅如故，怅怅何之？想溷边花朵，今生误落；尘中福业，前世或亏。龌龊庸奴，跳梁伧父，举足能教天意随。思量遍，欲仿他行径，魂梦先违。　　常期勉改前非，须索把小人一伪为：耍啁啾善语，怜人似燕，笑号作祸，迕世如鸱。赚得苍苍，抛来富贵，鬼面方除另易衣。旋回首，向天公实告：前乃相欺。

这同样是愤世嫉俗之作。它表达了作者即使一生贫困，也大气凛然，绝不为富贵而做鬼欺世。正因为风骨铮铮，蒲松龄才写出了不朽之作，光照九州。

笔者综观蒲松龄的一生及其作品，曾在《萤窗咏史诗》中，为他写了七言古风一首：

七十一岁作贡生，久困科场咒苍天。

纵有才名冠四海，依然陋巷如洗贫。

无权无势搔白首，青云有路属豪门。

“遥想前生为贾岛，夜寒应耸作诗肩。”

“人间后事悲前事，镜里今年老去年。”

骨瘦眼枯缘蹭蹬，坟头无泪哭故人。

柳泉设座延野客，不话时务话搜神。

谈鬼说狐抒愤忿，成就《聊斋》不朽文。

（载于《中国旅游报》2004年6月21日）

幽咽往复　沉挚婉曲

——略谈王国维的词风

王国维（1877—1927），字静安，号观堂，近现代国学大师。浙江海宁人。曾留学日本，后为清华国学研究院导师。一度被清废帝召为南书房行走。民国十六年自沉于北京昆明湖。有《王国维遗书》16册、《苕华词》、《人间词话》等，影响深远。其词作幽咽往复，快而能沉，直而能曲，诚为大家。评介如下：

蝶恋花

昨夜梦中多少恨，细马香车，两两行相近。对面似怜人瘦损。众中不惜搴帷问。　　陌上轻雷听渐隐，梦里难从，觉后那堪讯？蜡泪窗前堆一寸，人间只有相思分。

蝶恋花

百尺朱楼临大道。楼外轻雷，不间昏和晓。独倚阑干人窈窕，闲中数尽行人小。　　一霎车尘生树杪。陌上楼头，都向尘中老。薄晚西风吹雨到，明朝又是伤流潦。

蝶恋花

窗外绿阴添几许？剩有朱樱，尚系残春住。老尽莺雏无一语，飞来衔得樱桃去。　　坐看画梁双燕乳。燕语呢喃，似惜人迟暮。自是思量渠不与，人间总被思量误。

上面三首词，第一首为“纪梦”，实写“人间”。梦去无痕，蜡泪成寸，有痛苦而无欢乐，“人间只有相思分”，是一曲悲歌。第二首写女子渴求与情人相会，往复幽咽，不问昏晓，却一霎成尘，“都向尘中老”。全词寄寓悲观的人生哲理，而艺术上却寄兴深微，形象生动，意境浑然，感情色彩浓郁。第三首以春末夏初景象，写红颜易老、翠袖单寒的悲哀。上片意在境外，“老尽莺雏无一语”，暗含悲怆。下片思虑无穷，“人间总被思量误”，意境浑融，以一句哲理，道破人生悲剧。

点绛唇

厚地高天，侧身颇觉平生左，小斋如舸，自许回旋可。　聊复浮生，得此须臾我。乾坤大，霜林独坐，红叶纷纷堕。

浣溪沙

掩卷平生有百端，饱更忧患转冥顽。偶听啼鴂怨春残。　坐觉无何消白日，更缘随例弄丹铅。闲愁无分况清欢。

浣溪沙

天末同云黯四垂，失行孤雁逆风飞。江湖寥落尔安归？　陌上挟丸公子笑，座中调醯丽人嬉。今宵欢宴胜平时。

上面第一首，作者自写书斋生活。“厚地高天，侧身颇觉平生左”，“左”为卑下、渺小。这与孟郊“出门即有碍，谁谓天地宽”为同一机杼，乃是不平之鸣。第二首，作者受叔本华悲观主义的影响，悲天悯人，忧生忧世，涕泪无端。借美人芳草之思，喻愤怨伤时之痛。第三首四、五句，又作“陌上金丸看落羽，闺中素手试调醯”。上片写孤雁悲苦，不知所归，下片写公子挟丸而笑，杀机毕露。说不定，这是作者自我象征之作。他家境贫寒，命运坎坷，心灵剧痛。其自沉于昆明湖，从上述伤心人之语，似乎可见蛛丝马迹。

采桑子

高城鼓动兰釭灺，睡也还醒。醉也还醒。忽听孤鸿三两声。　人生只似风前絮，欢也零星。悲也零星。都作连江点点萍。

蝶恋花

窈窕燕姬年十五，惯曳长裾，不作纤纤步。众里嫣然通一顾，人间颜色如尘土。　　一树亭亭花乍吐，除却天然，欲赠浑无语。当面吴娘夸善舞，可怜总被腰肢误。

蝶恋花

阅尽天涯离别苦，不道归来，零落花如许。花底相看无一语，绿窗春与天俱莫。　　待把相思灯下诉，一缕新欢，旧恨千千缕。最是人间留不住，朱颜辞镜花辞树。

这三首词，第一首作者以孤鸿自况，抒发身世之感。他以清代遗老自居，却信奉尼采哲学，以悲苦小词直道人生景况。“欢也零星，悲也零星”，托出他对人生的独特感受，不失其悯人忧世的赤子情怀。第二首据说是为一位“卖浆旗下女”而作，但“众里嫣然通一顾，人间颜色如尘土”，写其绝世之姿，似亦是作者的自喻。王国维学贯中西，才华超时辈，著作等身，学术成就独步当世。“一树亭亭花乍吐”，“人间颜色如尘土”，此种自喻与自信，并非夸张，而是写实。第三首为他1905年南归故乡海宁时所作。天涯归来，相思灯下诉，却青春已逝，“春与天俱莫”。一缕新欢，拌和的是“旧恨千千缕”。结尾“最是人间留不住，朱颜辞镜花辞树”，抒发了人生的无限感慨，浑厚沉重，笔力千钧。

（载于《中国旅游报》2006年1月23日）

一身唯苦吟　身后千载名

——中唐诗人贾岛评析

多年前过房山，曾访县南十里贾岛墓，见碑碣凋零，衰草摇曳，不禁想起贾岛《过京索先生坟》诗："京索先生三尺坟，秋风漠漠吐寒云。从来有恨君多哭，今日何人更哭君？"觉得用此诗来凭吊贾岛，也是颇为贴切的。

贾岛（779—843），字阆仙，房山是他的故乡。他一生潦倒坎坷，曾当和尚，至洛阳，作诗自伤，为韩愈所知，教他为文。他苦学力行，文思大进。脱去袈裟考进士，屡试不中。唐文宗之时，他当了个小官，却因被人诽谤而贬为长江（今四川蓬溪）主簿。他活到64岁，死于唐武宗会昌三年。《全唐诗》收入他的诗四卷372首，残句4首。他是中唐的重要诗人，其成就历来受人推崇。

一

由于身世坎坷，贾岛常被孤独、贫困、病痛、饥寒所折磨。长期背井离乡，"旧国别多日，故人无少年"，只能靠鸿雁传书，却偏又"十书九不到，一到忽经年"，使他的思乡之情极为强烈。为此，他曾发出了"不如牛与羊，犹得日暮归"的悲叹。

单是飘泊异乡，若衣食无虞，大约还可以忍受。可贾岛既浪迹天涯，又常与贫病相伴。"纵把书看未省勤，一生生计只长贫。……经年抱疾谁来问，野鸟相过啄木频。"（《咏怀》）是他生活的真实写照。当了长江主簿，按说可以生活无愁了，可贾岛这书呆子依然一贫如洗。"长江飞鸟外，主簿跨驴归。逐客寒前夜，元戎予厚衣。"（《谢令狐绹相公赐衣九事》）他做的是一个连穿衣服也得靠朋友周济的穷官。由于贫病交加，因而贾岛曾在《客喜》一诗中为自身发出哀吟："客喜非实喜。……嗟愁填中怀。……常恐泪滴多，自损两目辉。鬓边虽有丝，不堪织寒衣。”悲苦哀伤之情，达于极致。

二

“世难那堪恨旅游，龙钟更是对穷秋。故园千里数行泪，邻杵一声终夜愁。”（《上谷旅夜》）由于自己身世悲苦，因而贾岛写给友人的诗，写欢乐的百不逢一，而哀怨抑郁的篇什随处可见。送友人远行，别人喜作壮词，他却出语悲凉：“二千馀里路，一半是波涛。……临别不挥泪，谁知心郁陶。”（《送李戎扶持往寿安》）他的一个朋友入蜀，对天府之国的春江花月、急管繁弦，他无一语涉及，写的却是“卓家人寂寞，扬子业凋残。唯有岷江水，悠悠带月寒。”句句凄苦逼人。

写诗酬答友人，他也总将感伤时事之情灌注其中。“三十年来长在客，两三行泪忽然垂。”（《夏日寄高洗马》）寄赠一位穷秀才，他以斑竹作比喻：“莫嫌滴沥红斑少，恰似湘妃泪尽时。”友人韩湘去岭南省亲，他寄诗说：“过岭行多少？潮州涨满川。……望鹭吟登阁，听猿泪滴船。”情辞比远行的对方还要悲苦。写一位老将，他吟的是：“旧事说如梦，谁当信老夫。战场几处在，部曲一人无。落日收病马，……自镊白髭须。”竟无半句豪语。

贾岛哭亡友的诗作颇多，首首情辞哀伤，有一首尤为悲怆：“才行古人齐，生前品位低。葬时贫卖马，远日哭惟妻。孤冢北邙外，空斋中岳西。集诗应万首，物象遍曾题。”（《哭孟协律》）他哀悼友人孟郊之死，语句中含有自况自悼之意。

三

贾岛一生，再怎么穷困潦倒，也绝不放弃作诗。“笔砚且勿弃，苏张曾陆沉。但存舌在口，当冀身遂心。”（《寄友人》）他矢志写出不同凡响之作。于是，作诗成了他的日课。“一日不作诗，心源如废井。笔砚为辘轳，吟咏作縻绠。……书赠同怀人，词中多苦辛。”（《戏赠友人》）为了斟酌一句诗，路途中他比比划划，如醉如痴，闯了京兆尹韩愈的大驾，被究问缘由，他说正在吟两句诗：“乌宿池边树，僧敲月下门。”但对下句用“敲”字还是用“推”字还拿不准，所以冲闯了官长。韩愈说用“敲”字更好。此事为文坛增添了佳话，也使中国修辞学中有了“推敲”这一专用术语。

心无旁骛，辛苦吟诗，成了贾岛的生命。“雁过孤峰晓，猿啼一树霜。身心无别念，余习在诗章”，就是他的自况。吟起诗来，他没日没夜，辜负了阳春三月的大好风光，他却自解：“三月正当三十日，风光别我苦吟身。共君今夜不须睡，未到晓钟犹是春。”对于诗中的每一字、每一词、每一句，他都十遍百遍吟诵修改。“二句三年得，一吟双泪流。”正因为字字句句凝聚着心血，所以贾岛对自己的作品极为珍视，并因此得罪了皇帝。据《古今谭概》记载：“贾岛为僧时，居法乾寺。一日宣宗（疑为文宗——笔者注）微行至寺，闻钟楼上有吟声，遂登楼，于岛案上取诗览之。岛攘臂睨之，曰：‘郎君何会此？’遂夺取诗卷。帝惭，下楼去。既而岛知之，亟谢罪。”晚唐诗人安锜：“昂藏貌不恭……夺卷忤宣宗”的诗，记述的就是此事。

四

“书山有路勤为径，学海无涯苦作舟。”贾岛一生苦吟，给人世间贡献了许多好诗，流传至广。他的两首五绝：“松下问童子，言师采药去，只在此山中，云深不知处。”（《寻隐者不遇》）“十年磨一剑，霜刃未曾试。今日把示君，谁有不平事？”（《剑客》）古今初识文字的人，几乎都能背诵。他的许多名句，如“迴碛沙衔日，长河水接天”“松生青石上，泉落白云间”；“秋风生渭水，落叶满长安”，成了世代被人称颂的千古绝唱。

“孟郊死葬北邙山，从此风云得暂闲。天恐文章中道绝，再生贾岛在人间。”见于《全唐诗》的韩愈这首题为《赠贾岛》的评论性诗歌，说明贾岛在中唐诗坛是与孟郊互相辉映的。他一生成了诗中的囚徒，辛苦备尝，但其生命是不朽的。

他勤苦耕耘的精神，将永远被学人景仰——在学人荟萃的文化古都北京尤其如此。

明代大学士李东阳写的《贾岛墓》诗："百里桑干绕帝京，阆仙曾此寄浮生。葬来诗骨青山瘦，望尽荒原白草平。无地椒盘供庙祀，有人骢马问村名。穹碑四尺标题在，词赋风余万古情。"此诗所表达的，是历代学人共有的景仰之情。

（作于2001年夏）

罗隐诗的语言艺术

晚唐诗人罗隐（833—909），活到77岁一直写诗，《全唐诗》等有诗11卷508首，另残句7首。遍阅罗隐诗，觉得其总体成就虽逊于李白、杜甫、白居易、李商隐诸人，但他在诗歌语言艺术的通俗、秀美、讽刺、隽永四个方面都极有建树，可称为一代诗语巨匠。略作分析，或许对今人提高语言技艺有益。

通　俗

诗语历来有两大流派：一派以博奥典雅为宗，爱好用典，甚至故作高深，致使诗语佶屈聱牙，晦涩难懂；一派则主张明白晓畅，深入浅出，“老媪能解”，以发挥“诗教”功能。罗隐属于后者，毕生坚持这种进步方向。

我未成名君未嫁，可能俱是不如人。

牢山道士无仙骨，却向人间作酒徒。

如今赢得将衰老，闲看人间得意人。

今朝有酒今朝醉，明日愁来明日愁。

一船明月一竿竹，家住五湖归去来。

身同树上花，一落又经岁。……日开十二门，自是无归计。

尽道丰年瑞，丰年事若何？长安有贫者，为瑞不宜多。

老去渐知时态薄，愁来唯愿酒杯深。七雄三杰今何在？休为闲人泪满襟。

罗隐身当乱世，流离颠沛，常常生计窘迫，囊底无钱，寄人篱下。上述这些诗，或宽解友人，或心灵独白，或描述人世沧桑，或感叹世态炎凉，或摹写众生百态，乃至表述自己十次赶考，却“十上不中第”，以至于彷徨道途的情况，都诗语晓畅，明白如话。读来既意味绵长，韵浓如酒，又深为作者语言技艺的高妙所震慑；复杂纷繁的社会现象，在他手上，全都化为情趣盎然的市井俗语。

秀　美

有人以为，通俗与优美如同水火，凡通俗的东西，只能是“下里巴人”，有粗豪而无优美。罗隐用他一生的辛勤创作证明了这两者是可以统一的。犹如“昭君本是山民女”一般，美丽并非大家闺秀的专利，它更多地来自山野，来自民间。通俗而秀丽，才是真美。

喷香瑞兽金三尺，舞雪佳人玉一围。

山横翠后千重绿，蜡想歌时一烬红。

征鸿过尽边云阔，战马闲来塞草秋。

栖雁远惊沽酒火，乱鸦高避落帆风。

家山梦后帆千尺，尘土搔来发一簪。

百岁梦生悲蛱蝶，一朝香死泣芙蕖。

祢衡酒醒春瓶倒，柳恽诗成海月圆。

莺偷旧韵还成曲，草赖余吟尽解音。

上述诗句，最后一联是路过盛唐诗人王昌龄旧游之地，述说其诗歌影响力之作。其余或摹写眼前景色，或记叙羁旅苦况，或借景抒发情怀，或思念与书赠诗友，都笔力神俊，一不堆砌典故，二不奥古艰深，却做到了既明白畅达、情景交融，又蕴意深刻、秀美可喜。

讽　刺

前人评诗，说罗隐“好谐谑，感逼辄发。……诗文凡以讽刺为主，虽荒祠木偶，莫能免者”。(《唐才子传》) 细检罗隐诗作，讽刺类比重并不大，但其穿透力极强，用笔辛辣。古人说“怨句难工”，他却挥洒自如，落笔生辉。

鹿门黄土无多少，恰到书生冢便低。

祖龙算事浑乖角，将谓诗书活得人。

吾今尚自披蓑笠，你等何须读典坟。

从来绝色知难得，不破中原未是人。

又应改换皮毛后，何处人间作好人？

但是秕糠微细物，等闲抬举到青云。

云中鸡犬刘安过，月里笙歌炀帝归。

何如买取胡孙弄，一笑君王便著绯。

上述第一首是为盛唐诗人孟浩然生前潦倒，死后坟低鸣不平的。第二首题为《焚书坑》，是说秦始皇焚书坑儒全属多余，书生终会饿死。第三首题为《代文宣王答》，是借孔子之口，说连他都只能“披蓑笠”，何况别人，读书全然无用。第四首题为《马嵬坡》，讽刺唐玄宗好色破国，招致中原战乱。第五首题为《野狐泉》，是借妖狐害人，骂人世间有人披着人皮不干人事。第六、七两首，是对王公贵族的讥讽，说他们把“秕糠”抬入青云，一人成佛，鸡犬升天。第八首为纪实，借唐昭宗将弄猴人封官供奉一事，说苦读诗书不如摆弄猴孙，博得君王一笑，立时得官（“著绯”，唐时四五品官服）。无论哪首，都“入木三分骂亦精”，发人警醒。

隽　永

罗隐善于思考，能细致入微地观察事物，并以他生花的妙笔，从本质上概括人生。他诗中许多饱含生活哲理的诗句，令人过目难忘。前人对这些名句，屡有记述，称道不置。

只知事逐眼前去，不觉老从头上来。

采得百花成蜜后，不知辛苦为谁甜？

芳草有情皆碍马，好云无处不遮楼。

时来天地皆同力，运去英雄不自由。

魇处千般鬼，寒时百种风。

西施若解倾吴国，越国亡来又是谁。

穷似丘轲休叹息，达如周召亦尘埃。

稻粱且足身兼健，何必青云与白云。

欲访先生问经诀，世间难得不由身。

劝君不用分明语，语得分明出转难。

这些诗，或通过日常现象，道出人生规律；或巧借自然景物，妙喻生活哲理；或就历史人物，表达卓越见解；或提笔寄赠诗友，坦述人生感悟。句句喻理精妙，振聋发聩，而又通俗好记，朗朗上口。其中四、五两联，则概括了“形势比人强，穷途鬼上门”的人生常理。罗隐在晚唐名满天下，与其诗句隽永大有关系。到了宋代，哲理诗大行其道，罗隐算得开先河之人。

（载于《解放军报》2001年9月28日）

大观楼长联的劫难

昆明大观楼长联，为清代康熙年间滇人孙髯翁所撰，海内传诵，脍炙人口，被公认为我国楹联中的杰作，古今少有其匹。但一般人很少知道，如此旷代杰作，也曾遭到过劫难，被好事者妄加改动。这个好事者就是清代道光年间的云贵总督阮元（字伯元，号芸台）。此人自负饱有才学，加上“纱帽底下好题诗”，凭借赫赫权势，便改动了孙髯翁的长联，另行雕板悬挂。

对照原来的长联，阮元改动多达十六处。依我看来，改动后的长联，在五个方面不如原著：一是恢宏阔大的气势。如把“空阔无边”改为“波浪无边”，把“伟烈丰功”改为“爨长蒙酋”，把“移山心力”改为“移山气力”，使都长联的宏大气势减弱，而且“爨长蒙酋”一词还带有民族歧视味道，“心力”改为“气力”更是败笔。二是苍凉悲壮的气氛。原著中“断碣残碑”“苍烟落照”“一枕清霜”都是使全文苍凉悲壮气氛浓烈的妙句，改成“藓碣苔碑”“荒烟落照”“一片沧桑”，使这种气氛减弱了。而且，“藓”与“苔”实为一物，语意重复。阮元身居高位，大概讳言封建王朝覆灭后“断碣残碑”的破败景物，所以做此改动。三是文字的瑰丽秀美。原著中有“梳裹就风鬟雾鬓”“点缀些翠羽丹霞”“万顷晴沙”“两行秋雁”，都使全联的秀美瑰丽大为增色；改为“衬得起苍崖翠壁”“早收回薄雾残霞”“万顷鸥沙”“两行鸿雁”，文字功力虽还可以，但秀美的自然不如原著。而且，“晴沙”与“秋雁”，使人觉得秋季丽日晴空的自然美景跃然纸上，各改一字，效果全异。四是用词的空灵洒脱。原著的“披襟岸帻”“东骧神骏”“西翥灵仪”“北走蜿蜒”“南翔缟素”，都是使全文显得空灵洒脱，基于实景又超越实景的生花妙笔；改成“凭栏向远”“东骧金马”“西翥碧鸡”“北倚盘龙”“南驯宝象”，空灵流动之气减弱，过于写实，显得文气有些呆滞。五是文意的连贯。原著“高人韵士，何妨选胜登临”，是呼唤人们去饱览美景；把此句改成高人韵士“惜抛流水光阴”，使全联文意隔断，和下面的句子全不搭界，是个败笔。

据清代梁章钜《楹联丛话》一书记载，阮元把他改过的新联挂出后，滇中人士啧有烦言，议论纷纷，很不满意，不久就把新联撤去，恢复旧观。但阮元似乎不服气，又写信把他改易的对联寄给梁章钜。幸亏梁章钜把它记录在案，才使我们今天能够据此评论是非，辨别优劣。

阮元在清代颇有文名，曾撰《十三经校勘》，主编《经籍纂诂》，著作甚多，《清史稿》本传称他“身历乾嘉文物鼎盛之时，主持风会数十年，海内学者奉为山斗”。但尽管他名重当时，论才思，终究不如滇中老儒孙髯。高名高位，往往使人自负。自负的阮元擅改他人作品，难免在历史上留下笑柄。

附录：孙髯翁大观楼长联原文

五百里滇池，奔来眼底，披襟岸帻，喜茫茫空阔无边。看东骧神骏，西翥灵仪，北走蜿蜒，南翔缟素。高人韵士，何妨选胜登临，趁蟹屿螺洲，梳裹就风鬟雾鬓；更苹天苇地，点缀些翠羽丹霞。莫辜负四围香稻，万顷晴沙，九夏芙蓉，三春杨柳；

数千年往事，注到心头，把酒凌虚，叹滚滚英雄谁在！想汉习楼船，唐标铁柱，宋挥玉斧，元跨革囊，伟烈丰功，费尽移山心力。尽珠帘画栋，卷不及暮雨朝云；便断碣残碑，都付与苍烟落照。只赢得几杵疏钟，半江渔火，两行秋雁，一枕清霜。

艺苑咀华

——袁枚《续诗品三十二首》译说

清代著名诗人袁枚，曾以《续诗品》为名，用四言诗的形式，写了32首诗论。这组诗论每首十二句。它有别于金代大诗人元好问那些以评论前辈诗人为主旨的诗论绝句，而侧重于创作理论与方法的总结和探讨。披阅之下，觉得它言简而意赅，有许多精到的见解，很能给人予启迪。工作之暇，曾随手把它作了译释，目的是让不懂古文的青年人也看得懂。译释之后，又觉得意犹未尽，便“借他人之酒杯，浇自己之块垒”，在“浅说”的名目之下，发一些议论，倾吐自己对这个问题的感受和见解。虽自知浅陋，有狗尾续貂之嫌，但还是以为对初学者来说，续比不续好。

下面，按原文、译文、浅说，依次发表。难免有错误之处，希望得到各方指教。

一、崇意

〔原文〕虞舜教夔，曰“诗言志”。何今之人，多辞寡意？意似主人，辞如奴婢。主弱奴强，呼之不至。穿贯无绳，散钱委地。开千枝花，一本所系。

〔译文〕虞舜教导夔说，作诗是为了言志。为什么今天的人，偏偏辞多意寡！立意好比主人，辞藻好比奴婢，如果主弱奴强，就叫不动他。一贯铜钱无绳子穿，就会撒满地上。一株花木就是开一千朵，也靠一个根本维系生命。

〔浅说〕袁枚在这里用形象的比喻，透彻论述了主题思想是一篇文章（包括诗词）的主宰，而辞藻只是为它服务的“奴婢”。辞藻过于堆砌，就如同“强奴欺主”，会损害文意。再美丽的辞藻，就像花朵必须依附于根本一样，只有从属和依附于主题思想，才有生命力。因此，写文章绝不能以辞害意，颠倒主从关系。主题思想鲜明，贯穿全文，又有文采，才能相得益彰。

二、精思

〔原文〕疾行善步，两不能全。暴长之物，其亡忽焉。文不加点，兴到语耳！孔明天才，思十反矣。惟思之精，屈曲超迈。人居屋中，我来天外。

〔译文〕疾走和善步不能两全，生长疾猛的东西，死得也快。提笔文不加点，写出来的只能是随兴而发的话。诸葛亮是天才，一个问题尚且思考十次。惟有思考精深，才能洞察物情，曲尽其妙，获得超卓独到的见解。就好比人在室内，我来自天外。

〔浅说〕一定要深思熟虑。精密思考和文章深度成正比。思考越精深，越细密，越能准备反映客观事物。专以“神速”自夸，看起来像个才子，其实十有八九是拿不出好货色来的。谁懂得“精思”，谁就能高人一筹，文思驰骋天外，下笔超迈有神。当然，这种“精思”，必须以实践为基础。

三、博习

〔原文〕万卷山积，一篇吟成。诗之与书，有情无情。钟鼓非乐，舍之何鸣？易牙善烹，先羞百牲。不从糟粕，安得精英？曰“不关学”，终非正声。

〔译文〕读过的万卷诗书堆积如山，写一篇作品也还要苦吟才能完成。诗和书的区别，大要在侧重与不侧重抒发感情。钟鼓本身并非就是音乐，但舍开它们怎能发出和谐的鸣奏？春秋时代齐国易牙善于烹调，那是从炮制众多的食品中学来的。不从糟粕中去细心选取，哪能得到精华？说作诗与学习无关，全靠灵感，即使写出了东西，终究不是正宗的符合传统的诗作。

〔浅说〕此篇具有实践的观点，它批判了认为作诗“不关学”而只凭恃天才的唯心主义思想。它还具有辩证观点，指出“不从糟粕，安得精英”，同时阐明了“万卷”和“一篇”的关系，只有破万卷，才能成一篇。就像做菜一样，只有炮制“百牲”，才能成为烹调能手。写作也是这样，博学才有深厚积累。厚积薄发，是为文者的准则。三分钱的颜料就开染坊、万万使不得。

四、相题

〔原文〕古人诗易，门户独开。今人诗难，群题纷来。专习一家，硁硁小哉。宜善相之，多师为佳。地殊景光，人各身分。天女量衣，不差尺寸。

〔译文〕古人写诗容易，因为他们往往独辟门户；今人写诗颇难，因为题目纷繁，而又常常依傍于人。如果对古人只学一家，不是太浅薄狭小了吗？应该善于选择，多几个老师才好。临场赋诗，地点不同，光景常新，每人的身世不同，各有心胸，感受不一。这样即情即景作诗，掌握熟练，就可以像天女量衣，适合特定对象，尺寸不差分毫。

〔浅说〕作诗要先相题，或吊古，或颂今，或感事，或赠友，均须把握内涵。但同一题目，不可千篇一律，同样的立意、语言，今日可用，明日可用，此处可用，别处亦用，此人此事用了，他人他事又用。景有春夏秋冬，人有喜怒哀乐，友朋各有个性，古今之事各有特色，诗人命题而发之际，感受也各有不同。“诗思合在空舲峡，冷雁哀猿和竹枝”，讲的就是特定环境、特定景色、特定感受。像这样把握住主客观因素，即景即人即事即时命题而发，写出来便会各有千秋，成为佳句。

五、选材

〔原文〕用一僻典，如请生客。如何选材，而可不择？古香时艳，各有攸宜。所宜之中，且争毫厘。锦非不佳，不可为帽。金貂满堂，狗来必笑。

〔译文〕一篇文章用了一个生僻的典事，就像家里来了一个陌生的客人一样不自然。因此，写文章怎么可以不选择材料呢？古色古香的和入时艳丽的，要各得其所，使用得宜，并且做到不差毫厘。锦绣并非不好，但不可做帽子。满堂用金宝貂皮装饰，狗见了也要发笑。

〔浅说〕做文章要讲究选材。材料好比各色丝线，赤橙黄绿青蓝紫，各有用场。不同体裁，表达喜怒哀乐等不同情趣的文章，要选取与之相适应的不同材料，不同事典、例证、词语，方能收到和谐一致的功效。选材不当，就像穿着西装演《借东风》一样滑稽可笑。还有，村言俚语，俱可入诗，用得合拍，便成佳句。好用生僻典故，故作高深，使文意晦涩难懂，是应该极力避免的。

六、用笔

〔原文〕思苦而晦，丝不成绳；书多而壅，膏乃灭灯。焚香再拜，拜笔一枝：星月驱使，华岳奔驰；能刚能柔，忽敛忽纵。笔岂能然，惟吾所用。

〔译文〕苦思瞑索而使文章晦涩，就像乱丝理不成绳一样。读书虽多而壅塞不达，就像膏油多了淹灭灯火一样。我焚香再拜，愿笔下有神，令星月听我驱使，华岳为我奔驰；既能柔又能刚，既能收又能纵。笔岂能有此神通，全看你能领悟运用之妙罢了。

〔浅说〕“运用之妙，存乎一心”。要做到“下笔如有神”，“笔阵横扫千人军”，须心有所悟。所谓悟，就是不仅要有丰富的知识，而且要通过刻苦实践，熟中生巧，掌握行文的规律，做到刚柔相济，收纵自如，山水风云皆为我用。学海无涯苦作舟。有“苦”则有“悟”，有“悟”便有“神”。

七、理气

〔原文〕吹气不同，油然浩然。要其盘旋，总在笔先。汤汤来潮，缕缕腾烟。有余于物，物自浮焉。如其客气，冉猛必颠。无万里风，莫乘海船。

〔译文〕人的气度不同，有的气量狭小，有的气度自然，有的秉承了天地间的浩然正气。气度蕴藉于心胸，包容天地，贯通八极，下笔之前先已存在。它浩浩荡荡，如海潮奔涌而来，像缕缕烟云升腾而起。它囊括某些事物而有余，推动其浮游，在笔下任你驱使。如果只有“客气”而自己无宏大气势，就是古代的力士冉猛也要颠扑。没有万里长风，就不要扬帆出海，写文章也是这个道理。

〔浅说〕战国时代的孟子，曾经勉励人们要善养“浩然之气”。宋代大诗人陆游，更道出了“养气”与著文的关系，他说：“谁能养气塞天地，吐出自足成虹霓。”文章的气势是由人的气质决定的。“养气”，用我们今天的话来说，就是要通过学习和实践，培养革命正气，使自己具有坚定的革命理想、信念、道德和情操。一个人鼠目寸光，心胸狭窄，格调卑弱，自然写不出气贯长虹的文章来。志向远大，方能气势超迈。以天下为己任，为国家和人民的利益不惜抛头颅洒热血，自是人间俊杰，民族精英。这样的人，身有铮铮铁骨，胸有“元龙豪气”，提笔行文，必能文如其人，所向披靡。

八、布格

〔原文〕造屋先画，点兵先派。诗虽百家，各有疆界。我用何格，如盘走丸，横斜操纵，不出于盘。消息机关，按之甚细。一律未调，八风扫地。

〔译文〕建造房屋要先画好蓝图，领兵打仗要先指派任务。学诗写诗，也先要弄清诗有百家，各有流派、风格的不同。我取什么风格和流派，不可先画地为牢。这如同在盘子里滚动弹丸，横走斜行，均不越出盘子，既遵守总的格局，方法又灵活多样。诗的格局有许多的消息和机关，须一一仔细分辨。如果有一处格律、布局不当，那你的八面威风就会扫地以尽。

〔浅说〕古代的诗人，各有所长。有的长于写边塞的苍茫壮阔，有的长于写田园的清幽景色；有的长于写慷慨悲歌、气吞山河的豪情壮志，有的长于写缠绵悱恻、自怨自艾的儿女情怀……不同的阅历、见解、爱好和长处，形成了不同的风格和流派。学古人，不可拘泥于一家。宥于一家，往往会有“学古未成留伪体，半生益觉赏心孤”的遗憾。应该博览，先掌握总的规律，然后自我发展，做到像苏东坡说的“诗有清圆句，铜丸飞柘弹”，独辟蹊径。至于作每首诗，都要区别所描写的对象，按其特性，确定用某种基调来写，是豪放，还是婉约；是悲凉，还是欢愉。定下基调，每句均应使之协调，浑然一体。

九、择韵

〔原文〕酱二百瓮，帝岂尽甘！韵八千字，人何乱探？次韵自系，叠韵无味。斗险贪多，偶然游戏。勿瓦缶撞，而铜山鸣。食鸡取跖，烹鱼去丁。

〔译文〕为帝王供膳，要准备二百瓮不同的酱，并不是因为他都觉得甘美，只是有备无患。诗有八千字韵，许多也只是备一时之需，人们又何必去逐一乱作试探？“次韵”“和韵”“叠韵”，用用也可以，总这样写诗，妨碍思想感情的发挥，有什么味道！用韵时贪多斗险，偶一为之，作为游戏，未尝不可，但不宜视为正途。不要企求以敲击瓦罐的声音来代替铜山的鸣响。会吃鸡的取鸡爪，因为它有味；会做鱼的把鱼枕石除去，因为它无用。

〔浅说〕写诗是为了表达思想感情，选韵要与之相适应，不能削足适履。古代有的诗人，好用僻韵、险韵，以显示自己博学多才，但这类诗通常不是上品。韩愈有时用韵就爱斗险，以至于有的诗缀拾许多韵字，铺陈堆砌，曾被人讥为“僧家作盂兰会，布施穷鬼”。后人有的不知这只不过是一时游戏之作，一味效尤，才力远不及韩愈，又受韵脚限制，硬凑些并无多少诗意的句子成篇，使人看了昏昏欲睡。相反，一些卓越的大家，都不尚此道。李白、杜甫很少用僻韵，并非不能用，而是不屑用，因为它妨碍诗意的完满表达。吸取前人的经验教训，就应该懂得；以词害意不可，以韵害意也不可。要把音韵作为工具，不做它的奴仆而做它的主人，合则用，不合则去，使其为我所用。

十、尚识

〔原文〕学如弓弩，才如箭簇，识以领之，方能中鹄。善学邯郸，莫失故步；善求仙方，不为药误。我有禅灯，独照独知。不取亦取，虽师勿师。

〔译文〕学习好比弓弩，才力好比箭，只有靠见识去引领，箭才能射中靶子。要善于学习，不要像古代传说中学步于邯郸的蠢人那样，新的本领学不到，原来的步法也忘了。要善于求得“仙方”，又不要因为不识药而误事。要学会独立思考，让它像明灯一样照亮自己，获得独到的见解。前人的东西有的并不可取，有的一定要取；以他人为师，只师承那些值得师承的东西。

〔浅说〕袁枚在这里论述了才学识三者的关系。靠勤学获得进步的推动力，靠才智去钻研领悟，靠见识去分辨真伪。才学识相辅相成，有区别而又不可分割。“学而不思则罔”。思考可以消化学习内容，总结实践的经验，使才智的储存和能量增大，使见识向广度和深度发展，从而青出于蓝，跨越前人，达到新的水准。

十一、振采

〔原文〕明珠非白，精金非黄。美人当前，灿若朝阳。虽抱仙骨，亦由严妆。匪沐何洁？非熏何香？西施蓬发，终竟不臧。若非华羽，曷别凤凰？

〔译文〕夜明珠并非都是白的，高质量的金子并非都是黄的。美人在前，灿烂如同朝阳。虽然她有神仙般的姿质，也要端整妆束才能显出丰采。不洗浴怎么能洁白？不用香薰哪来的香味？美女西施如果蓬首垢面，也终究不能让人叫好。要不是有华丽的羽毛，你怎么把凤凰和凡鸟区别开来？

〔浅说〕文采对于文章，好比衣服对于美女一样，是相得益彰的。袁枚的这个比喻，无疑是贴切的。专在文辞华丽上下功夫，甚至不惜以词害意，是作文的弊病。但若是走向另一个极端，一概不讲究文采，毫不修饰，粗服乱头，使人望而生厌，同样不足为训。“七分人才，三分打扮”。适度注意修辞，使文章不失华采，力求写得美好，给人以“入眼平生几曾有”的感觉，得到美的享受，还是应该努力争取的。

十二、结响

〔原文〕金先于石，余响较多。竹不如肉，为其音和。诗本乐章，按节当歌。将断必续，如往复过。箫来天霜，琴生海波。三日绕梁，我思韩娥。

〔译文〕金属的声音优于石头的声音，是因为它余响较多；器乐不如声乐，是因为声乐音色纯和。诗歌本是乐章，应该可以按照节拍歌唱。它的节奏似断似续，像是过去了却又复回。它引人想象，如同吹箫带来天霜的寒意，抚琴发出海波的鸣响。好的诗歌，高亢回旋，余音可以绕梁三日，就像古代善歌的韩娥演唱的效果一般。

〔浅说〕诗歌本来是可以入乐、可以歌唱的。唐代李白、温庭筠，宋代杨万里，元代萨都拉，明代高启等人，诗歌都很讲究音乐性，被人誉为“音节清亮，如雪竹冰丝，非人间凡响”。但后来发展趋向是诗与歌渐渐分离，许多诗只能读，不能唱。但是，既然作诗，特别是旧体诗，虽然不一定作成歌词，但仍要注意音节，使它朗朗上口，便于诵读。一概不讲音节，那就写成散文，而不必写诗。就是写现代诗，字句的大体整齐，音节的洪亮和谐，前后押韵，也仍然是要努力做到的。

十三、取径

〔原文〕揉直使曲，叠单使复。山爱武夷，为游不足。扰扰阛阓，纷纷人行。一览而尽，倦心齐生。幽径蚕丛，是谁开创？千秋过者，犹祀其像。

〔译文〕把平直的揉成弯曲的，把单一的叠成繁复的。这是作诗的一个门径。人们爱武夷山，游起来没个够，就因为山重水复。烦闹的城市，纷乱的行人，人们往往一览无遗，产生厌倦之心。古代蜀国有秦岭巴山阻隔，那幽深路径的开创者啊，千秋过客都在祭祀你的遗像。

〔浅说〕写文章就如造假山，最忌刻板单调，贵在幽隐曲折，异峰突起，出人意表。要做到这一步，就要善于布局。先说什么，后说什么；哪些明说，哪些暗示；哪个地方该粗线条地点几笔，哪个地方得细致地加以描摹，等等，都要精心设计。变平为奇，方能引人入胜。行文忌平直。山之妙在峰回路转，水之妙在风起波生，文之妙在别开生面。

十四、知难

〔原文〕赵括小儿，兵乃易用；充国晚年，愈加持重。问所由然，知与不知。知味难食，知脉难医。如此千秋，万手齐抗。谈何容易，著墨纸上！

〔译文〕战国时代，赵国有个年轻将领叫赵括，兵书可以倒背如流，把用兵看得轻而易举。汉代的老将赵充国，久历戎行，愈到晚年用兵愈持重。要问这是什么道理，就因为赵充国真正知道怎样用兵打仗，而赵括其实并不懂得用兵的难处。美食家认为烹调诚非易事，医中圣手认为医道实在艰深。千百年来人们都写诗，万千高手争相抗衡，落笔纸上，真是谈何容易啊！

〔浅说〕用兵是难事，写诗也是难事，不可恃才自放。率尔成篇，难有惊人之作；苦学苦吟，方有鸿篇佳构。旧说李白斗酒诗百篇，苏东坡嬉笑怒骂皆成文章，除了他们才力雄健、学识渊博这些因素外，还要看到他们大多数的诗文，都是严肃认真、一丝不苟地写成的，从来不恃才乱涂。熟读名家作品，就会从看似平易之中，窥见其用心良苦，从而受到教益。

十五、葆真

〔原文〕貌有不足，敷粉施朱。才有不足，征典求书。古人文章，俱非得已。伪笑佯哀，吾其优矣。画美无宠，绘兰无香。揆厥所由，君形者亡。

〔译文〕有人相貌长得不够美，便去擦粉抹红。有人写文章才力不足，便去书籍中找典故。古人有些文章这样做，并不足师法。伪装出来的欢笑和悲哀，我以为那是一种戏谑。画上的人虽美不会有人去宠爱，笔下的兰花虽然好看但不会发出馨香。揆情度理，就会明白写文章只追求形式上的完美，不注意真实传神，是没有生命力的。

〔浅说〕古来文章高手，无一不主张去雕饰，求真实。因为离开真实，作品就失去感染力，就没有生命。“画鬼容易画人难”，就因为鬼是没有的，可以任人涂抹；人是真实的，画得不像就难以通过。因此，无论写诗作文，均应深入体察生活，对人物、对事物真切感受，并在下笔时忠实于生活原型，防止涂饰太厚。“却嫌脂粉污颜色，淡扫蛾眉朝至尊”，写文章也应取此法。

十六、安雅

〔原文〕虽真不雅，庸奴叱咤。悖矣曾规，野哉孔骂。君子不然，芳花当齿。言必先王，左图右史。沈夸征栗，刘怯题糕。想见古人，射古为招。

〔译文〕有些诗虽然事真情切，却不高雅，读时如听庸奴叱咤。作诗是雅事，不可粗鄙。不遵规矩法度，出言粗鄙，就会像曾子说的“言悖而出，亦悖而入”，自取羞辱。不知道的应该阙如。子路不能阙如，率尔盲对，显得鄙俗，所以孔子说“野哉由也”。高明的诗人，他们的齿颊流出花的芳香，言必合古代贤王的训导，有史书图籍作为根据。南北朝的沈约，以“征栗”入句而自夸，而唐代刘禹锡却因为六经里没有“糕”字，便怯于以这个字为题作诗。并非沈强刘弱，而是刘禹锡觉得这样作诗不雅。古人的事给我启示，应该取法古人，步入高雅的境地。

〔浅说〕古代的知识分子，以文人雅士自居，因而作诗求雅。自命高雅，妨碍了他们中许多人接近“俗人”，体察民情，以致他们对生活往往缺乏真知灼见，写诗无病呻吟，或局限于个人的牢骚哀怨。但也有些诗人，在仕途坎坷之余，或战乱之际，被抛向民间，与人民呼吸相通，因而写出了一些饱含血泪、替人民呼喊的作品。这类诗不合于封建士大夫“高雅”的标准，但它要有价值得多。我们今天写诗，“雅”不应再那么强调，而应从有利于反映时代的、人民的精神风貌去选择语言。当然，这丝毫不意味着可以满纸粗言秽语，以粗野的咒骂为诗。

十七、空行

〔原文〕钟厚必哑，耳塞必聋。万古不坏，其惟虚空。诗人之笔，列子之风。离之愈远，即之弥工。仪神黜貌，借西摇东。不阶尺水，斯名应龙。

〔译文〕铜钟太厚了是哑的，耳朵塞住了是聋的。世界上万古不坏的事物，只有“虚空”。诗人的一枝笔，应该像列子乘风，无所不至，无所不在，远而能达，近而能工。不拘泥形貌，而以造化为型仪。有此神笔，就可以北呼而南应，借西以摇东。这样的神笔，又像生着两翼的“应龙”，不需凭借尺水，就能腾飞天外，畅游八极。

〔浅说〕苏东坡有诗:“欲令诗语妙，无厌空且静。静故了群动，空故纳万境”。这把两者的辩证关系说得很清楚。因为诗贵情思而轻事实，忌实忌板，要求空灵剔透，使人思而得之。李贺“女娲炼石补天处，石破天惊逗秋雨”“端州石工巧如神，磨刀踏天割紫云”。前者写以石补天，后者写割石制砚，都是与石有关的事，但诗人以丰富的艺术想象力，把人带到广阔的天地，得到美的享受，这就是空灵剔透的效果。而有些诗或堆砌事物，或陈言套语，无神来之笔，不能飞翔天外；无激越之情，不能感人肺腑，只能徒具诗的形式。古人说诗人的笔要像“应龙”，就是说要使诗歌“来无时，去无节，如山川，行不彻，如江河，流不竭”，像“羚羊挂角眠，天马奔绝尘”一般，而不把诗歌写成草药方或豆腐账。

十八、固存

〔原文〕酒薄易酸，栋挠易动。固而存之，骨欲其重。视民不佻，沉沉为王。八十万人，九鼎抬扛。重而能行，乘百斛舟。重而不行，猴骑土牛。

〔译文〕味薄的酒容易发酸，弯曲的栋梁容易晃动。要使它稳固长存，骨架一定要重。德教彰明，可以让万民不逾于礼义的国君，其为人一定是稳重深沉的。传说夏禹铸的九鼎很重，八十万人才能扛得起。作诗既要沉静庄重，又要行文流动，就像乘坐载一万斗的大船行走一样。如果只是凝重而不流动，那就像猴子骑在土牛上，成了僵死呆板的东西了。

〔浅说〕风骨凝重，历来为文章高手所倡导。怎样才能做到“一言九鼎”，文风凝重老辣？集前人的某些经验，概略说来，是首先要使自己气度宏大，胆识过人，具有“迅雷灌于耳而不惧，泰山崩于前而不惊”的性格。其次，命意作文之时，遣词用句宜缓不宜急，宜疏不宜密，宜庄不宜谐，宜淡不宜艳，宜简不宜繁。字字锤炼，句句斟酌。怎样才能在凝重中求流动？要而言之，是应使文章神完气足，庄重而不呆滞，脉络贯通，舒卷自如，笔活意畅，凝重则如苍松挺立，流动则如山岳奔驰，庄严有如登坛拜帅，形声则似山鸣谷应。

十九、辨微

〔原文〕是新非纤，是淡非枯，是朴非拙，是健非粗。急宜判分，毫厘千里。勿混淄渑，勿眩朱紫，戒之戒之！贤智之过，老手颓唐，才人胆大。

〔译文〕新鲜的并非纤弱的，素淡的并非枯槁的，朴实的并非笨拙的，健壮的并非粗糙的。要细心分辨，否则差以毫厘，失之千里。不要朱紫不分，不要把同在山东的淄水和渑水混为一谈。一定要慎戒自己，不要自作聪明。有智慧的人产生过失，在老手来说往往是因为精神衰靡不振而失于检查，有才能的人则往往是因为过于自信而胆大心粗。

〔浅说〕过于自信，主观臆断，是写文章的大忌。心粗气浮，不辨菽麦，必然贻笑大方。天地之间，不同事物各有其特征。一棵树上万个树叶，大体相似而又各有差异。只有细心体察，善于从微小处分辨事物，才能准确地表现事物。这个道理并不难懂，难在认真去做，孜孜以求。

二十、澄滓

〔原文〕描诗者多，作诗者少。其故云何？渣滓不扫。糟去酒清，肉去洎馈。宁可不吟，不可附会。大官筵馔，何必横陈？老生常谈，嚼蜡难闻。

〔译文〕世人描诗的多，作诗的少，把一些诗叫“描诗”，是因为这类诗质地不纯，里面渣滓不少。除去糟粕酒才清冽，肉渣滤尽肉汁才纯美，才可以馈赠嘉宾。诗人宁可不吟诗，也不可牵强附会，粗制滥造。让人看诗如宴客，东西要精。排宴席尽管横陈二十四味，没有几味可口的，也不招人喜欢。下笔尽是老生常谈，味同嚼蜡，使人生厌，怎能算诗！

〔浅说〕要出精品，就要深加工。酒不提纯，难成佳酿；丝不精织，不成锦绣；玉不精雕，难成拱璧。诗是一切文字形式中最精练之物，岂能少了加工提纯的工夫。苏东坡说：“读破万卷诗愈美。”说的是“提纯”的前期准备。杜甫说：“语不惊人死不休。”说的是“提纯”要有高标准，要一生追求不止。斟酌再斟酌，锤炼再锤炼，精选再精选，才是作诗三昧。

二十一、斋心

〔原文〕诗如鼓琴，声声见心。心为人籁，诚中形外。我心清妥，语无烟火；我心缠绵，读者泫然。禅偈非佛，理障非儒。心之孔嘉，其言蔼如。

〔译文〕作诗如鼓琴，句句声声是心迹的表露。心主宰人的思维，发出的声音应该“诚于中而形于外”，表里一致。我的心灵清闲宁妥，发出的语言就没那么多烟火味；我心中缠绵悱恻，写出诗来就会使读者落泪。参禅念偈，并非就能成佛；义理不通，障碍重重，怎能成“儒”。心灵上修养的功夫深了，吐出言语就和蔼可亲。

〔浅说〕言为心声，“诚于中而形于外”，讲的是写文章要表达真实的思想感情。文章要感动他人，先得自己感动。于人于事，自己并无所感，或所感并不深切，先不要写。待到深有所感，深有所思之后，再发而不可止，一气呵成。蔡文姬的《胡笳十八拍》，读了感人至深，就因为作者写的是战乱之中一个弱女子半生的坎坷遭际和痛彻骨髓的感受。袁枚讲“斋心”，没有强调社会实践而重在潜心修养，有主观唯心论的色彩。其实，诗人只有深入到沸腾的社会生活中，才能通过大量激动人心的事例，获得心灵上的深切感受，进而执笔成诗，发出洪钟巨响，益人心智。

二十二、矜严

〔原文〕贵人举止，咳唾生风。优昙花开，半刻而终。我饮仙露，何必千钟？寸铁杀人，宁非英雄？博极而约，淡蕴于浓。若徒尨襍，非浮邱翁。

〔译文〕非凡的人，举止也非凡，就是咳嗽吐痰，也虎虎生风。昙花秀美异常，从不常驻，一开便了。能饮仙露，取其甘美，又何必一饮千钟？不必兴师动众，能以寸铁致敌人于死命，难道不是英雄？写诗也是这样，应该由博返约，以少胜多；由浓艳趋于淡雅，在淡雅中蕴藉着浓艳，如果光是逞博炫艳，杂乱交错，就不是有“仙气”的诗翁了。

〔浅说〕老太太唠家常，琐言琐事，没完没了，这种叙事方法，谁都知道不能用于写文章。但知道是一回事，实践往往又是另一回事。有些人是“博士卖驴”，下笔万言，尚无一字及驴。其原因，是自命不凡，或积习难改。匡救之道，是懂得作诗之道，在于“少则得，多则惑”。乾隆皇帝是中国留下诗歌最多的人，但人们记得的很少，因为写得欠精。李清照留下的诗词很少，但诗名远播，因为写得精。“大木百尺生远籁，朱弦三尺有遗音”。以少少许胜多多许，不要贪多务得，应成为诗家的座右铭。

二十三、藏拙

〔原文〕昼赢宵缩，天不两隆。如何弱手，好弯强弓？因謇徐言，因跛缓步。善藏其拙，巧乃益露。右师取败，敌必当王。霍王无短，是以无长。

〔译文〕白昼天长，夜间必短，老天爷也不能两全。为什么一些人本是弱手，却好挽强弓？因为口吃，所以慢慢讲话；因为腿跛，所以缓步行走。越善藏拙的人，他的机巧便越显露。春秋时晋楚城濮之战，楚国主将不知扬长避短，结果右路的军队先溃，吃了败仗，使晋国得以称霸。“人有所短，才能见其所长。像唐代霍王李元轨，因为无所不备，无所短，所以难以举所长。”

〔浅说〕所谓藏拙，就是扬长避短。人各有所长，各有所短。要藏拙，先要弄清自己“拙”在哪里。写文章，有的长于叙事，拙于抒情；有的气势磅礴，却疏于状物写景；有的笔触细腻非常，一毛一发不漏，却驾驭不了宏大事物。不妨请二三挚友，来个“会诊”。找出短处之后，再来个“四面楚歌”——自我纠偏、亲友挑剔、编辑砍杀、社会评判。这样反复磨练，就能扬长避短，变短为长。

二十四、神悟

〔原文〕鸟啼花落，皆与神通。人不能悟，付之飘风。惟我诗人，众妙扶智。但见性情，不著文字。宣尼偶过，童歌《沧浪》，闻之欣然，示我周行。

〔译文〕无论是鸟啼还是花落，都与造化相通。对这种自然现象，人们不留心领悟，往往让它们随风飘逝。唯有诗人，能够敏感地用心领悟大自然的众多奥妙，以增长自己的智力和表达才能。但是这种领悟往往只见之于诗人的性情，并不见其著之于文字。传说春秋时代孔子周游列国，偶然经过某地，童子便唱起《沧浪》之歌。这歌声听去使人欣欣然有欢愉之感，它启示我去寻求到达彼岸的最好方法与途径。

〔浅说〕古人作诗，讲究神韵，就是领悟于大自然与造化相通的风格和气韵。比如，古代有些诗人的作品，语言流转自然，格律和谐多变，“清水出芙蓉，天然去雕饰”，就是一种神韵。前人这方面的创作经验，我们今天若要借鉴，不外是要领悟大自然的万千景象，细致地把握其特征，并借用这众多的自然景象以表达思想感情。而在表达时，又力争天衣无缝，不落痕迹，使主观感情的流露与变化万千的自然景象的描述看上去浑然一体。这样的创作方法，在诗歌散文中比比皆是。一个人用这种方法久了，就会渐渐形成自己的韵味和风格。

二十五、即景

〔原文〕混元运物，流而不注。迎之未来，揽之已去。诗如化工，即景成趣。逝者如斯，有新无故。因物赋形，随影换步。彼胶柱者，将朝认暮。

〔译文〕宇宙间万事万物都在运动，变化不息，流动不止。有时你去迎它，它没有来；你想抓住它，它已逝去。写诗应与大自然的造化同工，即景抒情，相映成趣。江河流水不断逝去，天地间的事物不断更新。要把握眼前的景物，因原物而描摹其不同形状，随其流动的影子而变更步伐。墨守成规，把琴柱用胶粘死而学弹琴，不知权变，朝暮不分，能弹成什么曲调！

〔浅说〕做一切事，都不能用一成不变的模式去套客观事物，作诗尤其如此。同是写晚景，“落霞与孤鹜齐飞，秋水共长天一色”，描述的是自然美景；“夕阳无限好，只是近黄昏”，是诗人借景抒发内心隐微的哀叹；“老夫喜作黄昏赋，满目青山夕照明”，抒发的又是高亢愉悦的心境。所以有此差别，是景虽同而诗人的身世、感受各异。写晚景如此，写千差万别的自然景象，也应即景抒怀，使之各有千秋。“胶柱与刻舟，一生勤无益”，这是我们应该记取的。

二十六、勇改

〔原文〕千招不来，仓猝忽至。十年矜宠，一朝捐弃。人贵知足，惟学不然。人功不竭，天巧不传。知一重非，进一重境。亦有生金，一铸而定。

〔译文〕修改文章时，一个恰当的字句，有时你招呼它一千遍也不来，但仓促间又忽然而至。某些句子，你引为骄傲哪怕已有十年，但一旦发现它并不妥帖，就要毫不可惜地加以摒弃。一个人在别的方面贵在知足，唯有做学问不能这样。不竭尽功力，不能达到天然的巧妙。要时时寻求自己的不足，知道自己的一个不足，克服了就能进到一个新的境界。但也有的时候，写出来的东西就像铸炼金属一样，一次就定型，达到臻妙的地步。

〔浅说〕文章不怕百回改。“知一重非，进一重境”。只有改，才能去掉立论和论据方面的错误，站稳脚跟；只有改，才能在思想表达上避免浅薄、凌乱，做到鲜明、深刻、隽永；只有改，才能在结构上防止芜杂、散漫，做到严谨而条理分明；只有改，才能去掉可有可无的字句，使文句精练、准确。总之，只有勇于修改，文章才能佳妙。“勇改”是成功的必由之路。

二十七、著我

〔原文〕不学古人，法无一可。竟似古人，何处著我？字字古有，言言古无。吐故吸新，其庶几乎！孟学孔子，孔学周公，三人文章，颇不相同。

〔译文〕不学习古人，不容易找到方法。完全模仿古人，把自己放在哪儿？要无一个字无来历，而每句话又都不抄袭古人。懂得吐故吸新才算得上入门。孟子学孔子，孔子学周公，虽属师承，但三人的文章颇不相同。

〔浅说〕学习古人，要站着学，不要跪着学。拜倒在古人脚下，不敢仰视，食古不化，一味模仿前人，是很没有出息的。笔墨当随时代。借鉴古人的写作经验，目的在于少走弯路。要破陈规，去陈言，力争超过前人，创立新的流派和风格，写出无愧于时代的作品。即使在某些地方不能超过前人，也要独立行走，绝不能做只知拾人牙慧的子孙。

二十八、戒偏

〔原文〕抱杜尊韩，托足权门；苦守陶韦，贫贱骄人。偏则成魔，分唐界宋。霹雳一声，邹鲁不哄。江海虽大，岂无潇湘？突夏自幽，亦须庙堂。

〔译文〕写诗的人如果只是抱着杜甫，写文章的人如果只知推尊韩愈，就好比一生托足权门，终不能自辟蹊径。如果只是苦守着陶潜、韦应物的田园风格，就好比以贫贱骄人一样，同样失之偏颇。有了偏见，就必然像中了邪魔一样，将唐宋诗歌绝然分界，把前者说得不能再好，把后者说得一钱不值。有如霹雳惊天，孔孟使古代文教兴盛，但他们的学说是一致的。江海虽然浩大，难道就不需要潇湘的流水注入？高耸的大厦自然幽深，也仍然要有明堂之设。

〔浅说〕作诗写文章，师承前人，要力戒偏颇。如果只尊一家，只守一法，对天下百家视而不见，对众多的流派和风格一概加以贬斥，那无异是只见树木，不见森林，十分片面。作为后学者，只有去掉偏见，看到诸家的长处，学其所长而避其所短，兼收并蓄，才能充实自己。学习前人，有所偏爱是难免的，就像一个人饮食中会偏爱某种口味一样，但绝不能否定别家，抱残守缺，拒绝从更多的方面获得营养。“转益多师是我师”，杜甫正因为取这种学习前人的态度和方法，才卓然成为大家。去掉门户之见，博采众长，奋力创新，是做学问的正途。

二十九、割忍

〔原文〕叶多花蔽，词多语费。割之为佳，非忍不济。骊龙选珠，颗颗明丽。深夜九渊，一取万弃。知熟必避，知生必避。入人意中，出人头地。

〔译文〕叶子多了花儿被遮蔽，浮词多了是语言的浪费。去掉多余的言词，文章才能达于佳境，但非忍痛不能下手。骊龙之珠，颗颗明亮美丽，但在黑夜、在深渊，取一颗即可照明，多了全是累赘而应该舍弃。下笔时知道是太熟的词要避开，知道是生僻的词也要避开。这样，遣词造句才能中人之意，出人头地。

〔浅说〕去掉多余的字、词、句，“非忍不济”，说得十分中肯。搜索枯肠，绞了半天脑汁，好不容易得到几个“好句”，可是从整体看又属可有可无，要去掉它，没有忍痛割爱的劲头办不到。然而，唯有“忍痛”，长文才能短下来，才能惜墨如金，用最富于表现力而又十分准确的字句，以一当十地描摹事物，传情达意。这样做，自己虽然费去了许多时间和精力，别人却费时甚少而多有所得，这无异是使读者的生命增值。善写短文，功德无量！

三十、求友

〔原文〕游山先问，参禅贵印。闭门自高，吾斯未信，圣求童蒙，而况于我！低棋偶然，一着颇可。临池正领，倚镜装花。笑倩旁人，是耶非耶？

〔译文〕游山要先问路径，参禅贵在心心相印。关起门来不向别人学习，自以为老子天下第一，我就不信他有真本领。孔夫子号称圣人，尚且有不懂的东西，要求教于孩童，何况我们这样的平常人。做文章好比下棋，你的技艺本来低，但也可能偶尔有一两着棋子还可以，但不能以此自满。学习借鉴他人，才能纠正自己不对的地方，就像照着池水可以扶正衣领，对着镜子才能把花儿插在合适之处一样。耻笑虚心求教者为依傍别人搞写作，难道是对头的吗？

〔浅说〕学问学问，只有不耻下问，才能有真学问。做学问，任何人都离不开向师友求教。天下没有全智全能、无师自通的人。就是超群出类，大智大慧的人，也有不懂的东西，也必须求教于人。从某种意义上说，所谓大智大慧的人，只不过是更善于向别人学习罢了。文章千古事，经常与师友探讨问题，“如切如磋，如琢如磨”，才能获得真理，达于至善。满足于一得之功，一孔之见，自以为才高八斗，目空一切，是十分幼稚可笑的。人生在世，需要诤友，做学问尤其需要诤友。趾高气扬，友朋退避；虚怀若谷，处处有诤友。

三十一、拔萃

〔原文〕同锵玉佩，独姣宋朝；同歌《苕花》，独美孟姚。拔乎其萃，神理超超。布帛菽粟，终逊琼瑶。《折杨》《皇荂》，敢望钧《韶》？请披采衣，飞入丹霄。

〔译文〕同是佩玉鸣锵，独有宋朝（春秋时宋国公子）显出美男子的风采；同是唱《苕之华》的诗歌，独有孟姚（战国时赵武灵王后）最优美动听。他们是出类拔萃的男女。作诗也是这样，能够“拔乎其萃”，就会“神理超超”。布帛菽粟，终究不如玉液琼浆；《折杨柳》一类的歌儿，怎么敢望和钧天韶乐匹敌：诗人哪，努力超越时辈，使你的笔下华采荟萃。这样，你就能披上采衣，飞入丹霄。

〔浅说〕诗与一般文章的区别，好比刺绣与布匹。好的锦绣，要用上百种色丝，精工绣制。无百种色丝，就不成锦绣。因此，诗要有色，灿若天章云锦；若无色无味，不足以称诗。要写诗，就要像绣工先准备百种色丝那样，先给自己备下一枝五色笔，这就是要细致地观察生活，把自然多姿多彩的、变化万千的色调印入脑际；多读前人的优秀作品，借鉴其“着色”妙技；再勤于练习，做到下笔时“如芝兰，香不歇；如箫韶，声不绝；也有花，也有电，也有风，也有月；又温柔，又风流，又激切”。这就是袁枚说的“身披采衣，飞入丹霄”。

三十二、灭迹

〔原文〕织锦有迹，岂曰蕙娘？修月无痕，乃号吴刚。白傅改诗，不留一字。今读其诗，平平无异。意深词浅，思苦言甘。寥寥千年，此妙谁探？

〔译文〕织锦回文诗有斧凿痕迹，哪里能说是晋代苏蕙的作品？月中砍桂不见斧痕，所以才称作吴刚。唐代的太傅白居易改诗，不留下一个老妪听不懂的怪僻字句，今天我们读他的诗，看上去平实无异，其实这样的诗意深言浅，作者思想艰苦，才能有如此甘美的果实。在千年来的漫长岁月里，这样作诗的奥妙有谁去探索呢？

〔浅说〕袁枚在这里论述了一个道理：写东西要达到“意深词浅”，才堪称妙境。这样的作品，看似平常，其实很难做到。只有“衣带渐宽终不悔，为伊消得人憔悴”，思想上不畏艰苦，反复推敲，千虑百改，才能平淡如秋水，其深千百丈，以平易的形式表达深广的内容。还要像白居易那样，虚心向普通群众请教，把东西写得让普通老百姓都能听懂。在最平常不过的语言中表达最不平常的深刻含意，两者巧妙地统一，像“一丛深色花，十户中人赋”这样的诗句，非长期努力，使自己具有相当老辣的功夫是办不到的。

兴于社会底层 光耀中华大地

——《古今百家散曲钞》自序

书必有序，用以说明它问世的缘由，存世有何价值。

编就《古今百家散曲钞》，我决定自己写序。不由他人代庖，是因为自己做的事自己最清楚。我已到了垂暮之年，何以还要日日伏案，用放大镜照着"爬格子"，干这种"自讨苦吃"的事儿？其中缘由，我自己比局外人更易说得明白。

我要说的话，得分三个方面来说。

1. 散曲又称"清唱"，乃市井所唱小曲，它产生于民间，由社会底层兴起，最后成为元代文坛的主体，光耀中华大地。它是社会大变动的产物。当时蒙古族入主中原，统治者把人分为十等，读书人惨居"九儒十丐"之列（据有关史料，所分十等是：一官、二吏、三僧、四道、五医、六工、七猎、八民、九儒、十丐）。这一剧烈变动，把知识分子赶出了社会上层的"象牙塔"，使许多人沦落于社会低层，与贩夫走卒、勾栏歌女相伴。但"文章憎命达"，事物相反而相成。这种"九儒十丐"的局面，却带来了元曲的勃兴。知识分子们了解了民间疾苦，体察了社会的不平，发为诗歌，就使元曲得以容纳那种嬉笑怒骂、痛快淋漓、泼辣尖锐的内容，形成它显著的风格，成为中国封建社会中比诗词更具有人民性的诗歌样式。如元刘时中《上高监司》的套数，其中有这样一支单曲：

［叨叨令］有钱的贩米谷、置田庄，添生放；无钱的少过活，分骨肉，无承望。有钱的纳宠妾，买人口，偏兴旺；无钱的受饥馁，填沟壑，遭灾障。小民好苦也么哥！小民好苦也么哥！便秋收，鬻妻卖子家私丧！

此类作品，在元代散曲中比比皆是。

文人融入民间，体察百姓苦难，还使他们对社会历史进程的看法发生了改变。这种改变，在元代前期散曲家张养浩的作品中展现得最为显著。请看他的小令〔中吕·出坡羊〕《潼关怀古》：

峰峦如聚，波涛如怒，山河表里潼关路。望西都，意踟蹰。伤心秦汉经行处，宫阙万间都做了土。兴，百姓苦！亡，百姓苦！

这首小令，在中国数千年的诗歌史上前所未有。它从历代封建王朝的兴亡更替之中，揭示出王朝屡屡变换，而劳动人民遭受剥削压迫的苦难却从未更易的现实。百姓的苦难没有尽头，人何以堪？情何以堪？这首散曲，是对封建制度的谴责，是对被压迫人民命运的悲悯。

正是这类充溢人民性的篇章，使元代散曲异军突起，成为中国诗坛光照千秋的瑰宝。

2. 在1978年秋，当代散曲名家赵朴初先生的《片石集》刚一出版，笔者就购来阅读。这本书在序言中说："记得一九六五年春天，陈毅同志在一次谈话中对我说，毛主席曾向他讲到中国文艺改革以诗歌为最难，大约需要五十年的时间。"对于如何改革，赵朴初说："我认为，'曲'作为我国的一种传统诗歌形式，还是颇有可为的。对于创立我国的新诗歌，还是可以起帮助作用的。"

赵朴初此论，笔者深为赞同。长期以来，通过阅读历代存世散曲，并将它与诗词比较，进而研究曲坛专家的有关论述，还使笔者认识到，散曲有下述五项优长，十分值得今人在诗歌改革中学习借鉴：

其一，"曲"这种传统诗歌形式最能融入口语。中国古文以单音词为主，而当代语言以双音词为主。古典诗词都以单音词进行创作，到了今天，它便与流行语言产生巨大矛盾，形成文言脱离，背道而驰。散曲由于产生于民间，历来喜用平民百姓的口头语言，又可以使用衬字，这就使它在今天最能融入口语，做到在歌曲中使用的文辞与口语相统一。因此，学习借鉴散曲，最利于诗歌的改革，使之迈向适应现代生活的康庄大道。

其二，“曲”这种传统诗歌形式历来能俗能雅。在古典诗词中，尖新的语言，对社会黑暗和不公的深刻揭露，“下里巴人”的俚语俗言，不符合“温柔敦厚”的诗教，一出现便被视为“瑕疵”。散曲由于来自社会底层，从一开始，就不仅容许尖新、刻露、俚俗的词句存在，而且纳入上述词语的散曲，还被嘉许为“出色当行”。例如，元人张鸣善的〔双调.水仙子〕《讥时》“铺眉苫眼早三公，裸袖揎拳享万钟，胡言乱语成时用，大纲来都是哄。……五眼鸡岐山鸣凤，两头蛇南阳卧龙，三脚猫渭水飞熊。”它在散曲中可称绝唱，于诗词中则不合“诗教”。这个发展变化，就使散曲得以雅俗相济，既为文人学士所接受，又为平民百姓所欢迎。而雅俗共赏如同《红楼梦》中的歌曲一样，乃是文学创作所应追求的极终目的。

其三，“曲”这种传统诗歌形式，较之诗词，更为灵活自由。诗盛于唐，以五言、七言句式为主；词兴于宋，句子可长可短。这虽然是一个可喜的变化，但词每首却又篇幅固定，字句不容增减。它看似突破了某些局限，容易了些，但实际上却似宽实严(每个字都不许填错)，一般人更加不易掌握。而散曲的许多曲调，可以顺着旋律的往复、句数的多少自由增减，句子的字数也因可用衬字而可长可短。较之诗、词，它的灵活性与自由度大为增加。借鉴散曲的这个长处，显然有助于今日诗歌的改革与发展。

其四，“曲”的用韵可以平仄混押。韵文无论诗、词、曲、赋，都必押韵。但古典诗词，每首平仄韵不得通用，错用一韵，就贻笑大方。而散曲可以平仄混押，大大解放了作者手脚，使诗歌的路数更为宽广。借鉴这个长处，可使今人在写作时免除“韵律难通”的烦恼。

其五，历代的散曲名家，都有不少“自度曲”。这种“自度曲”，作者可以自己制腔，自己作词，只要便于歌唱，你便创制了新曲。无疑，学习历代众多“自度曲”的创新手法，也有利于今日诗歌的改革与发展。

3. 由于时代变异，辛亥革命之后到新中国成立之前，散曲作家的数量已远不如前，作品也难以寻觅（至今为止，还没有这一时期的散曲总集问世）。到了新中国成立后，能写散曲的人更是凤毛麟角，搜集其作品难如大海捞针。

尽管很难，笔者由于长期爱好读曲，因而对现当代的散曲作品，一直是孜孜以求。苍天不负苦心人，经过多年访求，还是搜集到不小的一批（选录本书的有34家93首/套）。从全书比例看，这个数量不小。这样做并非全属“厚今薄古”，而是因为反复研读这批作品，笔者发现它们有三点不容忽视：

第一，吟咏题目常为现当代的人和事（吊古之作也有，但不是主流）。因为时间隔得短，这些散曲更易为今人所接纳，作者所抒发的情感更与今人相通。适当多收，可产生“同声相应，同气相求”的效果。

第二，这部分散曲，不乏质量上乘之作。如由民国进人新中国的散曲女作家陈翠娜（1902—1968），在暮年写过一个套数，题名《自挽曲》，异彩纷呈，达人大观，语言新颖瑰奇，道前人所未道，看罢令人叫绝。还有，排例在本书之末、今年只有四十一岁，来自社会底层的当代诗坛奇人王洗尘，在他的《倒骑驴集》中，有散曲197首（本书选录14首）。其中的佳作，即使置于元、明、清大家的散曲之林中，亦可昂然挺立而无愧色。

第三，这部分散曲，对元明清三代的散曲既有继承，又有发展和嬗变。如兴起于清代早期、盛行于清代中后期、现当代仍在流传的八角鼓盆曲（还有京韵大鼓等），对历代散曲就有不少超越。它更适于今人吟唱，更加音韵悠长，更富人生哲理……它无疑是散曲的分支。若忽视它们，无异于有眼无珠，是不可允许的一大过错。

古谚云：“七十三，八十四，阎王不请自己去。”行文至此，笔者猛然想到，再过些日子，老朽我就到了该“自己去”的年龄上限。此时此刻，我想请苍天通融下：在这个“限令”中增入“出罢书”三个字，使之成为“七十三，八十四，出罢书，阎王不请自己去”。所以作此宽限的请求，是因为在我一生所写所编的二十三本书中，这本《古今百家散曲钞》最有味，不出版太遗憾。遗憾之最为巨大者，是假若有一天诺贝尔文学奖也颁发给已经“自己去”了的人，这本书中的一批作者极有资格成为得主。正像莎士比亚比英国当今任何作家都有资格得诺贝尔文学奖一样，中国作家该得奖的，更是死去的比活着的多。毕竟天道轮回，历代的关汉卿们，也该走出“九儒十丐”的阴影，改变被眼里只有“阳春白雪”的人歧视的命运，着实风光一把了。

以上拉杂写来，是为序。

2013年4月于北京

·杨子才四言咏史诗·

先　秦

黄　帝

以土为德，耕牧为本。教民蚕桑，以得饱暖。

制作杵臼，以利众人。重门击柝，以御暴狠。

服牛乘马，引重致远。刻木为舟，江河无间。

诛灭蚩尤，天下以宁。垂裳而治，泽流万年①。

炎　帝

神农姜姓，圣德齐天。教民辟居，为寻甘泉。

尝遍百草，治病救人，遇七十毒，无悔无怨。

始作耒耜，五谷播生，男耕女织，不用刑政。

日中为市，货物互换②。汉之祖先，炎黄并称。

帝　尧③

富而戒骄，贵而能俭。直木为椽，茅茨不翦。

北流共工，南放凶驩；西杀三苗，东殛鲧顽。

设官定制，选贤任能。导民立礼，诲以人伦。

年老德衰，被囚几年④？禅让之说，是耶非耶？

---

① 黄帝，《史记·五帝本纪》有传，亦可参见晋·皇甫谧《帝王世纪》。

② 炎帝，又称神农氏。事迹见《易·系辞下》，晋·皇甫谧《帝王世纪》、《商君书·画策》、《淮南子·修务训》，亦可参见《史记·五帝本纪》。

③ 帝尧，《史记·五帝本纪》有传。

④ 事迹见《古本竹书纪年辑校订补》。

帝　舜[1]

出身微贱，名以孝闻。耕于历山，厚德为仁；

二年聚邑，三年都成。惩处凶顽，征伐不顺。

无为而治，恭己正人。禹继大位，是禅是篡[2]？

死于苍梧，莫非流窜？二妃泪尽，竹染斑痕。

夏　禹[3]

不重尺璧，而爱寸阴。继鲧治水，十有三年，

凿山三百，导水三千，三过家门，不入不问，

手足胼胝，勤苦劳身。唯因有禹，人不没渊。

其仁可亲，其德厚焉。家有天下，立启兆端[4]。

商　汤

野见网祝，欲尽四方。解其三面，戒其贪妄。

左右高下，皆可飞翔。有犯命者，才入吾网。

德及禽兽，视民如伤。葛伯仇饷，伐其狡猖[5]。

夏桀无道，鸣条逐放[6]。五百余国，归于成汤。

伊　尹

陪嫁奴隶，位至阿衡。为王为帝，不动心田。

太甲不明，废居桐苑，以臣放君，不以为僭；

---

① 帝舜，《史记·五帝本纪》有传。

② 事迹见《古本竹书纪年辑校订补》。

③ 夏禹，《史记·夏本纪》中有传，亦可参阅《竹书纪年》《帝王世纪》。

④ “五帝官天下，三王家天下，家以传子，官以传贤。”（《汉书·盖宽饶传》）家天下，始于夏禹传位于其子启。

⑤ “有童子以黍肉饷，杀而夺之。《书》曰：葛伯仇饷。”（《孟子·滕文公下》）

⑥ 汤伐桀，“桀奔于鸣条，夏师败绩”。（《史记·殷本记》）

既放复立，不以为专。取信天下，端赖至诚。
或曰篡位，自王七年，后遭诛灭，是耶非耶[①]？

纣王

倒曳九牛，材力过人。好矜己能，饰非拒谏。
贪色淫乐，靡靡之音。以酒为池，悬肉为林。
男女裸逐，长夜之饮。狗马奇物，宫闱充仞。
箕子佯狂，比干剖心。兵士倒戈，鹿台自焚[②]。

妲己

天生丽质，姿色绝艳。百千宠爱，归于一身。
琼室瑶台，十年乃成。恃宠作恶，干法乱政。
所誉必贵，所憎无命。欲观七窍，比干诛殒。
炮烙之刑，见则开颜。悬首白旗，以明殷鉴[③]。

伯夷、叔齐

恶色目拒，恶声耳拒。不念旧恶，怨用是稀。
兄弟相让，千秋高义。闻其风者，顽廉懦立。
耻食周粟，首阳采薇。降志辱身，海枯不为。
求仁得仁，死而无悔。天道乖谬，善人不与[④]。

周文王[⑤]

有凤来仪，止于西岐。事老以敬，尊贤以礼。

---

① 伊尹，事迹见《史记·殷本纪》。被杀事，见《竹书纪年》辑本卷上。

② 纣王，其事见于《史记·殷本纪》。

③ 妲己，其事见于《史记·殷本纪》及汉·刘向《列女传》卷七。

④ 伯夷、叔齐，事见《史记·伯夷列传》。

⑤ 周文王，名姬昌，其事迹主要见于《史记·周本纪》。

待少以慈，鳏寡有依。百姓亲和，兼爱交利。

笃仁明德，罚慎刑稀。有生之年，四海欢愉。

身死之日，天下悲泣。祚延八百，不谓盛欤？！

吕　尚

非龙非螭，非虎非罴。八十西来，钓于渭滨。

为周尚父，天赐机遇。西伯幽囚，脱以奇计[①]。

多施阴谋，以倾商基，天下三分，二分附岐。

修德用武，《六韬》指归。东封于齐，因俗简礼，

为通工商，广利盐渔，民多归之，大国崛起[②]。

周武王

东向观兵，至于盟津。八百诸侯，相与会盟。

天时未就，罢兵养民。纣暴滋甚，誓师伐殷。

阵于牧野，一战定鼎[③]。纣臣亿万，亿万之心，

周臣三千，三千一心[④]。失人者亡，得人者兴。

周公旦[⑤]

百姓有过，在予一人。殷之遗民，勿杀勿问，

各居其宅，各田其田，无变其业，唯仁是亲[⑥]。

穷巷白屋，有贤必荐。布衣之士，师友成群。

---

① “周西伯拘羑里，散宜生、闳夭素知而招吕尚。……三人者为西伯求美女奇物，献之于纣，以赎西伯。西伯得以出，返国。”（《史记·齐太公世家》）

② 事迹见《史记·齐太公世家》。

③ 事迹见《史记·周本纪》。

④ 语出《管子·法禁》。

⑤ 周公旦，事迹见《史记·周本纪》。

⑥ 语见刘向《说苑·指武》。

握发吐哺[1]，天下归心。斯人厚德，周道以兴。

褒　姒[2]

褒国献女，美而有宠，芳华绝代，面若冰封，

封妃册后，从无笑容。欲尔启齿，万法皆空。

为博一笑，大举烟烽，戏弄诸侯，失信国中。

犬戎真至，幽王命终。西周王业，付与飘风。

卞　和[3]

卞和得璞，楚山之麓，献之厉王，刖其左足；

再献武王，又刖右足。指璞为石，贞士受诬。

抱璞泣血，天地悲呼。文王理璞，玉璧乃出。

人世英才，有如此璞，怀抱利器，常悲天瞽。

鲍叔牙

人之相知，贵相知心。多取非贪，知彼家贫；

多困非愚，知因时危；三仕三逐，命途乖戾；

三战三走，老母无依；不死幽辱，知其志伟[4]。

荐之齐桓，让以相位。天不生鲍，管如尘微。

管　仲[5]

能顺其美，善救其恶。论卑易行，政畅无讹。

首实仓廪，穷黎腹果；再张四维，民以亲和。

---

① 语见韩婴《韩诗外传》卷三。

② 褒姒，褒国人，姒姓。其事迹见《史记·周本纪》。

③ 卞和，春秋时楚人。事迹见《韩非子·和氏》。

④ 管鲍相知，事迹见《史记·管晏列传》。

⑤ 管仲，名夷吾，字仲。事迹见《史记·管晏列传》。

富国强兵，通财聚货。君臣相得，霸业辅佐。
一匡天下，诸侯九合。贤哉管子，智德巍峨。

竖刁、易牙

“自宫侍我，尚何疑耶？”“不爱其身，何有于君！”
“烹子食我，能不忠贞？”“不爱其子，何爱于君[①]！”
管仲既死，二奸复进，相与作乱，困杀齐桓；
虫流于尸，盖以扇门。千古遗训，亲贤远佞。

齐桓公[②]

君死未葬，唯位是争，杀兄而立，非义非仁。
因得管仲，霸业乃成，九盟诸侯，万姓咸尊。
夷吾一去，亲近奸佞。塞门筑墙，困尔宫苑，
饮食不与，死无人怜，尸虫出户，二月不敛。

弦　高

秦师袭郑，车三百乘。弦子路遇，情急智生。
肥牛十二，柔皮四件，伪犒孟明，饰以蜜言。
暗遣使者，飞奔告郑：厉兵秣马，缮甲守城。
奇袭无隙，孟明西还[③]。千秋应祀，爱国忠魂。

---

① 管仲将死，劝齐桓公逐二奸。前四句即为齐桓公与管仲对话主旨。（见《史记正义》卷三二）
② 春秋五霸之首。姜姓，名小白。事迹见《史记·齐太公世家》及《吕氏春秋·知接》。
③ 事迹见《春秋经传集解上》。

晋文公

退避三舍，先礼后阵[①]。攻原得卫，以信取胜[②]。
尚能用贤，修明内政。建立三军，节用固本[③]。
与块怀恨[④]，观裸衔愤[⑤]，睚眦必报，小怨不捐，
结衅残民，屡启战端。霸多道寡，何得曰“文”？

介之推

推不言禄，从者为言：龙欲上天，五蛇辅焉，
龙已升云，四蛇位尊；一蛇独遗，不见君恩[⑥]。
推偕老母，绵上隐遁。求之不获，烧死山间。
晋文德薄，忘怀故人。至今汾水，流淌悲怨。

秦穆公

西取由余，东得里奚，所用五子，皆非秦籍[⑦]。
能思己过，勇改不讳。眚不掩德，孟明归位[⑧]。

---

① 《左传·僖公二十三年》载，晋公子重耳逃亡至楚，楚王在接待时问：如能回国，何以报我？答曰：假若晋楚治兵，遇于中原，当退避三舍；若不获命，与君周旋。公元前632年，晋楚城濮之战，晋文公果然先下令退避三舍而后战。一舍为三十里。

② 晋文公攻原，约十日攻克，至期未克，宁罢兵，不愿失信。原人知其有信，降。卫人闻其有信，亦降。孔子闻而记之曰：“攻原得卫者，信也。”（《韩非子·外储说左上》）

③ 立上、中、下三军，自晋文公始。

④ 重耳出亡，过卫，出五鹿，乞食于野人，予以土块，重耳怒。称霸后报复，卫受祸尤烈。（事见《左传·僖公二十三、二十四年》及《左传纪事本末·晋文公之伯》）

⑤ 重耳出亡过曹，曹君闻其骈胁——肋骨紧密相接，趁其裸浴，迫近观看。晋文后称霸，囚曹君于晋阳，辱之。（同注④）

⑥ 事见《左传·僖公二十四年》及《史记·晋世家》。

⑦ 五子指由余、百里奚、蹇叔、丕豹、公孙支。（见李斯《谏逐客书》）

⑧ 秦穆公远道袭郑，师败，主将孟明等为晋所俘。孟明等归，穆公素服郊迎，哭曰：“孤之过也，大夫何罪？”并“不以一眚掩大德”，重用孟明，增修国政，遂霸西戎。（《见《左传·僖公三十二、三十三年，左传·文公一、二、三年》）

益国十二，拓地千里。晋地有馑，输粟赈济，
虽怨其君，悯其民饥[①]。天资仁厚，举动光伟。

百里奚

在虞虞亡，被掠为奴。由秦逃楚，不甘受辱。
五羖之皮，赎之于楚，七十之年，秦国是辅[②]。
安民何由？理同放牧：勿暴勿虐，使用有度，
食饮有时，履险周护。爱民如己，民安国裕[③]。

蹇　叔

平生知人，其心拳拳。里奚乞食，解其厄困；
止其勿仕，再脱其险[④]。老谋深算，料事如神。
苦谏远袭，获骂声声：尔何所知？早该入棺！
尔若中寿，墓木拱焉[⑤]！辅穆愈笃，霸业乃成。

由　余

"诗书礼乐，尚难抑乱；戎夷无此，何以为政？"
"上含淳德，以遇其下；下怀忠信，以事其上。
一国之治，如治一身。""上若骄淫，法度难行；
背义乖仁，其民必怨[⑥]。"贤哉由子，千秋伟论。

---

① 秦穆公助晋平乱，立夷吾；后夷吾背德，与秦战，被俘，穆公将其遣返。晋饥，又输粟以济。（见《左传纪事本末·秦穆公伯西戎》）

② 事迹见《史记·秦本纪》。

③ 事迹见刘向《说苑·臣术》。

④ 事迹见《史记·秦本纪》。

⑤ 事迹见《左传·僖公三十二年》。

⑥ 这是秦穆公与由余问答的主旨，并非一字不易的原话。事迹见《史记·秦本纪》。

九方皋[1]

万里跋涉，三月得骥，不识牝牡，不辨黄骊，
曰骊为黄，曰牡为牝。试以乘骑，一日千里。
忘乎其外，但见其内，鉴精遗粗，审其骏驽，
睹所当睹，瞽所当忽。相马如此，相人何殊？

楚庄王

“三年不飞，飞将冲天；三年不鸣，鸣将惊人[2]。”
观兵于周，问鼎中原。鼎系于德，德薄鼎迁[3]。
退而修德，选贤任能。外挫强晋，去郑复陈；
宋人析骨，彼诚我旋[4]。轻国重言，孔子称焉[5]。

祁　奚[6]

请老交符，劲节如初：不避其仇，外举解狐；
不避其亲，内举祁午。只知利国，亲仇岂顾。
狭邪不为，唯德为伍。正直方刚，天地所育。
肝胆何成？太行王屋。无偏无党，山河砥柱。

优　孟

叔敖身后，家境凄惶。优孟乔装，讽谏楚庄：

---

① 九方皋相马。（见《列子·说符》）
② 楚庄王语。（见《史记·楚世家》）
③ 事迹见《左传·宣公三年》。
④ 楚庄王战胜晋国，撤宋围，与郑和，复陈国。（见《史记·楚世家》《宋微子世家》《郑世家》《陈杞世家》）
⑤ 《史记·陈杞世家》：“孔子读史记至楚复陈，曰：贤哉楚庄王！轻千乘之国而重一言。”
⑥ 祁奚，春秋时晋人，为中军尉。其请老荐贤事见《左传·襄公三年》及《史记·晋世家》。解狐，祁奚之仇。祁午，其子。

贪吏余财，冠冕堂皇；叔敖为相，妻无完裳，
清廉事君，不如自戕。庄王感悟，恤彼忠良[①]。
优伶之兴，源远流长，移风易俗，仁厚是倡。

季　札

一让王位，退而耕桑；二次再让，亡之他邦；
僚死光立，责以义方。德比夷齐，贤名远扬。
北使诸国，智识深广，齐说晏平，晋勉叔向，
郑规子产，皆免祸殃。挂剑冢树，情透泉壤[②]。

子　产

苟利社稷，死生与之。仁而爱人，宽猛兼之。
不毁乡校，毁誉乐知：所善行之，所恶改之；
忠善损怨，作威难止；防口犹川，何如导之；
民之訾议，乃是吾师。身死之日，举国哭之[③]。

司马穰苴

受命伊始，家事不问；临军约束，忘其亲眷；
援桴鼓之，则忘其身。法斩贵族，军纪森严。
身同最下，资粮平分；士卒病痛，嘘寒问暖。
将士用命，为国干城。兵法传世，闳廓深远[④]。

---

① 优孟，春秋时楚国优人。（见《史记·滑稽列传》）

② 季札，春秋时吴王寿梦第四子。（见《左传·襄公十四年》《公羊传·襄公二十九年》及《史记·吴太伯世家》）

③ 子产（？—前522），春秋时郑人，相定、献、声公三朝。（见《左传》《史记·郑世家》《左传纪事本末·子产相郑》）

④ 司马穰苴，春秋时齐人，姓田，以功升任大司马，故称司马穰苴。战国时，齐威王命人整理其用兵之术，号曰《司马穰苴兵法》。（见《史记·司马》本传）

晏 婴[1]

平仲相齐，勇义笃礼。进思尽忠，退而省己。

食不重肉，妾不帛衣。节用爱人，其心耿耿。

有道顺命，无道衡命。崔杼弑君，杀气盈庭，

伏尸而哭，不畏奸佞。迁愿执鞭，所忻慕焉[2]。

孙 武[3]

南见阖闾，当面论兵。试之美女，法令是申，

吴宫娇娃，百八十人，分为二队，持戟前行。

三令不遵，斩姬以徇；肃然听命，如临战阵。

西破强楚，北威齐晋。修列《兵法》，千秋武圣。

伍子胥[4]

父诛兄歼，去国逃奔。昭关一夜，须发如银。

义气万古，江上丈人。乞食吴市，箫声哀怨。

掘墓鞭尸，独夫定谳。鸱夷浮江，抉目东门。

吴江楚水，同流悲恨。千秋犹祀，烈烈英魂。

伯 嚭[5]

勾践败危，厚币遗嚭，嚭为说项，越得生息。

既贪且奸，日谗子胥；赐剑属镂，子胥命毕。

吴天惨淡，吴地哀泣。勾践灭吴，数嚭之罪：

---

① 晏婴（？—前500），字平仲。春秋时齐人，事迹见《史记·管晏列传》。

② 末句为司马迁对晏子的赞语。

③ 孙武，春秋时齐人。杰出军事家，著有《孙子兵法》。其事迹见《史记·孙子吴起列传》。

④ 伍员（？—前484），字子胥。春秋末吴国大臣，原为楚国人。事见《史记》本传，亦见于《战国策》卷五。

⑤ 伯嚭，春秋末吴国太宰。其事见《史记·伍子胥列传》。

不忠其君，外受重贿。戮之于市，以警奸欺。

专　诸[①]

熊背虎膺，颡碓目深。气压三吴，临难无前。

能凌万夫，能下一人，其妻若呼，闻声即还。

王僚好味，炙鱼湖边，三月得味，鱼腹藏剑，

抽剑刺王，谋遂殒身。悲哉勇士，所死轻焉。

要　离[②]

为图庆忌，断臂诛妻。行刺水湄，反被执兮。

嘉尔勇烈，公子自殪。江乌哀鸣，山猿血泣。

要离抚膺，悲声责己：杀妻施谋，已不仁矣；

绝旧君嗣，其行非义。伏剑而死，以谢天地。

左丘明

巧言令色，平生所恨。万邦无仁，一腔悲愤。

退而论策，《国语》乃撰[③]。惧诸弟子，人人异端，

因著《左传》，存其本真[④]。大笔如椽，一字褒贬，

邪恶奸佞，知所惧焉。史学鼻祖，烛照先秦。

师　旷

乐关教化，可美心灵。亡国之音，勿奏勿听。

---

① 专诸（？—前515），春秋时吴国堂邑人。其事见《史记·刺客列传》及《吴越春秋·吴王僚五年》。

② 要离，春秋末吴国人。阖闾在刺死吴王僚，夺得王位之后，又与要离定计，要杀死僚之子庆忌。要离请阖闾断己右手，杀己妻子，装成得罪出逃，骗得庆忌信任，伺机于江中杀庆忌，不敌被执；庆忌嘉其勇烈，自杀。要离事成拒绝受赏，悲壮自杀。事见《吴越春秋·吴王阖闾三年》。

③ 见《汉书·司马迁传》。

④ 见《史记·十二诸侯年表》。

夜宿濮水，若闻鼓琴，状似鬼神，摹写曲成。
平公德薄，令奏此声。一奏鹤集，既舞且鸣；
奏之再三，屋瓦飞腾；晋国大旱，赤地三年[①]。

孔　子

有德无位，穷而常困。周游列国，畏匡危陈[②]，
其说不用，其道不行。凤鸟不至[③]，乃奋空言：
商订历史，而著六经[④]；有教无类，弟子三千。
圣之时者，金声玉振[⑤]。播洒光明，万世师尊。

陆　通[⑥]

天下无道，来世难期。福轻若羽，祸重九嶷。
慎言谨行，亦难免罪。桂香遭伐，漆贵割劈。
楚王来聘，笑而不语。与妻皆隐，躬耕自给。
食饱衣暖，其乐足矣。

豫　让[⑦]

智伯已死，头为饮器，誓杀襄子，以酬知己。
漆身为厉，去眉灭须。自刑变容，语音未异，

---

① 师旷，字子野，目盲，春秋时晋国乐师。（见《史记·乐书二》）

② 孔子（前551—前497），名丘，字仲尼。春秋末鲁国人。曾周游列国，畏于匡，厄于陈。（见《史记·孔子世家》）

③ “凤鸟不至，河不出图，吾已矣夫！”孔子自叹语。见《汉书·儒林传》。

④ 六经，指《易》《书》《诗》《礼》《乐》《春秋》。

⑤ 孟子对孔子的评语。（见《孟子·万章下》）

⑥ 陆通字接舆，春秋时楚人。楚昭王时，政令无常，他佯狂不仕，时人谓之楚狂，隐居峨眉，躬耕自食。（见《高士传》）

⑦ 豫让欲为智伯报仇，数次行刺赵襄子未遂。被执，求得襄子之衣而击之，随即伏剑而死。（见《战国策·赵策一》《史记·刺客列传》）

毅然吞炭，哑然永寂。桥下厕中，行刺未遂。
拔剑三跃，呼天击衣。自刎而死，赵人涕泣！

夫　差

有眼无珠，不识忠奸。欲释勾践，子胥苦谏；
听信伯嚭，纵虎归涧[1]。空国北征，子胥又谏：
鸟喙不死，腹心之患，纵然破齐，犹得石田；
再听嚭言，子胥伏剑。国灭身死，无面见员[2]。

勾　践

会稽战败，禹穴蒙耻。卧薪尝胆，不堕其志。
身自耕作，夫人自织。亲附百姓，振贫吊死。
折节下人，礼贤敬士。十年生聚，足兵足食。
风云变幻，蛰龙待时。存越沼吴，岂一西施[3]！

颜　回[4]

箪食瓢饮，陋巷坎坷，人不堪忧，不改其乐。
闻一得十，敏求好学，大智若愚，熟虑默觉。
乃心归仁，不违不悖，不迁己怒，不二己过。
孔门高足，行笃立卓。世乱道穷，屡空奈何？！

① 吴王夫差二年，勾践战败，只剩余兵五千，以厚币遗吴太宰伯嚭请和，伍子胥谏夫差：今日不灭，后必悔之。吴王不听。

② 夫差七年，吴王将北伐，勾践用子贡之谋，率众助吴，而以重宝赂于伯嚭。伍子胥苦谏：夫越乃腹心之病；破齐，辟犹石田，无所用之。夫差又听伯嚭。后勾践灭吴，夫差自杀。事见《史记·吴太伯世家》、《越王勾践世家》、《伍子胥列传》及《国语·吴语》。

③ 事迹见《史记·越王勾践世家》。

④ 颜回（前521—前490），字子渊。春秋末鲁国人，安贫乐道，在孔门中以德行著称。年二十九，发尽白，早死，后世儒家尊其为“复圣”。其事迹见《史记·仲尼弟子列传》及《论语·颜渊》等章。

卜　商[1]

笃志博学，近思切问。学优求仕，仕优学焉。

不为小儒，不矜其名。望之俨然，即之也温。

有始有终，德不逾闲[2]。言而有信，交友以诚。

教授河西，王者师尊。子死心伤，泪尽失明。

子　贡[3]

善于货殖，金生银生。口有才辩，料事如神。

既仕必达，权重位尊。聘享诸侯，驷马驰骋。

列国之君，抗礼分庭。得势日张，儒门以显。

回也屡困，赐也屡胜[4]。肥死官商，饿煞书生！

曾　参[5]

尝仕为吏，禄只斗升，欣欣而喜，可以养亲；

游越官尊，堂高九仞，北向而泣，不见其亲[6]。

至孝至纯，《孝经》乃撰。学道忠恕，一日三省，

一以贯之，慎终追远，如履薄冰，如临深渊。

---

① 卜商（前507—前446），又名子夏，卫人，孔子门生。魏文侯、魏相李悝、名将吴起，都是他的学生。其事迹见《史记·仲尼弟子列传》及《论语·子张》等章。

② 闲，范围，不逾闲，即不逾规范。

③ 子贡（前520—？），姓端木，名赐，子贡是他的字。卫国人。孔子弟子，善货殖，家累千金。游说诸侯，为官通显，曾相鲁、卫等国。（见《史记·仲尼弟子列传》《史记·货殖列传》）

④ 《汉书·货殖传》载："孔子贤颜渊而议子贡，曰：回也其庶乎，屡空。赐不受命，而货殖焉，意则屡中。"

⑤ 曾参（前505—前534），字子舆。春秋鲁国人。孔子弟子。以孝行著称，作《孝经》。后世尊他为"宗圣"。其事迹见《史记·仲尼弟子列传》及《论语·学而》等章。

⑥ 见《史记》卷六七《正义》所引《韩诗外传》。

李　耳[1]

天生万物，不假人手。道法自然，清静是守。

无为权首，将受其咎。人皆取先，己独取后。

弱能胜强，刚克于柔[2]。告语孔子，多欲多忧，

态色淫志，皆须去休。著五千言，函谷出走。

范　蠡[3]

待时受辱，佐越灭吴。兔死狗烹，鸟尽弓储。

长颈鸟喙，难共安处。身携西子，泛舟五湖，

相位敝屣，乐为耕夫。继而货殖，更名陶朱。

用舍进退，从容自如。薪接函关，风高千古。

西　施[4]

一充诱饵，永别乡里。遍身绮罗，抛却故衣，

竟日歌舞，浣纱业弃。光艳绝世，夫差迷醉；

忘其百姓，骄奢淫逸，诛忠灭良，憎辅远弼。

人自作孽，天不能与。说尔沼吴，演义而已！

---

① 李耳字伯阳，又称老聃。楚苦县人。曾为东周守藏室之史。周道衰，西出函关，不知所终。出关前，应关令尹喜之请，著《道德经》五千言。（见《史记·老子韩非列传》）

② 章太炎云：老子以卑弱自持。所云“无为权首，将受其咎”，“人皆取先，己独取后”，实以表其征。又云：学老子之术者，范蠡、张良，皆为辅佐，不为帝王，皆惕然于权首之戒。孔子受学老聃，故儒家所希，亦只在王佐，可谓不背其师说。章氏又曰：力不能取，而以智取，去力任智，以诈取人。“弱之用强，柔之胜刚，天下莫不知。”老氏学术，尽于此矣。（见《章太炎选集·论诸子学》）

③ 范蠡，又名陶朱公，亦称鸱夷子皮。春秋时楚人。佐越灭吴，功成离去，至齐之海滨，父子耕作。后至陶，经商致富，又散财济贫，隐逸而终。《史记·越王勾践世家》《货殖列传》《国语·越语下》载其事迹。

④ 西施，又称西子，春秋末越人，鬻薪人之女。勾践战败，命范蠡取西施献于吴王夫差。（见《吴越春秋》《越绝书》）

伯　牙[1]

伯牙善琴，子期知音。在山一隅，岱顶白云，

齐烟九点，沃野青青；在水一方，江汉之滨，

奔流万里，永无止停。无声不闻，是隐能明。

得友死讯，绝弦擗琴，知音已矣，知心绝矣！

墨　翟[2]

民无终贱，官无常贵。饥者得食，寒者得衣，

人足家给，劳者得息。爱无差等，兼爱交利。

节用强本，天下同力。非攻是倡，黩武是鄙[3]。

摩顶放踵，兴利除弊[4]。巍巍墨子，孔老不逮[5]！

扁　鹊[6]

察颜观色，肺腑尽见。得其机先，妙手回春。

赵简子疾，一视而痊。虢太子死，令其回生。

齐桓忌医，命丧黄泉。名闻天下，战国医圣。

太医嫉贤，使人杀扁[7]。其术永绝，千秋遗恨。

---

① 伯牙，春秋时音乐家，琴艺高绝。《水仙操》《高山流水》即其作品。事见《列子·汤问》、《荀子·劝学》及汉代刘向《说苑·谈丛》。

② 墨翟（约前468—前375），春秋战国之际思想家、政治家，墨家的创始人。相传原为宋国人，后居鲁国。著有《墨子》。

③ 以上均为墨子的主张与理想。（见《墨子》）

④ “兴天下之利，除天下之害”，是墨子力行实践的人生标准。

⑤ 章太炎说：“虽然，墨子之学诚有不逮孔、老者，其道德则非孔、老所敢窥视也。”（《章太炎选集·论诸子学》）

⑥ 扁鹊姬姓，秦氏，名越人。我国著名医学家，“扁鹊”是人们对他的尊称。

⑦ 他的神奇医术及他被秦太医令李醯杀害事见《史记·扁鹊仓公列传》。

白　圭[1]

货殖为业，有智方神。吕尚之谋，孙吴之阵，
商鞅之法，尽在权变。万流归宗，取予之间，
人弃我取，人取予焉。因时制宜，预察机先，
岁熟入谷，天寒售棉。四海商贾，唯尔是尊。

聂　政[2]

事亲纯孝，彰大人伦；临财守廉，贫不辱身；
其死勇烈，惊鬼泣神。若死国难，千秋英魂；
若为民死，义薄云天。硁硁小哉，严侠之争，
无是无非，无义无仁，为此而死，鸿毛之轻。

西门豹[3]

年年岁岁，花轿床缛，浮之河上，好女漂没。
夷宫鬼笑，邺城人哭[4]。痛治胥巫，投之渊潴。
邪恶既除，导民改土，凿渠十二，广灌田亩，
家给人足，村社箫鼓。漳水千秋，讴歌相续。

---

① 白圭，战国周人，名丹，字圭。有商家鼻祖之称。其事迹见《史记·货殖列传》。

② 聂政（？—前397年），战国时韩国轵邑深井里人。事母孝，临财廉，重然诺。严遂与韩相侠累争权结怨，聂政为报答严遂知遇之恩，刺死侠累后自杀，其状惨烈，名闻诸侯。事见《战国策·韩策》《史记·刺客列传》。

③ 西门豹，战国魏文侯时为邺令。破除"河伯娶妇"的迷信，开水渠十二条，导民改良土壤，名闻天下。其事迹见《史记·滑稽列传》。

④ 《史记·正义》："河伯，华阴潼乡人，姓冯氏，名夷。浴于河中而溺死，遂为河伯也。"夷宫，指河伯冯夷之宫。

李　悝[1]

籴贵伤民，谷贱农苦。民伤则离，农苦国芜。
什一之税，民农两苏。小中大饥，上中下熟，
增减税赋，使民适足。不殊贵贱，不别亲疏，
一断于法，四民安堵。赋平法明，兵强国富。

吴　起[2]

山河壮丽，德是根基，德政不修，人尽为敌。
贵为将帅，吮卒之疽；与卒同食，行不乘骑，
分其劳苦，卧不设席。文韬武略，穰苴弗及。
杀妻求将，母死不归。千古忍人，为世所讥。

淳于髡[3]

国有大鸟，止于宫殿，不飞不鸣，年复一年，
沉缅若醉，是何鸟焉？谈言微中，齐王猛省。
不飞则已，一飞冲天，不鸣则已，一鸣惊人。
兴利除弊，敬士礼贤。富国强兵，威加中原。

邹　忌[4]

私我者谀，畏我者谝，求我者谄，俱是诳言。

---

① 李悝（？—约前395），战国时魏人。相魏文侯，富国强兵。著《法经》六篇。（见《汉书·食货志》及《唐律疏议》卷一）

② 吴起（？—前381），战国卫人。著名军事家。（见《史记·孙子吴起列传》）

③ 淳于髡，战国齐国稷下学者，以博学、滑稽多辩著称。曾用隐语讽谏齐威王罢长夜之饮，励精图治，使齐国日强，成为中原霸主。事见《史记·滑稽列传》《战国策·齐策三》等。

④ 邹忌，战国时为齐相，劝说齐威王纳谏，曰："臣诚知不如徐公美，臣之妻私臣，臣之妾畏臣，臣之客欲有求于臣，皆以美于徐公。……宫妇左右，莫不私王；朝廷之臣，莫不畏王；四境之内，莫不有求于王。由此观之，王之蔽甚矣！"（见《战国策·齐策一》）

四海之内，宫妇朝臣，畏王求王，颂声盈天。
齐王知蔽，下令进谏：上书谤议，面刺寡人，
直言无讳，以成善政。美哉邹子，务实求真。

孙　膑[①]

以我下驷，对彼上驷，以我上驷，对彼中驷，
以我中驷，对彼下驷，三辈驰毕，千金果致。
为王者师，韬略盖世。批亢捣虚，邯郸围释；
减灶示怯，庞涓乃死。智大膑足，悲哉孙子！

杨　朱[②]

墨子兼爱，苍生为怀。杨朱为我，乱世自摄。
不入危城，不处兵革。拔取一毛，何惜何缺？
若利天下，吾不为也。全性葆真，勿舍勿得。
霸主灭国，杀人盈野，其行其德，愧杨多矣！

慎　到[③]

非自天降，非从地生，法出人间，合乎人心。
法不遗爱，官不私亲，不阿权贵，唯法是听，
事断于法，坎坷得平；曲法徇私，其乱难靖，
官清法明，天下归心。贤哉慎子，正道直行。

---

① 孙膑，战国军事家。齐国阿人，孙武后裔。齐威王时，为齐军师。著有《孙膑兵法》。其事迹见《史记·孙子吴起列传》。

② 杨朱，字子居，战国时人。生平不详。其思想学说，散见于《孟子·尽心》《庄子·骈拇》《韩非子·显学》《淮南子·氾训论》等篇章。

③ 慎到（约前395—前315），战国赵人。学黄老道德之术，著十二论，现存《慎子》残卷十篇。《史记》卷七四有传。

商　鞅[1]

身无二虑，尽公无私。信赏必罚，与民更始。

一视同仁，不阿权势。法出奸息，令行禁止。

外重战赏，内急耕织。兵动地广，兵休廪实。

长雄诸侯，崤函磐石。抱恨终天，五马分尸。

孟　轲[2]

业继孔儒，极于至精。论述大同，天下为心。

宗王贱霸，民贵君轻。悯人忧世，欲济苍生。

经世致用，倡义崇仁。浩然之气，养志存真。

可励高节，可抗浮云。卓立千秋，与孔并尊。

齐威王[3]

即墨大夫，劝民耕锄，家给人足，毁言如注。

其不求誉，封之万户。阿之大夫，田野荒芜，

民人贫苦，誉言盈府。其事虚妄，享以刀斧。

齐国震惧，唯实是务。诸侯闻之，不敢加侮。

颜　斶[4]

王曰："斶前"，斶曰："王前"。

---

① 商鞅（约前390—前338），姓公孙氏，名鞅，亦称卫鞅。战国时政治家。由卫入秦，官至大良造。两次变法，使秦臻于富强，因战功封商十五邑，号商君，因称商鞅。今存《商君书》二十四篇。（见《史记·商君列传》）

② 孟轲（约前372—前289），字子舆，战国邹人。受业子思之门人。曾以仁义游说多国。退居邹，教授门徒。著有《孟子》。《史记》卷七四有传。

③ 齐威王（？—前320），战国时齐君，田氏，名因齐。公元前356—前320年在位。他改革政治，国力日强。（见《史记·田敬仲完世家》）

④ 颜斶，战国齐人。善理辩，劝齐宣王礼贤贵士。宣王请纳为弟子，许以富贵，斶辞谢，隐居不仕。

斶前慕势，王前趋士，与其慕势，不如趋士[1]。
上尊下卑，特权高世。官贵民贱，倒行逆施。
残民以逞，剥夺营私。怒而反抗，庄跻盗跖。
将相无种，纪元新诗[2]。

张　仪[3]

楚相亡璧，笞仪百数；体无完肤，舌在已足[4]。
游说相秦，檄文告楚：吾未盗璧，笞我何毒？
善守汝国，吾且盗楚！[5]破坏合纵，饰辩虚浮，
阴谋频施，连横之术。倾危之士，富贵是图。

赵武灵王[6]

学古之法，不足制今。胶柱鼓瑟，有何足听？
反古非谬，泥古顽冥。照书而御，不谙马情。
境异变生，事异礼新；若能便国，法古何心？
胡服骑射，赵国以兴。饿死沙丘，游魂悲吟。

---

① “齐宣王见颜斶，曰：‘斶前！’斶亦曰：‘王前！’”二人辩论，颜斶说他向前是“慕势”，宣王向前是“趋士”。经过一番论理，宣王悦服。（见《战国策·齐策四》）

② 毛泽东《浣溪沙·和柳亚子先生》词云：“颜斶齐王各命前，多年矛盾廓无边，而今一扫纪新元。”颜斶与齐王关于“王贵”还是“士贵”的争论，是阶级社会永远解决不了的矛盾。只有到了人民当家作主的历史新纪元，这个矛盾才能从根本上得到解决。

③ 张仪（？—前310），战国纵横家。魏人，首创连横，秦惠王时为相，封武信君。《史记》卷七十有传。

④ 事迹见《史记·张仪列传》。

⑤ “张仪既相秦，为文檄告楚相曰：‘吾始从若饮，我不盗而璧，若笞我。若善守汝国，我顾且盗而城！’”（见《史记·张仪列传》）

⑥ 赵武灵王（？—前295），战国时赵国君。公元前385至前299年在位，曾改革军事，改穿胡服，学习骑射，国势日强。后传位于子，自称主父。因内讧，被李兑围困于沙丘宫，饿死。（见《史记·赵世家》）

庄　周①

道德夷陵，谲诈满眼，质朴并散，趋利殒身。
悯彼苍生，挥毫漆园。熙乎淡泊，游乎混沌，
自然无为，逍遥旨远。人寰至论，象外微言，
绵邈清遐，去埃绝尘。百子英华②，千秋哲人！

苏　秦③

出游数岁，大困而还，嫂妹窃笑，妻不下纴，
悬梁刺股，取书遍观。再说诸侯，三寸舌辩，
六国从亲，相位俱兼。秦人关闭，十有五年。
桑户之子，穷极思变，抗暴扶弱，岂可小耶？

孟尝君④

贵胄之门，养士三千。无贵无贱，万里来奔，
鸡鸣狗盗，魏子冯谖⑤，窃白狐裘，脱难于秦。
市义焚券，彰尔善声。“渺小丈夫”，观者戏言，
怒而杀人，遂灭一县⑥。凶残如是，仁义何存？

---

① 庄周（约前369—前286），即庄子。战国时宋国蒙人。做过蒙地的漆园吏。著《庄子》。《史记》卷六三有传。

② 曾国藩说：“《庄子》，诸子之英华也。”见于《曾国藩家书》。

③ 苏秦（？—前284），战国著名纵横家。东周洛阳人，字季子。游说赵、魏、韩、齐、燕、楚从亲。他为合纵约长，并相六国。因此，“秦兵不敢窥函谷关十五年”。见《史记·苏秦列传》及《战国策·秦策一》。

④ 战国齐宗室大臣。袭封于薛，称薛公，号孟尝君，为“战国四君子”之一。他轻财下士，招致天下任侠奸人，凡六万余家。曾相齐、魏。《史记》卷七五有传。

⑤ 魏子、冯谖，为孟尝君门下有见识者。

⑥ 《史记·孟尝君列传》载：“过赵，……赵人闻孟尝君贤，出观之，皆笑曰：‘始以薛公为魁然也，今视之，乃眇小丈夫耳。’孟尝君闻之，怒。客与俱者下，斫击杀数百人，遂灭一县以去。”

冯　谖[1]

弹剑作歌，声声传怨：食无鱼兮，出无车焉，
无以为家，此身难存。收债于薛，矫命焚券。
归来何疾？市义而还。狗马外厩，美人下陈，
宫多珍宝，所寡唯仁。为营三窟，死里逃生。

唐　雎[2]

秦欲得地，唐子西出。秦王逞威，吼声震屋：
"伏尸百万，天子之怒，流血千里，人泣鬼哭！"
"伏尸二人，乃士之怒，流血五步，天下缟素！"
秦王色挠，小国安堵。贤哉唐子，使命不辱。

屈　原[3]

忠贞之质，俊彦之英。愁神苦思，忧国忧民。
直若砥石，言吐丹心。子兰奸谗，怀王不明。
报效无门，血泪成吟：《离骚》《天问》，《招魂》《哀郢》。
抱石怀沙，汨罗自殉。楚山楚水，世世悲君！

宋　玉[4]

楚王问难，宋玉解纷。凤飞苍穹，足乱浮云；

---

① 冯谖，也作冯驩、冯煖。战国齐人，孟尝君门下食客。曾收债于薛，矫命焚券，免除贫者债务。后孟尝君得罪国君，归薛，民众扶老携幼相迎。（见《史记·孟尝君列传》《战国策·齐策四》）

② 唐雎，本作唐且。战国魏人。公元前225年，秦灭魏，诈称"欲以五百里之地易安陵"（安陵之地只五十里）。安陵君使唐雎往说秦王，得免。（见《战国策·魏策四》）

③ 屈原（前340—前278），名平，字原，楚之同姓。曾任三闾大夫、左徒，因遭谗被流放。秦军破郢，复国无望，投江殉国。其著作《离骚》、《天问》等，后世视为瑰宝。（见《史记·屈贾列传》）

④ 宋玉，战国楚郢都人。为顷襄王小臣，怀才不遇，志不得申。传世作品有《九辩》等。本诗所据，为《宋玉对楚王问》。

藩篱之鹦，难向高天。鲲发昆仑，暮至东溟；
尺泽之鲵，怎量海深？《阳春》《白雪》，歌者几人；
《下里》《巴人》，和者数千。才智难齐，云泥两分。

鲁仲连

田单问战，鲁连答焉。昔守即墨，将军舍生，
士众同仇，泣奋而前，败亡余卒，破燕万乘。
今日攻狄，将军乐生，黄金横带，封地连绵，
上无死志，下不履险。亲冒矢石，乃可摧坚①。

范　睢②

诚而遭诬，胁折齿摧，佯死厕中，宾客尿溺。
更名张禄，入秦羁旅，取位卿相，说行计立。
远交近攻，破赵杀起③。一饭必偿，须贾之绨；
睚眦必报，魏齐头离。困厄塑人，弃悫取危。

廉　颇④

过而能改，肉袒负荆。将相和睦，西慑强秦。
干城弃毁，小儿将兵⑤。再遭罢黜，南入魏境⑥。

---

① 鲁仲连，又称鲁连，鲁仲子。战国齐人，不肯做官，周游列国，排难解纷。最著名者为“义不帝秦”之事。见《史记·平原君列传》。本诗取材于《战国策·齐策六》。

② 范雎（？—前255），战国时秦相。字叔，一作范且。本魏人，受诬遭辱，佯死脱身。西入秦，献远交近攻之策。事见《史记·范雎蔡泽列传》。

③ 长平之战后，范雎“与武安君白起有隙，言而杀之”。（见《史记》卷七九）

④ 廉颇，战国赵将。前251年，任相国，封信平君。《史记》卷八一有传。

⑤ “小儿”，指赵括。长平之战，赵国中秦人反间之计，由赵括代廉颇为将。“括军败，数十万之众遂降秦，秦悉坑之。”（见《史记·廉颇蔺相如列传》

⑥ “赵孝成王卒，子悼襄王立，使乐乘（本为燕将，被廉颇战败俘获者）代廉颇。廉颇怒，攻乐乘，……遂奔魏。”（同上）

赵人思颇，颇思旧井。仇人行贿，使者相倾：
善饭多屎，顷之三遗[①]。客死他乡，孤魂无依。

蔺相如[②]

睨柱吞嬴，冲冠发立。威信敌国，终得完璧。
五步之内，血可溅及，秦王击缶，渑池之会[③]。
能下廉颇，深巷车回；非因畏懦，内斗国危。
名重泰山，智勇兼备。千载之下，人仰高义。

乐　毅[④]

昭王礼贤，黄金台立。乐毅之燕，合纵伐齐，
下七十城，拓疆千里。骑劫代将，丧师失地。
逃死寄书，拳拳致意。君子交绝，口无恶语；
去国存身，不自雪洗。怨而不怒，高世之谊。

田　单[⑤]

璞藏于石，身为市掾。国有大难，英才乃现。

---

① “赵以数困于秦兵，赵王思复得廉颇，廉颇亦思复用于赵。廉颇之仇郭开多与使者金，令毁之。……赵使还报王曰‘廉将军虽老，尚善饭，然与臣坐，顷之三遗矢（屎）矣。’”

② 蔺相如，战国赵人。赵惠文王时，赵得楚和氏璧。秦昭王欲“以十五城易璧”。相如使秦，智勇兼用，完璧归赵。前279年，秦赵会于渑池。相如随侍孝成王，面斥强秦，不辱国体。有功，任上卿。退让廉颇，二人遂成刎颈之交。《史记》卷八一有传。

③ 《史记·廉颇蔺相如传》载：“会渑池。秦王饮酒酣，曰：‘寡人窃闻赵王好音，请奏瑟。’赵王鼓瑟。……蔺相如前曰：‘赵王窃闻秦王善为秦声，请奏盆缶……，以相娱乐。’秦王怒，不许。……相如曰：‘五步之内，相如请得以颈血溅大王矣！’左右欲刃相如，相如张目叱之，左右皆靡。于是秦王不怿，为一击缶。”

④ 乐毅，战国燕将。灵寿人。前284年，以伐齐之功封昌国，号昌国君。惠王新立，与毅有隙，听信反间之言，以为他欲自王于齐。逃死前往赵国，作《报燕王书》致意。（见《史记·乐毅列传》）

⑤ 田单，战国齐将。临淄人，初为市掾。公元前279年，以火牛阵破燕军，收复七十余城。后任相国，封安平君。《史记》卷八二有传。

激励士民，不共戴天。亲操版锸，劳苦同分。
火牛龙文，大败燕人，收复失地，七十余城。
出奇无穷，哀兵取胜。至今即墨，敬牛如神。

赵　奢[①]

道远险狭，将勇者胜。秦攻武安，屋瓦尽震。
示怯不进，二十八天；既而疾趋，筑垒敌前。
卑者忧国，许历进谏：厚集我阵，北山据险。
奢纳此言，大败秦人。贤哉马服，赵国干城。

李　冰[②]

李冰父子，治水如神。“遇弯截角，逢正抽心”[③]。
离堆是凿，青衣辟焉[④]。深淘其滩，低处作堰[⑤]。
灌渠纵横，千里沃原。水旱不忧，岁无饥馑。
百姓安乐，天府得名。伟哉李氏，大禹之伦。

毛　遂[⑥]

赵楚合纵，久议未臻。毛遂上殿，楚王叱焉。
遂张怒目，按剑而前：十步飞铗，王血必溅，
吾君在此，何叱之甚？三寸之舌，胜兵万乘。

---

① 赵奢，战国赵将。与秦军战，采纳军士许历的意见，大获全胜。这是战争史上有关军事民主的最早记载之一。公元前270年，赵奢以战功封马服君。《史记》卷八一有传。

② 李冰，战国秦人。约前256—前251年任蜀郡守。父子相继，治水泯江流域，修都江堰，功垂千秋。

③ 相传此乃李冰治水的八字方针。

④ “青衣”，指青衣江。

⑤ “深淘滩，低作堰”，是李冰治水的岁修指南。

⑥ 毛遂，战国时赵人，平原君所养之士。公元前259年，秦围邯郸，平原君使楚求救，毛遂自荐随行。谈判中，毛遂挺身而出，按剑上前，直陈利害，说服楚王与赵国合纵。（见《史记·平原君列传》）

狗马血来，顷俄定盟。锥处囊中，其末立见。

赵　括[1]

过目成诵，日读万行，纸上谈兵，天下莫当。
受命为将，威风满堂，军吏股栗，不敢仰望；
田宅玉帛，广购深藏。长平之战，举措乖张，
四十万众，一朝覆亡，尸满坑谷，鬼啸太行。

白　起[2]

一代名将，智勇无敌。临阵合变，谋深计奇。
百战之功，吕望不逮。杀人如麻，拔城破邑，
四十万人，坑之无余。君恩寡薄，一朝摒弃，
杜邮赐剑，死非其罪。秦人怜之，乡里祀祭。

王　翦[3]

空国之甲，率而南征。日请池园，遗之子孙；
兵已至楚，信使五遣，广求善田，多而不厌。
秦王释疑，得下楚城。惜哉所谋，其虑也浅。
秦之所缺，在德与仁，何不谏此，以固根本。

---

① 赵括，战国赵将马服君赵奢之子，人称马服子。熟读兵书，夸夸其谈。长平战败，使赵国元气大伤。（见《史记·廉颇蔺相如列传》）

② 白起（？—前257），战国秦之名将。郿（今眉县）人。以战功封武安君。后被赐死。（见《史记·白起王翦列传》）

③ 王翦，战国末秦将。频阳（今陕西富平）人。伐楚之时，秦王空秦国甲士而付之。他多求田宅池园，以释秦王之疑，使军事行动得以成功。（见《史记·白起王翦列传》）

侯　嬴[1]

七十之年，身修家贫，抱关击柝，隐于市井。

将相满堂，虚席待嬴，公子执辔，所慕所忻。

临难献计，盗符将兵；椎杀晋鄙，邯郸破秦。

为报知己，北向自刭。马迁过梁，夷门礼敬。

韩　非[2]

韩之公子，才与天齐。艾艾口吃，艰于言语。

知说之难，偏彰义理。《五蠹》《孤愤》，逆鳞触及。

西游于秦，入朝见嫉，其说未申，酷刑已逼；

仰药而死，抱恨无极。悲哉韩子，自遗之患。

吕不韦[3]

阳翟商贾，卖贵贩贱。奇货可居，秦子异人。

邯郸美姬，与居有身，移花接木，乃生嬴政。

嬴政为王，仲父位尊，富可敌国，食客三千。

悬金作语，吕览得传。色仁行违，谓之闻人[4]。

---

① 侯嬴（？—前257），战国魏大梁夷门监，被魏公子无忌迎为上客。公元前257年，秦围邯郸，魏王使晋鄙率兵十万，名为救赵，实则畏秦不进。侯嬴向无忌献计窃取兵符，使朱亥椎杀晋鄙，率军解了邯郸之围。事成，侯嬴自刭。（见《史记·魏公子列传》）

② 韩非（约前280—前233），战国思想家。韩人，师事荀况。入秦，被李斯等构陷，被囚而死。著有《韩非子》。《史记》卷六三有传。

③ 吕不韦（？—前235）战国末卫人，原为商贾。秦王室庶子异人（后为秦庄襄王）在赵国作人质，吕不韦设计，使他成为秦太子嗣子。后不韦相秦，封文信侯。秦王政即位，称仲父。招揽宾客，编著《吕氏春秋》（亦称《吕览》）。书成之日，悬偿说：有能增损一字者予以千金。不韦后被免职，迁蜀，自杀而死。

④ 《论语》云："夫闻也者，色取仁而行违，居之不疑，在邦必闻，在家必闻。"闻者，即佞人。

列御寇[①]

不谋闻达，粟少忍饥。学本老子，所主贵虚。
心无是非，口不言利。取足于身，不求物备。
待人处世，唯崇不竞。放逸肆志，顺情适性。
清静无为，特立独行。《穆王》《汤问》，迂诞诙诡。

李　牧[②]

常居雁代，为赵守边。厚爱士卒，食足衣暖。
骑射兼习，烽火谨严。敌若犯境，保收为先。
不许浪战，战则必胜。胡不窥边，十有余年。
未入凌烟，身首两分。国之将亡，良将先歼。

荆　轲[③]

匕首近胸，已持嬴政，欲得契约，以报燕人。
嬴政哀乞：死前听琴。姬人鼓琴，其音可明：
“罗縠单衣，可掣而绝；八尺屏风，可超而越；
鹿卢之剑，可负而拔。”轲不解音，秦王越屏。
轲掷匕首，中柱有声。身中八剑，笑骂于殿：
“吾坐轻信，为尔所骗！”千秋易水，悲卿不还。

高渐离[④]

荆轲入秦，易水饯行，渐离击筑，高歌悲吟。

---

① 列御寇，亦作圄寇、围寇，习称列子。战国郑人，著《列子》。事见《庄子》。

② 李牧（？—前228），战国赵将，因功封武安君。公元前228年，受诬被杀。后三月，秦将王翦急攻赵，赵国亡。（见《史记》卷八一）

③ 荆轲（？—前227），战国末卫人，人称庆卿。入燕，人称荆卿。与燕太子丹谋，入秦刺秦王政，未遂被杀。事见《战国策·燕策三》及《燕丹子》卷中、卷下。《史记》卷八六有传。

④ 高渐离，战国末燕人，擅长击筑。其事迹见《史记·刺客列传》。

轲死燕亡，隐姓埋名，时而击筑，泪流满襟。

嬴政好音，征赴咸京，熏瞎两眼，供奉内庭。

置铅于筑，举以击嬴。惜哉不中，志士长殒。

蒙　恬[1]

天下初定，疮痍满目，宜恤生民，养老存孤。

舍此不务，阿意伐胡；广筑长城，堑土堙谷，

延袤万里，亭障相续。黎庶悲苦，草萦白骨。

四海怨叛，家国两无。“地脉”云云，死犹未悟[2]。

韩　娥[3]

雍门乏食，鬻歌换粮，三日三夜，余音绕梁。

逆旅受辱，曼声哀伤，老幼悲愁，涕泪满裳；

去而追之，娥复引吭，墟里之人，雀跃欢畅。

行云渺渺，逝水茫茫，斯人已远，遗音绝响。

李　斯[4]

不分畛域，广揽英贤，《谏逐客书》，千古至论。

襄赞伟业，统一混成。明定法度，书写同文。

贪禄持爵，苟合阿顺，国无德政，不思忠谏。

---

① 蒙恬（？—前210年），世为秦将。秦灭六国后，率兵北击匈奴，拓地千里。又修筑西至临洮、东至辽东的万里长城。后因赵高进谗仰药而死。《史记》卷八八有传。

② 《史记·蒙恬列传》载，蒙恬临死时说：“恬罪固当死矣。起临洮属之辽东，城堑万余里，此其中不能无绝地脉哉？此乃恬之罪也。”

③ 韩娥，战国韩善歌者，亦称秦娥。（见《列子·汤问》）

④ 李斯（？—前208），秦政治家。楚上蔡人。秦统一六国后，任丞相。著有《谏逐客书》和《仓颉篇》。《史记》卷八七有传。

废长立庶，首鼠两端。临刑悲哭，徒叹黄犬[①]。

秦始皇[②]

混一六合，伟略雄才。铭功泰山，巡游四海。

不死灵药，求之蓬莱。阿房工竣，蜀山无材。

骊山陵就，刑徒半埋。长城广袤，百姓膏血。

天下怨叛，刘项兵来。万世一系，灰飞烟灭。

赵　高[③]

赵之公子，孤忠含恨，颇死牧废，山河西吞，

誓报国仇，自残己身。嬴政归天，玺书更换：

赐死扶苏，再及蒙恬。指鹿为马，专秦之权。

诸侯兵近，胡亥是歼。蓄意覆秦，是耶非耶[④]？

项　羽[⑤]

气盖万夫，未窥娜嬛[⑥]。取而代彼，谋略未广。

号称霸王，多了柔肠。鸿门宴上，无毒少刚。

论功行赏，何必分疆？灭秦事就，何必还乡？

---

① 《史记·李斯列传》载：“具斯五刑，论腰斩咸阳市。斯……顾谓其中子曰：‘吾欲与若复牵黄犬俱出上蔡东门逐狡兔，岂可得乎？’遂父子相哭，而夷三族。”

② 秦始皇（前259—前210），名嬴政，又称赵政。秦朝的建立者，自称始皇帝。其事迹见《史记·秦始皇本纪》。

③ 赵高，原系赵国贵族。赵亡，为秦宫宦者。后任中车府令，掌符玺令事。秦始皇死于沙丘，与胡亥合谋，更换玺书，将公子扶苏、大将蒙恬赐死。胡亥立，掌握朝政大权，杀李斯。秦末，杀胡亥，欲与诸侯相约，“分王关中”。随即被子婴灭族。（见《史记·秦始皇本纪》《史记·汉高祖本纪》）

④ 唐司马贞《史记·索隐》云：“（赵）高本赵诸公子，痛其国为秦所灭，誓欲报仇，乃自宫以进……以勾践事吴之心，为张良报仇之举。”清人欧阳轩亦有诗云：“大贾灭嬴凭女子，奇谋与汉讵萧曹？留侯椎铁荆卿匕，不及秦宫一赵高！”认为赵高忠于赵国者，代不乏人。

⑤ 项羽（前232—前202），其事迹见《史记·项羽本纪》。

⑥ “嬛娜”即娜嬛，传说中的天帝藏书处。

垓下破围，何不过江？卷土重来，又有何妨？

陈　胜[①]

佣耕垄亩，劳作太苦，仰天怒号，一抒积郁：
“王侯将相，宁有种乎！”鸿鹄之志，燕雀难估。
大泽起义，鱼腹丹书，揭竿为旗，无兵斩木。
天下响应，赤帜遍布。诛讨暴秦，国号张楚。
夥涉为王，其亡也忽[②]。此火燎原，千载相续。

田　横[③]

势穷入岛，海天一方。汉使北来，相往洛阳，
未至一舍，内心悲伤：临淄丘墟，邦家已丧，
蒙耻偷生，何如死亡！“不做降王，携吾头往。”
五百志士，闻而自戕。义薄云天，高节流芳。

范　增[④]

楚汉兴亡，残棋一局。陈尸百万，九州为注。
亚父高着，鸿门机枢：项庄舞剑，刘季是诛；
鱼逃釜中，项伯回护。百计千策，小儿科目。
裂土封王，大谬大误，不谋一统，庙算已输。

---

① 陈胜（？—前208），字涉，阳城人。秦末农民起义领袖。（见《史记·陈涉世家》）

② “客曰：伙颐！涉之为王沈沈者！楚人谓多为伙，故天下传之，伙涉为王，由陈涉始。”（同上）沉沉，宫室深邃之貌。

③ 田横（？—前202），秦末，从兄田儋起兵，重建齐国。楚汉战争中自立为齐王，被韩信打败。汉朝建立，率五百人逃入海岛。刘邦遣使说：“田横来，大者王，小者乃侯耳；不来，且举兵加诛焉。”田横前往洛阳，途中自杀。部下闻讯，亦皆自杀。（见《史记·田儋列传》）

④ 范增（前277—前204），项羽谋士，被尊为亚父。居巢（今安徽桐城）人。劝项羽杀刘邦，不听。后中刘邦反间计，项羽削其权力。忿而归乡，途中病死。（见《史记·项羽本纪》）

两　汉

刘　邦[①]

沛县无赖，泗水亭长。好酒及色，侮谩乡党[②]。
秦失其鹿，起而争抢。身逢危难，天良全丧：
幼子幼女，踢弃路旁[③]；老父将烹，愿得羹尝[④]。
过河拆桥，韩彭罹殃。威风八面，得志还乡[⑤]。

吕　后[⑥]

韩信功多，杀之长乐。如意稚弱，饮以鸩药。
赵王饿毙，濒死悲歌。高帝宠姬，刑罚严苛：
饮药令哑，手足断落，熏耳使聋，双眼挖却，
秽厕恶臭，人彘居所。忍矣毒矣，旷世恶婆！

韩　信[⑦]

淮阴饿夫，胯下受辱。去项归刘，登坛握符。
暗渡陈仓，定秦击楚。井陉拔赵，佯弃旗鼓。
垓下合围，了此棋局。刘吕挟诈，信义全无，

---

① 刘邦（？—前195），汉高祖。（见《史记·高祖本纪》）

② 见中华书局标点本《史记》343、344页。

③ 同上2665页。

④ 同上328页。

⑤ 同上389页。

⑥ 吕后（前241—前180），汉高祖皇后。名雉，字娥姁。以狠毒残忍著称。（见《史记·吕太后本纪》）

⑦ 韩信（？—前196），汉初军事家。淮阴人。曾封齐王，又徙为楚王，后降为淮阴侯。被吕后杀害。（见《史记·淮阴侯列传》）

分衣分食，小惠无数[1]；广袤齐楚，怎能王汝？！
九州处处，刘家私土。兔死狗烹，必然归宿[2]。

萧　何[3]

山野围猎，人狗同走，擒获兔兽，是为功狗，
发踪指示，功人所筹。问鼎中原，如同猎兽，
身经百战，功高亦狗，刀笔小吏，位居上头[4]。
偏袒亲信，曲说封侯，疏者怨叛，此为根由。

曹　参[5]

少时碌碌，未见有奇。天下大乱，英才磨励。
攻城野战，所向披靡。被创七十，功称第一。
一朝为相，政主无为。凡有言者，置酒设席，
令其烂醉，不使得语。子窋劝说，笞之令退。
别无他意，萧规曹随，载其清静，与民休息。

---

① 蒯通说韩信反汉，韩信曰：“汉王遇我甚厚，载我以其车，衣我以其衣，食我以其食。吾闻之，乘人之车者载人之患，衣人之衣者怀人之忧，食人之食者死人之事，吾岂可以乡利倍义乎？”（同上）

② 韩信被缚，曰：“果若人言，‘狡兔死，良狗亨；高鸟尽，良弓藏；敌国破，谋臣亡。天下已定，我固当亨！’”（同上）

③ 萧何（？—前193），沛县人，刘邦同乡。位至丞相，曾与吕后密谋，诛杀韩信。（见《史记·萧相国世家》）

④ 《史记·萧相国世家》载：“列侯毕已受封，及奏位次，皆曰：‘平阳侯曹参身被七十创，攻城略地，功最多，宜第一。’上已桡功臣，多封萧何，……乃令萧何（第一），赐带剑履上殿，入朝不趋。”

⑤ 曹参（？—前190），汉初大臣，沛县人。（见《史记·曹相国世家》）

张　良[1]

狀若好女，腹多奇计。以貌取人，失之子羽。
行刺始皇，博浪施椎。为韩报仇，乃从刘季。
运筹帷幄，决胜千里。天下已定，功成即退，
伴君如虎，贪禄何为？辟谷谢病，存身保己。

陈　平[2]

负郭穷巷，门遮敝席。割肉均平，桑户称誉，
持刀豪语，信誓如雷：得宰天下，一如此矣！
终为汉相，食邑曲逆，忘尽黎庶，悠游卒岁。
“钱谷多少？”愧不能对；“决狱几何？”“须问延尉。”
燮理阴阳，巧言饰己。割肉之誓，风飘九嶷。

冒　顿[3]

月氏逃归，得将万骑。心怀不轨，制作鸣镝。
号令严申，令众练习：鸣镝所向，万骑如一，
不射必斩，言出法随。射己善马，违令头离。
又射爱妾，疑者斩讫。终射单于，篡位自立。

---

① 张良（？—前186），字子房，相传为城父（今河南郏县东）人。刘邦谋士，封留侯。汉朝建立，即求退。（见《史记·留侯世家》）

② 陈平（？—前178），阳武（今河南原阳）人。汉初大臣，封曲逆侯，位至丞相。（见《史记·陈丞相世家》）

③ 冒顿（？—前174），姓挛鞮。公元前209年，杀其父头曼单于而自立。西汉初年，不断南下，对汉王朝形成严重威胁，曾围汉高祖刘邦于白登山（今大同市东北）。公元前198年，汉朝派刘敬往匈奴，与其结和亲之约。

陆　贾[1]

“乃公天下，马上得之，何必絮絮，说称《书》《诗》?！[2]”

得于马上，马下求治。逆取顺守，暴虐当斥。

崇王黜霸，文武兼施。修身用人，贤能勿失。

仁义为本，九州方治。《新语》十二，归宗孔氏。

樊　哙[3]

屠狗沛邑，业贱人欺。跃马横刀，所向无敌。

项庄舞剑，沛公命危。挺盾闯宴，须发皆立。

死且不辞，何况区区！继而陈词，声震如雷：

先入咸阳，分毫不取，还军灞上，以昭信义，

若害沛公，天下解体。霸王默然，杀机止息。

壮哉舞阳，气塞天地！

周　勃[4]

为人木强，厚重少文。矫令得符，北军夺权，

将士左袒，吕灭刘存。一朝系狱，不知自辩。

典狱指引，公主可证[5]。既复爵邑，感慨万端：

---

① 陆贾（约前240—前170），楚人。曾从刘邦平定天下，官至太中大夫。著《新语》十二篇。（见《史记·郦生陆贾列传》）

② 陆生时时前说称《诗》《书》。高祖骂之曰：“乃公居马上而得之，安事《诗》《书》！”陆生曰：“居马上得之，宁可以马上治之乎？……”（同上）

③ 樊哙，汉初名将，以战功封舞阳侯。曾闯入鸿门宴，解刘邦之危。（见《史记》本传）

④ 周勃（？—前169），汉初名将。沛（今江苏沛县）人。少时编织薄曲为生，后随刘邦举义，以功封绛侯，官至太尉。吕后死，与陈平等诛灭诸吕，迎请文帝继大统。（见《史记》本传）

⑤ 公主，指汉文帝之女，周勃儿媳。

曾将百万，天下横行，狱吏之贵，难与比肩[①]！

季　布

勇冠三军，数窘汉主。购布千金，髡钳为奴[②]。

刚烈可柔，直不能曲。面斥上将，满朝觳觫：

樊哙可斩，匈奴难除，疮痍未复，怎可击胡[③]？！

平生任侠，诚信守笃，海枯石烂，然诺不覆。

朱　家[④]

买得一奴，知是季布：彼为楚将，屡窘高祖，

悬赏千金，匿者灭族。为脱其难，洛阳亲赴，

面见滕公，义理陈述[⑤]：布有何罪？各为其主；

为报私怨，广务剪除，不容一人，气量如鼠；

海内搜求，彼走越胡，以贤资敌，自亡之术，

掘墓鞭尸，子胥奔吴。滕公奏禀，高祖赦布，

官拜郎中，河东守护。侠义已行，终身不晤。

---

① 汉文帝“使使持节赦绛侯，复爵邑。绛侯既出，曰：‘吾尝将百万军，然安知狱吏之贵乎！’”（同上）

② 季布，楚地人。曾为项羽部将，数困刘邦。“及项羽灭，高祖购求布千金，敢有舍匿，罪及三族。”季布乃髡钳逃难，被卖为奴。见《史记·季布栾布列传》。

③ “单于尝为书嫚吕后，不逊，吕后大怒，召诸将议之。上将军樊哙曰：‘臣愿得十万众，横行匈奴中。’……季布曰：‘樊哙可斩也！……于今疮痍未瘳，哙又面谀，欲摇动天下。’是时殿上皆恐，太后罢朝。”（同上）

④ 朱家，汉初鲁人。以任侠闻名。曾解楚将季布之厄。（见《史记·游侠列传》《史记·季布栾布列传》）

⑤ 滕公，即太仆、汝阴侯夏侯婴，刘邦近臣。

娄　敬[1]

身衣羊裘，脱去挽辂，面见刘邦，大计陈说：
关中膏腴，被山带河，扼亢拊背，百万荷戈，
四塞之固，宜安家国。豪富迁秦，强本弱末。
和亲匈奴，安边缔约。西汉昌隆，智士功多。

叔孙通[2]

刘邦即位，率求简易，群臣饮酒，烂醉如泥，
争功讨爵，拔剑挥击。长乐宫成，叔孙治礼。
平明入殿，张兵设旗，诸将西站，文官东立，
皇帝辇出，千般威仪。依次奉贺，山呼万岁。
稍不如仪，御史引去。百官抑屈，震肃股栗。
罢朝回宫，刘三大喜："吾乃今日，知帝之贵！"

汉文帝[3]

民为邦本，德为根基。繁苛辄除，与民休息。
减免田赋，省刑轻役。崇尚节俭，身衣弋绨，
帐无文绣，陵皆瓦器。宫室车骑，不许增益。
欲作露台，百金之计，十户之产，惜而不许。
家给人足，仓廪盈溢。文景之治，后世难及。

---

① 娄敬，齐人。汉五年（前202），戍陇西，过洛阳，放下他牵引的鹿车，求见高祖。他劝刘邦徙都关中。后被赐姓刘氏，拜郎中，号奉春君，封关内侯。力主与匈奴和亲，并前往缔结亲约。后又建议徙六国贵族后裔及富商大族充实关中，以削弱地方豪强势力。（见《史记·刘敬叔孙通列传》）

② 叔孙通，薛县（今山东滕县）人。曾为秦博士。秦末，归项羽，后归刘邦，任博士。刘邦称帝，他采择古礼，结合秦制，与儒生共立朝仪。官至奉常，后为太子太傅。（见《史记·刘敬叔孙通列传》）

③ 汉文帝（前202—前157），名刘恒。（见《史记·孝文本纪》）

贾谊①

博学多思，深谙治术。才高伊尹，智过夷吾。
入朝见嫉，贬于湘渚。萦绕闷郁，作赋吊屈。
哀伤泣哭，命归泉路。命世之才，首贵自处。
用舍由人，行藏在吾。谋不见用，何须悲苦？
养性守穷，青山敝庐。惜哉贾生，气量局促。

晁错②

尾大不掉，谋除其害。吴楚七国，举兵西来，
战云滚滚，曰清君侧。本该挺身，疆场一决，
却思自全，畏畏葸葸，己欲居守，由帝御外。
临难苟免，不亡何待？身首分离，仇人乘隙。
见害筹策，远虑方赅。谋既未周，勇毅尤缺。

袁盎③

行义慷慨，直言多忤。曾为都尉，仁爱士卒。
建言削藩，颇识大局。矜贤好名，不务学术。
刘濞兵来，挟嫌报复，阴托窦婴，说帝谢吴，
冤杀晁错，私怨何酷？病免家居，本该默处，

---

① 贾谊（前200—前168），洛阳人。西汉哲学家、政论家、文学家。文帝时任博士，迁太中大夫。遭权贵排挤，屡贬长沙王太傅和梁怀王太傅。曾于湘水作赋吊屈原。后抑郁哭泣而死。《史记》《汉书》均有传。

② 晁错（约前200—前154），颍川（今河南禹县）人。景帝时，建议削藩以巩固中央集权。吴楚等七国以"清君侧"为名，举兵反叛。仇人乘隙请诛晁错以谢七国，他被斩于长安东市。（见《史记·袁盎晁错列传》，参见苏轼《晁错论》）

③ 袁盎（？—前148），即爰盎，字丝。本楚人，后徙安陵（今咸阳东北）。文景之时，历任中郎将、西都尉及齐相、楚相。御史大夫晁错告发其受吴王刘濞财货，获罪，赦为庶人。吴楚反，阴托魏其侯窦婴说景帝"斩错以谢吴"。吴楚破，拜为楚相，后病免家居。梁孝王怨其阻止景帝立己为嗣，使人将他刺死。《史记》《汉书》均有传。

不甘寂寞，指手画足。竟以名败，不亦悲夫！

邓　通[①]

文帝做梦，欲上青天，黄头郎儿，推而得登。

醒求推者，酷似唯邓。以兹得幸，攀附至尊。

但知媚上，别无技能。为帝吮痈，恩宠倍增。

蜀地铜山，赐予铸钱，邓氏之币，天下都遍。

贪得无厌，抄家拿问。为富不仁，死于钱眼。

周亚夫[②]

细柳之营，治军森严。东破吴楚，汉室干城。

耿介切直，多招谤怨。赐食无著，君恩已远[③]。

功高震主，汝身难存。为买冥器，廷尉拷问：

“不反地上，必反阴间。”[④]过河拆桥，刘家祖传。

文　翁[⑤]

蜀地僻陋，蛮风尚炽。文翁爱人，开启民智。

选出生员，送往京师，留学数载，带回知识。

又设官学，培育多士。武帝下令，天下效之。

郡国立校，文翁创始。至今蜀人，岁时祭祀。

---

① 邓通，汉文帝时为黄头郎（行船者，著黄帽）。后得宠幸，官至上大夫，得蜀郡严道铜山，自铸钱，大富。文帝死，邓通免，家居。人告其“盗出徼外铸钱”，家财被没入，贫困而死。（见《史记·佞幸列传》）

② 周亚夫（？—前143），西汉名将。绛侯周勃子，被封条侯。文帝时，以西河守为将军。景帝时，统兵平定七国之乱。后被诬入狱，吐血死。（见《史记·绛侯周勃世家》）

③ 景帝一次向周亚夫赐食，故意不放筷子。周离去时，景帝望着他的背影说：“此怏怏者非少主臣也！”（同上）

④ 周亚夫被诬入狱，廷尉说他“纵不反地上，即欲反地下耳”。（同上）

⑤ 文翁，名党，字翁仲（一说仲翁）。庐江舒（今安徽庐江）人。景帝末为蜀郡太守。汉代郡县官学的创始者。《汉书》卷八九有传。

李　广①

汉之飞将，气薄云天。弯弓射虎，石棱没箭。
家无余财，为将清廉。疼爱士卒，一如己生，
兵不尽饱，食不沾唇。挥鞭所指，匈奴逃遁。
百战无爵，“数奇”何关？非同卫霍，皇帝亲眷②。

田　蚡③

武安之贵，裙带所系。封侯拜相，招权纳贿。
膏腴田园，连云甲第。钟鸣鼎食，作福作威。
依仗宫闱，诛杀灌魏。金玉珍玩，贪得无极。
娇妻美妾，数以百计。裙裂带断，不如狗屁！

汉武帝④

雄才大略，下诏求贤。削藩推恩，中央集权。
罢黜百家，一儒独尊。盐铁官营，均输平准。
治理黄河，水患得免。任用卫霍，拓境开边。
交通西域，有赖张骞。奢侈无度，民多愁怨。

董仲舒⑤

人世哲理，愈辩愈真。无驳无辩，气息奄奄。

---

① 李广（？—前119），西汉名将。陇西成纪（今甘肃静宁）人。事见《史记·李将军列传》。

② 《史记·卫将军骠骑列传》：“青子在襁褓中，未有勤劳，上幸列地封为三侯。”

③ 田蚡，长陵（今陕西咸阳）人。汉景帝皇后之弟。武帝时封武安侯，拜太尉，迁丞相。作威作福，曾诬杀功臣魏其侯窦婴、将军灌夫。（见《史记·魏其武安侯列传》）

④ 汉武帝刘彻（前156—前87），字通。16岁即位，是西汉极有作为的皇帝。其事迹见《史记·孝武本纪》及《汉书·武帝纪》。

⑤ 董仲舒（前179—104），广川（今河北景县）人。主张独尊儒术，罢黜百家。并建立以天人感应为中心的思想体系，把神权、君权、父权、夫权贯串在一起，为君权神授制造理论，把封建秩序神圣化、绝对化。

百家争鸣，万马奔腾，相斥相吸，学术乃兴。
仲舒立说，条教百篇，罢黜百家，儒学独尊。
孔氏功臣，百家罪人。千年停滞，垄断是因。

东方朔[①]

山东俊彦，爱经好古。西入长安，公车上书，
一气呵成，三千奏牍，武帝读之，两月方卒。
放纵不拘，人谓狂夫。滑稽多智，讽谏为务。
死前作歌，如泣如诉：营营青蝇，止于廊署，
谗言罔极，交乱四府，愿亲忠良，远彼佞徒。

霍去病[②]

沉默寡语，少善射骑。以身许国，凌云豪气：
“匈奴未灭，无以家为！”未学孙吴，临阵知机，
灵活用兵，天资高奇。屡出绝域，转战万里，
骠骑声威，所向无敌。侯封冠军，性喜奢靡，
遗弃粱肉，士有饥馁。冢像祁连，英才早萎。

张　骞[③]

汉武拓地，四夷施威。豪杰张骞，应募而西。
被困匈奴，十有余岁，不失汉节，逃亡流离。
百难千危，其志不移。月氏、乌孙，大宛、康居，

---

① 东方朔（前154—前93），字曼倩。平原厌次（今山东德州）人。以诙谐滑稽为汉武帝所亲近。著有《答客难》《非有先生论》《七谏》等。事见《史记·滑稽列传》。

② 霍去病（前140—前117），西汉名将，军事家。河东平阳（今山西临汾）人。官至骠骑将军，封冠军侯。后任大司马，早卒。《史记》卷一一一有传。

③ 张骞（？—前114），汉中成固（今陕西成固）人。西汉时出使西域诸国，为促进汉朝与西域的经济文化交流开拓了道路。《史记》《汉书》均有传。

于阗、身毒，大夏、安息，西域诸国，多曾亲历。

丝绸之路，君所始辟。伟哉张子，功在寰宇。

司马相如[①]

文冠天下，枚马同传。《子虚》《上林》，乌有先生。

田猎逐兽，池苑追欢。辞采华丽，铺陈百端，

雕镂刻形，归于讽谏。不慕官爵，称病赋闲。

涤器相如，当炉文君，唯望偕老，白头之吟。

司马迁[②]

识达古今，学究天人。网罗天下，放失旧闻。

驰骋千载，贯穿经传。稽其成败，考其历程。

有美不虚，有恶不掩。唯因直笔，惨遭宫刑[③]。

蚕室余生，肠回九转。隐忍苟活，成一家言，

百三十篇，卷卷鸿文。纪传体例，创自龙门。

史家绝唱，离骚无韵。华夏万古，永祀史圣。

赵充国[④]

胸有大略，沉勇过人。尤爱士卒，知热知冷。

老成持重，多谋善断。每远斥候，首重敌情。

---

① 司马相如（前179—前117），汉赋大家。字长卿，小名犬子，更名相如。蜀郡成都人。历官武骑常侍、孝文园令等。明人辑其作品为《司马文园集》。《史记》《汉书》均有传。

② 司马迁（前145或前135—？），西汉史学家、文学家和思想家。夏阳（今陕西韩城）人，字子长。《史记》著者。其事迹见《史记·太史公自序》及《汉书·司马迁传》。

③ 《史记集解》载：“（裴）骃案：卫宏《汉书·旧仪注》曰：‘司马迁作景帝本纪，极言其短及武帝过，武帝怒而削去之。后坐举李陵，陵降匈奴，故下迁蚕室。有怨言，下狱死。’”

④ 赵充国（前137—前52），西汉大将。字翁孙。陇西上邽（今甘肃天水）人。武帝、昭帝、宣帝时均有军功，官至后将军，封营平侯。首建屯田之策，使边防强固。《汉书》卷六十九有传。

行必备战，止必坚营。未战先计，孰急孰缓，
务期歼灭，不贪小勋。三上本章，建策屯田。
年过八十，犹在守边。西鄙安堵，国之干城。

霍　光[1]

汉武晚岁，赐画于霍：成王小弱，周公是托。
武帝归天，秉志坚卓，拥戴幼主，遂安邦国。
昭死宣立，骖乘辅佐，芒刺在背，震主萌祸[2]。
不学无术，暗于大略。盘根错结，权欲如壑。
奢侈盈满，妻谋邪恶[3]。光死三年，宗族诛戮。

苏　武[4]

出使绝域，勇毅坚韧。匈奴胁迫，举刀自刎，
所幸遇救，死而复生。牧羊北海，一十九年，
风雪严寒，冻地冰天。荒漠无粮，鼠穴掘穿，
嚼食草籽，赖以生存。死为汉鬼，生为汉臣，
秉持国格，不辱己身。须发尽白，仗节而还。

王昭君[5]

辞乡北去，昭君泪垂。别矣香溪，别矣秭归。

---

① 霍光（？—前63），字子孟，河东平阳（今山西临汾）人，西汉大臣。武帝年老，“使黄门画者画周公负成王朝诸侯以赐光。”武帝死，受遗诏辅立昭帝，任大司马、大将军。（见《汉书》卷六八）

② “宣帝始立，谒见高庙，大将军光骖乘，上内严惮之，若有芒刺在背。……故俗传之曰：‘威震主者不畜，霍氏之祸萌于骖乘。’”（同上）

③ 霍光妻“爱小女成君，欲贵之，私使乳医淳于衍行毒药杀许后，因劝光内成君，代立为后。”（同上）

④ 苏武（？—前60），西汉名臣。字子卿，杜陵（今西安东南）人。公元前100年出使匈奴，被扣，誓死不屈。历时19年，受尽磨难，归汉时须发尽白。《汉书》卷五四有传。

⑤ 王昭君，名嫱，字昭君。西汉南郡秭归（今属湖北）人。元帝时被选入宫。公元前33年，匈奴呼韩邪单于入朝求和亲，元帝命其出嫁，成为宁胡阏氏。她对当时和后世的民族和睦，都有积极影响。

楚山楚水，离情依依。一入长安，身同幽拘。
元帝后宫，三千佳丽，不贿画工，进见无期。
昭君娴雅，卓行独立。单于和亲，来娶淑女，
昭君被选，远嫁北地。胡汉敦睦，如兄如弟，
交流互市，兵革长息。千古女杰，青冢巍巍。

赵飞燕[①]

妙善歌舞，体轻如燕。父死家败，卑贱沉沦。
成帝一见，惊为天人。贵倾汉宫，伴君晨昏。
成帝归天，赵氏灭门。丽质化土，千载谣传：
燕燕飞兮，啄彼皇孙，皇孙死兮，燕燕啄粪[②]。

扬　雄[③]

恬淡少欲，清静无为。贫贱无戚，不谋富贵，
家无担储，气度难窥。惟慕圣贤，寻其端绪，
探幽索微，无远弗及。泉涌之思，如椽之笔。
《太玄》《法言》，要眇诡奇。《反离骚》篇，属辞瑰丽。
《甘泉》《长杨》，颠坠神鬼。投阁求死，哲人遭忌。

---

① 赵飞燕（？—前1），汉成帝皇后，体轻如燕，故称“飞燕”。妹为昭仪。后废为庶人，自杀。《汉书》卷九七下有传。

② 《汉书·五行志》载成帝时民谣云：“……燕飞来，啄皇孙，皇孙死，燕啄矢。”

③ 扬雄（前53—18年），字子云，西汉文学家，大学者。蜀郡成都人。著有《法言》《太玄》《反离骚》及汉赋多篇。王莽称帝后捕杀无辜，受株连，从天禄阁投地未死，后贫病而亡。其事迹见《汉书·扬雄传》。

王　莽[1]

改制图新，欲匡积弊。言动慕古，不度时宜。
朝令夕改，法则苛细。官吏为奸，残民逐利。
用法严酷，刑徒遍地。连年大旱，百姓苦饥。
天灾人祸，相因相袭。动乱四起，身首分离。

汲　黯[2]

武帝用人，不由旧章，辟如积薪，后来居上。
乳臭儿郎，爵禄高张，耄耋老臣，位在下方。
汲黯牢骚，信口雌黄。唯才是举，事业兴旺。
论资排辈，国无栋梁。年富力强，选贤必尚。

刘　秀[3]

官吏精简，裁并郡县。奴婢释放，罪徒赦免。
减轻税赋，以苏民困。兴修水利，农田得灌。
拒封泰山，下诏坦言：即位卅年，百姓寡欢，
怨气满腹，生计多艰；吾谁欺耶？敢欺苍天[4]？

---

① 王莽（前45—23年），新朝建立者。字巨君，元城（今河北大名）人。以外戚当政，公元8年自立为帝。他实行“改制”，全国土地称“王田”，奴婢称“私属”，均不得买卖。还推行“五均六筦”，垄断工商业。但法令苛细，赋役繁重，吏治腐败，阶级矛盾更加激化。公元23年，新莽政权在农民起义中灭亡。

② 汲黯（？—前112），字长孺，濮阳（今属河南）人。汉武帝重臣。好直谏廷争，曾说武帝用人“如积薪耳，后来者居上”。（见《史记·汲郑列传》）

③ 刘秀（前6—67），字文叔，南阳人。新莽末举兵，公元25年称帝。释放奴婢，赦免罪徒，减轻税赋，兴水利，并郡县，简官吏，史称“光武中兴”。（见《后汉书·光武帝纪》）

④ 《资治通鉴》卷四四《汉纪》三六载：“群臣上言：即位三十年，宜封泰山。诏曰：‘即位三十年，百姓怨气满腹。吾谁欺？欺天乎！……盛称虚美，必髡，令屯田。’于是群臣不敢复言。”

马　援[1]

文夫立志，穷且益坚。尽忠国事，平生之愿。

北鄙有警，匈奴乌桓，狼烟频举，袭扰掠民。

情辞恳切，援请出征：当死边野，裹尸而还，

岂守床第，虚度百年？！老当益壮，气盖云天。

董　宣[2]

天子脚下，贵胄骄横，欺凌百姓，无法无天。

公主苍头，白日杀人，扬长而去，有谁敢问？

公主出行，董宣拦辇，以刀划地，究责连声；

拿下苍头，格杀勿论。命宣赔礼，皇帝护短，

不低头颅，强项名传。为官一生，囊中无钱，

老死之日，布被覆身，大麦数斛，敝车一乘。

冯　异[3]

满必招损，谦当受益。古有明训，戒盈持虚。

光武元勋，其名冯异，身经百战，攻城夺地，

才高群雄，从不矜己。诸将夸功，声声如雷，

异则默退，樾荫独立。大树将军，德馨节奇。

---

① 马援（前14—49），东汉初将领。字文渊，右扶风茂陵（今陕西兴平）人。官至伏波将军，封新息侯。著有《铜马兵法》。《后汉书》卷二四有传。

② 董宣，陈留圉人，东汉名臣。为洛阳令，搏击豪强，莫不震栗。有“强项令”之誉。为官清廉，七十四岁卒于官，皇帝派人临视，“唯见布被覆尸，妻子对哭，有大麦数斛，敝车一乘。帝伤之，曰：‘董宣廉洁，死乃知之！”’见《后汉书·酷吏列传》。

③ 冯异（？—34），东汉初将领。字公孙，颍川父城（今河南宝丰）人。官至征西大将军，阳夏侯。《后汉书》卷十七有传。

严子陵[1]

与帝游学，同历寒暑。光武即位，逃遁不出，
身披羊裘，隐于泽渚。安车三聘，征至皇都，
“狂奴故态”，不见人主。帝临馆舍，手抚其腹：
“咄咄子陵，何不相助？！”坚卧不起，数语相复：
“唐尧著德，洗耳巢父，士故有志，何相迫乎？”
不仕东归，逍遥江浒，终其一生，烟波钓徒。

梁　鸿[2]

博览群籍，家贫尚节。豪门闺秀，拒而不娶，
妻子孟光，肥丑而黑，相敬如宾，调和琴瑟。
避世入山，耕织为业。《五噫之歌》，叹彼豪奢。
帝闻非之，求鸿不得，逃于齐鲁，姓隐名埋。

王　充[3]

家贫无书，书肆默习，博通百家，过目能记。
冷眼旁观，世路崎岖，达未必贤，穷未必愚，
瓦釜雷鸣，黄钟弃毁。究察万物，《论衡》修讫。
问孔刺孟，无所畏惧。高官陋儒，暴跳如雷，
谓之“非圣”，咒骂声随。庶民之杰，王公奇伟！

---

① 严子陵，名光，子陵乃其字。会稽余姚（今属浙江）人。少与光武帝刘秀同游学，有高名。刘秀称帝，变姓名隐遁。刘秀派人寻访，征至洛阳，授谏议大夫，不受。归于富春山，终身不仕。事见《后汉书·隐逸传》及晋·皇甫谧《高士传》。

② 梁鸿，东汉名流。扶风平陵（今陕西咸阳）人，字伯鸾。作《五噫之歌》，皇帝“闻而非之”，他更易姓名，隐于齐鲁之间。《后汉书》卷八三有传。

③ 王充（27—约97），字仲任，会稽上虞（今属浙江）人。东汉学者。出身“细族孤门”，曾任州县小官，后罢职家居。著作有《论衡》等。《后汉书》卷四九有传。

班　固[1]

继承父业，穷究史藏，上起刘邦，下迄王莽，
勒成一史，其书煌煌。用语精审，记事得当，
赡而不秽，详而有方。不越雷池，儒家纲常。
逊于马迁，差胜范郎[2]。大笔如椽，竟死牢房。

班　超[3]

日复一日，猎涉书传，继而投笔，坦发誓言：
区区一砚，困煞豪贤，丈夫生世，当效张骞，
立功异域，定远安边。西出绝塞，三十六人，
危急存亡，九死一生，智勇兼备，昭信存恩，
五十余国，悉内附焉。经营西域，三十余年，
岁暮齿衰，乡情迫煎，乞得骸骨，东入玉门。

许　慎[4]

许子叔重，生性笃淳，博览典坟，满腹经纶。
几更寒暑，磨穿铁砚，《说文解字》，十有五卷，
穷究字义，训诂音声，承前启后，集其大成。
汉字汉语，煌煌专论。嘉惠学林，功在人寰。

---

① 班固（32—92），东汉扶风安陵（今陕西咸阳）人，字孟坚。《汉书》作者。《后汉书》卷四十有传。

② 范郎，指《后汉书》作者范晔。

③ 班超（32—102），东汉名将。班固之弟，字仲升。公元91年，西域都护，后封定远侯。《后汉书》卷四七有传。

④ 许慎（约58—约147），召陵（今河南漯河市召陵区）人。著《说文解字》，成为我国最早的文字学专著。《后汉书》卷七九有传。

张道陵[①]

数十寒暑，学道寡欲。征为太傅，三诏不赴。

百姓钦仰，愿为其徒。义舍义米，供给贫苦，

诚信不欺，量腹取足。公储器物，修桥补路。

蜀民迁善，勤劳互助，盗贼绝迹，不烦刑戮。

杨　震[②]

才高德硕，关西孔子。昌邑县令，怀金骤至，

劝公笑纳："暮夜无知。"拒而不受："天知神知，

我知子知，何谓无知！"秉性公廉，安贫蔬食。

不治产业，慨然陈词：惟将清白，遗之后世。

奸人诬陷，自杀而死。贤人多劫，末代常事。

蔡　伦[③]

自古契书，多用竹简，书写艰难，携带不便；

及用缣帛，靡费不省。天生蔡伦，博学多能，

刻意创新，深探精研，敝布渔网，树皮麻段，

皆作原料，新纸得成。伟哉蔡侯，功在人寰！

---

① 张道陵（34—156），原名张陵。沛国丰（今江苏丰县）人。曾任巴郡江州（今重庆）令。创立五斗米教，农民信奉者数万户。至其孙张鲁，信者远附，雄踞汉中垂三十年。（见元·赵道一《历世真仙体道通鉴·张天师传》）

② 杨震（？—124），东汉名臣。字伯起，弘农华阴（今属陕西）人。为人博学，当世有"关西孔子杨伯起"之誉。为官清廉。后遭诬陷，免官自杀。《后汉书》卷五四有传。

③ 蔡伦（61？—121），字敬仲，东汉桂阳（今湖南耒阳）人。入宫为宦官，后为中常侍。改进西汉麻纸以树皮等造纸，世称"蔡侯纸"。因原料易得，造纸术得以普及。《后汉书》卷七八有传。

张　衡[1]

人生在勤，求索当奋。不好交往，从容静恬。
五经皆通，六艺纵贯。才高当世，从无矜颜。
两京之赋，金声玉振，宇内传抄，当世之冠。
究察太空，致思天文，星际畅想，赋曰思玄。
制地动仪，超越前人；浑天仪成，千载名传。

徐　稚[2]

生刍一束，其人如玉。身与耕稼，自食其力。
恭俭义让，德行纯备。天挺俊迈，杰出特立。
一榻高悬[3]，孺子已去。甘于贫困，不就征辟。
大树将颠，一绳难系，不遑宁处，何为栖栖？

张　纲[4]

贵为公子，一如布衣。宦竖骄横，纲乃叹息，
秽恶满朝，志在奋击。使察风俗，埋轮京畿：
“豺狼当路，安问狐狸！”劾奏梁冀，一十五罪，
人所切齿，宜加大辟。千秋万岁，如君者稀。

---

① 张衡（78—139），字子平，南阳西鄂（今河南南阳）人。于文学、天文学均大有成就。传世有科学、哲学、文学著作32篇，其中《东京赋》《西京赋》《思玄赋》影响较大。曾制造多种天文仪器，以地动仪、浑天仪最著名。

② 徐稚（79—168），字孺子，东汉南昌人。家贫，躬耕而食。桓帝时，见朝政腐败，终不为官。（见《后汉书·徐稚传》）

③ “时陈蕃为太守，……在郡不接宾客，唯稚来特设一榻，去则悬之。”（同上）

④ 张纲，东汉名臣。字文纪，张良七世孙。《后汉书》卷五六有传。

梁冀[1]

臂鹰骋马，走狗斗鸡。一朝掌权，大封谀吏，
杀害忠良，冤狱遍地。封豕长蛇，贪婪无极。
殚极土木，连云甲第。广拓林苑，周环千里。
苑失一兔，杀人十余。外戚作恶，无过梁冀。

郑玄[2]

汉之末世，奸雄并起，玄脱污浊，标格独立，
笃学力行，苦心孤诣。遍注五经，探索坟籍。
六艺该通，百家兼取。多存旧说，不掩古义，
不覆己短，缺疑无讳，择善而从，绝无偏依。
训诂之祖，条分缕析。大哉康成，泽流天地。

郭泰[3]

早岁而孤，家世贫贱。容貌魁伟，人格高贞。
博通典坟，京师名震。去洛归乡，送者千乘。
隐不违亲，穷不违仁，侯不得友，君不得臣。
教授生员，不愿为官。身死之日，四方祭奠。

---

① 梁冀（？—159），字伯卓。东汉安定乌氏（今甘肃平凉）人。以外戚当政，专断二十余年。骄横贪婪，无恶不作。《后汉书》卷三四有传。

② 郑玄（127—200），字康成。东汉经学家。北海高密（今属山东）人。注有《周易》《尚书》《毛诗》《仪礼》《论语》等。《后汉书》卷五三有传。

③ 郭泰（127—169），东汉名士。字林宗，太原介休（今属山西）人。居家教授，弟子至千人。《后汉书》卷六八有传。

范　滂[1]

农夫去草，嘉谷乃生。慨然揽辔，志在清澄。
扫除奸徒，弹劾豪门。秉持公心，摒弃外甥。
“范滂清裁，反腐利刃，宁受笞死，滂裁必遵[2]！”
死前教子，愤惋哽咽：“使汝为恶，恶不可忍；
使汝为善，善类难存[3]。”悲哉范子，恨海英魂！

张　芝[4]

汉有草书，杜度崔瑗，青出于蓝，张芝大成，
创为今草，百世相传。率意超旷，龙骧豹变，
蛟潜鹤舞，骇兽奔腾。清涧长源，流而无限，
萦回崖谷，造化所生。精妙绝纶，千秋草圣。

张仲景[5]

建安纪年，疫疾流传，哀哉百姓，死者相枕。
去官行医，济世活人。《神农本草》，《内经》《素问》，
融会贯通，集其大成：《金匮要略》，并《伤寒论》。
辩证论治，洞见本源，精切周到，不差毫分。

---

① 范滂(137—169)，字孟博。东汉汝南人。为吏压抑豪强，嫉恶如仇。被诬，死狱中。（见《后汉书·范滂传》）

② 范滂外甥李颂，请托买官，范滂违抗上司旨意，不召用。太守宗资为此笞打书佐朱零，零曰：“范滂清裁，犹以利刃齿腐朽，今日宁受笞死，而滂不可违。”（同上）

③ 范滂将入狱，“谓其子曰：‘吾欲使汝为恶，则恶不可为；使汝为善，则我不为恶！’行路闻之，莫不流涕。”（同上）

④ 张芝（？—约192），字伯英，敦煌酒泉（今属甘肃）人。不应朝廷征召。创“今草”，人称“草圣”。《后汉书·张奂传》中有附传。

⑤ 张仲景（约150—219），名机。南阳郡（今河南南阳）人。东汉杰出医学家，时人称为“医中圣人张仲景”。曾任长沙太守。著有《伤寒论》《金匮要略》。

药到病除，有治必验。施药穷黎，活命无算。
德行楷模，悬壶准绳。万代不朽，华夏医圣。

张　角[①]

饥寒交迫，揭竿而起。“苍天已死，黄天当立。”
起义首领，张角兄弟。遣使各地，力量结集。
青徐幽冀，荆扬兖豫，三十六方，命将树旗，
烈火烧遍，河山半壁。摧毁刘汉，军阀得利，
西蜀东吴，北方曹魏。九州桑户，苦难如昔。

蔡　邕[②]

书者散也，任情恣性，随意所适，勿窘勿矜。
肇于自然，势可凌云。若虫若蛇，或游或停。
鸿鹄群集，若飞若行。龟文针裂，栉比龙鳞。
体法百变，尽妙穷灵。篆隶独步，冠于古今。
工匠垩帚，挥洒漓淋，飞白之体，师法细民。

董　卓[③]

手有刀兵，为所欲为，洛阳百里，焚烧无遗，
繁华京畿，转眼丘墟，生民哭逃，声震天宇。
专横恣睢，骄纵淫逸。幼小子女，封侯得位。

---

① 张角（？—148），东汉末农民起义领袖。巨鹿（今河北平乡）人。他领导的起义军，以头缠黄巾为标志，称“黄巾军”。（事见《后汉书·皇甫嵩传》）

② 蔡邕（133—192），东汉学者。字伯喈，陈留圉（今河南杞县）人。官至尚书、左中郎将，世称“蔡中郎”。著有《九势》《笔论》等。书法冠当世，曾于洛阳将经籍书碑46枚，立于太学。《后汉书》卷五十有传。

③ 董卓（？—192），字仲颖，陇西临洮（今甘肃岷县）人。东汉末军阀。带兵入京，专断朝政，凶暴淫乱。诸侯兵起，他挟汉献帝西迁长安，火烧洛阳周围数百里，掠杀百姓，积尸遍地。《后汉书》《三国志》均有传。

千里之草，何青青兮，十日之上，不得生兮。
中计授首，膏流遍地，脐内燃灯，史无前例。
唯德可恃，唯仁可依。废德弃仁，其亡必疾。

华　佗[1]

年且百岁，不见衰颜。兼通数经，养性最专。
拿药处方，不用量称。针灸疗疾，应验如神。
用麻沸散，如醉如眠，刳破腹背，抽割病根；
若在胃肠，断截洗湔，除去污秽，缝合如前，
敷以神膏，数日可痊，大病康复，一月之间。
捕杀华佗，曹瞒暴狠，济世妙方，狱中火焚。

蔡　琰[2]

天下乱离，流落胡地。悲愤之诗，哀怨无极，
十八胡笳，字字血泪。所述最真，身历目击：
胡骑虏掠，母号儿啼，马前首级，马后妇女。
状景苍莽，云天低垂，北风凄厉，沙飞石移。
诉情深笃，悲恸天宇：此生何辜，弃我荒鄙，
夜夜马嘶，肝肠裂碎。巾帼诗魂，俯首文姬。

① 华佗，字元化，沛国谯（今安徽亳州）人。东汉杰出医学家。曾发明“麻沸散”，用于麻醉，做腹背开刀手术。淡于功名利禄，行医民间。后被曹操杀害。《后汉书》卷一一二有传。

② 蔡琰，字文姬，陈留圉（今河南杞县）人。蔡邕女。曾被南匈奴所虏。后被曹操赎回，改嫁董祀。今存《悲愤诗》二首，另有《胡笳十八拍》，相传也是她所作。《后汉书》卷八四有传。

三国魏晋南北朝

曹　操[1]

拔人细微，终成国佐，张辽徐晃，取于亡虏。
两军对阵，若闲若惰，决机乘胜，气势磅礴。
策如韩白，勇超牧颇[2]。削平群雄，浑一北国。
不厌施诈，杀人已多。宁我负人，人莫负我。
倡优在侧，旦夕欢歌，戏弄言笑，头没盘钵。
登高必赋，新诗常作。分香事竟，疑冢几何？

钟　繇[3]

钟繇书家，瘦金之法。铁砚磨穿，真楷绝佳。
多呈异趣，在于点画。可人无涯，幽深古雅。
观其行书，羲献之下，群鸥戏海，涛飞浪洒。
察其草书，卫索之亚，有龙在天，卷云舒霞。

管　宁[4]

华歆掷金，出看轩冕，管宁割席，高下自分。
偃息陋巷，萧瑟荜门，吟咏诗书，守道贫困。

---

① 曹操（155—220），字孟德，小名阿瞒，沛国谯（今安徽亳州）人。政治家、军事家、文学家。三国魏的开创者。《三国志》有《武帝纪》。

② 韩白，指韩信、白起。牧颇，指李牧、廉颇。

③ 钟繇（151—230），字元常，颍川长社（今河南长葛）人。曹魏太傅。三国书法家。传世书作有《宣示表》《戎路表》等。本诗论其书艺，综合了萧衍、李世民等对他的评价。

④ 管宁（158—241），三国时名士、学者。北海朱虚（今山东临朐）人，管仲后裔。魏明帝时，太尉华歆逊位相让，他违命不就征召。《三国志·魏书》有传。

经危蹈险，不易其贞。澡身浴德，恬淡为本。
太尉之位，视如网罾。松风之操，云鹤之身。

卞皇后[1]

耳珰数具，操命取一，仅取其中，并申己意：
取上为贪，取下为伪。至性俭约，不尚华丽。
文绣珠玉，终生不御，粟饭菜蔬，无肉无鱼。
随军征行，哀怜穷黎，高年白首，嘘寒问疾，
赐予绢帛，仁心常系。史家秉笔，留得褒语。

刘　备[2]

贩履织席，出身孤苦。青梅煮酒，曹刘谈晤：
本初之徒，又何足数？袁氏公路，冢中枯骨！
天下英雄，使君与吾[3]。惊而失箸，饰以雷忽。
髀肉复生，安逸羞处。茅庐三顾，幸得良辅。
西入益州，称帝于蜀。关羽败死，大举伐吴，
不能忍忿，全局失误。恨水东逝，白帝托孤。

---

① 卞皇后（160—230），三国魏武帝皇后，文帝曹丕之母。琅邪开阳（今山东临沂）人。《三国志》卷五有传。

② 刘备（161—223），蜀汉昭烈帝。字玄德，涿郡涿县（今属河北）人。（见《三国志·蜀书·先主传》）

③ “孔融谓先主曰：‘袁公路……冢中枯骨，何足介意。’”公路，袁术字。“曹公从容谓先主曰：‘今天下英雄，唯使君与操耳。本初之徒，不足数也。’”（同上）

王粲、徐干[1]

建安七子，一代才人，骐骥千里，齐足驰骋。

山阳王粲，貌寝才彦。《槐赋》《征思》，《登楼》《初征》，

长于辞赋，魏晋冠冕。其诗沉郁，忧民情深，

苍凉悲壮，笔力雄健，源于《离骚》，开启少陵。

北海徐干，聪识博闻，轻官忽禄，抱质淡恬。

辞义典雅，《中论》之篇；《室思》诸作，古诗上乘。

张　郃[2]

三国名将，张郃知机：官渡之役，乌巢粮积，

力主急救，袁绍不依，因此致败，回天无力；

街亭之役，据水绝汲，蜀军渴煞，马谡逃逸；

陈仓之役，料敌少米，赴援未至，蜀军已退；

祁山之役，劝懿勿追，被令急趋，遇伏身殪。

周　瑜[3]

曹操南来，周郎料敌：北土未平，马韩在西[4]；

远涉江湖，不识舟楫；水土不服，必生疫疾。

---

① 王粲（177—217），字仲宣，山阳高平（今山东微山西北）人。在建安七子中成就最高。今传《王侍中集》。《三国志·魏书》有传。徐干（170—217），字伟长，北海（今山东寿光）人。建安七子之一。擅长诗赋，诗仅存九首，另有哲学著作《中论》二卷。

② 张郃（？—231），字儁乂，河间鄚（今河北任丘）人。先为袁绍部将，后归曹操。一生征战，料敌胜算，刘备、诸葛亮皆惮其能。公元231年，诸葛亮复出祁山，粮尽，设伏而后退兵；张郃主张“归军勿追”，司马懿不从，令追之，张郃于木门遇伏，中箭身亡。（见《三国志·魏书·张郃传》）

③ 周瑜（175—210），字公瑾，庐江舒县（今安徽舒城）人。公元208年，曹操兴兵南下，孙权部下多主降，他与鲁肃主战。与刘备合兵，火烧赤壁，创造了以少胜多、以弱胜强的辉煌战例。（见《三国志·吴书·周瑜传》）

④ 马韩，指马超、韩遂。当时占据陕甘，与曹操为敌。（同上）

请兵三万，联合刘备，挂帅出征，赤壁对垒。

顺风放火，诈降突袭。以弱胜强，战争奇迹。

鲁　肃[①]

宽厚敦诚，胆识无伦。曹操南征，主战图存，

反对迎降，理挫众臣，结刘抗曹，赤壁获胜。

周瑜既死，辅佐孙权。思度宏远，大事能断。

坚主联盟，鼎足势成。战略棋上，东吴一人。

关　羽[②]

与刘与张，情若兄弟。下邳被俘，心念旧雨。

阵杀颜良，立功报彼，不慕封侯，仍归刘备。

刮骨疗毒，英雄豪气。水淹七军，威震曹魏。

不重结盟，终被偷袭。身虽败死，忠义永垂。

张　飞[③]

雄壮威猛，亚于关羽。斩将搴旗，万人之敌。

长阪兵败，断桥据水，率二十骑，克难解危。

义释严颜，国士风仪。战败张郃，智勇兼备。

不恤士卒，终遗祸患，伐吴前夕，良将遭殛。

---

① 鲁肃（172—217），字子敬，临淮东城（今安徽定远）人。东吴名臣。《三国志·吴书》有传。

② 关羽（？—219），刘备部将。字云长，河东解州（今属山西）人。其事迹见《三国志·蜀书·关羽传》。

③ 张飞（？—221），蜀将。字益德，涿郡（今河北涿州市）人。其事迹见《三国志·蜀书·张飞传》。

吕　蒙[1]

军中多务，弃书不习。孙权开导，令其勤力。

《孙子》《六韬》，《左传》《国语》，手不释卷，笃志不移。

其所研读，旧儒不敌。鲁肃相见，一谈惊异：

吴下阿蒙，今非昔比。学识丰硕，谋略多奇，

密陈三策，终擒关羽。跻身名将，战胜攻取。

司马懿[2]

曹家四世，司马辅弼。南擒孟达，西拒蜀敌，

东灭公孙，统率军旅。力倡屯垦，辟田开渠，

减轻民负，耕战相济，足食足兵，胜利之基。

多谋善诈，培植羽翼。桃树茂密，李树傍依，

虫啮桃根，日夜不息，李代桃僵，魏灭晋继。

诸葛亮[3]

躬耕南阳，乱世栖息。刘备三顾，出山辅弼。

行师用兵，奇谋破敌。祁山六出，孟获擒七。

东吴外连，法度内立。劝善惩恶，人怀自励。

赏罚必信，路不拾遗。身兼将相，清廉无比。

内无余帛，外无财积。子孙衣食，耕桑自给。

鞠躬尽瘁，死而后已。千秋万岁，蜀人祀祭。

---

① 吕蒙（178—219），东吴名将。字子明，汝南富陂（今安徽阜阳）人。其事迹见《三国志·吴书·吕蒙传》及注引《江表传》。

② 司马懿（179—251），字仲达，温县（今属河南）人。晋朝的开基人。《晋书》有纪。

③ 诸葛亮（181—234），三国政治家、军事家，蜀汉丞相。字孔明，琅邪阳都（今山东沂南）人。著作有《诸葛亮集》，《出师表》为其名篇。其事迹见《三国志·蜀书》本传。

祢　衡[1]

不如己者，拒不与晤。恃才傲物，与士多忤。

大儿文举，小儿德祖[2]。曹不甚多，捶地骂辱；

荀之仪容，吊丧借哭；赵有尺腹，请客监厨[3]。

尸柩之间，能不悲乎[4]？裸身而立，徐徐着裤，

颜色不怍，从容击鼓。“本欲辱衡，衡反辱孤[5]。”

孙　权[6]

大口方颐，目光如炬。性度宏朗，果决坚毅。

处变无惧，深谋远虑。赤壁之役，料曹可拒，

不惑流议，任用周瑜，外结刘备，火攻破敌。

濡须之役，魏兵坚壁，轻舟逼阵，部伍整齐，

曹瞒叹息：此子英伟；景升诸儿，豚犬木鸡[7]！

鼎峙已成，轻杀多忌，刑罚残酷，民苦赋役。

陆　逊[8]

连年亢旱，开仓济赈，劝督农桑，百姓得存。

上书孙权，民为国本，民殷国富，民瘠国困，

---

① 祢衡，字正平，三国狂傲之士。（见《三国志·魏书·荀彧传》注引《平原祢衡传》）

② “大儿有孔文举，小儿有杨德祖。”祢衡语。（同上）

③ “曹公不甚多……荀有仪容，赵有尺腹……‘文若可借面吊丧，稚长可使监厨请客。’其意以为荀但有貌，赵健啖肉也。”“衡……坐太祖营门外，以杖捶地，数骂太祖。”（同上）

④ “衡至，众人皆坐不起，衡乃号咷大哭。众人问其故，衡曰：‘行尸柩之间，能不悲乎？’”（同上）

⑤ 曹操语。他令祢衡击鼓，欲当众辱之，反被衡所辱。（同上）

⑥ 孙权（182—252），字仲谋，吴郡富春（今浙江富阳）人。公元229年称帝，国号吴。（见《三国志·吴书·吴主传》）

⑦ 曹操“喟然叹曰：‘生子当如孙仲谋，刘景升儿子若豚犬耳！’”（同上）

⑧ 陆逊(183—245)，吴国名将，官至丞相。字伯言，吴郡吴县（今江苏苏州）人。《三国志·吴书》有传。

得民则治，失民则乱。夷陵之战，料敌如神，
避锐击惰，火烧连营，大破刘备，遐迩名闻。
耳顺之年，乃遭忌嫌，忧国恚愤，竟以亡身。

曹　丕[1]

雅好文事，著述勤力。又使诸儒，《皇览》撰集。
《典论·论文》，辩说精辟。《西北浮云》，美赡可喜。
《燕歌行》诗，七言创立。脱却悲壮，笔姿俊逸。
能转能藏，意蕴多奇。婉约风开，洋洋清绮。
为政施治，与民休息。九品中正，门阀得意。

曹　植[2]

诗至子建，五言妙富。悲歌慷慨，稍逊其父，
精金粹璧，乃兄不如。骨气雄高，文思泉注。
景象宏阔，超逾往古。集备众体，世称“绣虎”。
才高八斗，建安独步。煮豆燃萁，相煎何酷？！
遭谗多惧，其情酸楚。名为懿亲，不若匹夫。

何　晏[3]

形貌绝美，面若敷粉。自幼神悟，聪慧无伦。

---

① 曹丕（187—226），即魏文帝。曹操次子，字子桓。他在政治上采取与民休息之策，又立“九品中正法”，向豪强让步，使门阀制度合法化。喜爱文学，其《燕歌行》诗，是现存最早的七言诗，《典论·论文》是最早的文学批评论著。

② 曹植（192—232），字子建，曹操第三子。封陈王，谥思，世称陈思王。曹操曾几次想立他为太子。及丕、睿相继为帝，备受猜忌压迫，郁郁而死。他在建安文学中成就最高，有《曹子建集》。《三国志·魏书》有传。

③ 何晏（190—249）字平叔，南阳宛（今河南南阳）人。三国时玄学家、文学家。在司马懿与曹爽争权中被杀。《三国志·魏书》有传。

精研老庄，著《道德论》，其理精微，其辞美奂。
片言折众，议论风生。才高当世，时彦叹美。
好尚清淡，玄学风盛。曹马倾轧，株连蒙冤。

邓　艾[1]

岁旱输艰，率众屯田。身披乌衣，躬自耕耘，
手执耒耜，积谷强兵。伐蜀受命，勇气凌云。
阴平险径，以毡裹身，攀崖援木，或坠或滚，
出于万死，不顾一生。出其不意，至蜀都门。
刘禅面缚，全境荡平。功高不赏，父子同烹。

钟　会[2]

伐蜀胜利，钟会背魏，旗未北指，身首已离。
或问其因，司马绥析：“蜀中新破，蜀民震惧，
唯求苟安，难与共举；伐蜀将士，人人思归，
欲与作乱，其心必违。”知有异志，何以遣会？
“人若胆怯，智勇俱息；钟会请缨，灭蜀无疑。”
不察人心，只谋军机，计虽千虑，其事难济。

傅　嘏[3]

“夏侯太初，利口覆国，志大心拙，虚誉常多；

---

① 邓艾（197—264），魏将。字士载，义阳棘阳（今河南新野）人。率军伐蜀，后被诬，父子均被杀。《三国志·魏书》有传。

② 钟会（229—264），魏将。字士季，颍川长社（今河南长葛）人。公元264年率兵伐蜀，既胜，欲举兵反魏，北向长安，军乱被杀。（见《三国志·魏书·钟会传》引语系司马懿谈话大意）

③ 傅嘏（209—255），字兰硕，北地泥阳（今陕西铜川市耀州区）人。曾任魏尚书仆射。善言名理，好论才性。有人要他与当世名士何晏、邓扬、夏侯玄交友，他不许，称三人为“败德之人”，作了如上评说。（系大意）事见《世说新语·识鉴》。《三国志·魏书·傅嘏传》注引亦载此事，其言大同小异。

何晏邓扬，身有躁魔，博而寡要，同喜异恶，
外而好利，内无管钥，多言滥说，发衅生波，
妒前嫉后，亲朋难合。远之犹惧，近之有祸。”

贾　诩[①]

谁为太子，阿瞒犹豫。阿丕问计，贾诩答疑：
“恢崇德度，子道不违，朝夕孜孜，如此而已。”
曹操问嗣，嘿然不语。“与卿言谈，不答何意？”
“适有所思，故未及对。袁绍刘表，覆车有迹。”
曹瞒大笑，太子遂立。一言九鼎，官封太尉。

孔　融[②]

孔融敢言，以言被殪。考其缘由，实为二语：
“武王伐纣，喜得妲己，以之赐弟，周公有妻[③]。”
曹瞒挟嫌，遂诛文举，颁令欺世，虚谈伦理[④]。
融子八岁，时方弈棋，见父被执，端坐不起，
吏问其故，一词相回：“覆巢之下，其卵必碎[⑤]！”

---

① 贾诩，字文和，武威人（今属甘肃）人。对曹操立曹丕为太子起了重要作用。后为太尉。问对中所说袁绍、刘表，皆因诸子嫡庶争立致乱。（见《三国志·魏书·贾诩传》）

② 孔融（153—208），“建安七子”之一。字文举，孔子二十世孙。曾为北海相。因触怒曹操被杀。（见《三国志·魏书·崔琰传》注引《续汉书》）

③ “袁绍之败也，融与太祖书曰：‘武王伐纣，以妲己赐周公。’……（后）问之，对曰：‘以今度之，想其当然耳！’”这里暗指曹丕乘乱娶袁绍儿媳甄氏为妇。（见《三国志·魏书·崔琰传》注引《魏氏春秋》）

④ “太祖……令曰：‘融违天反道，败伦乱理。’”皆虚言无实。（同上）

⑤ “左右曰：‘而父见执，不起何也？’二子曰：‘安有巢毁而卵不破者乎？’遂俱见杀。”（同上）

马　谡[1]

孔明征南，马谡计良："攻城为下，攻心为上，
兵战为下，心战为上，愿服其心，以固蛮荒。"
七擒七纵，乃依其方。腹心无患，蜀得北向。
惜不善战，街亭乖张。谡语大略，其死可伤。

彭　羕[2]

彭羕左迁，牢骚郁闷，往诣马超，口中吐怨：
"老革荒悖，可复道邪[3]！"马超奏闻，彭羕入监；
上书剖心，情哀辞恳："实因被酒，胡语乱言，
负我慈父，罪有百端[4]。"终不见谅，羕竟诛焉。

魏　延[5]

屡立战功，早担重任。善养士卒，勇猛骄人。
曾出奇谋，领兵五千，直出褒中，袭取秦川；
孔明求稳，坐失机先。诸葛一死，两将相争，
不北走魏，捷足南还。延实未反，千载蒙冤。

---

① 马谡（190—228），字幼常，襄阳宜城（今湖北宜城）人。从刘备克蜀，后任诸葛亮参军。有大略。公元228年，街亭战败，下狱死。（见《三国志·蜀书·马谡传》）

② 彭羕，字永年，广汉（今属四川）人。助刘备定蜀，官治中从事。左迁江阳太守，怨望被杀，时年37岁。（事见《三国志·蜀书·彭羕传》）

③ "老革"，指刘备。革，指老者皮毛枯燥之状。（同上）

④ "慈父"，指刘备。彭上书曰："颇以被酒，倪失'老'语。……负我慈父，罪有百死。"（同上）

⑤ 魏延（？—234），字文长，义阳（今河南桐柏）人。蜀征西大将军。公元234年，诸葛亮死，与杨仪争权，被杀。《三国志·蜀书》有传。

张 裕[1]

刘备无须，张裕须夥。备嘲张裕："诸毛绕涿"；
"曰潞涿君"，裕乃反谑。人生嘲谑，戏言取乐，
官高嘲下，此公洒脱；下若嘲上，吉少凶多。
"潞涿"一语，张裕惹祸，后竟遭诛，大耳德薄。

简 雍[2]

生性诙谐，滑稽无涯。天旱禁酒，酿者必罚。
索得酿具，百姓之家，罪同酿者，琅珰拘押。
雍随刘备，游观情洽，路见男女，雍即发话：
"彼人淫乱，应缚入衙。""卿何所知？得无虚假？"
"彼有其具，藏于胯下！"刘备大笑，除其苛法。

秦 宓[3]

友劝入仕，勿困敝庐。宓乃援笔，一作答书：
"尧让巢由，洗耳涤辱；楚聘庄周，执竿不顾。
垄亩之中，仆背得曝。颜回箪瓢，原宪蓬户，
翱翔林泽，沮溺为伍。不灵之龟，曳尾泥途，
安身为乐，无忧为福。鹤鸣九皋，猿吟山麓，

① 张裕，蜀郡（今属四川）人。刘备后部司马。"其人饶须，先主嘲之曰：'昔吾居涿县，特多毛姓，东西南北皆诸毛也，涿令称曰：诸毛绕涿（猪毛绕嘴）居乎！裕即答言：'昔有作上党潞长，迁为涿令者，去官还家，时人与书，欲署潞则失涿，欲署涿则失潞，乃署曰潞涿君（露嘴君）。先主无须，故裕以此及之。先主常衔其不逊。"后张裕被弃市。（事见《三国志·蜀书·周群传》）"大耳"，指刘备；吕布曾呼其为"大耳儿"。

② 简雍，字宪和，刘备同乡。随备定蜀，封昭德将军。性滑稽。事见《三国志·蜀书》本传。

③ 秦宓，字子勅，广汉绵竹（今属四川）人。蜀中才士。刘璋时，天下动乱，不愿为官。同郡王商劝他入仕，他回书作了如上答复（乃其大意）。刘备将伐东吴，他说天时不利，被下狱幽闭。后应诸葛亮之请，拜左中郎将。《三国志·蜀书》有传。

知我者稀，我不贵乎？斯乃得志，何谓困苦！”

刘　禅[1]

降魏乞活，归为臣虏，离土北迁，辗转至洛。
司马与宴，蜀伎大作，蜀地风情，蜀言蜀歌。
从属悲怆，涕泪滂沱，阿斗愉悦，嬉笑自若。
异日又问：“颇思蜀么？”“吾不思蜀，此间甚乐。”
蜀亡无恨，不念家国，诸葛纵在，无可奈何。

阮　籍[2]

青眼白眼，爱憎所寄。校尉酒美，求其职位。
傲然独得，任性不羁。率意命驾，途穷泪垂。
时作长啸，以舒郁积。啸而未畅，展纸命笔。
言在耳目，情游八极。常恐罹祸，文多隐避；
托于寓言，中含刺讥。悲藏深心，终成楚泣。

刘　伶[3]

妻令戒酒，刘曰可行。乃备酒浆，神前誓盟：
“天生刘伶，以酒为名，一饮一斛，五斗解酲。
妇儿之言，慎不可听。”誓毕复饮，烂醉不醒。
“死便埋我”，肆志任情。以酒逃世，阮籍同品。

---

① 刘禅（207—271），蜀汉后主。公元223—263年在位。字公嗣，小字阿斗。刘备子。诸葛亮辅政，能循理纳忠。后信任宦官黄皓，朝政腐败。邓艾兵至，降魏。（事见《三国志·蜀书·后主传》注引《汉晋春秋》）

② 阮籍（210—263），诗人。字嗣宗，陈留尉氏（今属河南）人。竹林七贤之一。因不满司马氏的统治，以狂放酣饮自适。有《阮步兵集》。《晋书》卷四九有传。

③ 刘伶，字伯伦，西晋沛国人。“竹林七贤”之一。仕晋至建威将军。性放达，蔑视礼法，以酒逃世。著有《酒德颂》。《晋书》有传。

嵇　康[①]

龙章凤姿，寡欲静恬。雅好老庄，贱物贵身，
志在守朴，养性全真。学识深广，品格方端。
谨言慎行，与世无争。生不逢时，仍遭株连，
小人进谗，哲人不存。《广陵散》绝，千秋叹恨。

周　处[②]

“时和岁丰，不乐何苦？”“何乐之有，三害未除！”
“何谓三害？”“虎蛟与处。”处乃入山，射杀猛虎；
又下长河，巨蛟是缚。随后入吴，师事二陆。
励志勤学，改过敦睦。忠信克己，义烈昭著。

左　思[③]

不事沿袭，善学古人。胸次高旷，笔力雄健。
讽谕为旨，其思精深。居室门庭，皆放笔砚，
得一佳句，立即书笺。齐都之赋，一年乃成，
复赋三都，构思十年。一代大家，成于勤奋。

陆　机[④]

太康之英，吴中二陆。所作诗赋，工于咏物。

---

① 嵇康（224—263），三国魏文学家、思想家、音乐家。字叔夜，谯郡铚（今安徽涡阳）人。“竹林七贤”之一。遭钟会诬陷，为司马昭所杀。有《嵇中散集》。《晋书》有传。

② 周处（240—290），字子隐，义兴阳羡（今江苏宜兴）人。少时横行乡里，父老把他和蛟、虎并称“三害”。他斩蛟射虎，发愤改过。后战死。“二陆”，指陆机、陆云。（事见《晋书·周处传》）

③ 左思（约250—305），西晋文学家。字太冲，齐国临淄（今属山东）人。有《左太冲集》。《晋书》卷九二有传。

④ 陆机（261—303），字士衡，吴郡吴县华亭（今上海松江）人。西晋文学家。“八王之乱”，被任为后将军、河北大都督。兵败遭谮，与弟陆云均被杀。有《陆士衡集》。《晋书》卷五四有传。

五河吐流，文思如注。锐迈飘逸，弘丽赡富。
玄圃积玉，夜光耀目。世乱将兵，原不习武，
战败遭诬，兄弟同诛。平地乌云，大风析木，
昏雾昼合，天地号呼。华亭鹤戾，乡思悲楚。

潘　岳[1]

辞藻瑰丽，名高当代。姿仪绝美，车出洛陌，
妇人遇之，掷果盈载。著《闲居赋》，言与行乖，
名曰“养拙”，心在天街。谄事贾谧，望尘而拜。
爱慕虚荣，无倦无怠。死于非命，呜呼悲哉！

张　翰[2]

旅居京邑，官位非低，秋风忽起，思乡情逼：
吾本山人，素求适己，升冈采薇，汲江饮水，
菰菜莼羹，鲈鱼之脍，舍此不务，却来宦羁！
高爵重名，不如酒醴。著《首丘赋》，命驾而归。

王　导[3]

过江诸人，新亭邀集，举目北望，悲愁叹息：
“风景不殊，山河已异！”神情沮丧，相视流泪。
王导变色，发声如雷：“天下大事，当共努力，
克服神州，直捣幽冀，何至于此，楚囚相对？！”

---

[1] 潘岳（247—300），西晋文学家。字安仁，荥阳中牟（今属河南）人。长于诗赋，与陆机齐名。谄事权贵，后被杀。有《潘黄门集》。《晋书》卷五五有传。

[2] 张翰，西晋文学家。字季鹰，吴（今江苏）人。曾任大司马东曹椽。因秋风起，思念故乡菰菜、莼羹、鲈鱼脍，遂归吴。所作诗仅存六首。《晋书》卷九二有传。

[3] 王导（276—339），字茂弘，琅邪临沂（今属山东）人。晋室南渡，他领导南下士族，联合江南大族，支撑政权，历仕三帝。《晋书》卷六五有传。

祖逖[1]

夜闻荒鸡，其鸣呜呜。此非恶声，中宵起舞，
慨当以慷，拔剑四顾。八王乱后，九州翻覆，
晋室南逃，抛却北土。壮哉祖生，志在恢复，
击楫中流，誓于江渚：不清中原，宁葬鱼腹！

祖纳[2]

梅陶祖纳，问难相激，陶言犀利，纳不能敌。
情急智生，纳出奇语：“君生汝颍，我产幽冀。
汝颍之士，其利如锥，幽冀之士，其钝如槌；
持我钝槌，槌君利锥。”“我有神锥，不可得槌！”
“若有神锥，必有神槌！”梅陶错愕，无言以对。
锐不敌韧，钝可克利。鼓舌如簧，不如鲁愚。

郗超[3]

郗超将死，缄书多篇，嘱其门人，父悲可呈。
遽丧爱子，父不欲生。门人呈书，开启秘文：
桓温欲篡，超实助温，书札往来，谋划百端。
一看大怒，悲痛顿敛：“汝死恨晚！”咒诅声声。
观点相异，爱憎移转。如此尽孝，千古奇闻。

---

① 祖逖（266—321），东晋将领。字士稚，范阳道县（今河北涞水）人。公元313年，收复豫州。后见国事日非，忧愤而死。《晋书》卷六二有传。

② 祖纳，字士言，祖逖之兄。官军谘祭酒。有操行，能清言。（见《晋书》卷六二本传）

③ 郗超，字景兴，一字嘉宾，高平金乡（今属山东）人。官至大司马参军。桓温欲受禅为帝，超参与谋划。其父郗愔则忠于司马氏。超先其父病死，预留书一箱，疗老父之哀伤。（见《晋书》卷六七《郗超传》）

郭　璞[1]

好古文学，妙于历算。博学高才，讷于言论。
所作诗赋，一时之冠。注释《尔雅》，抉隐钩沉，
援据经传，旁采谣谚，择纳群艺，综合旧闻，
辨其名实，详其形声，词约义博，事该旨远。

陶　侃[2]

朝运百甓，置于院庭，至暮运回，放于斋厅。
孜孜不倦，励志以勤。“大禹圣人，乃惜寸阴，
至于众人，当惜分阴。”逸游荒醉，自弃劣行，
虽生犹死，枉有生命。斯人虽没，其言可铭。

鲁　褒[3]

愤世嫉俗，著《钱神论》：内方外圆，众妙之门，
无幽不至，无远不征；失则不肖，得则称贤；
可胜忿争，可发令问；钱少处后，钱多处前；
无足而走，无翼而腾；无势而热，无德而尊；
危可使安，死可令生，生可使杀，贵可使贱；
钱之所佑，大吉大顺。钱虽无耳，可使鬼神。

---

① 郭璞（276—324），字景纯，河东闻喜（今属山西）人。避乱南渡，后为王敦记室参军，因劝阻敦起兵被杀。所著《尔雅注》等，集《尔雅》学之大成。《晋书》卷七二有传。

② 陶侃（259—334），东晋将领。字士行，庐江寻阳（今江西九江）人。以爱惜光阴、勤劳人生为后世称誉。《晋书》卷六六有传。

③ 鲁褒，字元道，南阳人。不仕。伤时贪鄙，隐姓名，不知所终。著有《钱神论》。《晋书》卷九四有传。

干　宝[1]

耳目之外，天地之内，市井谈鬼，史传所辑，

灵怪异闻，网罗无遗，成三十卷，为《搜神记》。

怪怪奇奇，实实虚虚。鬼之董狐，旷世之笔。

劝善惩恶，此中真谛。夷坚志怪，由是开辟。

顾恺之[2]

意在笔先，胸有成竹。四体妍媸，无关妙处，

传神写照，正在阿堵[3]。目送归鸿，弦琴弹拂。

颊上三毛，气韵乃殊。不求神似，形同枯木。

春蚕吐丝，灵动起伏，流水行云，翻滚飘忽。

吴隐之[4]

为官度岭，万里南行。广州石门，贪泉名井，

饮者必贪，不厌金银。隐之至井，语其所亲：

不见可欲，不乱其情。酌而饮之，乃作歌吟：

“人云此水，一歃千金。夷齐若饮，终不易心。”

在任多年，励节愈清。归舟之日，家境寒贫，

茅屋六间，竹蓬为屏，并日而食，妻无完裙。

---

① 干宝（？—336），东晋史学家、文学家。字令升，新蔡（今属河南）人。曾著《晋纪》，时称良史。著《搜神记》，原书已佚，今本为后人所辑录。《晋书》卷八二有传。

② 顾恺之（约346—407），字长康，又名虎头。晋陵无锡（今属江苏）人。东晋画家。史称他为三绝——才绝、画绝、痴绝。（见《晋书》卷九二本传）

③ “阿堵”，指双目。“恺之每画人成，或数年不点睛目。”（同上）

④ 吴隐之，字处默，濮阳鄄城（今属山东人）。东晋廉吏。任广州刺史，曾于“贪泉”赋诗明志。《晋书》卷九十有传。

葛　洪[1]

学广闻多，冠于江左。清心寡欲，荣华不慕。
不事交游，闭门扫却。安于穷圮，甘于藜藿，
陋巷蓬荜，藻井之乐。求知问道，千里奔波；
权贵之家，咫尺不过。兼综医术，精于玄学。
隐于罗浮，闲云野鹤，《抱朴子》成，著述宏博。

石　勒[2]

天下大乱，被掠为奴，两人一枷，备遭殴辱。
死中求活，投身戎伍。未读兵书，却似孙吴。
纵横驰骋，燕赵齐鲁。浑一北国，民困稍苏。
“磊磊落落，方为丈夫；曹氏孟德，司马家族，
但知欺负，孤儿寡母。如此称尊，羞耻何如？！”

石季龙[3]

“取灰三斛，以洗吾腹，吾腹秽恶，孽子乃出，
年过二十，便欲弑父，以灰涤肠，免生凶徒。”
何谓秽恶？贪色暴酷：搜于国中，娇女美妇，
尽取无遗，三万之数，夺妻杀夫，悲号满路。
有父如此，子必无殊。不须涤肠，应割头颅。

---

① 葛洪（284—364），字稚川，号抱朴子。丹阳句容（今属江苏）人。魏晋炼丹术之集大成者，也是著名医学家。《晋书》卷七二有传。

② 石勒（274—333），十六国时期后赵的建立者。字世龙，上党武乡（今属山西）人。羯族。他曾嘲笑魏、晋取得政权不光明磊落，是“欺他孤儿寡妇”。（见《晋书·石勒载记》）

③ 石季龙，石勒从子，后废勒子自立为帝。好色残暴。其子邃、宣皆欲杀父篡位。他愤愤而言：“吾欲以纯灰三斛洗吾腹，腹秽恶，故生凶子，儿年二十余便欲杀公。”（见《晋书·石季龙传》）

陈　寿[1]

一代史才，九州无多。漏夜寒窗，勤力写作。

网罗旧闻，百事赅博；褒不溢美，贬不隐恶。

笔有五彩，人物鲜活。煌煌巨著，总揽三国。

《蜀书》有卷，评说诸葛，“应敌无才”，持论偏颇[2]。

谢　安、谢　玄[3]

苻坚南侵，百万师旅。谢玄将兵，八万拒敌。

陈于淝水，存亡所系。主将奋勇，士卒无畏。

坚中流矢，其师奔溃，草木皆兵，风声鹤唳。

谢安闻捷，依旧弈棋，客去狂喜，折却屐履。

王羲之[4]

书精众体，真行最妍。推陈出新，雄强多变。

烟菲露结，若断还连。骨鲠高爽，含质耀文。

瞻望悠邈，鹤翔云闲。妙节孤峙，英气绝伦。

虎卧凤阙，龙跳天门。黄庭白鹅，千古颂传。

---

① 陈寿（233—297），西晋史学家。字承祚，安汉（今四川南充）人。所撰《三国志》，古今称道。（见《晋书·陈寿传》）

② “寿父为马谡参军，谡为诸葛亮所诛，寿父亦坐被髡……寿为亮立传，谓亮将略非长，无应敌之才，……议者以此少之。”（同上）

③ 谢安（320—385），字安石；谢玄（343—388），字幼度。玄为安侄。公元383年淝水之战时，安为宰相，决策抗战；玄为主将，领兵破敌。二人《晋书》卷四九均有传。

④ 王羲之（321—379，一作303—361），东晋书法家。家逸少，琅邪临沂（今属山东）人。官至右军将军，人称王右军。

孙　恩、卢　循[①]

陈胜传薪，孙恩卢循。饥寒交迫，起义海滨。

数十万众，十日成军。八郡响应，九州震惊。

江南江北，赤帜如林。或陆或岛，转战不停。

恩死循继，南出梅岭，雄踞岭表，除暴安民。

义旗北旋，师至江宁。壮志未遂，跳入沧溟。

王　戎[②]

贪财吝啬，膏肓之疾。广收八方，园田水碓，

积实聚钱，不知纪极，自执牙筹，昼夜算计。

侄子新婚，借一单衣，婚礼甫毕，立时追取。

家有好李，上市价贵，恐人得种，钻核方鬻。

王　衍[③]

位居宰辅，好尚玄虚。世事不问，清谈入迷，

玉柄麈尾，终日妙语。矜言浮诞，天下风靡。

统兵御敌，败如飞灰。“晋室衰微，正是君罪！”

自知将死，慨然叹息：不尚虚浮，乃可有为。

---

① 孙恩（？—402），字灵秀，琅邪（今属山东）人。晋末农民起义领袖。卢循（？—411），字于先，范阳涿县（今属河北）人。与孙恩于公元402年起义，孙恩牺牲，他领导余部，后南下广州。公元410年率起义军北上，占领建康（今南京）。兵败南下，转战至交州，不屈，投海死。（见《晋书》本传）

② 王戎，字濬冲，琅邪临沂（今属山东）人。东晋官僚，官吏部尚书。以贪婪著称。《晋书》卷四三有传。

③ 王衍（256—311），西晋大臣。字夷甫，琅邪临沂（今属山东）人。好尚清谈，性喜老庄，所议义理，随时更改，时人称为“口中雌黄”。兵败，为石勒所俘。石勒对他说：“破坏天下，正是君罪。”（见《晋书·王衍传》）

陶渊明[①]

五柳先生，旷世杰奇。挂冠逃世，不慕荣利。
斗米折腰，终生不为。家无担储，不见戚戚，
环堵萧然，不蔽风雨，短褐穿结，箪瓢空矣。
生性嗜酒，无钱沽取，亲旧招之，造饮必醉，
从不矫情，既醉而退。临流赋诗，朴质闲逸：
荷锄田亩，草盛苗稀；遥见南山，采菊东篱。

桓　温[②]

挥师岷峨，跨越万险，平定西蜀，声威大振。
继而北伐，观兵秦川，后援无力，三次未成，
举朝偏安，歌舞管弦。于是叹息，吐露心声：
“流芳百世，我之所愿，此志不遂，遗臭万年。”
过王敦墓，连呼“可人！”若受晋禅，未必不贤，
司马家儿，难以比伦。“遗臭”云云，破釜宣言。

苻　坚[③]

明扬德教，兴学倡儒。忧勤政务，抚育黎庶。
贤俊效命，文武相辅。擒代吞凉，定燕平蜀，
大河以北，混一禹域。数战数胜，非国之福。

---

① 陶渊明（365或372或376—427），东晋大诗人。一名潜，字元亮，浔阳柴桑（今江西九江）人。《晋书》卷九四有传。

② 桓温（312—373），东晋名臣。字子元，谯国龙亢（今安徽怀远）人。有雄才大略，平定西蜀。三次北伐，终未如愿。废海西公，立简文帝，意欲受禅，未遂而死。曾云：“既不能流芳百世，不足复遗臭万年邪！”经王敦墓，望之曰：“可人，可人！”事迹见《晋书》本传。

③ 苻坚（338—385），十六国时前秦国君。字永固，一名文玉。略阳临渭（今甘肃秦安）人。氐族。其事迹见《晋书·苻坚载记》。

数胜主骄，久战民苦，主骄民苦，其亡必忽。

刘　裕[1]

捕鱼力耕，幼小贫贱。弃网从军，历尽艰险。
镇压孙恩，击败桓玄，消灭后秦，吞并南燕。
位登九五，寡欲清俭。岭南献布，八丈一端，
恶其精丽，原物退还。戒奢恤民，田舍风存。

沈庆之[2]

少时贫苦，躬耕于乡。无缘识字，观书如盲。
勤于耳学，自立自强。毕生征战，功高庙堂。
帝逼作诗，口授一章："微命多幸，得逢运昌。
朽老力尽，徒步南冈。辞荣圣世，何愧子房！"
鞠躬尽瘁，难保安康，年已八十，狗烹弓藏。

范　晔[3]

天资博富，经史徜徉。意有郁结，发为文章。
成《后汉书》，巨著煌煌。立论持平，褒贬允当。
疏而不漏，简而有方。语隽旨远，笔势纵放。
蝇利蔽心，禄蠹过往，猪狗相争，英才被戕。

---

① 刘裕（363—422），南朝宋的建立者。字德舆，小字寄奴，祖籍彭城（今徐州），迁于京口。公元420年代晋称帝。《宋书》有《武帝本纪》。

② 沈庆之（386—465），字弘先，吴兴武康（今浙江德清）人。南朝宋太尉，后被废帝所杀。其口授之诗为："微生遇多幸，得逢时运昌。朽老筋力尽，徒步还南冈。辞荣此圣世，何愧张子房！"（见《宋书》本传）

③ 范晔（398—445），著名史学家，撰成《后汉书》。公元445年，因被告参与谋立彭城王刘义康为帝，以谋反罪被杀。（见《宋书·范晔传》）

鲍　照[1]

下笔气雄，一洗柔靡。古诗幽远，乐府弘丽。

即景命词，钩深索异。陈言不与，乃警乃奇。

轻貂骏骥，短剑长戟。抗音吐怀，直抒胸臆。

《拟行路难》，慷慨悲泣，举头四望，满目荆棘。

秋风落日，征雁奋翼。李杜推服，称曰“俊逸”。

谢灵运[2]

才高当世，江左之英。性爱山水，啸傲泉林。

所作诗赋，鬼斧默运。情非虚情，情融于景；

景无滞景，景中含情。三春色秀，天然风韵。

秋来风急，孤雁悲鸣。贪索湖田，惊扰百姓，

遂构仇隙，迁于别郡；又被弹纠，逃逸兴兵。

减死一等，流放过岭，终被弃市，临刑哀吟。

颜延之[3]

诗文冠世，灵运之匹。钟情杜康，刘伶也愧。

但在酒店，狂歌沉醉，文帝召见，了不应对。

“公生四子，其能何比？”“测得臣文，竣得臣笔，

跃得臣酒，莫得臣义，唯臣之狂，诸子莫及！”

---

① 鲍照（约414—466），字明远，东海（今江苏涟水）人。南朝刘宋诗人，尤擅乐府七言歌行。曾为临海王参军，为乱兵所杀。有《鲍参军集》。《宋书》卷五一有传。

② 谢灵运（385—433），小名客儿，故又称谢客。袭封康乐公，世称谢康乐。陈郡阳夏（今河南太康）人，移籍会稽。有《谢康乐集》。《宋书》卷六七有传。

③ 颜延之（384—456），南朝宋诗人。字延年，琅邪临沂（今属山东人）。与谢灵运齐名，世称“颜谢”。有《颜光禄集》。其事迹及他与宋文帝的问答见《南史》本传。测、竣、跃、莫，皆其子。

沈　约[1]

命意为先，行文主气。作《昭君辞》，苦寒涕泪。

怀旧九首，辞庄情凝。江南四弄，鹤飞云起。

唱和之诗，伤于浮靡。平上去入，宫商徵羽，

曰永明体，格律先驱。昧于荣利，颇累清誉。

温子升[2]

延之灵运，宋室翘楚，沈约任昉，梁之鸿儒；

北魏子升，河洛独步，颜谢沈任，凌轹含吐。

梁武览文，言出肺腑："曹植陆机，复生北土，

恨我辞人，数穷百六。"庾信南还，告语亲故：

"唯有韩陵，片石堪读，余如驴鸣，聒耳俗物[3]！"

萧　衍[4]

帝王佞佛，莫过萧衍。心恋轩冕，口诵经卷。

两次三番，萧寺舍身。广建庙宇，江南皆遍，

烟雨楼台，佛地洞天。民脂民膏，虚耗无存。

粟罄惰游，兵挫行阵。酿成浩劫，侯景之乱，

民没波涛，尸枕荒原。衍未成佛，饿死台城。

---

① 沈约（441—513），南朝梁吴兴武康（今浙江德清）人，字休文。能诗能文。奉命撰《宋书》，另有《四声谱》等，著述颇富。《梁书》卷一三有传。

② 温子升（495—547），字鹏举，济阴冤句（今山东菏泽）人。北魏文学家。古人对其评价，见《北史·温子升传》。

③ 唐张鷟《朝野佥载》六记载："时温子升作《韩陵山寺碑》，（庾）信读而写其本。南人问信曰：'北方文士如何？'信曰：'唯有韩陵山一片石堪共语，……自余驴鸣犬吠，聒耳而已'。"

④ 萧衍（464—549），即梁武帝。字叔达，南兰陵（今江苏常州）人。事迹见《梁书》卷一《武帝纪》及《南史》卷六《武帝纪》。

范　缜①

莽莽宇宙，何来鬼神？辩摧众口，驳倒萧衍。
著《神灭论》，哲学鸿文。人之所生，无贵无贱，
如一树花，枝上同存，俱开一蒂，随风飘焉，
或坠茵席，或拂绣帘，或挂樊篱，或入粪溷，
所谓“因果”，梦呓胡言。大哉范子，先觉哲人！

萧　统②

不喜奢靡，乐奏不闻，山水清音，胜于管弦。
都下米贵，心念寒门，霖雨积雪，周济贫困。
一生辛勤，辑成《文选》。秦汉以还，精华毕存。
学子必读，影响深远。英年早逝，苍天无眼！

庾　信③

其在南朝，诗无所本，夸目红紫，荡心郑声。
及至北迁，判若两人。才华盖代，羁旅亡臣。
桑梓永诀，家国无存。楚囚相对，悲痛殊深。
万种凄凉，浮动毫端。吊古伤今，江河流恨。
云霞激荡，浩浩绵绵。老而更成，耸动江关。

---

① 范缜（约450—约510），字子真，南乡舞阳（今河南泌阳）人。出身寒微，不畏权贵。著有《神灭论》等。其朴素的唯物主义思想，当时遭各方责难。梁武帝萧衍与他辩论，亦不为所屈。《梁书》《南史》均有传。

② 萧统（501—531），南朝梁文学家。字德施，武帝长子。编辑《文选》三十卷，对后代文学颇有影响。有《昭明太子集》。《梁书》《南史》均有传。

③ 庾信（513—581），字子山，南阳新野（今属河南）人。身历三朝，由南迁北。前后诗风不同。杜甫云：“庾信文章老更成”，“暮年诗赋动江关”。《四库全书总目》曰：“其骈偶之文，则集六朝之大成，而导四杰之先路。自古迄今，屹然为四六宗匠。”有《庾子山集》。《北史》《周书》均有传。

钟　嵘[1]

钟嵘《诗品》，勒成三卷。钩沉拾遗，汉魏以还。
分析评说，一百三人。上中下品，珠玉分明。
溯其源流，明其所本。探幽发微，思深虑远。
提倡风力，反对玄言。虽非无瑕，开创维艰。

刘　勰[2]

亲死家贫，孑然孤立，难于活命，沙门是依。
苦读萧寺，博通经籍。磨穿铁砚，奋力挥笔，
《文心雕龙》，旷世之奇。笼照群言，众体详析。
为文之要，思虑精密：风清不杂，情深不诡，
体约不芜，事信不诞，辞丽不淫，义直不回。

陶弘景[3]

林泉有约，道观居留。山水娱情，著述唱酬。
特爱松冈，盘桓不休，松风响起，其乐悠悠。
梁武赐官，拒而不受，作为回复，图绘二牛：
一牛散放，草间林岫，怡然自得，奋蹄昂首；
一牛被牵，著金笼头，杖赶鞭抽，身不自由。
以画明志，将老荒丘，金印如斗，何如散牛？！

---

① 钟嵘（约480—552），字仲伟，颍川长社（今河南长葛）人。著有《诗品》。《梁书》《南史》均有传。

② 刘勰（？—约520），字彦和，原籍莒县（今属山东），世居京口（今江苏镇江）。早孤，依沙门僧佑。晚年出家，改名慧地。著《文心雕龙》，为古代文学批评之杰作。他归纳了写文章的六个要素：“情深而不诡，风清而不杂，事信而不诞，义直而不回，体约而不芜，文丽而不淫。”《梁书》《南史》均有传。

③ 陶弘景（456—536），南朝梁时医学家，道教思想家。字通明，自号华阳隐居。丹阳秣陵（今南京）人。事见《南史·陶弘景传》。

郦道元[①]

以水为经，以史为纬。禹域之内，包罗无遗。
大至江河，小至津溪，一千二百，五十有奇。
发源坡岭，泽及之区，山川流向，郡县城邑，
关塞险隘，历史遗迹，多方求证，考于实地，
一一记载，详尽缜密。区划分明，脉络清晰，
九州水系，尽收眼底。煌煌巨著，功在寰宇。

谢　朓[②]

荷动鱼戏，花落鸟喧。使事状物，思巧笔神。
余霞成绮，澄江如练。轻清和婉，佳句可赓。
远山百重，回流千仞。风霜日甚，蕙草无芬。
扬舲浮川，倦客泪涟。未及归老，死于诬陷。

菩提达摩[③]

天竺王子，遁入空门。踏遍关山，江左暂存。
萧衍夸诞，话不投缘，“逢之未逢，见之未见。”
一苇渡江，嵩山栖身。劳身焦思，面壁九年。
而后云游，声名大振。奸人投毒，五次幸免，
及至六次，高僧命断。净土不净，嫉仇频生。

---

① 郦道元（466或472—527），字善长，范阳涿县（今属河北）人。著《水经注》，为古代地理学巨著，兼有文学价值。《魏书》《北史》均有传。

② 谢朓（464—499），南朝齐诗人。字玄晖，陈郡阳夏（今河南太康）人。后世与谢灵运对举，亦称小谢。三十六岁时，遭诬陷被杀。有《谢宣城集》。《南齐书》《南史》均有传。

③ 菩提达摩（？—528），略称达摩。南天竺僧人。曾在少林寺面壁九年。（见《五灯会元·初祖菩提达摩大师》）

曹景宗[1]

昔在乡里，快马驰逐，年少朋辈，平泽围鹿，
数肋射之，中箭如束。渴饮其血，饥食其脯，
口角流涎，甜如甘露，鼻头出火，耳后风忽，
乐而忘死，歌飞霞浦。今作贵人，扬州居住，
转动不得，拘束太苦，乘轩开幔，亦违礼数，
闭置车中，三日新妇，使人气尽，如此抑郁！

鱼　弘[2]

萧梁鱼弘，人头畜鸣，“我治州郡，向有四尽：
水中鱼尽，山中鹿尽，田中谷尽，村里人尽。”
服玩车马，奢丽绝顶。侍妾百余，戴翠穿金。
残民以逞，毫无人性。罪应凌迟，明正典刑。

江　淹[3]

淹富文彩，当世称奇。夜梦一人，对淹言语：
“前寄君处，绵绣一匹，时日已久，今宜归余。”
又梦郭璞，向淹索取：“君应还我，五色之笔。”
锦绣彩笔，一一付与。此后作诗，秀句绝迹。
江郎才尽，不须悲泣，老无情思，人生规律。

---

① 曹景宗，字子震，新野（今属河南）人。南朝梁将领。性躁动，不拘小节。（见《南史·曹景宗传》）

② 鱼弘，襄阳（今属湖北）人。南朝梁恶吏。历任南谯、盱眙、竟陵等郡太守，以贪暴闻名。尝谓人曰：“我为郡有四尽：水中鱼鳖尽，山中獐鹿尽，田中米谷尽，村里人庶尽。……人生但欢乐，富贵几何时！”（见《南史·鱼弘传》）

③ 江淹（444—505），字文通，济阳考城（今河南兰考）人。南朝梁文学家。（见《南史·江淹传》）

颜之推[1]

遭逢时乱，污秽满眼，绝圣弃智，琐义羁仁。
见溺当拯，忍看沉沦？感奋挥笔，志在匡正。
《颜氏家训》，凡二十篇。循循善诱，劝导世人，
有过自讼，以葆天真。立身治家，兴国之本。

魏　收[2]

下笔成文，北国才子，撰成《魏书》，纪传表志，
搜罗详备，后世可资。可叹德薄，曾被人嗤。
贿赂成篇，笔底挟私，得贿溢美，无钱贬斥。
诉于朝者，日有数十，怨声沸道，称为“秽史”。
虽令改作，犹云不实。齐亡势败，掘墓抛尸。

① 颜之推（531—595），字介，琅邪临沂（今属山东）人。著述甚多，现仅存《颜氏家训》二十篇。《北史》卷八三有传。

② 魏收（506—572），字伯起，小字佛助，钜鹿下曲县（今河北晋州）人。北齐时官至尚书右仆射。撰成《魏书》。《北齐书》《北史》均有传。

唐以后

李　白[①]

下笔无敌，公乃谪仙。能惊风雨，能泣鬼神。
飘逸豪纵；雄视昆仑。千秋万古，与杜同尊。
材大难用，龙大难潜。流放夜郎，潦倒终生。
万言杯水，诗不值钱。重来尘世，莫作文人。

杜　甫[②]

朴厚端方，忠于李唐。唐室腐朽，病入膏肓，
致君尧舜，雄心徒壮。渔阳铁骑，滚滚南向，
中原涂炭，百姓遭殃。流落入蜀，栖身草堂。
作诗千首，声多悲怆。三吏三别，陈陶哀伤。
忧国悯民，泪湿衣裳。无亲无朋，由川入湘，
天穷地困，终于耒阳。千秋诗圣，万众景仰。

王森然[③]

采得南溟，一树珊瑚，送与森翁，可入画图。
晶莹玉洁，霜雪也妒；品压松梅，节比劲竹。
万丈蛟龙，久共寒暑；平生惯唱，掀天豪曲。

---

① 李白（701—762），唐代大诗人。字太白，号青莲居士。祖籍陇西成纪（今甘肃静宁西南）人，生于安西都护府碎叶城，约五岁时随父迁居绵州昌隆（今四川江油）青莲乡。天宝初曾供奉翰林。后被流放夜郎，遇赦后飘泊东南，死于当涂。有《李太白集》传世。

② 杜甫（712—770），字子美，自称少陵野老。巩县（今属河南）人。唐代“诗圣”。著有《杜工部集》。

③ 王森然，教授。著述颇丰，并擅书画。他身后，海内外学人曾于90年代设立“王森然学术研究会”，弘扬其学术。

惊涛骇浪，何须细数；海啸陆沉，几番曾睹。
甘为黎庶，粉身碎骨；岂向狐鼠，少低头颅！
珊瑚吟罢，《风雨》重赋，思君子兮，穷不改度。

张学良

山河破碎，相煎何急？西安一谏，四纪幽拘。
朝为上将，夕著赭衣。地老天荒，此恨何极！
拳拳之心，逾古包胥，高世之谊，今之乐毅。
赤子长逝，五岳垂泪。魂兮归来，勿滞海隅。

素練風霜起蒼鷹画作殊
竦身思狡兔側目似愁胡
絛鏇光堪摘軒楹似可呼
何当击凡鸟毛血洒平芜
杜甫詩画鷹 楊小連画 辛丑
二零二一年五月二十一日路宇儿子
在美国出生杨家四代同堂特此志禧
路宇存念 叔叔小連

·杨子才零星诗词曲汇存·

组词·忆故乡
（外一首）

垂老思乡，仿白居易《忆江南》词，作《忆故乡》十三首。故乡之思，终生无有尽时，故每首均以“终生忆”为起句。

大观楼长联

终生忆，最忆是孙髯。笔下长联称第一，平生潦倒薄衣寒[①]。能不再三叹？

黑龙潭山茶花

终生忆，最忆是山茶。管领春风无敌手，唐梅宋柏伴丹霞[②]。美誉播天涯。

龙　门

终生忆，最忆是龙门。举手摩星天尺五，凭栏恰在水中间[③]。夜夜梦魂牵。

翠湖海心亭

终生忆，最忆海心亭。购取前村茅舍酒，婆娑对月成三人[④]。能不忆终生？

---

① 昆明大观楼有180字长联，文笔雄健，堪称绝品，有“古今第一长联”“海内长联第一佳者”之誉。作者孙髯，自号“万树梅花一布衣”，终生为平民，贫困而死。

② 昆明黑龙潭有明代山茶花，海内称王，举世无匹。此花与唐梅、宋柏相伴，被称为“黑水祠中三异木”。

③ 昆明西山龙门，石室壁联有“仰笑宛离天尺五”之句。凭栏放眼，水天一色，云蒸霞蔚，气象万千。

④ 昆明翠湖风景绝佳，湖中小岛建碧漪亭，又名海心亭，有联云：“有亭翼然，占绿水十分之一；何时闲了，与明月对饮而三。”

杨升庵祠

终生忆，最忆是升庵。四十三年流放死，留得著作世之冠①。能不忆斯人？

聂耳墓

终生忆，聂耳总情牵。抗日高歌连朔漠，神州血肉筑长城②。能不忆斯人？

石　林

终生忆，最忆石林游。走遍天下独一处，千峰百态总回眸。能不梦中求？

洱　海

终生忆，洱海使人迷。入夜金梭邀朗月，波涌三塔影依稀③。故垒何处觅？

苍　山

终生忆，最忆是苍山。十九峰高多瀑布，云笼雾罩雪溪寒④。能不梦江南？

蝴蝶泉

终生忆，最忆蝴蝶泉。五彩缤纷千万只，钩连成串水边眠⑤。能不忆终生？

---

① 明代大学者杨慎，字升庵，流放云南四十三年，留下的著作之宏富为举世之冠。其祠在昆明西山高峣，原为升庵碧峣精舍。

② 聂耳，国歌作曲人，生于昆明，死于日本。其墓在昆明西山三清阁附近。

③ 洱海中有金梭岛，上有古代南诏国王避暑宫遗址；西岸有崇圣寺三塔，倒影水中，风波起处，塔影依稀。

④ 苍山十九峰，聚翠凝碧，挺拔峻峭。主峰马龙峰终年积雪，日照雪融，汇为溪流，从群峰中下泻，构成十八条悬流飞瀑。山间云飞霞举，变幻多姿。

⑤ 蝴蝶泉在苍山云弄峰麓，宽约两三丈。每年农历四月，蝴蝶群集，翩跹飞舞，一只只“连须钩足”，从泉边树头倒垂水面，如同彩带，实为天下奇观。

郑和碑

终生忆，最忆郑和碑[①]。七下西洋何代有？千邦万府咏风雷。能不梦萦回？

宜良一中

终生忆，最忆是宜中。校友皆怜贫户子，常云“将相本无种[②]”。能不忆无穷？

外祖刘公

终生忆，夜夜梦刘公。虎豹丛中须健斗，鞭予切莫作沙虫[③]。能不忆无穷？

戊辰中秋，在维也纳，夜无明月。主人飨以中国月饼，更牵故园之思，感而赋此。

水调歌头·中秋乡思

漏夜都无月，重雾罩城垣。异邦万里作客，对酒更思亲。欲驾鲲鹏疾去，又恐山遥水远，无力达昆明。不乐杯中物，强饮亦何情？

穿宵市，西风紧，掉臂行。良辰伴影，休笑岁岁隔沧溟。早以微躯许国，跋涉天涯未尽，慷慨赋凌云。乘醉婆娑舞，雁阵越空鸣。

---

① 郑和碑在其家乡云南晋宁县郑和公园内，位于郑和为其父所立的墓碑一侧。它为后人所立，上刻《明史·郑和传》全文。

② 考入宜良中学时，因家境贫困，我衣着寒酸，师友亦不嫌弃，诲我以奋发向前之义。

③ 外祖父刘泽，前清秀才，终生执教。儿时，他以先哲“人从虎豹丛中健，天在峰峦缺处明”两句话鞭策于我，至今未忘。

大决战开新纪元

——纪念辽沈战役胜利65周年

一

南昌起义廿一载，亿万奴隶盼翻身。主席韬略超万古，决策恰在戊子年。
东野开赴北宁线，关门打狗奋铁拳。秋高气爽军威壮，战马长嘶渤海边。
分割包围斩鲸鲵，南克兴城北义县。将有空前大决战，风烟滚滚满辽天。
东北蒋军归路绝，九分死兮一分生。望江南兮家万里，关山阻隔空断魂。

二

战略要地锦州城，自古兵家所必争。关内塞外挂两头，北挑满洲南燕京。
锦州易手无东北，探囊取物下平津。老蒋下令定死守，筑堡如林似铁坚。
为破坚城操胜算，林罗来到牤牛屯。涉水登山细勘察，织成罗网巧布兵。
一声总攻号令下，万炮齐鸣鬼神惊。我军将士如猛虎，敌人顽抗半死生。
鏖战三十一小时，一举歼敌十万零。守将范氏称汉杰，蒋氏钦点有声名。
城破兵败心胆碎，就擒涕泪话心田。年少从军到白发，如此恶战冠古今。

三

锦州城头枪声急，南京老蒋慌且惊。专机急飞葫芦岛，调兵遣将援锦城。
东野四纵十一纵，奉命南面阻援兵。塔山一线设阵地，寸土不失寸土争。
敌军十万轮番攻，炮舰炸弹齐轰鸣。大地震撼山岳动，我军守若泰岱坚。
激烈拼杀六昼夜，敌尸累累阵前横。草木腥兮水呜咽，日无光兮月不明。
攻锦部队已得手，援敌半步未能前。壮哉塔山阻击战，彪炳史册万古传！

四

长春早已成孤岛，被围度日若度年。守敌缺粮民饥饿，曾闻城中人吃人。
攻锦胜利似雷霆，顿使守敌梦魂惊。军心动摇无斗志，携械投诚日纷纷。
云南名将曾泽生，早欲倒戈求新生。如今得此好时机，毅然起义投光明。
七军军长名李鸿，放下武器来归顺。剩下主将郑洞国，势单力孤难支撑。
眼见蒋家气数尽，顺应大势归人民。东北首府长春市，兵不血刃息战尘。
秧歌劲舞飘红旗，鼓乐雷鸣动山川。古人未见今人笑，今月曾经映古人。
松辽平原万古月，从此年年照太平！

五

辽沈决战阵云密，最数辽西风雨奇。南面援锦碰了壁，北面援敌施诡计。
蒋家精锐九兵团，“围魏救赵”行故伎。不向西南走锦榆，却占西北彰武地。
美其名曰“断粮道”，欲逼东野撤兵归。东野多谋早有备，绕道运输保供给。
彰武廖氏空欢喜①，我军攻锦疾如雷。锦州坚城化土灰，蒋氏气恼心火急②。
忙携杜氏再飞沈③，严令廖氏出辽西。“规复锦州”是迷梦，第九兵团无归期。
沈锦路上有黑山，欲过黑山谈何易！东野十纵守此山，万众一心铸铁壁。
美式炮火急如雨，硝烟弥漫笼天地。主峰阵地一〇一，炸矮一米三有余。
十纵将士学四纵，死打硬拼不气馁。刺刀见红敌胆寒，黑山阵地屹然立！

六

“规复锦州”泡了汤，第九兵团向何方？廖说向南奔营口，卫说北撤回沈阳④。
南奔北撤两依违，东野再布天罗网。疾如迅雷快如风，各纵顺手牵肥羊。

---

① 廖氏，指敌第九兵团司令官廖耀湘。

② 蒋氏，指蒋介石。

③ 杜氏，指杜聿明。

④ 卫，指敌东北剿总司令卫立煌。

敌人夺路向南闯，八纵五纵成铁墙。最是三纵猛如虎，擒贼擒王捣心脏。首脑机关被打乱，军长师长无主张。“王牌兵团”被全歼，美式装备弃战场。十万精锐一朝尽，活捉司令廖耀湘。辽天雁叫凄凉月，西风萧瑟秋草霜。可怜流水漂浮尸，白骨黄沙满河梁。

七

我军全歼廖兵团，沈阳之敌大慌乱。欲逃营口求生存，营口守敌已不稳。林罗立即再下令，分路进击沈阳城。南面飞兵断退路，西面猛虎来掏心。还有各个独立师，齐攻东面与北面。敌人一如困垓下，四面但闻楚歌声。卫氏忙乘铁鸟去，烂摊交给周福成[①]。周氏原属东北军，本应效法曾泽生。无奈头脑花岗岩，声言不如作“忠臣”。可叹兵败如山倒，无人为蒋甘杀身。手下一位副军长，胁迫周氏交兵权。周某以手掩面哭，喃喃自语“愿投诚”。守军悉数被肃清，共达十三万余人。沈阳高歌庆胜利，营口再将捷报传。九纵星夜兼程至，与敌鏖战渤海边。守敌败退忙登舰，欲从海上去逃生。我军炮火猛轰击，三千敌兵水底沉。共歼守敌一万四，逃逸一个师有零。东北至此全解放，歼敌四十七万余。此役干净又彻底，翰墨简牍怎置评？细检华夏兵家史，三千年来第一篇！

八

辽沈枪声甫沉寂，四、十一纵已登程。昼伏夜行疾如箭，神鬼不知先入关。百万大军随后行，跃马平津下幽燕。放眼神州观棋局，战略形势大转变。我强敌弱从此始，战争进程要缩短。白山黑水作基地，工农“高悬霸主鞭”。天地翻覆沧桑变，翌年定开新纪元[②]。

（载于《解放军报》2013年9月14日）

---

① 周福成，指敌第八兵团司令官。

② 翌年，即1949年。作者时任东野四纵十一师政治部干事，辽沈战役亲历者。

长白山组诗

一九八七年七月，登长白山，得五七言古风十三首。

题赠山珍酒厂

东上白头山，得饮越桔酒。一醉天地阔，终生不白头。

美人松

秀色西施妒，高洁傲苍穹。老去更婀娜，谁个解怜侬？

天池二题

一

来从云外问天池，天池化作琼瑶酒。谪仙恨不结伴行，举杯大笑摩星斗。

二

瑶姬临天池，梳妆理凤环。容华旷代无，肌肤冰雪莹。
为怕惊世俗，云雾相遮掩。怜我万里来，一笑露真颜。

乘槎河

我来乘槎河，岸畔一舟横。仙人呼我渡，我有尘世恋。
最怕玉宫寒，琼浆非所愿。未曾开言答，人舟两不见。

紫霞峰

嫦娥苦孤寂，悔恨偷灵药。泣血化紫雾，泪石满东坡。

梯云峰

白云叠成梯，引我上太虚。回首呼朋辈，天梯了无迹。

芝盘峰

仰天看灵芝，亭亭如伞盖。仙女勤守护，莫令人偷摘。

冠冕峰

冰雪作冕载峰巅，气象庄严如至尊。山下仙人炼丹处，千年犹自绕青烟。

华盖峰

峰名华盖世无俦，云翻雾滚万古愁。一扇尽挥云雾去，倒影婆娑下池头。

观日峰

莫道岱岳观日好，此处凭高更好看。朝迎一轮跃东海，暮送落晖宿群峦。

雨燕出巢碧空乱，苍鹰归岩雪满山。最是一年春色里，幽谷繁花火样燃。

长白瀑布

何人持素练，悬挂彩云间？遥看双飞龙，直下壁千仞；

近如雷霆怒，震响动山川。散作千斛珠，抛洒向人寰。

玉浆泉

长白山头饮玉浆，清洌甘醇世无双。更汲一壶携将去，洒向五洲播芬芳。

长春抒怀

北国有潭能净月，八方争赴不二门。松风着意谱新曲，碧水无情涤旧痕。

天外雷声惊残梦，人间歌舞动山川。黄龙置酒君莫醉，前路艰辛万里程。

江城杂咏

一九八七年夏，过吉林市，得五七言古风八首。

泛舟松花湖

船行明镜里，人在画图中。千山竞滴翠，烟雨奇空濛。

湖上雨景

云外雷声才过耳，蓦地骤雨洒江天。远处孤峰泼墨染，脚边白珠跳入船。
忽然雾散云飞去，霞光万道碧波平。泊岸登高一放眼，无山无水不关情。

蜂蜜砬子

嶙峋峭壁插云端，风光清香醉游人。借问芬芳何浓郁？此峰原是蜜酿成。

小白山

南望千峰高拔天，唯尔低小如弹丸。有清一代三百载，神州数尔位望尊。
帝室年年来祭祀，暮鼓晨钟震耳鸣。不是德能超群辈，只为长白作替身。

万人坑

白骨累累万人坑，我来凭吊一泫然。东条英机归地府，世间犹自有狼烟。

陨石雨

天外骄客驾彩云，成群结队百有零。穿越茫茫太空路，来与地球通音问。
阿大体重三千五，稚弟小巧玲珑身。要知群仙寿几何？屈指四十六亿年。

观兵台

观兵台边柳丝垂，江水滔滔话古今。舟师蔽日乘流下，气贯长虹鬼神惊！

龙潭山

铁索千寻作钓丝，饵料曾屠五十牛。旦旦投竿龙潭上，钓尽妖孽宁九州。

天池补天石

过江城前数日，登长白山，临天池，见补天石卧池中，得七古一首。

女娲矢志补天日，广征人间五色石。一石奇绝形貌陋，遗在洪荒冰雪池。

七绝・暮年游

垂老江南春暮游，莺飞草长树花稠。
五湖烟景尽有主，何处能泛范蠡舟。

附：七绝・步韵和子才兄

王佐邦

天涯无处不芳游，何以君今雅兴稠？
千里江南一盆景，天人钟秀汇方舟。

（1999年4月）

七绝·游张家港

忆昔欧游过奥京[1]，清明秀丽盖千城。景云哪抵张家港？玉洁姹嫣天下闻。

附：七绝·和子才兄

王佐邦

凌空扬子启明星，她引朝阳海上升。待到晓光融大地，千红万紫满疆春。

（1999年4月）

竹枝词

七古·天池

多情王母拨雾开，霞光万道暖松岩。连天瑶池澄碧玉，云外雪山照影来。

（载于《新疆日报》1997年11月25日）

---

① 奥京，指奥地利首都维也纳。

诗三首·项羽

一

鸿门设宴你何必菩萨心肠？论功行赏你何必裂土封王？
诛灭暴秦你何必衣锦还乡？既破重围你何必自刎乌江？

二

有道是无毒难遂丈夫志，有道是山河一统苍生望。
有道是关中沃野壮帝居，有道是卷土重来又何妨！

三

你气盖万夫，少了文章；你宰割天下，谋略未广；
你号称霸王，却多了柔肠；你百战百胜，却不知不败不成王。

（作于1957年）

旧体诗三首

经辽沈战役故地怀先烈

千古男儿七尺身，取义成仁大道存。洒血抛头缘底事？家家门巷尽回春。

砚铭·集句

依仁台废悲风晚，履信池荒宿草春。唯有囊中留片石，敲来幸不带铜声。[①]

庐山[②]感怀

匡庐七十觅仙踪，汗雨登攀五老峰。直木冲天遭惨伐，盘根樗栎郁葱葱。

《李圭诗词选》出版，书古绝句四首以贺

一

君年九十五，半世为诗苦[③]。评说散宜生，奇句耀今古[④]。

二

君欲挽天河，一洗尘寰霾。虽已漫九州，浊世仍多血。

三

君叹吞象蛇，贪婪最难灭。钱痨窃公帑，总把天良黑。

---

① 前二句见白居易《自问》，后二句为纪晓岚明志诗。

② 相传庐山自古为得道真仙所喜爱，不时在此聚会。

③ 李圭同志是红叶诗社的初创者之一，无论任编者、顾问，都为之倾注心血，贡献良多。

④ 《李圭诗词选》收入诗词近200首，其中颇有可传世之作，如《初读散宜生诗》等篇章，虽置之唐宋名家集中，亦不愧色。

四

君如大夫松[①]，风标至高洁。魔怪舞犹狂，朝夕搏霜雪。

（作于2019年9月末）

小令两首

［北仙吕］一半儿·聪明误

妙计敢比诸葛神，机关算尽太聪明，反误了卿卿性命。叹丧生，一半儿尘土一半儿烟。

［北仙吕］一半儿·咏诗人某君

二十四史全不习，李杜苏辛尽小觑，自负才高与天齐。探底细，一半儿牛皮一半儿水[②]。

① 《史记》载：秦始皇封泰山，曾避大风雨于松树下，遂封之为“五大夫松”。沿此，后世以“五大夫”为松之别名。

② 谚云：不读史，半拉子。尾语谓自我膨胀也。

上党感怀

老至不知登太行[1]，奔龙八百莽苍苍。
英豪血染清漳水，换得元元足稻粱。

赠女诗人周湘玟

胡笳声咽悲清照，诗界坤坛苦寂寥。
天赐薛涛笺予尔，新书雅句继离骚。

读《环球军事》

人寰千载飞鸣镝，滚滚硝烟从未息。
举世干戈眼底收，得骑天马遨穹碧。

---

① “老至不知”：“叶公问孔子于子路，子路不对。子曰：‘囡奚不曰，其为人也，发愤忘食，乐以忘忧，不知老之将至云尔。’”（《论语·述而》）

赠储瑞耕

勤披经史先闻道，才子他乡不服老。
吟啸风骚遏碧云，青青杨柳盈燕赵[①]。

七古·卞和

踏遍楚山得玉璞，一献再献刖双足。
何如灵龟远庙堂，融融曳尾在泥涂。

满江红·读赵可铭上将《戎马吟》诗词集

豪气长虹，戎马早，南关舞钺。兼文武，如椽巨笔，华章激越。继效胡杨生大漠，风沙酷烈心如铁。雄赳赳，十万剑横磨，防西北。

看世界，多压迫。干戈动，何时歇。振华夏，切须精武强国。培育成千新卫霍，谋筹浇尽心头血。近古稀，宝刀闪云霓，如霜雪。

（载于《野草诗苑》2009年第5期）

---

① 储瑞耕笔名“杨柳青”。

满江红·吴佩民《野草集》代序

万古漓水，流不尽，穷黧灾祸。改乾坤，执戈捍卫，南疆钥锁。再踏幽燕辽海雪，丹心白首追奢颇[①]。《野草集》，凝集一生心，留魂魄。　奇儿女，当报国；浑不怕，头颅堕。身尚在，休把年光虚过。铁杵成针磨砺久，移山伟业由人做。莫蹉跎，驱二万征程，传薪火。

满江红·过卢沟桥感赋

水咽卢沟，枪炮响，声声未歇。狂寇恶，长城齐吼，万千忠烈。为复神州人赴死，誓驱鬼子心如铁。遍太行、王屋耀戈矛，同悲切。

赵登禹，肝肠烈；佟麟阁，雄躯灭。宁断头，不教金瓯残缺。荒土长埋英士骸，郊原流尽军人血。屠龙手，从此满山河，还燕阙！

水调歌头·读李庚辰杂文

撑肠五千卷，纵论二百年。洞察人间善恶，褒贬著宏文。誓灭九州魑魅，挥动倚天长剑，道义付铁肩。鸡虫得失事，何足挂心田。

---

① 奢颇，指战国时赵国老将赵奢、廉颇。

鬓如雪，苦耕耘，未曾闲。篇篇投枪匕首，五色笔如椽。飞起雷霆百万，炸向城狐社鼠，穷巷尽开颜。共圆中国梦，清气满乾坤。

（2016年）

水调歌头·忆胡昭衡[1]

丈夫践三不[2]，心期挽陆沉。卢沟炮声响起，救亡舞龙泉。曾率万骑搏杀，征鞍铁衣磨碎，血肉筑长城。上马飞将在，下马民为天。　忆往昔，师鲁迅，著先鞭。千夫所指冷对，弩矢射瘟神。孺子之牛甘为，哪管海枯石烂，定要济苍生。庾信老更健，诗赋满幽燕。

（2016年）

水调歌头·读《杨洪立诗词集》

大地奇男子，军旅出群才。早岁投笔从戎，磨砺万千回。纸上龙蛇飞舞，笔底漫天风雨，卷尽旧尘埃。矢志灭豺狼，长剑倚天开。

抒豪情，动歌吟，挟风雷。誓惩贪腐墨吏，扫却人间霾。铿锵诗词千首，评说红尘百态，哲理杂诙谐。幽燕久知名，题咏满江淮。

---

① 胡昭衡，原四野骑一师政委、天津市市长、北京杂文学会会长。此阕为纪念其百年诞辰而作。

② 三不："富贵不能淫，贫贱不能移，威武不能屈。"见《孟子·滕文公下》。

悼饶宗颐①

无缘得识大师身，仰止高山早诵文。忽报乘鹤归去也，神州学子哭斯人。

（载于《解放军报》副刊2018年2月12日）

望海潮·李叔同诗文读后②

足茧千山，行遍万壑，讶尸骸满冰河。普渡奢谈，肠断休说，六十余年已过。嗟华胥梦讹。对凄然苦雨，自叹蹉跎。大野风寒，遮眼枯叶落西坡。

回首此生求索，见哀鸿塞路，四海兵戈。外寇内奸，残民祸国，九州舞妖魔。膜拜问佛陀，何处无折磨？一笑呵呵：总统阎罗并恶，天地尽悲歌。

（载于《诗词之友》2017年第6期）

---

① 饶宗颐，1917年出生于广东潮安。国学大师，曾在香港大学和香港中文大学任教。出版著作60余部，著述3000万言，学术界尊他为"整个亚洲文化的骄傲"。

② 李叔同（1880—1942），民国著名词人。浙江平湖人，隶籍天津。后遁入空门，释名演音，字弘一，著有《弘一大师文钞》。

明月几時有 把酒問青天
不知天上宮闕 今夕是何年
我欲乘風归去 又恐
琼楼玉宇高处不
寒 起舞弄清影
何似在人間
轉朱閣 低綺户 照無眠 不应有恨 何事偏向别時圓
人有悲欢离合 月有阴晴圓缺
此事古难全 但愿人長久
千里共婵娟
辛未仲夏小漣画

·杨子才与杨小涟的谈话·

父亲回忆家乡

我父亲1930年底出生在云南宜良县蓬莱乡高桥村，距离昆明百余千米，这里是滇中粮仓，鱼米之乡。据老人们说，高桥村的先人是明代初年从南京移民到云南的。我曾数次回过云南宜良老家，并去祭祖，杨家先人的墓地在高桥村北面的山坡上，登上山顶，一览无余，云来山更佳，云去山如画，这里就是我的家乡。父亲给我讲过祖辈人的故事。

父亲说：我祖父是秀才，他去世后，三个儿子分家，我父亲是老二，叫杨国辅，我伯父叫杨国显，三叔叫杨国佐，名字起的很有文化，志向很大，我父亲不识字，人老实，从小劳动。我大伯读了些书，也是务农，三叔读书最多，但不务正业，吃喝玩乐，分家以后，没几年就把自己的田产卖光了。五十年代初我母亲病危，我第一次回云南宜良时，叔叔老三什么都没有了，我给钱资助他。我的外祖父叫刘泽，也是个秀才，书法写得漂亮，当年我家乡修公路，所有的桥梁都是我外祖父题名的。我母亲也没文化，人很善良。我家里穷，我大哥念到高中，毕业后找到了工作，当时民国政府规定，“三丁抽一”“五丁抽二”，我们家四个兄弟要抽两个。我读初中，家里穷，学校要求穿的童子军军服也做不起。我母亲把我大哥的一条短裤打了补丁让我穿，给我做了件上衣，学校里的饭吃不起，让我每月挑着米和菜到县城一个亲戚家一起吃住。在上学的过程中，我看过斯诺写的书，那时候，国民政府征粮很厉害，家里打得粮食多被征走了，三分之二送到县里。我从小劳动，插秧、收割，深知种粮不易，看到粮食都被国民党征走了，非常气愤。1945年征兵时，我大哥已经到外地去了，二哥跑了，他们就把我母亲抓起来关在县牢里，我母亲还背着我弟弟杨牧，我当时正在读初中，看到母亲被抓，心急如焚，找到滇军一个连长，后来知道他姓彭，求他让我去当兵，把我母亲放了。彭连长还有同情心，说我个子小，又瘦，但还是同意让我当兵了，把我母亲从牢里放了出来。我母亲知道我当兵的消息后，要来见我，但来晚了，没能见到，哭着回去了。这年，我不到15岁。

我在连队里给彭连长当传令兵，这个连长有天良，三十多岁，在边境守边防后，我们去越南，他下属的一个司务长不守纪律，把越南境内法国人小洋楼里的保险柜给撬了，偷走了里面的钱，上面追究下来，连长承担过失，被撤职了，连长很悲伤，对我说："小杨，你跟我回去吧，回老家，我有个女儿，年龄合适，你给我当女婿吧！"我没有同意。彭连长回老家云南呈贡了。后来又来了个连长，知道我读过初中，让我当文书。后来一起在海城起义了。

我家里很悲惨，我父亲是在我读高小时得霍乱去世了，当时我也得了霍乱，拉肚子好多天，母亲都以为我不行了，结果我命大，挺过来了。当时小学学制是初小四年，高小两年，我高小只读了一年。1944年，高小毕业考初中，我考了第二名，上宜良县城里读初中，初中读了一年半的时间。考初中的试卷有一道题："现在的美国总统是谁？"那是1944年，农村的孩子哪里知道美国总统是谁，我就答上了："杜鲁门。"结果还答对了，后来想想，我能答对，可能是我看过报纸记住了吧。考进初中，我的成绩很好，读初中时，县长还来讲话，很重视。初中只念了一年半，国民党来征兵，就当兵去了。小时候记忆力好，读过李白的诗都记得，上初中前就把《三国演义》读过了。

我向父亲问云南老家人的事。

父亲说：我们兄弟四人，还有一个妹妹，我排行老三，老大叫杨林，老二叫杨鹏，我叫杨材（后来改名子才），老四叫杨牧。妹妹叫杨月荫。你大伯杨林云南宜良中学毕业之后，考入一家高级技工学校，现在算职业高中吧。毕业后找到一份工作。1945年征兵时，我去当兵了，他不久就结婚了。解放后，具体什么时候我不了解，他回农村了。土改时，他是积极分子，帮着土改队工作，整材料，他算军人家属。之后一直当农民，活了八十多岁，算是长寿了。我二哥（你二伯）叫杨鹏，读到小学毕业，当时“三丁抽一”“五丁抽二”，我们四兄弟要有两个当兵，云南玉溪海口镇有一家很大的兵工厂——“海口兵工厂”，兵工厂招工，因为是军事工业，可以抵兵役，他应聘招去了。之后一直在工厂工作，学了技术，在当地结婚生子。他一生没什么坎坷经历，活的岁数不大，五十多岁就走了。我五十年代回去时见到过他，他儿子也是工人。老四杨牧（你叔叔）命运好些。我母亲去世后，杨牧岁数还小，只有十几岁，我准备把他带到广东汕头去，供他读书，我第二天就要走了，这时杨鹏来了，他不同意，说：“你把杨牧带去不合适，那里无依无靠，你也没有成家，还是把杨牧留下，你每月寄些生活费、学费给我。”我回去时1954年，授衔之前，那时候他若是跟我走，命运会更好些，不会挨饿，不会乱吃东西，可能以后也不会得癌症。当然，留下来也是对的，那时二哥杨鹏已经结婚了。之后我按时给他寄钱，直到杨牧大学毕业。杨牧挺聪明，小学、中学、高中，一直考进大学。大学学的是理工科，毕业后到贵州一家工厂当技术员，后来当了工程师。他儿子叫晓黎。杨牧和他儿子都是我供他们读书，虽然我在军队职务越来越高，工资不少，但是，我的经济状况一直不宽裕。我妹妹我每个月都寄钱给她，二十多年，直至去世。大哥、大嫂在农村，在世时，我也是每月给他们寄钱。你二伯父是工人，经济状况好些，我没有接济过。

父亲说：我父亲去世时，因为是霍乱，害怕传染，寨门都关了，抬棺材的人把棺材放到寨门口，过不去，说了很多好话，才让过去，抬到祖坟的山上，我母亲带着我给抬棺的人下跪磕头、送礼，终于下葬了。后来，我大哥将我父亲的坟修整了，立了新墓碑。墓碑修好后，被盗墓的人看上了，他们以为这家有钱，结果把坟给挖了。

父亲说：我对农村生活一直有美好的回忆。云南宜良是鱼米之乡，清代时水利工程修得很好，滇池的水灌溉到这里，自流灌溉，旱涝无忧。我1945年离开家乡以后，只回去过两次，一次是五十年代初，母亲去世，一次是九十年代离休后。头一次回去，我到家时，母亲快不行了，临终前对我说："你在军队有了阶级（指当了军官），能够帮助家里度过困难，你要好好干。"我母亲性格刚强，这个性格传给了我。回家后，知道三叔国佐再婚了，只有一个女儿。大伯国显有三个女儿，都出嫁了。我父亲生了四男一女，是几个兄弟里人丁最兴旺的。我爷爷分家时，分给我父亲13亩地，是中农。我爷爷是秀才，很能干的一个人，一个儿子13亩，三个儿子就是近四十亩地，许多还是水田，在滇中地少的地方，算是大户人家了。土改时，每个人要在部队报自家的田产，我如实报了13亩，北方的干部对南方的情况不了解，说"你们家顶多是个中农"，我评了中农。我父亲去世后，母亲是小脚女人，需要雇工帮助，当时云南土改时有个标准，剥削量超过25%就是富农，我家请雇工多，母亲虽然劳动，但多是家务劳动，结果给我家评了富农。虽然是富农，但部队知道我从小当兵，又有文化，许多老领导看着我长大，打了很多仗，不让我转业。像我参加解放军时还不到16岁，一天没有离开过部队，有文化，首长让我去当秘书，所以，评了富农对我没有太多影响。

农村生活对父亲的成长有着深刻的影响，晚年父亲常常回忆少年时的生活。

父亲说：我出生的宜良高桥村。我们的祖辈，传说是明代初期从江苏南京一带迁徙过来的，附近的一些地名，带有驻军的色彩。小时候生活有许多乐趣，我喜欢劳动，夏天插秧、种菜都干，最大的乐趣是钓鱼，我从小喜欢钓鱼，七八岁就会钓，到了晚年，钓鱼成了人生一大乐趣。秋收时，水田里鱼很多，我们约上小伙伴，堵上坝，用洗脸盆把水淘干，抓的鱼一桶一桶的。每年插秧时，鲤鱼在稻田里往上游，用手就能抓到，童年是很快乐的！到秋天时，鳝鱼打洞进洞，我就抓鳝鱼，用手就能抓，这本事一般人没有。为了抓鳝鱼，我常约上同学一起逃学，有人到家里拿些油，有人拿锅，抓到鳝鱼后炖着吃，那个味道之美至今记忆犹新，感觉以后吃过的所有东西都比不上。因为逃学还挨老师打手板。

童年的经历使父亲对国民党政权产生了仇恨。

父亲说：我自己去县城交租子，请人挑着谷子，赶着马车，一年辛辛苦苦打那点稻子，多数交了租子。农民自己种的粮食，自己打下来，还要自己去交给政府，心里的痛苦、愤怒，没有经历过的人是感受不到的。为什么共产党能号召那么多农民子弟当兵，我从我自身上就体会到了。为什么共产党的军队国民党军队打不过，就是因为贫苦农民一心一意拥护共产党的红军、八路军、解放军。我跟着共产党干了一辈子，一直干到今天，义无反顾，和我的童年经历有关。

父亲说：宜良中学给我写过信，我把我的书寄给了学校。有一位女老师，我至今还很怀念。这位女老师懂教育方法，性情好，从不打学生，所以我的学习进步很快，成绩好，我写过一篇作文，题目大概是“记我印象最深的事情”，我写了农村的事情，老师看了很欣赏，写下评语：“你只要继续努力，将来必有成就！”我很怀念她，回老家时试图找到她，结果没打听到。后来我将这位女老师的事写入文章《故乡的回忆》中。那是王永春来找我写的，发表后，当地人都说写得生动。王永春是宜良教育局局长，陈赓兵团的老兵，在云南转业，编过《宜良文史》。我记忆力好，鲁迅的文章读几遍就能背下来，小学课本中李白的诗：“朝辞白帝彩云间……”等都背过。小学第一课有“小猫猫，跳跳跳……”，因为记忆力好，学习不专心，贪玩，一到夏秋季节就逃学，去抓鱼，被一个麻子老师拿竹鞭打手，把手掌打得肿得很高，回到家，母亲看了心疼得流眼泪，说：“老师心太狠，不是自己的娃，真舍得打。”

云南宜良地处西南，文化相对落后，历史上名人很少。清代同治年间，宜良县有位举人进京赶考，没有考上，结果把北京烤鸭学会回去了，在当地开烤鸭店，后来宜良烤鸭成为地方特产。民国时宜良出了位省财政厅长，叫段晓峰，曾是国民党军的中将军衔，他儿子段希文在国民党军队中当到师长。段晓峰是民国时期宜良县最大的官员。父亲的外祖父家在小渡口，附近有个段官村是段晓峰的家乡，在南盘江边上，在西岸，父亲的外祖父家在东岸。这里是交通要道，马帮的必经之路，父亲的外祖父专门为马帮开了家客栈。

云南历史上近代名人有聂耳，历史上最出名的是郑和。聂耳是云南玉溪人，中华人民共和国国歌《义勇军进行曲》的作曲者，聂耳到日本留过学，可惜死得早。郑和是云南昆明市晋宁区昆阳人。郑和年轻时从侍燕王朱棣，有智略，知兵习战。在靖难之役中有功，升任为内官监太监。1405年至1430年，郑和七次作为正使太监下西洋。

云南明清两代著名人物较少，因为地处偏僻。即使是吴三桂统治云南期间，也没有太多人物。民国时，蔡锷任督军，护国讨袁，从昆明起兵，影响很大。云南讲武堂很有影响，有一位叫李根源的是云南讲武堂的创办者之一，1949 年建国时把他请去列席政协全国委员会第一届全体会议，是民国时期很有影响的人。云南军队在民国时期很强大，曾经占领、管理两广地区，是唐继尧的军队。朱德最早是从云南军队中起来的。云南民国最有名的人物是唐继尧，云南会泽人，滇军创始人，参加过昆明起义，在护国战争中，与蔡锷联合宣布云南独立，自任中华民国护国军总司令，护国战争结束后，任云南督军兼省长，其次是龙云，号称“云南王”。云南兵能吃苦，打仗勇敢。滇军184师在李宗仁指挥的台儿庄战役打得非常出色。抗日胜利后，龙云贪图接收日本人的枪炮，把军队派出云南，结果被解除了军权，“云南王”当不成了，最后把云南军队搞垮了。但是云南军队有爱国的传统，184 师起义后，后来曾泽生也在长春起义，对东北的解放贡献很大。60 军到朝鲜参加抗美援朝打得很勇敢，战功卓著。潘溯端师长在昆明解放后当了首任市长，我在军报当处长时，有一年潘溯端的女儿来找我，写了一篇关于潘溯端的回忆录文章想在军报发表，后来由于多种原因未能发表，很可惜。整个184师起义人员，后来到我这个位置的没有第二个人。到了师职的有高怀信，长沙警备区参谋长，他的儿子、女儿曾拿着50年代我和其他人写高怀信的调查报告来找我，聊了些往事。

父亲跟我讲起了他去香港访问的时候遇到的一件事情。

父亲说：我在中国记协当书记时，去香港访问，有一位云南籍的老板听说我是云南人，请我们吃饭，同去的有《云南日报》总编辑，同桌有位国民党的师长，姓名忘了，聊天聊到东北的事。184 师起义的两千多人，解放后回到云南的人不多。

1945 年8月，日本投降，国民党大力扩军备战，父亲在 1945 参加龙云的滇军部队后，随部队 60 军 184 师开往越南海防市接受日本军队投降。在海防市受降后，父亲随所属部乘坐美国军舰前往东北打内战。这支部队 1946 年 5 月在辽宁海城起义。父亲在1946年6月加入人民解放军，人生翻开了新的一页。

奶奶杨刘氏与姑妈杨月荫、叔叔杨牧及大伯杨林的两个孩子合影

军事记者生涯

解放军报创刊于1956年。我父亲在1958年调入解放军报住广州军区记者站当记者。解放后发生的几次对外战争，他都作为战地记者到前线采访报道。

父亲说：1962年的中印边境自卫反击战，军报让我去采访，我当时写了遗书，交给了同事李绪荫（中国旅游报的创始人之一），我说：我若回不来，交给我爱人周作；我若能活着回来，就交还给我。当时，我是做好了牺牲的准备的。我一直有高血压的毛病，50年报考飞行员，我什么条件都符合，就是高血压没去成。当时到了西藏，体检测量血压，高压到了180~200。当时西藏军区招待所是三层楼，我从一层上到二层还需要休息一下。后来经过锻炼，终于适应了。我跟着部队上了喜马拉雅山，越过了麦克马洪线，亲临战场，采访了许多部队，我还从战场上捡到了一把廓尔喀弯刀，这种号称世界十大名刀之一的弯刀锋利异常，是廓尔喀战士的杀敌利器，我还带回来一个印度军人用过的睡袋，后来捐给军报，军报又给了军事博物馆。

在西藏我采访写出了《草原铁流》这篇报道，获得了总政的"四好连队五好战士"征文奖，给了获奖证书和一个笔记本。这篇报道，全靠记忆写下来，没有记笔记。当时该连杨树明连长受伤了，我们两个人合盖一条毛毯。我说，你们在印度的仗打得真好，在原始森林里穿插了六天七夜。他说，我们比这艰苦的还有，他跟我讲连队在草原上迷路断粮19天的故事，他带着全连120个人走出草原，没有一个人饿死，也没有一个人失踪，这个连队经历的困难，在我军历史上是少有的，我靠记忆写下了这篇报道，还获了奖。这篇文章在当时影响很大。

当时军报出了几期内部报纸，报道中印边境自卫反击战，我采访撰写了一篇通讯《把红旗插上邦迪拉主峰》，介绍邦迪拉战斗，也刊在那上面，后来西藏军区出了本集子收录了。解放军如神兵天降般突然出现在西山口和邦迪拉之间，这一带地形险、易守难攻，被印军视为天然屏障，没想到轻易便被中国军队攻克，过了这一线之后，山势聚然下降，是成片的平原，再也没有比这一带更有利于防守的地形，当时印度国内处于极度恐慌状态。我采访张国华中将时他对我说："若是后勤保障充分，我可以打到新德里。"张国华的18军过去了两个师。我去的11师33团，团长是个老红军，打得最苦，1500人在贝利小道、原始森林中穿插走了六天七夜，没有水，就喝人尿、马尿，六天时间仅吃了两顿热饭，硬是把印军的后路给切断了，消灭了印军一个营，印军司令把汽车丢了，从不丹小路逃走。这次战争把尼赫鲁打惨了。他一辈子没受过这么大的挫折。因此，张国华对我说他能够打到新德里不是吹牛，印度军队战斗力不行，虽然老兵多，但离开公路不能打仗，像我军的战术打法，全世界的军队都没有，非常能吃苦，士气旺，像张国华、丁盛都是十几岁参加红军，打了一辈子仗。

1974年，与南越发生了西沙群岛自卫反击战，我父亲也去西沙群岛报道。

父亲说：于厚德时任广州军区政治部主任，来跟我说，要和南越打仗了，你去趟西沙，之后派架小飞机送我到三亚。到三亚后，我直奔码头，当时江雪山在码头上，他是海南军区司令，看见我指着一个小艇说："这个炮艇你上去吧！"我就上去了。炮艇在海上开了两天两夜，我晕船吐了两天两夜。快到西沙时，艇长说，不行了，船坏了，要回去。结果又开了两天两夜，返回到三亚。回来后，我又找到江司令，他又指定一艘炮艇送我去西沙，一直开到黄沙岛。有一个步兵团的团长在那里指挥，岛上没有码头，我们是涉水走过去，把衣服顶在头上，水到胸口，走了大约一千米才上了岛。我和团长在一起，大家修工事、挖战壕。过春节了，每人发了两个罐头、一支枪，在那里守护着。南越开来两条大兵舰，但他们是熊包，没敢打就开走了。西沙群岛的五个岛我都去过，金银岛、黄沙岛、永兴岛、甘泉岛等，甘泉岛是唯一有淡水井的岛。西沙海战的采访任务完成得非常好。因为工作出色，我被选为解放军报的标兵记者。

父亲从解放军报社的一名记者干起，一直做到总编缉。当领导后，主要撰写杂文，出任过北京杂文协会副会长。1993年离休以后，笔耕不辍，先后创作出版了《萤窗杂文》一至九集、《杨子才诗文选》、《萤窗琐记》、《萤窗咏史诗》、《散曲学步》等书籍多种，又编撰有古今旧体诗词曲选本十余部，即《清三百家词笺释》《古今五百家词钞》《历代咏史诗钞》《历代怀古哀时词曲钞》《民国六百家诗钞》《民国五百家词钞》《古今七律观止》《万首清人绝句》《历代哲理诗钞》《八大家诗醇》《苏辛暨古今百家词笺释》《古今百家散曲钞》《当代百家词》。其中的15种作品被中国现代文学馆收藏。另外，广西师范大学图书馆、武汉大学图书馆均收藏了其作品二十多种、600万字以上。

父亲今年已年届九十，身体依旧健朗，思维清楚。上个月，他的又一部新作《诗海觅珠集》出版。这部书一是前贤今人作品评介；二是四言咏史诗；三是零星诗词曲汇存。在第三部分还收录了我创作的诗词作品三十九首。父亲在前言后面写道："他大半生办报，却性爱诗词。其作品虽老辣沉稳不足，却不乏清新豪迈之气。桐花万里丹山路，雏凤清于老凤声（李商隐句），后浪高过前浪，令人可喜。"我内心清楚，这是父亲在鞭策我。

与父亲对话读书写作

小涟：您写文章有什么心得？

父亲：写文章要学习，古人有一句话“博学之，审问之，笃行之”。我写文章在当下有些影响，比起同时代周围的人好点，我好像是“博”些，看的书杂，四书五经、庄子、老子、墨子、韩非子、吕氏春秋都读过，从二十多岁开始读史，读史记、通鉴，通鉴读了两遍，史记读了不止两遍，各种版本六七种我都有，学习虽杂，重点抓住了，如同曾国藩给他儿子写信说的，有七部书一定要认真读：史记、汉书、通鉴、说文解字、庄子、韩非子，我是反复读，因为我读书下得功夫多，中文基础好，虽然没进过大学科班学习，但自觉水平不差，特别是对古文的掌握比别人更好，很多的人不懂古文。我背了很多古诗，采访时，笔记记录得详细，除了写《草原铁流》当时没条件做笔记，其他采访都有笔记。采访之前，我一般列出采访提纲。茅盾写文章，弄一张大纸，把他对要写的文章感受至深的东西都写在纸上，之后归纳成几个题目，形成提纲，然后动笔，写好出来再改。我一辈子写文章，茅盾的做法对我启发很大。我所写的杂文，没有一篇不提到古诗的，《人民日报》的蒋元明说过，“杨子才写杂文，篇篇不离诗”，李庚辰说我“会用典”，我的文章常引用历史典故，这些东西，篇篇不离诗，篇篇不离典，所以我的杂文写出来比较厚重。另外是语言的运用，像“三马同槽，牛继马后”，生动有趣。毛泽东说过一句话：“人类要不断的有所发明，有所创造，有所前进。”我是相信这一点的。我把中国历史读了以后，我就在想，读了一辈子史书，能干些什么呢？对中国历史的评说多种多样，我感到可以用诗歌来评述古代历史人物，挑选出最不可忘记的人加以评价。开始我用四言诗写，出版在《萤窗八集》中，写了近三百首，写了以后，感到四言诗说理还可以，抒情差些，觉得应该用七言诗写，七言诗除了是韵文外，可以抒情，有丰富的感情，这便于评说古人。后来我就用七言诗，用古风来写，古风对格律要求不高，只压尾韵。我在前言说：古人如果没有做过的，后人发现了，应该做，不妨试试。最后写成了六百多首，近七百首。评价了从孔夫子到孙中山几千年来的几百名历史人物，张家璠教授说是“前无古人”，还有人说是后无来者，我说：“后无来者说不上，后人还是能超越我的。”写了好几年，《萤窗咏史诗》出版后，影响很大，网络上流传也广，我新出的文选又把它收入了。长征出版社的曾凡华（后来到线装书局当总编辑）他告诉我，长征出版社出版后，要给我发奖，上面讨论说：“杨子才级别太高了，不要给奖了。”其实没有道理。《萤窗咏史诗》算是做了一件前人没有做过的事情，在历史上可以留下一点痕迹。

写文章最要紧的，毛泽东说过两个字：“多思。”他给人题字，多次写过“多思”两字，抓住了做文章的要害。有人说过：“有了好主题就是半篇好文章。”提纲挈领。韩愈说“行成思毁于随”，文章要写好，就要多思，要反复思考。特别是敏感东西，每一个字都要反复推敲。我写的杂文等八集，要挑文字上的毛病，可以说很难。还与人的智商有关，我写文章记忆力好占了优势，引用故事、古典，即使记住了，也要查字典，《辞海》《辞源》《现代汉语词典》都是必备的工具书，我曾对孙女露露说，成语词典最好背一下，这是中国人智慧的结晶。年轻时，条件差，在部队里没有图书馆，我买了鲁迅杂文集反复读、背。还把孙子兵法抄下来，读了很多遍。古人说“要办成一件事情，要苦学勤行”。写文章也是“行”，苦学我做到了，“行”就是你光学了还不行，还要有行动，“学以致用”，要实践，多实践。

王阳明的所有著作共十多本，我全部买了，都读过，他延续了宋代理学，他讲修身，最重要的是他概括了三个字“致良知”，意思是人要在世界上生存，要“立身”，不要丧失良心。他认为，人若做到“致良知”，非常难，许多古人，一些英雄，缺少良知，干了大事，也干了坏事。老百姓骂人的话就是丧良心。中国人，我观察，多数人良心是好的，普通老百姓好的多，就是有良心。古人说“害人之心不可有，防人之心不可无。”人不能害人，但是要防奸诈之人，有的人可能不是奸诈，为了自身利益，可能出卖你。

小涟：我感到您出的书价值最高的是《萤窗咏史诗》。

父亲：是的。还有一本哲理诗，价值也高。（插话：哲理诗是您选编的，咏史诗是您创作的。）另外民国的两本也不错，《民国六百家诗钞》《民国五百家词钞》。不把中国历史读过写不出《萤窗咏史诗》。现在到二十一世纪，回头看我写的东西，对中国古人的评价，从秦始皇到孙中山，评价都经得起历史考验，抓住了他们人生的要点，包括对曾国藩的评价。曾有人建议我，你把新中国的人也写一写，我答曰不能写，要写应由后人写，现在说不准，档案未公开，尘埃未落定，怎么写？我评价孔子、孟子，评价都恰当，因为我不光学习了辩证唯物主义、历史唯物主义，我还学史。

小涟：在中国，有成就的人物，都很了解中国历史。

父亲：要了解历史，不了解历史中国很多事情搞不明白。蒋介石对中国历史、对中国史书没认真读过，政治不完全懂，军事上略懂些，在政治上还是玩不转，毛泽东比他精通中国历史，长征时让一个警卫员给他挑着《资治通鉴》，他看此书读了17遍，在中国历史上可能没有第二人。如果说历史上对历史熟悉的那当属苏东坡，苏东坡能把《汉书》倒背如流，做到如此需要反复读，还要记忆力好。我读《资治通鉴》，读过两遍。老蒋可能看都没看过，他吃亏就吃在对政治不懂，似通非通，和他没有认真读史有很大关系。曾国藩的书，老蒋视若经典，曾国藩是认真读史的。

小涟：邓小平后来说过：“没有毛主席，至少我们中国人民还要在黑暗中摸索更长的时间。”

父亲：是的，他的谋略、经验教训，与其史书读得多关系极大。王明马列的书会背，但是中国历史书他没读过，没条件。曾国藩曾经给他弟弟写了一首诗：“左列钟铭右谤书，人间随处有乘除。低头一拜屠羊说，万世浮名太过虚。”当时许多人劝他当皇帝，包括左宗棠，他不干，他说庄子、老子认为人生就怕满，一满就要溢出，如同杯子。他还把军队裁撤了，把湘军撤了，中国历史上没有第二个，以淮代湘（为了自保留了2万人）。

小涟：金一南写的《苦难辉煌》，描写中央红军长征的作品，是一部力作，写得不错。

父亲：是不错，他有细节。王树增写的解放战争、还有抗美援朝的书，不怎么样。写历史要认真看看司马迁的作品，一定要有细节，王树增的作品没有细节，至少是不生动。司马迁被后世尊为“史圣”，就是他懂得写史一定要有细节，不光是概述。王树增不懂这个道理，光是概述，粗线条，看着很枯燥。

小涟：像《资治通鉴》写历史，写得更简略。辽沈战役若是在司马光笔下，不会超过一百个字。

父亲：司马光写史高在概括和评论，非常深刻，比如他讲用人既要有德又要有才，如果光有才没有德，恰恰会干坏事。资治通鉴这部书他写了19年，书稿装满了一房子。而且写得精练，两三千年的历史一部书搞定。现在人若写民国史，没有几千万字写不完。

父亲：清史有人编，但是到现在也都没有搞出来。写成了也字数太多，除了专家去看，普通人不会去看。清史用白话文写成，字数太多了。白话文的好处是让普通人能够尽快掌握文化，坏处是中国的古文今后几乎没什么人懂了。中国的古文是很优秀的，（插话，我觉得写史书应该在用文言文来写）。

古人说“文选烂，秀才半”，古代人一定要读文选，梁武帝的儿子萧统编的，既有散文，又有韵文。曾国潘叫他的儿子一定要熟读七部书：《史记》、《汉书》、《通鉴》、《庄子》、《文选》、《说文》、《韩文》，这七部书一定要反复读。（文正尝教后学云：六经以外，有不可不熟读者，凡七部书，曰：《史记》《汉书》《庄子》《说文》《文选》《通鉴》《韩文》也。盖《史记》《汉书》，史学之权舆也。《庄子》，诸子之英华也。《说文》，小学之津梁也。《文选》，词章之渊薮也。《史》《汉》时代所限，恐史事尚未全，故以《通鉴》广之。《文选》骈偶较多，恐真气或渐漓，故以《韩文》振之。）我编的《八大家诗醇》，就是曾国藩的意见，他给儿子写信，说中国写诗写的最好的是这八个人，他比乾隆皇帝多了两个：元好问、黄庭坚。乾隆皇帝认为只有六个人：李白、杜甫、白居易、韩愈、苏东坡、陆游，乾隆皇帝还组织了一批国家大学士编这六个人的诗。曾国藩读的书多，而且读书很刻苦。中国的诗没有超过这八个人的了。唐代以前的诗歌，还不成熟。鲁迅有个观点，就是中国唐代以后没有好诗，其实宋代还是有好诗，宋代好诗人至少有三个人，苏东坡、陆游、黄庭坚。宋代词人最好的是苏东坡和辛弃疾。中国的词没有人超过这两个人，当代人的词无法和他们比，不信你回去看我编的《清人诗词选》，包括桂林的况周颐、王鹏运，一比就看出来了，不如人家，桂林那个地方还是出大才子的啊！

小涟：清代陈宏谋的后代子孙，当时考进士考了全国第一，智商特别高，在偏僻的地方依然能够考得上进士。

父亲：我的家乡云南宜良县出了一个人才，清末到北京来考试，进士没考上，倒是学会了烤北京鸭，回去以后成了“宜良烤鸭”，对地方经济贡献很大。

小涟：前不久我去桂林时，见到当地在闹市区立了蔡锷的铜像，其实蔡锷跟桂林没什么关系，仅仅在此短暂停留过。民国时期，广西最有影响的是李宗仁、白崇禧、黄绍竑。

父亲：广西桂林名人很多啊，清代况周颐、王鹏运，当代的李天佑、韦国清都可以立塑像啊！韦国清帮助越南人打法国人，功劳很大，况、王是清末四大名家，词写得好，桂林的才子很多，王夫之在桂林待过。你妈妈的外公叫石成峰，清末的翰林，当过桂林宣城书院的山长，相当于现在的大学校长吧。叶恭倬编的那本清词价值高，民国时的叶恭倬编的，有七八千首，一般人读不了，以后也没人搞了，我编的这本清词是之后编的，300家，500多首，最好的都在这里，每首都做了评价、注解，对历史是有贡献的，有价值。

小涟：您最近出版的《当代人诗词选》还选了我写的《满江红·桂林怀古》。现在做国粹整理的人太少了。

父亲：《桂林怀古》写的不错，我帮你修改了一些。整理国粹现在不重视了，不愿花钱。康熙、乾隆都非常重视这些，现在不重视。叶剑英元帅词写得好。我出的当代词选收集了上万首，选了600首，可以传下去，收录到国家图书馆了。中国历朝都重视国粹整理，这个传统不能丢。现在有些青年人诗写得很好，但是这些人现在没有名气，也没钱出版。选集要正反两面人物都要有，反面人物的不选了，不可取，文学和政治应有距离。

小涟：台湾离开了主流，东西搞得不深入，包括香港。

父亲：太平世界应该宽和，政治环境宽松，人心舒畅，经济发展，人民生活水平提升，孔子说“和而不同”，这个理论伟大，你可以不同意我，可以反对我，应该允许，这个话出自《论语》。我有首诗评论孔子三个优点、三个缺点，缺点是轻视妇女，轻视体力劳动，还有言论杀人。西方基督教讲仁爱与孔子是相同的，但“和而不同”则是孔子独有的。

父亲：还有一个话题，所谓人生一帆风顺、百事如意的人，天下没有一个人。古诗中说，“不如意事常八九”，概括得很深刻，当人不如意、烦闷、愁苦时，内心非常矛盾，要学会自我调节，我生活中遇到不如意的事情的时候，我的办法是看书，读古人的诗。我告诉你，将来也可以告诉你哥哥小冰，我编的那本《历代哲理诗钞》是剂良药，是心理自我调节的良药。人生遇到矛盾、倒霉的事情、不顺心的事情，是家常便饭，没有这些就不是人生。像苏东坡，一辈子老倒霉，他通过写诗来抒发自己的心情，发泄胸中的不平之气，加上他文学水平高，他的诗流传很广。尽管一辈子流放，还是活到了六十多岁，一个重要原因就是他能自我调节，善于自我排解。《历代哲理诗钞》很有价值，我把中国几千年以来，除了《诗经》以外的所有哲理都选入其中。孙女露露、三儿可能看不懂，你和小冰能看懂。世界充满矛盾，个人也是充满矛盾，遇上矛盾，要能够自我调节，更高一层是能够调节社会矛盾，调节朋友间、亲友中的矛盾。古人说“人生要达观”，其实首先要会自我调节。自我调节上升到帮助他人调节，让他人也达观了，是儒家思想的最高境界。儒家有两句话“己欲立而立人，己欲达而达人”，自己要站住了，还要帮助别人站住，自己要达，还要帮助别人达，这含有共产主义思想。还有“穷则独善其身，达则兼济天下”，非常高的境界。古人说的，人穷了，仕途也穷了，要独善其身。白居易等人是信守这个信条的。

小涟：有人说中国历史假的太多，怎么理解？

父亲：就是编造太多。就是为帝王擦粉嘛！这是虚无主义思潮，不对！你看我编的古代七个人的诗，那些人是无法否定的，在任何一个朝代，这些人都无法否定。孔子说“过犹不及”，“过”和“不及”都不好，要持“中”。

小涟：朱熹对“中庸”解释得好。

父亲：“庸”不是平庸的意思，而是中正的意思，“不要过及”就像现在的唯物论，要搞平衡，世间万物要靠平衡，人类社会也要搞平衡。“中庸”，现在的解释是不要偏激。

小涟：中国古代王朝中，宋代的政治生态是最好的。

父亲：是的，宋代帝王文化高，赵匡胤很高明，杯酒释兵权。对国家有功的人用“赎买”政策，袁世凯对待清室其实就是学的赵匡胤，国家制度改变减少了很多阻力，至少整个满人稳定了。刘秀得天下后，武官不准兼地方官，让文官做地方官。历代皇帝，从汉高祖开始，威胁到最高统治的，都是会带兵打仗的人。朱元璋做的最厉害，杀了上十万人，不但杀将领，连老兵都被杀，搞了几个大案杀人，保朱家天下。

小涟：宋代文化昌盛，这么多优秀的文人，留下的作品多且好。

父亲：宋代是皇帝与士大夫共治天下，是其基本方针。整个国家不光是皇帝掌权，士大夫主要包括上层官吏一起共同治理国家。有位外国的中国通和我说：“要让你选择在古代中国生活，你愿意在哪个朝代？”我回答：“宋代。”宋代经济发达，文化昌明，宋人的美学高度，今人都难以企及。诗词的水平很高，思想也相对自由，文字狱很少，苏东坡有个“乌台诗案”与文字狱沾点边，但也没怎么样。文字狱越多的朝代，专制越厉害，清代达到了极点。

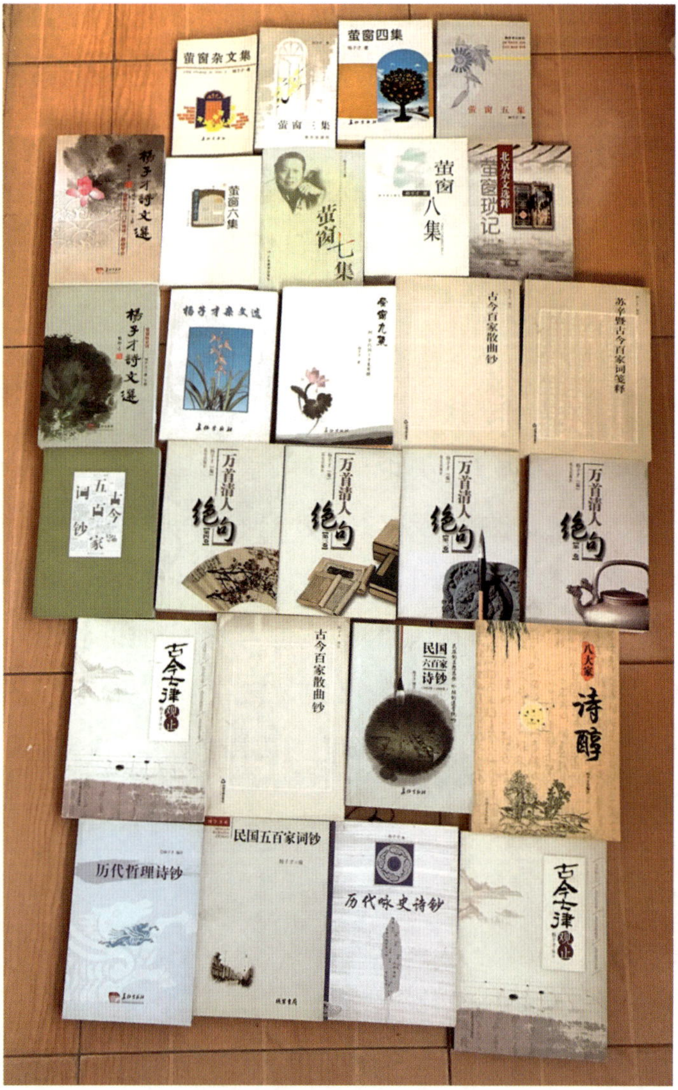
萤窗杂文集
萤窗三集
萤窗四集
萤窗五集
杨子才诗文选
萤窗六集
萤窗七集
萤窗八集
北京杂文选粹
萤窗琐记
杨子才诗文选
杨子才杂文选
萤窗九集
古今百家散曲钞
苏辛暨古今百家词笺释
古今五百家词钞
万首清人绝句
万首清人绝句
万首清人绝句
万首清人绝句
古今七律观止
古今百家散曲钞
民国六百家诗钞
八大家
诗醇
历代哲理诗钞
民国五百家词钞
历代咏史诗钞
古今七律观止

杨子才出版的部分作品

六十余年走四方 日日夜夜忆漓江
家在东方日内瓦 山水之美世无双
城中巍峨有深宅 曾住明代靖江王
半城碧水是榕湖 戴笠渔翁垂钓忙
沿湖四周尽垂柳 倒影随浪尽飞翔
春来柔条几婀娜 千丝万缕闪鹅黄
夏日浓荫铺满地 游人歇息多清凉
母校矗立于湖畔 三百少女读书堂
不忘师友勤教诲 促我立志灭豺狼
光阴一去如流水 鬓发如雪回故乡
恭录慈母闺作诗作忆故乡
一九四九年十一月桂林解放 母亲
闺作年仅十六岁参加中国人民
解放军
杨小涟绘制 城玉渊潭
二一年夏
桂林象鼻山 杨小涟画

·杨小涟文章·

母亲的家人

听妈妈说过很多次，她的外公（外祖父）是清代翰林。年轻的时候，我对这些也不当回事，当退休以后，母亲也快九十岁，我对于这些事情越来越感兴趣，于是又问了母亲很多她外公和她的故事。

1949年11月桂林解放，年仅16岁多的母亲参加了解放军，因为参军时间是新中国建立以后，母亲没有享受到离休待遇，虽然遗憾，但她想得开，说自己是搞个技术的，有没有离休待遇无所谓。毕竟她是高级工程师，享受高工待遇。

母亲是地道的桂林人，出生在桂林，生于1933年农历八月。原来叫周百年，后改名周作。在中学时，她就想改名字，我外婆不同意，说父母取的名哪能随便改。母亲的奶名叫小娃娃，据说小时候大大的眼睛，头大，活像一个洋娃娃，很可爱，亲戚们都叫她小娃娃，就这样一直叫到参军。

从记事起，母亲家一直在桂林一带居住，小学是在平乐、中学是在桂林市区读的。日本人打到桂林时，国民党实行焦土抗战，人们都逃到乡下，就像电影里的那样背着包袱、挑着担子，母亲一家人也回到了老家独峰村（距离市区二三十千米），日本投降后才回到桂林市。小学毕业后，母亲考入了桂林女中（后改名为桂林师范女中），当时桂林市只有两三所公立学校，考上女中可以免费上中学，母亲告诉我："当我到学校看见榜上有名时，飞快地跑着回家告诉母亲这一好消息。"母亲家的经济状况，在那时已经不太好。虽然在老家有些田地，但是入不敷出。与中学同班同学相比，属于较差的。饭还能吃饱，但零花钱是分文没有。住的是竹篱笆墙盖的房子，在城里很少见，同学家都住瓦房，让她很羡慕。我母亲的父亲叫周志安，那时候已70多岁，为了养家，依然在法院当差，话极少，对小孩更是一句话都没有，去世时同学们还给家里捐钱。母亲的妈妈叫石淑贞，是认字的家庭妇女，石淑贞的父亲石成峰，是清朝翰林，翰林院庶吉士，有几个妻子，去世较早，她娘家男系没有什么后人。在我母亲没出生时，周志安曾当过百色县长，至今家乡的人还说独峰村那里葬着一个清官，就是指他的墓。我在2000年后，曾去扫墓祭祖。

母亲的外公石成峰，是同治十三年甲戌科的进士，在北京国子监里的进士题名碑上有他的名字。在光绪版《翼城县志》有《石成峰传》。“石成峰，字子轩，广西临桂人，同治甲戌进士，由翰林院庶吉士散馆任翼。公下车之日，适岁值大祲，倡捐俸银五百两，救荒赈饥，不辞劳瘁，而于放棉衣恤寒，儒散小儿谷等款，尤属尽心，居官惟持俭约，下乡毫不扰民，折狱虽分内事，而案无积牍，民免拖累。公调署盂县，去之日，商民绅耆，提酒饯道，皆牵袂含泪，不忍别焉。”石成峰任职翼城期间，恰逢北方三年大旱，山西很多地方“道殣相望”，死伤无数。石成峰能够带头捐俸赈灾，深得民心。据山西《翼城县志·荒政》载：光绪三年大旱成灾，抚宪（巡抚）曾公奏请拨给帑银五千两，麦种银三千两。荞麦籽种三十六石，江广漕粮三千五十石，东漕小米四千一百石，赈麦七百石；五年谕，新荒无主招佃共地二百三十顷八十七亩二分，应完钱粮停征四年。又拨发耕牛九十九只，驴八十三头，马四十六匹。六年谕，拨给无主荒地籽种银二千一百两。钦差阎公敬铭，于三、四二年，拨赈麦二百石，发给棉衣六百件，

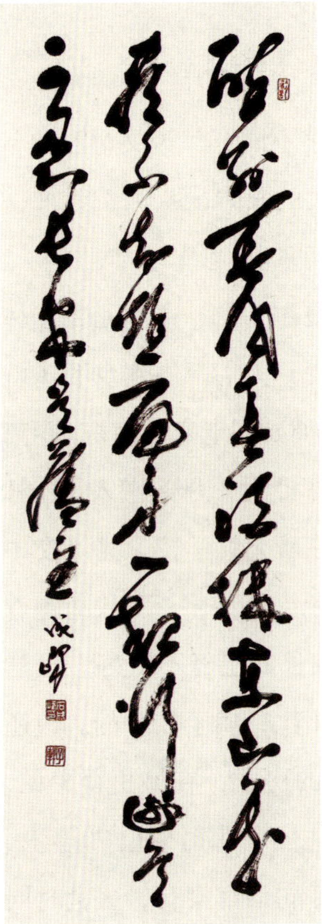

吴太史(按:指吴元炳,时任两江总督)拨高粮〔粱〕一千八百三十九石四斗。县令石公(按:即石成峰,广西临桂人,进士,庶吉士)捐赈银五百两,合邑商民捐赈银八千五百三十两。

石成峰于光绪五年任盂县知县，在盂县任职时间很短，没有发现记载他政绩的相关史料。之后石成峰又到寿阳县任职一年多，即被山西巡抚卫荣光以“办事操切，难膺繁剧”为由，上折革职。回到家乡广西临桂县后，他先后出任临桂四大书院的宣成书院、桂山书院山长。

科举时代，临桂县共出了5名状元、2名榜眼、291名文科进士，被誉为“状元之乡”。清代一朝产生进士190人，光绪年间就出了2个状元。而桂山书院招收的学生均是来自广西的乡试举人，是广西全省最高级别的书院，石成峰能够出任该书院山长，足见他在当地文化界的声望和地位。资料记载，石成峰在宣成书院任职时，康有为曾到桂林讲学，专门登门拜访他，寻求支持。不过，两人话不投机，不欢而散。按《桂林市志》记载，石成峰有《咸同轶事杂抄》作品集传世。

文献记载：光绪二十年(1894年)，身在广东的康有为因《新学伪经考》一书遭到守旧派弹劾，背上“惑世诬民，非圣无法”骂名，书遭焚毁，并失去了在广东讲学的资格。终日郁闷中，一位家在桂林的门徒——龙泽厚出现了。龙泽厚邀请老师前往自己家乡讲学，既开发民智，又可散散心。对那“山水甲天下”的桂林，康有为早已心驰神往，立即欣然允诺。这年11月，康有为乘船经梧州抵达桂林。出于对当地“名流”的尊重，康有为到桂林第一件事，就是登门拜访当时统领桂林学界的四大书院山长——孝廉书院山长周璜、经古书院山长龙朝言、宣成书院山长石成峰、秀峰书院山长曹驯。四人均为清朝翰林，在地方上声誉很高，康有为先后拜访这四人。

母亲自述了当年参军的过程：1949年11月第四野战军41军解放了桂林，母亲16岁，她参加了解放军，入伍到41军随营学校。参军前，在桂林女子中学念书时，她就参加了地下党组织的读书会，她的启蒙老师叫文绣章，后改名文立。文绣章向学生讲国民党如何腐败、解放区如何好，她后来去了桂北游击总队。母亲和廖安茜、庆翠珍等一些激进的同学，在松坡中学一位地下党员的领导下，学习大众哲学、新民主主义论等进步书籍，还参加了反内战、反饥饿游行。

参军后，到了革命队伍里，母亲欣喜万分。一次领队问她："参军要行军打仗，你怕不怕？"她坚定的回答："不怕。"部队火热的生活使她如鱼得水一般，一次连队包饺子，南方兵不会包，包出的饺子煮出来全烂了，但大家吃得依然很香，高兴得不得了。入伍后在桂林待了一段时间后，部队要东进，多数时间是走路，个别时候坐汽车。行军时，母亲体力好，不但背自己的背包，还抢着帮背别人的背包。每天早上六点钟吃早饭，吃完了用漱口缸再装上一缸饭菜出发，到了中午，听到司号员吹号，就沿着公路边停下，拿着缸子吃饭，吃得香得很。晚上宿营在老乡家，在地上铺上稻草打开背包就是床。有时夜晚也行军，走在甘蔗地上，经常摔跤。终于走到了目的地广东潮安枫溪村安营扎寨。在潮安县的那段时间，白天学习政治，讨论发言，讨论的话题是"日本投降是不是美国原子弹炸了广岛才投降的"，有人认为是，有人认为不是，争论得很激烈，得出的结论不是。晚饭后的活动是唱歌、扭秧歌，过着像解放区一样的生活。在那花样年华的年纪，母亲在部队大家庭里成长。母亲的战友张君榕跟我说："我们和你母亲是同龄人，桂林解放我们16岁，我和高雨苍在桂林广西大学附属高中读书，我们的老师是广西大学学生，桂林解放后，我们二十几个同学参加了41军，参军后跟你母亲一起背着背包行军，从桂林走到梧州，1950年元旦是在梧州过的，然后乘船到广州，再到惠州万年村41军随营学校学习。万年村是个很大的地主庄园，我们四中队学员都住在地主家里，屋子前面是一个晒稻谷的广场，四周有很多荔枝树，中队集中在广场听报告上大课，然后分班分组围坐在荔枝树下讨论。"

1979年，我到桂林陆军学院通信大队学习，在桂林学习期间，我周日常去看望亲戚。母亲姐姐叫周芝荇，那时身体很好，是小学老师。姨父叫张国爕，1943年毕业于广西大学，他的父亲张德润，是石成峰的学生。姨父解放后辞去了公职。姨妈靠小学老师的薪水，把四个孩子培养成人，其中两个上了大学，大女儿大学毕业后在北京工作。让我惊讶的是，姨父张国爕的外公也是石成峰。石成峰兄弟二人，两人共生有十九个男孩、十九个女儿。姨父母亲叫石温贞，排行十三，我妈叫她十三姨妈；母亲的妈妈叫石淑贞，排行十九。她们是亲姐妹，同父异母。姨妈的三个儿子比我大很多。头次去姨妈家，她做了很多好吃的菜招待，芋头扣肉是桂林名菜，姨妈做得很好。三个表哥也一起来，围坐在桌前，其乐融融。那时，舅舅也在，但是身体不好，没有和我们一起吃饭。姨妈家住在正阳路，是桂林的市中心，房子不大，养了不少花，很有生活情趣。

在我学习期间，母亲曾来桂林出差，我陪她逛市区，她带我来到她上学的地方，讲述她的故事。

姨妈的三个儿子都在桂林工作。家旋表哥说我们家六十年代来桂林，爸爸请亲友吃饭，满满的一桌美食，让他印象深刻。我上小学时，外婆去世，我们一家人一起来桂林，我留有印象的是参观芦笛岩溶洞，里边的灯光一闪一闪，有一个蛇头不时出现。这是五六岁时来桂林的记忆。舅舅雪阳是位很有故事的人，他的生活，可以写一篇小说。

姨妈活到近八十岁，晚年喜爱养菊花、赋诗，养了不同品种的菊花且一一赋诗，给我看过，可惜没有留下来。

去年10月29日，我代表父亲出席“解放军报原总编辑杨子才先生著作捐赠仪式”活动，活动在桂林广西师范大学图书馆举行，出席仪式的有广西师范大学苏桂发副校长和宣传部、图书馆的领导。为什么要给桂林捐书？父亲跟我说，由于桂林是他当年所在部队41军解放的城市，又由于数年前，广西师范大学曾邀请他来校讲学，与老师和同学们建立了深厚的情谊，故他在耄耋之年，决定将自己的作品二十余种，总计约600万字，赠送给广西师范大学图书馆，以便全校师生阅览。我跟桂林的情缘，与父母在桂林的故事，随着时间流逝，没有减弱，反而更加淳厚。

母亲周作在桂林读中学时留影，前排右一

父亲在战争年代

我父亲杨子才在解放战争的硝烟中、于1946年在东北参加解放军，当时叫东北民主联军第四纵队，后来的中国人民解放军41军。父亲跟我谈过在东北的往事：1946年底，三下江南、四保临江战役前，部队非常困难，缩在临江一带（靠近朝鲜），我们当时都准备进长白山打游击了，上级派陈云来统一大家的思想，决定继续干，于是有了三下江南、四保临江。这段时间太艰苦了！在东北退到临江时，部队都发了斧头、锯子，也做了动员，准备走杨靖宇道路了，到长白山打游击。真要是上了长白山，后果将不堪设想。国民党将领杜聿明很凶狠，先南后北，想先将南满解放军消灭了，再打北满。林彪做了针锋相对的决策，“南拉北打”，南边拉着牛尾巴，北边打牛头，让我们坚持，坚持就是敌人进攻我们时，我军到敌人后方打，当时决定整个四纵队打到敌人后方一次，后两次是我们师打到敌后方，三次插入敌后。123师他们位置好，靠近大连，打得赢就打，打不赢就躲进大连苏军防区。我们师第二次、三次打到敌人后方，非常艰苦，4000多人，三插敌后以后，只剩下2000多人，牺牲了很多人，冻伤、受伤的战士在老百姓家里养伤，大多让国民党还乡团杀害了。师长蔡振国是老红军，抗美援朝时牺牲了。三下江南后，李丙令政委向陈云汇报，把我们三插敌后的情况作了介绍，陈云说：“你们太了不起了！”之后，南满军区做了决议，给全师所有人员记功。在解放战争中，给整个师所有人员记功仅此一次。我参与写41军战史时记录了这些。当时艰苦到什么程度，我们师政治部主任吴宝山，是1933年在江西参加红军的，他说长征艰苦，爬雪山、过草地，但没有三插敌后艰苦，零下40度的严寒，白天国民党飞机轰炸，不能行军，多是在夜晚行军，特别寒冷，特别艰辛，熬过来不容易。41军这支队伍，从山东过去时不到2万人，整个解放战争伤亡

5万多人，等于打光了。三下江南、四保临江那些日子，艰苦异常，就只有一个师在正面打，由韩先楚指挥，这支队伍很能打。解放军的骨干都是身经百战，像团领导，有的是红军，有的是三八式，我的入党介绍人张而驳就是三八式，在11师师部，他是科长，我是科里干事，他参加过上百次战斗。

父亲参加了著名的塔山阻击战。守卫塔山的四纵官兵当时都做好了牺牲的准备。12师师长江燮元对部下说："我看着你们，你们看着我，是死是活，咱们在一起。"34团团长焦玉山、政委江民风留下遗嘱："如果牺牲了，就把我埋在阵地上。"只解沙场为国死，何须马革裹尸还。父亲对我说："塔山阻击战时，我是11师的干事，当时全部人都上阵地了，我也在阵地上挖工事，每天都挖，我们的阵地不在铁路边上，不是敌人的主攻方向。"

1948年10月10日至15日这六天中，四野四纵与国民党军进行了六天的激烈战斗，国民党军在塔山阵地前遗弃尸体和重伤员达6000以上，另有副团长以下620人被俘，解放军伤亡3774人，其中四纵伤亡3571人。

在家风影响下成长

我出生于军人家庭，小学、初中上的学校是部队的学校——广州市八一学校，从小接受的教育是热爱祖国、热爱党，为了人民的事业可以贡献自己的生命。

说起家风，我们家的家风就是重在身教。在儿童时代，父亲对我的教育，重在以身作则。他喜欢读书，只要一有空闲就拿本书看。小时候的印象中父亲总是出差，母亲说他是“把招待所当家，把家当招待所”。在广州军区当记者的那些年，每年出差的时间都在300天以上。在我和哥哥具备了阅读能力后，父亲就经常在军区政治部图书馆里借书给我们看。有《红旗飘飘》《红旗插上大门岛》《红岩》《西游记》《三国演义》等，外国小说有《契诃夫小说选》《死灵魂》《三个火枪手》《基督山伯爵》等。有一次家里请客吃饭，饭桌上，父亲告诉我说这位叔叔叫孙景瑞，《红旗插上大门岛》就是他写的，我惊讶得说不出话来！他就是那位作家！年少时，我对于作家是崇拜得不得了。幼时养成的阅读习惯持续了我的一生。

我16岁半参军，来到广东汕头，成为55军164师工兵营舟桥连一名战士，刚当兵时，父亲经常写给我信，谈人生、谈理想、谈学习。这些对我都是极大的启发和教育。父亲在后来的日子多次跟我说过，人的一生，不在于做多大的官，而在于多做对社会有益的事情。1979年，19岁的我参加中越边境自卫反击战，21岁从桂林陆军学校毕业，在该校任教官数年。从部队转业到地方，在中国旅游报社当记者，在新闻记者岗位上工作了30多年，走遍了祖国的大江南北，见证了国家繁荣富强，中国的旅游事业从无到有、从小到大，我们为之摇旗呐喊，竭尽宣传，贡献了自己的绵薄之力。上个月，我年满六十周岁，正式退休。不禁感慨万千，写下了这首诗：

甲子一轮回，人生步履快。老树发新枝，夕阳更精彩。
滚滚东逝水，呼啸穿峻岭。往事数千年，英雄望背影。
青山遮不住，毕竟江流去。往来代谢多，人世皆历历。
后浪推前浪，无惧砥石立。

2020.7.7

新兵连合影的往事

今年八一建军节第二天，与战友卢东平相聚，其间，一张我们在新兵连的合影照片，勾起了我的回忆。

由于年代久远，照片中有的战友已经认不出来。照片里认出的战友：第一排左1王晓莉，左2女兵班长(姓名不详)，左3于汉冬，左4齐艳，左5孙小慧，左6高敏，右6颜钟，右5刘燕，右4王越，右3郭尚锋，右2夏惠，右1杨志盈；第二排左2战军武、左4卢东平、左5晏波、第三排左3邢广石、左5赵小军、第四排左1刘贵军、左4陈曦、左6曹峋、左8杨小涟。

1976年底，我在北京154中学读高一，有一天，父亲问我："想不想当兵？"我回答："想！"又过了几天，父亲对我说："你的入伍手续办好了，去广东当兵吧。"那一年，我不满17岁。1977年1月3日，父亲送我到北京火车站，到了车站，我看到有几十个年龄与我相仿的人，还有不少女兵，在父母的陪伴下，身穿绿军装，挎着背包，准备登上南下的火车。

1976年，是国家发生巨变的一年，年初，周恩来总理逝世，随后朱德委员长去世，七月，唐山发生百年不遇的大地震，九月九日，毛主席去世。一系列的大事接连发生，使我这个青少年有点懵。

我们那个年代，当兵是大多数年轻人的理想，穿上绿军装，是我梦寐以求的梦想，我当兵后，在北京延庆下乡的哥哥给我来信，祝贺我当兵，说他的梦想就是当兵，可惜没有机会实现。

我们这一批小兵，登上了南下的火车，上车后，大家聊天相互介绍，知道许多是来自北京各个部队大院的孩子，有国防大学、军事科学院、总后勤部等，年龄大的20岁，小的不满15岁。战友陈曦回忆到："广州军区到北京招兵，由164师金副师长带队，一共招了51个人，23个男兵、28个女兵，由于时间仓促，武装部的军装没有来得及发，大多数人都是穿着四个口袋的干部军服。1977年1月3日，在北京火车站出发，之前大家谁都不知道谁当兵，到了车站以后，发现有不少认识的朋友，纷纷说你怎么来了？你怎么来了？像是曹峋、卢东平、赵小军都是我认识的人。”陈曦说，火车到湖南衡阳，下了许多女兵，剩下的人都前往164师，乘坐30多个小时的火车到广州后，转乘轮船前往汕头。

在广州港，我们乘坐货轮“红旗3号”去汕头，这是一个运煤的大船，我们男兵被安排到最底下的地方睡觉，女兵安排到船的上部。轮船驶入公海后，风浪逐渐增大，船摇摆得厉害，而船的底部，是晃动最大位置，我头晕目眩，只好躺下休息，可是胃似翻江倒海，不一会儿，就吐了起来，吐了几次，感觉把苦水都吐出来了，胃也空了，就这么坚持了十多个小时，船到汕头。当天晚上，部队放电影《渡江侦察记》，由于晕船，看电影时感觉整个荧幕都是晃动的。

我们一行人来到汕头莲塘，55军164师师部所在地，接受三个月的新兵训练，和我一个班的人我记得有：邢广石、曹峋、晏波，班长姓名忘了，是湖南人，个头不高，普通话不是很标准，喊口令常引起我们发笑，常常被他训斥。师里的一位领导给我们讲话，说新兵连是培养成一个战士的基础，要养成“一不怕苦、二不怕死”的精神，把自己锻炼成一个合格的战士。

新兵训练从整理内务、列队行走开始。内务整理要求把被子叠成豆腐块一样，床单整齐，不允许有任何杂物，有限的东西放在规定的位置。每天训练“向左转、向右转、齐步走”，立正、稍息，简单的一个立正，要求挺胸、双手自然下垂、两眼直视前方，要做标准实在不容易。

汕头莲塘，地处汕头市郊区，距离市区四五十千米。莲塘是师直属单位所在地，有防化连、通信营、工兵营，炮团离莲塘距离较远。当年164师是生产部队，所在地是牛田洋生产基地，是围海造田形成的，面积很大，当时的口号是“连种千亩田，人献万斤粮”。

汕头这个地方，对于我来说并不陌生。我出生在广州，1975年随父亲工作调动到的北京，在北京读书仅有一年时间。1969年，我们兄弟两个随母亲在潮汕地区的澄海县莲花山矿生活了两年时间。潮汕地区那时给我的印象是贫穷，人多地少，在田野里干活的多是女性，男人则是做生意或做其他事。那个时候男子流行穿“水布”，即一条近二米、宽一尺多的长布，成年男子往腰上一围，上衣内裤都不穿，就是一条“水布”就干活开了。由于人口多，当地居民主食吃地瓜为主，一般是稀饭中加入地瓜，木薯也是主食。

在新兵连训练，每天早上不到六点起床，出早操、跑步、列队行走，早操时间一个小时，之后洗漱、吃早餐，早餐之后休息片刻，又进行上午的训练，从八点半到十一点半，午餐后午休，下午二点半到五点半是训练时间，六点钟晚餐，晚餐后休息时间长些，晚上八点学习，十点钟就寝。每天的时间安排得满满的。

整理内务是我的弱项，被子总是叠不整齐，常被班长批评，每天晚上，班长要对一天的工作进行讲评，具体到每一个人，表现好的表扬，不好的批评。我下决心要把被子叠好，无奈被子总是像馒头一样，成不了豆腐块。我下决心一定要做好一件事，让班长刮目相看。射击训练开始了，因为以前对射击有点了解，讲授的“三点成一线”理解很快，屏住呼吸、轻扣扳机这些动作要领学得很快，在实弹射击训练中，九发子弹我打了81环，成绩优秀，终于得到了班长的表扬。其实，我们这批北京兵射击表现都不错。

在新兵连，由于天天训练，食欲大增。我们的伙食标准是每天五毛钱、大米一斤半，去掉买粮食的钱，每天用于买菜的钱很少，很少见到肉，油水不够，主食吃得很多，早餐一顿吃四五个馒头，常常是不到午饭时间就饿了。一个月的津贴6元，主要买肥皂、牙膏等日常用品。

周末，莲塘的“七二八台风纪念碑”是我们经常去的地方。纪念碑修建在一个山坡上，拾台阶而上，碑文记录了1969年“7·28”大台风的事件及为保护牛田洋大堤而牺牲的干部战士和大学生的姓名，为了保护大堤，有553名干部战士和大学生牺牲。

1969年7月28日，台风维奥娜在汕头沿海登陆时，正值农历六月十五天文大潮。在风暴潮的冲击下，沿海堤围大部分溃决，海潮汹涌而入形成汪洋，地势低的地方水深达4米，汕头市区全区水深2~3米。汕头地区耕地淹浸面积119万亩，农作物受损面积131万亩，决堤2087处，总长度为90千米，房屋倒塌82381间。受灾最严重的是澄海县，全县294千米堤围有180千米受损，其中254处共13.5千米崩决，海潮侵入内陆达15千米，202个村庄被淹，汕漳公路以东的大部分农田被淹浸，面积22万亩，占全县总耕地面积的59%。

地处汕头西郊的牛田洋军队围垦区，23千米长的拦海石堤被冲开62处，另外有9千米海堤被削去三分之二。当时在牛田洋军垦区进行生产的是解放军第55军219师和军炮团1万多名官兵，以及2183名响应“五七指示”到牛田洋上山下乡的来自北京外交学院、广东中山大学、四川大学等全国八所高校和在七机部、中联部、外交部毕业待分配的大学生。面对海堤溃决，在“誓死守护大堤，人在大堤在”“人定胜天”的口号下，围垦官兵和大学生对抗风暴潮进行护堤，付出了470名解放军官兵和83名大学生牺牲的代价。

新兵训练快结束时，举办了一次文艺演出，有表演才能的人大显身手。曹峋的手风琴演奏、他和邢广石的相声表演，深受欢迎。难得的是，他们的相声，是自己创作编写的。女兵们更是准备了合唱、表演等丰富多彩的节目。

短短三个月的新兵训练结束了。女兵们去了军医院或者师医院，我和邢广石去了工兵营舟桥连。更多的人去了步兵团。青春少年，怀揣梦想，开始步入社会，这是我们走向人生的第一步。两年之后，我们走向战场，参加中越边境自卫反击战，迎来了一次生死考验，人生谱写了一曲激昂的赞歌。

我们这一批北京兵，在战斗中涌现一位一等功臣：卢东平，成为我们北京兵的骄傲。

2019.8

1977年新兵连战友合影，摄于广东汕头莲塘，作者在最后一排右四

舟桥连记事

2017年4月20日，沈机班长从广东湛江来北京旅游，是跟团游，时间不多，但是一定要见上一面，我们有40年没有见了。我与他商量，在他游完了故宫、天坛后，我去接他，一起吃个饭，之后送他回宾馆。

沈机班长是我的老班长，也是第一任班长。1977年我入伍参军，在55军164师工兵营舟桥连，沈机是我的班长，他是1973年入伍的，算是老兵了。我入伍时，不到17岁，应该说还是个孩子，没有社会经验，从中学到部队，遇到了沈机班长这样的人，是我的幸运。沈班长待人和善，从来没有见过他发火，老兵训斥新兵，急了骂两句，是常事，但沈班长没骂过人，有问题总是耐心地解释说明。沈班长是班里的楷模，大家都以他为榜样，他的内务总是收拾得很好，整整齐齐，方方正正，我的被子老是整不好，沈班长时不时就帮我整理。每天下午都要去浇菜，沈班长总是带头拿着水桶去菜地，把每个班负责的菜地浇完。当年一个战士一天的伙食费标准是5角钱，粮食一个月45斤，津贴费每月6元。5角钱买完大米所剩无几，只能再买青菜，一个月能吃到几次猪肉就算不错，搞些副业、增加伙食标准是连队必须的。当兵第一年时，有次连队吃糖包子，我一次吃了二十多个，每个都有拳头大小。部队在牛田洋，每到春耕和秋收季节都要去步兵团帮忙插秧和割稻，这是一年中最忙的时候，每天早上五点起床，下地干活，一直到晚上六七点收工。早餐送到田间地头，每天早餐都能吃十几个大馒头。当时吃馒头是把馒头压实了再吃，拳头大的馒头压成了个小包子，三两口吃下去，之后又去拿几个。舟桥连训练要到江边，我们外训时去潮州的韩江上搞训练，一个班乘坐一个卡车，带一个空心的船，在上面铺上木板，连接成浮桥，训练时就重复基本的动作，班长每次都耐心地解释，不能发生意外。记得有次在江上训练，锚掉

1977年作者在舟桥连训练时留影，在潮州韩江上，前排左5是作者

进江底了，江水有四五米深，但也要下去捞，班里有个广东增城兵，水性很好，潜水下去把锚找到，系上绳子捆住捞出。我们一排长是广西人，姓韦，1971年入伍，晒得很黑，站在那里指挥将三个门桥连接到一起，当时感觉韦排长真有大将风范。沈班长爱唱歌，每天总是唱着“毛主席的战士最听党的话，哪里需要到哪里去，哪里艰苦哪儿安家”。沈班长因为岁数大了，没能提干，复员时遇上湖北一油田来部队招工，他去了油田，一干就是10年，之后回到湛江老家一个工厂工作，一直干到退休，因为技术好、工作负责，60岁后工厂里还要他帮忙。韦排长因病十多年前就病故了。这都是后话，昨天见

到沈班长后他和我说起的。

昨晚，我和邢广石终于见到了老班长。广石和我是一起从北京入伍、一起上火车的老乡，同在舟桥连，1979年中越边境自卫反击战打完后，他当了舟桥连连长。

忆舟桥连

曾记当年韩江上，门桥渡口汽艇飞。清晨军号田野响，队列江边汗水追。

如风少年军旅梦，男儿疆场吴钩随。四十岁后再相聚，岁月蹉跎君与谁？

作于2017.5.6

与舟桥连老连长相会

2019年9月24日，我与我的第一任连长、55军164师工兵营舟桥连吴元法连长相聚了。老连长夫妇俩到北京专门来相会，我心情激动，难以平静。我1977年入伍，当年不到17岁，从北京来到广东汕头当兵，吴连长是我们的连长，连队每天出操、晚点名，老连长都要讲话，教育我们如何才能当好一个真正的士兵、讲评每个排当天的工作、指挥大家唱部队歌曲等，连长如同一个大家长，连队里的所有问题，都需要他去解决。在我眼里，老连长是一个勇于担当、认真负责的连队干部。

见面时，老连长说起了一件往事：一次我在连队的田地里砍了根甘蔗吃，吴连长看见了，对我说："小涟，连队的甘蔗怎能随便砍呢？"我望着连长，低声说："我错了。"这件事情我早已忘记。可以看出，当年连长对我们就像父亲、兄长，有什么不对的事，直接给你指出来。

我在舟桥连待了一年多，去了通信营，与老连长联系少了，知道他后来在中越边境自卫反击战中荣立三等功，舟桥连立了集体三等功，再后来老连长下到步兵团，当到团政委从部队转业，在老家江西一个县当副县长，九十年代在改革开放的大潮中，他辞去公职，下海创业，如今在兰州市有一个企业，并被选为当地的政协委员。老连长，真正是社会主义市场经济海洋中的弄潮儿！

诉衷情 忆军旅人生

吴元法

岭南旧地有阶痕，只是覆新尘。当年淬炼身手，练武又习文。

抛汗水，揽高分，欲拏云。蓦然相聚，阔论如今，喝彩初心。

甲山的青春岁月

——回忆在桂林通信训练大队的日子

一、学习与生活

桂林市甲山，海拔高度578米。甲山脚下，桂林陆军学院通信训练大队（现在叫中国人民解放军特种兵学院一大队）就座落于此。

桂林陆军学院通信训练大队，最早称“广字412”部队，其前身是广州军区通信训练大队，1960年在广西贵县成立，是全军组建比较早的一个训练大队。下设一个干部队、一个技师队。1962年迁往南宁，1964年7月又迁往湖南耒阳，驻47军步兵团营房。1965年8月在湖北武汉、荆州，河南郑州、南阳等地招收应届初中毕业生200余人，并从部队选派一部分优秀战士担任学员班长，还从广州军区通信团成建制划入一个连队，组建三个报务队，一个机务队，学员达400余人。广州军区通信训练大队先后在湖南郴州、长沙，广西桂林等地，1986年划归桂林陆军学院管理，更名为桂林陆军学院通信训练大队。

1979年至1981年期间，我到桂林陆军学校通信训练大队学习。通信训练大队是为野战军培养维护部队通信保障方面的人员，分为无线、有线等，无线指电台，有线指载波机，通过培训，成为无线电台和载波机的维修人员。学习内容有电工学、半导体基础、小八一电台等，以专业课程为主。作息则以步兵学校的要求执行，早上六点钟不到起床，早操，早餐，八点钟上课，11点半午餐，午休一个半小时，下午两点接着上课，晚餐六点，八点晚自习，十点熄灯。每天紧张而丰富，周日休息一天。

授课的教员多是六七十年代入伍的老同志，有正规军事院校毕业的，也有通信大队自己培养的。留下较深印象、课讲得好的教员有鲁道海、郑炎林、刘建德、刘少云、李兵、付春鹏等。讲授半导体基础课的是郑炎林教员，他形容导体内部的活动是“空穴运动、电子运动”，生动的比喻让我至今都记得。郑炎林教员后来转业到安徽黄山市，任广播电视局的书记，九十年代末，我作为中国旅游报社的记者到黄山风景区采访，陪同的有黄山风景区的一把手等领导，因为当时分管旅游的吴学谦副总理也上黄山，那时还没有索道，都是爬上去。上黄山的那天，正赶上我的生日。晚上在黄山上举办文艺晚会欢迎领导人，我因为过生日，也成为地方电视台、广播电台记者的采访对象。回北京以后，一天我接到了郑炎林教员给我单位打来的电话，问在黄山上过生日的人是不是我？我笑答“是”。这是后话。

每天学习，以专业知识为主，其他课程很少。每隔一两个月，桂林市新华书店都会来大队售书，我们都会买不少各类书籍，充实自己的业余生活。周末休息，队里允许我们去桂林市区玩，上午八点钟离队，要求下午四点半之前归队。从甲山到市区，需要一个多小时，先步行半小时到有公交车的路上，再乘坐公交车去。在学习期间，学员一般都逛遍了市区的主题景点，许多景点去过多次。那个时候，乘船游览漓江上船的地方就在市区象鼻山。游一次漓江船票两三元，在船上还管一顿饭。在市区玩时，中午饭经常吃馄饨、桂林米粉、面条什么的。照相馆也是我们爱去的地方。桂林盛产柚子，本地的沙田柚富有盛名，秋天时候丰收，农民挑着担子来卖，几毛钱一个，我们常常一买买几个，拿回班里一起吃。桂林的甘蔗也令人难忘，我们一般都是一次买一根，一会儿就吃完。第一次学习时我每个月有9元津贴(当兵第一年)，除了买牙膏、肥皂外，没有什么要买的东西，多数都用来买书或者逛街买吃的东西了。

我们住在甲山下，山上有电视转播塔，有山路可以上山。大队组织大家爬甲山，我爬上去过一次，累得大汗淋漓。

桂林的夏天很热，七月和八月，一天要冲凉三次以上，早上出操后要冲澡，中午饭后要冲澡，晚上更是少不了。那个时候没有空调，房间里也没有电扇，热了只能扇扇子。夏天热，冬天也冷。我冬天长冻疮，难受得很。春天只下一场雨，从春节后开始降雨，一直到四月底，下到江水上涨淹过堤道，就不下了。

二、同学与战友

记得1979年一个班的同学有：熊凌云、黎明、李占彪、李春生、何锡伟、胡克宁、刘继海、毛永祥、黄连富、谢申龙等。李占彪活泼开朗，每天中午列队去吃饭之前都哼着歌，《冰山上的来客》这首歌我就是听着他经常唱而学会的。区队长冯波平是个老兵，管理我们一个区队，周日去桂林玩，每个班都有人数限制，有时候会多去几个，他总是批准。后来一个班的同学是：皮燕明、李春生、罗基才、吕卫民、毛永祥、贺建恒、陈远兵、刘小文、熊凌云、马云江，我当班长，副区队长是胡广平。其中在广西工作的皮燕明、毛永祥等至今和我的联系还不少。皮燕明从团职干部转业到地方，任南宁市青秀区党组成员，退休后经常与志同道合的人到贫困地区义务教学。1981届的同学罗东压留在通信训练大队，他结婚时，我去喝喜酒，不胜酒力，喝了一点就醉了，他一直记着，三十年后在桂林见面，一见面他就说起这事。罗东压转

二班照片（左至右）

前排：杨小涟（班头）、陈远兵、刘小文、郑炎林（队副）、毛永祥、李春生。

后排：皮燕明、熊凌云、贺建恒、吕卫民、马云江、胡广平（区副）、罗基才。

业到了桂林市公安局110指挥中心。我们这些同学，后来都转行了，所从事的工作与通信专业没有关系。只有张吉明转业后，在地方一直从事技术工作，算是搞业务时间最长的了。

三、教官生涯

1985年9月10日是第一个教师节，那时我在广州军区桂林陆军学校通信训练大队基础教研室当教员，享受到首个教师节的礼物：大队给所有教员赠送了两个直径27厘米的湖南醴陵瓷盘，这两个盘子我一直珍藏着，已经有37年了。时年25岁的我，已经在桂林陆军学校任教有四年时间了。

八十年代以前，军队培养干部，多数还是延续战争年代的方法，注重从基层培养干部，从战士中选拔优秀人才，送到各类培训大队进行短期培训（也有没经过培训直接提干的），之后提干。提升当干部奠定了今后人生的基础，这一点年轻时不理解，只是在岁数大了才知道其中的好处。可以说，我们得到提干的战友的人生道路都比较顺利。1981年5月，我们学习完成后得到提干。我们这批学员多数人都分到野战军，包括当时在广西新组建的边防师，一般多在军、师的通信营修理所。因为当年通信训练大队扩编，我和其他十多位同志留下当教员。说心里话，以当时所学的那点知识，马上当老师，有点赶着鸭子上架的意思，知识储备远远不足。但是想想，当年黄埔军校毕业的学员，也就是学习半年时间毕业，一期、二期、三期，成长为元帅、将军的不在少数。有的同学戏称我们是当代的黄埔军校学员。解放军的传统是从战争中学习战争，边干边学，在实践中增长才干。没有其他办法，只有不断地努力学习。我当时分配到基础教研室，教基础课，课程有电工学、基础电路等，为了备好课，抓紧一切时间熟悉教材，我还托人找到其他学校的教材做参考。通信训练大队大队长鲁道海，之前就是我们的教官，讲课生动活泼，深受学员欢迎。为培训我们这一批教员，鲁大队长专门为我们进行授课演示，要求我们每个人上讲台讲课，领导在课堂里听讲，之后对每一个人的讲课进行讲评，例如存在什么问题，哪些地方需要改进等。当年，武汉通信学院季卜枚教员的教学经验，是大家学习的榜样。我们当时的学习热情非常高，除了专业知识，还学习英语，中央电视台播出《跟我学》，我们每天跟着学，一起学习英语的，除了年轻教员，还有之前教我们的老教员刘建德、刘少云、李冰、宗占海等。

我们一起毕业的教员有罗军、胡广平、才韶、张吉明、毛海青、廖伟光、魏小华、刘仕彪、罗东压、陈伙平等。在这些同学加同事中，表现突出的是罗军，湖南人，比我小两岁，当学员时成绩优异，各门功课都好，当了教员以后，讲课水平也比我们高。一些专业课，他自学后就能向学员讲授，且讲得很受欢迎。

六年的教学生涯，在我人生中留下了深刻印迹。1986年，我转业回到地方，当时赶上部队大裁员，裁军一百万，年轻干部也让走。我从1977年1月入伍到1986年离开部队，近10年的军旅生涯结束了，当时26岁。回北京后，军转安置办公室考虑专业对口，把我分到北京无线电仪器厂（该厂后来在转制中散伙）。由于对地方情况根本不了解，我按照部队的习惯，组织安排哪就去哪。到厂里工作后，很怀念火热的军营生活。但是，人生没有后悔药，自己的路是自己走出来的。

我们一起在桂林的教员，后来多数人去了广州军体院当教官（军体院里也有通信大队）。多数人离开部队是在20世纪九十年代和2000年以后。

铁打的营盘流水的兵，如今桂林通信训练大队依旧在甲山脚下。最近十多年，我多次到桂林，每次都要到通信大队去看看，门口新修了大门，年轻的战士站在门前，似乎就是我们当年的样子。遗憾的是进不了院里面看。我们住的宿舍在院外，已经荒芜没有人住了。我们的青春岁月，在这里度过，两千多个日日夜夜，留在了这块土地上，邻近的桃花江，江水川流不息，送走了一批又一批年轻学子，桂林市甲山，成为我此生永远无法忘记的地方。多年后吟七古一首：

甲山岁月正青春，如火激情燃缤纷。遥忆攀登猴山上，山峰脚下云雾奔。远望风光甲天下，我辈岂是蓬蒿人。六旬人生鬓发白，恩师已逝教诲深。无悔无怨阳光日，心底无私耀古今。

培正中学“杰社”毕业典礼记

2017年11月26日上午，我专程从北京赶到广州市，参加母校培正中学高中毕业40周年纪念活动。我于1975年9月在广州市培正中学读高中。

培正中学是广东省国家级示范性普通高中，广东省普通高中教学水平优秀学校，创办于1889年。中学占地面积近7万平方米，建筑面积6.3万平方米，绿化面积4.3万平方米。设有58个班，学生总数2594人，教职员211人。校园具有20世纪初的校舍建筑，校门、美洲楼、图书馆、澳洲楼、王广昌楼等广州市文物建筑，并设有各个自然学科的实验室，建有图书馆，以及网络室、学术报告厅、能容纳1300人的大礼堂、天然草地足球场、网球场、羽毛球场、标准游泳池等各类文化体育设施。香港、澳门也有培正中学。

1977年培正中学高中毕业的学生，被称为“杰社”，这是培正学校的一个传统，最早在三十年代就有这样的称呼了。“杰社”毕业典礼当天，每一位同学都领到了一枚培正学校徽章，我郑重地别在上衣上。典礼开始，唱培正校歌，我是第一次听到培正校歌：

培正培正何光荣，教育生涯惨淡营。
培后进兮其素志，正轨道兮树风声！
万千气象方蓬勃，鼓铸群才备请缨。
爱我培正谟谋远，永为真理支干城。

来参加“杰社”毕业活动的同学人数很多，当年的老师也来了，我印象深刻的有我们的级组长，在我的印象中，级组长当年个子高大，但现在在我眼前的老师，却变得矮小了。是我们长高了？还是老师变小了？岁月无情，当年的少年学子，如今也两鬓斑白，你说，老师能不变老吗？！我与十七班的周粤伟同学相遇时，正好遇到了他的班主任老师，老师亲切地叫起了他的小名“小弟”，让人感觉真亲切。在这次毕业典礼中，我还意外地见到了我母亲的战友陈飘阿姨的儿子郑景图，当年我家住在达道路时，陈飘阿姨一家人经常到家里玩，我印象很深，去年我到深圳，还专程代表母亲去看望陈阿姨。在培正中学读书时，郑景图在16班，我在15班，但是彼此从不知道。这次相聚，也算是个插曲吧。

说起“杰社”，我们这一届学生能够到培正中学上高中，还有不少故事。我们十五班的同学，之前大多数都在广州八一学校读书，从小学一直到初中三年级，许多同学，从小学起就是一个班的，彼此非常熟悉，像姜力游同学、艾松同学、杨静同学、陈芳同学、郑小敏同学、方惠闽同学等，和我都是从小学中学甚至到了高中一直在一个班的。八一学校（现在叫广州市八一实验学校）因为没有高中班，我们面临着重新选择学校读高中，许多同学因为这个原因，之前去了其他学校读高中。还算我们运气好，最后的结果，是我们整体到培正中学（当时叫五十七中）读高中，能够不考试就到名校读高中，也是特殊年代的产物，当时中学都不用考试，就近入学。

我在培正中学上学的时间虽然不长，但给我留下了深刻印象。我们的班主任韩春风老师，岁数不大，个子高高，一口广州普通话，很有特点。刚到十五班时，同学老师选我当班长，我力争做一个称职的班干部，当时有的同学觉得个别老师普通话讲得不太好，发音不标准，常常在课堂上发出笑声，我禁不住要去阻止一些同学。后来我到了北京读书，我的南腔北调的普通话，也遭到了北京同学的嘲笑。我们那个时候，深受“读书无用论”的影响，书读得很少，考试很少，作业没有，如今想起，都不知道怎么读完中学的？

我在培正中学读了一个学期，因为父亲调到北京工作，我也转学到北京一所学校读书。我离开十五班后，李朝欣同学当班长，七七年毕业时，他和姜力游同学一起申请到西藏插队，成为七七届的优秀学生。那个时代的人，都满怀理想，去西藏农村插队，是决心把自己的青春献给边疆少数民族地区。由于其他原因，他们两个人西藏没去成，去了海南岛农场插队，人生起步阶段就经历了艰苦生活的锻炼。40年过去了，李朝欣同学如今在广州市一家国有企业担任领导工作，姜力游同学在深圳市公安局工作，被评为全国先进工作者。说到上山下乡，让我想起了十五班的同学王川，高中毕业后，他和艾松等许多同学一起到广东从化下乡，一次劳动中，因为脚被竹子扎破，血流不止，被送到生产队卫生队做了简单的包扎之后染上了破伤风转成白血病，18岁就去世了，偶然的一次外伤就失去了宝贵的生命，是因为当年乡下缺医少药。我至今清楚地记得，他生病住院时，我已在广东汕头当兵，正好出差路过广州，我去医院看望王川，他不知道自己的病情，因为打激素的原因，他人很胖，留着光头，那天他兴致很高，对我说，不久就能出院了，当时我的心沉甸甸的，不知道该说什么好。王川喜欢画画，人很聪明，他是培正中学十五班第一个去世的同学。

我对培正学校的了解，是离开学校很长时间以后逐渐知道的。培正学校作为一个历史悠久的学校，传统深厚，学子遍布海内外，科技医疗，教育国防，行业精英，不胜枚举。在校史中了解到，在培正中学学习过的著名人物有廖承志、邹家华等。培正中学有建校以来所有学生的名录，按照年代划分出，在“杰社”部分，我找到了十五班，可惜名单中没有我的名字，因为是以毕业班的学生收录的，此时我已离开了培正中学，我说出了我的遗憾，校友会的一位老师说:“只要在培正中学读过一天书，就是培正的校友。”说得人心里暖暖的。衷心希望培正中学保持传统，发扬光大，为国家社会培养出更多优秀人才。

培正杰社40周年纪念

培正读书青春日，四十周年弹指挥。
人生岁月起步地，恩师辅育犹记谁?
同学相见喜极泣，两鬓斑白时光回。
难忘校园中记忆，蓦然回首现光辉。

初稿于2017年11月26日，完成于12月18日

故乡桂林的骄傲

桂林市中心王城的古城墙上，有一块“三元及第”巨大牌坊，过往行人，穿越城墙，都要从城门的牌坊下走过。城墙的对面是靖江王府，经常从这里走过的人，似乎已经不太注意牌坊的存在，但熟悉历史的人会告诉你，这块“三元及第”牌坊是桂林人的骄傲，因为在中国上千年的科举考试中，连续取得乡试、会试、殿试第一的，仅有十几个人，而其中一人，就是清代嘉庆临桂进士陈继昌。陈继昌是清代200多年中两个连中三元（解元、会元、状元）中的一个，也是中国封建科举最后一位“三元及第”的状元。他是清嘉庆十七年（1813年）癸辰科的解元、清嘉庆二十五年（1820年）庚辰科的会元、状元。陈继昌“三元及第”后，嘉庆皇帝亲自赋诗庆贺：“大清百八载，景运两三元。旧相留遗泽，新英进正论。”从诗中看出，嘉庆帝寄希望于陈继昌能像其高祖陈宏谋一样，为社稷作出贡献，持续其宗族的辉煌。

陈继昌是桂林人，桂林设市是民国时期，之前一直是临桂县。他是乾隆时期大学士陈宏谋的曾孙，原名守睿，字哲臣、号莲史，生于清乾隆五十六年（1791年），卒于清道光二十九年（1849年），享年59岁。授翰林院编修，历任云南主考学政、翰林院侍读、江西巡抚和直隶、甘肃、江宁布政使以及江苏巡抚等职。

陈继昌才识过人，学问高深，曾为梁章钜的《楹联丛话》作序。梁章钜说：“在桂林时，每得一联，辄与陈莲史、徐小霞、陈海霞、桂舫诸君赏析之。”《楹联丛话》收录有陈继昌的“云霞成伴侣，冰雪净聪明”“石壁开精舍，瑶华振雅音”“虚舟任所适，飞鸟相与还”“守道还如周柱史，著书曾学郑司农”“自把新诗教鹦鹉，戏拈秃笔调骅骝”“茶亦醉人何必酒，花能傲雪况于松”等对联。《楹联丛话》还说：“陈莲史所作楹帖，语多古异。”

清初，江南地区文风极盛，许多人考取了进士。陈继昌被派放外任江苏当巡抚的时候，因为人们都知道他是临桂人，而当时江南人认为广西的文风不是太盛，所以江苏的举子们并不把陈继昌这个八桂才子放在眼里，在他面前言行举止表示轻蔑。陈继昌看在眼里，记在心上，但一副若无其事的样子。有一天，正逢苏州的关帝庙落成，地方上请陈继昌撰联以纪盛事。陈继昌欣然答应，飞快地题出“匹马斩颜良，河北英雄皆丧胆；单刀辞鲁肃，江南士子尽低头”的对联来。上联大气凛然，歌颂了关公的英雄事迹；下联不但一吐心中闷气，而且语涉双关，抑挫了江南考生的傲气，实在是妙不可言。那联一传开，江南的才子再面对陈继昌的时候，无不毕恭毕敬，甚至一种抬不起头来的感觉。

陈继昌名满神州，不但文采风流，在对联方面更是技压群儒，这使许多人争相以联相赠，纷纷题咏。如王昙题咏的“道光宇宙，德溥乾坤”，林则徐题赠的“南士渊源承北学，秋曹门馆坐春风”和佚名题赠的“高祖当朝一品，文孙及第三元”等。其中潘世恩题赠的“畿辅为屏，越五百里；科名盖代，第十三人。”下联说的就是历代至今，登“三元”的，到陈继昌总共只有十三个人。

陈继昌辞世后，人们也纷纷撰挽联纪念他。其中著名的岭南才子、广西象州人士郑小谷为他撰写的挽联是“鼎甲系连元，历数前代名儒，十有四人君最后；养疴曾七载，归卧相公旧地，两无一面我真愚。”从古到今，连中三元的只有13个人。但郑小谷的挽联却说有14个人，其实郑小谷所说的14个连中“三元”的状元按顺序是：唐代张又新、崔元翰，宋代孙何、王曾、宋庠、杨寘、王岩叟、冯京，金代孟宗献，元代王宗哲，明代商辂，清代王玉璧、钱棨、陈继昌。问题就出在王玉璧身上，因为王玉璧是武科的“三元”，而陈继昌等13人全属文科，郑小谷把武科也算进去了，所以才有了14人之说。

陈继昌的书法留传下来的不少，国内许多省市级博物馆都有收藏。不久前，我收藏到陈继昌一幅书法作品，画芯纵135厘米、横64厘米，品相稍差，一小部分纸丢失，且有斑点，为重新装裱。作品气韵生动，行笔流畅，章法严谨，颇具大家风范。这幅作品的纸很讲究，印有梅花和兰草，虽然年代久远，但花纹依然清晰可见。书写内容是“以诚实为轩冕，以精忠为生裳，以才智功名为土苴，畏公议如刑所，守教化如尺度。莲史陈继昌”。这幅近二百年前的书法墨宝，我能够收藏到，实为幸事。作品虽有缺陷，但若是完美，也到不了我手里。因为喜爱，我在作品的右下角盖上了我的收藏印章。感而赋诗：

三元及第古来稀，千年科举十三人。
桂林才子继昌中，嘉庆皇帝赋诗文。
王城牌匾阮元撰，文脉传承山水闻。
状元真迹是瑰宝，乡党藏之乡思存。

2020.2.26

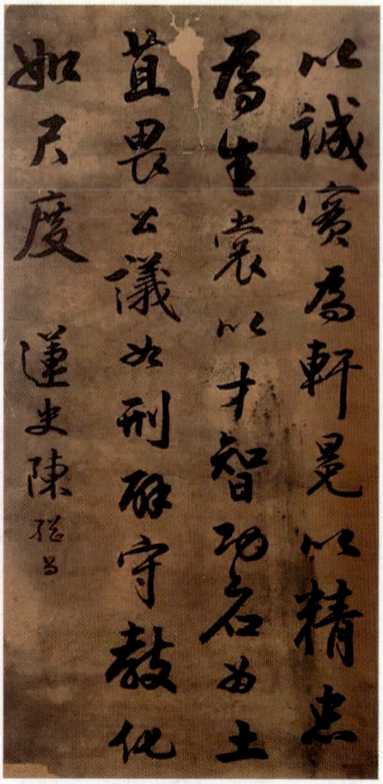

这幅作品2021年捐给了广西师范大学桂学博物馆

乡 贤

桂林自古以来文人汇集，留下了众多的文化遗迹。自然，这里也诞生了许多文化才子，他们存留下来的遗迹，也成为人们搜寻的对象。前不久，我有幸买到了一副对联，是桂林才子龙朝言的墨宝，对联写着：“德性委蛇结绿佩，文章璨烂珊瑚钩。”这是出自宋诗人黄庭坚的《寄怀蓝六在延平》：

贫贱相知若吾友，取端於此能更求。德性委蛇结绿佩，文章璨烂珊瑚钩。

与君千里共明月，思子一日如三秋。愿学延平两龙剑，风波际会永同游。

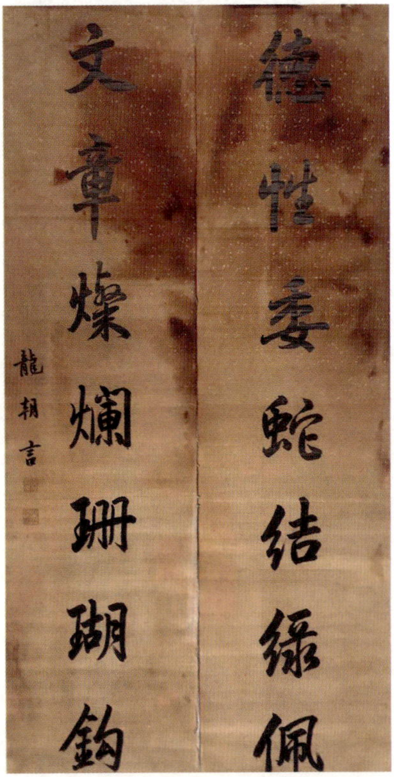

桂林才子龙朝言的墨宝

龙朝言、龙朝翊被誉为“兄弟翰林”，是清代末年进士。在桂林市中心，留有龙家的遗址。在桂林王城正阳门外的东侧有一条古老的小巷——东巷。清末民初，东巷的街口，立有一块“兄弟翰林”的功名碑。“兄弟翰林”说的是东巷往里的尽头龙家兄弟俩龙朝言、龙朝翊考取进士入翰林院庶吉士，成为街头巷尾的美谈。

龙家从1877年到1941年在东巷居住了64年。从东巷口往里至尾段南侧的拐弯处便是。这是一座高深的庭院，六开间三进。门楼上挂着几块高脚牌，上面刻着“肃静”“回避”等字样。全屋为木质结构，雕花门窗，左右厢房为三开间的两层楼房。左边第一间是佛堂；右边第一间是管家住房。中间有横厅，摆放雕花横床与紫云木的八仙椅。后一间为藏书房，堆放着几十只上面刻着“忆园藏书”字样的大木箱。后两进是住房。在这深深的庭院里，龙家除了龙朝言、龙朝翊兄弟为进士，祖父龙献图、父亲龙寅绶为举人外，儿子龙泽厚是辛亥革命的名士，孙辈龙潜为广西桂林图书馆的馆长，孙女龙九经为民国首位女法学家和女权运动积极分子，孙女龙六纬为桂平西山住持，龙家五代人魁星闪耀，与魏家、谢家、岑家并称东巷“四大书香门第”。

龙家祖先世居在离桂林70华里的临桂县西乡(现为临桂区两江镇)村头村。这里的景致清秀无比，一座笔锋山，一座笔架山，赫然屏立；与李宗仁故里马鞍山相距不远。

龙献图(1755年—1838年)，字则之，号雨川。25岁考中乾隆庚子科举人，从此执教鞭走仕途，迎来不俗人生。他先在家乡开馆授业，培养了像“三元及第”陈继昌等一批学子。52岁赴平乐县任教谕，62岁任云南盐法道库大使，69岁告老还乡，84岁逝世。龙献图是一位饱学之士，一生主要从事教育，以自己的品德和才智，为广西培养了一批杰出的人才。他与陈继昌的父亲陈春宇和叔父陈蕉雪过从甚密，陈家的曾祖父陈宏谋官至兵部吏部尚书、东阁大学士。陈家对龙献图的学问、人品尤为信赖，将陈继昌的学业托付给他。陈继昌勤奋好学，青出于蓝而胜于蓝。作为陈继昌的老师，龙献图名声大噪。

龙献图还是清朝一位著名的诗人，是中国文学史上桂全诗派的重要作家，代表作为《易安堂集（三册）》。他的诗歌清秀隽永、平淡自然、书写灵性而犹善白描技法，对清代乾嘉以降的诗坛产生过一定的影响。《易安堂集》分为《耕余草》《宦游小草》《归田草》三个分集。《耕余草》主要收录他考中举人为官之前家中的诗作，《宦游小草》收录他离开平乐教职到云南为官七年的诗作，《归田草》则收录由云南辞官归里后至逝世前的诗作。全书收录了他写的494首诗。清朝道光年间，广西巡抚梁章矩主编的《三管英灵集》，收录了龙献图的诗歌26首。

龙献图育有二子，长子龙文绶年仅23岁早逝，再过三年，龙献图66岁时方得次子龙寅绶。晚年得子，龙献图对幼子龙寅绶钟爱有加。擅长私塾教育的龙献图，从小加强对爱子的教育。他给爱子写诗《示寅绶》：“教儿勤识字，故纸正须钻。”他对儿子的学业倾尽晚年心血。

龙寅绶性尤好学，不负期望，37岁考中举人。几年后，龙寅绶赴京参加会试，被大挑一等分发江苏为官，历任清河、句容、溧水、睢县等县县令。

1877年，龙寅绶在大儿子龙朝言考中翰林到山西做官后，选择从江苏辞官归隐。然而，他侧室所生的朝典、朝翊、朝辅、朝彦尚在幼年，比大哥龙朝言小30多岁；年长的大孙子泽厚也不过才17岁，全家老小住在龙献图建的老宅中，拥挤不堪。而桂林王城是广西科举考试的举办地，是莘莘学子向往的圣地，于是龙寅绶决定举家搬到东巷，让儿孙们改善学习环境。

那时候迁居东西巷待考，是广西达官贵人培养后代的时尚。岑春煊由西林搬来东巷是在1874年，而龙寅绶由两江村头村搬来东巷是在1877年，相距仅三年，两家互为邻居。

搬来东巷后，龙家儿子们入读桂林各大书院，又有龙寅绶的悉心指导，个个学有所成。除了年长的龙朝言先于临桂老家在1876年光绪丙子恩科中进士，入翰林院为庶吉士外，年幼龙朝翊先后进秀峰书院和桂山书院就读，20岁考中举人，27岁考中进士翰林院庶吉士，相隔22年龙家兄弟再次入翰林，轰动桂林城。比他年长的龙泽厚也以优贡朝考一等分发四川任知县。彼时，龙家的声名十分显赫。人们交口称赞龙献图的诗词、龙寅绶、龙朝言的官声人品、龙泽厚和龙朝翊的“雄于文”，时任广西桂林知府的秦焕也不得不“仰龙门若山斗”。

甲午战争后，维新变法运动风起云涌。康有为两次到桂林讲学，均与龙家有关。龙朝言的儿子龙泽厚已经成为谦谦君子。1894年，康有为第一次来桂林讲学，1896年，第二次来桂林讲学，两次均由龙泽厚盛情邀请，并将讲学安排在叠彩山景风阁，阁的大厅作为讲学的课堂，后面一间房子作为卧室。康有为的讲学与日常生活，龙泽厚竭诚以待，照顾得妥妥帖帖。龙泽厚仰慕康有为学识与人品，几年前由四川调任广东翁源县知县，便去登门拜访康有为，拜康有为为师，入其创办的万木草堂成为“知县门生”。从此，龙泽厚一生与康有为结下不解之缘，成为其维新变法的得力助手。康有为变法维新、改革图强的思想，既有不少拥趸，也有不少人质疑。尤其是有人认为康有为身份不高，只是一名清朝的“孝廉”。而桂林学界的头面人物，个个翰林出身。

当时桂林的学界，大多与东巷龙家有亲友关系。省城桂林有“桂山”“秀峰”“经古”“宣成”四大书院。桂山书院山长周璜、秀峰书院山长曹驯、经古书院山长龙朝言、宣成书院山长石成峰，他们都是清朝的翰林，在桂林乃至广西颇具声望，堪称广西知识界的泰斗。经古书院山长龙朝言，是龙泽厚的父亲；秀峰书院山长曹驯，为龙泽厚的岳父；桂山书院山长周璜，为龙泽厚妹夫的姻亲；只有宣成书院山长石成峰，和龙家不是亲戚，但也是老友。然而，康有为第一次到桂林讲学，他们对康有为毁誉参半。龙朝言，虽与康有往来，但不敢十分接近；曹驯，则避不与之见面，还指责康有为离经叛道；宣城书院山长石成峰，虽见了康有为，但话不投机，稍坐即别。只有妹夫的姻亲周璜，与康有为相见如故，诗词唱和，深入交流天下大事。龙泽厚在长辈面前颇为尴尬，为了支持康有为讲学顺利进行，便动员比自己年少的叔父龙朝翊、龙朝辅，以及儿子龙潜前去听课。

来桂林第二次讲学时，康有为身份大变，已经是清朝的进士，官授工部主事，在京公车上书，名噪全国。八桂学子和地方乡绅，对康有为的讲学大表欢迎。除了曹驯顽固不化，许多官绅如岑春煊、唐景崧，对康有为的维新活动，都给予热情的支持。并且，当时广西的当权者如巡抚史念祖、布政使游智开、按察使蔡希邠等对康有为都极为推崇。这一次，周璜对康惺惺相惜，协助他筹备圣学会和广仁学堂；龙泽厚也时常陪伴康有为左右，与他游历桂林山水，携龙朝翊、龙朝辅叔侄三人陪康策马畅游龙隐岩。康有为指导创办《广仁报》宣传变法维新，龙泽厚、龙朝辅参与主笔。康离桂时，叔侄三人与其他名士在枕霞阁为康饯行。后来，龙家几位叔侄一直追随康有为的维新变法运动。龙朝翊，成为第二次公车上书的十二名领衔署名者之一。龙泽厚两次辅助康有为桂林讲学，使得偏居一隅的广西风气大开。

此后，龙泽厚追随康有为相知相交35年。康有为一生三次办学，均得到龙泽厚的辅助。第一次在广州开万木草堂，第二次在桂林讲学，第三次就是1926年康在上海创办天游学院，龙任教务长，直到康有为去世学院停办，可谓一生有缘，亦师亦友，情深义重。

“兄弟翰林”的大哥龙朝言（1837年—1896年），字小村，号子敷。为龙寅绶长子。从小在老家村头村读书，受到父亲龙寅绶悉心栽培，打下深厚学养。1867年同治丁卯科乡试中举人，与父亲一样度过了一段时间的教馆生涯，曾在灵川江头村爱莲书院任教。1876年时年39岁在光绪丙子恩科中进士，入翰林院为庶吉士，后又任山西夏县知事和崞县知县，1882年任光绪壬午科山西乡试同考官，钦加五品衔。不到五十岁告病辞官，回桂林担任桂林四大书院之一的经古书院山长，1896年去世。

龙朝言书法对联已捐给广西师范大学桂学博物馆。

回忆东山

1960年6月我出生在广州市东山区广州军区总医院。东山区是广州市著名的老城区（老四区）之一，昔有“有钱有势住东山”之说，东山区在2005年9月28号中午12点正式摘牌，现在划入越秀区。

东山之名，起源于明代的东山寺，因广州人习惯把岗地称为“山”，故此“山”与“岗”混淆。在明代成化二十一年（1485年），内监韦眷在镇守广东时，由于贪赃枉法，深受良心责备，于是在城东8里处建起一座寺庙，便有名“太监寺”。建成初期，从佛山祖庙请来了北帝供奉在前殿，便把该寺分为前观后寺的格局。后来，成化皇帝朱见深大赦天下，赐名“永泰禅寺”。明嘉靖十四年（1535年）兼祀真武上帝于前殿。清顺治七年（1650年）清总兵班志富重修此寺时，分割前殿为真庙，“寺”和“庙”分家，这真武庙就俗称东山庙。在广州，素有“有钱住西关，有权住东山”的说法。东山区的小别墅被称为“东山花园洋房”，以东山恤孤院路、新河浦路为主要集中地段，建于20世纪二三十年代。在新河浦、龟岗一带，这些高高低低的复式小别墅现在还有600多栋，是广州现存最大的中西合璧低层院落式传统民居群。

“东山洋房”的开发建设始于清朝末年，盛于民国初年。“东山洋房”第一个建设期约在1907年到1915年，是西方传教士来穗的早期开发期。1907年来自大洋彼岸的美国南方浸信会传教士，在寺贝通津、恤孤院路、培正路一带，购买大片土地，兴建福音堂、神道学校、恤孤院、培道女子学堂、安老院、医院等宗教、教育和慈善机构。接着，英国、法国的传教士也来购地建房。“东山洋房”第二个建设期是约在1915年到1937年，是华侨回穗投资带动市政当局主持的开发建设期。这是“东山洋房”建设的一个发展时期。

我家在广州东山的几处洋楼住了五六年时间，至1975年底离开广州至北

位于广州市东山区达道路上的这座小楼，我们家在这里居住了三年时间

京，在广州住了13年时间，其中1968年到1969年随母亲下放劳动到广东潮汕地区澄海县住了两年时间。

我如今年过六旬，人生的大半已经度过。在广州东山的十多年时间，是我的少年时代，回忆起来，令人难忘。

1949年广州解放时，东山一带被四野部队完整接收，成为广州军区所在地，紧邻广东省委。我家曾在东山区的达道路、保安街和八一新村住过，这一带过去住过的名人很多。我家住过的最早的一幢洋楼是在东山区保安前街，住一层，那时我还没上幼儿园，外婆带着我，外婆说：“这个小娃娃胆子真大，大夜晚的一个人在院子里玩。”成年后父亲跟我说，这幢楼的主人过去是张发奎，国民政府的五星上将。2000年后我和八一学校的同学一起游览故地，去了保安前街，过去的成片洋楼已经不见，代之的是楼房。离曾经住过的这幢小楼不远处的一个小院，当年住着粤剧名伶红线女。

在东山住过的另一幢洋楼位于达道路上，这幢房子幸运地被保留了下来，我们家在这里居住了三年时间。这是一座华侨的房产，20世纪八十年代落实政策归还原主人。这是一幢三层建筑，一、二层住人，三层是天台。我家住一层的两间房及客厅，一层另有一间给一位单身汉住，共用厨房、卫生间；二层是另外两家住。这幢洋房带有一个院子，面积南北长有五六十米，东西宽有三十米左右，院里种满果树，中央是一棵直径约一尺的杨桃树，边上有四五棵大芒果树，门口是一棵大白玉兰树，另外还有无花果树、木瓜树、黄皮树等，靠近楼的地方有一口井，水质清澈。这个院子紧邻的院里有一棵巨大的芒果树，其中的一半覆盖到我家的院子，这棵芒果树结的芒果非常甜，每到秋天，果熟落地，我和哥在家的时候，只要一听到“啪”的声响，我俩就飞奔着从屋里跑到院子里，寻找落地的芒果，谁捡到归谁。鲁迅先生的散文《从百草园到三味书屋》里的描述：“不必说碧绿的菜畦，光滑的石井栏，高大的皂荚树，紫红的桑椹；也不必说鸣蝉在树叶里长吟，肥胖的黄蜂伏在菜花上，轻捷的叫天子（云雀）忽然从草间直窜向云霄里去了。”这些景象在我少年时大多都曾看到。

我家住在这个院子是在20世纪七十年代初，当时年龄在十一二岁，正是贪玩的时候，同学也经常在我家来玩，美其名曰是“学习小组”。学习小组的同学有石甦、姜力游、周粤伟、刘广利等，他们一进院里，首先是冲向果树，看看能否有收获。那个时候的小孩不像如今的孩子条件这般好，缺吃的，故而能搞到些水果吃是很快乐的事。学习小组中石甦作业做得好且快，周粤伟喜欢看医书，姜力游主意多，刘广利兵乓球打得好但不爱学习，我当时是班里的班长。

每当玉兰花开的季节，香飘四溢，风吹过后，玉兰花瓣纷纷落下，许多人专门收集起来，作为香料。在这个院子里住的时候发生一件事，给我留下了一生的印记。学校上体育课，要求做引体向上的动作，我和我哥就在院里在两棵树之间，绑了一根铁棍，我和哥哥经常在上面做拉伸等简单动作。有一次，我独自一人做引体向上动作，结果脸朝地摔到地上，牙齿把嘴唇咬破且咬穿了，血出得很多，父亲急忙带着我去政治部卫生所，到了之后，医生说要缝针住院，结果在医院住了一个星期。出来后上学校，班主任刘先淑老师见了我说：“小涟长得很好看的，破相就坏了。”还好，虽然在嘴唇上缝了针，但伤口是在其下面，虽有印记，但被挡住了，不注意看，不明显。从此以后，我不敢再在单杠上做引体向上了。

我小学、中学是在广州市八一学校读的。广州市八一学校是一个有着优秀革命传统的学校，最早创立在东北哈尔滨，第一任校长是罗荣桓的夫人林月琴，现在学校门口竖立着林月琴女士的塑像。毛主席的女儿、第四野战军领导的孩子都曾在这所学校学习。校址位于广州军区和广东省委的相邻地带。这所学校，重视革命传统教育，重视体育，学校培养了不少人才。在八一学校中学毕业后，我到广州培正中学读高中。2014年，我故地重游，回到八一学校，曾经居住过的老房子，就读的小学、中学。生命已走过了大半，历经的许多事情，都已淡忘，难忘的是童年的记忆、儿时的伙伴，点点滴滴构成了一道永不退色的风景线。感慨万分，写下了这些诗句：

无　悔

早晨，

太阳从八一学校升起，

稚嫩的面孔迎着朝阳去操场。

唱着国际歌，
红领巾在胸前飘荡，
儿时的梦想在歌声中飞扬。
课堂上、老师讲，
“老三篇”要牢记，
雷锋是我们学习的榜样。
去寺右大队捕鱼、捉虾，田野中荡漾着我们的欢笑；
小院里爬树、摘黄皮，
顽皮少年快乐的成长。
梦幻般的景象啊一幕幕闪现，
愿时光倒流啊静静地去冥想。
毕业了，
我要去西藏、我要去边防，
年轻的心啊交给祖国，
放在哪里、就在哪里发光。
忘不了海岛上夜幕下割胶，
忘不了“双抢”中插秧割稻，
遥望星空、手握钢枪，
心系沧海守边防。
南疆战火起，
热血在燃烧，
宣誓完后上战场，
年轻的校友啊为祖国献出了胸膛。
生命如英雄花一样红艳啊，
青春似杜鹃花般娇娆，

光荣与梦想啊，啼血绽放！
岁月似一把刀啊为我们刻下痕迹，
时间无情地把我们带入不一般的模样。
不要说我们此生碌碌无为，
不要说我们青春无悔，
对祖国、对父辈、对儿女，
我们可以骄傲的说：
今生无悔，生命万岁，永放光芒！

从我家住处往东行走四五百米，就是寺右大队农田，那是我们童年的乐园。我们上学时，家庭作业极少，下午一般就上两节课，有时候只上一节课，下课后自己走回家，从没见过哪个家长来接孩子的。下午放学后，我经常与几个同学一起去寺右大队田中捕鱼，自备一个竹编的簸箕，带着瓶子，一玩就是几个小时。那时生态很好，地里不用农药，故农田旁的水沟里小鱼虾很多，我们拿簸箕往水草茂密的地方一铲下去，再把它慢慢提起，小鱼就成了猎物。最喜爱抓的是一种叫“花手绢”的斗鱼，这种鱼色泽鲜艳，雄性的长度八九厘米，若是把两条雄“花手绢”放在一起，它们会打斗不停，弱者常常遍体鳞伤。我们捕到“花手绢”，再捞一些水草拿回家放入大玻璃瓶里养着，有了鱼缸后就放在缸里养，但往往养不长，因为换了环境，加上自来水含氯，养几天小鱼就翻肚皮了。

抓不到野鱼的时候，我们就会去鱼市买热带鱼来养，一般是孔雀鱼、神仙鱼、红箭，20世纪六七十年代的品种没有现在这么多。热带鱼怕冷，广州冬天虽然不太冷，但春节期间最低温度也到4~5度，小鱼也纷纷冻死，那个时候还没“加热器”一类的东西。

广州春节的花市让人难忘。每年春节，我们都会结伴逛花市，一般是在吃过年夜饭后九点多出门，沿着达道路走到东山百货大楼，再从中山一路一直走到中山五路，道路两旁，摆满了鲜花，人头攒动，一路讨价还价，欢声笑语，大街上灯光璀璨，一片锦绣。望着那一片花海，端详着散发着香气、轻轻颤动和舒展着叶芽和花瓣的植物中的珍品，你会禁不住赞叹："南国春来早，人勤花更香。"那千千万万朵笑脸迎人的鲜花，仿佛正在用清脆细碎的声音在浅笑低语："春天来了！"买了花的人把花树举在头上，把盆花托在肩上，那人流仿佛又变成了一道奇特的花流。广州人更懂得欣赏这些春天的使者，大伙不但欣赏花朵，还欣赏绿叶和鲜果。那像繁星似的金橘、四季橘、吉庆果之类的盆果，更是人们所欢迎的。但在这个特殊的、春节黎明即散的市集中，仿佛一切事物都和花发生了联系。花市上，吊钟、桃花、牡丹、水仙等特别受人欢迎。尤其是南方特有的吊钟，是一种先开花后发叶的多年生灌木。花蕾未开时被鳞状的厚壳包裹着，开花时鳞苞里就吊下了一个个粉红色的小钟状的花朵。通常一个鳞苞里有七八朵花，也有十多朵。吊钟有着异常旺盛的生命力，插在花瓶里不仅能够开花，还能够发叶。这些小钟儿状的花朵，一簇簇迎风摇曳，使人好像听到了大地回春的铃铃铃的钟声似的。

花市、骑楼、早茶，构成了羊城生活的一幅幅美丽的风景。我曾撰诗道：

梦里常入珠江游，渔帆远去水迢迢。长堤郁郁遮烈日，骑楼处处挡雨飘。
花市夜行喧嚣沸，茶楼早到友相邀。最爱东湖行不够，南粤国里尽舜尧。

嚼得菜根，做得大事
——清末民初李瑞清

李瑞清（1867—1920），字仲麟，号梅庵，入民国署“清道人”，祖上世居广西桂林，祖籍江西抚州临川县温圳镇（今属进贤县），近代中国著名的书画家、教育家。书法自称北宗，与曾熙的南宗，世有“北李南曾”之说。与吴昌硕、曾熙、黄宾虹并称“海上四妖”，中国近现代教育的重要奠基人和改革者，中国现代美术教育的先驱，中国现代高等师范教育的开拓者。

李瑞清的先人、六世祖临川李宜民，在广西桂林经营官盐发家，之后世居桂林、葬桂林。祖父李庚在广东做官，死后葬桂林。父亲李必昌，在湖南为官三十年，曾任长沙司马摄武陵县令，终于湘，也归葬于桂林。李瑞清生时自署为临川人，有仰慕古代临川名人辈出的原因。李端清与桂林渊源深厚，桂林的学人对李瑞清都很熟悉，对我多次说起他的故事。因为仰慕乡贤，我近日有幸收藏了李瑞清一副对联书法作品：“异石归海岳，高士景云林，己未六月，清道人。”作品书写于1919年，是李瑞清生命的最后两年，“清道人”是他晚年书法所署的名字。

李端清出身于世代书香之家，1891年，李瑞清在湖南参加乡试，因不合乡籍被注销。1893年回原籍参加江西乡试中举，1894年中进士（另说是光绪二十一年进士），选为翰林院庶吉士。1905年分发江苏候补道，署江宁提学使，1905—1911年任两江师范学堂（1949年更名南京大学）监督，即校长，1906年正式上任。李瑞清上任后，大力改革，使两江师范成东南一大学府。针对东南地区急需任课师资的实际，他在学堂增设选科、补习科，附设中小学校；创办短期的留学预备学堂，输送了一批青年学生去美国深造；创设图画手工科，设立画室及有关工场，并亲自讲授国画课；增设音乐科，培养了中国最早的近代美术师资和艺术人才，国画大师张大千，著名书法家胡小石、李仲乾、黄鸿图皆出门下。学校自勉“视教育若生命，学校若家庭，学生若子弟”，以“嚼得菜根，做得大事”为校训，“俭朴、勤奋、诚笃”为校风，倡导“匡时而振俗”，主张融会贯通中西之学以造就“中国之培根、笛卡尔”，为近代南京大学品风之雏形。

李瑞清一生事功，见大节有三：第一，戊戌年在京师参与“公车上书”；第二,三署江宁提学使，监督两江师范江南高等诸学堂，改革与整顿教务；第三，国变时权署江宁布政使。尤其是第三件事，李瑞清受命于危难之中，守，则尽心竭力，维持一城百姓之安危；去，则两袖清风，分文不取。兵燹之祸时，李瑞清在枪炮声中周旋保全了藩库80余万两白银。

李瑞清的书法在当时影响很大。其书风上追周秦，博宗汉魏，各体皆备，尤工篆隶。其书法“秀者如妖娆美女，刚者如勇士挥槊”，潇洒俊逸，各具神态，以篆作画，合画篆为一体。李瑞清沉浸书法数十年。他早年痴于碑学，上追周秦，博宗汉魏，临遍钟鼎碑刻，声名显赫。晚年在其他书家淡化法帖之际，李氏却主张由碑返帖，碑帖融合，勇于拓新。他把碑刻的雄强厚拙和帖学的妍美流利相融合，作品超键若鹗，形成了自己独特的书风，影响深远。生前著有《梅庵诗文稿》《春秋君臣大义通考》等。其遗文由侄儿李健等人编为《清道人遗集》二卷、《佚稿》一卷、《捃遗》一卷。

长沙市博物馆馆藏《李瑞清临古十一帖》，共26页，每页宽16厘米、高28厘米，是李瑞清研习帖学的重要作品。从曹魏时著名的书法家钟繇，到晋代王羲之、王献之，唐代欧阳询，宋代苏轼、黄庭坚、米芾等，李瑞清精选了十一种法帖。每临一通，其后或题评、或叙心得、或明流变，此件作品是李瑞清研究帖学、化碑为帖、碑帖融合的重要见证。李瑞清善诗，其桂林道中杂咏：

一

岁岁空为客，飘飘似断蓬。乱蛙春涧急，残梦雨声中。

坐久灯无焰，山高夜有风。离情共芳草，随处逐青骢。

二

寂寞衡阳道，飞花下晚汀。天空一鸟没，日落万山青。

墟里孤烟直，荒村暮色暝。寥寥羁馆里，愁坐对帷屏。

三

春花满路香，岚色晚苍苍。一鸟语幽碧，乱山皆夕阳。

愁随天共远，情与道俱长。却羡山居叟，年年只故乡。

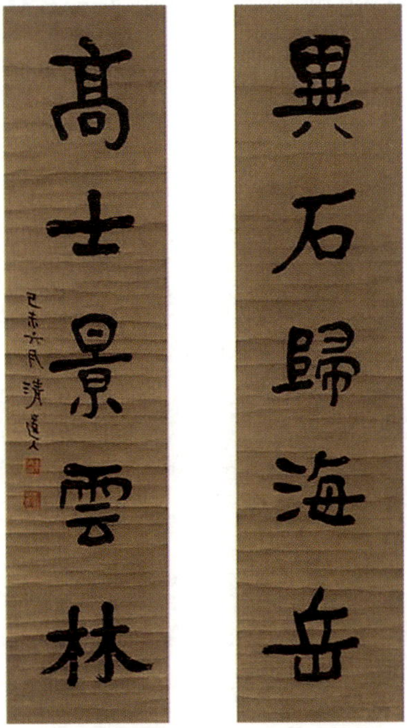

李瑞清书法作品

辛亥革命后，李瑞清不当民国官，不写“民国”二字，不剪辫子，自号“清道人”。1920年，李瑞清在南京病逝，葬于牛首山。南京大学为表彰其办校功绩，特建亭于校园，曰“梅庵”，并悬柳诒徵手书李瑞清所定校训：“嚼得菜根，做得大事”。2002年，南京大学陈洪渊院士倡议重新修复李瑞清墓。2002年4月29日，中国近代著名教育家和书法家、南京大学前身两江师范学堂校长李瑞清墓修竣揭碑仪式在南京江宁牛首山举行。

民国桂林名人汪鸾翔画考

汪鸾翔

汪鸾翔（1871—1962），字公严，号巩庵，广西桂林人。右图照片为汪鸾翔先生。汪鸾翔祖籍浙江绍兴。乾隆年间，其曾祖父汪汝琅带着妻妾和子女来到广西临桂（今桂林市）做幕僚，并在此安家。其祖父、父亲均为普通书生，也靠做幕僚为生。1871年3月，汪鸾翔出生于临桂县城，祖母李氏和母亲徐氏均擅诗词，遗有诗集。他5岁时就由祖母和母亲教授毛诗和唐诗三百首。汪家虽为书香门第，但家境不算富裕。1885年，14岁的汪鸾翔考中秀才，但其父却不鼓励他学做八股文章走仕途之路，而是带他赴广东游学。

1889年12月，汪鸾翔以广西第一名的成绩考入张之洞创办的广州广雅书院（今广雅中学）。不到20岁的他，在当时的学术界，已算得上是一位难得的青年才俊。为此，他深得书院前后山长（院长）梁鼎芬、朱一新的赏识。同时，他和广州万木草堂山长康有为也有来往。

1891年，汪鸾翔以广西第四名的成绩考中举人。1892年进京参加会试未中，留在国子监南学学习，他在此学习了6年，攻习国学、西学等科。

1897年后，汪鸾翔在武昌常参与张之洞、梁鼎芬等人的雅集，有诗、书、画的往来。1904年，33岁的汪鸾翔在武昌文普通学堂、湖北方言学堂等各学堂教授物理、化学、博物等课程。是时梁鼎芬为张之洞的重要幕僚，主管湖北学政。梁鼎芬写过一首诗送给他，即《一篑亭春望·广雅书院》："清明集我躬，晓坐露未晞。静观万物性，厥生皆有机。新条送秀绿，初萼抽浅绯。春气所盎覆，一院为芳菲。和风岂不悦，倘有冰雪时。根本苟未实，繁茂徒尔为。昂昂千尺松，挺挺百世姿。培之有其朔，不伐终修奇。得寸我当宝，枉尺孟所非。此亭可以眺，凛然中心危。"1911年后，汪鸾翔在北京与梁鼎芬来往也很密切，对梁鼎芬，他一直以师礼事之。

张之洞在武昌大举兴办实业和新学堂，1897年秋，他欲编写《劝学篇》，遂电召汪鸾翔到武昌为其收集资料，帮助编纂该书。汪鸾翔当时年仅26岁，张之洞召他来辅助编写《劝学篇》，是因为他在广雅书院和国子监南学学习时就自学了各科西学，对西学有一定的了解，这种了解对编写以"中学为体，西学为用"为主题思想的《劝学篇》很有裨益。汪鸾翔等采集资料的准备工作用了3个月，在1898年春，由张之洞闭门7天，完成了全书的编订。《劝学篇》充分反映了张之洞"中学为体，西学为用"的思想。汪鸾翔深受其影响，这些思想后来在清华校歌中均有所体现。

早年汪鸾翔在广州就聆听过康有为的维新宣传，1898年春，他又在北京参加了康有为、梁启超召开的宣传维新的会议，并参加了维新变法的组织——保国会（强国会），积极参与维新活动。维新变法失败后，他目睹了谭嗣同等六君子的慷慨就义，也目睹了刑场上观众的麻木不仁。他痛心地感到救国要从教育国民、开启民智开始。

戊戌变法失败后，为了对民众进行启蒙，开通民智，实现教育救国的理想，汪鸾翔再赴武昌，先后在文普通学堂、方言学堂、师范学堂、农业学堂、工艺学堂任博物理化教员。当时能教授科学课程的国人还很少，汪鸾翔是先驱之一。从现在留存的资料看，他当时还编写过《动物学讲义》，及物理和化学课本。

1905年，19岁的湖北黄安县秀才董必武来到省城武昌，考入省立文普通学堂（今武汉三十一中），当时汪鸾翔正在该校任教，并成为董必武的老师，这为两人新中国成立后的来往埋下了伏笔。

1907年，汪鸾翔再次入京，先后任北京第一师范学堂物理化学教员、保定市顺天高等学堂教务长。1910年前后，则在清政府学部任审定科行走。

民国成立后，汪鸾翔鉴于归国留学人员渐多，科学教学人才济济，而国学反倒受到忽视，于是又改为教授国文。他历任天津北洋法政学堂、河北优级师范学堂地理学教员，清华大学、河北大学、民国大学中国文学教授，北京国立美术学院等校中国画及中国美术史教授。其中，1917年，他在北京高等师范学堂（今北京师范大学）任教。1918年9月，他到清华学校任教，直至1928年离校，前后在清华10年之久。

汪鸾翔是梁实秋的老师。据梁实秋回忆，其国文老师当中，举人、进士不乏其人，他们满腹诗书自不待言，不过传授多少给学生则是另一个问题。清华不重国文，把它当成选修课，课都排在下午，毕业时成绩不计。汪鸾翔有些口吃，曾以广西桂林的口音结结巴巴地说："有人说，国……国文没……没趣味，国……国文怎能没……没有趣味，趣味就在其中啦！"当时梁实秋听了当作笑话，后来他才慢慢体会到国文的趣味当真是只可意会不可言传，正如老师汪鸾翔所说是"在其中"。

汪鸾翔还是溥仪家的老师。为了谋生，他在20世纪三四十年代担任过溥仪家的理化老师，历时约7年。

1928年，57岁的汪鸾翔从清华大学退休了，当时退休是没有退休工资的，为了谋生，他继续在各个学校舌耕。1934年9月，他经以前的老友陈曾寿介绍，去了东北给溥仪家族的子弟们授课，溥仪也经常向他请教。陈曾寿曾是张之洞的幕僚，也担任过末代皇后婉容的老师，当时任伪满洲国管理内廷事务的"内廷局"局长。当时汪鸾翔主要在溥仪的"留日预备学校"任教。该校学习的内容有：1. "掌故"，即《东华录》《圣武记》《开国方略》；2. 数学；3. 理化；4. 日语。后添英语课，但1941年太平洋战争爆发后，宫内流行“打倒英美”的口号，英语便停课了。汪鸾翔在该校教授物理、化学课。学生毓嵣认为汪鸾翔很博学，“汪老师是个十全的人才，什么画画、写字、作诗，不但中国的老玩意儿都会，新的东西也会”。

溥仪在《我的前半生》一书中曾这样写道：“补习数理化的老师叫汪鸾翔，是位博学多才的人。书、画都拿得起来，水彩、油彩不怵，新学样样通。不过给我补课的课本，不管是数理化还是别的科，都是木刻、线装的课本，是汪老师在光绪年间教书时自己编的教材。”文学理论家王元化先生曾写文章回忆：“先生讲授《文心雕龙》，更使我终身受益。这部书虽仅四万余言，却是包括了史论评在内的百科全书式的著作，倘非具有极渊博的知识是很难理解它的。在先生讲授前，我几乎读不懂魏晋时代那种对仗式的骈体文字，更没有经书的一般知识。后来我对《诗经》、《易经》、《左传》等略有常识，完全由于先生的教导。先生求知欲之强令我惊讶。我向他问学时，他已逾古稀之年。可是，在他书架上，我发现一套战前水沫书店出版的普列汉诺夫等著、由鲁迅等翻译的马克思主义文艺理论丛书。先生竟会读这些书，真是我意料之外。由此我想到，前辈在治学方面是重视通才的。他几乎从不向我提问，只有一次，他说得高兴时，忽然问我一个化学问题，使我手足无措。先生说他那时代读自然科学是多么困难，言下之意自然是责备我不用功。这件事使我至今愧然难忘。先生以绘事闻名于同侪。父亲说他对中国画史钻研甚精，并世无二。我没有向先生请教过这方面的问题，但偶尔听他随便说过二事，一是他不喜欢徐悲鸿的马，二是他说宋人之画多茂密，后人画才渐趋疏落。先生不太重视撰述，未在这方面留下什么著作。”

1938年，汪鸾翔的妻子纪清蘩不幸病逝。1941年12月，70岁的他也因年迈体衰，回到北京家里。新中国成立后，1952年6月汪鸾翔被聘任为中央文史研究馆馆员。

撰写清华校歌歌词

1923年前后，清华大学公开征集校歌，最终于1924年采用了清华学校高等科国文教员汪鸾翔用文言文写成的歌词，并由学校英文文案处主任何林一的夫人张慧真谱曲。清华校友、哲学家贺麟认为该校歌“实儒家学说之结晶，可以表示中国文化的精神。而同时又能符合校训，达成清华教育宗旨”。校歌受到清华同学的欣赏。歌词曰：

西山苍苍，东海茫茫，吾校庄严，巍然中央。

东西文化，荟萃一堂，大同爰跻，祖国以光。

莘莘学子来远方，莘莘学子来远方，春风化雨乐未央，行健不息须自强。

自强，自强，行健不息须自强！

左图右史，邺架巍巍，致知穷理，学古探微。

新旧合冶，殊途同归，肴核仁义，闻道日肥。

服膺守善心无违，服膺守善心无违，海能卑下众水归，学问笃实生光辉。

光辉，光辉，学问笃实生光辉！

器识其先，文艺其从，立德立言，无问西东。

孰介绍是，吾校之功，同仁一视，泱泱大风。

水木清华众秀钟，水木清华众秀钟，万悃如一矢以忠，赫赫吾校名无穷。

无穷，无穷，赫赫吾校名无穷！

汪鸾翔先生晚年自述道：

喜为古文及诗词。参加稊园诗社及咫社及诸诗刊唱和历有年所，积有诗词约二千题，尚未刊行。语体文学亦研究及之。对于改良中国文字亦有见地，俟机缘成熟乃能发表。性喜作画。家藏有原刻《芥子园书传》一部，幼时即摹习之，遂渐通画理。入民国后，在国立美术学院等校，担任中国画及中国美术史教授。民国四十年后，在家闲居，研究中国画学。余画学在三十岁以前，纯系自学。三十岁以后，山水画得外舅河间纪泊居先生指授，由戴鹿床、张子青二家入手，由四王、吴、恽乃上溯宋、元。其花卉画则出入南田、南沙、服卿、白阳之间。而人物画亦偶作，以陈老莲为标准。以上概属中国画法。自讲习科学以后，兼学西画。又思以西洋画之学理纳入中国画内，尚在研究之中。

1951年余因就养，复入居清华大学西院四十一号，居稍定，署所居曰“重借山庐”。

1952年夏，受聘为中央文史研究馆馆员。

1960年，余年九十，距余初至清华学校时相去四十二年，清华诸君子仍群以诗画为余寿。夫以余之衰庸，无足寿者，而诸君子之念旧深情，则固可为世人模范者也。故揭而出之于此。意有不画，并纪以诗如下：

重借山庐又几年，朋簪欢洽亦因缘。贪看詹隙天低杵，慵说罇前海变田。会有云车联宇宙，待栽乔木长风烟。人间至理穷难画，远道还应共著鞭。

日前我收藏一署名汪鸾翔花鸟画作品，画芯尺寸为107厘米 ×37厘米，画面是荷花翠鸟，“庚寅冬日，某某汪鸾翔时年八十”，庚寅年为1950年。此画技巧娴熟，字体老道，非长期功夫难写出此字。但画是否汪鸾翔先生真迹，有待考证。因为汪先生的书画作品能够找到的资料有限，故需要更多的材料来佐证。真迹之理由是字体与能够看到有限的汪鸾翔毛笔字相近；绘画内容则是那个年代多数画家喜爱的题材；汪先生作品市场上流传很少，因为了解他的人不多，仿其画意义不大，仿品制造目的是为出售赢利，仿制的多是市场受欢迎的大家名人作品，而现今知道汪鸾翔的人已经不多。但也有这种可能，他的学生仿其作品并署上“汪鸾翔”名字，此类画鉴别难度很大。怀疑的原因是该作品保存状态很好，毕竟这幅画若是1950年画的距今已有70年了。

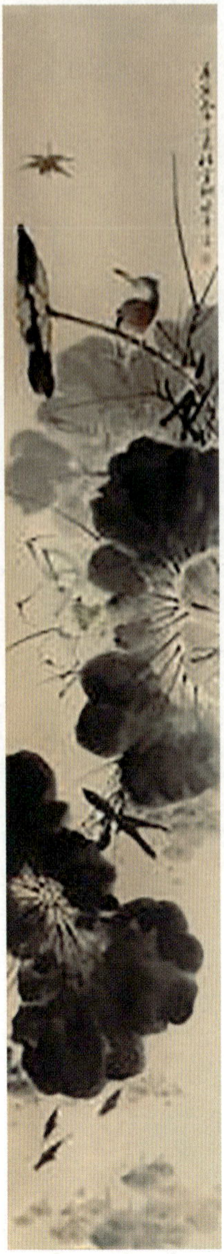

我收藏的署名“汪鸾翔”的花鸟画作品

广西才女于立群的书法和绘画

因为于立群女士的这幅画，了解到其不平凡的一生。于立群(1916年—1979年)，广西贺县人(今广西贺州市)。郭沫若夫人，女书画家。

于立群是贺县桂岭人。她的祖父于式枚，是清朝同治年间的榜眼。于式枚榜眼及第以后，首任的官职是广东学台。这位科举出身的学台，却大力主张废除科举、创办学校，是位洋务派。广东省立优等师范创办后，他就兼任学校的学监并亲自上台讲课。后来出任驻德大使、吏部侍郎等职。其后任李鸿章幕僚十余年。官至正二品、从一品，对两广的教育事业贡献较大。于式枚是一个笃信佛教的人，没有结婚。他将胞弟于式棱的儿子于孝侯收为嗣子，这便是于立群的父亲。

于立群的母亲是广西西林县人，两广总督岑春煊的女儿。她一共生育了五女一男，立群排行第三，原名佩珊，“立群”是后改的。

民国后，于家逐渐衰落。于立群的母亲不得已带着最小的一男一女，住到上海外祖父岑春煊家。于立群父亲没有正当的职业，主要是靠遗产度日，所继承的房产和不少字画，都逐渐被变卖掉了，最后就连于立群四姐妹上学所需的经费也无法应付了。

于立群的长姐于佩琛写得一笔好字，为使姐妹不至失学，每到春节前一个星期，就在北平和平门外国立师范大学对面的厂甸处，摆桌代人书写春联。她的字好，对联也做得好，加之长得漂亮，人们都喜欢请她代写。每年写上几天，居然也可维持自己和三个妹妹的求学费用。

于立群到上海那年，才十四岁，便考入上海明月歌舞剧社，后又进上海电影学校，演过话剧，也拍过电影，艺名黎明健，是上海有名的明星。于立群的长姐于佩琛，也就是于立忱，在师范大学时是一个很活跃的青年，喜欢文学，善演话剧。著名话剧导演熊佛西所导演的法国名剧《哑妻》,就是由她主演的。她还被选出席过太平洋学会。还在大学三年级时,她的共产党员身份被国民党特务发现,被捕获释后为《大公报》社长张季鸾所聘在该报工作。

1934年,于立忱得了肺病,靠《大公报》的津贴,到日本治病并兼东京特派记者。她住在东京郊区,与流亡日本的郭沫若家相距不远,常去访问郭沫若。于立忱长得亭亭玉立,白白嫩嫩,两道柳眉,满口贝齿,说起话来有条有理,一见面就给人亲切可爱的印象,好一个标准的女记者。一个是多情才子、浪漫诗人,一个是似花女,两人一见钟情,这令郭沫若的日本夫人郭安娜不安。《大公报》社长张季鸾曾追求于立忱,但她却痴情于郭沫若。后来《大公报》表示不再承担她旅日的费用,她只好于1937年初返回上海。被疾病、忧郁苦缠,1937年5月,于立忱自缢身亡。

同年,郭沫若从日本回到上海后,立刻投身于抗战的洪流之中。没多久,由诗人林林等介绍,他认识了于立群。那时候她经常参加抗日救亡文艺演出。第一次见面,于立群给郭沫若留下了深刻美好的印象:两条小辫子,一身蓝布衫,面孔被阳光晒得半黑,言谈举止稳重端庄,绝无一般女明星的轻浮与浅薄。郭沫若从于立群的脸上仿佛又看到了于立忱的面影。

这次见面,于立群把大姐于立忱思念郭沫若的诗笺交给了他。郭沫若心情十分激动,他想自己对于立忱最好的纪念就是:“我有责任保护立群,但愿我能把爱她姐姐的心转移到她的身上!”

从此以后,郭沫若和于立群就经常见面了。郭沫若是功成名就的文学家和社会活动家,年长于立群24岁,又加之是胞姐的挚友,所以于立群对他是十分敬重与爱戴的。

抗战全面爆发后,于立群参加抗战演出二队,随着郭沫若经香港辗转到了桂林。郭沫若在上海和夏衍创办的《救亡日报》,迁到广州继转桂林复刊。在广州复刊后,于立群已经是地下共产党员,便到报社任编辑。不久,两人渐渐产生感情。后来郭沫若要去武汉任国民革命军军事委员会政治部第三厅的厅长，而向往延安的于立群要去陕北。临别，于立群把行李搬到了郭沫若租住的新亚酒楼同居了。后来，于立群没去陕北，跟着郭沫若到了武汉。武汉、广州相继沦陷，国民党政府逃到重庆。郭沫若也和于立群到了重庆。

1938年，于立群和郭沫若结婚，在婚礼上，周总理半开玩笑半认真地对郭沫若说："希望这是你的最后一次婚礼了！"作为一个曾经从事过文艺工作、演过电影、当过报刊编辑的女共产党员，之后的于立群以郭沫若夫人和秘书的身份出现在人们面前。她替郭沫若抄写文章、查找资料、草拟文件、招待客人，整日都有忙不完的事。抗战胜利后，她又同郭沫若先后到上海、香港从事运动，在百忙之中继续从事革命书籍的出版工作。在香港的时候，她还参与筹备中国妇女联谊会香港小组，负责筹集经费、医药物品，用以支援解放战争。新中国成立后，她曾经担任中华全国妇女联合会执行委员会委员，第四、五届全国人民代表大会代表。

1978年6月，郭沫若逝世后，于立群为了纪念他，特地选编了一本郭沫若在解放后所作的诗集——《东风第一枝》，还全身心地投入《郭沫若文集》的出版工作中。

书坛精英

受到家庭的熏陶，于立群性格文雅娴静，好读书，还十分喜爱书法。因为她的祖父是写颜体的，母亲也是写颜体的，她从小就练就了悬肘书写的硬本领。她以颜体和隶书最为拿手，特别是她的正宗颜体字行书，遒劲、苍勃、气浑雄厚，让人惊奇，就连郭沫若这样的大书法家也赞叹不已。在《洪波曲》中，郭沫若曾经夸奖过这个"小妹妹"的书法，说她写的字严肃，说她的写法对人有着一种规范的作用，能使一个人的生活也严肃起来。郭沫若擅长行书，特长写些小字，而她则喜欢写大字。

夫妻俩能将各自的字巧妙地安排、融合在一起，构成一幅幅生动的书法艺术。1963年春节，郭沫若和于立群到老舍家做客。见到老舍的书房里摆着文房四宝，于立群书兴大发，在一幅中堂上悬肘写下了八个大字："东风骀荡，北极巍峨"，占去了五分之二左右的篇幅。刚写完，郭沫若就抢过笔去，在于立群的大字旁，用洒脱的行书写下了满满四行密密麻麻的核桃般大小的字，那是他的新作《满江红·迎春节》。夫妻两人的合璧之作，老舍等大家赞不绝口。

于立群用大笔写的大字榜书更是令人惊叹。有一回老舍的夫人、国画家胡絜青到于立群家，正好遇上她在创作书法作品。气魄之大，创作规模之宏，把胡絜青看得惊讶不已：只见每个字都有一张旧式八仙桌般大小，一个字就占尽了一整张大宣纸！工作室的地上堆放着和桌子一般高的两摞纸，墙根还放着黑压压的一大片大瓶的墨汁。于立群对胡絜青说，要用这种大字书写一整套毛主席诗词，作为送给毛主席的礼物。大约过了半个月，于立群找到胡絜青，兴冲冲地说她已大功告成，毛主席诗词全部写完了，要装两个大木箱才能运走。毛泽东本身就是位大书法家，对历代各种碑帖都颇有研究。他收到于立群的大作品后，非常高兴，立刻亲笔给于立群回了一封答谢信，热情洋溢地夸奖她的字写得好。

于立群的绘画作品《菊花图》

1951年，郭沫若和于立群游赏了桂林阳朔的山水以后，曾经专程到贺县探亲。但是，因为家乡中已经没有一个和她相识的人，所以他们并没有到桂岭——她祖父出生的家乡一行，只是到了贺县胜景浮山游玩，其中于立群还留下了诗词。而郭沫若回到北京后，还写了一篇有关“回贺县探亲不成”的短文。

不久前我购买了一幅于立群的绘画作品《菊花图》，绢本，画芯尺寸高138厘米、宽38厘米，画是送给日本友人田中美子的，书写了明代诗人杨荣的一首诗：“闻道柴桑景最幽，晚凉清兴到林丘。墨池一夜西风起，染出东篱一片秋。”这是一幅应酬之作，但画得精细认真，颜体书法颇有功力。于女士所长是书法，绘画是偶尔为之。赠画之人，猜测是中日两国建立外交关系时的日本首相田中角荣的后人。

一幅作品的相遇

云南当代画家杨奇威创作的作品《山那边金凤花开》——纪念中国人民解放军滇桂黔边纵队成立六十周年，在几番周折后，终于被我收藏。《山那边金凤花开》曾在2009年教育部主办的全国职业院校美术展上获得优秀奖。这幅作品高218厘米、宽120厘米，画面中的人物有六十多个，每一个人的表情都不同，纵队的领导和战士、欢迎的农民、骑在牛背上的儿童，都栩栩如生，称得上是一幅精品力作。我收藏当代名人书画，重点关注的是故乡云南、广西桂林的名家作品。

杨奇威是云南文化艺术职业学院传媒艺术系教授，云南省美术家协会、昆明美术家协会会员、云南省民盟美术院理事。1982年毕业于云南师范大学政教系，在云南师范大学艺术学院美术学研究生班学习并结业。长期从事美术创作、教学及哲学、民族学、美术学理论研究，多次参加省市画展。中国画《赶花街》获民政部主办、中国文联协办的全国"鱼水情"双拥书画展三等奖；中国画《山那边金凤花开》获教育部主办的全国职业院校美术展优秀奖；中国画《走出野人山》获云南省第六届中国画大展最高奖；《父老乡亲》获云南省民盟及美协主办的画展一等奖。

《山那边金凤花开》描述的是解放战争时期西南边疆一支地方武装迎接解放的故事。1948年7月，中共桂滇边工作委员会和云南省工作委员会根据中共中央香港分局关于加强对边界地区武装部队领导的指示，将滇东南地区的云南人民讨蒋自救军第一纵队调至桂滇边界地区，与桂滇边人民游击队第一支队（原广东南路人民抗日解放军第一团）合编，成立桂滇边人民游击队，共1600余人，归中共桂滇边工委领导。10月下旬，桂滇边人民游击队以600余人坚持边界地区斗争；以1000余人进入云南省南盘江两岸山区开展武装斗争，开辟了罗盘、弥泸、开广等游击区，至年底部队发展到1万余人。经中共中央批准，1949年1月1日，桂滇边人民游击队与云南、贵州境内的部分人民游击队在罗平县合编为中国人民解放军滇桂黔边纵队。庄田任司令员，周楠任政治委员，朱家璧任副司令员，郑敦任副政治委员，杨德华任政治部主任。下辖第1至第12支队，共3万余人。7月中旬—11月中旬，滇桂黔边纵队在云南省人民游击队配合下，挫败国民党军第二十六、第八十九军和第八军以及云南省保安部队共8万余人的“清剿”，歼国民党军4000余人，俘5000余人，争取国民党军起义2000人。1949年11月下旬至1950年1月，滇桂黔边纵队参与策动国民党云南省主席卢汉起义的活动，配合第四野战军主力和第二野战军一部进行广西战役和滇南战役。1951年1月，云南解放，桂滇黔边纵队改编入云南军区。

这支队伍的主要领导人是庄田（1907年—1992年），海南省万宁县人，1926年加入中国共产党，参加中央革命根据地反“围剿”和长征。抗日战争时期，他在海南岛上与冯白驹共同领导琼崖的抗日斗争。1946年，庄田被派往粤桂边领导武装斗争。1949年1月1日，中国人民解放军桂滇黔边纵队成立，庄田任司令员。新中国成立后，他历任云南军区副司令员、海南军区司令员、广州军区副司令员、广东省副省长等。1955年，他被授予中将军衔。

20世纪60年代，庄田在广州军区任副司令员时，父亲对我说曾见过他，说他是滇桂黔纵队领导人中地位最高的，他的贡献可与冯白驹相比。中国革命在长期的斗争中，许多地方上的独立武装，对于革命胜利贡献很大，但是关于这些人的事迹，了解的人并不多。但中国革命的胜利，是一股巨流汇聚了众多支流形成的滔天巨浪，势不可挡，最终取得了胜利。

另外，我的姑父张德成，曾经参加过滇桂黔边纵队的革命斗争，现住在昆明市，年过九十岁。赋诗一首，歌以感慨：

金凤花开百鸟鸣，解放大军进山来。

千年铁索今砸碎，欢天喜地迎门开。

奇威画笔如史笔，激情似火梁楷才。

作品永存功成就，《占领南京》凌烟台。

中国画《山那边金凤花开》

我收藏的当代名家书画

我收藏字画有几十年了。由于工作的关系，常与文人打交道，结交了一些画家、书法家，从他们那里得到了一些作品。也购买了一些作品，但不多。标题写的是名家书画，但收藏的作品中，有的并不出名，只是与自己有关。收藏说到底还是一种主观意识主导的行为，并非只为保值升值而为。比如我喜欢收藏一些故乡云南、广西桂林的名人作品，这里面有一丝故乡的气息，能够勾起我的回忆。

字画收藏，首先我认为只有自己花钱买了，才能提升层次。朋友间赠送的作品，自然是友谊的见证，但画家送人的作品，一般都是应酬之作，不是画家的精品力作。画家创作的精品，是不会轻易送人的。故而想要收藏精品，只有从市场上或者画家本人处购买。花钱买，自然要研究画家的作品，各个时期创作的特点，等等。研究透一个画家就要下很大功夫，但中国的画家成千上万，要想精通每一个著名画家的创作特点是不容易办到的。字画鉴定是所有艺术品鉴定里难度最高的，同样一幅作品，既便是顶级鉴定家也会得出不同的结果。启功曾写《书画鉴定三议》，总结书画鉴定工作的心得。他说，书画鉴定有一定的模糊度，伟大的鉴定家要敢于承认自己不懂。他还说，“鉴定中有世故人情”，有可能因种种阻力做出“屈心”的鉴定。对于这些阻力，他据所知的真人真事总结出八条：一皇威，二挟贵，三挟长，四护短，五尊贤，六远害，七忘形，八容众。其次是收藏字画的标准。国内画家、书法家数量众多，不可能都收藏。我以为标准之一就是中国美术家协会会员，中国书法家协会会员，或者是知名人物。中国自古以来讲究的是名家字画收藏。据了解，解放后中国美协的会员有15000人，还不包括各省的省级美协会员。

我接触、认识、采访过的书画家里，名气最大的是刘大为，是上一届的中国美术家协会主席。上世纪九十年代，刘大为任解放军艺术学院系主任，与学生合作搞画展，我前去采访，在中国旅游报副刊上刊登了他们师生的作品。在刘大为的办公室里，我与他交流，感觉是一位很直率坦诚的人，有问必答，热情洋溢，是一个很有气场的人。我注意到墙上挂着皮影，他说皮影的制作充满了艺术想象力，简单几下就把人物神态表现出来，当时他的作品《邓小平》刚刚在全国美展上获奖，我们的交谈由此展开。之后在报纸上发表的文章标题是“大为、大为，大有作为”。那个时候，刘大为的名声还不像后来这么知名，影响仅限画家圈里。我通过他的学生，向他求了一幅画，画了一个人物和骆驼，他擅长画骆驼。画面上有题款：“小涟先生正。”

刘大为的学生王阔海，当时还不为社会所知，后来成就很大。在我和刘大为的几个学生在一起聊天时，可能是观察到我的脸部线条分明，王阔海仅用几分钟时间勾勒了一幅人像并送给了我。我非常喜欢这幅画，抓住了人物特点，现在用来做我的微信头像。他的学生王界山当时还是三十岁的小伙子，热情似火，采访过程中他忙前跑后，帮助大家解决具体问题。他的画作，几十年来变化不小，中年以后的作品，显得更有功力，气势磅礴。

我在中国旅游报社副刊部做编辑时，曾采访了故宫博物院的几位知名专家：冯先铭、徐邦达、耿宝昌。采访冯先铭、徐邦达的文章在《旅游报》上发表后，《人民日报（海外版）》都做了转载。徐邦达先生给我写了一幅书法，当时他问我写什么？我说写一首唐诗吧，最好是杜牧的“远上寒山石径斜”那首，先生痛快地答应了，数日后我去故宫，得到的是老先生写的宋人范成大的诗作。退休后，徐邦达先生举办过几次书画展，影响很大，此时我已离开副刊部，没有去叨扰。

徐邦达先生曾经给邓拓收藏的苏东坡画做鉴定。20世纪50年代，邓拓从一位四川来京的人手中购买了一幅苏东坡画竹，之前这个人曾想卖给故宫，故宫没有要。邓拓了解到这一事情后，以个人财力购买了此画，花费了五千元人民币，为此他委托荣宝斋卖出了自己收藏的几十幅明清古画。买到苏东坡画作后，他又请徐邦达先生为此画鉴定，徐邦达依然认为是伪作。之后，邓拓将此画捐赠予中国美术馆。

2020年，中国美术馆举办捐赠作品展，展出了历年来社会各界捐赠的书画，我在展览中看到了邓拓捐赠的苏东坡《竹石图》，典型的文人画。我查阅资料，专家们给出的结论认为这是一幅苏东坡的真迹。我想，徐邦达先生已经千古，已经没有人去较真儿了。

老舍夫人胡絜青女士，本身是个画家，但人们更知道她是老舍先生的妻子。我去过她家，她住在北二环边河沿的高层公寓楼里，因为一位亲戚也住这一带，比较熟悉。这次拜访时间不长，我请胡女士为一个活动题词，她当着我们的面写字，之后给了我。印象中胡絜青很儒雅，话不多。

与溥仲先生的相识，是得到一位傅察氏家族后裔的介绍，叫傅玄海，一副满不在乎的样子。溥仲先生是真正的皇帝后裔，1914年生于北京，爱新觉罗氏，系清仁宗嘉庆帝第五子惠端亲王绵愉曾孙，惠敬郡王奕详孙，多罗贝勒载润次子。

启骧先生住在海淀区大佛寺。我去他家采访时，他热情地接待我，与我聊了半天，提供了许多宣传资料，并送给我一幅他写的字。那个时候，我对于楷书写得好的作品不太喜欢，并未当成好东西看待，几次准备把启骧先生赠我的作品送人，没有想到他后来成为这个家族除启功先生之外的第二号人物，自然，他的作品市场价值也很高。

认识董怡如先生是单位同事袁先生的介绍，他告之董先生是一位老派画家，邀请我去他家看看。在东城区的一处胡同里，我见到了董老先生，当时他已过八十岁，精神矍铄，现场写字，一点都不像是位八十老翁。他的画属于传统风格，与现在美术学院出来的人不一样。

20世纪九十年代，柏涛先生在北京举办书法展览，当时在经济日报任职的好友王小伟帮助他搞展览，请了许多新闻界同人为其宣传，柏涛先生为了表示感谢，为很多人留下了墨宝。正好我结婚刚两年，柏涛先生为我写的书法落了我和夫人的名字。我的印象中，柏涛先生是一位忠厚长者。

张坤是我的同事兼好友，从20世纪八十年代就在一起工作，一直到退休。八十年代张坤举办第一次画展，地点在北京劳动人民文化宫，他邀请我观展，我写了一篇专访刊登在《中国旅游报》上，标题是《梅花香自苦寒来》，我在文中提到“画家张坤”，当时的领导副总编张永义审稿时认为不妥，以为他还不算是画家，建议改个提法。我坚持不改，说“画家”是一种职业称谓，不存在拔高的问题。张永义是我很尊敬的一位领导，正直无私。因为我的文章是宣传张坤的第一篇文章，他与我结下了一生的友谊。让我敬佩的是，张坤在年近七旬之际，准备将他一生创作的书画精品全部无偿捐赠给故乡江苏省昆山市。

特别说一下，我收藏的藏品，有些盖上了我的收藏章“杨小涟鉴藏”印。

2020年12月2日

军报五六十年代老领导的书法绘画作品

我收藏有几幅军报老领导的书法作品，有两幅是写给我父亲的，有两幅是我从市场上买的。为了写作此文，又收集了一些资料，主要是那个时代军报领导创作的绘画作品。创作这些作品的人，都是我父亲的领导，是对中国革命有贡献的人。

欧阳文书法作品

解放军报成立时总编辑欧阳文中将（当时没有社长，总编辑是最高领导）的书法作品书写的唐代刘禹锡诗《乌衣巷》：朱雀桥边野草花，乌衣巷口夕阳斜。旧时王谢堂前燕，飞入寻常百姓家。这幅作品法度严谨，工整有力，写这幅作品时，作者71岁，正是书法创作的黄金年龄。这幅作品是从市场上购买的。

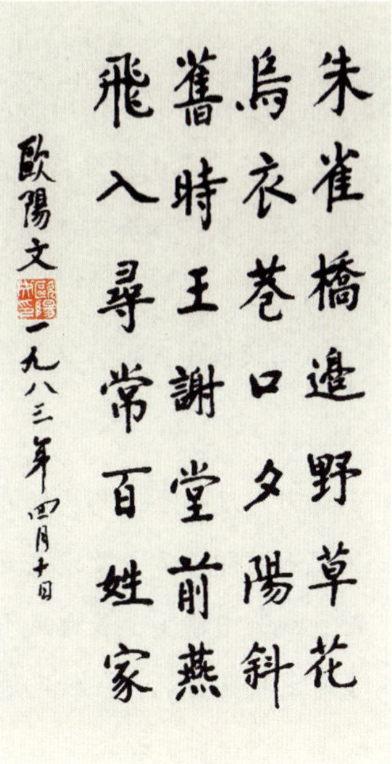

欧阳文书法作品

欧阳文（1912年—2003年），1930年参加中国工农红军，1931年加入中国共产主义青年团，同年加入中国共产党。新中国成立后，任中南军区公安部队政委兼广东省军区政委，解放军报社总编辑，西安军事电讯工程学院政委、院长，第四机械工业部副部长，电子工业部顾问，第六届全国政协委员，第七届全国政协常委。1955年授中将军衔。

1955年6月，欧阳文在中南军区公安部队任政治委员，一天，中共中南局书记、中南军区政治委员陶铸找欧阳文谈话。他说："中央军委来了命令，要调你到北京主持筹办和出版中央军委机关报《解放军报》，并担任报社的总编辑。"欧阳文服从命令，1955年7月底，带着全家，从广州乘火车北上，赶赴北京报到。欧阳文把家搬到了报社的临时驻地——前门外打磨厂"乡村餐厅"。

报社初创时期，人员来自各大军区。从西南军区、华北军区调来的较多，共约120人。其中，师级以上干部15人，团营级干部60人，连排干部25人，此处，还有行政干部20人。他们大多是抗日战争和解放战争时期参加革命的，"三八式"的就有30多个。他们保持着革命战争年代那种吃苦耐劳、团结友爱、奋勇向前、朝气蓬勃精神。

欧阳文在解放军报社工作的短短6年中，牢记毛主席关于"从战争中学习战争"的教导，边干边学，边学边干，在干中逐渐熟悉业务，在学中逐渐得到提高，经历了一个从生疏到入门，从望而生畏到渐入佳境的艰苦过程。

父亲对我说，20世纪九十年代初，欧阳文将军曾来军报找他，把他的诗歌作品发表在军报。他出版过《青松诗集》，其中有"英勇红军世无双，踏破千山万水长。雪山草地任飞越，寒暑饥乏无阻挡。冲破天险腊子口，歼灭顽敌鲁大昌。铁流两万五千里，挺进陕甘为救亡。"这是他是所写的《长征》组诗中的一首。

欧阳文将军去世，父亲写诗悼念，发表在《解放军报》上：

悼欧阳文将军

剑影刀光度一生，马头行处即塞垣。湘山赣岭燃星火，赤帜映红半壁天。

玉龙八月即飞雪，草地炎夏亦无春。遍闻陕甘陇头曲，痛歼倭寇平型关。

齐鲁战云田横志，长白风雪靖宇魂。最是塔山浴血时，名标青史励后人。

耄耋之年犹健笔，一行足迹一诗篇。

谭右铭书法作品

谭右铭将军书法作品“松涛”，上款“富林同志嘱书”，这幅作品是从市场上买的。

谭右铭书法作品

谭右铭（1910年—2015年），原名谭林，出生于四川云阳，1932年8月参加上海反帝大同盟，同年10月加入中国共产主义青年团，1933年8月加入中国共产党。中华人民共和国成立后，1950年参加抗美援朝作战，任中国人民志愿军第20军政治部主任，后升任20军副政治委员，1952年升任20军政治委员，同年底回国。1955年任解放军政治学院政治部副主任。1955年授予少将军衔。1959年任《解放军报》副总编辑。1963年9月后，任四机部副部长、党委副书记兼政治部主任。

在一次“胶东八路军后代联谊会”上，我认识了谭右铭的女婿杨欧，他送给我一本《谭右铭画传》，画册由迟浩田上将题写书名，大开本，画传详细介绍了谭右铭将军的一生，让我对他有了深入的了解。他早年就读于上海美术专科学校国画系。中国书法家协会首届主席舒同筹备中国书协时，谭右铭是筹备组人员之一。他是中国书法家协会创始人之一、首届书协理事。

华楠书法作品

华楠的这幅作品是其送给我父亲的。作品飘逸灵动，功力深厚。

华楠，1921年出生，山东省乳山市崖子镇崖子村人，曾任总政治部副主任、解放军报社社长。1955年授予大校军衔，1964年晋升少将军衔。2015年2月27日，华楠同志逝世，享年94岁。

1934年10月，13岁的华楠参加了学校的革命进步组织“旭日读书会”（简称“读书会”），开始参加革命活动。1937年10月，他入陕北公学第一期3队学习。1938年3月，17岁的华楠加入了中国共产党。1938年8月，学习毕业后，华楠随黎玉、张经武率领的鲁东抗日游击纵队，从延安出发，于11月到达山东沂蒙山区。12月，八路军山东纵队成立，他任纵队政治部宣传大队大队长。不久，他给山东纵队政委黎玉当秘书。1945年1月，鲁中区党委宣传部和鲁中军区宣传科合并，他任宣传科科长，领导了《鲁中日报》和《前卫报》的工作。1949年2月，他任第二野战军第18军随营学校政委、党委书记。4月，他调任第三野战军第9兵团政治部宣传部部长，参加了渡江战役和淞沪战役。1950年7月奉，他调到总政治部工作，担任《八一杂志》副社长兼总编辑。1961年10月，他担任《解放军报》总编辑、党委书记，那年，他刚好40岁。1972年底，他任总政治部副秘书长。1973年底，他任解放军报社社长、党委书记。1980年1月，他被任命为总政治部副主任。

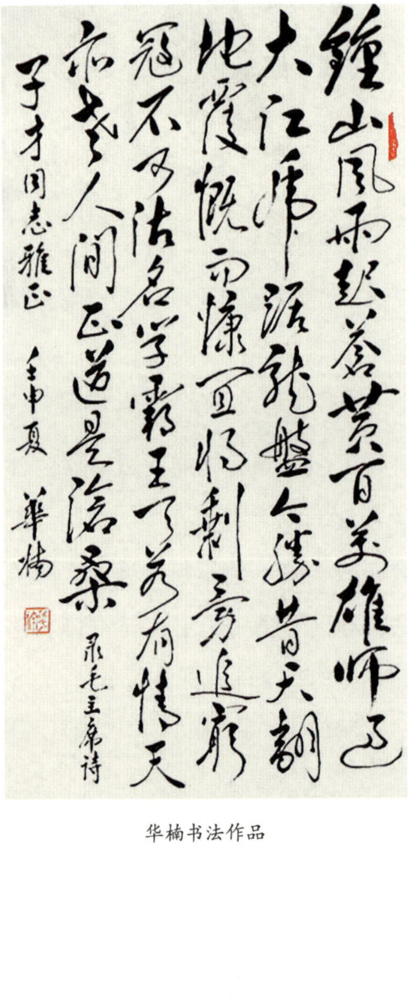

华楠书法作品

胡痴书法作品

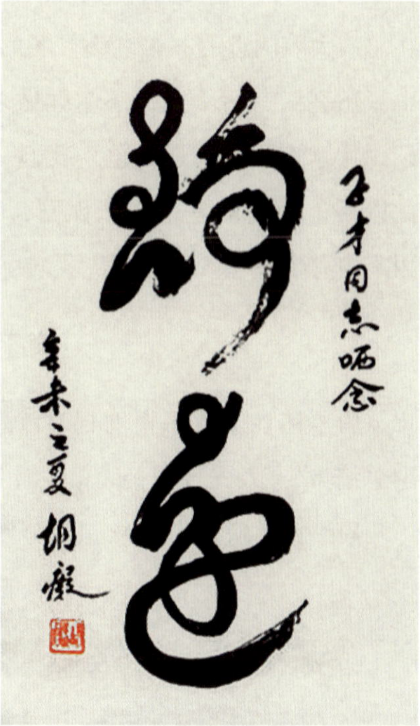

胡痴书法作品

胡痴这幅书法作品是他送给我父亲的。

胡痴，1917年5月4日出生，2001年12月10日逝世，直隶（今河北）深县人。“七七事变”后，他积极参加抗日宣传活动。1938年5月参加八路军，同年8月加入中国共产党，先后任冀中军区第一军分区宣传科副科长、冀鲁豫军区战友报社社长兼总编辑、晋冀鲁豫野战军人民战士报社社长兼主编、宣传部副部长兼编辑出版处处长、西南军区政治部秘书长等职。1955年奉命调北京，参加创办《解放军报》，历任解放军报社总编室主任、副总编辑、代总编辑，新华社代社长等职。1980年按正军职离职休养。

胡痴儿子胡小水与我相识多年，我们是在邱岗（《解放军报》创刊时的副总编）儿子邱大建的家宴上认识，之后我和大建还去他家拜访，同行的朋友有王小点。小水退休前是法制日报社的编辑，他酒量很好，半斤没事，可惜六十多岁就走了。他去世后，我在群里发文感慨：“前几年我在大建家中首次见到小水，印象深刻，他还专门到家去见了我父亲，老父亲送了他一本签名的新作。之后他约我和大建兄去他在昌平的新家做客，他还请大家一起吃饭，同去的还有尚敏和王小点大哥。”1968年，胡小水上山下乡，1971年底到呼和浩特一家小工厂当学徒，直到1980年才回到北京。小水的朋友夏明明说：“哀悼小水发小。离开西直门大院后（1969年9月），在社会上闯荡41年后，我们在总政大院附近的‘馅老满’餐厅的豪华包间里，与他有缘邻座，相谈甚欢，也很敞亮，其后不久，王尔强做东，为迎接唐平铸最小的儿子从日本归来探亲，小水应发小尔强之邀，我们又得以重逢，甚为高兴，并有照片纪念。从此以后，阴错阳差，再未谋面，竟成永诀。7月18日八宝山兰厅送别小水，因家中有事不能参加，请代我向小水家人致以亲切慰问，多多保重。”

唐平铸绘画作品

唐平铸在解放军报创刊时就来到报社，20世纪六十年代任《解放军报》副总编辑、《人民日报》代总编缉。

唐平铸，湖北武汉人，(1913年—1985年)，1933年赴日本的大学学习美术，1936年在日本留学期间加入社会主义青年同盟，1937年回国后参加红二方面军，同年入延安抗大学习，1938年加入中国共产党。曾任八路军一二九师三八五旅政治部宣传科科长，八路军野战政治部敌工处长，晋冀鲁豫野战军第六纵队宣传部部长，第二野战军第十二军第三十四师政委、军政治部副主任。建国后，历任解放军总政治部宣传部新闻广播处处长、《解放军报》副总编辑、《人民日报》代总编辑。

唐平铸自画像

唐平铸有十个孩子。老八唐亚明

唐平铸创作的水彩画

毕业于早稻田大学和东京大学研究生院，在中国旅游报社工作过，和我算是同事。1983 年应“日本绘本之父”松居直邀请，进入日本著名的少儿出版社福音馆书店，成为日本出版界第一位外籍正式编辑，一直活跃在童书编辑的第一线，编辑了大量优秀的绘本，并获得各种奖项，为中日两国读者翻译和创作了许多童书作品。创作有小说《翡翠露》（获第八届开高健文学奖励奖）、绘本《哪吒与龙王》（第 22 届讲谈社出版文化奖绘本奖）、绘本《西游记》（第 48 届产经儿童出版文化奖）等。他曾作为亚洲代表，任意大利博洛尼亚国际童书展评委，并任日本国际儿童图书评议会（JBBY）理事。他现居日本，在东洋大学和上智大学任教，任日本华侨华人文学艺术界联合会名誉会长，日本华人教授会理事，全日本华侨华人中国和平统一促进会会长。

父亲曾跟我说军报学历最高的人是唐平铸，在日本读的大学，建国初期，在解放军的干部中是很少的。我从尔强兄那里得知唐平铸总编缉也善绘画，特与唐亚明联系，他发给我他父亲创作的绘画作品，并告诉我，他父亲年轻时在武汉美专学习西画，后到上海美专，师从刘海粟，后来干脆坐船去了日本，进东京美术学校（现东京艺大）学习，立志成为画家。在日本接触到社会主义思想，转而学习俄语追求进步，1937年抗战前夕直接奔赴延安，参加了红军，以后没有机会画画。这些画都是他晚年在病中重拿画笔，用水彩素描画的祖国大好山河。唐亚明相信，如果不是战争，他父亲会成为一名出色的画家。

我看了唐平铸的绘画作品，深感震惊，他的水彩画功力深厚，基本功扎实，色彩运用受西方影响，且都是晚年以后所绘，不敢相信这是一个一生从事文字工作的人创作的绘画，完全是专业画家的水平。唐亚明说："我父亲是一个才华横溢的人。"的确如此。

南京毗卢寺原“迎奉东来大士纪念碑志”考

我最近收藏到一拓本，名为“迎奉东来大士纪念碑志”，是南京毗卢寺原存的一块碑。拓本年代虽不久远，但原碑已毁，它记录了一段历史史实，是难得的一件文物。这幅拓本，是否是唯一的，不得而知。这件民国时期拓本，流传日本，近年回国，品相完美，纸本锦裱，精裱成轴。拓本本纸尺寸：高130厘米、宽67.7厘米；全轴尺寸：高208厘米，宽83.5厘米，仿哥窑轴，轴长89厘米。

毗卢寺位于南京市玄武区汉府街，明代初具规模，因庙中供养毗卢遮那佛，初名毗卢庵，金陵名刹之一。

迎奉东来大士纪念碑志

迎奉东来大士纪念碑原存南京毗卢寺，1942年刻石，原碑在1945年抗战胜利后即被损毁。此件拓片为民国时期拓本，椎拓技法精湛，当是黄慰萱刻成后手拓，由褚民谊赴日赠送给日本名古屋，日本方面郑重装裱，以作为赠送佛像的纪念。保存至今，近年回流国内，拓本极其罕见，其书其文，详细记载了南京一段与日本文化交流的往事，并作为礼品，由褚民谊赠予日本方面，是一件重要文物，且出自名刻手黄慰萱手刻手拓，尤为珍贵。碑文记载了中日双方互赠佛像的缘由，其中说到：“中华民国三十一年三月二十九，为毗卢寺迎奉东来大士像一周年纪念日。十一面宝相，具神光普摄之威，三丈三尺金身，备大乘经修之仪，宜其方周岁而同煦，慧日兼众爱而溥，荫慈云也矣。隋唐之际，往复颇具，赵宋以还，虞诈既深，信义斯枉，不图今日。”

据《南京宗教志》记载，毗卢寺始建于南朝，明嘉靖年间直至清初数次重修。因寺中供养毗卢遮那佛，初名毗卢庵。清咸丰年间毁于兵火。“如我督两江，为你造庵”，清同治年间，湘军首领曾国荃在南岳衡山游览时，与海峰法师的这句戏约竟成就了一代金陵名刹毗卢寺。光绪十年(1884年)，曾国荃升任两江总督，履行诺言，亲自并向湘军诸将募捐，又从南岳衡山运来香木，在两江总督府之东辟一块地，大兴土木，扩建成一座雄伟壮丽的大庙——毗卢禅寺，海峰法师为毗卢禅寺开山长老。

民国元年，孙中山先生派秘书马君武在毗卢寺指导太虚大师成立中国佛教协进会(中国佛教会前身)。1912年4月，辞去临时大总统之位的孙中山先生曾在毗卢宝刹静思。国府要员林森、戴季陶、褚民谊等均在此礼佛，毗卢寺一时成为全国佛教之中心。中国佛教会、中华佛学研究会、中国宗教联谊会、首都中医院皆设于此，在禅寺中首屈一指。

抗日战争时期，南京被日寇占领，中国佛教会迁往陪都重庆，毗卢寺被汪伪傀儡政府警卫处通讯队占据。1941年，日本人赠送桧木雕11面观音像一尊，高11米，把原禅堂扩建，后墙加高，改名观音楼，供奉东来观音大士。桧木产自台湾阿里山，生长在我国台湾阿里山，珍贵稀少，树龄一千岁。日本佛教徒人古伊藤和四五郎居士在阿里山重金购木，运至日本自家庙堂，请日本艺人门井耕耘大师经过多年精雕细工，十一面观音像面世。日本帝国主义侵华以后，为了祈求摆脱战争困境，打着东亚共荣的幌子，1942年3月，以超度两国阵亡将士为名，将这座观音运来南京，安放在毗卢寺内。汪伪政权为了迎接观音，特刻碑纪念此事，并派伪外交部长褚民谊前往日本参加迎接仪式。赠送仪式在名古屋东山公园举行。3月9日，日本教界还举行“法会”欢送。汪伪南京市长蔡培组成迎接东观音筹委会，观音到达南京后，还成立了兴建观音大殿的办事处等机构，令南京市伪卫生局长卫锡良负责。办事处拆除了寺院的围墙，去除了万佛楼的楼板，才得以将观音放置在内。办事处还拨巨款将该寺整修一新。

3月30日，汪精卫、褚民谊、周佛海等伪高级官员参加了上香仪式、又撰书楹联匾对，日本大使本多也赠送了对联。汪伪政府为了酬谢日帝的盛情，决定将原毗卢寺内唐代千手观音赠送日本，作为答谢。这座以樟木雕刻贴金的观音坐像，高约丈余，有四十八臂，造型极为精美，是我国最佳佛像之一。

4月14日，在毗卢寺举行赠送典礼，由褚民谊和日本参事官日高参加交接仪式，并临时组成了一个“中国佛教代表团”赴日，代表团由褚民谊率领，东渡护送，声势之大，震动两京。5月15日观音像到达名古屋，日本当局为了欺骗日本人民，掩盖战争罪恶，在日本名古屋日逻寺内举行安像典礼。同时大街小巷贴满中日亲善标语。“东观音””西观音”的一场丑剧，无非是想利用佛教来迷惑两国善良的人民。事过半个多世纪，知者较少，故搜集整理，留作史鉴。

现在毗卢寺万佛楼三楼“观音楼”内，正面是一张放大的千手观音照片，一块告示牌上写着“唐代千手观音供奉处”，这是为千手观音预留的供奉处，这尊观音像现供奉于日本名古屋市和平公园内。

1947年，抗战胜利后的全国第一届佛教代表会议在毗卢寺召开，会上“四大活佛”之一的章嘉活佛被推举为中国佛教会理事长，从北京最大的藏传佛教寺院雍和宫移嘉驻锡毗卢寺万佛楼，安徽三名代表之一的赵朴初居士当选中国佛教会理事，驻会在秘书处工作。

万佛楼建于清光绪十年，万佛楼供奉鎏金铜佛像3000尊，高约10厘米，楼中还造有药师塔，楼顶有观音“三十二应身彩塑像”。1955年周恩来总理陪缅甸总理吴努专来参观十一面观音像。近年来，不断有海内外游客与香客前来寻访这尊十一面观世音像，可惜只能在万佛楼里瞻仰照片了。

1998年，在政府支持下，毗卢寺终得恢复，重续香烟，才慢慢恢复了正常的宗教活动。万佛楼于2001年开始复建,2004年重建完工的万佛楼是我国最大的汉传佛教仿明清单体古建筑,2006年2月22日万佛楼正式对游人开放。

《奉迎东来大士纪念碑志》书写者：褚民谊（1884—1946），字重行，浙江省湖州市人，中华民国时期著名政客、外交官、书法家，中国国民党元老，抗战期间叛国投敌，沦为汉奸，成为汪伪政府要人。抗战胜利后被国民政府以汉奸罪逮捕判刑。

《奉迎东来大士纪念碑志》撰文者：蔡培（1884—1960），字子平，江苏无锡人。中华民国政治家和外交官。南京国民政府(汪精卫政权)南京市长、驻日大使。日本投降后,1945年9月蔡培被以汉奸罪名逮捕，关押在上海提篮桥监狱。1946年7月，上海高等法院以蔡培推进“中日亲善”的罪名判处其死刑。上诉后,1947年11月，最高法院为其减刑为无期徒刑。中华人民共和国成立后，蔡培仍收监于上海。1956年8月送医治疗。1960年蔡培病故，享年77岁。

《奉迎东来大士纪念碑志》镌刻者：刻石大师黄慰萱(1891—1977),号真斋，江苏无锡县硕放乡老坝村(今属无锡市新区)人。黄慰萱精于刻碑、鉴赏书画和古铜器物，技艺高超，在江南一带颇负盛誉。1919年，黄慰萱自设金石山房碑帖铺于苏州护龙街(今人民路),以专刻碑、精拓古今石刻为业。经他传裱的碑帖中较著名的有：晚清金石学家吴大澂的藏品，著名书画家、收藏家吴湖帆、潘静淑夫妇珍藏的唐书法家欧阳询书《四欧堂帖》，即原系清人潘祖荫(伯寅)攀古楼所藏唐书法家欧阳询书，唐石宋拓《化度寺碑》《虞恭公碑》《皇甫诞碑》，以及吴湖帆所得《九成宫醴泉铭》，合称为“四欧”，以及所藏隋《董美人墓志》《七姬权厝志》等名贵碑志。

世纪老人　漫画人生

王宇（曾用名王辅仁），1923年2月9日出生于河南偃师县，5岁时随母亲进京住在外祖父家，受到良好的教育和艺术熏陶，外祖父家是一个有艺术氛围的家庭，他从小耳闻目睹，少年时代就喜欢绘画。中学就读于北京和天津，之后考入北平国立艺专。这个时期北平艺专的校长是徐悲鸿，老师有齐白石等大师，在这些国画大师的指导下，他打下扎实的绘画基本功。1945年抗战胜利之前，王宇投笔从戎，加入了革命队伍。在革命战争的激情年代，他迎来了创作的第一个黄金时期。入伍后，他任华北军区战友报社美术编辑，后到解放军报社当美术编辑。解放后，王宇当选为中国美术家协会会员、中国新闻漫画研究会理事。

1964年，王宇创作的《士兵王小刚》在解放军报连载，以漫画的形式讲述一个新战士的成长故事，连续刊登时间达数年之久。

1977年以后，王宇的漫画创作又迎来了一个黄金时期。他所擅长的漫画、木刻和雕塑作品在全国各种报刊上发表。

1983年，他创作的国际时事漫画《狗咬刺猬》获全国漫画展佳作奖。

20世纪80年代，王宇在《解放军报》《北京晚报》连载漫画系列作品《士兵王小刚》《骆驼祥子重游北京》，广受读者赞誉，由他主持的《中国漫画》"对号入座"专栏，深受部队官兵和读者的喜爱。

1993年，他荣获《中国漫画金猴奖》荣誉奖，被时人誉为"漫坛十老"之一。他创作的作品被中国美术馆收藏。

自20世纪三四十年代起，王宇同志从事漫画创作七十余年，笔耕不辍，留下了众多宝贵作品。他是与丁聪、华君武同时代的漫画家，20世纪80年代，中央电视台曾邀请四位漫画家做一个类似"讽刺与幽默"的节目，最初选定的嘉宾是华君武、丁聪、方成和王宇同志，由于各种原因，王宇没有参加这个节目，换了后来成为中国新闻漫画研究会会长孙以增先生。

为祝贺王宇同志98岁寿辰而举办的展览中，展出的98幅漫画作品大多数是原作，仅有一幅印刷品，创作于1946年战争年代，还有几幅他学生时期的作品。

王宇的作品，反映出时代的潮流、发展和变迁。他的作品，完整地反映出新中国建立的社会发展脉络。王宇用独到的眼光，以画笔来描绘这个时代，他们这一代人所经历的人生，是后人难以复制的。他创作的每一幅作品，都是精心绘制，充满了独创性。这些作品，是时代的写照，以漫画描绘出社会生活的方方面面，这些作品，是可以传世的，是能够流传久远的。

王宇的战友、同事看了展览后，纷纷表示赞扬。“记录历史，警喻现实，无愧漫画家的良知”“观后感慨良多，王老一生戎装，一生漫画，一生革命，一生豪迈”。

王宇儿子尔强兄和我同住在一个院里，他邀我去看他父亲创作的漫画作品，我欣然答应。来到他家中，所见让我震撼：一摞摞的原创作品迭在一起，足有数百幅以上，尔强告诉我说：“这些是老爷子几十年画的作品的一部分。”展现在我眼前的漫画，似看到一位老人创作的缩影，生命不息，创作不止，以漫画来抒发自己的感受和所见。

北京市井生活

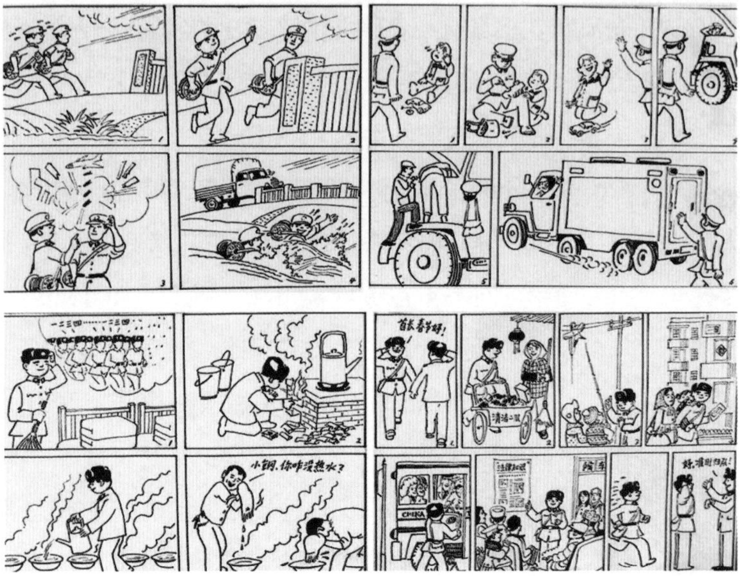

《士兵王小刚》系列作品

收藏古瓷经历的几件事

收藏是一门实践性很强的学问，要多读书、多实践，典型的明清瓷器，无论官窑民窑，基本都有图鉴可查。另外要多上手、多过眼，要经常接触实物，反复品味。还要有平常心、戒贪婪。收藏是陶冶性情、培养智商的一门学问，浮躁、贪心都必定坏事，必须有打太极拳的沉着和耐心。

20世纪80年代末，我经常逛旧货市场，当时在北京刚刚兴起。在鼓楼、花市、官园、榆树馆街、劲松等处的旧货市场中，东西真假混杂，考验着每一个收藏者的眼力，丰富的品种、实惠的价格，吸引了很多初涉收藏的各行各业的人。在我的古陶瓷收藏经历中，有不慎“打眼”的懊恼，有失之交臂的遗憾，也有巧遇宝物的大喜……

1988年，什刹海荷花市场有一拉溜儿的平房出售古董，我看中了一件康熙祭蓝青花釉里红瓶，仅花150元买到。虽然有残，但造型秀雅、花纹精细，喜鹊登梅的图案上，花型凸起，花蕊殷红，烧制工艺十分讲究。一件器物上，祭蓝、青花、釉里红、加白、暗刻等几种工艺同时运用，非常考究。

康熙祭蓝青花釉里红瓶

同一年在黄城根市场，我仅花100元又淘到修补过的康熙青花婴戏图将军罐。这件大器先被一位外国使馆官员以500元购得，回去一擦洗，开裂、修补过的痕迹暴露出来，老外立即退了货。这样一来，我仅以成本价弄到手。这件瓷罐上绘有12个神态各异的儿童，有一个画在盖上的，胯下是一只威猛的麒麟。虽是残品，但器型轩然，绘工生动娴熟，更为难得的是带着盖儿。这件爱物，我多年陈列在办公室，一有空闲就品味一番。我喜爱的品种，主要是明代和清早期青花瓷器，这些品种整器价格很高，由于财力有限，我只能退其次买有些伤残的同时期的瓷器。

有一次到黄山出差，我在屯溪老街买了两个明代万历年间的瓷罐，分别绘有五子登科和花鸟图案。因为有伤，一共才花160元。若在北京得400元以上，但是若买将军罐、花觚等大器，黄山售价就比北京贵了。因为北京豪门大户的这类遗存要比外地数量多。

在我的收藏经历中，也有失之交臂追悔不及的憾事：一次，在官园摆摊的一个小伙子曾告诉我有个画家想出手一件明代大罐，有伤，直径近一尺，绘有不少人物，要价1000元，小伙子不敢买。我说："我要，让你挣200元。"几天后，小伙子将大罐买来，我一看暗暗吃惊：人物绘制生动活泼，有寿山福海四个大字，在博物馆以外的市场上是十分罕见的。我认定是明代嘉靖器物，虽残破严重，但物有所值。可叹的是当时身上只有1000元，全都给了小伙子，商定明天补足200元取货。第二天，小伙子却不守信用地开价2000元卖给了一个福建人。他将我的定金托人退回，躲起来了。

后来，我又遇到一件明代正德时期的大型青花绣墩，毫不犹豫地立即买下。紧接着，一件明代嘉靖年间的八仙祝寿大罐又被我买到。这件瓷器上汉钟离、铁拐李、张果老、吕洞宾、韩湘子、曹国舅、蓝采和、何仙姑八个人物描绘得十分生动，青花发色纯正温润。反复玩赏，令人陶醉。过了不久，卖货老板见到我，要求用高出原价格收回此罐，当然，被我拒绝了。

明正德青花八仙人物大罐

在我的住处，阳台、书房、卧室、客厅，到处摆放着古董和古代陶瓷。在博古架上，陈列着喜爱的清乾隆洒蓝瓶。洒蓝比祭蓝的釉色更为鲜艳夺目，比较难得。还有件墨地三彩梅花图棒槌瓶，属清末仿康熙作品。其中有一件从美国空运过来的清康熙青花将军罐，是托我哥哥从美国市场选购的，花了1万多元。这是清代早期出口贸易的商品。

我藏有一件康熙花觚，虽然是残件，但不失其优美，这个时期瓷器的特点都能体现出来。康熙瓷器鉴定，重点是器型、修胎和釉面。这些年来，景德镇仿品经过不断的研究，很多年代的仿品几近乱真，但是仿康熙的瓷器完全乱真的，我还没见过。从造型和画法上看，许多作品已和真品相差不多，唯有釉面和胎质还有差距，把真正的康熙瓷器和仿品放在一起对比着看，真品釉面透亮，所谓“紧皮亮釉”，与胎体结合紧密。还有就是胎质，康熙瓷器修胎规矩，细微之处能看出差别。注意一点的是，底部的缩釉点是康熙瓷器的特点之一，但现在仿品的缩釉点已经仿得很好。

清康熙青花山水纹罐，高24厘米、直径18厘米

我也有“打眼”的时候。有一次在劲松，两个江西人拿着个龙泉瓶和一个北京人讨价还价。等北京人走了，我过去看了，认定是元代龙泉，出高价买下。后来，找人鉴定是仿品。还有一次，一件粉彩九桃天球瓶十分抢眼且

售价不高，我想买下，想到不久前的教训，决定找朋友来看看，结果，友人从釉色和绘工都发现了新仿的破绽。

收藏是一本大书，需要下苦功研读并反复实践，才能成为内行。我入道十多年，有些成就，得益于不断的学习和朋友的指点，玩收藏圈子很重要，收藏朋友圈要有明白人，否则要走弯路。多年来，我收藏了数量众多的老窑瓷器和明清青花粉彩瓷器，1996年，我与老师胡雁溪共同编著出版了很有影响的《清代民窑彩瓷500图》，北京书画收藏家协会聘请我担任陶瓷鉴定委员会委员。

《清代民窑彩瓷500图》

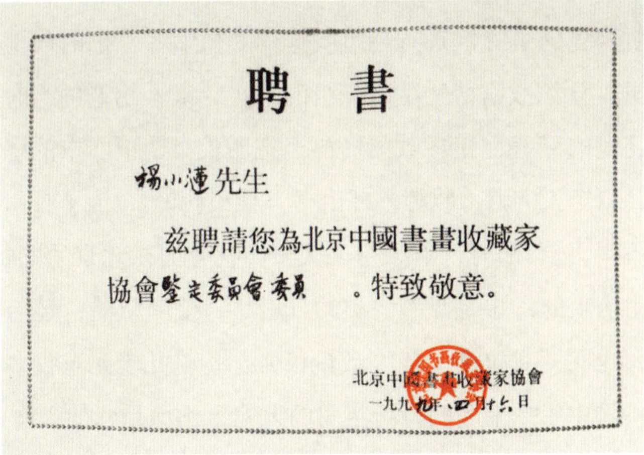

聘書

楊小漣先生

兹聘請您為北京中國書畫收藏家協會鑒定委員會委員　。特致敬意。

北京中國書畫收藏家協會
一九九九年四月十六日

北京书画收藏家协会聘书

2005.8

收藏古董三十年

我收藏瓷器起于20世纪八十年代末，比马未都先生收藏瓷器的时间晚不了多少。那时北京市玉渊潭公园门口，早上六七点钟，聚拢了很多卖古董的人。父亲遛早市，花30元钱买了一个将军罐，底书“成化年制”，但是搞不明白这件东西到底是什么时候的，我也好奇，有时早晨也去玉渊潭公园门口看看。这些时候，认识了一个住在西城区武定侯胡同（现在的金融街）的老李，六十多岁，他专门收集些古董去早市上卖，我时常去他家看看，买他的东西，留下来的有清代的将军罐、花觚等，还有一个日本的大青花瓷盘。记得一次买了一个青花大碗，花了15元，有一道冲线，挺高兴，拿给朋友看，说是日本瓷器，不值钱。我把它拿去退掉，老李很不高兴，于是明白古董买卖的许多规矩。

我收藏走上正道，是在认识胡雁溪老师以后。胡雁溪那时在华声报社当记者，我当时认识他们报社的陈典老师，通过陈老师认识了胡雁溪。胡老师那时对明清古陶瓷的了解，远远超过我这样的初学者，那时候他已是中国古陶瓷学会会员，认识故宫博物院陶瓷组的一些专家。胡老师当时准备出一本明代民窑青花瓷的专著，正在收集资料，把明代早期至明末的瓷器的文饰特点整理归纳，以个人的财力收藏整理出书，他跟我说：“为了收集资料，我连录像机都舍不得买。”那时，有人带来大量明代瓷器在北京的旧货市场上卖，许多是基建中出土的，多是盘碗一类的日用品，烧制粗糙，还有明朝中晚期的开光盘子，也叫“克拉克”瓷，数量很大，价格几十元至百多元。记得有一次，胡老师看中了一个明朝万历年间的大碗，画面是八仙人物，直径约25厘米，没有毛病，釉面发灰，烧制得不太好，江西人要价350元，超过了他的预算，但他爱不释手，终于讲价到300元买了。

为了提高自己的眼力，一到周末，我就跟着胡老师逛地摊，开始我看中问价的东西，胡老师都不以为然，说明自己对真假的判断还不行，只有多看少买。这样跟着逛了半年多的市场，感觉眼力提高了很多。有时还到劲松一带的旅馆里买江西人的东西，但是那里的东西上档次的很少。与胡老师结识，使我的眼力大大提高。1996年，我们合作出版了《清代民窑彩瓷500图》，团结出版社出版发行。

北京的后海市场、荷花市场、鼓楼大街附近的古玩市场，都是我们经常去的地方。在什刹海荷花市场买的几件瓷器，至今还是我的至爱，放在家里的博古架上，看到它，才觉得是家的感觉。一件是明弘治年间的八仙人物大罐，购于90年代初，是从姓汪的古玩商处买的，当时他要价高出了我的能力，一次拿不出这么多钱，和他商量分期付款，东西我先拿走，他也很痛快，我在半年多的时间付清。在他那里，还买了明嘉靖青花瑞兽图大罐。因为买汪老板的东西，与他也成了朋友，友谊保持了二十多年。他现在算是一位成功的古玩商人，生意做得不错。

我收藏古董三十多年，藏品足有数百件以上，含瓷、铜、玉、木、珠、杂项。我的收藏许多时候是率性而为，喜之则藏，喜爱是最高标准。收藏种类，一般来说，是以有文化传承和资源稀缺为主。文化传承是指国人在古代就喜欢的东西，如绘画、瓷器、家具等。资源稀缺的是指翡翠、和田玉、传统材质的古代家具等。在我现有的藏品中，值得一提的是明弘治青花群仙祝寿图大罐高约40厘米、宽36厘米，如此大的罐子历经五百年能够保存下来，实属不易，这样的东西在省一级的博物馆里也属于珍稀藏品。另外，还有明嘉靖青花瑞兽图大罐、明成化青花人物香炉、清乾隆釉里红香炉、清中期广彩人物四方瓶等都是不错的藏品。我捐给广西师范大学桂学博物馆的藏品中，南明青花大罐、云南窑元青花玉壶春瓶、北魏陶俑、宋代磁州窑梅瓶、康熙五彩花鸟大盘、战国青铜剑、明代玉观音等，都是很好的文物。

我收藏的瓷器，许多有伤残，因为当初购买时喜爱的品种如明代大器和清三代瓷器，整器的价格超过了我的能力，故退而求其次买有伤的，价格便宜一点，原则是精美和稀少，一则年代久远而珍稀，二则品种难得而稀少，故留到现在，也多属于珍稀藏品了。人们多以投资而收藏，但我以为爱好是最主要的，一片古瓷片就可使我乐而忘返。人言宋人高雅，审美情趣如高山之崇椒；宋代的五大名窑，素青淡雅，高山仰止。我每日与文物为伴，如同与古人对话。六休居士张岱说“人无嗜好不可交”，在我看来，不玩古董的人，生活中也缺了许多乐趣。

中国是文物大国，数千年历史生产了无数文物。文物的价值，会随时代变化而不同，彼时价值高的古董，今日可能会降低。昔日价值低的古玩，将来可能会高不可攀。所以今天人们的收藏，不必太在意藏品价值的变化。曾经拥有就是快乐，“我看即我藏”乃最高境界。

初学古董时，阅读《古玩指南》一书，获益匪浅，作者知识面广，对于民国时期各类古董的介绍详实，实为不可多得的资料。从中得知，民国时期官窑瓷器价格远低于老窑瓷器——特别是五大名窑瓷器。当时的民国大瓶一类的东西，藏家是不屑一顾的。在我看来，收藏要以玩家心态进行，喜则购之，不喜弃之。财力雄厚购买上品，囊中羞涩则玩瓷片、古钱。古董之门类方方面面，足以使喜爱者各取所需。我对如今年轻人的忠告：收藏要量力而行，以喜欢为原则，不要以短期盈利为目的。诗曰：“收藏心路乐趣多，辨伪存真苦求索。为效先贤不畏难，只愿真品永存册。”

2020年6月23日

南越国
——历史的回响

广州市越秀山附近的象岗山下，南越国第二代皇帝赵眜在沉睡了两千多年之后，终于露面，出现在世人面前。岭南两千年的雨水冲刷，没有损坏赵文帝的珍宝，当两千年后的人们看到汉朝时期人们的生活状态时，惊讶于当时贵族生活品质的精致、典雅与奢华。历史上的南越国，存在了93年，他的创建者赵佗，是河北真定人，被毛泽东戏称为历史上“南下干部第一人”。广东人应该对赵佗心存感激之心，他最早把中原的先进文化带入这里，促进了当地的经济文化发展。南越王墓的发现，严格来说，应该是南越国皇帝陵的发掘，是新中国帝王陵墓偶然发现的最高等级的墓葬。北京明代万历皇帝定陵的发掘，是主动发掘的。其他如湖北曾侯乙墓、长沙马王堆汉墓、河北满城汉墓、江西海昏侯墓等由施工发现的墓葬，都是王侯一级的墓，唯有“南越王墓”是皇帝陵，有出土的“文帝行玺”金印为证，故其考古发现的意义重大。

站在位于越秀山的南越王墓上，眺望远处的电视塔，风从南海吹来，我想，赵佗及其子孙一定也曾在此眺望着这片岭南大地，两千多年来，南海的风一如既往的湿润、沁人心脾。在历史的长河中，岭南大地上又有谁的功名成就能赶得上这位南越国的创建者呢？

赵佗，出生于公元前240年，逝世在公元前137年，活了100多岁。在公元前219年，秦始皇派屠睢为主将、赵佗为副将率领50万大军平定岭南，“一军塞镡城之岭（今越城岭一带），一军守九疑之塞（今九嶷山一带），一军处番禺之都（今广州），一军守南野之界（今江西南部），一军结馀干之水（今江西余干县一带）。”南伐之初即占领番禺一带，并留军驻守，另外30万秦军西赴广西与当地的越人作战，虽然击毙西瓯部落首领“译吁宋”，然而持续三年的征战却失败，主将屠睢也在战争中被杀。随即秦王朝在番禺（今广州）设南海郡治，以任嚣为郡尉统管一郡，下辖番禺、龙川（今广东河源龙川县）、博罗（今广东惠州博罗县）、四会（今广东肇庆四会县）四个县。秦始皇将岭南地区设“桂林、象、南海”三个郡。南海郡辖境是东南濒南海，西到今广西贺州，北连南岭，据《汉书》记载，郡治番禺，今广东省的大部分地区属南海郡。此外，湛江等地属象郡，粤西有一部分属桂林郡，粤北部分地区属长沙郡，这是广东历史上第一次划分行政区。

由于龙川地理位置和军事价值都极其重要，故委赵佗任龙川县令。赵佗在龙川筑城辟地以为治所，采取“和辑百越”，极力安抚当地民众。他劝导士兵在当地养儿育女，促进中原人与岭南人同化；又上书朝廷要求从中原迁居五十万的居民至岭南。从中原迁来的50万人，除了遭到贬职的官员之外，大多是“贾人”，也就是“商人”，因此，广东人善于经商确实是有历史传统的。据记载，秦代的移民大致有5批，为了稳定军心，解决战后驻留士兵的配偶问题，南海郡向朝廷申请加派3万单身女性来岭南，其理由十分含蓄：“为来自北方士兵补衣服。”秦朝最终批准这个申请，但是在数额上打了折扣，15000名中原寡妇和未婚女子浩浩荡荡加入支援边疆的行列。

公元前208年，南海郡尉任嚣病重，他临死前把赵佗召来，向他阐述了自己依靠南海郡依山傍海、有险可据的有利地形来建立国家、以抵抗中原军队侵犯的谋划；并当即向赵佗颁布任命，让赵佗代行南海郡尉的职务，嘱咐他“秦政无道，中原扰乱，番禺，负山险，阻南海，东西数千里，颇有中国人相辅，此亦一州之主也，可以立国。”“五岭北来峰在地，九州南尽水浮天。”倚山临海（古代珠江河面宽阔，称为海）是广州的山川地势。北控五岭，近扼三江，是广州的攻防要势。赵佗洞悉广州防御要领，为了防止北方战乱南延，加强对岭南的控制，严封五岭的四关——横浦关、诓浦关、阳山关、湟溪关；断绝四条新道——江西入广东南雄一路，湖南入广东连州一路，湖南入广西贺县一路和湖南入广西静江一路；构筑了捍卫番禺的三道防线：乐昌—仁化—南雄防线，英德—清远防线，石门要塞防线。北兵要逾五岭攻南越，不破这三道防线，是到不了番禺的。不久，任嚣病亡。公元前206年，赵佗起兵兼并桂林郡和象郡，建立了以番禺为王都，占地千里的南越国，自称“南越武帝”，从而为存在93年的南越国奠下基石。南越国的疆土，与秦设三郡辖区相当，北、东、西三面分别与长沙、闽越、夜郎三国交界，东及南面濒临南海，“东西万余里”的广大地域。北至南岭（今广东北部、广西北部和江西南部一带），西至夜郎（今广西，云南的大部），南至南海（今越南的中部和北部），东至闽越（今福建南部）。都城在番禺即今广州市。

公元前196年夏季，汉高祖正式承认南海、桂林、象郡三郡为赵佗所有，遣陆贾封赵佗为南越王，赵佗受汉高祖所赐南越王印绶，臣服汉朝，南越国遂成汉朝的藩属国。公元前181年，因吕后打算停止与南越国贸易关系，南越国不满，于是发兵攻打汉朝长沙国数县，吕后闻讯遣周灶领兵攻南越国。公元前180年，吕后崩，汉朝命周灶罢兵归。南越国因抗击汉朝成功而声威大振，南越武王赵佗因此而称南越武帝。

越秀山象岗山南越王墓的主人是赵眜，是南越武王赵佗的孙子，南越太子赵仲始的儿子。赵佗去世，因赵眜的父亲赵仲始早已亡故，所以南越群臣拥立赵眜继承王位，史称南越文王。赵眜在位一共16年，长期患病，性情软弱，没什么建树。他虽然在闽越侵犯南越之时，巧妙地把汉武帝搬出来，让汉武帝来对付闽越，而自己不用大伤元气。但此举也使赵佗时期就已经役属南越国的闽越和南越国脱离役属关系，而直接受制于汉朝中央，使南越国实际上被孤立起来。同时让汉武帝找到借口，派严助假借表彰赵眜能忠于臣属之职为名，请赵眜赴京朝见汉武帝，最后迫使赵眜把儿子赵婴齐送到汉武帝身边充当侍卫达12年之久，对日后南越国内部之乱埋下伏笔。司马迁《史记》说：“瓯骆相攻，南越动摇。汉兵临境，婴齐入朝。”

南越国的灭亡起因于公元前112年南越国太后与宰相吕嘉的不和，吕嘉攻杀南越王赵兴、南越太后樛氏及汉朝使者安国少季等人，另立南越明王赵婴齐之子术阳侯赵建德为南越王，同时，吕嘉派兵消灭韩千秋等2000人并调动军队防守国境要害处。汉武帝在得知韩千秋兵败及吕嘉弑王叛汉的消息后，决定遣兵十万南伐南越王国。汉武帝所遣的十万大军分四路进攻南越王国，一路由伏波将军路博德率领，从桂阳溯耒水而上，跨越骑田岭入连江；一路由楼船将军杨仆率领，溯赣江而上，跨越大庾岭入浈江；一路由戈船将军郑严及下厉将军田甲率领，由零陵出发后，沿漓江而下至苍梧；一路由驰义侯何遗发巴蜀兵及夜郎国兵，沿北盘江而下。计划最终四路大军在南越国首都番禺会师。

公元前112年冬季，路博德一军与杨仆一军先行会合，两军一同围攻番禺，后番禺降于伏波将军路博德，术阳侯及吕嘉出海西逃时被路博德捕获，南越国灭亡整个南越王朝历五王，共九十三年。顺序是：南越武王、南越武帝赵佗，南越文王、南越文帝赵眜（ 赵佗孙、仲始子)，南越明王赵婴齐（赵眜子)，南越哀王赵兴（赵婴齐子)，术阳王高昌侯、术阳侯赵建德。

《粤记》上说：“广东之文始尉佗”，赵佗治理南越，非常重视“以诗书而化国俗”，利用中原先进的文化和伦理道德教化、诱导越人，教育他们赡养老弱、废除群婚。还利用行政手段推广中原汉字，教育越人“习汉字，学礼仪”，从而使“蛮夷渐见礼化“，迅速推动岭南地区文化的发展和社会进步。

唐代诗人许浑写有《朝台送客有怀》七律一首：

赵佗西拜已登坛，马援南征土宇宽。
越国旧无唐印绶，蛮乡今有汉衣冠。

江云带日秋偏热，海雨随风夏亦寒。

岭北归人莫回首，蓼花枫叶万重滩。

我观南越王墓，吟古风一首：

秦皇遣派到岭南，长江珠江无阻拦。

赵佗审势南越立，国脉百年几代传。

礼仪诗书播蛮地，番禺始有汉衣冠。

象岗山下惊奇现，千年相遇几度瞻。

两千年前的风云过去，我站在象岗山上，脚下是南越王的墓地，一代帝王已化作尘埃，飘落在历史的记忆中，沧海桑田，繁华如梦，南越国文帝的珍宝，穿过时间的光影，作为历史的扮演者留存下来，为今人了解过去提供了生动的资料。

写于2018.11.8

观粤剧博物馆

南音粤曲是佳音，地方文化方国粹。数百年间传岭南，港澳狮城遍名嘴。

承先启后马师曾，无人不晓红线女。銮舆堂中观名伶，扎根沃土票友聚。

这是我在参观广州市粤剧博物馆后有感而写下的一首诗。我对粤剧的喜爱，仅限于能听且爱听粤剧独有的曲调，还达不到唱的水平。我童年时居住在东山区达道路，道路两旁的小楼民国时期均为政客华侨所住，粤剧名伶红线女也住在这里。

粤剧艺术博物馆位于荔湾区恩宁路以北、元和街以南、多宝坊以西地段，周边有八和会馆、泰华楼、宝庆大押、李小龙故居等历史文物建筑。博物馆占地约1.15万平方米，总建筑面积约1.5万平方米，地上建筑高度控制在18米内。

粤剧是广东艺人吸纳外省入粤戏班的戏曲声腔，加以易语而歌并融进本地的歌谣、小曲而形成的剧种。明中期，粤中各地已有乡俗子弟以戏剧为生。明嘉靖开始，出现弋阳腔、昆腔。清雍正年间，广州有“土优”演戏时唱“广腔”。及至乾隆年间，本地班艺人在佛山镇大基尾建立了同业组织琼花会馆。乾隆至道光年间，来自外省的成百个外江戏班入粤，并在广州成立粤省外江梨园会馆。本地班向外江班汲取声腔和表演的艺术养料，逐渐形成演唱梆子腔为主的演出风格。

行走于广州最美老街恩宁路，在充满岭南韵味的荔枝湾畔，百年老校培正小学旁，一座宏伟的建筑突现眼前！广州市政府为建设世界历史文化名城，传承、促进粤剧艺术而建造的广州粤剧艺术博物馆。场馆设计体现了岭南园林风格，庭院典雅古朴，流水、小桥、台榭，杂花生树，游鱼戏水……建筑采用中式木结构，飞檐斗拱，还有大量的木雕、石雕、砖雕等精美艺术品，让人目不暇接。

关于粤剧的产生和形成，可谓众说纷纭，莫衷一是。但普遍认为，粤剧于明朝中叶开始萌芽，孕育于本地班。关于本地班来源一般来说，是引用麦啸霞所撰《广东戏剧史略》的说法，按《史略》所说："雍正继位……，时北京名伶张五号摊手五……逃亡来粤，寄居于佛山镇大基尾……以京戏昆曲授诸红船子弟，变其组织，张其规模。创立的琼花会馆。"作为记载粤剧本地班始源，其实这是大大缩短了粤剧本地班的历史，琼花会馆也非是在雍正年间才创建。据史载，早在明代嘉靖至万历年间，在佛山、广州，本地班已建立了琼花会馆这一行业组织。经过不断发展，由弋阳腔和昆腔与广东本地流行的南音、龙舟、木鱼、粤讴、咸水歌等民间曲调以及广东器乐乐曲结合而成。直至清末民初，逐渐演变为融集南北、中外唱腔音乐，以白话演唱，从而形成具有鲜明岭南特色的地方戏剧粤剧。粤剧有别于外省戏曲的独特之处在于，它既属于中国写意派戏剧范畴，又具有轻快流畅、新款善变的个性，享有"南国红豆"的美誉。

粤剧源自南戏，又称"大戏"或者"广东大戏"，发源于佛山。早在汉代，佛山的表演艺术已十分盛行。自明朝嘉靖年间开始在广东出现，粤剧是糅合唱念做打、乐师配乐、戏台服饰、抽象形体等的表演艺术；是融汇明清以来流入广东的海盐腔、弋阳腔、昆山腔、梆子等诸腔，并吸收珠江三角洲的民间音乐所形成的以梆子、二黄为主的我国南方一大剧种。

郭秉箴先生在《粤剧古今谈》一文中认为，明朝归有光校正的《庄渠遗书》，其中记录了明代正德十六年钦差魏校的谕民文告，内有"倡优隶卒之家，子弟不许妄送杜学。""不许造唱淫曲，搬演历代帝王，讪谤古今，违者拿问"等语。郭秉箴先生认为这是广东有戏剧演出活动的最早记载。

谈粤剧必谈红线女。海内外的广府人都知道，哪里有粤语，哪里就有红线女的“红派”曲腔。

红线女从艺六十年，在前人的基础上不断开拓、创新。红线女独有的以声带情、炉火纯青的唱腔艺术塑造了一个个光彩夺目的舞台形象：王昭君、李香君、刘胡兰、焦桂英、崔莺娘……在粤剧史上留下了绚丽篇章。

红线女创造了红派艺术，其唱腔艺术上以粤剧传统花旦唱腔为基础，吸收了京剧等其他剧种以及美声歌唱、电影等技巧，结合个人的声线条件，融汇创造出龙头凤尾、跌宕起伏、音域宽广、清脆秀丽、刚柔相济的红腔风格。在舞台艺术上，红派艺术以粤剧传统花旦舞台功架为基础，吸收了京剧名家程砚秋的身段艺术，并将俞振飞、周小燕、朱传茗等戏剧名家的艺术融为一炉，突破了传统粤剧中单纯表现女性媚美的框架，塑造了一系列个性鲜明的妇女形象，戏路极为宽广，不论古代的小家碧玉、宫廷贵人、青楼妓女，还是现代革命女性，都能涤尽铅华，展示出东方女性清香淡雅的气质、高洁端庄的风韵，表现出敢爱敢恨、藐视豪强、正气凛然的性格特征，以及在抗拒苦难或悲剧命运中磨砺出那富于韧性的品格，表演细腻传神。现代剧《山乡风云》，更是在现代剧和传统表演程式的结合上获得了标志性的突破，被认为是粤剧发展史上的里程碑。

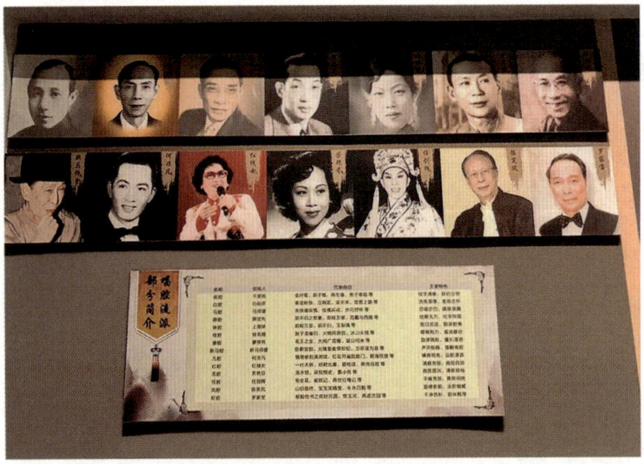

粤剧名伶，二排左三为红线女

繁盛时期广东省专业粤剧团最多时有73个。1953年成立广州粤剧团；1958年，广州地区9个粤剧大班合并成立了广东粤剧院；1960年成立了广东粤剧学校及其湛江分校。薛觉先、马师曾、白驹荣、曾三多、靓少佳、罗品超、文觉非、郎筠玉、红线女、罗家宝、林小群、陈笑风、谭天亮等分别主演了《搜书院》《关汉卿》《柳毅传书》《十奏严嵩》《三件宝》《寸金桥》《金鸡岭》《红花岗》《刘胡兰》《山乡风云》等优秀剧目。其中，《山乡风云》在全国还被移植成20多种戏曲剧目。还曾组团到朝鲜和越南进行友好访问演出。薛觉先"万能老倌"的艺术造诣，马师曾的"乞儿喉"唱腔，白驹荣的"平喉"，罗品超的文武生，陈笑风的"风腔"，红线女的"红腔"，文觉非、罗家宝等人的唱做念打深受观众喜爱。80年代粤剧代表作有《三脱状元袍》《袁崇焕》《昭君公主》《南唐李后主》《魂牵珠玑巷》等。关国华、林锦屏、卢秋萍、倪惠英、冯刚毅、丁凡、郭凤女、陈韵红、彭炽权、曹秀琴等成为观众喜爱的优秀演员，剧团还频繁地到港澳地区和一些国家演出。

在距离博物馆不远处的小巷中，有粤剧票友聚会的场所銮舆堂。正好赶上他们在演唱，我驻足观看。正是这些票友的努力，使得粤剧艺术能够发扬光大，传承下去。地方戏曲是民族文化的源泉之一，我到各地旅游，有条件时喜欢欣赏地方剧种，可是这一爱好多数时候很难实现，因为多数地区已经无力维持一个剧团的运转，地方剧种已难以为继。在广州，正是这一批粤剧爱好者，使得粤剧这一古老剧种后继有人。

写于2017.12.1

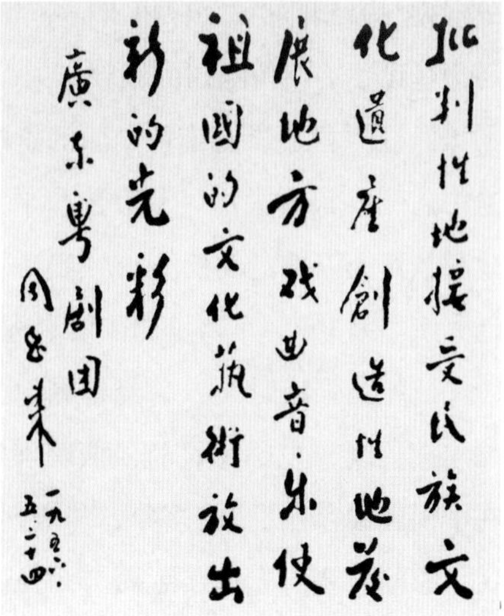

契丹悲歌

每当我登上长城，眺望远方，眼前会呈现出铁马金戈的景象，连绵起伏的山峦，一如既往的雄伟，激发你的想象。长城内外，自古以来就是中原农耕文化与游牧民族交汇之地，草原文明与农耕文明在这里碰撞、融合。

行走在乡间的小道上，耳边是上千年始终如一飘拂而过的风。契丹，一个古老的名字，越过了千年的时光，又浮现在我的面前。戊戌秋季，“大辽五京”展亮相首都博物馆，向人们展现了丰富的契丹文物，契丹文化揭开了神秘的面纱。

契丹源于东胡鲜卑，与同样说蒙古语的室韦、库莫奚是同族异种。唐朝唐太宗在契丹人住地设置松漠都督府，酋长任都督并赐李姓。

五代时契丹迭剌部的首领耶律阿保机乘中原内乱统一各部，取代痕德堇可汗，后于907年2月27日即可汗位。他先后镇压了契丹贵族的叛乱和征服奚、室韦、阻卜等部落，占领了蒙古地区的产盐区，在军事与经济方面都十分强盛。915年耶律阿保机出征室韦得胜回国，但被迫交出汗位，不久他在滦河边建设了一座仿幽州的城敦。916年3月17日耶律阿保机建立契丹国，即辽太祖。辽太祖一直有南征中原的意图，然而在攻灭渤海国后的隔年，在回师途中病倒，最后去世。其妻述律平宣布摄政，次子耶律德光总揽朝政，屠杀政敌数百人以稳定政权。927年十一月，耶律德光在述律平的支持下即位，即辽太宗。930年，东丹王耶律倍南逃后唐，辽太宗统一了契丹。

辽朝最强盛时期，曾经雄霸中国北部半壁江山，疆域北到外兴安岭、贝加尔湖一线，东临库页岛，西跨阿尔泰山，南抵河北和山西北部。契丹王朝在中国延续存在了200多年，与宋朝形成南北对峙的格局，差一点就将宋朝灭亡。家喻户晓的《杨家将》，讲的就是一千年前，宋朝军队在杨家将率领下与强大的契丹军队激战沙场的故事。在此期间，中原地区通往西方的丝绸之路被阻断，以致许多西方国家误以为整个中国都在契丹的统治之下。于是，契丹成了全中国的代称。马可·波罗在他的游记里第一次向西方介绍东方时，就以契丹来命名中国，直到今天，在斯拉夫语国家中，仍然称中国为“契丹”。

辽朝早期的中原，正处于五代十国时期。936年后唐发生内乱，河东节度使石敬瑭以自称儿皇帝、割让燕云十六州为条件，请求辽太宗支援攻打后唐。辽太宗遂亲率5万骑兵，于晋阳、洛阳等地击败后唐军，最后协助石敬瑭攻灭后唐，石敬瑭得以建国后晋。石敬瑭因为割让燕云十六州，被后世骂得狗血淋头。宋真宗时代，澶渊之盟的签定换取了宋辽两国的和平，承认了辽国对幽云之地的所有权，幽州一跃升格为辽南京，成为后代北京城的肇始。可以猜想，如果幽云之地仍然在中原王朝的统治之下，那么它仍然只是一个易守难攻、孕育军阀藩镇的偏远之地。幽云，对中原王朝来说，或许只是一片军事要地，但对北方王朝来说，它确实一片绝佳的膏腴之地。

契丹国获得燕云十六州后，将燕云十六州建设成为进一步南下的基地。944年后晋出帝石重贵即位，他不愿向契丹臣服，上表称臣孙不称臣。辽太宗趁机率军南下，意图一统中国。947年正月十日，契丹军攻克后晋首都开封，后晋亡，契丹国占领大部分的中原地区。二月，辽太宗改国号为大辽，辽朝正式成立。

说起辽代，不能不说到萧太后——萧绰（953年—1009年），辽景宗耶律贤的皇后，在民间戏曲中被称为萧太后。传说萧绰从小就聪明伶俐，办事利索，对任何事情都有种不达目的不罢休的精神，在一些琐碎的小事上也不例外，这种举动深深赢得了她的父亲萧思温的宠爱。有一次，萧绰的几个姐妹一起干家务活，几个姐妹草草地就收场了，唯独她还在继续仔细地擦，家具收拾得整整齐齐，萧思温称赞到：“此女必成大事。”

乾亨四年（公元982年）九月，三十五岁的辽景宗在出猎途中，病卒于云州（今山西大同）焦山行宫。临终之时他留下遗诏“梁王隆绪嗣位，军国大事听皇后命”，将辽国交到了二十九岁的萧绰手里。面对年仅十二岁的长子耶律隆绪，萧绰首先想到的是主少国疑，宗室亲王势力雄厚，局势易变。太后在大臣耶律斜轸和韩德让面前流着眼泪说：“母寡子弱，族属雄强，边防未靖，奈何？”重臣们上前安慰并发下重誓说：“信任臣等，何虑之有！”萧绰采纳南院枢密使韩德让的建议，对宗室亲王颁布命令“诸王归第，不得私相燕会”，使他们失去兵权，解决了内部夺位的一大隐忧。之后，年仅十二岁的儿子耶律隆绪继承皇位，为辽圣宗，次年改元统和。983年（统和元年）萧绰被封为“承天皇太后”，并以太后身份临朝称制，总摄国家大事。

由于《杨家将》故事的深入人心，“萧太后”三个字，几乎成了萧绰的专用名词。戏曲中杨家一门忠烈，抗击的是大辽国。真实的历史是这样的：

宋太宗于雍熙三年（辽统和四年，公元986年）的三月，宋对辽国发动“雍熙北伐”。宋军兵分三路出兵，取得了一些胜利。萧太后以耶律休哥抵御东路宋军曹彬一路，又以耶律斜轸抵御西路宋军杨业一路，后亲带韩德让和儿子辽圣宗赶到南京，与耶律休哥协同作战。五月，萧太后亲披戎装上阵，一面率兵在正面与曹彬对阵，一面派耶律休哥包抄宋军后路，阻断水源粮道，曹彬所部大败。萧太后腾出兵力，转而对付西路宋军，极大鼓舞了辽军的士气。宋太宗连忙下令西路军全线撤退。宋军士气低落，一路连吃败仗。杨业得不到后方有力的支援，最终包括杨业之子杨延玉在内的所有部属都全数殉国，杨业本人也被活捉，悲愤之下绝食殉国。萧太后下令将杨业的头颅割下，装入匣中，传送边关各地。辽军士气大振，而宋朝守军则大受打击，未曾对敌便已经失了信心，无法守住已经夺得的土地。

辽圣宗统和二十二年（宋真宗景德元年，公元1004年）深秋闰九月，萧太后领着辽圣宗耶律隆绪、韩德让，率二十万辽国精锐部队南征大宋。辽军势如破竹，两个月的工夫，就一直攻到了澶州（今河南濮阳），距北宋都城开封仅一河之隔。北宋宰相寇准坚持请求宋真宗御驾亲征，激励士气。当宋真宗的车驾出现在澶州前线时，士兵高呼“万岁”连延不绝，声震数十里，人人同仇敌忾，个个视死如归，很快就集结起数十万之多的援军与辽军对抗。不久又一个打击接踵而来，辽国名将萧挞凛在察看地形时，被宋军用弩射中身亡。萧绰审时度势，决定阵前议和。辽宋达成澶渊之盟：宋辽约为兄弟之国，辽圣宗耶律隆绪称宋真宗赵恒为兄，赵恒则称皇太后为叔母；维持宋辽之间旧有的疆界；宋国每年向辽国提供三十万金帛。双方结束了多年不息的争战，进入了长达百余年的和平。

萧绰在1009年（统和二十七年）的11月为耶律隆绪举行了契丹传统的“柴册礼”，将皇权交还给耶律隆绪，结束了她在辽景宗、辽圣宗年间四十年有余的摄政生涯，去南京安享晚年。不幸的是，就在南行的途中，萧绰染上了疾病。同年12月11日，她逝于行宫，终年57岁。

辽国存在了二百多年，败于金国，也就是清代满族人的祖先。1117年，女真完颜阿骨打称帝，建立金朝。1120年金军攻克辽上京，到1121年，辽朝已经失去一半的领土。此时，内部又发生因为皇位继承问题而爆发的内乱，天祚帝杀了他的长子耶律敖卢斡。1124年，辽国在与金国的在中京决战中失败，耶律大石率所属部下逃往西部，另一支契丹部族在八剌黑的率领下逃到伊朗。1125年，辽国灭亡。1125年3月26日，辽天祚帝在应州被为金人完颜娄室等所俘，八月被解送金上京（今黑龙江省阿城区白城子），被金太宗降为海滨王。1128年，天祚帝病故。八剌黑在伊朗建立了起儿漫王朝，并改信伊斯兰教，被当地人渐渐融合，不再具备契丹族的特征。1132年，耶律大石在叶密立城称帝，建年号延庆，哈剌契丹国正式建立，史称“西辽”或“西契丹”“后契丹”。1218年，西辽被蒙古大军消灭，从此契丹正式灭亡。辽朝共历时二百余年（不包括西辽这段时期）。

20多年前，我到东北地区采访，当地学者对契丹文化津津乐道，“耶律”

一词不断地冒出，让我印象深刻。多年来，对于契丹文化的了解，让人感到这个民族的伟大，在历史的长河中，契丹人上演了二百多年的悲喜剧。从出土文物可以看出，契丹文化灿烂辉煌，契丹人对各种文化兼收并蓄，尤其是对宋朝的学习，著名历史学家陈寅恪说过："华夏民族之文化，历数千载之演进，造极于赵宋之世。"对宋朝及其他民族的学习造就了令人赞叹的契丹文明，而如此灿烂的文明，最后消失在历史的长河中，不能不让人感慨万分。

写于2018年9月22日

南京博物院参观记

南京，作为民国政府的首都，它在我心中的地位，是在参观了南京博物院后才奠定的。我国的博物馆成千成万，其中最出名的有三个，被誉为“中国三大博物馆”，它们分别是北京故宫博物院、南京博物院和台北故宫博物院。

对于博物馆的收藏而言，在某种意义上就是赛宝，看谁家的藏品质量好：珍稀、精美、价值高。在国内的博物馆中，就藏品质量及数量而言，我个人认为，北京故宫博物院无疑是第一，龙头老大的位置不容置疑。排名第二的是南京博物院，连国家博物馆、首都博物馆、上海博物馆和文物大省陕西历史博物馆都排在它的后面，它们藏品的质量比不上南京博物院。北京故宫博物院的宝藏虽然多且好，但是由于展览场地的限制，她的多数好东西展不出来，只能放在仓库里睡觉。就展出文物精品的数量来看，南京博物院不逊于北京故宫博物院，尤其是在明清官窑瓷器方面。其实在地方博物馆中，有许多是很有特点的：上海博物馆的古代家具、陕西历史博物馆的汉唐文物、湖北博物馆的曾侯乙编钟、三星堆博物馆的造型夸张的青铜人物、周原博物馆的商周青铜器等。

南京博物院其前身是1933年蔡元培等倡建的国立中央博物院，是中国创建最早的博物馆、中国第一座由国家投资兴建的大型综合类博物馆。南京博物院占地13万余平方米，为“一院六馆”格局，有历史馆、特展馆、数字馆、艺术馆、非遗馆、民国馆。研究部门有考古研究所、文物保护研究所、古代建筑研究所、陈列艺术研究所、非遗保护研究所、古代艺术研究所及民族民俗学研究机构。

三十年代，民国政府通过收购、拨交、发掘，集中全国第一流珍品约二三十万件，其中包括绘画中的《历代帝后像》《唐人明皇幸蜀图》；铜器中的毛公鼎、后母戊鼎等稀世国宝给南京博物院收藏。目前，南京博物院拥有各类藏品42万余件（套），馆藏数量居中国前三，上至旧石器时代，下迄当代；既有全国性的，又有地域性的；既有宫廷传世品，又有考古发掘品，还有一部分来源于社会征集及捐赠，均为历朝历代的珍品佳作和备受国内外学术界瞩目的珍品。青铜、玉石、陶瓷、金银器皿、竹木牙角、漆器、丝织刺绣、书画、印玺、碑刻造像等所有文物品类一应俱有，每一品种又自成历史系列。

南京博物院收藏的精品很多来自南迁文物。抗战结束后，除了运往台湾和北平外，南迁文物一部分收藏在南京博物院。1948年年底，解放战争胜利在即，国民政府令故宫博物院挑选贵重文物以军舰转运台湾。原故宫博物院的文物又分别于1948年12月22日、1949年1月6日和1月29日，被分三批由南京运往台湾2972箱，数量达到60万件。其中珍品有甲骨档案2万多片，瓷器2万多件，铜器一万多件。铜器中有商周到春秋战国时期的青铜器4300多件，如商代蟠龙纹盘、兽面纹壶、西周毛公鼎等。余下的大批南京故宫博物院文物，在1949年以后陆续运回北京，合计一万多箱。至今，在南京仍保存有2211箱清宫旧藏文物。这两千多箱文物，具体包括什么东西？据《承载》：共计10万余件，主要包括清宫旧藏的官窑瓷器9万多件，铜佛像1332件，御笔135件，清朝皇室历代祖先牌位74件，还有部分香炉、玉册和铜仙鹤等物。这批文物共2211箱。1960年，故宫博物院和江苏省文化局签订协议，约定“寄存”于南京朝天宫库房，由后者代管。本来约定最多寄存两年，由于种种原因，一存就是几十年。

根据故宫官网记载，南京分院的文物迁台后，尚存11178箱。1950年，从南京分院运回1500箱。1953年，运回716箱。1958年，运回4027箱。根据这个记载，三次共运回6243箱文物。不过，故宫在别的场合又提到过，共运回“8000余箱”。故宫博物院原院长马衡的孙子马思猛也曾在回忆文章中提到：“大约8308箱文物返回北京故宫博物院。”

总之，一个被认可的数字是，2211箱南迁文物留在了朝天宫库房。约10

万余件，大部分是明清官窑瓷器和宫廷器物。

1960年，故宫博物院撤销了南京办事处（南京分院1954年改为此名）。经北京市文化局（当时故宫归北京市领导）和国务院文化部批准后，故宫与江苏省文化局签订了《故宫博物院南京办事处移交接管协议书》。

协议规定，将现有工作人员5名，连同朝天宫库房建筑、工作室66间，以及家具、图书等物，全部无偿划归江苏省文化局。对于这批文物，则约定：故宫博物院现存南京办事处库房的2211箱文物仍原箱不动存放库内，由故宫博物院编号造册点交寄存，寄存时间至迟不得超过1961年底。协议还附上了委托代管文物箱册等各种清册。之后，江苏省文化局将库房等设施分配给了南京博物院使用。

当时正是三年困难时期，故宫没有如约在1961年底前将文物运回。南京博物院致函故宫，双方商定，延期至1964年底，最迟不得超过1965年。

1987年6月，著名考古专家张忠培调任故宫博物院院长。这位毕业于北京大学历史系考古专业、此前在吉林大学任教多年的新院长雄心勃勃，想要在自己手上收回故宫流散在外的文物，打造一个完整的故宫博物院。“这个问题要从国家统一的大局来考虑。我们大陆内部的文物问题都解决不了，将来怎么要求台北故宫的文物完璧归赵呢？因此，我就产生一个想法，要办成完整的故宫博物院，要解决历史遗留问题。”

根据故宫官网，1997年9月，李鹏总理视察故宫博物院，李铁映和贾庆林等陪同。领导人就故宫南迁文物、筒子河治理和故宫地下展厅等问题进行了调研，针对南迁文物问题提出了三个处理原则：一、明确这批文物是属于故宫的，要在国家文物局的主持下进行清理、登记、造册。二、这批文物现在要全部运回故宫也不现实，但那些不放在故宫就不足以体现其价值的文物和故宫原状陈列需要的文物，要送回北京。三、大部分文物还是要留在南京，由南京博物院代为保管，故宫博物院也可以在南京建个分院。

2000年6月，江苏省政府向国务院发出请示，提出了这批文物应归南京所有的几条理由。其中一条主要理由，是故宫博物院院长吴仲超的口头承诺。江苏方面称，1961年签订协议时，吴仲超（1954年~1984年担任故宫博物院院长）向江苏省文化局周局长口头承诺："过了1961年底不来取走，文物就算你们所有。"1979年，时任南京博物院院长姚迁专程赴京拜会吴仲超，吴仲超表示，这批文物就留在南博。

江苏省政府提出：留在南京的这批文物经故宫多次筛选，精品已被运回，剩下的宫廷文物，对故宫博物院来说可谓微不足道。而对南京博物院来说可以补缺，更好地发挥其作用。

南京博物院经过几十年建设，无论硬件还是软件方面都已经达到国内先进博物馆水平，为保护利用这批文物提供了有利条件。

南京博物院实际上承担了近半个世纪的保管责任，1959年后，故宫博物院对这批文物的保管从未过问。文物搬来搬去也易于损坏，而且过于集中也不利于避免突发性灾害带来的损失。

自1933年故宫文物南迁以来，时间已过去86年。从文物的品质而言，最好的文物运到了台湾，尤其是宋元时期的绘画、宋代五大名窑瓷器、明清瓷器精品，多数都在台北故宫博物院，从数量来看，北京故宫博物院数量最多。辽宁省博物馆也收藏有不少溥仪带出宫的宫殿文物。南迁文物由于各种原因，没有都运到台湾。

我游南京博物院、明孝陵，感而赋七律一首：

涵碧楼台望屿洲，悠悠江水向东流。六朝扰扰兴亡事，吴语侬侬话不休。
太祖石人神道在，孙权遗迹野山搜。金陵景象天天异，甲子人言胜万秋。

写于2019年3月29日

章乃器捐献文物展

闻章乃器先生捐献文物展举办，专程前往参观。章乃器捐赠文物档次之高，今天的价值评估要上亿元人民币以上，当年的购买价格也是巨资，其中精品有商周青铜器、明宣德青花大盘、清乾隆官窑瓷器等。章乃器先生在20世纪50年代全部捐给国家，令人敬仰，我感慨赋诗：

先生之德高千古，私藏归公天下有。

古今多少事和人，私者一时公长寿。

章乃器原名章埏，1897年3月4日出生在浙江省青田县小塬村的一个破落的乡绅之家。祖父章楷，清同治九年举人，父亲章炯，曾留学日本，民国初年做过几任小官，后赋闲家居。章乃器出生时，家道已经中落，1911年辛亥革命爆发，他的大哥章培参加了革命军，章乃器当时还在丽水县上学，应大哥之召，毅然投笔从戎，到南京临时政府陆军部属下飞行营当了一名学生兵。1913年，章乃器前往省城杭州继续求学，到达省城时，所有的学校均已招考完毕，只剩下省立甲种商业学校还在招生，在别无选择的情况下考进了这所学校。在商校学习的五年中，他的家境每况愈下，负担不起学费，但他每次考试都名列第一，终于靠奖学金完成了学业。1918年从商校毕业后，他本想继续求学，但学费无着，不得不走上谋生之路。经校长周季伦先生介绍，到浙江实业银行当了一名练习生。翌年他辞职北上，到北京谋生。在经历了几度失业的困苦之后，章乃器于1920年冬回到上海，重入浙江实业银行，当了一名营业部科员，生活才相对稳定。章乃器在工作之余，潜心研究经济学和金融理论，每天在灯火昏黄中苦读到深夜，数年如一日。他的理论水平和业务才干相成并长，发表了不少有见地的论文，在银行界崭露头角。浙江实业银行总经理李铭和上海分行经理陈朵如对他十分器重，由于李、陈的识拔，章乃器逐步擢升为营业部主任、襄理、副总经理，成为一位成功的银行家。

1936年，全国各界救国联合会通过了《抗日救国初步政治纲领》，明确提出了组织救国路线，促成统一的抗敌政权等政治主张。由于国民党政府坚持内战政策，于11月23日，在上海将章乃器、沈钧儒、邹韬奋、李公朴、史良、沙千里、王造时七人逮捕，爆发了震惊中外的“七君子事件”，激起国内外爱国力量及主持正义人士的广泛同情和义愤。各救国团体纷纷发表宣言和声明，有的以罢课请愿方式，恳求立即释放“七君子”。

1940年6月，章乃器在重庆创办了“上川实业公司”和“上川企业公司”，他任总经理。1945年底参与发起成立中国民主建国会。抗日战争时期，任安徽省政府委员、财政厅厅长等职。1949年9月出席中国人民政治协商会议第一届全体会议。中华人民共和国建立后，历任中央人民政府政务院政务委员，中央财经委员会委员，中央人民政府粮食部部长，第一届全国人民代表大会代表。

章乃器在东北时就开始搜集流散在社会上的文物，定居北京之后，公余之暇开始光顾文物市场，主要是隆福寺和琉璃厂的店铺，还有东大地（今红桥附近）的地摊。他并非科班出身的文物鉴赏家，搜集到很多好东西，也上过不少当，交了学费。

有了收藏的历史机遇，还要有收藏的缘分，章乃器与不少鉴定专家和收藏家结下良缘。在这些朋友中，古玩行前辈孙瀛洲老先生曾帮他“掌眼”，收藏家叶恭绰、张伯驹、赵振经（前清内务府郎中庆宽的后裔）先生等，也时有过从与切磋。一些古玩商淘到了好物件自然想着他，会直接联系送上门。到1954年向国家捐献文物前，他已积存了三个房间的文物，收藏门类比较齐全，其中不乏相当数量的精品。

1953年初底，章乃器决定将文物全部捐出，故宫派来了六位专家接收文物，章乃器敞开所有的橱柜任其挑选，大概筛选了一个月，有一千一百余件藏品入选。像商代毓祖丁卣、亚父乙簋、西周夺卣、春秋越王剑、清代竹雕饕餮纹鼎、邢窑白釉瓶、龙泉窑青釉五孔盖瓶、乾隆官窑瓶等精品，都在这次进入了故宫的珍藏。文物部门曾提出举行一个捐献文物展览会，但他没有同意。翌年他还捐给中国人民保卫世界和平委员会一批文物，捐献时连数目都未清点。

章乃器之子章立凡写文章怀念父亲，评价说：“章乃器的一生，显现出一个旧民主主义者向新民主主义和社会主义前进的思想脉络和行动轨迹。他为人刚正耿直，才华横溢，富有爱国理想和实干精神。有时是拘于历史的局限，有时是误于率直的性格，他的一生经历了曲折、苦难的历程。但他始终怀有一颗赤热的爱国之心，保持着中国知识分子‘贫贱不能移，富贵不能淫，威武不能屈’的传统气节。章乃器晚年的悲剧，既是他个人的不幸，也是国家民族的损失。”随着时间的推移，历史已对章乃器的一生作出了公正的结论。

他的名字，将作为中国近代中国一位杰出的爱国民主战士而彪炳于史册。

马未都观复博物馆参观记

马未都先生可谓是收藏界的一个传奇，开始以一位出版社编辑的身份玩收藏，玩到了成立国内第一家私人博物馆，其博物馆的藏品也逐渐增多，其中的一些门类，超过了国内很多省级博物馆的水平。就其藏品而言，可算是真、精、稀，尤其是其家具、瓷器的收藏，令人叹为观止。马先生最早的博物馆设在琉璃厂，之后是在东城区南小街的一家宾馆的地下室，现在的“观复博物馆”规模比过去大得多，我是看着它成长发展起来的。

古代文人书房，家具均为黄花梨家具

国外有许多私人收藏而成立博物馆的，但就个人而言多数是做企业致富后成就的，但马未都先生并没有大企业做支撑，其私人博物馆经营运转主要是靠博物馆门票收入及配套的其他事项收入，这又是让人佩服的一点。公立博物馆是依靠纳税人的钱来经营，私人博物馆完全是靠个人及企业运作，而目前国内私人博物馆经营良好的，观复博物馆是少数的几家。

家具收藏是观复博物馆的亮点。其中精品呈现，紫檀、黄花梨家具不少，一些藏品首博、国博也难见到。

不久前，马未都先生表示将来要把藏品捐给观复博物馆，不留给后代，对于这一盛举，人们纷纷表示赞扬。马未都先生在接受采访时说："我想说明的是，第一，我在建这个馆的时候就想过，我们一定要在中国的现实环境中走出一条私人办博物馆的道路，如果到今天我将自己的藏品悉数捐给国家博物馆的话，就等于绕了个圈又回到了起点，我几十年来做的事都白搭了。民间人士向国家博物馆捐物，这是觉悟之举，更是盛世之举，也是爱国情感的真诚表达。民间捐物是国家博物馆藏品的重要来源之一，事实证明是有效的。其实在很多情况下，私人与国家不是对立的，没有人哪有社会，没有社会哪有国家？我们建私人博物馆就是想破除这种陈旧观念。我认为，在一个成熟的法治国家，在一个文化昌盛的环境里，私人的财富实际就是国家财富的重要体现。那么涉及文物方面，也应该持同样观点。美国的博物馆有8000多家，私人与国家博物馆的比例为6∶4，而目前中国的博物馆才2000家，私人博物馆占的比例极少。其实，民间收藏是国家收藏的重要补充，它是另一种更有活力、更有草根形态的文化表达。第二，现在社会上有不少民间博物馆确实会出现向自己捐钱捐物的行为，比如大型国企办一个行业博物馆，把这方面的话语权牢牢掌控在自己手里，也算企业文化吧，但它靠的是行政补贴，而且数额巨大，那么他这个博物馆生存就比较容易。国家博物馆现在开始实行免票参观的制度了，因为它是用纳税人的钱办的博物馆，应该免票。而我们这个馆是赞助人合办的，我们得根据另一套制度行事，不花纳税人一分钱，还给国家缴税，而且生存得非常好。当然也有些私人博物馆建得相当堂皇，相当气派，显示了快速崛起的经济实力。我知道有些人就是收藏了一些东西，办了一个馆，三五年后就想办法将展品卖出去了。这里头有赢利目的，说到底属于一种经济行为，对文化不会有敬畏之心。而你看世界上历史悠久、口碑也不错的博物馆、艺术馆，它必定有一个基金会在运作，相对独立地行使着董事长赋予的权利，维多利亚·阿尔伯特博物馆和比尔·盖茨基金会就是很好的典范。我在董事会里不是说了算的，所有重大的事项都需要集体讨论决定。我今天捐东西给博物馆，不是右手转到左手那么逗人，而是给这个大家共有共管的博物馆，是这么个道理。”

马先生认为，人的一生应该有三重境界，第一重是物质上的，追求温饱。第二重是精神上的，希望有所愉悦，有所寄托。第三重是灵魂，追求内心的平静与超脱，还体现在一种献身精神上。他说：“文物给我的快乐也到头了，它不能让人延年益寿吧，那么这些文物应该让更多的人来分享，这肯定比家里藏着更有意义。”

“观复博物馆”参观后，我在留言簿上写道：

华夏文物聚一堂，历代精粹共欣赏。

未都先生吾佩服，奉献社会同兴旺。

2017.2.8

逸少亭边摞酒觥

——读毕小柏先生诗词

20世纪90年代中期，我在中国旅游报副刊部当副刊编辑数年，副刊上经常发表古典诗词赏析文章和一些今人创作的古典诗词，编辑文稿众多，包括许多名家稿件，给编辑部的诗词稿件中，有许多优秀的古典诗词作品，也有很多不合要求的古典诗词。今人写古诗，除了格律的问题之外，最大的毛病是语言直白，口语化，没有诗意。现在发表古诗词的刊物和公众号上的古诗词，我也经常阅读，作品很多，但好的作品相对较少。熊东遨先生说："诗者，文学之精也，难从笔上得来，应自心中流出。心中无激情，不可强做，勉强落笔，恐其画虎不成反类犬耳，纵有千言，何足言价？"

我友小柏，齿少于我，同好古诗词，从一出版社退休后，我们经常相互交流探讨。我读其作品渐多，感其古典诗词创作水平，在当今实属翘楚。下面是小柏先生写的一些作品。

七律·示涟兄①

桐木菲薇鸟竞声，乌衣巷口藿芃茸。子云槛内无人拜，逸少亭边摞酒觥。
画虎涂鹰摅壮气，剖瓜啖苣乐闲情。难臻迅羽伏蓬荜，长倚南轩待日暝。

致意涟兄招饮不至

刹时千叶落，万古三秋临。燕笺寒夜降，桂枝弥春馨。

---

① 小柏与我同住一楼，紧邻小院为王树生大将住的院子，借"乌衣巷口"指王大将门口花木繁茂。第三句"子云槛"典，为西汉学者扬雄读书处，扬雄字子云；"无人拜"是指欲向我父亲问道。第四句"逸少亭"为梁武帝《净业赋》"览当今之逸少，想后来之英童"典。第五、六句指我的绘画虎和鹰有"壮气"，苣为植物。最后两句形容我画的鹰、虎的状态。

唐棣华实早，散樗愧比邻。辋水沦涟溆，浊渎莫敢亲。
何况多高论，满膺经纶新。酬酎吞铅重，惟恐失殷勤。
酒对荆轲饮，方能释冰衿。谁不图一醉？痛快倾腹心！
真交淡如水，旱草拜甘霖。渐离歌燕市，刘伶卧竹林。
白杨抱美质，姿凡饶绿荫。

西江月四首　仰怀赵新儒老人

一

山寺倚松读《易》，秋闱冠榜鹰扬。樱飘长夜诵《国殇》，壮志中原激荡。　士骨侠心竹劲，刺奸骂鬼哀氓。终将心事付娇娘，泮水暮听渔唱。

二

杖策青山书史，经石峪里彷徉。楼头冷看月苍凉，兀伫南天无相。　狼纵豺罴园毁，十年万里辞乡。岷风浩浩雪飞扬，徒子答题声朗。

三

洒酒何寻蒿径，幽思常在绵阳。年年翘首岱宗坊，汉柏屈枝南望。　仙骨难归梁甫，遗篇满室檀芳。大河日夜祭未央，海鸟悲嚎扑浪。

四

舞剑龙潭歌啸，草檄振羽弓张。挥旌唤醒梦中邦，纵马前驱棘莽。　岭障云遮形逝，九方乘鹤翱翔。砥雷砺电大文章，后辈雕模刻样。

赵新儒先生是小柏母亲的祖父。资料记载：赵正印 (1876—1952)，字新儒。山东泰安人。清光绪二十九年 (1903) 解元。赴日本留学，回国后历任山东省教育会长、高等学堂教员、山东提学使司等职。民国初期，历任山东督府内政科长、山东省众议院议员、山东服务委员会委员等职。抗战爆发后入川，以教书为业，后隐居峨眉山。1952年卒于绵阳。赵正印学识渊博，搜访金石，遍考古迹，多有所获，编注《新刻泰山小史》，校勘《泰山石堂老人文集》，著有《新儒联语录》。

小柏昔日曾向老诗人章文龙先生门下求教，回忆当年情景曾言：“章公殷殷垂教，我终生感念。今仰天思贤，俯地兴愧。强作《文龙师》，浮辞浅墨，距先生品格风神远矣。实可焚之，祈化青烟一缕，以祭先生。”

飞关越堑玉鞭扬，篝火书檄几度霜。振鼓西河惊寇胆，龙城才子鹊弓张。

我们共同的朋友赵健，在二炮工作，退休前受邀到人民大会堂参加“神舟”与“天宫”对接成功庆典。不久前目睹了在神舟14号载人飞船上天，感叹祖国科技进步一日千里而赋诗：

七律·参会

紫禁西南大会堂，壮严轮奂敞轩昂。文墀廊柱穹灯丽，红毯金厅粉壁长。
笑语畅谈天下事，凝心研辨理工章。神舟泊步银河里，寰宇终将废霸王。

小柏读其诗后赋诗：

七律·示健公

百年忧患苦苍氓，惟见毒罂过大洋。断骨吸髓穷天下，涂金堆锦饰宫墙。
常新日月波推浪，变幻风云虎蜕羊。汉祖无须击筑叹，已足猛器守八荒。

七律·再示健公

火鸟雄腾小太空，赳赳武士饬干城。罝罘已候斑斓豹，伏弩将垂傲啸鹰。
莫售公侯七尺命，当融崖岸一毫冰。春秋乱战谁人义？真病江淹笔适穷。

杂 拟

琼蕊在高山，芳兰开岳麓。唯有野金雀，采采动盈掬。
所思在万里，音徽阻五湖。原当远睽离，本是殷墟侣。

七绝·村居杂言

楼上欣闻布谷鸣，烟畦雨垄麦青青。核酸做罢撷金雀，又赐浮生半日轻。

登景洪澜沧江南山纪行

莽林曲路幽，乱云渡重岭。彩蝶时前引，野雉身后鸣。

叶落声如石，撼树大鹰惊。歇足观劳蚁，衔虫向巢行。

回瞰景洪城，群厦渺冥冥。夕光倏然笼，沧江敛绿镜。

大理城夜吟

苍山雪覆顶，古邑增奇寒。繁星云隙现，孤火茗堂燃。

樱落珊珊影，琴横寂寂弦。高台人久立，洱海月正圆。

辛丑腊月十七夜于大理中隐民宿

南朝江文通有《别赋》，伤离别也。蕉舟子大理别赋，别旨一项，亦有难尽此域诸美之意，愧感浅能薄，聊叙数语如下：

大理别赋并序

隐士三千，一万经典。千里可以携粮，来此不必担卷。贩茶之夫，吉他善弹。酒吧女工，才埒蔡琰。争雅斗奇，舒逸民宿客栈。创意无限，缤纷衣饰文玩。虽属古之南诏，诚乃巴黎左岸。成都骚客梦，心中后花园。海浮掌上普陀，山藏秘境尼庵。术练朝临，钟息夜半。小巷墙语，句句箴言。余最服一句："风月无边，吃饭优先。"

有发小同论诗文者在洱海畔才村隐居，未访。

青门引·登大理五华门楼并序

十二鹍将翥，宵雨浥梅濯路。山拥水枕彩云铺，玉龙盘岳，笔塔耸青麓。

凭依画栋纵钦瞩，高士三千处。那堪拜旧竹舍，履尘只洗重楼雾。

读《三国志》有感

景升老成过，仲谋生为神。围吴绝雀鼠，逆徒肉在砧。

三道成一路，巨艋江底沉。春水生且老，公宜速反身。

鹈鹕集芝水，感刺忆曹人。汤解三面网，天下复归仁。

去年十月，我父母及我向广西师范大学无偿捐赠了二百多件套文物字画，小柏写词赞曰：

西江月·示涟兄

视宝东坡[①]如土，伯驹淡献平原[②]。杨家珍物乃诗笺，能绘苍鹰戾健。　桂景神州独美，今朝附丽瓶盘。更稀莲史耀三元，吴楚休夸杏苑[③]。

今年父亲节，我撰文《父亲的战地记者生涯》，小柏读后写词赞颂：

西江月·杨使君子才丈人

一

王粲登楼四顾，孔璋袁幕含章。霸才无主日昏黄。扫冀驱湘始亮。　粤海漫吟赤壁，一朝翰翥明堂。西宫赐果牵骊黄。敬谢微躯有恙。

二

滇水龙门啸立，我来兴怆无双。书生无计对欃枪。更忆松坡号响。　拜帅关东赤帜，从龙席卷三江。洞庭荃蕙似芸香。振笔前军信让。

三

枕浪飞舟待旭，读书萤雪昆冈。木棉六秀蕴华章，枫醉京门熟酿。　布令金言警句，二十四史随囊。老樟荫翳钓纶长。尔汝堪持鱼网。

---

① 苏东坡给朋友写信道：书画奇物，老弟近年视之，不啻如粪土也。

② 张伯驹把陆机（字平原）《平复帖》等捐献国家。涟兄捐赠文物中有清嘉庆状元、桂林才子陈继昌（号莲史）书法一幅，其曾连中三元。

③ 杏苑：进士游宴处。陈继昌出任江苏巡抚，苏州关帝庙落成，请其撰联，他很快地题出“匹马斩颜良，河北英雄皆丧胆；单刀辞鲁肃，江南士子尽低头”的对联，令当地士人折服。

西江月·为涟兄寿

名列虞山教授，楷书古骨合俦。岐嶷早获贝双兜。一柱南天挺秀。　潇洒豪招俊友，推余仲子酒肉。微醺一曲孔明楼。凤鹤无从计寿。

读小柏古诗词，有如下特点：

一是用字遣词遵循古语，不用或少用现代日常用语。如《西江月·仰怀赵新儒老人》中“士骨侠心竹劲，刺奸骂鬼哀氓”“年年翘首岱宗坊，汉柏屈枝南望。仙骨难归梁甫，遗篇满室檀芳”等句可见。

二是善用典、常用典。如《西江月·示涟兄》中“更稀莲史耀三元，吴楚休夸杏苑”的运用；如《示涟兄》里面的“子云槛内无人拜，逸少亭边摞酒觥”（见注释），这样的句子，在他的诗里面经常出现。南北朝诗人庾信，以善用典出名，杜甫称赞说：“庾信文章老更成，凌云健笔意纵横”；又在《咏怀古迹》中评论其“暮年诗赋动江关”。小柏的诗词，在吸收前贤智慧的同时，融入了自己的特点。

三是严格遵守古诗词格律要求，律诗、词的平仄押韵皆严格按照要求，押平水韵或中华新韵；对仗工整，古意盎然。

四是有“七步成诗”的本事。小柏作诗快，虽不是七步成诗，但确是才思敏捷，诗句随性而出。我曾作过一长赋，花了二十多天时间，小柏仅用两天，唱和了一篇长赋。平时若有人写一首新作，他很快就能唱和一首。

另外，小柏先生喜国画，作品属名“蕉舟”。他的绘画，也同他的诗词一样，充满了古趣。常见的是高山流水为背景，几位高士远行。他的画多为小尺幅，问其为何不画大幅作品，言空间逼仄。曾见过其在一堵墙上作画，大气磅礴，蔚为壮观。

私藏归公天下有

我收藏古董、字画有三十多年，收藏的东西品种很多，有明清瓷器、老窑瓷器和陶器、明清家具、玉器，还有杂项、化石等。收藏的古董多了，总想对这些东西有个交代。古物收集不易，但失散却是很容易的事情，最常见的做法就是一卖了之。读余秋雨先生文章《风雨天一阁》，记载着："活到八十高龄的范钦终于走到了生命尽头，他把大儿子和二儿媳妇（二儿子已亡故）叫到跟前，安排遗产继承事项。老人在弥留之际还给后代出了一个难题，他们遗产分成两份，一份是万两白银，一份是一楼藏书，让两房挑选。这是一种非常奇怪的遗产分割法。万两白银立即可以享用，而一楼藏书则除了沉重的负担没有任何享用的可能，因为范钦本身一辈子的举止早已告示后代，藏书绝对不能有一本变卖，而要保存好这些藏书每年又要支付一大笔费用。为什么他不把保存藏书的责任和万两白银都一分为二让两房一起来领受呢？为什么他要把权利和义务分割得如此彻底要后代选择呢？我坚信这种遗产分割法老人已经反复考虑了几十年。"他的做法，使宁波天一阁的藏书一直保存到民国时期。范钦是一个有"健全人格的文化良知"的人，他的做法，令后人敬佩。

我没有先贤的智慧，也愿学习前辈，私藏不如公藏，让古代先人留下的器物让公众欣赏。我母亲周作2020年底去世、父亲年过九十岁，我决定以他们的名义把一些书画家、战友送给父亲的作品和我收藏的文物捐给广西师范大学，我把这个决定告诉父亲，他极力赞同。一个民族文化的继承，靠的是文字和古代器物的一代代传承，文物陈列在大学里供学生观看，是物尽其用。

为什么选择捐给广西师范大学？广西师范大学地处桂林，我母亲周作是广西桂林人，退休前是北京市建筑设计院高级工程师。1949年11月桂林解放，年仅16岁多的母亲参加了解放军，离开了家乡。对故乡的思念萦绕在她的一生中，她曾经写过一首诗：

梦故乡

六十余年走四方，日日夜夜忆漓江。家在东方日内瓦，山水之美世无双。
城中巍峨有深宅，曾住明代靖江王。母校矗立于湖畔，三百少女读书堂。
不忘师友勤教诲，促我立志灭豺狼。光阴一去如流水，鬓发如雪回故乡。

父亲与桂林也有不解的渊源，桂林的解放，是他当年所在部队四野41军于1949年11月解放的。父亲杨子才从解放军报总编辑的岗位上退下来后，广西师范大学曾邀请他来学校讲学，与老师和同学们建立了深厚的情谊。2019年他89岁那年，他将自己的作品赠送给广西师范大学。捐赠的书目是：1. 自著书7种：《萤窗杂文集》《萤窗三集》《萤窗六集》《萤窗七集》《散曲学步甲乙丙稿》《杨子才散文选》《杨子才诗文选》(由《萤窗杂文》、《门外说诗》、《散曲学步》、《萤窗咏史诗》四书合成，全2册)。2. 编撰书13种：《古今五百家诗钞》、《历代咏史诗钞》、《历代怀古哀时词曲钞》、《民国六百家诗钞》、《民国五百家词钞》、《古今七律观止》、《历代哲理诗钞》、《八大家诗醇》、《苏辛暨古今百家词笺释》、《古今百家散曲钞》、《万首清人绝句》(全4册)、《清三百家词笺释》、《当代百家词》。以上两类共计18种，22册，约600余万字。

我本人20世纪80年代在桂林陆军学院学习，毕业后留校任教，在桂林工作生活了六七年，二十多岁时的青春年华在桂林度过。80年代末从部队转业后，我在中国旅游报当记者30多年，跑遍了全国各省市，深感各地文物资源差距大，文物大省文物堆集得仓库都放不下，而文物资源少的省市博物馆里却无展品可展出。广西就属于文物资源少的省份。我捐的这些文物，在文物资源大省是不入流的，但在文物少的地区却可以作为展品展出。

在庆祝建党一百周年的大喜日子里，我作为一个有41年党龄的老党员，我捐出自己的藏品给国家，也是报答党对自己的多年培养。

杨小涟 2021年6月28日于北京

·杨小涟诗词赋·

律诗

七律·登武灵丛台

冬天又上武灵台，满目萧条念霸才。东去浮云龙跃上，西来紫气雾霾开。
胡服骑射兵强壮，廉颇声悲赵姓哀。岁月千年匆转去，英豪我辈酒重来。

（2003年3月6日）

2014年底，南下深圳，与广州市八一学校五班同学为老师刘先淑祝寿，之后游览道教名山。

七律·游罗浮山

罗浮山上乱云堆，紫气东来露翠微。沐浴水滑花瓣落，汤池气暖小鱼追。
树高剑指朝天际，花海蜂迎向地飞。道长赐联求禅语，浮生过半日光催。

（2015年1月19日）

七律·观元旦戏曲晚会

新年龙凤又呈祥，羊走猴来替换忙。诸葛中央摇扇立，黄忠擂鼓震厅堂。
青衣梅派今花艳，裘氏声腔古韵长。听戏痴迷吾欲醉，皮黄昆曲入洪荒。

（2016年1月1日）

七律·过嘉峪关

将军①二十定河西，戈壁滩泉驻马蹄。雪岭祁连边塞险，暖楼光化②彩云低。
林公③到此雄心照，我辈登临壮志迷。千里走廊三日过，驱车踏遍万古泥。

① 将军，指霍去病。

② 光化，嘉峪关旧有光化楼。

③ 林公，指林则徐。

七律·桂之雨

桂林三月雨淋淋，漓水东流鱼草惊。晨看远山轻缈雾，晚观樟树笼烟馨。
黄昏落日乡音好，梁父无聊彩调听。天上长河不尽淌，甘霖万物未消停。

（2017年3月）

七律·景德镇

百夷华夏居中国，城郸洛阳是旧都。年号景德千载立，官窑明代五洲输。
青花斗彩遗珍宝，字画金铜传二苏[①]。老技新生承古韵，众人努力续前驱。

七律·纪念中越边境自卫反击战40周年

梦回潮粤[②]响军号，边境硝烟起岭关。战舰西沙防我岛，雄师南越捣他山。
男儿热血流交趾，战友遗躯[③]葬桂湾[④]。处处青山忠骨在，年年此日祭香还。

（2019年2月17日）

七律·涵碧楼[⑤]

涵碧楼台望屿洲，悠悠江水向东流。六朝扰扰兴亡事，吴语侬侬话不休。
太祖石人神道在，孙权遗迹野山搜。金陵景色天天异，甲子人言胜万秋。

七绝·皇宫灯会

紫禁城里元宵闹，攒动人头红舞台。六百年来头一次，午门夜晚为民开。

---

① 二苏，指苏轼兄弟。

② 潮粤，1978年12月底，我随所在的部队55军164师从驻地广东汕头出发到广西宁明前线，参加中越边境自卫反击战。

③ 遗躯，战争结束后见北京老乡晏波，言及战时他们电影队负责就地掩埋了全师297个牺牲的干部战士。撤军命令下达后，烈士遗体又运回国内安葬。

④ 桂湾，164师烈士陵园在广西宁明县。

⑤ 涵碧楼，位于南京市长江边。

七律·悼先师道海[①]

先师道海别庚子，劫难之年故友离。相看旧朋幽远去，无声新雨默哀词。
桂林韶华青春日，甲山兵卒思驱驰。几次羊城君相见，同期战友问询谁？

七律·怀念何绍宣[②]同志

年终庚子悲消息，杖国之年日坠西。书法同仁吾好友，品文相助解棋迷。
伯牙幸得钟期助，居易缘逢顾况题。君子人生痴谜事，琴棋诗画具皆齐。

（作于2020年12月27日深夜）

七律·赠雁溪[③]

识遇仁兄三十载，感君情义逼云端。陶瓷邂逅同欣赏，景德遨游古迹看。
难觅子期琴瑟远，奈何澳洲路漫漫。遥祈福寿身康健，明日舟船相聚欢。

（2021年11月20日）

① 庚子年癸未月庚申日（2020.7.16），惊悉鲁道海同志于昨日在广州去世，不胜悲痛。道海是我的老师、领导。我20世纪70年代到桂林陆军学院学习，他是我们的学员队队长。我毕业以后留校任教，他是教研室主任、大队长，我的直接领导。他正直善良的人品，严谨细致的工作作风，影响了我的一生。

② 何绍宣为中国旅游报同事。

③ 1996年，我与胡雁溪共同出版了《清代民窑彩瓷500图》，他现在定居澳洲，思念之情唯有以诗表达。

词

满江红·桂林怀古

靖江豪华，三百载，何方寻觅。抬眼望，独秀峰上，云遮林密。及第墙头名姓汇，古来临桂人才集。旧王孙，游戏象鼻山，留遗迹。　　秦军到，灵渠立。思馬援，安疆域。宋元多骚客，好诗题壁。桂林山水甲天下，惊天一语千人袭。到如今，漓水向南流，人稠密。

少年游

四十年前，东湖岸边，遥看紫荆花。珠江帆影，天水渺渺，处处是吾家。　　醉里不知身何处，月笼轻纱。愿将此身换他身，书两地，日照斜。

满江红·怀小冰[1]

漓水东流，不停息，相思无处。三十载，大洋彼岸，播传声誉。教授终生几获奖，佳音不断传家父。叹此生，来去总匆匆，时光度。　　金樽酒，杯中舞。年少事，心中诉。达道路果园，攀爬高树。儿女成才均可见，哈佛博士状元府。愿与君，雪中钓鱼儿，同心捕。

浪淘沙·北戴河观海

鸥鸟落平滩，飞舞翩翩，高楼衬映望渔船。阵阵涛声风远去，遁入天边。　　岁月似流年，万物移迁，神仙不会降遗篇。秦皇求仙入海处，梦幻人间。

（2016年10月7日）

---

① 我兄小冰，1988年赴美国留学，现在是艾奥瓦州立大学终身教授。

蝶恋花

秋到燕山林尽染。黄绿青橙，画笔风来点。万里碧空人独览。南飞大雁声渐渐。　　古堡遥桥[1]戚军堑。司马长城，烽火连天险。边墙难防清将犯。而今农舍花开艳。

（作于丁酉秋日）

丁酉深秋游延庆。吾兄昔时守猎[2]白河堡，世纪轮回，沧海桑田，感慨赋词。

蝶恋花·延庆登临

延庆山川峰翘陡，怪石嶙峋，草木随风走。百里画廊遐迩久，白河堡[3]里新人守？　　思念远方兄弟酒，佳境不同，美味人间有。我劝天公重抖擞。和谐世界皆朋友。

蝶恋花·盼春

小记：读晏几道“梦入江南烟水路”感而赋词。黄庭坚《小山词序》中论晏几道有“生平四大痴绝处”;“仕宦连蹇，而不能一傍贵人之门；论文自有体，不肯作一新进士语；费资千百万，家人寒饥，而面有孺子之色；人百负之而不恨，己信人，终不疑其欺己”。

朔朔大寒春上路，万物皆灵，都与君相遇。期盼暖风无说处，耽心寒冷将花误。　　欲了此情心中堵，幸有“苹果”，拍下留凭据。又闻南音朝日煦，断肠移破秦筝柱。

（2018年1月15日）

---

① 遥桥古堡，位于北京密云新城子镇遥桥峪村云岫谷自然风景区对面，是北京市周边唯一一座保存较好的明代古堡，古堡内至今住着当年驻守边关士兵的后裔。

② 守猎：指上山下乡。

③ 白河堡，地名，吾兄小冰四十年前于此下乡二年，其现为美国艾奥瓦州立大学终身教授。

忠良兄六十寿诞[①]，饮十年茅台，酒醒难眠，作词一首。

蝶恋花

梦里征程磅礴路，走遍山河，一起同风雨。三十周年俄顷去，酒醒惆怅时光误。　　欲了此情书尺素，一世沉浮，功名随风舞。庆幸国强民足富，环球奇景相行旅。

（2018年5月23日）

蝶恋花·夜宿邯郸

醉了感觉真叫好，梦里时光，不觉光阴老。又想寻她千里到，青花斗彩瓷为妙。　　若是人生无嗜好，百岁时光，统统虚抛掉。张岱一言惊世道[②]，人无真气生浮躁。

（2018年9月12日）

花犯·樱花

远花看，多层倒映，人潮衬平水。许多镶缀。疑净洗蓝天，处处佳丽。樱花好看多奇美，花期人可记？更恰似、少年词圣，尤英年早逝。　　樱花四月最匆匆，缤纷绚异彩，扶桑同至。推老母，登高处，人人欢喜。看佳景，好时共度，暮年在，繁华正璨璀。风日暖，春光无限，天然皆四美。

（作于己亥年春）

---

① 范兄忠良，中国记协友人。

② 明人张岱云：“人无癖，不可与交，以其无深情也；人无疵，不可与交，以其无真气也。”

满江红·灵渠

史禄创修[①]，二千载，人间奇迹。天平坝，水流铧嘴[②]，七三分划。故道湘江由此改，长江珠水方通舶。定岭南，蛮族始开明，赵佗立[③]。　微风煦，青山熠。游江水，身姿奕。壮乡多秀美，英雄思泣。八万男儿流热血[④]，江山万里霞光碧。悔与恨，问白禧宗仁[⑤]，空悲忆。

水龙吟·春恨

阑珊春意来时早，腊月兰幽香厚。奇葩细萼，宋人笔下，妍妍呈秀。壶玉冰心，友人相赠，花开恢复。岁月沧桑过，一年庚子，多哀痛、人间有。　春恨十常八九。又花开、故人已走。满亭花卉，春来绽放，母亲依旧。甲子人生，功名何在，已然不朽？与君樽共饮，纵歌击缶，何时齐奏？

（2021年2月6日）

浣溪沙·寒衣节忆母[⑥]

叶落寒衣满地黄，夜长漫漫尽相望，无穷思念永难忘。　去岁梦中蓬莱去，屋中画像笑慈祥，桂林山水挂厅堂。

（2021年11月5日）

---

① 史禄：灵渠修建者。秦始皇攻百粤统一中国时，命史禄凿渠运粮，从兴安县海阳山入湖南，沿途置斗门三十六座，蓄水而渐进，可以循崖而上建瓴而下，往来舟楫甚利，民田得以灌溉，号为“灵渠”，是中国古代水利建设的杰作。

② 铧嘴：是位于灵渠拦河大坝大小天平尖端的分水平台。铧嘴系垒石为堤，顶尖如铧，兴安县海阳山水遇铧嘴而分南北，南流入漓江，北流入湘江，铧嘴是人工的分水岭。原长为186米，宽23米，高约6米。清光绪十一年（1885年）发生特大洪水，铧嘴被冲毁百余米，现长73米。

③ 因长江珠江通舶，秦始皇派任嚣、赵佗开发统一岭南；任嚣去世后，赵佗称帝建立南越国。

④ 八万男儿：1933年中央红军从江西突围，于兴安湘江遭遇惨重失败，八万红军仅剩三万多人。现在于灵渠附近建立了“湘江战役纪念馆”，刻有二万多牺牲的红军将士姓名。

⑤ 白禧宗仁：指桂系军队将领李宗仁、白崇禧。当时他们按照“追而不堵”的战术与红军在兴安交战。

⑥ 寒衣节为农历十月一日。相传起源于周朝，《诗经·豳风·七月》记载“七月流火，九月授衣”，意思是农历九月开始天气逐渐转凉，人们也开始为越冬添置御寒的衣服，因此寒衣节也被称为“授衣节”。民间将寒衣节与清明节、中元节并称为中国三大“鬼节”。

古风

庚午夏，重走丝绸之路。

出关

北京离去兰州还，踏遍万水与千山。西域山城一日到，今朝吾亦出阳关。

黄河二首

一

黄河远上白云间，一泻千里不回还。民族之魂此河铸，日月同辉美江山。

二

华夏文明源此河，五千年来持续多。而今迈向新世纪，新潮翻滚推旧波。

武威

武威建郡匈奴走，汉朝疆域万里张。天马飞来惊天地，二千年后现辉煌。

张掖[①]

匈奴断臂张掖立，骠骑威名西域扬。祁连雪水从天降，草绿花红赛南江。

2005年春，傣历1367年，到云南景洪参加泼水节，有感赋诗一首。

西双版纳泼水节

西双版纳泼水节，傣族少女竞争艳。新春喜迎八方客，一三六七幸福宴。

花车展示文明风，好水泼出爱情焰。人善和谐风物佳，来生愿做景洪燕。

2007年5月，与哥哥小冰重游桂林，离他第一次游览已过去40多年。他是美国艾奥瓦

---

① 公元前121年，汉武帝派霍去病击匈奴，后设张掖郡，取“断匈奴之臂，张中国之掖（腋）”之意。霍去病为骠骑将军。

州立大学终身教授，农业专家，当年广西壮族自治区政府授予他“金绣球”奖。感慨系之，赋诗一首。

有感

四十年后又重游，家翁双鬓已成秋。兄长叙说当年事，漓水依旧向东流。

海外游子声名赫，故里亲朋笑语稠。桂林山水今胜昔，美景浓情处处留。

到韶山

潜龙卧虎形胜地，湖南山村曰韶山。武昌起义神州动，辛亥撼动帝王川。

创党秋收长征路，辽淮平战决胜难。建国伟业功盖世，千年人物今朝看。

（2012年7月）

2014年9月，女儿在英国伦敦学习，完成学业硕士毕业，与妻同来昔日“日不落”帝国游览，并贺女儿毕业。半月行程，感触多多，以诗记之。

旅英杂感

一

万里征程到英伦，关山飞渡一日行。帝国雄姿今何在？满庭文物寿命长。

五大名窑随意放，三彩遗书属盛唐。埃及法老木乃伊，印度神像立大堂。

二

少年喜读拜伦诗，激情洋溢青春时。克里斯蒂与魔戒，莎翁雪莱狄更斯。

传统深厚积淀久，英伦绅士风度师。

三

北爱风景世间稀，大西洋岸巨石奇。泰坦尼克由此去，风帆万里沉舟兮。

四

女儿攻业在伦敦，一年完成硕士程。人生翻开新一页，家国兴旺又一春。

五

兄弟两校八百载，名流汇聚精英潮。首相部长源牛津，诺奖得主自剑桥。
钟书当年读书处，门楣依旧斑驳糙。“再别康桥”国人颂，志摩小曼佳人翘。

六

英王存世上千年，民众爱戴在心间。礼仪厚重人心古，道德示范百姓见。
君主立宪首实行，和平过渡少利剑。国人欲学民主事，包容存异重纳谏。

七

白金汉宫似故宫，主人替换各不同。国朝辛亥人主变，民众深陷苦难中。
彼朝王命堪长久，世纪变换又繁荣。社会进步赖科技，大西洋上潮流风。

2015年4月17日，是诗圣杜甫诞辰1303周年。

杜甫诞辰纪念

草堂清明香火祭，传记读罢泪水多。君祖圣贤亦才俊，诗书传承道蹉跎。
仕途不平几坎坷，豪情唱罢唯漂泊。国破山河起烽火，家亡四海乱风波。
百姓流离遭苦难，贵妃命丧马嵬坡。“三吏三别”史诗誉，文章浩然气磅礴。

（2015年4月19日）

2015年4月30日晨，老领导及前辈李绪荫君去世，享年88岁。回忆多年教诲，晃如昨日。5月1日，北京天降大雨。

悼李绪荫

遥忆初入旅游报，谆谆教诲指路明。历历在目如昨日，沉思往事记忆新。
人生转折关键处，幸遇恩师指迷津。君享米寿太虚境，上天流泪我独听。

（2015年5月1日作）

青海行

川藏线上埋忠骨，牦牛漫步云中村。高原七月花烂漫，我进青海祭英魂。

胡杨林之旅

行走西域山水间，地广人稀湛蓝天。山势陡峭嶙峋貌，风吹石走草木旋。巴丹沙漠两万里，黄沙盖地不见边。荆棘丛生泉水现，沙丘连绵多蜿蜒。勇攀丘峰不畏险，细沙灌耳志更坚。

蔚县怀古

古堡落日五百载，南安寺塔一千年。刘郎亦是秋风客，嘶声遁入山谷间。

土耳其行

一

文明诞生六千载，凯穆建国近百年。横跨欧亚非大陆，奥斯曼帝震海边。两大文明交汇处，圣索菲亚一脉连。热气球上观世界，特立独行欧亚联。

二

特洛伊城木马计，四千年前实辉煌。今游古城思华夏，东西文明共消涨。

（2015年6月）

桂林行

一

象鼻山水如故人，隔年又来气象新。满眼奔来漓江雾，溶入珠江南海惊。

二

千里迢迢需脚力，老母八旬搀扶行。人生暮年故乡恋，彩调山歌真好听。

三

元帅赋诗颂桂林，神仙也欲此中停。我爱遍野摩崖刻，水中劈浪穿梭行。

四

桂林夜晚灯阑珊，双塔映照杉湖前。正阳街上美食聚，醉翁憨态榕树边。

英雄颂歌[①]

——纪念红军长征胜利80周年

丁卯秋收暴动惊，江西井冈烈火天。百万农奴群激愤，黑手夺过霸主鞭。

八一南昌起义部，朱德率领立山前。毛朱联合成一体，边界共创赤政权。

土豪劣绅齐打倒，农民站立天地间。千古江山谁来建？红流磅礴是工农。

山河不负英雄志，留有豪气天地中。机智粉碎敌“围剿”，四次高唱凯歌扬。

敌军构筑碉堡战，虎狼百万极猖狂。艰难五次反“围剿”，突击转移出战场。

乾坤倒转形势紧，我欲跨越敌碉墙。目的何处心无底，且退且战且商量。

大事难决心难定，只因军中缺栋梁。江西刚刚脱险境，广东又遭军阀拦[②]。

双方密商得正果，我军挥师西行看。湘江密布严防守[③]，形成布袋往里钻。

利用蒋桂矛盾发，避免成为瓮中龙。数万年轻将士血，激战湘江水染红。

满山遍野杜鹃艳，烈士忠魂绕天空。进入云贵崎岖道，人行困难马难穿。

贵州遵义开会议，主席重新掌航船。决策三人团重组[④]，核心毛周王领航。

赤水河上巧四渡，敌军疲惫徒张望。金沙水拍浪急涌，飞越免遭达开葬[⑤]。

鄂豫皖建根据地，国焘统领八万兵。阿坝懋功三河口，一、四毛张会师迎。

权力剑柄重分配，意见分歧实难平。剑英机警截密电，毛张彭博不辞行[⑥]。

---

① 此诗获得北京日报举办的纪念红军长征胜利八十周年征文二等奖。

② 红军入广东，与陈济棠商议，借道而过。何长工回忆录有记载。

③ 由于蒋桂矛盾，桂系军队对红军采取“追而不堵”战术，客观上有利于红军突围。

④ 遵义会议后红军重新组成三人团：周恩来、毛泽东、王稼祥，确立了毛主席的领导地位。

⑤ 清代石达开在金沙江遭清兵阻击失败。

⑥ 1935年9月9日，张国焘发密电给陈昌浩，反对北进，坚持南下，“彻底开展党内斗争”，叶剑英接到电报，先报告毛主席，之后毛泽东、张闻天、博古、彭德怀等率中央红军离开北上。

草地青青若尔盖[①]，大雪飘飘夹金山[②]。九千[③]英烈将士骨，长眠高原沼泽间。

班佑巴西会议辩[④]，甘陕抗日意志坚。包座战役徐帅导[⑤]，北上通道由此开。

攻克天险腊子口[⑥]，林彪亲自坐镇来。目标陕北吴起镇[⑦]，志丹海东凌烟台[⑧]。

红军都是钢铁汉，精神永存如松柏。长征两万五千里，丰碑万代如山泰。

红军共产宣传队，万里赤色火种播。星星点点革命火，燎原燃遍全中国。

游北海公园

杨柳依依湖岸飘，园林天工尽巧雕。皇家遗物百姓享，世纪变迁皆舜尧？

九龙壁前花枝俏，极乐世界共逍遥。琼岛阅遍人间事，仿膳龙庭品珍糕。

（2016年4月3日）

游玉渊潭

春和日丽湖面清，蛙人展翅水中击。水波荡漾粼光闪，白云浩淼日照飘。

新花绽放新人赏，故景重游故事辑。饱识千枝真面目，只待秋来果实集。

（2016年8月）

---

① 人们常用“若尔盖是红军长征经过的地方”这句荣耀的话语，来说明若尔盖草原在长征中具有无可替代的历史意义。

② 红军翻越了夹金山等大雪山。

③ 红军过若尔盖草原，牺牲了九千多人。

④ 1935年9月9日，中共中央政治局在若尔盖县巴西乡班佑寺大雄宝殿内召开了著名的“巴西会议”。会议批判了张国焘的错误，决定中央红军继续北上。

⑤ 此役是红一、四方面军会师后的一个大胜仗，红军歼灭包座地区守敌及援敌49师的大部，共毙、伤、俘敌5000余人，徐向前建议打此仗。包座战斗的胜利，扫清了红军北上的障碍，打开了向甘南进军的通道，使敌企图把红军困在草地的阴谋彻底破产。

⑥ 为了纪念腊子口战役，甘肃省人民政府于1980年8月21日在腊子口战役纪念地修建了纪念碑。

⑦ 1935年10月19日，中共中央率领中央红军经过二万五千里长征，到达陕北吴起镇，从而胜利地结束了中央红军的长征。

⑧ 刘志丹、高岗等创建陕甘根据地。毛泽东说：“徐海东对中国革命有大功。”

游大钟寺

偷得浮生半日闲，觉生寺里度一天。牡丹已谢松常绿，钟声未闻喧闹先。
大钟永乐六百岁，佛祖端坐上千年。蓟门春晓晴日见，阳光普照天地间。

（2016年5月1日）

咏崇祯瓷笔筒①

青花发色翠毛蓝，有明一朝神品佳。依依惜别折柳岸，佳人公子泪两颊。
期待金榜得高中，绢上笔写送别诗。西厢故事传四海，西人尤喜爱情瓷。

（2016年8月）

有感

器物不言最可人，时光流淌记录中。触摸交流吾知道，心心相印谁与同？
戏曲晚会无新曲，戊戌狗年有奇功？人世百年彭祖梦，印章刻下方为龙。

屈原颂

七雄争霸纷乱间，秦王铁骑尽扩疆。合纵连横神通显，楚国大夫屈原强。
怀王沉靡不思进，臣子劝戒丢一旁。其将赤心当明月，谁知明月照沟渠。
世人皆醉我独醒，抱石自沉汨罗江。离骚九歌天问好，辞赋之祖吐华芳。
路漫漫其修远兮，上下求索尽飞翔。风萧萧兮楚荆泪，菖蒲粽子遍故乡。

（作于2017年3月）

美国之行组诗

优美胜地游

瀑布从天降，银河落九天。声震五里外，水花飞眼前。

---

① 崇祯烧造的瓷器质量是明代最好的时期之一。西厢记故事图是明末清初外销瓷常见绘画题材。

疑似神仙境，霞客体魄健。更有红杉树，挺拔傲山间。

（2017年6月26日）

游旧金山有感

一

金山不在大桥立，荒野今成硅谷城。九曲花街九湾绕，八方来客八排通。
优胜美地天上客，蜡像馆里群贤胜。华人悲歌百年泪，祖国强盛今欢腾。

二

“加州子弟皆吾儿”，倾家财力大学办。夫去妻续同心结，人间大爱后辈看。
闽江游子陈嘉庚，集美普照华人感。报恩先贤斯坦福，谷歌耐克惠普漫。

（2017年6月28日）

游瑞恩国家公园

一

疑似火焰山，不见孙悟空。天地鬼斧造，帝王做后宫。

二

美西风光世间稀，与君故乡景色异。我见山川多且怪，唯有瑞恩令吾奇。

（写于犹他州锡安国家公园 7月11日）

游黄石公园

地质奇观黄石现，四海宾朋聚天边。一睹温泉流黄水，再看彩盐成梯田。
白云深处七月雪，枯木老树忆华年。人间胜景青春日，蓦然回首在眼前。

羚羊彩穴游

一

戈壁黄土丘陵堆，羚羊彩穴宾客进。峡谷沟壑万年造，崆底山羊步难行。

剑影鞭击梦幻地，侠客舞之眼致晕。风刀水磨日月计，无尽光影时时侵。

二

此景只应天上有，人间难得几回观。桂林溶洞世人赞，亚利桑那穴更冠。

（写于亚利桑那州 7月12日）

游芝加哥

一

百年辉煌芝加哥，万种风情熔一炉。比邻大湖上天赏，艺术之都英才出。

二

波光冽艳鸥鸟翔，我心勾留此湖上。无尽水面浪连天，何日乘艇彼岸唱？

（写于芝加哥7月15日）

棱镜泉

夕阳衬映蒸紫烟，棱镜光照七彩眩。嫦娥天降观泉涌，疑是瑶池落人间。

游德天瀑布

德天瀑布跨两国，水量充盈声远播。从前只知黄果树，而今见到此山波。

“归春”界河隔南北，边民互市贸易多。恩怨情仇能多少，相逢一笑随水泼。

（2017年11月21日）

荣成天鹅

少年爱看天鹅湖，舞姿曼妙曲动听。常问天鹅何处有，漫漫长路无尽寻。

忽闻远方来稀客，荣成留作故乡停。万顷碧波天鹅落，千里湖面珍珠亭。

（2018年1月25日）

观孔府文献展感

仲尼天降明长夜，经历沧桑君始出。文脉传承千载负，诗书礼乐万人读。

文章天下两司马，诗赋唐宋是李苏。四海学习夫子语，高山仰止是吾族。

（2018年2月）

余1988年入职中国旅游报社，迄今半个甲子，今国家旅游局合并为文化旅游部，感慨赋诗。

留影有感

记者生涯三十年，笔下文章数千篇。见证行业小变大，山川巨变现眼前。
阴阳分晓行路上，舟车劳顿不畏艰。晨曦春城访模范，落日京都问良贤。
小时志远多吟唱，涟泉常涌诗词巅。

（2018年3月25日）

游西班牙、葡萄牙

一

巴萨风情迷眼珠，海港游轮世界殊。哥伦布像空中立，眺望远方新大陆。
五百年前“日不落”，黄金滚滚国王富。无敌舰队败海上，霸主英国登征途。

二

蕞尔小国葡萄牙，五百年前霸海上。帝国雄风何处寻，贝林塔[①]边兵营敞。
罗卡角[②]上海陆风，冒险远航勇破浪。王子里克[③]望船头，英雄永远受景仰。
航海立国开疆土，澳门风云话国殇。葡国后裔人数万，口说粤语西洋腔。
永恒不变波涛涌，大西洋水是汪洋。

（2018年4月18日—4月28日）

---

① 葡萄牙海权统治的标志性建筑，世界文化遗产。

② 罗卡角：欧洲大陆最西端，面临大西洋。

③ 王子恩里克：葡萄牙航海事业的开拓者。发现航海纪念碑是纪念恩里克逝世500周年于1960年修建，在其身后有麦哲伦、达伽马等葡萄牙航海家。

西行记

一

星垂平野无边阔，长河落日仰望圆。北风卷地白草折，内蒙九月夜穿棉。
红柳根扎沙土地，将士热血志戍边。春夏秋冬风一场，东西南北百座山。
远眺四方心宽阔，大漠戈壁生紫烟。

二

胡杨沙漠连成片，秋来风景异内地。金色染尽碧蓝天，关内秋色无处比。
驱车居延赴边关，日出湖上鸥展翅。祁连雪山白云飘，光化楼上风沙恣。
热气球飞看丹霞，人间风景尽去识。

（作于兰州2018年10月2日）

新石鼓歌

久闻石鼓藏故宫，今日始见此尊容。石刻文物它最老，发现千年历经风。
周秦汉魏众纷纭，大篆笔力遒劲功。秦王游猎刻石记，万马奔腾襄公乘。
韩愈苏轼赋诗颂，历代硕儒精考正。帝王徽宗最爱惜，黄金镶嵌藏辟雍。
可怜二帝掳北去，石鼓再没荒草中。国宝命运现国运，乱世蹉跎盛世雄！

（2018年12月）

2020元旦有感

人生甲子度新年，掌上春秋翻旧篇。谁曾击水四百载，江上明月日日看。
子曰逝者如斯去，文传千秋山谷穿。清风不舍时时变，风骚人立潮头漩。

怀念老领导李绪荫

千里江山留倩影，保家卫国赴近邻。汉江两岸战火烈，不畏牺牲李绪荫。
长者风范谆谆教，我辈长怀悠悠心。重阳佳节故人忆，登高一束茱萸新。

（2020年10月25日重阳节）

我住的楼房紧邻杨炬老人居住的小院，常见她外出与老人们聊天，今不幸离世，享年99岁，赋诗哀悼。

悼王树声大将夫人杨炬

战将远去背影稀，今人谁记鏖战急？江山如画英雄恋，改天换地豪情激。
世纪老人今仙去，更无财富子孙遗。我辈后来长悲切，鲜花一束敬前驱。

（2020年10月8日）

购日本古画感赋

圆山应举[①]笔生花，沉鱼落雁美人绘。回眸一笑百媚生，世间粉黛颜色退。
东瀛共享汉礼仪，书画同源篆隶魏。江户画坛号宗师，门下弟子名家汇。

咏柳里恭[②]

柳公好似董其昌，风流倜傥性猖狂。书画诗文冠当世，“西园雅集”吾珍藏。
东瀛南画先行者，芜村大雅双峰强。江户流行汉文化，一样源流一脉长。

（2020年11月）

2020年12月6日五点三十分，母亲周作在睡梦中安详离世，走完了88年的人生旅程，追悼会于12月12日上午十点在北京八宝山殡仪馆竹厅举行。

悼念母亲

庚子之年灾难重，慈母离世痛我心。哀伤之大莫过此，失声痛哭悲情沉。

---

① 圆山应举是日本江户时期的著名画家，他是圆山派的师祖，重视写生，对后世影响很大。

② 柳泽淇园(1704—1758)，又名柳里恭，江户时代的大画家。自幼喜绘画，留下许多花鸟、人物、墨竹、兰草等精品。饱读典籍，诗、书、乐曲、唐诗等无所不通，爱好品茶，以多才艺著称，风流倜傥，广交文人墨客。为日本南画先驱者，作品多为日本美术馆所收藏。

家母生于桂林市，钟鸣鼎食家道衰[①]。读书榕湖声朗朗，向往光明奔未来。四野大军扫桂北，少女戎装解放天[②]。国家百废须建设，武汉学习整三年[③]。湖南海南广东干，冶金矿山重任担。携子下放潮安县，钨矿劳动砥砺前[④]。北京建院高工任，五洲酒店设计参[⑤]。善良待人事业进，子孙满堂福寿全[⑥]。米寿梦中安详去，托付之事落我肩。

（作于庚子年冬月廿二日）

题张坤[⑦]画集

初心不忘聚画笔，红色精典创新篇。南湖风云光明驶，南昌起义抗争难。横渡长江金陵下，开国大典立东方。润雨画作留青史，百年庆典歌声扬。

（2021年5月）

梅兰芳纪念馆观后感

四大名旦梅为首，京剧宗师属兰芳。国粹经典传海外，西人方晓簧皮腔。梅派艺术今花艳，薪火相传一脉长。知命之年加入党，艺术思想更辉煌。

（2021年5月）

---

① 母亲父周志安，民国初年曾担任广西百色县县长，其外公石成峰为清同治十三年进士，翰林院庶吉士，担任过桂林宣成书院和桂山书院山长。

② 1949年11月，四野41军解放桂林，母亲年仅16岁参军到41军随营学校。

③ 1953年，转业调干到武汉钢铁学院学习，其间加入中国共产党。毕业后在湖南、海南、广东冶金行业基层工作。

④ 母亲带着两个儿子到广东潮安县莲花山矿劳动。

⑤ 母亲退休前在北京市建筑设计院工作，获高级工程师职称，参与了北京市五洲大酒店的设计，是她一生最引以为荣的事情。

⑥ 母亲有两子四孙。长子为美国艾奥瓦州立大学终身教授，获得过美国农业最高奖项——农业部部长奖。获得广西壮族自治区政府授予的“金绣球”奖。

⑦ 同事张坤，中国美术家协会会员。近年来创作了许多红色精典绘画作品并出版画集。

编辑李威海文章《追忆父亲的战争往事》感赋。

有感

折死奋斗为苍生，断臂勇猛百战成。热血迎来新中国，保家卫国又出征。

和平时期枪换笔，能文能武天下平。一生贡献为革命，更无财富两袖清。

读《黎玉[①]画传》

黎玉主席建树大，画传读罢感慨歌。晋鲁自古豪杰胜，齐桓晋文霸业夺。

关羽王维司马迁，孙武羲之圣人多。崞县少年李兴唐，中学入党遭蹉跎[②]。

北平大学又加入[③]，革命低潮历漩涡。山东党组重新建，省委书记重任责[④]。

抗日烽火连天起，徂徕山上火种播[⑤]。山东纵队人马壮，送钱输物事业勃[⑥]。

四野华野多主力，源头来自古黄河[⑦]。山东抗日贡献大，礼仪之邦英雄国。

友人游云南感赋古风一首

彩云之南风光美，四季如春人善行。杨氏宗祠宜良县[⑧]，古属益州今昆明。

南抚仙而石林近，控枢纽之版纳迎。蓬莱乡间百年过，先人源自明金陵。

---

① 黎玉(1906年—1986年)，又名李兴唐。山西崞县（今原平）人。1926年加入中国共产党。任中共北平市委职工部部长，中共山东省委书记。黎玉长期担任山东共产党的主要领导，为开创山东的抗日做出了重大贡献。中华人民共和国成立后，历任第八机械工业部副部长，农机部副部长。中共第七届中央候补委员。《黎玉画传》由中央文献出版社2011年出版。

② 1926年9月，黎玉在崞县中学加入中国共产党。次年遭逮捕关进太原第一监狱。

③ 1929年4月黎玉被保释回家，同年黎玉考入北平大学法政学院。几经周折，终于在大学里恢复了组织关系。

④ 1936年黎玉被北方局派往山东，恢复和重建屡遭敌人严重破坏的中共山东省委，任省委书记。

⑤ 徂徕山起义是1938年1月1日在共产党领导下，在山东省泰安市东南徂徕山地区为开展抗日武装斗争而发动的一次武装起义，黎玉领导了徂徕山起义兼任起义部队政委。

⑥ 抗日战争时期，山东根据地为延安输送了大量物资包括黄金。

⑦ 第四野战军的第41军，华东野战军的第27、第31、第32军，都源自抗日战争时期的胶东部队。

⑧ 康熙《宜良县志》：“宜之为言，善也；良，易直也。顾名思义，则邑人朴茂，习俗简易可知。”

滇中粮仓鱼米盛，祖宗墓地绵山峰。诗读家传秀才连，高祖农耕度岁年。降生世德文词茂，后世楷模盛方圆。

（2021年12月14日）

为桂学博物馆捐赠文物感赋[①]

人言愿作桂林人，一生不愿作神仙。母亲家乡在桂林，少年从军勇闯前。六十余年八方走，故乡萦绕在心间。为报慈母养育恩，家藏文物乡国捐。状元书法将军字，青铜瓷器古物全。风景独美甲天下，亘古亘今人才千。雅韵倜傥文集厚，集萃物华四海连。伯驹乃器楷模做，我辈跟随心愧惭。布衣一介志高远，私藏归公长久天。

读史杂记一组

读南北朝史

北魏孝文[②]迁洛阳，兵锋六镇鼎权亡。胡服汉化相煎急，激荡百年游牧场。武川[③]祥云龙气聚，弹丸之地三帝王。隋杨[④]大业重一统，唐李胡气华夏光。

---

① 2021年10月23日，“杨子才先生、周作女士、杨小涟先生向广西师范大学桂学博物馆捐赠珍贵文物、史料”仪式在北京举办。捐赠文物等总计数量200多件套，包括古代字画、当代名人字画、书信史料和古代陶器、宋元明清瓷器、战国青铜剑、古代铜镜、明清时期玉器、民国时期刺绣、化石等，涵括了文物的主要种类。其中有清代桂林状元陈继昌书法作品、清朝桂林进士龙朝言书法对联、民国桂系军阀白崇禧书法对联等，同时捐赠了杨子才同志获得的纪念章、手稿等。

② 北魏孝文帝改革，把首都从大同迁往洛阳，着汉服、去胡语、从汉制，其后国内矛盾激化，边境地区动荡。陈寅恪先生在《隋唐制度渊源略论稿》指出，六镇兵乱是胡化对汉化的反动。

③ 武川县位于内蒙古自治区中部，阴山北麓，首府呼和浩特市北，历史上出过三位皇帝。

④ 隋朝杨坚重新统一中国，结束了数百年的分裂。隋唐皇帝多少数民族血统。鲁迅先生说“唐多胡气”。

魏晋史读感

皇帝垂拱[1]居庙堂，士族门阀司马王[2]。刘伶阮籍纵歌醉，玄学大师琅琊皇[3]。

陶令折腰斗米累，《广陵散》[4]绝后来扬。今人魏晋多歧误，不讳之朝[5]臣傍徨。

读唐史感

关陇集团唐李起，汉胡柔杂掌威权。考科取士文词录，诗海兴盛后世传。

皇帝则天碑字空，功过褒贬似山巅。地方戏剧明皇拜，日日开锣香火捐。

读宋史感

黄袍加盖皇权握，太祖杯觥释杖权。文治隆盛冠历代，丹青绘画达峰巅。

哲文史圣名家出，富足黎民古币钱[6]。史策纵论军备弱，徽钦二帝北方怜。

---

① 垂拱：垂衣拱手，不去管理朝政，就能治理天下。

② 司马王："王与马，共天下"。东晋时期琅琊王氏家族与当时皇室力量势均力敌，当时百姓称之为"王与马，共天下"。司马睿从东渡到登基，主要依赖了北方大族琅琊（今山东省临沂市）的王氏家族王导、王敦兄弟的大力支持。在此期间，王导主内，位高权重，联合南北士族，运筹帷幄，纵横捭阖，政令己出。王敦主外，则总掌兵权，专任征伐，后来又坐镇荆州，控制建康。 朝中官员75%以上是王家的或者与王家相关的人。

③ 瑯琊皇：指晋简文帝司马昱，历仕元、明、成、康、穆、哀、废帝七朝，受封琅邪王。晋穆帝时任抚军大将军、录尚书事，与尚书令何充共同辅政。何充逝世后，司马昱总理朝政，引名士殷浩等参政，对抗威权日重的大司马桓温。太和六年十一月（372年1月），桓温改立司马昱为帝。司马昱即位后，多受桓温牵制，仅能"拱默守道而已"，在位仅八个月后，便因忧愤而崩，终年五十三岁。谥号简文皇帝。司马昱善于清谈，史称"清虚寡欲，尤善玄言"，是名副其实的清谈皇帝，在他提倡下，东晋中期前玄学呈现大的发展。有文集五卷，今已佚。

④ 广陵散：《广陵散》的来历据《晋书》记载，此曲乃嵇康游玩洛西时，为一古人所赠。而《太平广记》记嵇康夜宿月华亭，夜不能寝，起坐抚琴，琴声优雅，打动一幽灵，那幽灵遂传《广陵散》于嵇康，更与嵇康约定此曲不得教人。公元263年，嵇康为司马昭所害。临死前，嵇康俱不伤感，唯叹息："袁孝尼尝请学此散，吾靳固不与，《广陵散》于今绝矣！"

⑤ 不讳之朝：可直言不讳的朝代。晋代比明清时期官员更敢说话。

⑥ 古币钱：宋代出土古钱币为历代之最，说明当时经济发达，百姓生活状态较好。

读元史

元朝皇帝不早朝，权相伯颜铁木虎[①]。疆域辽阔达欧亚，百年时光无外辱[②]。国税养兵费用少，赏赐贵戚寺庙户[③]。四等蒙色汉南人，刑法实施看人录[④]。元曲杂剧耀今朝，汉卿孟頫更夺目[⑤]。

读明史

乞丐皇帝旷古有，心思缜密为子孙。功臣诛尽朱家位，三百年来坐京门。永乐郑和西洋下，四方来朝献奇珍。黄册里甲制度现，鱼鳞册算土地清。万历援朝战日本，东亚百年迎太平。锦衣卫下多冤鬼，东厂大狱严酷刑。无奈子孙荒唐事，炼丹游戏社稷崩。

（2022年2月）

① 元朝皇帝不上朝，事物均交宰相处理，故权相很多。伯颜、铁木儿是著名权相。

② 元代是中国历史上唯一没有外辱的朝代。

③ 元代早期是兵民一体，后代养一些兵，但费用很少。国税用于赏赐得很多。

④ 元代分四等人：第一等蒙古人，第二等色目人，主要指西域人，第三等汉人，第四等南人。

⑤ 汉卿孟頫：关汉卿是元代杂剧作家，赵孟頫是画家书法家。

赋

东山聚会赋

二零一四，甲午之春，昔日八一学子聚会于羊城东山，喜洋洋也。是时，木棉花开于达道路，紫荆吐露于东湖畔，踏芳草而旧径出，讯竹林而新雨来。良辰美景，嘉会不常，开怀痛饮也。

八一学校，东北初创。首任校长，月琴林氏，元帅之妻，国之元勋。六十余载，英才辈出。领袖之女，元帅之子，皆受雨露。更有校友，血洒南疆，短暂生命，报效国家。科技医疗，教育国防，行业精英，不胜枚举。我辈同人，莘莘学子，四十年前，受业于此，儿时友谊，时间铸就也。

古人云：夫人之相与，俯仰一世，或取诸怀抱，晤言一室之内；或因寄所托，放浪形骸之外。虽取舍万殊，静躁不同，当欣于所遇，暂得于己，快然自足，不知老之将至。及其所之既倦，情随事迁，感慨系之矣。

嗟乎。我辈生于盛世，国泰民安，报效国家于行业中，成就事业于平凡间。四十余年，弹指一挥。赤子之心，光照日月。岁月留痕，双鬓斑白。或曰：愿将此身济苍生，不负八一养育恩。来年花开羊城日，聚首再续友情深。

（2014年3月）

宜良赋

古属益州，元称宜良，明清相延，云南府辖。气候宜人，四季常花。南抚仙而东石林，控昆明而引版纳。蓬莱乡间，高桥村前，杨氏族人，居此百年。我祖先人，金陵杨氏连绵；明朝初年，随军远征云南。滇中粮仓，鱼米之乡良田；宜良山川，祖宗墓地绵延。诗书家传，且有秀才前瞻；及至高祖，已是农耕度年。降生世德，文词高于甲观；延及后世，楷模盛于方圆。

父讳子才，伯仲四人，为解危难，代兄从军，弱冠之年，远离乡间。抗战胜利，随滇军越南海防受降[①]；内战爆发，乘美舰赴东北驱驰；海城起义，随朔端加入解放之师[②]。三下江南，南拉北打激对弈；四保临江，血战鏖兵获胜利，塔山阻击，功勋铭记到地老；事关存亡，两日攻克锦州了。

正是：

东北解放成正果，劳苦大众迎翻身。

敌军被歼五十万,四野大军入平津。

辽沈平津双双胜，渡江南下扫昆仑。

东方日出新中国，世界格局重划分。

五十年代，东南沿海守海礁；一纸调令，去到军报笔做刀。“八六海战”，前线战况抢先报；英雄贤得，脑浆溢出不动摇。“中印战争”，高原采访张国华，邦德拉峰，建功连队勇穿插[③];《草原铁流》，高原雪域开奇葩[④]；记者标兵，常年奔波迎朝霞[⑤]。

六十年代，中枢机关“快报”编；政坛风云，风急天高啸哀猿；鲁迅手稿，奉命押送抵安全；支持签名，划入另类小集团；下放劳动，广西山里苦中闲。九一三起，重拾旧业驻南粤；西沙海战，临危受命永兴夜。宣传典型，主笔撰写硬六连，采访人物，元帅及至公务员；三十余年，普通记者到总编。离休之后，笔耕不辍谱新篇；纵论古今，萤窗杂文出九集；诗词整理，民国

---

① 1945年8月，云南将领卢汉率60军赴越南海防市受降。

② 1946年5月，国民党184师在师长潘朔端率领下起义，这是东北解放战争中国民党军第一个整编师起义。

③ 1962年，采访中印边境自卫反击战，报道该连事迹。

④ 《草原铁流》为其撰写的报告文学，讲述八连雪地断粮十九天，战胜无数困难胜利归建的事迹，获当年总政治部奖励。

⑤ 1963年，家父被评为解放军报社记者标兵。

诗集创第一；家播评论，前无古人今日稀[①]！七百人物，古风《萤窗咏史诗》；洛阳纸贵，众家评议热一时。九十老叟，故乡情景常回忆；最爱谈论，一生读书经验兮：

“博学审问笃行之”，诸子百家老庄墨。

史记通鉴阅夫子，苦学勤行学用和。

诗词歌赋余最喜，立德立功立言乐。

① 广西师范大学教授张家播评论。

附录：

捐赠广西师大文物书画清单

2021年10月23日，“杨子才先生、周作女士、杨小涟先生向广西师范大学桂学博物馆捐赠珍贵文物、史料”仪式在北京举办。受赠单位广西师范大学校长贺祖斌和中新社、中国网、海外网、人民日报海外版、工人日报、农民日报、北京日报、中国旅游报、中国文化报、中国文物报等新闻媒体记者出席了捐赠仪式。广西师范大学新成立了“桂学博物馆”，面积有三千多平方米。博物馆以“桂学”为主题，分为广西人文、文化桂林、八桂学术、桂林文化城和广西当代文学五个专题。另外，将设专题陈列展览。“杨子才、周作、杨小涟捐献文物陈列馆”也将在此长期展出，广西师范大学校长贺祖斌特为陈列馆题匾。

一、古代陶器瓷器

1.仰韶文化彩陶盆

2.北魏陶俑一对

3.宋辽时期磁州窑四系瓶

4.辽黄釉长瓶

5.宋代影青釉执壶

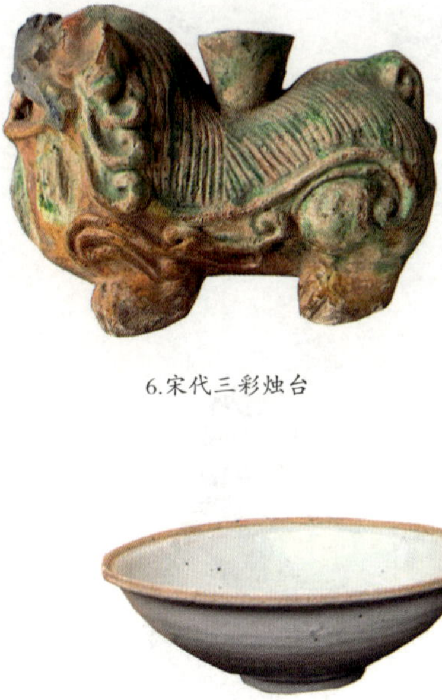

6.宋代三彩烛台

7.宋代耀州窑刻花碗

8.宋代青釉碗一对

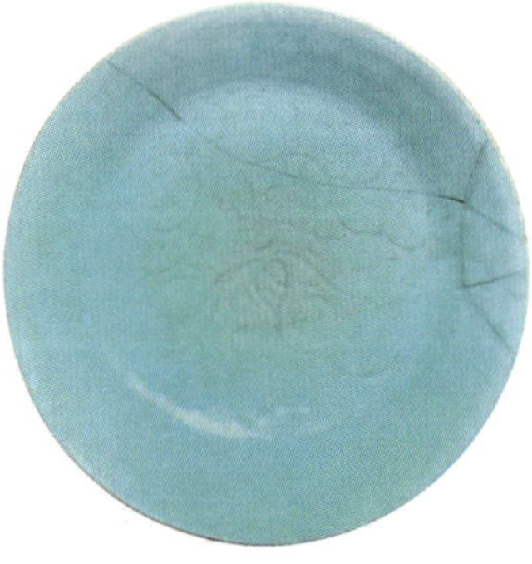

9.宋影青划花碗

10.宋元瓷盘、带字母支钉

11.云南玉溪窑元青花玉壶春瓶

12.元代酱釉小瓶一对

13.明早期龙泉窑刻花盘

14.嘉靖黄釉大瓶（大明嘉靖年制款），
为皇家祭祀用品

15.南明青花杂宝纹大罐

16.明万历青花梅瓶

17.明代白釉大碗

18.明至清酱彩花卉罐

19.明三彩小罐

20.清顺治青花花鸟罐

21.清康熙五彩花鸟大盘

22.清康熙祭蓝瓶带镶嵌

23.清雍正墨彩人物大瓶

24.清早期青花缠枝莲纹建筑构件

25.清青花粉彩龙纹将军罐（此件器物收录于《清代民窑彩瓷500图》一书中）

26.清中期青花缠枝莲纹将军罐一对（磨口）

27.清中期窑变釉瓶（口修）

28.清乾隆外销粉彩人物壶

29.清乾隆外销粉彩花卉盘，带镶嵌

30.清中期黑釉天球瓶

31.清青花狼牙棒瓷头，古代兵器

32.清“大清雍正年制”款酱釉瓶

33.清“大清雍正年制”款青花人物鼻烟壶

34.清晚期三星人物之一

35.19世纪汕头窑白釉弥勒佛坐像

36.清晚期广彩人物盘

37.清晚期粉彩诗文盘

38.清黑釉罐

39.清德化窑粉彩盘

40.19、20世纪琉璃吻兽两个

41.19世纪日本青花山水大盘

42.民国时期磁州窑鱼纹大海碗

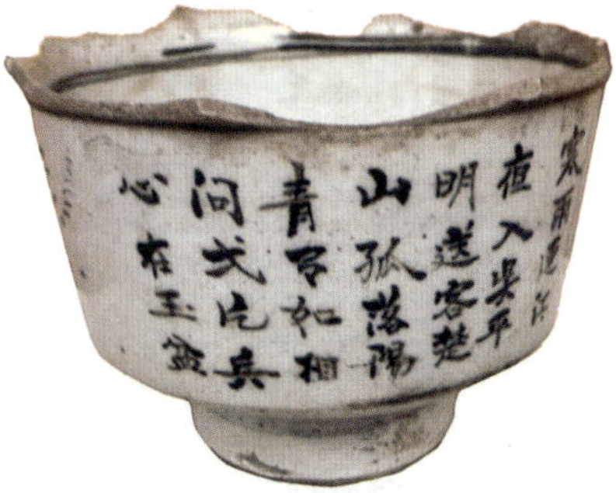

43.清湖南醴陵窑诗文碗

44.五六十年代瓷版画“百子闹龙灯”

45.七十年代粉彩瓷盘

46.七十年代出口红楼梦瓷盘一组九个

47.六十年代醴陵瓷“百花齐放”瓶

48.20世纪七八十年代青花桂林山水图碗

49.唐代越窑执壶残片

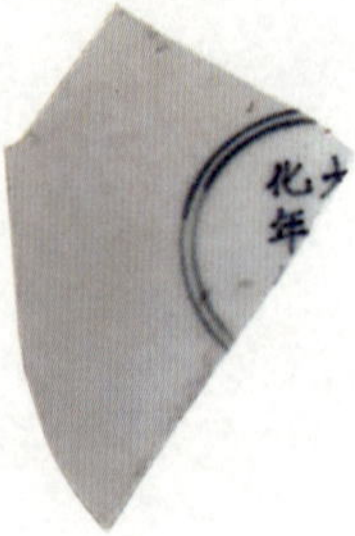

50.明代成化官窑瓷片

51.宋代汝窑、宋代定窑、明清时期官窑民窑瓷片数十块

52.明万历青花牡丹纹大瓷片

53.清乾隆祭蓝刻花大瓶（半截）

54.清中期刻蜈蚣纹瓶（半截）

二、书画、信件

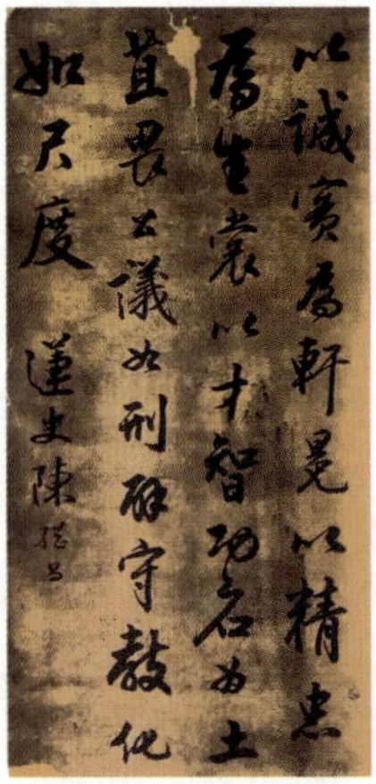

1.清嘉庆状元陈继昌书法

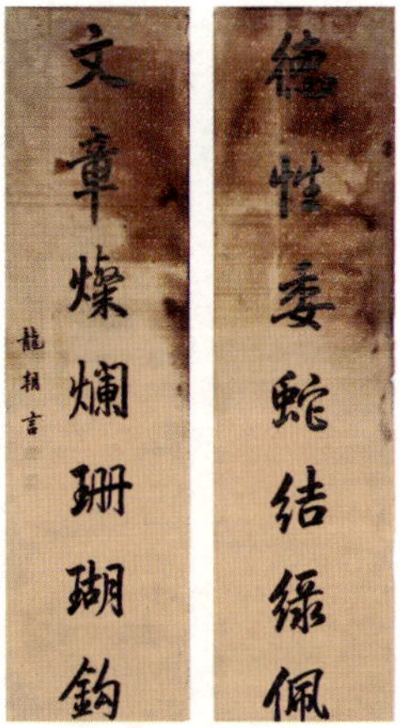

2.清朝进士龙朝言书法对联

3.临桂清同治四年榜眼于建章书法桂林王城立匾（于建章曾任山东学政）

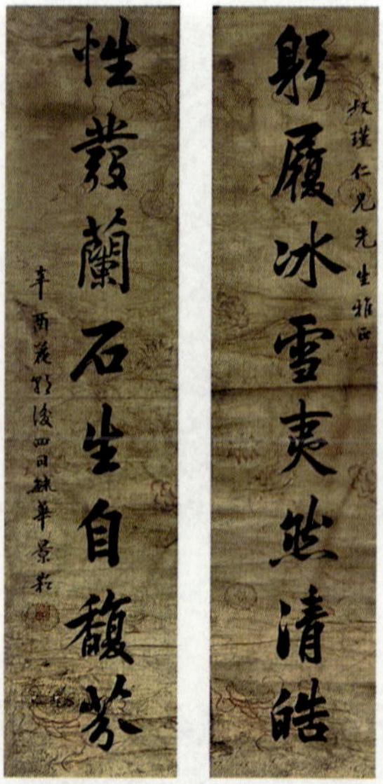

4.广西灌阳清同治四年进士唐景崧书法对联（唐景崧曾任台湾布政使）

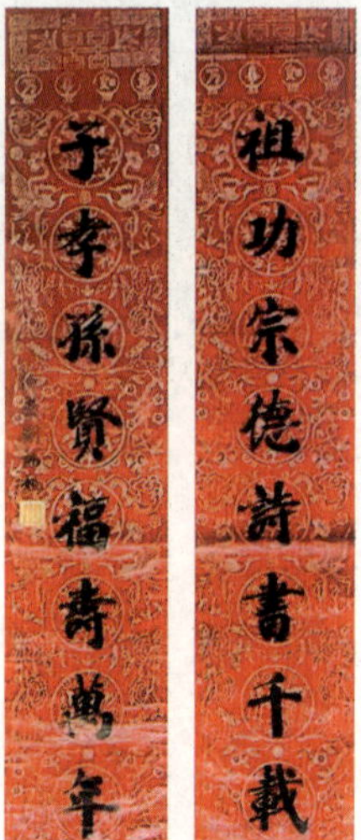

5.临桂清光绪八年状元刘福姚书法对联（刘福姚曾任浙江、广东乡试副考官）

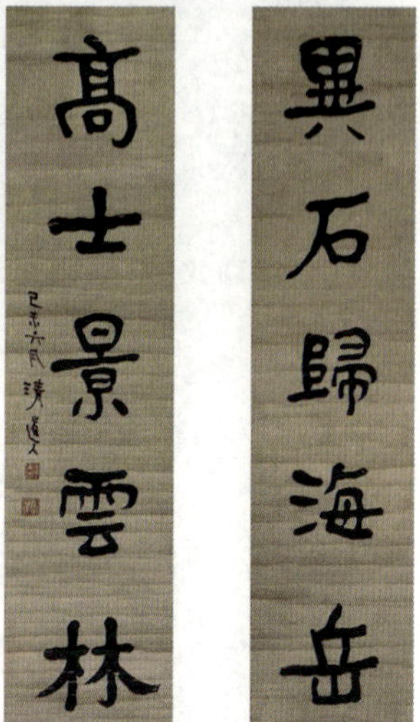

6.清道人李瑞清书法对联（李瑞清为光绪二十一年江西临川进士，中国现代高等师范教育的开拓者，几代人居住桂林）

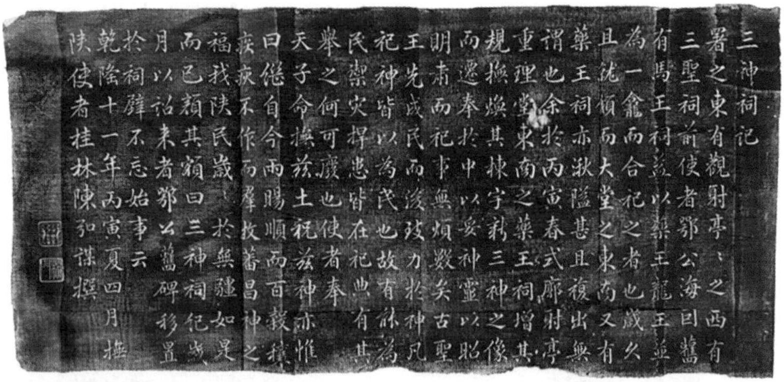
三神祠記
署之東有觀射亭亭之西有
三聖祠前使者鄂公海曰藥
有馬王祠並以藥王龍王並
為一龕而合祀之者也歲久
且既頹而大堂之東南又有
藥王祠亦湫隘甚且複出無
謂也余於丙寅春式廓射亭
重理堂東南之藥王祠增其
規撫煥其棟宇移三神之像
而遷奉於中以妥神靈以昭
朝肅而祀事無煩數矣古聖
王先民而後致力於神凡
祀神皆以為民也故有功為
民禦災捍患皆在祀典有其
舉之何可廢也使者奉
天子命撫茲土祀茲神亦惟
曰從自今而賜順而百穀績
痰疢不作而犀牧蕃昌神之
福我陝民歲歲於無疆如是
而已額其額曰三神祠紀此
月以詒來者鄂公舊碑移置
於祠壁不忘始事云
乾隆十一年丙寅夏四月撰
陝使者桂林陳弘謀撰

7.清代乾隆宰相陈宏谋“三神祠记”碑拓片，民国时期拓（陈宏谋是状元陈继昌太爷爷）

8.李秉绶墨竹拓片［李秉绶，祖籍临川温圳杨溪村(今属江西省进贤县温圳)，寄籍广西桂林，清代著名画家兼诗人，曾居官工部都水司郎中，人亦称“李水部”，后辞官回桂林，专心画事］

9.桂林画家汪鸾翔花鸟画（汪鸾翔，字公岩，号巩庵，广西桂林人。1952年6月被聘任为中央文史研究馆馆员。历任清华大学、河北大学教授，北京国立美术学院等校中国画及中国美术史教授。是清华大学校歌词作者）

10.清同治十三年进士题名碑拓片（喷墨技术）（周作外公石成峰名列其中，已经装裱）

11.清早期西厢记人物画，作者不详

12.孔子画像（作者田能村竹田，日本江户时期著名文人画家）

13.石溪款山水画（石溪，清代初期四大名僧画家之一）

14.清代古画罗汉图，无款

15.清中期折扇画人物，佚名，乌木雕刻

16.日本文人画家富冈铁斋“赤壁图”（富冈铁斋，日本画坛巨匠）

17.唐故桂州临桂县令范府君墓志，全唐文新编收有此志，民国拓

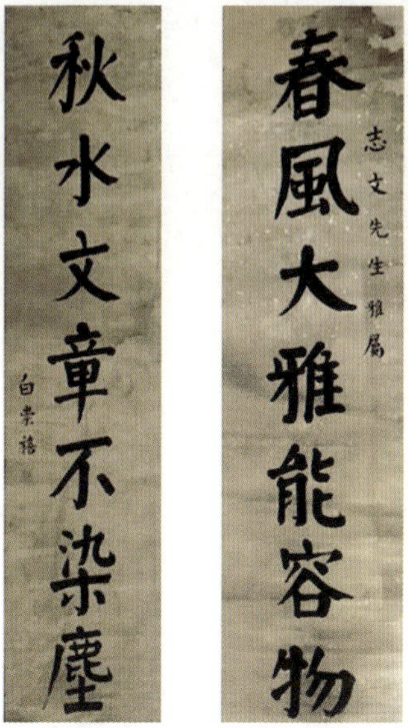

18.白崇禧将军书法对联（白崇禧，字健生，回族，广西桂林市临桂区会仙镇山尾人，中华民国陆军一级上将，誉为“小诸葛”，军阀新桂系代表人物）

19.王森然绘画作品“小孤山，为子才兄画”及墨竹图（王森然，原名王樾，字森然，河北定县人、国画家、美术教育家。已出版的作品有《文学新论》《近代二十家评论》等。病逝后将十万元捐献给中央美术学院美术史系设立“王森然奖学金”）

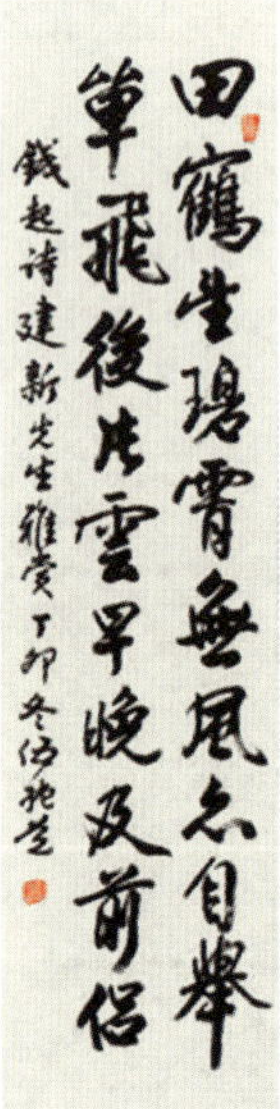

20.广西著名书法家伍纯道书法作品（伍纯道，广西全州人，广西师范大学美术学院院长、教授，中国书法家协会理事，广西书法家协会副主席，“广西师范大学”匾额由其题写）

21.韦瑞霖书法作品（韦瑞霖，广西永福县上石门村人，1912年生，壮族。国民革命军第四集团军团指导员，广西航空学校指导员，先后任宁明、昭平、平乐、柳江县长，桂林市长。1949年12月率所部投靠人民。1953年后，任广西省人民委员会参事室参事，广西省政协副秘书长，广西历史学会副会长。1988年后，任广西壮族自治区第六、第七届政协副主席）

22.王宇漫画作品（王宇，1923年2月9日出生于河南偃师县，中学就读于北京和天津，之后考入北平国立艺专，校长是徐悲鸿，老师有齐白石等。1945年抗战胜利之前，王宇投笔从戎，加入了革命队伍。在革命战争的激情年代，他迎来了创作的第一个黄金时期。解放后，王宇当选为中国美术家协会会员、中国新闻漫画研究会理事。任解放军报社美术编辑。1993年其作品荣获”中国漫画金猴奖”荣誉奖，其被人誉为“漫坛十老”之一）

23.广西当代书法家马岱宗作品（马岱宗，1931年生，中国书法家协会会员，广西书协理事，桂林市书协顾问，中华诗词学会会员）

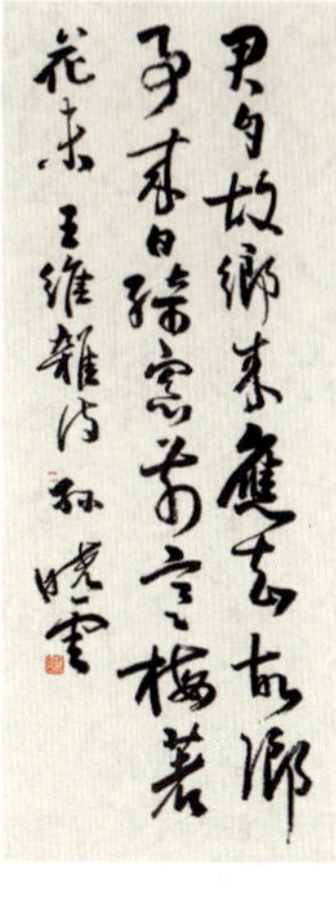

24.书法作品（孙晓云，现任中国书法家协会主席）

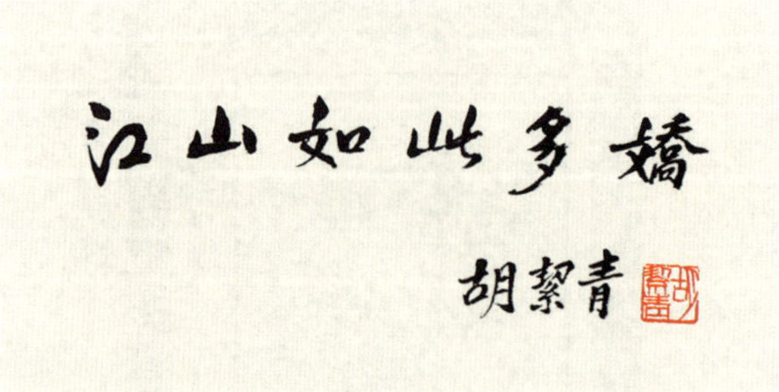

25.老舍夫人胡絜青书法（胡絜青，满族，号洁青，北京人。1931年从北京师范大学国文系毕业，1938年结识齐白石，1950年正式拜齐为师。曾任中国画研究会常务理事。为一级美术师，中国美术家协会会员，中国书法家协会会员）

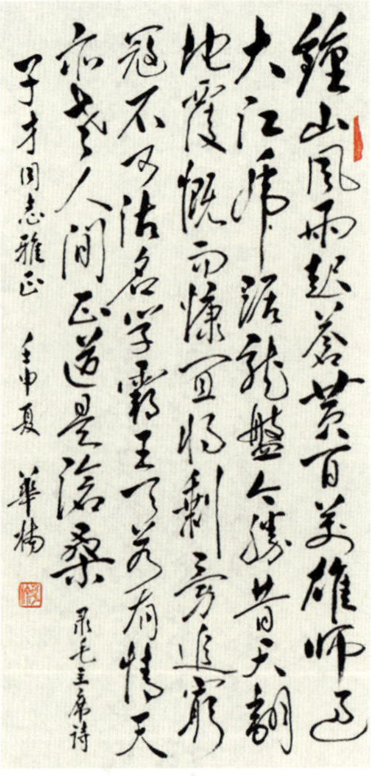

26.华楠赠杨子才书法（华楠，1921年出生，山东省乳山市崖子镇崖子村人。曾任解放军总政治部副主任、解放军报社社长。1955年被授予大校军衔，1964年晋升少将军衔。2015年2月27日逝世，享年94岁）

27.胡痴赠杨子才书法作品［胡痴，1917年5月4日出生，2001年12月10日逝世。直隶（今河北）深县人。1938年5月参加八路军。1955年奉命调到北京，参加创办《解放军报》，历任解放军报社总编室主任、副总编辑、代总编辑，新华社代社长等职］

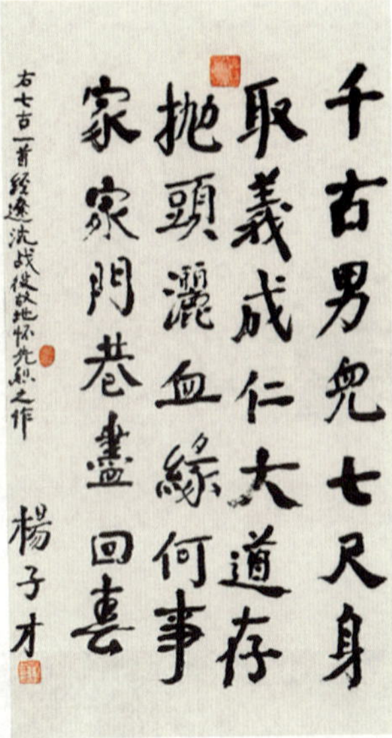

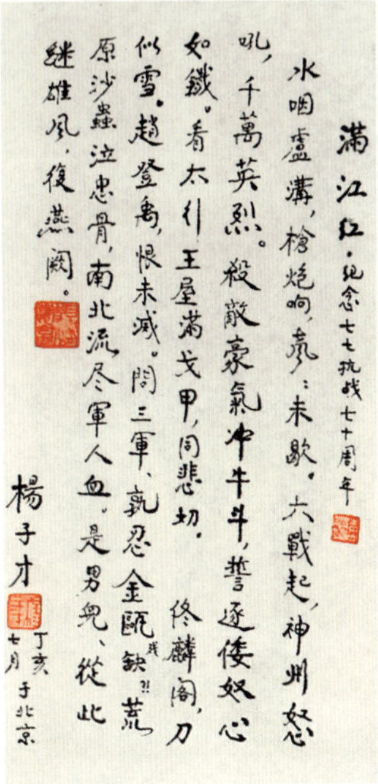

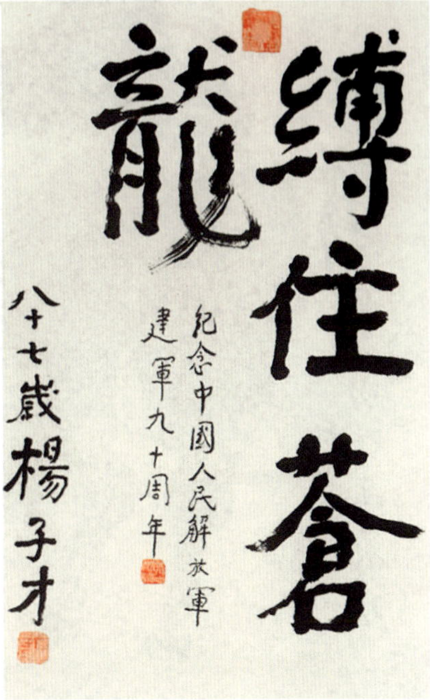

28.杨子才书法作品数幅

29.著名画家陈玉先速写（陈玉先，1944年生于安徽淮南。当代中国美术界成就卓著、影响广泛的艺术家。国家一级美术师，中国美术家协会艺术委员会副主任。多次担任全国美展评委）

30.鲁光画牛（鲁光曾任中国体育报社社长，中国作家协会会员，中国美术家协会会员）

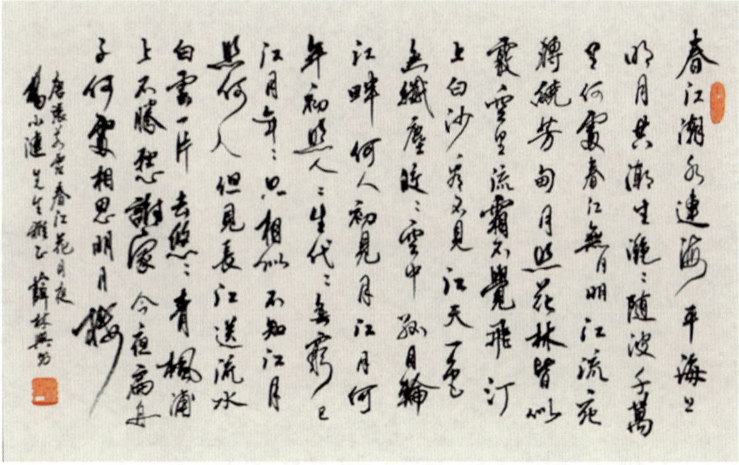

31.薛林兴书法作品（薛林兴，1951年出生于青岛，1982年毕业于东北师范大学美术系。现任中国仕女画研究会会长，北京京文画院院长，国家一级美术师）

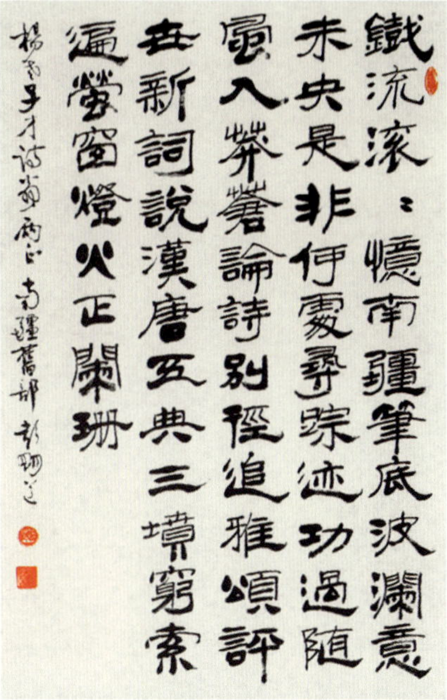

32.彭明道书法（彭明道，1938年生，号墨佛居士，湖南长沙人。退休后由中国新世纪书画研究院聘任为副院长）

33.王立果画牡丹（王立果，曾任山东工艺美术学院院长助理）

34.傅忻（款）作品《曾见李公麟》（溥忻，清宗室，姓爱新觉罗，字雪斋，号雪道人，北京人，曾任辅仁大学艺术系主任、教授。工书画，善诗文，山水法宋元）

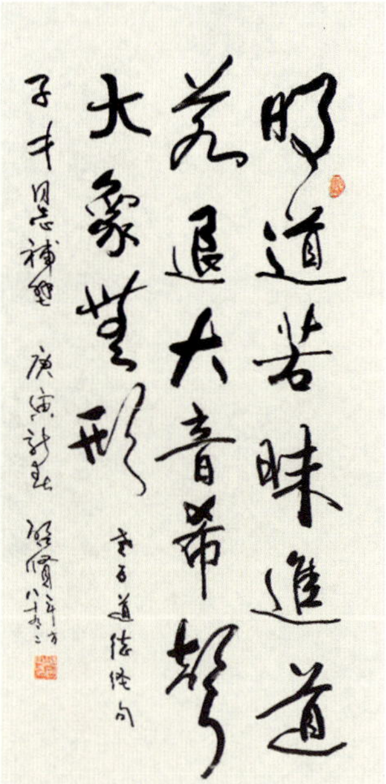

35.那启贤书法（那启贤，1928年生，字君哲，满族，北京市人。杨子才多年战友。中国军事科学院研究员。现为中国书法家协会会员、中国老年书画研究会创作研究员）

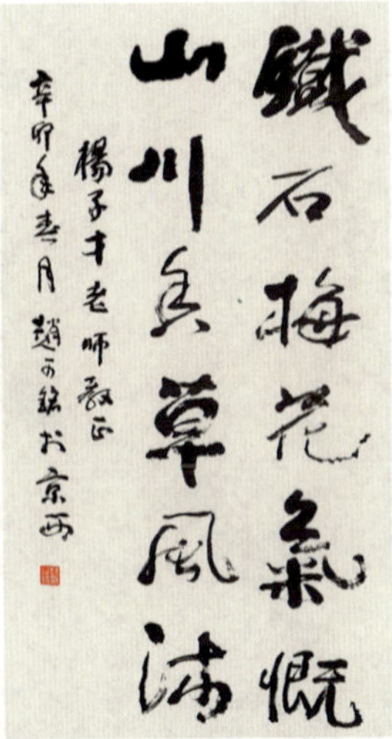

36.赵可铭上将书法（赵可铭，1942年10月生，湖北武汉人，上将军衔。中国共产党第十六届中央委员，曾任国防科技大学政委）

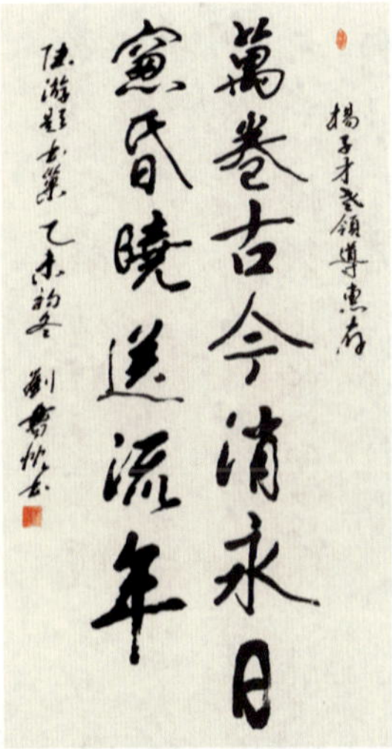

37.刘书忱将军书法（刘书忱，曾任解放军报社副总编缉）

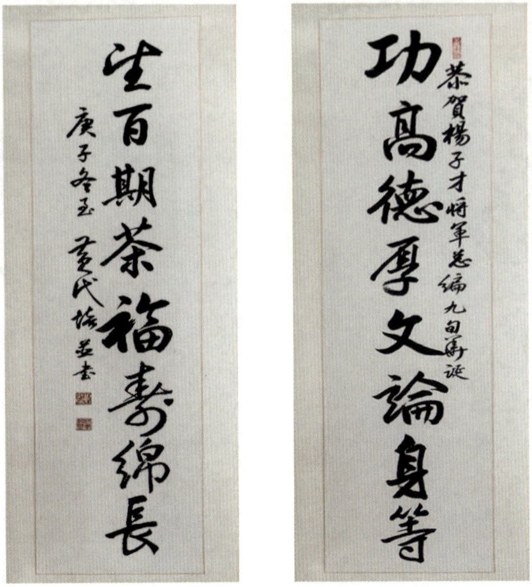

38.黄代培少将书法对联（黄代培，1942年3月出生，四川省资中县人。海军少将，曾任海军装备部政委，中国将军书画院副院长）

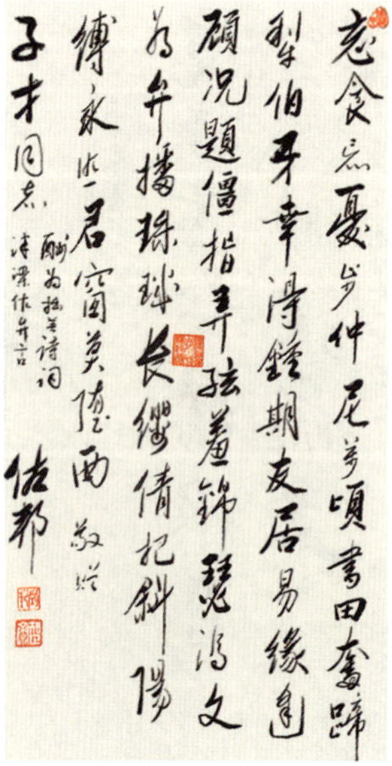

39.王佐邦书法作品（王佐邦，全国解放后，担任解放军总政治部主任办公室副主任、总后勤部物资部副部长，1955年被授予大校军衔）

40.周作画梅花，其中有父亲杨子才题款

41.李半黎书法作品（李半黎，男，原名李周祜，汉族，河北高阳县人。四川日报社党委书记，四川省书法家协会原主席，全国书协理事。1960年后历任《四川日报》总编辑、社长等职。四川新闻工作者协会主席）

42.张坤画人物（张坤，1952年4月生于江苏省昆山市，毕业于北京中央民族大学美术系。现为中国美术家协会会员、首都美术记者协会监事长兼副秘书长、中华书画研究会名誉教授）

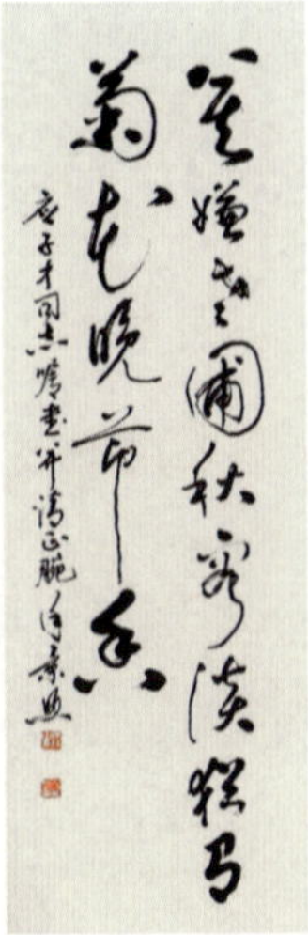

43.徐景煦书法（徐景煦，1934年生于承德县。河北省书法家协会理事，曾任承德地区书法家协会主席、承德市书法家协会副主席）

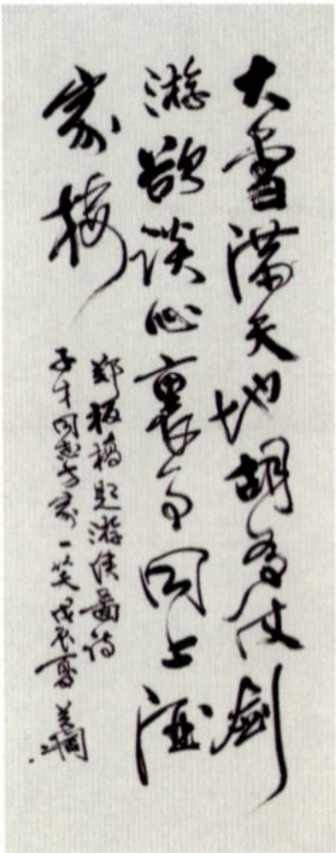

44.关阔书法作品（关阔，1926年生，别署老钝，满族，河北承德人。中国书法家协会会员，承德市书法家协会主席，中国老年书画研究会顾问，中国老年书画研究会河北省分会副会长，承德画院院长）

45.张才书法（张才，1950年1月生，笔名冠山人,山西平定人，空军大校军衔。中国书法家协会会员，北京书画研究会会员）

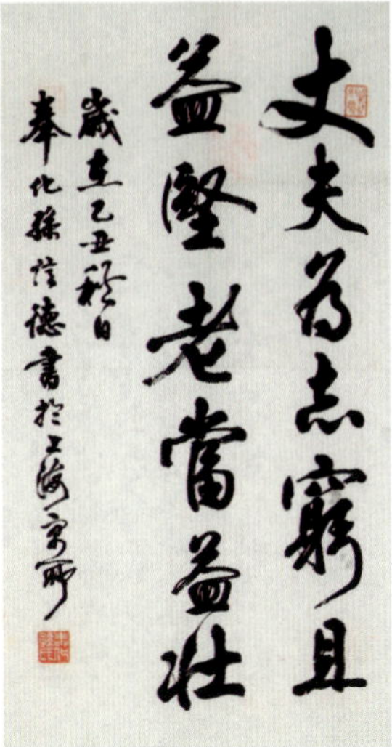

46.孙信德书法（孙信德，1934年生于浙江奉化，字德康，号达人。中国书法家协会会员，联邦德国曼汉姆市东亚学院客座教授，上海百老德育讲师团副团长兼上海百老书画院执行院长）

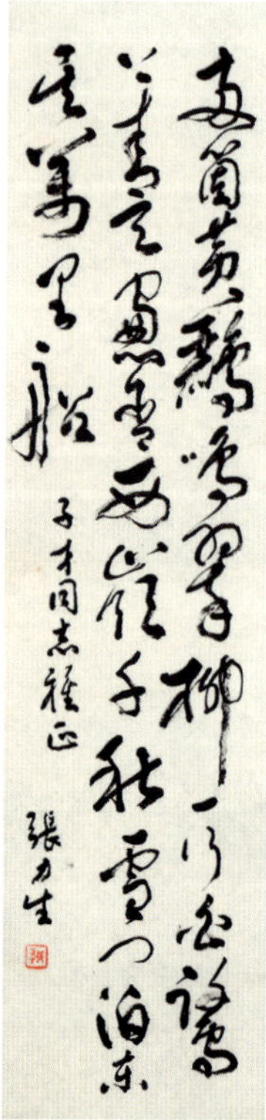

47.张力生书法

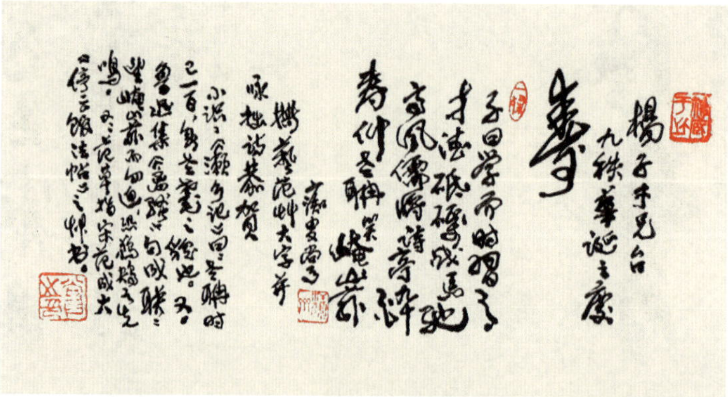

48.常恒强书法（常恒强，解放军报社副刊部编辑，离休老干部）

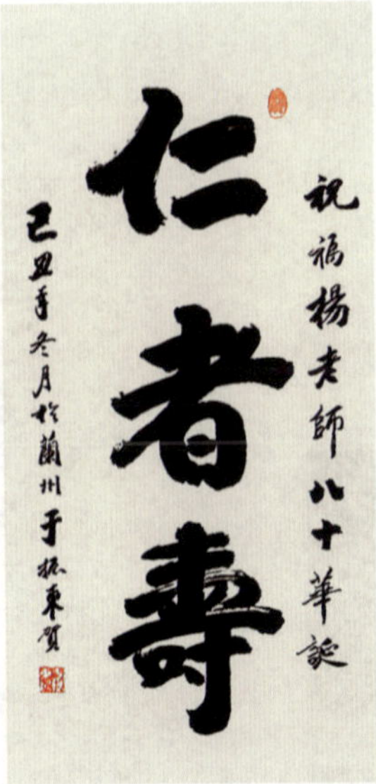

49.于振东书法（于振东，曾任陕西省委秘书长）

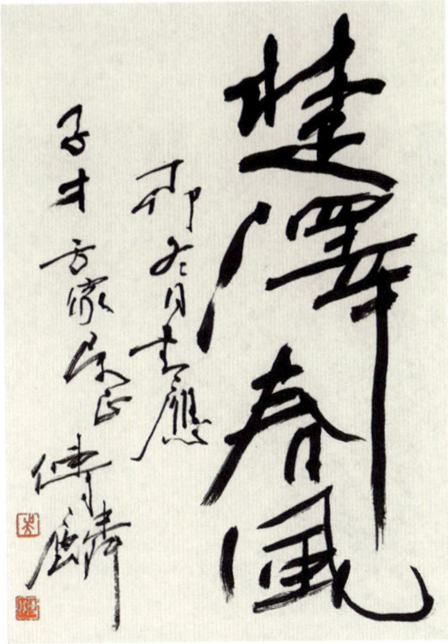

50.傅麟书法

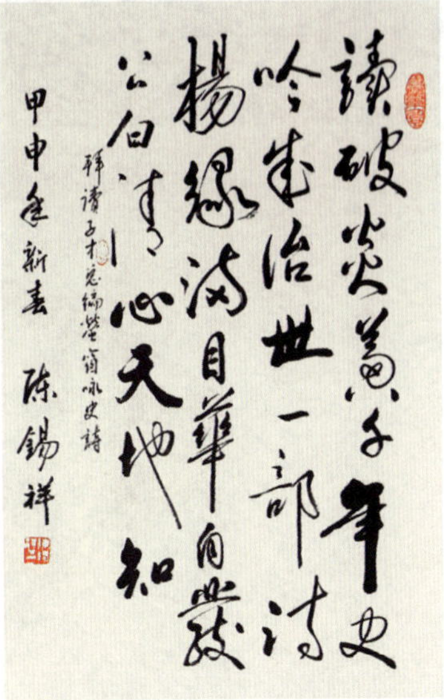

51.陈锡祥书法（陈锡祥，解放军报社大校编辑）

52.杨小涟绘画《桂林象鼻山》《公鸡图》

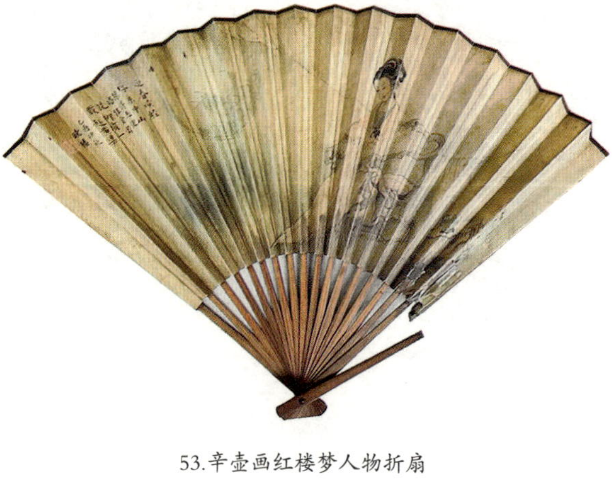

53.辛壶画红楼梦人物折扇

54.王界山山水画（王界山，1963年3月生于山东省青州市。现任空军美术书法研究院副院长、空军文艺创作室副主任）

55.詹庚西花鸟画（詹庚西，1941年7月生，河南开封人，一级美术师。中国国家画院创研部办公室主任、研究员）

56.阿万提人物画（阿万提，1940年出生，原名杜为廉，浙江东阳人。广州大学艺术系教授、硕士研究生导师）

57.鲁永欢1979年作品《漓江渡》，尺寸66厘米×44厘米（鲁永欢，生于1939年，湖北武汉著名书画家，中央文史研究馆书画院研究员，武汉市文史研究馆馆员，长江画院院长，武汉市中国画研究会会长）

58.彭沛1978年作《桂林山水》小品，尺寸39厘米×29厘米（彭沛，湖北著名老画家）

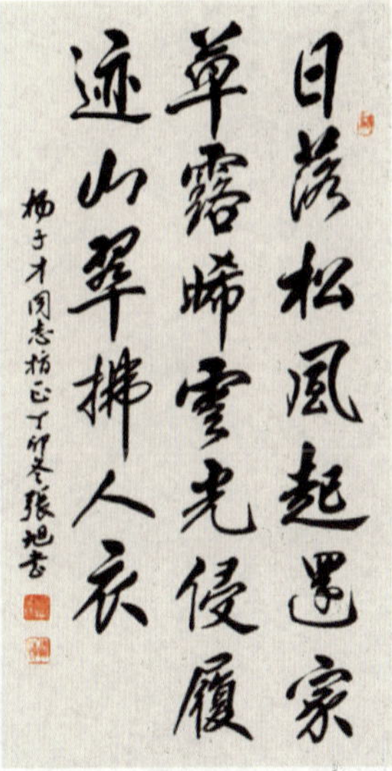

59.张旭书法

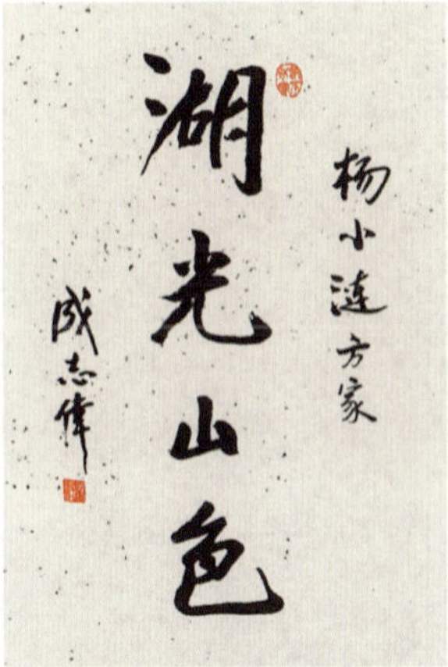

60.成志伟书法（成志伟，上海人。历任中共中央宣传部文艺局副局长，中国记协国内部副主任，《作品与争鸣》总编辑，《桥》总编）

61.沉石作品《英雄图》（沉石，解放军报大校编辑）

62.杨小涟绘画《参军图》

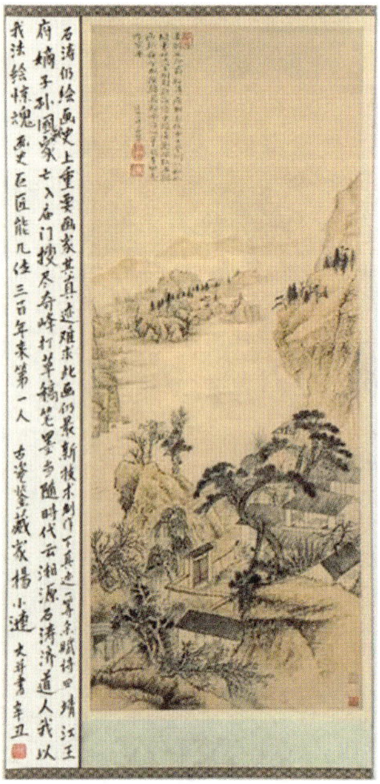

63.石涛绘画，宣纸新技术复制，杨小涟赋诗题跋

64.民国时期佛像挂轴，印刷品

65.吴迈《桂林山水甲天下，阳朔山水甲桂林》拓片

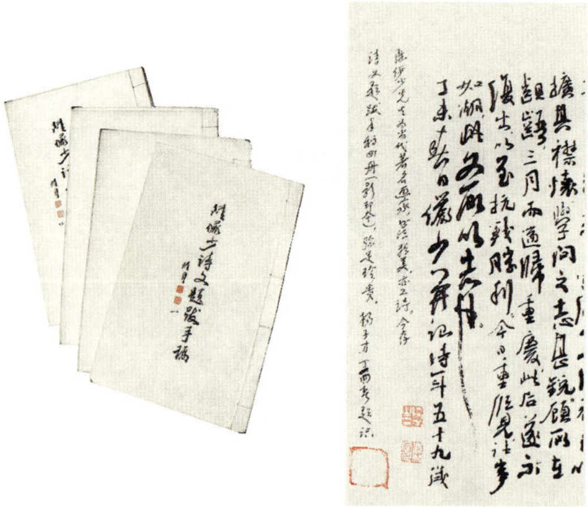

66.七十年代影印版陆俨少先生手稿，杨子才题记

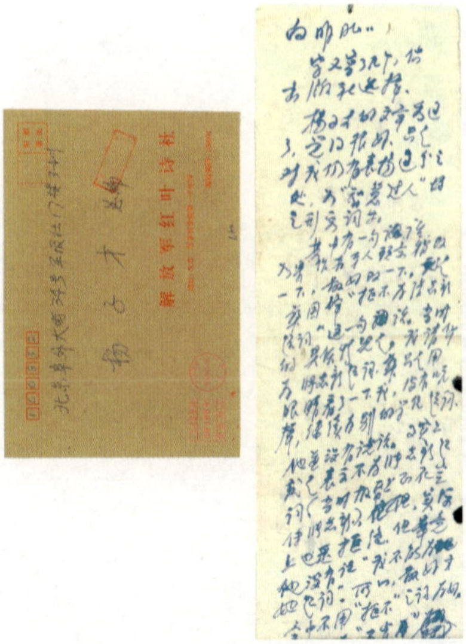

67.任仲夷同志书信，写给广东作家向明，信中提到杨子才同志（任仲夷，曾任广东省委书记）

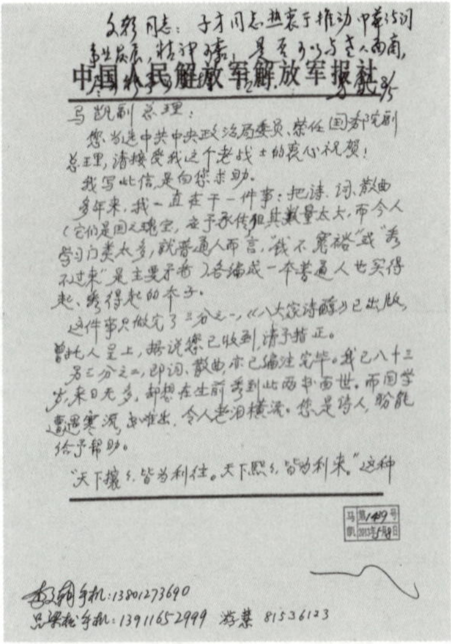

68.杨子才写给国务院副总理马凯的信件，上有马凯副总理的亲笔指示（复印件）

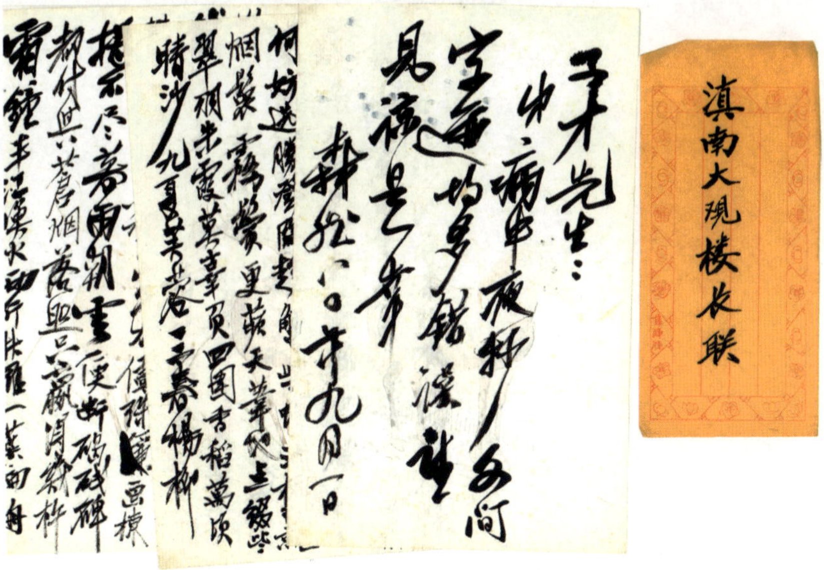

69.王森然先生书昆明大观楼长联及写给杨子才的信

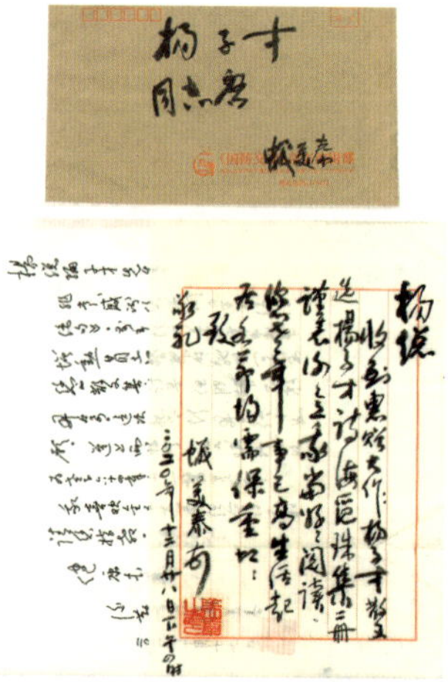
杨子才
同志启

70.部队老同志蚁美泰写给杨子才的信

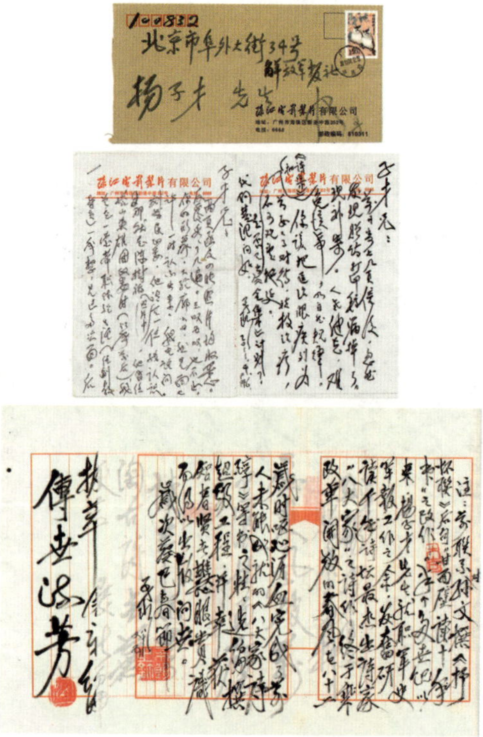
100832
北京市阜外大街34号
解放军报社
杨子才 先生

71.广州珠江电影制片茅朗同志写给杨子才的信

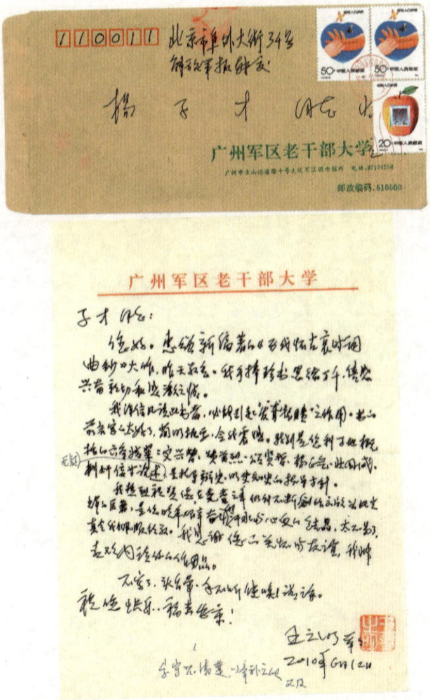

72.王之明同志写给杨子才的信（王之明，男，1929年生于米山镇，1944年10月参加革命。曾任广州军区干部部部长、工程兵政治部副主任、副军职调研员，广州军区老干部大学副校长）

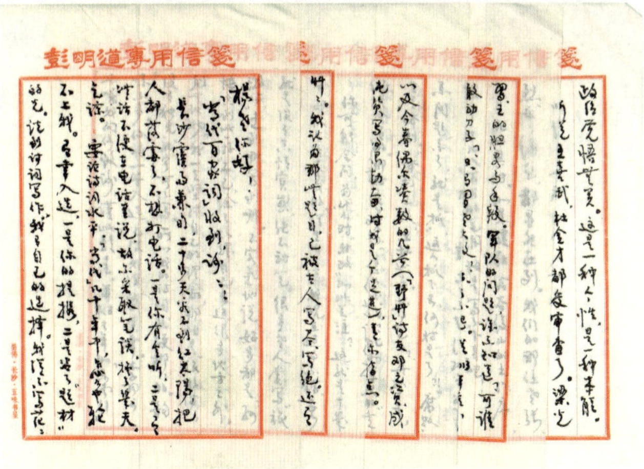

73.彭明道书信

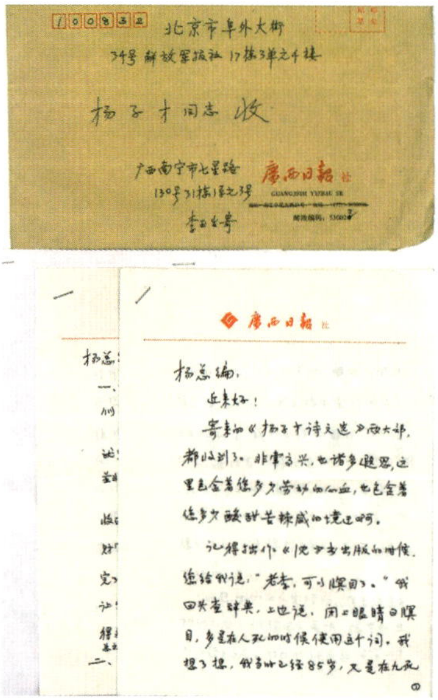

74.四野老战士、广西日报社副总编辑李玉生写给杨子才的信

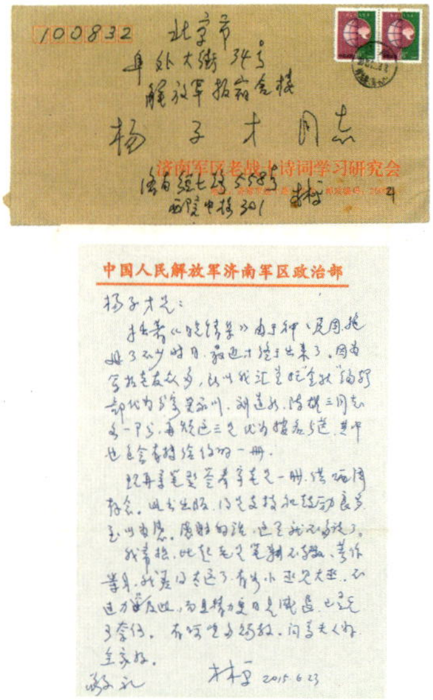

75.济南军区政治部副主任林平将军写给杨子才的信

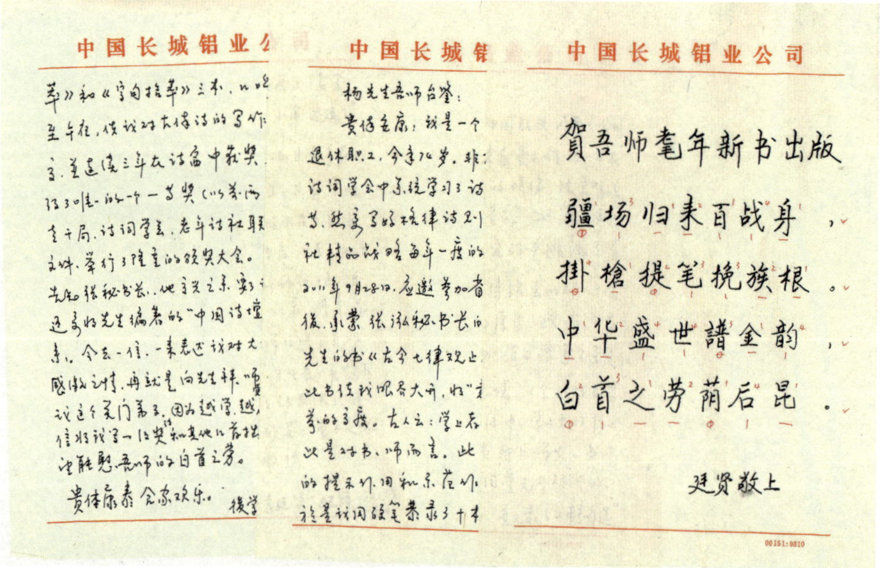

76.读者袁延贤写给杨子才的信

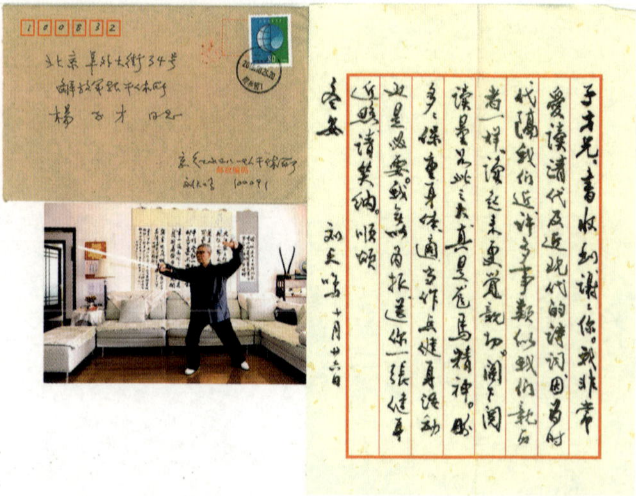

77.八一体育队离休干部刘天鸣写给杨子才的信

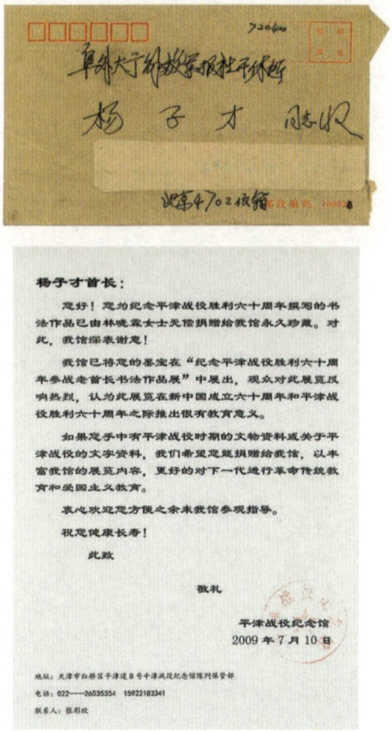

78.平津战役纪念馆写给杨子才的信

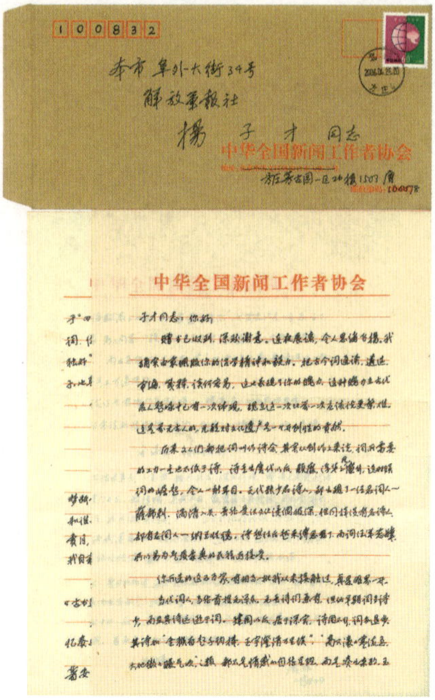

79.中国记协书记唐非同志写给杨子才的信

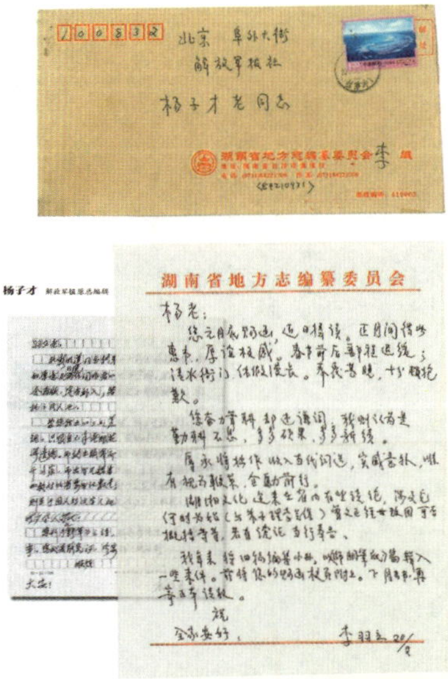

80.湖南社科院李羽立同志的信件

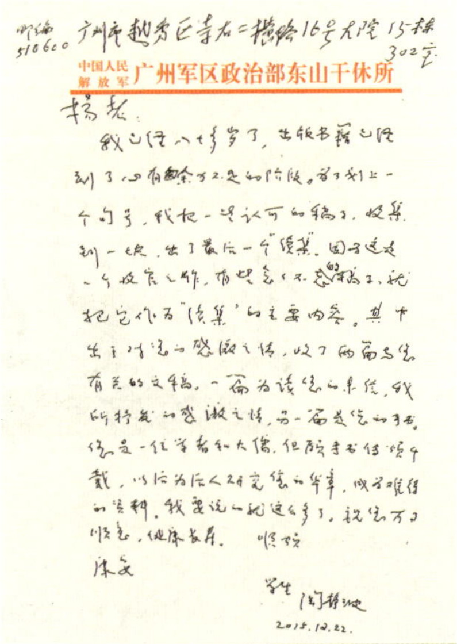

81.广州军区政治部离休干部陶静波同志写给杨子才的信

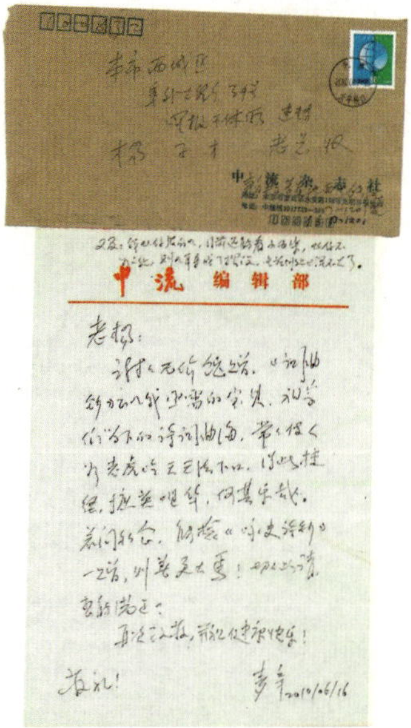

82.部队作家麦辛同志写给杨子才的信

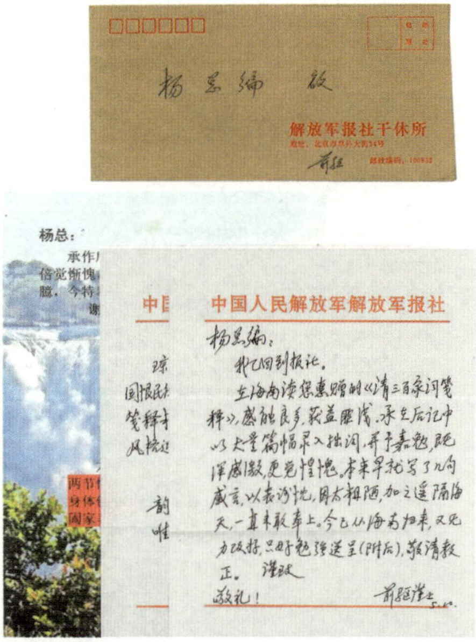

83.解放军报离休干部前驱的信

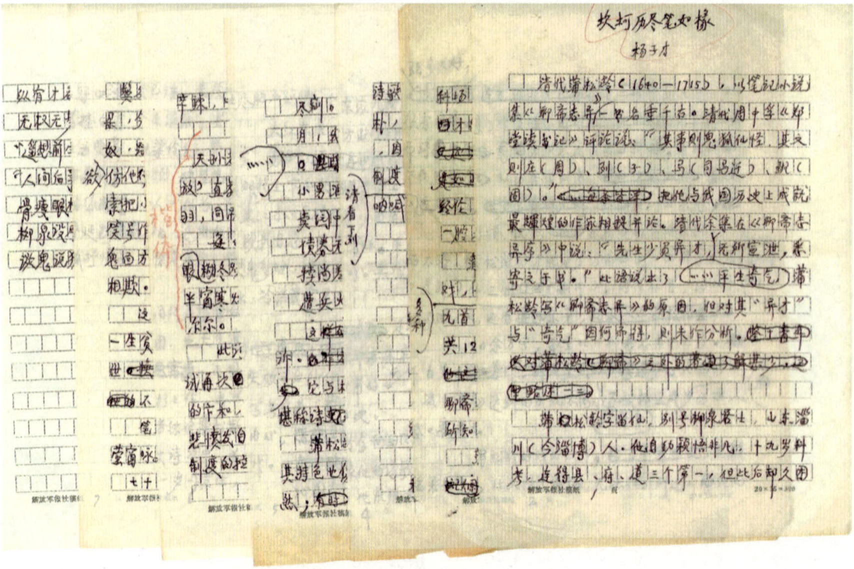

坎坷历尽笔如椽

杨子才

84.杨子才手稿

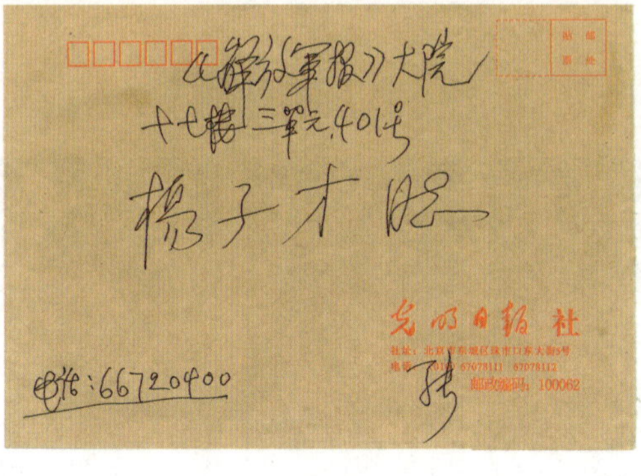

《解放军报》大院

十七楼三单元401号

杨子才 收

光明日报社

电话：66720400

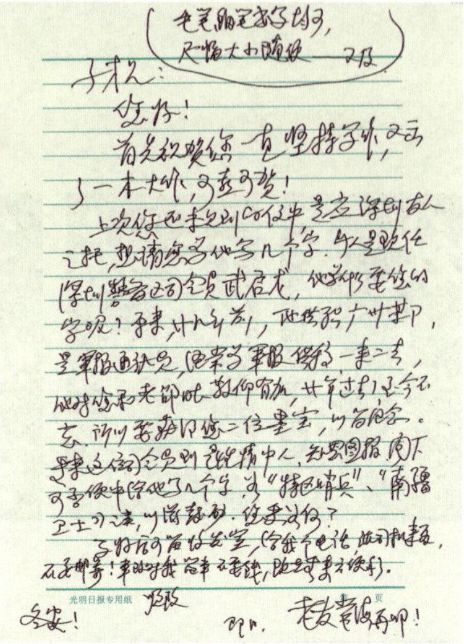

子才：

您好！

首先祝贺您一直坚持写作，又写了一本大作，可喜可贺！

光明日报专用纸

85.光明日报总编辑张常海书信（张常海，河北唐山人。中共全国代表大会第十四届代表，全国第八届政协委员，中国纪实文学研究会会长，《光明日报》总编辑、高级编辑）

86.石涛画册，民国时期日本出版（石涛，广西桂林人，明靖江王后裔）

87.李宗仁武当山碑册页

三、杂项

1.战国青铜剑

2.战国铜镜

3.战国青铜带钩、镶嵌银

4.汉代铜带钩

5.汉代玉环

6.印章三枚：汉代玉印、明代黄铜印、民国印章

7.魏晋龙柄青铜鐎斗

8.唐代铜镜残片

9.辽金白玉飞天

10.宋代钱币大观通宝（折十）

11.鄂尔多斯青铜刀

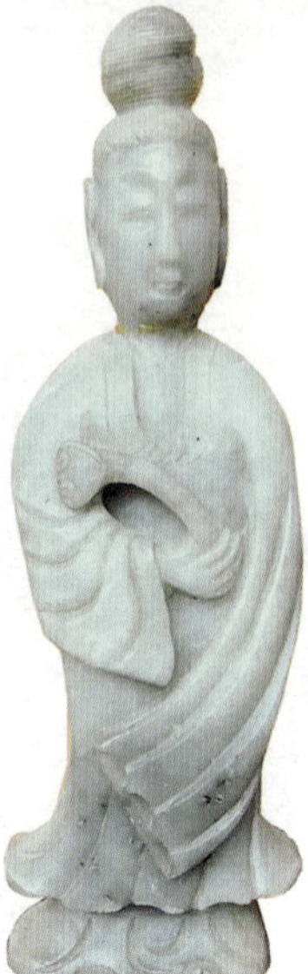

12.明代青玉观音像

13.明代白玉鹅

14.明代石刻造像“武松打虎”

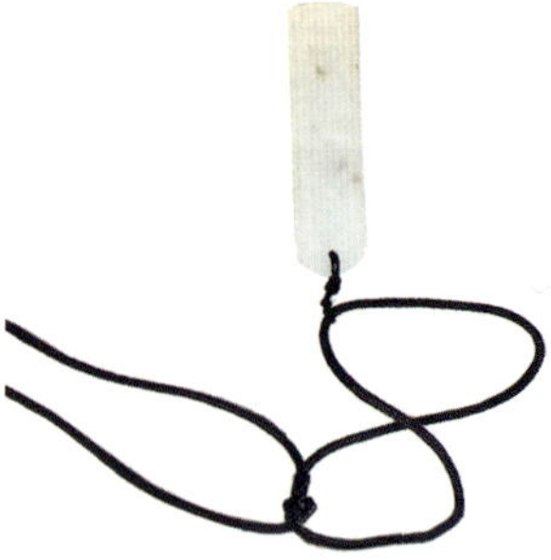

15.清白玉翎管

16.清代青玉牌

17.清代玉扳指

18.清代青玉瑞兽

19.清代琉璃鼻烟壶

20.清代竹雕武松打虎

21.清代仿唐瑞兽铜镜

中國古幣
宁夏文物商店
NINGXIA ANTIQUE SHOP
YINCHUAN CHINA
中国·银川

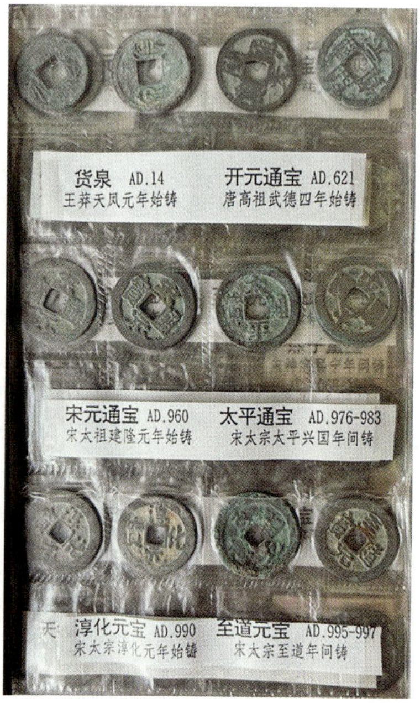
货泉 AD.14
王莽天凤元年始铸
开元通宝 AD.621
唐高祖武德四年始铸
宋元通宝 AD.960
宋太祖建隆元年始铸
太平通宝 AD.976-983
宋太宗太平兴国年间铸
淳化元宝 AD.990
宋太宗淳化元年始铸
至道元宝 AD.995-997
宋太宗至道年间铸

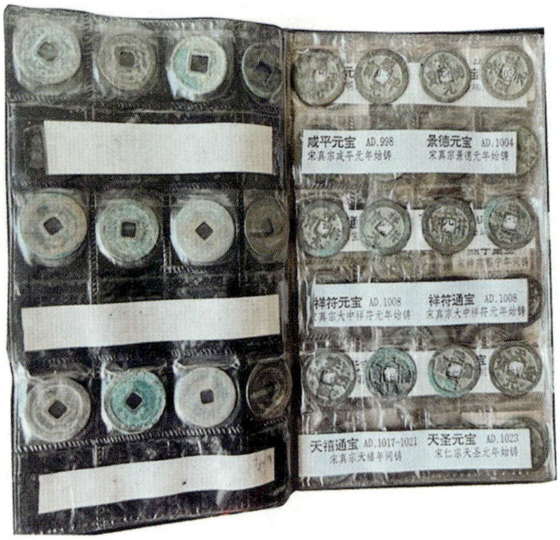
咸平元宝 AD.998
景德元宝 AD.1004
祥符元宝 AD.1008
祥符通宝 AD.1008
天禧通宝 AD.1017-1021
天圣元宝 AD.1023

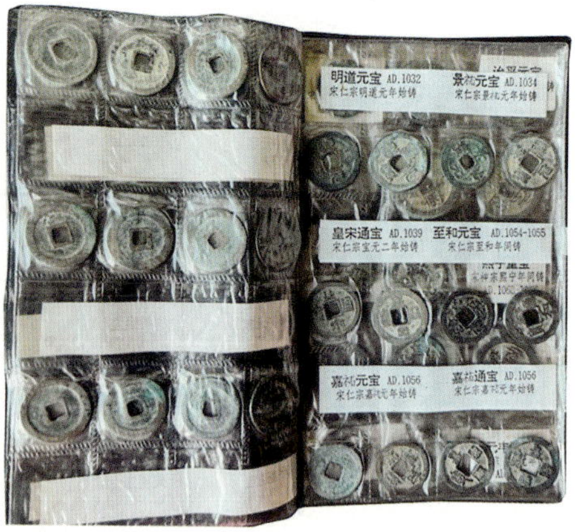
明道元宝 AD.1032
景祐元宝 AD.1034
皇宋通宝 AD.1039
至和元宝 AD.1054-1055
嘉祐元宝 AD.1056
嘉祐通宝 AD.1056

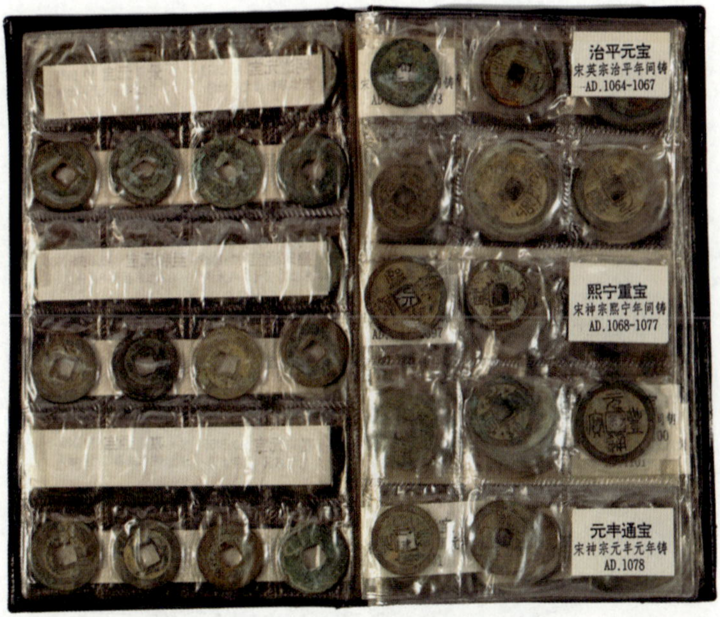
治平元宝
宋英宗治平年间铸
AD.1064-1067
熙宁重宝
宋神宗熙宁年间铸
AD.1068-1077
元丰通宝
宋神宗元丰元年铸
AD.1078

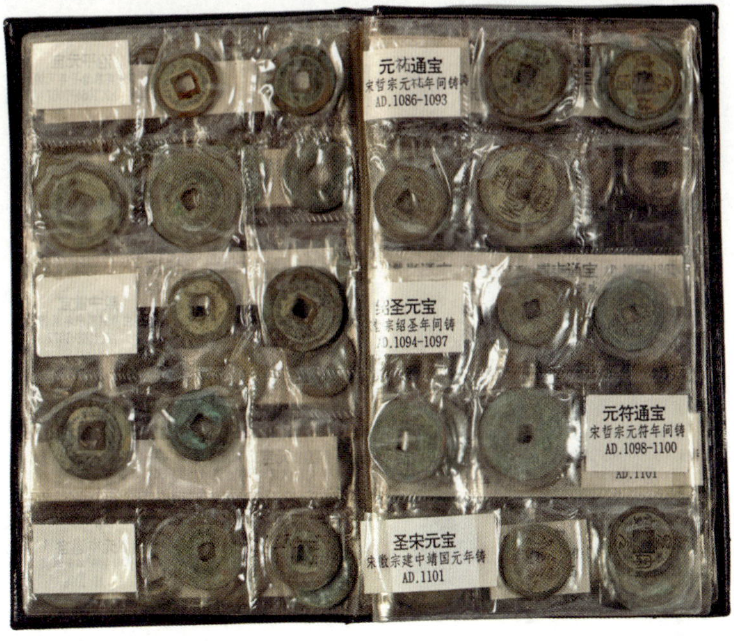
元祐通宝
宋哲宗元祐年间铸
AD.1086-1093
绍圣元宝
AD.1094-1097
元符通宝
宋哲宗元符年间铸
AD.1098-1100
圣宋元宝
宋徽宗建中靖国元年铸
AD.1101

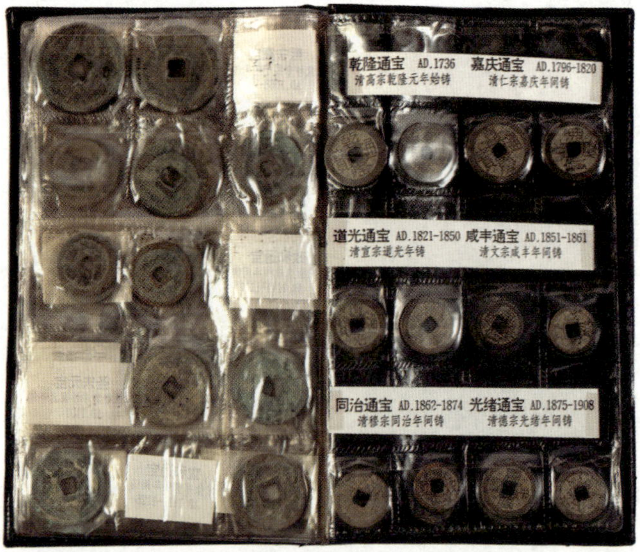

22.汉至清代古钱币78枚

23.天珠一个，至今有数百年

24.绿松石雕件四个，年代久远

25.珠串两串，年代久远

26.玛瑙散珠共五个，年代久远

27.李宗仁印章，黄铜制作，印文“中华民国物质军械专用章”，“李宗仁”，章套章，印钮白铜镶嵌国民党党徽，非常珍贵

28.晚清民国大幅刺绣，长三米

29.清末民国景泰蓝盖杯

30.辽宁鱼化石

31.荷花化石

32.2000万年前乌龟化石

33.2000万年前羊头化石

34.民国时期水晶塔

35.清代石雕，上有“退翁”二字

36.中亚文物：玛瑙、水晶雕刻动物，年代久远

37.外国银币两枚：一枚19世纪，一枚更早

38.清末量斗

39.20世纪青玉雕龙

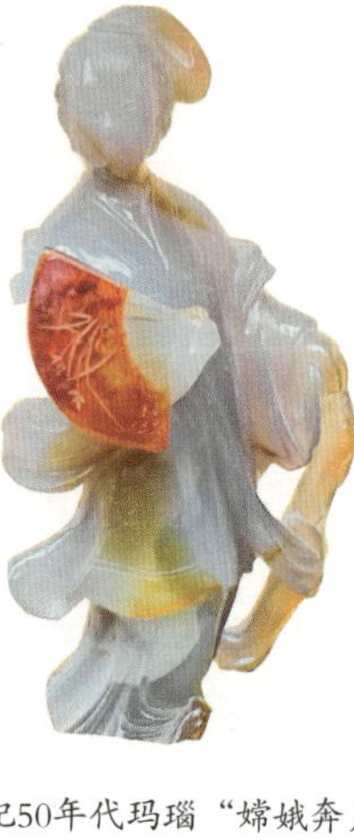

40.20世纪50年代玛瑙“嫦娥奔月”塑像

41.二十世纪五六十年代刺绣作品

42.仿乾隆款砚台，刻有乾隆皇帝诗御制

43.当代砚台两块

44.当代名家紫砂壶两个

45.磁石像，年代不详

46.19世纪东南亚木佛

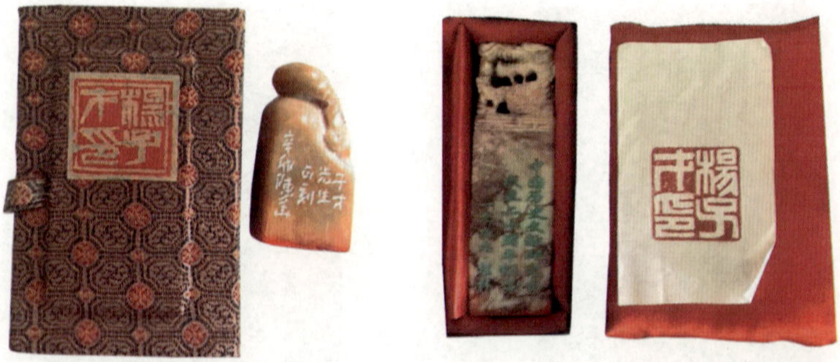

47.杨子才用印章3枚

48.杨子才同志在解放战争时期获得的奖章：解放东北纪念章、华北解放纪念章、解放华中南纪念章、“全国人民慰问人民解放军代表团赠”纪念章（1954.2.17），解放奖章（1955年）

49.1964年授予杨子才同志少校军衔肩章

50.1988年颁发给杨子才同志的胜利功勋荣誉章

51.中国人民解放军第41军成立六十周年镀24K金纪念章

52.辽沈战役中塔山阻击战胜利70周年纪念章

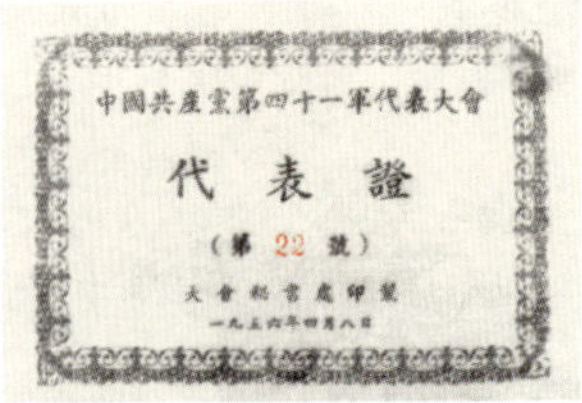

中國共產黨第四十一軍代表大會

代表證

（第 22 號）

大會秘書處印製

一九五六年四月八日

53.1956年4月8日杨子才同志参加41军党代会代表证，第22号

54.北京市建筑设计研究院有限公司纯银纪念章，重量50克，颁发给周作同志

55.老照片，周作同志在41军随营学校学习毕业合影（1950年3月24日拍摄）

56.杨子才手稿，其中包括毛笔小楷书写手稿

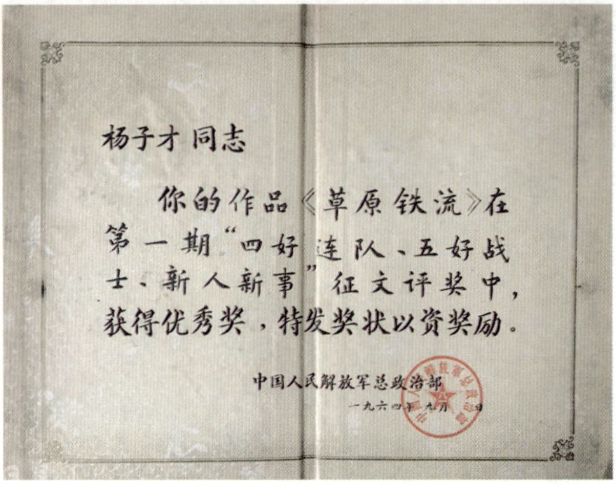

杨子才同志

你的作品《草原铁流》在第一期“四好连队、五好战士、新人新事”征文评奖中，获得优秀奖，特发奖状以资奖励。

中国人民解放军总政治部

一九六四年九月 日

57.1964年杨子才在全军举办的“四好连队、五好战士征文”活动获得优秀奖，总政治部颁发的证书

杨子才 同志长期从事新闻工作，为社会主义新闻事业做出了积极贡献，特此颁发荣誉证书。

中华全国新闻工作者协会
一九八六年十一月

58.1989年中华全国新闻工作者协会颁发给杨子才的荣誉证书

59.杨小涟著《与父亲杨子才的谈话》影印本

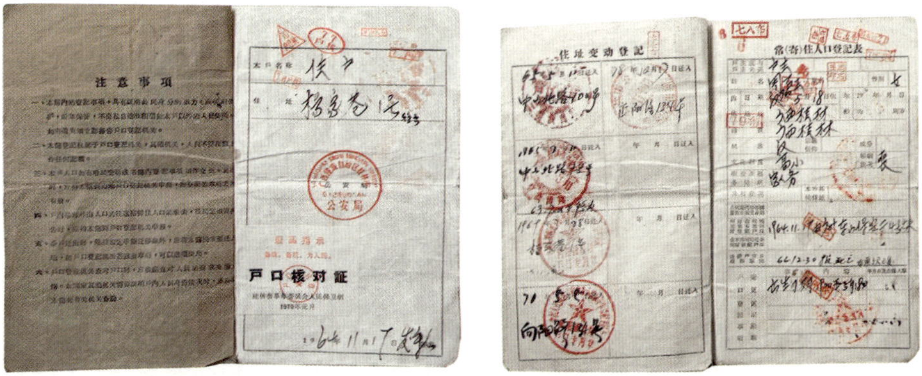

60.20世纪60年代桂林市户口本（杨小涟舅舅周雪阳）和一些信件

后　记

《乔梓诗文集》里收录了我这些年来写的文章和诗词，能够出版，算是对自己和家人的一个交代。我写的文章，主要内容是家事和自己感兴趣的东西，没有太多深奥的道理，我以为，社会由家庭和人构成，家庭的变迁与个人的经历就形成了当代的历史，普通百姓的历史。“古今多少事，都付笑谈中。”政治家的事情，那是《资治通鉴》里面的历史，我更感兴趣的是普通人的生活状态。普通人才是历史真正的亲历者和书写者，人世间的风霜雨雪，大都被普通百姓所承受了。

我父母那一代人的生活经历，是后来人难以复制的，他们成长的年代，正是国家处于内忧外患的动荡时代，家庭个人也不可避免地遭受磨难。在历史的潮流面前，个人就是蝼蚁，不知道哪一片浪把你冲向何处。1946年，我父亲15岁不到，本该是在学校读书的年龄，却不得不进入军队走向战场，而那是战争风云密布的年代。在他与我谈到自己少年往事的时候，80多岁的老人流下了泪水。我难以想象，是什么力量支撑着他能够挺过来。所有的故事，都记录在我与父亲的谈话中。之后他作为解放军报社记者，报道了中印边境自卫反击战、“八六海战”、西沙之战的新闻报道，亲临前线，是名副其实的战地记者。父亲的一生经历，对我影响很大。

我写的文章，许多内容涉及自己的爱好、收藏。我一生在收藏上倾注了大量的心血，从年轻时开始喜欢收藏古玩，一直到六十多岁，兴趣一直未减，但想法却越来越丰富。

我收藏的类别主要是古代陶瓷、杂项、钱币、明清玉器和近现代名人字画。最早接触清代瓷器，从不懂到逐渐入门，经历了一个较为漫长的过程。选好藏友和老师很重要，否则容易走弯路。从看不懂藏品的真假到一眼鉴别，从不懂到懂的学习过程，是最有意思的，远比买了东西放着增值的乐趣高。当你看到藏品越来越多的时候，你会想到要对这些东西有个交代，最简单的办法是一卖了之，但你与这些古物相伴了几十年，会有情感，卖了散了，你会后悔，就如同一段婚姻，相处久了后来离了，总会有许多遗憾。“曾经沧海难为水，除却巫山不是云。”当我与广西师范大学校长贺祖斌先生结识后，我做出了把文物捐给该校桂学博物馆的决定。而学校决定在大学图书馆里的桂学博物馆中设“杨子才　周作　杨小涟　捐赠文物陈列馆”，又促使我们把更多更好的文物拿出来。我先后捐出了二百多件（套）收藏品，涵盖了古代陶瓷、青铜杂项、古代玉器、近现代书画及手稿书信及我父亲在战争年代和解放后授予的奖章等。

人的一生，在历史的潮流中，你若能站稳脚跟，拼博努力，守住自己的底线，对家人、对朋友、对社会，无愧于他们，无愧于自己，那么你就会内心坦然，在某种意义上，也是成功的。

2022年7月31日